Carolyn Haines

Am Ende dieses Sommers

Carolyn Haines

Am Ende dieses Sommers

Aus dem Amerikanischen von
Christa Schuenke

Gustav Lübbe Verlag

Originalverlag: DUTTON Penguin Books USA Inc., New York
Titel der Originalausgabe: Summer of the Redeemers

Aus dem Amerikanischen von Christa Schuenke

Schutzumschlag: DYADEsign, Düsseldorf,
unter Verwendung eines Bildmotivs von Greg Ragland
Satz: Bosbach & Siebel Print Media Concept, Lindlar
Gesetzt aus der Adobe Caslon von Linotype-Hell, Eschborn
Druck und Einband: Friedrich Pustet, Regensburg

Printed in Germany

ISBN 3-7857-0868-8

1 3 2

Für meine Eltern Roy und Hilda Haines,
meine Großmutter Hulda Nyman McEachern,
meine beiden Brüder David und Andy
und für Venus,
den besten Hund, den ein Mädchen je hatte.

Danksagung

Wenn man ein Buch schreibt, kommt vieles zusammen, und vielen gebührt Dank. Zuerst möchte ich meiner Agentin Marian Young danken, die mein Manuskript mit großem Sachverstand gelesen und klar die Richtung erkannt hat, die ich einschlagen mußte. Der Deep South Writers' Salon, bestehend aus Rebecca Barrett, Renee Paul, Stephanie Rogers, Susan Tanner und Jan Zimlich, gab mir die feste, unerschütterliche Unterstützung, die ich so nötig brauchte. Elaine Koster und Audrey LaFehr von Dutton sowie Anne Williams von Headline habe ich es zu verdanken, daß der Weg vom Manuskript zum Buch eine echte Freude war. Und ganz besonders danke ich meinen stets zu Streichen aufgelegten Kindheitsfreundinnen, ohne die ich dieses Buch nie hätte schreiben können. Diana, Marie, Becky, Debby und Janey – es gab eine Zeit, da ließ uns die Freiheit der Phantasie gemeinsam die aufregendsten und wundervollsten Abenteuer erleben. Ein besonderes Dankeschön geht an Rebekka Freeman, die leider nicht mehr unter uns weilt. Wer sie kannte, wird sie vermissen.

KAPITEL 1

Maebelle VanCamp Waltman verschwand an einem Oktobertag von der Kali Oka Road, einem Tag, an dem der Duft der Kudzutrauben in dichten Schwaden über der Kreideschlucht aufstieg. Es war ein träger, scheinbar endlos währender Nachmittag, erfüllt von jenem goldenen Herbstlicht, das man nur in Mississippi antrifft.

Ich stand bis zu den Hüften in der kleinen Grube, die ich gerade schaufelte, als ich den schrillen Schrei vernahm, den Agatha Waltman ausstieß, als sie entdeckte, daß sie ihr Baby nicht bloß verlegt hatte, sondern daß es wirklich verschwunden war. Ein gellender Schrei, ein wütender und zugleich angstvoller Schrei, der vom Haus der Waltmans bis hinunter in die eine Viertelmeile entfernte Schlucht zu hören war. Ich kümmerte mich nicht mehr um den Ton, den ich mit solcher Mühe ausgebuddelt hatte, sondern schnappte mein Fahrrad und raste heimwärts, und auf dem Weg spürte ich, wie unter meiner Zunge, dort, wo man die Angst schmecken kann, noch das Echo jenes Schreis vibrierte. Ich wußte vom ersten Augenblick an, was passiert war. Ohne etwas Genaueres zu wissen, ohne auch nur ein einziges Detail zu kennen, begriff ich, was dieser langgezogene, verzweifelte Klagelaut zu bedeuten hatte.

Und ich wußte, daß ich schuld war.

Wie ein Lauffeuer verbreitete sich die Nachricht vom Verschwinden des Babys an der roten, von brachen Maisfeldern gesäumten Lehmstraße entlang bis hinab zum Cry Baby Creek, einem kleinen Fluß am Ende der Kali Oka Road. Dort hatte man vor über zehn Jahren das andere Baby gefunden. Ich trampelte aus Leibeskräften, ich flitzte hinter unserem Grundstück vorbei, durch den Wald und den Pekangarten bis zum Haus und war doch nicht so schnell wie das Gerede der Leute. Mama Betts erwartete mich schon an der Fliegentür.

»Die kleine Waltman ist entführt worden«, sagte sie.

»Maebelle?« Ich sah die Kleine vor mir, gerade acht Monate alt, mit ihren braunen Augen und dem wuscheligen roten Lockenschopf. Ein richtig fröhliches Baby, wenn auch ein bißchen zart für ihren hochtrabenden Namen.

»Effie ist in die Stadt gefahren, aber wenn sie wiederkommt, möchte sie mit dir zu den Waltmans rübergehen.«

Mit brennenden Fingerknöcheln drückte ich gegen die Fliegentür und wollte sie aufstoßen, aber meine Arme zitterten und versagten mir den Dienst. Ich strich mit den Fingern über die Gaze. »Nein, das kann ich nicht.«

»Alice braucht dich.«

Ich spürte Mama Betts' bohrenden Blick, ich merkte, daß sie mich beobachtete und sich ihren Teil dachte. Endlich öffnete ich die Tür und ging an ihr vorbei zum anderen Ende der ringsum mit Fliegenfenstern versehenen Veranda an der Rückseite des Hauses. Mama Betts' sanfte Stimme zwang mich stehenzubleiben.

»Fast auf den Tag genau zehn Jahre ist es her, daß Evie Baxter entführt worden ist. Die ganze Straße weiß das noch, aber keiner will sich daran erinnern. Sogar den Namen von der armen Kleinen haben sie vergessen.«

Mama Betts konnte sich an alles erinnern, was seit der Jahrhundertwende in Chickasaw County passiert war.

»Das war doch das Neugeborene, was man im Cry Baby Creek gefunden hat, nicht wahr?« Ich kannte die Geschichte bruchstückhaft aus den Gesprächen der Erwachsenen, die ich mitbekommen hatte, und aus den geflüsterten Ermahnungen von Mama Betts. Mein Bruder und ich hatten oft bei Nacht unten an dem Flüßchen gesessen und gelauscht, ob wir den Geist des armen ermordeten Babys hören würden. Und einmal, in einer sternklaren Nacht, als wir die Hoffnung schon beinahe aufgegeben hatten, da hatten wir es tatsächlich gehört. Das mitleiderregende Weinen eines hilflosen, verzweifelten Geschöpfs hatte mir Schauer den Rücken runtergejagt.

»Wie die Leute von dieser Kirche hier an der Kali Oka Road ihre Zelte aufgeschlagen haben, da hab ich gleich gewußt, das gibt Ärger«, sagte Mama Betts. »Ich hab's allen erzählt, wie's früher war und daß die Vergangenheit der Gegenwart ihren Stempel aufdrückt, aber auf mich hört ja keiner.«

»Dieses erste Baby, wie hat man das eigentlich gefunden, Mama Betts?« Aus dem Hof kam Gebell, und ich ging in die Ecke der Veranda, von der aus ich nach meiner Hündin schauen konnte. Mein Aufbruch aus der Schlucht war so überstürzt gewesen, daß ich gar nicht darauf geachtet hatte, ob Picket bei mir war. Aber schließlich war Picket immer bei mir. Es war schlichtweg unmöglich, sie abzuhängen.

»Das andere Kleine, das hat man im Cry Baby Creek gefunden, zwischen den Baumwurzeln am Ufer. Wenn die Wurzeln nicht gewesen wären, wär's mit der Strömung in den Pascagoula River geschwemmt worden und dann geradewegs in den Golf von Mexiko.«

Mama Betts hatte blaue Augen, genau wie ich, und der Blick, mit dem sie jetzt auf meine Reaktion wartete, war fast wie eine Berührung. Sie wartete darauf, daß ich mich umdrehte, aber das tat ich nicht. »Zwischen den Wurzeln?« Ich sah alles genau vor mir. Die Weiden, die am Ufer wuchsen und wie ein Baldachin über einem Teil des Flusses hingen. Ein Paradies für Schlangen, und bei Niedrigwasser mußte das tote Baby zwischen diesen Wurzeln gelegen haben wie in einem richtigen kleinen Nest.

»An dem weißen Taufkleidchen hing ein Stück Zickzacklitze, die sich im Gestrüpp verfangen hatte. Das Wasser stand flach, und die Strömung konnte das Baby nicht mitreißen. Wenn die Litze nicht gewesen wär, wär's niemals rausgekommen, daß sie tot ist. Dann hätten sie einfach behaupten können, die Kleine sei verschwunden.«

Die Eiche neben unserem Haus verlor bald ihr Laub. Überall lagen Eicheln verstreut – ein richtiges Festessen für die grauen Eichhörnchen. Weiter hinten reckten die Pekanbäume ihre dichten Kronen in den Himmel. In diesem Jahr würde es eine gewaltige Ernte geben, hatte Daddy gesagt. Wir würden Leute einstellen müssen, um alle Nüsse aufzulesen.

»Hab ich dir nicht immer gesagt, du sollst dich fernhalten von diesen Leuten da unten an der Straße?« sagte Mama Betts. »Von diesen Fanatikern.«

»Ja, Großmutter.«

»Und von dieser Verrückten. Von der auch. Hab ich's dir nicht gesagt?«

»Nadine hat nichts damit zu tun.« Ich hörte mein Herz schlagen. Es hämmerte in meinen Ohren. Nadine Andrews war anders als die anderen – eine alleinstehende Frau mit einer Scheune voll teurer Dressurpferde und ein paar Marotten. Aber das mit Maebelle, das war eine Sache für sich. Eine ziemlich unheimliche Sache.

»Wir werden ja sehen. Aber ich hab dich gewarnt.«

»Ja, Großmutter, ich weiß.« Ich konnte kaum sprechen. Sie hatte mich gewarnt, hatte gesagt, ich sollte mich nicht einmischen in die Dinge, die in diesem Sommer 1963 in der Kali Oka Road vor sich gingen. Sie hatte von unguten Einflüssen geredet und dabei dreimal kurz mit dem Kopf genickt, was bedeutete, daß sie es ernst meinte. Es läge etwas in der Luft, hatte sie gesagt, etwas Schlimmes.

Maebelle VanCamp Waltman war weg.

Niemand würde mich verstehen, aber irgendwie wußte ich, daß das meine Schuld war. Wenn ich nicht gewesen wäre, hätte Maebelle süß und selig in ihrem Bettchen schlafen können, in dem Zimmer, das sich Alice mit vier von ihren Schwestern teilte.

Wenn ich erklären soll, wie ich das meine, fange ich am besten mit dem Anfang an, dem Anfang dieses Sommers. Denn das war die Zeit, als die unguten Einflüsse in der Kali Oka Road zu wirken begannen. Oder vielleicht war es auch einfach nur die Zeit, als die alten Verbrechen wieder lebendig wurden. Mama Betts hat immer gesagt, man soll die Vergangenheit ruhen lassen. Die Vergangenheit ist nie so großartig, wie wir sie in Erinnerung haben, hat sie gesagt, und wenn sie uns irgendwann einmal heimsucht, dann hätten wir nichts zu lachen.

In jenem Sommer ereigneten sich zwei Dinge. Das mit den Leuten von der Blut-des-Erlösers-Gemeinde und das mit Nadine Andrews. Sich von den Gemeindeleuten fernzuhalten war nicht schwer. Gruselig und trostlos sahen sie aus, diese langhaarigen Gestalten in ihrer grauen Tracht. Ich gebe zu, sie haben meine Neugier angefacht, und so brachte ich in jenem Sommer viele Nachmittage damit zu, ihnen nachzuspionieren. Aber das mit Nadine war etwas anderes. Immer wenn Mama Betts oder Mama mich aus den Augen ließen oder ich sie abschütteln konnte, radelte ich zu Nadine, und nichts auf der Welt hätte mich daran hindern können, und wenn die Erlöser mir mit dem Fegefeuer gedroht hätten. Die Erlöser fand ich bloß spannend, Nadine aber zog mich magisch an.

Als Nadine in das Haus zog, das früher der Familie McInnis gehört hatte, erklärte Mama Betts sie kurzerhand für verrückt. Kein Mensch, der seine fünf Sinne beisammen hätte, würde auf den Gedanken kommen, dort einzuziehen, schon gar nicht allein, bloß mit lauter Katzen, Hunden und Pferden.

Sie meinte natürlich, keine Frau. Keine Frau, die ohne Mann war. Keine alleinstehende Frau von vierundzwanzig Jahren mit blondiertem Haar, engen Hosen und Stiefeln, keine Frau, die sich, wenn sie im Sattel saß, aufführte, als ob sie sich für Jacqueline Kennedy hielt, aber in einem Haus wohnte, das man, wie Mama Betts sagte, schon von der Straße aus riechen konnte.

Auch ich fand Nadine ungewöhnlich, allerdings nicht aus den gleichen Gründen wie Mama Betts. Bei mir waren es schlicht und einfach die Pferde. Sie hatte die herrlichsten Pferde, die ich je gesehen hatte. Tiere mit schimmerndem Fell, die mutwillig die Köpfe in den Nacken warfen.

Auf einmal waren sie da, diese Pferde, die genauso aussahen wie die, von denen ich immer geträumt hatte, waren da, keine Meile von der Kali Oka Road entfernt. Sicher, Mama Betts wußte über die Vergangenheit Bescheid, ich aber hatte sogleich den Wink des Schicksals erkannt.

Nadine kam fast zum gleichen Zeitpunkt in die Kali Oka Road wie die Erlöser. Na ja, genaugenommen waren die Erlöser eher da. Sechs alte gelbe Schulbusse voll, und die Frauen und Kinder starrten mit unbewegten, todernsten Gesichtern durch die Fenster, als sie an unserem Haus vorbeifuhren. Das war ein böses Omen. Schon den ganzen Frühling über hatte man in der Kali Oka Road gemunkelt, das Grundstück am Ende der Straße, auf dem die alte Kirche stand, die seit Evie Baxters frühem Tod geschlossen gewesen war, sei verkauft worden.

Immer wenn in der Kali Oka ein Grundstück den Besitzer wechselte, gab es Gerüchte und Spekulationen. Die Leute hingen mit Leib und Seele an ihrer Scholle. Ihr Grund und Boden war ihr ganzer Stolz. Für Fremde gab es hier keinen Platz.

Die Kali Oka bestand aus Farmland, das größtenteils noch immer im Besitz der Familien war, die sich gegen Ende des neunzehnten Jahrhunderts im Zuge der Wiederbesiedelung der südöstlichen Teile des Staates Mississippi hier niedergelassen hatten. Jexville hatte zweitausend Einwohner und stabile Verhältnisse. Keine Kriminalität. Keine Probleme.

Jexville war auch das wirtschaftliche Zentrum des County, und doch lag es für mich in diesem Sommer gleichsam auf einem anderen Stern. Südlich der Stadt erstreckte sich die Kali Oka Road wie ein langes Band aus rotem Lehm, das die Vergangenheit mit der Gegenwart verknüpfte. Von der letzten Sekte, die uns beehrt hatte, war die Erinnerung an Mord und Totschlag geblieben und das mitleiderregende Weinen eines sterbenden Babys, das man noch immer in klaren Sommernächten entlang des Flusses hören konnte. Noch immer spukte Evie Baxters Geist dort unten an dem gewundenen kleinen Flüßchen. Mama Betts hat gesagt, als die kleine Evie Baxter in das kalte Wasser des artesischen Brunnens geworfen wurde, habe sich der Schicksalsspruch erfüllt, der über dem Fluß verhängt gewesen sei. Wenn außer demjenigen, der sie getötet hatte, noch jemand dort gewesen wäre und ihr Jammern und Weinen gehört hätte, könnte sie noch leben. So aber habe sie die letzten Minuten ihres Lebens zum schwarzen Herzen ihres Mörders schreien müssen.

All das geschah, als das Grundstück am Ende der Straße der Für-Christus-leben-Gemeinde gehörte. Die Lebensgemeinde, wie sie bei den Bewohnern der Kali Oka Road hieß, hatte die Kirche und das Pfarrhaus gebaut und dort in einer Kommune gelebt. Dieses Wort, das ich von Mama aufgeschnappt hatte, ließ Mama Betts' Blut in Wallung geraten, weshalb sie jedesmal, wenn sie es aussprach, kreisrunde Augen machte und sich gebärdete, als ob sie damit den Leibhaftigen heraufbeschwor.

Wie dem auch sei, nach dem Mord an Evie Baxter flohen die Leute von der Lebensgemeinde vor dem Zorn der Anwohner, sie verließen die Gegend, und die Kirche blieb leer. Als die Erlöser dort einzogen, nahm niemand groß Notiz davon, und trotzdem glaube ich, daß Nadine, als sie mit ihren neun Pferden, vierzehn Katzen und fünf Hunden bei uns ankam, entschieden mehr Aufsehen erregt hätte, wenn die Erlöser ihr nicht schon vorher die Show gestohlen hätten.

Es war einer der heißesten Sommer, an die sich die Leute in der Kali Oka erinnern konnten. In den ersten ein, zwei Wochen fuhren Alice und ich Fahrrad, paßten auf Maebelle V., die kleine Schwester von Alice, auf und versuchten verzweifelt, uns nicht totzuschwitzen. Am Anfang sah es so aus, als würde es ein typischer Kali-Oka-Sommer werden. Daddy war nach Missouri an die Universität gefahren, aber das war etwas, worüber wir mit niemandem redeten. Mama war in der Kali Oka Road groß geworden, doch bei Daddy lagen die Dinge etwas anders. Er war ein Nordstaatler. Ständig bekam er irgendwelche Stipendien oder Gastprofessuren und reiste von einer Universität zur nächsten. Aber weil Arly und ich darüber mit keinem reden sollten, interessierte ich mich nicht weiter dafür, was er eigentlich machte. Wir sagten einfach, er würde den Sommer über außerhalb arbeiten, und der größte Teil unserer Freunde gab sich damit zufrieden. In der Kali Oka gab es viele Väter, die außerhalb arbeiteten – auf den Bohrinseln oder auf der Schiffswerft in Pascagoula.

Mama schrieb Kinderbücher. Auch darüber redeten wir nicht. Es war kein Geheimnis, aber Mama sagte, anderen Leuten könnte das auf die Nerven gehen, und darum sei es besser, nicht darüber zu reden. Vielleicht hatte die Anziehungskraft, die Nadine auf mich ausübte, damit zu tun, daß es in unserer Familie so viele Geheimnisse gab. Nicht einmal unsere Namen stimmten. Mama Betts hat immer gesagt, damals, als sie meine Mama nach der alten irischen Heimat Erin Clare genannt habe, da sei sie von Feen verzaubert gewesen. Das habe sich auf Mamas Verstand ausgewirkt, und darum sei Mama auch eine richtige Hellseherin geworden und ein solcher Wirrkopf, daß sie von Rechts wegen Effie heißen müßte. Sich Geschichten für Kinder ausdenken, das könne sie, aber wenn sie einen Topf mit Klößen auf dem Feuer hätte, den würde sie vergessen. Wenn Mama Betts der Geduldsfaden riß, sagte sie immer, wenn Mama »in einen Satz versunken« sei, dann könne um sie herum das Haus abbrennen.

Das andere Extrem konnte sie genauso in Rage bringen. Meinen Daddy nannte sie immer einen Detailfanatiker, weil er so pingelig war und jede noch so winzige Kleinigkeit wissen wollte. Ich glaube, deshalb hatte er auch den Spitznamen »der Richter«, obwohl er eigentlich Walter Arlington Rich III. hieß. Alle sagten Richter zu ihm, und dabei hatte er gar nichts mit dem Gericht in Jexville zu schaffen und war auch nicht etwa Jurist. Er war Universitätsdozent und schrieb Artikel für Zeitschriften, die die Leute im Wohnzimmer auf dem Couchtisch liegen haben, ohne je darin zu lesen. Er und Mama hatten sich bei einem Schriftstellertreffen kennengelernt, und seine Familie war immer noch sauer, daß er nach Mississippi gegangen war. Mama Betts hat immer gesagt, die glauben, bei uns geht man noch mit der Schippe in den Wald, wenn man sein Geschäft machen will. Daddys Detailbesessenheit und seine Familie konnten Mama Betts manchmal ganz schön auf die Palme bringen.

Bleibt noch Arly, der eigentlich Arlington hieß und wegen dieses Namens mindestens einmal pro Schuljahr in eine Prügelei verwickelt wurde. Und ich heiße Rebekka nach der Bibel und Brighton nach jemandem aus Daddys Verwandtschaft, aber alle nennen mich Bekka, weil Rebekka in den sechziger Jahren für Mamas Geschmack zu hochtrabend war. Ach ja, und Mama Betts. Die hieß in Wirklichkeit Beatrice O'Shawnessy McVay, aber jeder sagte Mama Betts zu ihr, außer ihren ältesten Freundinnen, die nannten sie Beatrice. Die dürften das, hat sie immer gesagt, die hätten nämlich schon ganz morsche Knochen, und die würden womöglich zu Bruch gehen, wenn sie sie verprügelte.

Diese ganzen Geheimnamen, die in unserem großen alten Haus herumgeisterten, haben wohl ihren Teil dazu beigetragen, daß es mich so sehr gelüstete, Geheimnissen auf die Spur zu kommen. Mama Betts hat immer gesagt, ich könnte manchmal schon gar nicht mehr unterscheiden, was wahr ist und was nicht. Wenn die Wahrheit und ich zusammen die Kali Oka Road hinuntergehen würden, hat sie immer gesagt, würde keiner von uns den anderen erkennen. Mama meinte, ich hätte halt eine blühende Phantasie und Mama Betts solle mich in Ruhe lassen. Daddy wollte »Details« über meine »Lügen« wissen. Vor Mama Betts mußte ich mich ganz besonders hüten, wenn ich ausbüchste, um Nadine und die Pferde zu sehen. Denn Mama Betts war diejenige, die meine Jeans nach Pferdehaaren absuchte und prüfte, ob sie nach Leder und Schweiß rochen. Sie kannte mich wahrscheinlich am besten. Sie wußte, wie zäh ich kämpfen konnte, wenn ich etwas unbedingt wollte. Wenn ich nicht so trotzig versucht hätte, meinen Willen durchzusetzen, wäre Maebelle V. vielleicht nicht verschwunden.

Kapitel 2

7. Juni 1963

Der Deckenventilator saugte die Luft an, die zum Küchenfenster hereinwehte. Mama Betts und ich putzten Erdbeeren für einen Kuchen, und Effie las uns etwas vor.

Mama Betts stand am Ausguß. Ihr Messer huschte mit solcher Geschwindigkeit hin und her, daß ich innehielt und ihr zusah. Ihre linke Hand war gekrümmt und knotig von der Arthritis, doch das störte sie nicht bei der Arbeit. Und während ich so dastand und guckte und Effie zuhörte, steckte ich mir eine Erdbeere in den Mund, deren warme Süße auf meiner Zunge explodierte. Mama war gar nicht glücklich darüber, daß ich mit einem scharfen Messer hantierte, aber Mama Betts hatte entschieden, ich sei alt genug. Effie las die letzte Seite vor.

»Na, wie gefällt euch das?« Sie legte die Seiten ordentlich zu einem Stapel zusammen. Ihre Stimme klang einschmeichelnd, aufgeregt und ein klein wenig ängstlich.

»Eine Frau, die so schön darüber schreibt, daß man die Kinder erwachsen werden lassen muß, sollte sich eigentlich auch selbst daran halten.« Mama Betts ließ ihr Messer scheppernd in den Ausguß fallen. Sie trocknete sich die Hände an einem Geschirrtuch ab und ging zum Tisch, wo meine Mama saß mit ihren ungebürsteten dunklen Locken und ihrer Brille, die ihr auf die Nasenspitze gerutscht war. »Eine schöne Geschichte ist das, Effie. Du wirst von Mal zu Mal besser.« Sie küßte ihre Tochter aufs Haar.

»Es geht doch nichts über ein gesundes Vorurteil«, sagte meine Mama und sah hoch zu Mama Betts, und eine ganz leichte Röte überzog ihre Wangen. »Du findest einfach alles toll, was ich mache, und wenn's der größte Müll ist.«

»Jedenfalls würde ich sagen, daß ich es toll finde. Aber ich hab Glück, ich muß nicht lügen. So, und was hältst du davon, wenn du mir jetzt, wo du fertig bist mit deinem Meisterwerk, mal den Teig ausrollen würdest?«

»Ja, ja, ein Mann arbeitet von Sonnenaufgang bis Sonnenuntergang, aber für Effie Rich reißt die Arbeit nie ab.« Sie legte den Papierstapel ordentlich auf den Küchentisch.

»Und du Bekka, wie hat es dir gefallen?«

»Toll.«

»Eigentlich habe ich das für kleinere Kinder geschrieben, aber du warst ja schon immer meine beste Leserin.«

»Ich würde mir bloß wünschen, daß sich die Dinge im wirklichen Leben auch so regeln lassen wie in deinen Büchern.« Ich putzte die letzte Erdbeere, spülte sie ab und steckte sie in den Mund. »In deinen Büchern hat immer jeder für jeden Verständnis.« Erst gestern abend hatte Mama mir meine Bitte abgeschlagen, übers Wochenende mit einer Freundin und deren Familie an den Golf fahren zu dürfen. Sie würde die Leute nicht gut genug kennen, hatte sie erklärt. Es könnte ja sein, daß sie nicht richtig auf mich aufpaßten. Die Strudel im Golf seien mörderisch. Letzten Sommer sei ein junges Mädchen vom Strand verschwunden. Oder es könnte regnen, und die Straßen wären glatt und gefährlich. Schließlich wisse sie nicht, was für ein Autofahrer dieser Mr. Nyman sei. Ich könnte ja von Fidel Castro entführt werden oder von einem der Kennedy-Brüder, die in ihren Augen nicht minder anrüchig waren als der Kommunist aus Kuba. Die Liste hatte kein Ende. Und unterm Strich kam immer dasselbe raus: nein.

Die Luft, die zum Küchenfenster hereindrang, war heiß und stickig. »Ich geh mal raus«, sagte ich.

Als ich am Tisch vorbei zur Hintertür ging, sah ich, daß Mama Betts Effie die Hand auf die Schulter gelegt hatte. Ich trat ins Freie.

»Du darfst das Kind nicht so gängeln«, sagte Mama Betts leise. »Bekka ist dreizehn. Nicht mehr lange, dann ...«

Den Rest des Satzes verschluckte die Fliegentür, die krachend hinter mir ins Schloß fiel. Ich ging hinüber zu der alten immergrünen Eiche und setzte mich auf eine ihrer mächtigen Wurzeln. Als

Arly und ich noch klein waren, hatten wir oft hier gespielt, hatten Straßen aus Modder gebaut und zwischen den Wurzeln Geheimverstecke angelegt und richtige Städte. In den gepflegten Gärten in der Stadt waren alle Bäume von Gras umgeben. Unser Garten seitlich des Hauses, in dem die Eiche, die Magnolien und die Zedern standen, war sauber und ordentlich geharkt und bildete mit seinem braunen Sand einen Kontrast zum roten Band der Kali Oka Road, die keine fünfzig Meter von unserem Vordereingang entfernt vorbeiführte.

Seit dreizehn Jahren war die Kali Oka Road meine Straße, mein Zuhause, wo mir jeder Winkel vertraut war. Ich war die ganzen fünfzehn Meilen mit dem Fahrrad abgefahren, von der Stelle, wo sie auf den Highway Nummer 346 führte, bis hinunter zum Kirchhof gleich hinter dem Cry Baby Creek, wo sie in einer Sackgasse endete. Ich kannte jeden Graben und jeden Acker, jeden Brombeerstrauch und jeden Pflaumenbaum am Straßenrand. Jeder wußte, wo wessen Grundstück zu Ende war. Daß Marvin Shoals an den Wochenenden, wenn er betrunken war, seine Frau, die Connie hieß, verprügelte, gehörte genauso zum Leben der Straße wie die Tatsache, daß das dritte Kind von Carrie Sue Parker am Rhesusfaktor gestorben war. Ich konnte die Zeichen der Vergangenheit und der Gegenwart ebenso deuten wie die Fährten der Tiere, die in der Nacht die Kali Oka Road bevölkerten. Ich konnte selbst Arly auf die Schliche kommen, ganz egal, wo er sich verkrochen hatte, ich brauchte nur der Reifenspur seines Fahrrads im Sand zu folgen.

Die Kali Oka Road war meine Welt. Eine Welt, die mir immer mehr als genug gewesen war, bis zu jenem Sommer.

Ein Heer von schwarzen Ameisen marschierte über die Wurzeln der alten Eiche. Sie waren nicht bissig, und deshalb war es noch nie jemandem eingefallen, etwas gegen sie zu unternehmen. Außerdem hatte Daddy gesagt, es sei »lehrreich«, sie zu beobachten. Sie waren ständig am Arbeiten. Ein ehrgeiziger Offizier zerrte einen kleinen Kieselstein oder einen vertrockneten Brotkrümel, der doppelt so groß war wie er selbst, über drei Wurzeln hinweg nach Hause. Die Lehre, die Arly und ich daraus ziehen sollten, lautete, daß Arbeit und Disziplin etwas Gutes sind.

Ich wollte dem Ameisenhäuptling zu einem kleinen Abenteuer

verhelfen und legte ihm ein Stöckchen in den Weg. Er wich und wankte nicht, er kletterte einfach drüber. Als ich gerade überlegte, ob ich einen Luftangriff starten und ihm seine Beute entreißen sollte, hörte ich auf der Straße ein Auto. In der Kali Oka Road mußte niemand Angst haben, daß Diebe ihn ausraubten und unerkannt entkamen. Jedes Auto, jeder Truck wurde mit Argusaugen beobachtet. Wir wußten genau, wem welcher Wagen gehörte, und sobald sich hier ein fremdes Fahrzeug blicken ließ, herrschte höchste Alarmbereitschaft.

Diesmal kamen mir die Motorengeräusche nicht bekannt vor. Ich brauchte ein paar Sekunden, bis mir klar wurde, daß das kein einzelner Wagen sein konnte; außerdem hörte es sich nach etwas Größerem an. Ungefähr so wie der Schulbus, der Arly und mich jeden Morgen abholte. Nur daß dieser hier schnell fuhr.

Die Fliegentür schlug zu, und Effie trat mit Mama Betts auf die Veranda. Sie sahen aus, als ob es höchste Zeit gewesen war, daß sie ihre Unterhaltung beenden und ein bißchen frische Luft schnappen konnten. Beide waren rot im Gesicht und hielten bewußt Abstand – nur ein paar Zentimeter zwar, doch diese kleine Kluft verriet, daß sie sich gestritten hatten.

Als der erste Bus auftauchte, standen wir da, jeder an seinem Fleck, und guckten. Es war eine alte, schmutziggelbe Klapperkiste. Die Stelle, wo normalerweise der Name der Schule hingehörte, war übertüncht, und statt dessen standen dort, von Hand gemalt, die Worte BLUT DES ERLÖSERS. Dahinter war ein Kreuz, von dem Blut tropfte. Und über dem Namen staubige Fenster mit grauen Gesichtern dahinter. Größtenteils Frauen und Kinder. Und ein paar ausgemergelte Männer. Sie starrten uns an. Etwa so, wie Arly und ich früher immer die Kühe auf den Feldern angestarrt hatten. Mehr oder weniger gedankenlos. Ich überlegte, ob das vielleicht so eine Art Gefangene waren. Wie die Menschen in den Güterzügen im zweiten Weltkrieg, die in die Gaskammern geschickt wurden. Diese Leute hier sahen auch nicht glücklicher aus. Ehe ich noch recht wußte, was ich tat, war ich vorn an der Fliegentür und stand neben meiner Mama und Mama Betts.

Der zweite Bus rollte heran, dann der dritte, der vierte, der fünfte.

Und schließlich der sechste, der in eine mächtige Staubwolke eingehüllt war.

»Heuschrecken«, sagte Mama Betts so leise, daß man es kaum verstehen konnte.

Die Gesichter in den Fenstern des letzten Busses waren nicht zu erkennen, wohl aber der Schriftzug BLUT DES ERLÖSERS. Und das bluttriefende Kreuz, das ein wenig nach rechts geneigt war, als ob der Maler geschludert hätte.

»Carrie Sue sagt, ihr Mann hat in Jexville gehört, daß jemand das Grundstück, wo die Kirche steht, gekauft hat.« Mama Betts wischte sich die Hände an der Schürze ab.

»Der Sommer wäre ja auch zu friedlich gewesen«, sagte meine Mama und schob sich die Brille hoch.

»Ich geh rüber zu Alice.« Ich wollte wissen, ob sie die Busse auch gesehen hatte und was sie davon hielt.

»Aber in einer Stunde bist du wieder hier«, sagte Mama. »Und nimm Picket mit.«

Picket war eine Kreuzung aus Collie und Schäferhund und hätte jedem, der sich mir auf drei Meter näherte, den Kopf abgerissen. Ich hielt es für überflüssig, Mama daran zu erinnern, daß ich nie ohne Picket fortging. Sie war meine zweitbeste Freundin, gleich nach Alice Waltman.

»Und daß ich nicht erst kommen und dich holen muß!« rief Mama, als ich hinters Haus ging, wo mein Fahrrad stand. Ich brauchte nur ein kurzes Stück durch den Pekangarten und einen kleinen Wald zu fahren. Wenn ich die Straße nahm, dauerte es länger, und außerdem war es auf dem roten Lehm entschieden heißer.

Im Unterschied zu den meisten Nachbarn bauten wir auf unserem Land nichts an. Wir hatten den Pekangarten und ein bißchen Wald, das war alles. Daddy sagte immer, er lebe auf dem Land, um dort zu wohnen, nicht um zu arbeiten. Nicht, daß er etwas gegen die Landarbeit hätte, nur sei er ja nie zu Hause, und im übrigen habe er nun mal kein Händchen für Pflanzen. Und außerdem müßten auch die wilden Tiere etwas haben, wo sie sich verkriechen können, meinte er. Auf freiem Feld käme garantiert irgendein Idiot und würde sie abknallen. In unserem Wald könnten sie sich wenigstens verstecken. Daddy meinte immer, jedes Lebewesen muß einen Unterschlupf haben.

Ich liebte den Wald. Wenn ich es nicht so eilig gehabt hätte, mit Alice zu reden, wäre ich stehengeblieben und hätte ein bißchen an der Quelle gespielt, der wir unsere Wünsche anvertrauten und an der wir einander unsere größten Geheimnisse erzählten. Doch die sechs Busse mit den Leuten von dieser Gemeinde ließen mir keine Ruhe. Ich brannte darauf, mit Alice zu reden.

Unser Grundstück grenzte an das der Waltmans, das nur etwas mehr als einen mickerigen Morgen groß war und hauptsächlich aus Sand und einem verwilderten Garten bestand. Alice saß auf einer Schaukel – einem schmalen Brett an zwei Ketten. Sie hatte Maebelle im Arm und wiegte sich sachte hin und her.

Sie saß mit dem Rücken zum Wald – die perfekte Gelegenheit, sich heimlich anzuschleichen und sie zu erschrecken, aber ich hatte Angst, daß sie schreien würde und das Baby fallen ließ. Maebelle VanCamp war zwar nicht unerwartet gekommen, aber Alice und ich hatten trotzdem wenig für sie übrig. In der Hierarchie der Waltmans war Alice die Fünftgeborene, und weil ihre Mutter fand, mit dreizehn Jahren sei man alt genug, um Kindermädchen zu spielen, hatte sie ihr die alleinige Verantwortung für Maebelle VanCamp übertragen. Mrs. Waltman war schon wieder schwanger, und die älteren Geschwister mußten sich um die Kinder kümmern, die nach Alice geboren waren.

Da die Kali Oka Road nur einen Steinwurf weit vom Haus der Waltmans entfernt war, wußte ich, daß Alice die Busse gesehen haben mußte.

»Komm, wir radeln runter ans Ende der Straße.« Ich griff nach dem Schaukelbrett und gab ihr und Maebelle einen kleinen Schubs.

»Und was mach ich mit der hier?« fragte Alice und zeigte auf ihre Schwester.

»Wir können sie ja im Wald liegenlassen.«

Alice lachte. »Ja, und dann erstickt sie, oder es kommt irgendein Idiot und schleppt sie weg. Und ich hab dann den Ärger.«

»Vielleicht merkt's ja gar keiner.«

Wir mußten beide lachen. Das war so ein Witz zwischen uns. Bei den vielen Kindern, die die Waltmans hatten, würde es gar nicht auffallen, wenn eins fehlte, sagten wir immer aus Spaß.

»Glaubst du, die ziehen in die Kirche von der Lebensgemeinde ein?« fragte Alice. Sie schüttelte den Kopf, um eine lästige Mücke zu verscheuchen, die ihr unbedingt ins Auge fliegen wollte. Die strohblonden Ponyfransen wehten ihr um die Sommersprossennase.

»Sieht so aus. Carrie Sues Mann hat in Jexville gehört, daß sie das Grundstück gekauft haben, hat Mama Betts heute erzählt.«

Alice nickte. »Da werden die Leute hier aber nicht begeistert sein. Ganz und gar nicht. Nach den Erfahrungen, die sie damals mit der anderen Gemeinde gemacht haben.«

»Glaubst du, die hier gründen auch wieder eine Kommune?« Ich war stolz auf das Wort, über das sich immer alle so aufregten.

»Kommune? Was ist das denn?«

»Na, wo alle zusammen wohnen, so was Ähnliches wie eine Sippe.«

Alice fand diese Vorstellung absolut idiotisch. »Von denen hat anscheinend keiner neun Geschwister, sonst würden sie nicht wie eine Sippe leben wollen.«

»Wir können das Baby ja in meinen Fahrradkorb legen.«

Alice, die immer noch auf der Schaukel saß, stieß sich leicht mit den Zehenspitzen ab. Maebelle VanCamp schlief weiter. Ihr rosiges Gesicht lag an Alices flacher Brust.

»Weißt du, warum Mama sie VanCamp genannt hat?« fragte Alice.

Ich hatte verschiedene Theorien. Mein zweiter Vorname war Brighton, was so etwas wie eine Familientradition war, hatte Mama Betts gesagt, aber sie hatte es mit so einem komischen Unterton gesagt, daß ich mir nicht ganz sicher war, ob sie nicht flunkerte. »Weil ihr der Name gefallen hat?«

»Als sie mit Maebelle schwanger war, hat sie die ganze Zeit so einen Heißhunger auf VanCamp's Bohnen mit Schweinefleisch gehabt. Sie konnte an gar nichts anderes denken, und als sie dann gefragt wurde, wie das Baby heißen sollte, war das erste, was ihr in den Sinn kam, VanCamp. Daddy hat sie überredet, noch das Maebelle davorzusetzen.«

»Hört sich an wie aus einem Märchenbuch.«

»Hoffentlich denkt sie beim nächsten Kind nicht an Cornflakes. Oder kannst du dir ein Schwesterchen vorstellen, das Kellog's heißt?«

»Oder Ton!« Ich mußte lachen.

»Ton! Wie kommst du denn auf Ton?«

Ihr Lachen hatte das Baby geweckt. Maebelle wandte mir ihre erdbraunen Augen zu und starrte mich an, als ob sie ebenfalls auf meine Antwort wartete.

»Mama Betts hat gesagt, die schwarzen Frauen essen manchmal Ton aus der Kreideschlucht, wenn sie schwanger sind. Das ist ein ganz schreckliches Gelüst, hat sie gesagt, und daß die Ärzte die Frauen davon abbringen wollen, weil dadurch den Babys das Blut rausgesaugt wird oder so.«

Alice hatte plötzlich aufgehört zu lachen. »Das ist ja entsetzlich, Bekka. Warum essen die denn das Zeug, wenn es doch das Blut raussaugt aus ihren Babys?«

»Weil sie nicht dagegen ankönnen. Sie müssen es einfach essen, weißt du?«

»Wenn das nächste ein Junge ist, dann werde ich Mama auf keinen Fall erlauben, ihn Ton zu nennen. Das verspreche ich dir.«

»Maebelle ist wach. Hol dein Fahrrad, und dann fahren wir runter ans Ende der Straße.« Ich machte ein paar Schritte zum Wald hinüber, wo Picket und mein Rad warteten.

Alice warf einen kurzen Blick über die Schulter. Ihre Mutter war nicht am Fenster zu sehen. »Aber fahr ganz langsam, und paß gut auf.« Sie hob das Baby an, um abzuschätzen, ob es schwer genug war, um im Korb nicht zu arg durchgerüttelt zu werden.

»Na klar, und wir fahren auch gleich wieder zurück. Mama hat gesagt, ich soll in einer Stunde zu Hause sein. Du kannst bei uns Abendbrot essen, dann macht sich deine Mutter keine Gedanken, wo wir gesteckt haben. Mama Betts backt mal wieder ihren Erdbeerkuchen.«

»Ist gut.« Sie gab mir das Baby und flitzte hinters Haus, um ihr Fahrrad zu holen. Eine Minute später war sie wieder da. Sie schob das Rad, und ich ging mit Maebelle auf dem Arm neben ihr her in den Wald. »Eigentlich sollte ich das nicht tun ...«

»Ich muß wissen, was diese komischen Erlöser da unten machen. Vielleicht wollen die irgendwas anbeten – « Ich hielt inne. In religiösen Dingen war Alice manchmal merkwürdig. Ich wollte ihr keine Angst einjagen, denn sonst wäre sie womöglich nicht mit zum Cry Baby Creek gekommen, um auszukundschaften, was das für Leute waren.

»Anbeten? Was denn anbeten?«

»Das wollen wir ja gerade rauskriegen.«

Ich nahm mein Fahrrad und machte Maebell vorn im Korb ein richtiges kleines Nest zurecht. Es war ein tiefer Korb, aus dem sie nicht herausfallen konnte. Das einzige, was mich beunruhigte, war, daß die Straße an manchen Stellen ein bißchen holperig war, aber dann konnte ich ja absteigen und das Rad schieben, damit ihr nichts passierte.

Wir radelten durch den Wald, fuhren hinten an unserem Haus vorbei und bogen etwa eine halbe Meile von unserem Tor entfernt in die Kali Oka Road ein, und Picket lief die ganze Zeit neben uns her. Alice war genauso aufgeregt wie ich. Wir brannten beide darauf, zu erfahren, was unsere neuen Nachbarn trieben.

Kapitel 3

Die Brücke über dem Cry Baby Creek war aus Holz. Der Fluß selbst war ungefähr dreieinhalb Meter breit und hatte bernsteinfarbene Untiefen und ein paar abschüssige Stellen. Hier und da hatten sich Baumstämme verklemmt, über die das Wasser tosend und gurgelnd wie ein Gebirgsbach hinwegfloß.

Alt und hinfällig war diese Brücke und gefährlich. Sie führte nur zu dem Kirchengrundstück, das allerdings seit zehn Jahren unbewohnt gewesen war, weshalb sich niemand die Mühe gemacht hatte, die Brücke auszubessern. Die eine Seite des Flusses war völlig zugewachsen – ein prima Versteck für Alice, Maebelle und mich. Das Baby schlief fest. Wir hockten an der Uferböschung und spähten durch die Geißblatthecke.

Links von dem alten Pfarrhaus parkten die Busse, einer neben dem anderen. Die Gemeindemitglieder, allem Anschein nach zum größten Teil Erwachsene, streiften umher, schauten in den Himmel oder in die Baumkronen und hierhin und dorthin, nur untereinander sahen sie sich nicht an. Einen Verantwortlichen schien es nicht zu geben.

Jetzt, wo sie nicht mehr hinter den schmutzigen Busfenstern verborgen waren, kamen sie mir noch unheimlicher vor. Besonders die Kinder. Sie erinnerten mich an Bäume im Winter – starr, trist und schläfrig, als ob ihre Gesichter und ihr Geist in Erwartung des Frühlings vor sich hin dämmerten. Daß diese Kinder Fußball oder Verstecken spielten, konnte ich mir nicht vorstellen. Und dabei hatte ich die, die richtig klein waren, noch gar nicht entdeckt.

»Gruselig«, flüsterte Alice.

»Zombies.«

»Was die wohl hier wollen?«

Mir fiel keine Antwort ein, doch dann hatte ich auf einmal die wildesten Visionen. Ich malte mir aus, wie sie sangen und beteten und mit Schlangen herumhantierten, und dank meiner blühenden Phantasie wurden sie mir immer unheimlicher – und zogen mich immer mehr in ihren Bann. »Ob die Kinder in unsere Schule kommen? Mama Betts sagt, in Mississippi muß man nicht zur Schule gehen. Wir sind der einzige Staat ohne Schulpflicht, hat sie gesagt.«

»Zu uns in die Schule? Bestimmt nicht«, sagte Alice, die auf einen Ellbogen gestützt dalag und im anderen Arm das Baby wiegte. »Die alte Gemeinde hatte ihre eigene Schule, hat meine Mama jedenfalls erzählt. Sie würde sich natürlich nie trauen, das laut zu sagen, aber ich hab sie mit der alten Mrs. Shoals darüber tuscheln hören, daß die Lebensgemeinde ihre Babys für Geld verkauft hat.« Und dann senkte Alice die Stimme und fügte flüsternd hinzu: »Die Mädchen, die die Babys gekriegt haben, waren fast so was wie Sklavinnen.«

»Die Babys verkauft?« Das hörte sich unglaublich an. Wer würde denn ein Baby kaufen?

»Ja, wie junge Hunde oder Pferde. Die Mädchen aus der Gemeinde haben ein Kind gekriegt, und das haben sie dann an Leute verkauft, die selber keine bekommen konnten.« Alice kitzelte Maebelle und wurde dafür mit ein paar kräftigen Fußtritten und einem zahnlosen Grinsen belohnt. »Ich hätte nichts dagegen, wenn wir ein paar von unseren verkaufen würden.«

»Alice!« Ich tat schockiert, aber ich wußte ja, daß sie es nicht ernst meinte. »Guck mal.« Jetzt standen mehrere Männer beisammen und redeten miteinander und zeigten mal in diese, mal in jene Richtung. Wir konnten nicht genau verstehen, was sie sagten, aber es kamen Wörter vor wie Kinderkrippe und Wohnräume und Pflichten. Sie riefen einer der Frauen etwas zu, und die Frau nickte und ging in das alte Pfarrhaus.

»Die wissen anscheinend nicht, was sie machen sollen.«

Ein paar von den Männern gingen zu den Bussen und fingen an, die Koffer auszuladen.

»Die bleiben hier.« Alice richtete sich auf, damit sie besser sehen konnte. »Die wollen alle zusammen in der Kirche schlafen.«

Sie hatte recht. Die Männer brachten die Koffer in die Sakristei. Es gab nur die Kirche und das Pfarrhaus. Nach meiner Schätzung mußten das fünfzig bis sechzig Familien sein. Während die Männer ausluden, hatten die Frauen eine Kette gebildet und reichten die Koffer weiter. Es war unheimlich, weil niemand lachte oder sprach.

»Komm, wir verschwinden, sonst sehen sie uns noch.« Alice krabbelte nach unten und kroch aufs Ufer zu. Und Maebelle, die ihr fast aus dem Arm gerutscht wäre, wimmerte kurz auf.

Die Erlöser-Gruppe, die uns am nächsten war, drehte sich zu uns um. Ich blieb an der Böschung hocken und hoffte inständig, daß mich die Geißblatthecke verdeckte. Ich machte Alice ein Zeichen, daß sie sich im Schutz der Sträucher halten sollte, falls einer nachgucken kam.

Wieder muckte Maebelle auf. Mir lief der Schweiß über die Wange. Eine Frau mittleren Alters und zwei Mädchen schauten zu uns rüber. Die Frau trat vor und kniff forschend die Augen zusammen. Zum erstenmal wurden die Gesichter der Mädchen etwas lebendiger. Die eine hatte braune Haare, die ihr glatt über den Rücken fielen. Ihre Mutter trug das Haar hochgesteckt, ungefähr so wie die Mädchen auf der High School manchmal, aber bei ihr wirkte das ganz anders.

Ihr Blick fixierte mich. Mir stockte der Atem. Sie drehte sich um und rief etwas nach hinten. Einer der Männer kam auf sie zu.

»Lauf!« Ich befreite mich aus der Geißblatthecke und ließ mich die Böschung hinuntergleiten. Alice kam unter der Brücke hervor. Ohne auf unsere Schuhe zu achten, wateten wir durch das seichte Wasser. Wir hatten nur noch Angst ums nackte Leben.

»Lauf, Alice!« Ich kletterte vor ihr am anderen Ufer hoch, damit ich ihr mit dem Baby helfen konnte. Maebelle brüllte wie am Spieß, sie tat gerade so, als ob wir sie entführen wollten.

»He! Ihr da!« rief der Mann.

»Lauf!« schrie ich. Ich hatte Maebelle auf dem Arm und rannte zum Waldrand, wo wir unsere Räder stehengelassen hatten. Alice war hinter mir, sie japste nach Luft.

Aus dem Wald kam ein braunweißer Pfeil geschossen und jagte

direkt auf die Brücke zu, die über die Bucht führte, wo der dünne Mann war, der uns verfolgte.

»Picket!« Ich warf Alice das Baby zu und schaute zurück zur Kirche. Der Mann war auf der Brücke stehengeblieben. Sein Gesicht war wutverzerrt. Picket hatte sich mit angriffslustig gesträubtem Fell und gefletschten Zähnen vor ihm aufgebaut. Wenn er nur einen Schritt näher gekommen wäre, hätte sie ihm ins Bein gebissen. Doch der Mann beachtete die Hündin gar nicht, er starrte Alice und Maebelle hinterher.

»Picket! Kommst du her!«

Sie hörte nicht auf mich. Alle ihre Sinne waren einzig und allein auf den Mann konzentriert. Picket witterte seine Wut genauso, wie ich sie ihm vom Gesicht ablesen konnte. Nichts auf der Welt hätte sie daran hindern können, mich zu beschützen. Mehrere andere Männer hatten sich um die beiden geschart. Ein junger Bursche rannte in die Kirche und kam mit einem Gewehr zurück. Er gab es einem der Männer.

»Picket!« Ich hörte die Angst in meiner Stimme. Die wollten meinen Hund erschießen.

»Bekka!« Ich wollte zur Brücke rennen, doch Alice packte mich am Arm. »Nicht, Bekka!«

Meine Finger fanden das Halsband in Pickets dichtem Fell, ich zerrte sie fort. Ihre Krallen scharrten über den hölzernen Brückenboden, sie war stocksteif, aus ihrer Kehle kam ein wütendes Knurren. Als ich über die Brücke war, schaute ich hoch zu dem Mann. Ein grausiges Lächeln lag auf seinem Gesicht.

»Das ist ein toter Hund«, sagte er leise. Der Mann mit dem Gewehr legte an und zielte.

Picket wog fast zwanzig Kilo, aber das war mir in dem Moment egal. Ich nahm sie auf den Arm und rannte los.

»Das hier ist ein Privatgrundstück«, rief der Mann uns nach. »Laß dich ja nicht wieder hier blicken, sonst wird es dir leid tun. Wir hetzen dir den Sheriff auf den Hals, dir und dem Köter da!«

Diesmal wurde Maebelle ziemlich unsanft in den Korb gepackt. Alice hielt mir mein Rad hin und holte dann ihr eigenes. Während wir wie die Wilden in die Pedale traten und Picket neben uns herrannte, kam der Mann über die Brücke geschlendert.

»Wem gehört eigentlich dieses Baby?« rief er. »So geht man doch nicht mit einem Kleinkind um.«

Meine Fahrradkette sirrte. Maebelle hatte leise, aber ausdauernd zu schreien angefangen. Die Bewegung des Rades schien sie etwas zu beruhigen, und ich dachte überhaupt nicht daran, ihretwegen das Tempo zu drosseln. Jedenfalls nicht, solange wir die Erlöser nicht abgehängt hatten.

Als wir den Schatten eines Maulbeerbaums erreichten, der wild an P. C. Harless' Zaun wuchs, waren Alice und ich völlig durchgeschwitzt.

»Die sind verrückt«, sagte Alice, während sie Maebelle aus dem Korb nahm und auf ihrem Arm wiegte. »Ist ja gut, Kleines«, säuselte sie leise. »Eia, eia, Baby.« Aber es fehlte nicht viel, und sie hätte selbst geweint.

Wir wußten beide, daß wir eben um ein Haar gewaltig in der Patsche gesessen hätten, aber keine von uns hatte Lust, darüber zu reden. Andererseits konnten wir auch nicht so tun, als ob nichts gewesen wäre. »Sieht so aus, als ob die da alle zusammenwohnen wollen. Wenn meine Mama das mitkriegt, daß die da 'ne Kommune machen, die dreht durch.«

»Meine Mama sagt, wenn Daddy den ganzen Tag zu Hause wäre, dann hätte ich nicht nur zehn Geschwister, sondern zwanzig«, sagte Alice und schnitt Maebelle eine Fratze. »Das würde ich nicht aushalten.«

»Denkst du, ich? Und die da haben auch nicht gerade glücklich ausgesehen. Die meisten von denen sind rumgelaufen wie Gespenster.« Die Leute waren wirklich unheimlich gewesen. Nicht ein einziges Lachen, keine Begeisterung. Als ob man ihnen alle Lebenssäfte abgezapft hätte. Wie leergesaugt. »Bis sie das Gewehr geholt haben.«

»Du hast schon recht, das sind Zombies.« Alice nahm das Baby an die Schulter. »Komm, wir fahren heim. Mama wartet bestimmt schon, daß ich ihr beim Abendbrotmachen helfe.«

Aha, sie hatte also nicht mehr vor, bei uns zu essen. Die Sache war uns zu sehr an die Nieren gegangen. Wir brauchten beide Zeit, um darüber nachzudenken. »Vielleicht können wir morgen schwimmen gehen.«

Alice warf mir einen raschen Blick zu. »Aber nicht im Cry Baby Creek.«

»Wieso denn nicht?«

»Du willst bloß wieder diesen Erlösern nachspionieren. Ums Schwimmen geht's dir doch gar nicht.« Ihre Sommersprossen stachen von der weißen, bleichen Haut ab. »Nach allem, was heute passiert ist, willst du noch mal dahin? Du hast keinen Funken Verstand, Bekka Rich.«

»Klar, ich will schwimmen gehen, und dann will ich mich noch ein bißchen um die Kirche herum umsehen. Wenn wir Maebelle nicht mitnehmen müßten – «

»Und deinen Hund! Wie's aussieht, habe ich das Baby morgen auch dabei und übermorgen und überübermorgen, bis die Schule wieder anfängt.«

Jammern nützte nichts. Alice machte das alles genauso wenig Spaß wie mir. Und trotzdem, daß ich in der Kali Oka Road nicht mehr so glücklich war, hing in erster Linie damit zusammen, daß Alice ständig Kindermädchen spielen mußte. Meine Freundin fehlte mir, und ich litt darunter, daß wir viel weniger Zeit füreinander hatten als früher.

»Vielleicht kann sich Julie Ann um sie kümmern.«

»Hmm.« Alice legte Maebelle wieder in meinen Fahrradkorb und gab das Zeichen zum Aufbruch. Ich wußte so gut wie sie, daß Julie Ann sich nie und nimmer um das Baby kümmern würde. Julie war zwei Jahre älter als Alice, aber sie war etwas Besonderes. Sie litt an Asthma und war schwach auf der Brust, und darum konnte sie im Haushalt keine Pflichten übernehmen. Neue Kleider wurden immer nur für Julie gekauft, und erst wenn Julie aus ihnen herausgewachsen war, durften die anderen Kinder sie auftragen. Die Geschwister, die älter als Julie waren, mußten noch mehr arbeiten und bekamen noch weniger Zuwendung. Bei den Waltmans drehte sich alles nur um Julie. Und außerdem war sie die beste Stickerin in ganz Mississippi. Sie tat den ganzen Tag nichts anderes, als so lange feine Fäden durch ein Stück Stoff zu ziehen, bis ein Bild entstanden war.

Am Waldrand ließ Alice ihr Fahrrad stehen und nahm das Baby. Ich fuhr nach Hause und war zurück, bevor die Stunde, die Mama mir gegeben hatte, um war.

»Na, wie war's unten an der Kirche?« fragte Mama Betts, als ich das Fliegengitter aufstieß. Sie stand in der Küchentür.

»Gruselig.« Es hatte sowieso keinen Sinn, ihr etwas vorzumachen. »Die laufen rum wie Gespenster, die Leute.«

»Halt dich fern von diesen Menschen, Bekka. Die führen nichts Gutes im Schilde.«

»Ich seh sie mir ja bloß an. Da ist doch nichts dabei.«

»Und wenn sie nun mit dir reden wollen, was machst du dann? Die Taubstumme spielen, oder wie?«

»Die wollen nicht mit mir reden. Die wollen nichts mit uns zu tun haben.«

»Haben sie euch fortgejagt?«

Mama Betts war einfach zu klug. Irgendwie schaffte sie es immer, einen so lange auszuquetschen, bis man ihr alles haarklein erzählt hatte, genauso wie sie die Zitronen für ihre Kuchen ausquetschte, bis sogar die Schale ganz trocken war.

»Nicht direkt«, murmelte ich. Wenn sie das mit Picket und dem Gewehr rauskriegte, dann konnte ich mich auf was gefaßt machen.

»Aber sie waren auch nicht gerade erbaut, euch zu sehen, stimmt's?«

»Nicht direkt.«

Sie lachte. »Effie hat deinen Dad angerufen und ihm alles erzählt. Er hat gesagt, wir sollen dich ja an die Kandare nehmen, sonst willst du am Ende noch bei denen mitmachen, und das ist schließlich kein Zirkus.«

»Ruft Daddy zurück?« Ich war jedesmal sauer, wenn Mama mit ihm telefonierte, wenn ich nicht zu Hause war. Irgendwie hatte ich dann immer das Gefühl, um etwas ganz Schönes betrogen worden zu sein.

»Heute abend. Er will mit dir reden.«

»Und mit Arly nicht?«

»Mit Arly auch.«

»Wo steckt der eigentlich? Ich hab ihn den ganzen Tag noch nicht gesehen. Weiß er schon von den Erlösern?«

»Aber sicher. Er ist ja wie ein Wilder die Straße runtergelaufen und hat dich gesucht.«

»Der hätte uns gerade noch gefehlt. Es hat schon gereicht, daß Maebelle die ganze Zeit geheult und geschrien hat.«

»Ihr hattet das Baby mit?«

Ihr Ton machte mir schlagartig klar, daß ich nahe daran gewesen war, mich gewaltig in die Nesseln zu setzen. »Wir sind bloß hin- und wieder zurückgefahren. Das Baby fährt gern Fahrrad.«

»Wenn ihr so weitermacht, kriegt die Kleine noch einen Hirnschaden. Ich weiß, Mrs. Waltman hat viel zuviel um die Ohren, und sie soll ja schon wieder schwanger sein, aber ich kann mir nicht denken, daß sie erlauben würde, daß – «

»Für das Baby ist Alice zuständig. Mrs. Waltman hat andere Sachen im Kopf.«

Mama Betts stemmte die Hände in die Hüften. Freche Antworten konnte sie nicht leiden. »Ich weiß, daß das nicht in Ordnung ist, Bekka, aber es gibt eine Menge Kinder, die schwerer arbeiten müssen als Alice. Ist vielleicht ganz gut, daß Alice mit dem Baby beschäftigt ist, sonst würdet ihr zwei in diesem Sommer womöglich noch Schwierigkeiten kriegen. Du brauchst das gar nicht abzustreiten. Ich sehe doch, wie es funkelt in deinen blauen Teufelsaugen.«

Kapitel 4

Das Wasser im Fluß war eisig kalt – trotz der brütenden Junisonne und obwohl wir auf unseren Rädern ins Schwitzen gekommen waren. Der Cry Baby Creek ist von artesischen Quellen gespeist, die frisch und eisig aus der harten Lehmerde kommen. An manchen Stellen ist der Grund aus reinem Lehm und rutschig wie eine Speckschwarte. Gerade waren Alice, die die kleine Maebelle in einem eigens für sie gemachten Tragetuch vorm Bauch trug, damit sie die Hände frei hatte, und ich an einer dieser Stellen vorbeigekommen. Wir wollten zur Senke, unserem Lieblingsplatz, wo die schnelle Strömung eine knapp anderthalb Meter breite und etwa zweieinhalb Meter tiefe Rinne ins Flußbett gegraben hatte, die ungefähr fünfzehn Meter lang war und dann in einem stillen kleinen See endete. Der Weg dorthin war die reinste Achterbahn; wir jauchzten vor Vergnügen und hatten gleichzeitig Angst. Picket, die neben mir lief, war darauf erpicht, die Eichhörnchen am Ufer zu jagen.

»Geh du vor, dann kannst du mir Maebelle abnehmen«, sagte Alice und setzte sich auf eine kleine Lehmbank neben dem herabstürzenden Wasser.

Als ich in das eisige Wasser stieg, hielt ich den Atem an, teils wegen der plötzlichen Kälte, teils aus Angst. Um mich herum brodelte das Wasser, es stieß mich und zerrte an mir und griff nach meiner Haut und meinem Badeanzug, der wie eine zweite Haut war. Es wollte mich haben, und das machte mir Spaß und Angst zugleich.

»Geh!« drängte Alice. »Geh!« Die Sonne, die an beiden Seiten des Ufers durch die Bäume brach, sprenkelte ihre Haut mit immer größeren Sommersprossen.

Juchzend stieß ich mich von den Steinen ab und rannte hinunter in die tosende Wasserrinne. Ich wurde untergetaucht und wieder hochgeschleudert, stolperte über Felsbrocken und drehte mich mit den Strudeln, und dann, nach zwanzig Sekunden, hatte ich die Stille des offenen Sees erreicht. Seine lehmigen Ränder boten kaum Halt, aber trotzdem schaffte ich es, ins Flache zu kommen.

Alice winkte mich zurück zum oberen Rand der Senke. »Du hast ausgesehen wie ein rosa Korken«, sagte sie.

Ich war mit dem Badeanzug gegen eine Klippe gekommen, und der gelbe Lehm hatte sich in den rosafarbenen Nylonstoff hineingefressen. Ich würde einen blauen Fleck an der Hüfte kriegen, aber das war dieser Augenblick, in dem ich voll und ganz der Gnade des Wassers ausgeliefert gewesen war, mir wert. Alice reichte mir Maebelle und ging dann selbst ins Wasser. Kreischend stürzte sie sich mit einem Kopfsprung in die Fluten, was noch gefährlicher war. Ich konnte sie nicht mehr sehen, und ein paar unerträglich lange Sekunden lang hatte ich Angst, daß sie mit dem Kopf irgendwo aufgeschlagen war. Als sie wieder auftauchte, war sie knallrot von wollüstiger Angst und vom Luftanhalten.

»Warum ist Arly nicht mitgekommen?« fragte sie, als sie sich ins Flache hievte.

»Ich hab ihn nicht drum gebeten.« Wenn der gewußt hätte, daß wir uns zu den Erlösern schleichen wollten, der hätte uns garantiert verpetzt. Wenn Arly sich etwas davon versprach oder wenn er meinte, mir damit eins auswischen zu können, war er durchaus in der Lage, den Mund zu halten, aber sonst plauderte er alles aus. »Mama, weißt du eigentlich, daß Bekka unten an der Kirche rumgeschnüffelt hat?« Ich konnte es schon hören.

»Aber wir gehen nicht wieder zu diesen Erlösern«, sagte Alice, die meine Gedanken erraten hatte. »Auf keinen Fall. Die machen mir angst. Wer weiß, was sie nächstes Mal tun.«

»Du kannst ja hierbleiben.« Ich hatte mir meinen Plan schon zurechtgelegt. Ich wollte den Fluß hinunterwaten und die Leute von der Ostseite her beobachten. Der Cry Baby Creek machte eine Art Bogen um die Kirche und das Pfarrhaus. Die Brücke lag südlich der Kirche, aber von dort stromaufwärts zog sich der Fluß in einer scharfen Kurve nach Norden. Diese Kurve war der perfekte Ausguck. Dort würde uns keiner vermuten.

»Paß bloß auf, Rebekka Rich, deine Mama und deine Großmutter werden dir ordentlich das Fell gerben.«

»Die kriegen das doch gar nicht mit, außer wenn du es ihnen erzählst.«

»Oder wenn Picket wieder auf einen von diesen Erlösern losgeht.«

»Picket können wir ja bei den Fahrrädern anbinden.«

»Und wenn sie nun anfängt zu jaulen?«

»Das macht die nicht.«

»Und Maebelle V.? Meinst du nicht, daß die schreit?«

»Vielleicht schreit sie ja auch nicht.«

»Und wenn doch?«

»Dann hauen wir eben ab. Und außerdem, kann ja sein, daß denen das Kirchengrundstück gehört, aber der Fluß, der gehört ihnen nicht. Die Brücke ist mit öffentlichen Geldern gebaut worden, also ist der Fluß öffentliches Eigentum.«

»Wer sagt das?« fragte Alice spöttisch.

»Mein Daddy.« Natürlich hatte Daddy das nie gesagt, aber es hörte sich nach einem fundierten Argument an. Ich schaute Alice in die Augen und lächelte triumphierend.

»Na schön.« Sie legte sich das Baby an die Schulter. Maebelle V. grinste und giggelte und hatte rote Backen wie eine richtige kleine Abenteuerin.

»Siehst du, Maebelle will auch hin. Die will auch wissen, was das für Wilde sind, die sich da unten an der Straße breitgemacht haben.«

»Na klar«, sagte Alice und gab ihrer Schwester einen Kuß auf die Nase. »Ich glaube eher, die will ihr Fläschchen kriegen und 'ne Runde schlafen.«

»Na gut, dann hol das Fläschchen raus.«

Während Alice Maebelle fütterte, rief ich Picket. Die Hündin war klug genug, um zu wissen, daß ich etwas mit ihr vorhatte. Manchmal nahm ich Shampoo mit zur Bucht und badete sie. Sie blieb zögernd oben an der Uferböschung stehen, schaute zu mir herunter und wedelte mit dem Schwanz. Sie hatte mich sehr wohl gehört und durchaus begriffen, was ich wollte. Sie hatte bloß keine

Lust zu gehorchen. Daddy sagte immer, Picket sei klüger als wir alle zusammen, und das glaubte ich ihm.

»Komm, wir gehen nach Hause«, versuchte Alice es wieder. »Wirklich. Wir waren doch gestern erst da unten. Die müssen sich doch erst mal in Ruhe einrichten. In nächster Zeit gibt's da bestimmt nicht viel zu sehen. Wir können uns ja am Sonntag noch mal hinschleichen und ein bißchen beim Gottesdienst zuhören. Vielleicht schreien und kreischen und trommeln sie ja.«

»Oder stellen irgendwas mit Schlangen an.«

»Huuuh.«

Alice dachte, ich mache bloß Spaß. »Das tun diese komischen religiösen Sekten manchmal.« Als Effie und Mama Betts sich gestern abend unterhalten hatten, hatte ich aufmerksam zugehört. Und ich war sehr stolz auf das Wort Sekte, das ich dabei aufgeschnappt hatte.

»Und wozu soll das gut sein?«

»Damit beweisen sie, daß sie Glauben haben. Die glauben, daß Gott sie beschützt und sie die Giftschlangen anfassen können, ohne daß ihnen was passiert. Ein Glaubensbeweis ist das.«

»Und wenn sie nun gebissen werden?«

»Na ja, dann war ihr Glaube wohl nicht stark genug.«

»Und wenn sie sterben? Kommen sie dann in die Hölle?«

So tief war Effie nicht vorgedrungen. »Direkt ins Fegefeuer.«

»Komm, wir gehen lieber nach Hause. Vielleicht halten die ihre Schlangen hier unten an der Bucht.«

»Klapperschlangen macht Wasser nicht viel aus, und die nehmen nur Klapperschlangen. Durch das Geräusch wird die Sache ja erst richtig gruselig, wenn sie die ganzen Klapperschlangen haben und ihre Tambourins schlagen. Und dann holen sie die Zuber raus und fangen an, sich gegenseitig die Füße zu waschen.«

»Ich glaub dir kein Wort, Rebekka Rich, du willst mich wohl auf den Arm nehmen?«

Ich hatte mich gefährlich weit vorgewagt, und nun war es höchste Zeit, daß ich den Rückzug antrat, damit Alice nicht auf dumme Gedanken kam. »Vielleicht, vielleicht auch nicht«, sagte ich lächelnd. »Aber wo wir schon mal hier sind, können wir doch wenigstens mal gucken gehn. Maebelle ist ja fürs erste ruhiggestellt, jetzt, wo sie ihr Fläschchen gekriegt hat, und wir müssen sowieso noch etwas warten, bevor wir wieder zurückfahren können. Sonst kommt ihr bei dem ganzen Geholper noch die Milch hoch.«

»Aber bloß mal ganz kurz gucken, und dann muß ich heim.«

Zum Glück kam Picket gerade die Böschung heruntergetrabt. Ich kriegte sie am Halsband zu fassen und holte einen Strick aus der Tasche, den ich extra mitgebracht hatte, um sie anzubinden, damit ihr nichts passieren konnte. Ich tat es und hatte ein furchtbar schlechtes Gewissen dabei. Sie sah mich an, als ob ich sie geschlagen und angespuckt hätte, aber trotzdem band ich sie an einen großen, schattenspendenden Magnolienbaum. Sie würde nicht heulen. Mein Verrat hatte sie zu Tode beleidigt, sie würde keinen Laut von sich geben. Daddy hatte mal gesagt, einen Hund, den man festbinden oder anketten müßte, so einen Hund würde er nicht haben wollen. Ein Lebewesen darf man nicht an die Leine legen, sagte er immer. Daß ich Picket angebunden hatte, widersprach allen Grundsätzen, die meine Eltern mir beigebracht hatten, aber es war doch nur zu ihrer eigenen Sicherheit. Alice schaute weg, als ich es tat.

»Paß auf die Fahrräder auf«, sagte ich zu Picket, als ich sie verließ. Nachdem ich ihr so was wie eine Aufgabe gegeben hatte, war mir etwas wohler.

Als der Boden des Flusses immer rutschiger wurde und wir nicht mehr weiter durchs Wasser gehen konnten, kletterten Alice, die Maebelle wieder in ihrem Tragetuch hatte, und ich am gegenüberliegenden Ufer hoch, das tatsächlich Teil des Kirchengrundstücks war. Dort gab es einen Weg, und ich sah nicht ein, wieso wir uns durch mannshohes Unkraut und meterdickes Brombeergestrüpp schlagen sollten, wo wir doch, wenn wir hier entlanggingen, eine halbe Stunde eher auf der anderen Seite waren.

Man konnte sich vorstellen, wie der Fluß damals ausgesehen hatte, als hier noch die Pascagoula-Indianer lebten. Als die Gegend besiedelt wurde, hatte man den Wald zum größten Teil gerodet, aber hier und da, vor allem in den Flußniederungen des Pascagoula, etwa zehn Meilen weiter südlich, gab es noch ein paar unberührte Kiefernwälder.

Die Pascagoula waren ein kleiner Stamm gewesen, der vor allem an den Ufern des Pascagoula-Flusses lebte, aber zum Jagen und Fischen ins Landesinnere zog, zum Beispiel an den Cry Baby Creek. Es gab überall Gräber von ihnen. Effie hatte mehrere entdeckt. Sie hatte Tonscherben, Pfeilspitzen, Perlen und Knochen ausgebuddelt, und zu guter Letzt hatte sie beim Landesarchiv angerufen, und die hatten ein Archäologenteam geschickt, das sich der Sache dann gründlich angenommen hatte. Wir hatten noch nicht erfahren, ob die Überreste von den Choctaw, den Pascagoula oder den Chickasaw oder von irgendeinem anderen versprengten Häufchen stammten, das an den Ufern der Bucht campiert hatte. Mama Betts sagte, sie seien eindeutig von den Chickasaw. Sie war der felsenfesten Überzeugung, daß Kali Oka in der Sprache der Chickasaw soviel wie »Rand der sprudelnden Quelle« heißt. Sie zerlegte das Wort sogar und erklärte, Oka bedeute Quelle, und Kali-sita sei das Chickasaw-Wort für Rand. Die Meinung der »Fachleute« sei ihr egal, sagte sie, sie wüßte auch so Bescheid.

In den Wäldern lebten massenhaft Rehe, Eichhörnchen und Kaninchen. Es gab auch Wildschweine, vor denen ich einen Heidenrespekt hatte. Die Leute stritten sich darüber, ob die Wildschweine vor oder nach den Indianern gekommen waren, was einem allerdings in dem Moment, wo so eine Sau mit blutunterlaufenen Augen auf einen losgeht, ziemlich schnuppe sein kann. Die großen Tiere wogen gut und gern anderthalb Zentner und konnten mit ihren Hauern einen ausgewachsenen Mann außer Gefecht setzen. Sie waren riesig und böse und fielen jeden an, der sich in ihr Revier wagte. Mich quälte der Gedanke, daß ich Picket angebunden und wehrlos zurückgelassen hatte.

Ich war tief in meine Indianergedanken versunken, als plötzlich zu meiner Rechten ein paar Erlöser auftauchten. Alice und ich rutschten gleichzeitig die Böschung hinunter.

Es waren fünf Jungen, allesamt größer als Alice und ich. Trotz der Junihitze hatten sie weiße Hemden und lange graue Hosen an. Sie schienen ein bestimmtes Ziel zu haben. Sie schwiegen, aber das war wohl nur eine Gesprächspause. Eine Pause in einer erregten Debatte.

»Er hat ihr die Hände auf die Brüste gelegt.«

Von unserem Versteck hinter der Böschung aus konnten wir nicht sehen, wer von den fünfen das gesagt hatte.

»Hat er nicht!« erwiderte ein anderer.

»Klar hat er. Ich hab's doch gesehen. Er hat sich hinter sie gestellt und ihr die Hände auf die Brüste gelegt. Sie hatte das weiße Kleid an, das sie immer beim Singen trägt.«

»Ich schlag dir den Schädel ein, du. Von dem würde meine Schwester sich nie und nimmer anfassen lassen. Sie haßt ihn.«

Nur zwei von den Jungen waren in den Streit verwickelt. Die anderen blieben still.

»Kann ja sein, daß sie ihn haßt, aber er hat ihr trotzdem die Hände auf die Brüste gelegt und sie irgendwie... zusammengedrückt.« Der Junge hatte in hämischem Ton gesprochen.

»Vielleicht hat sie sich nicht getraut, sich zu wehren.« Das war eine neue Stimme, die leiser klang.

»Stimmt. Reverend Marcus macht, was er will, das weiß doch jeder oder etwa nicht, Tommy?«

Ich hörte ein rauhes Lachen, das ich mir nicht recht erklären konnte. Ich hatte das Gefühl, daß die Jungen sich eigentlich untereinander nicht leiden konnten, aber irgendeine Gemeinsamkeit hatten, etwas, das sie miteinander verband.

Alice kniff mich dermaßen in den Unterarm, daß ich fast eine Blase bekam. Um ein Haar hätte ich vor Schmerz geschrien. »Was ist denn?« zischte ich.

Maebelle saß strampelnd auf Alices Arm und verzog das Gesicht, als ob sie gleich losheulen wollte. Alice schaukelte sie ein bißchen und versuchte ihre Laune etwas aufzubessern.

Jetzt redete wieder der dickliche Junge. »Ich werd Mama erzählen, was Reverend Marcus gemacht hat. Letzten Sonntag, sagst du?«

»Direkt nachdem deine Schwester dieses schöne Lied gesungen hat, das mit der Geborgenheit in den Armen des Herrn.«

Der Spott in der Stimme des ersten Jungen war nicht zu überhören. Und gleichzeitig war er wütend. Ich hielt es nicht mehr aus und kroch hinauf zum Kamm der Böschung. Der Junge, der gerade gesprochen hatte, war der längste von den fünfen. Seine dunklen

Haare waren schlecht geschnitten und hingen ihm zottelig nach hinten. Die ausgebeulten Hosen schlackerten um seinen mageren Körper, die Arme hingen runter. Aber er hatte eine Stinkwut. Er stand da, winkelte die Ellbogen an und ballte die Fäuste. Er wollte sich schlagen, ganz egal, mit wem. Der Junge, der seine Schwester in Schutz genommen hatte, war nicht so unterernährt, er sah gepflegter aus und war weniger aufgeregt.

»Von dem würde Mag sich nie anfassen lassen, jedenfalls nicht freiwillig. Sie haßt ihn genau so sehr wie wir.«

»Frag sie doch selber«, sagte der erste Junge trotzig. »Und überleg dir besser, ob du das deinen Eltern erzählst, denn wem werden sie wohl eher glauben? Dir oder Marcus?«

Die Frage stand zwischen ihnen. »Na los, kommt schon«, sagte einer der anderen Jungen. »Wir wollten doch schwimmen gehen.«

Sie liefen mit schnellen Schritten den Weg entlang zum Fluß. Alice und ich konnten entweder zum Pfarrhaus runterlaufen oder zurückrennen, damit wir vor ihnen an der Badestelle waren. Aber nachdem ich Picket festgebunden hatte, blieb mir keine Wahl. Wir gingen auf die andere Seite des Flusses und kletterten dort die Uferböschung hinauf, behindert vom Gestrüpp und von Maebelle in ihrem Tragetuch. Ich konnte mich unter dem Unterholz hindurchducken und den Brombeerhecken ausweichen, aber Alice mit dem Baby kam nicht so schnell vorwärts.

Als wir fast am Ziel waren, hörte ich das Heulen. Kein Zweifel, das war Picket, aber sie bellte nicht vor Wut. Sie hatte Schmerzen.

»Lauf!« Alice stieß mich vor sich her. »Wir müssen ihnen zuvorkommen! Lauf!«

Ich rannte wie eine Wilde. Ich hätte mich ohrfeigen können, so wütend war ich auf mich. Ich achtete nicht auf Dornen und Zweige. Wieder heulte Picket vor Schmerz auf, und ich dachte, mir zerspringt das Herz. Sie konnte sich nicht wehren. Und das war meine Schuld.

Kapitel 5

Als ich aus dem Unterholz hervorgeschossen kam, wich der Lange zurück und ließ ab von Picket. Er blutete an der Hand, und Picket stand buchstäblich jedes einzelne Haar zu Berge. Sie gab keinen Laut von sich.

»Laß sie in Ruhe!« Ich ging zu Picket und stellte mich neben sie. Ganz vorsichtig strich ich ihr übers Fell, um festzustellen, wo sie verletzt war. Als ich ihr mit den Fingern oben auf die Wirbelsäule drückte, heulte sie gequält auf. Neben ihr auf der Erde lagen zwei dicke Knüppel.

Die Jungen hatten ihre weißen Hemden ausgezogen. Im Schatten der Bäume sah ihre Haut wie Alabaster aus. Man konnte ihre Rippen sehen, nur nicht bei dem dicklichen Jungen, und dadurch wirkten sie irgendwie hilflos, fast so, als ob sie sich schämten. Über die Hand des Langen lief Blut. Es rann am Mittelfinger runter und tropfte ganz langsam auf den Boden.

»Kommt weg hier«, sagte er, und die anderen traten mit ihm zusammen den Rückzug an.

»Was habt ihr mit meinem Hund gemacht?« Picket war angespannt, bereit zum Angriff, aber sie bellte nicht. Sie knurrte ganz tief unten in der Kehle, was ich mehr spürte als hörte. Niemand antwortete auf meine Frage. Ich hatte das Verlangen, die ganze Bande zu verprügeln, am liebsten hätte ich die dicken Knüppel genommen und sie verdroschen, damit ihnen ein für allemal die Lust verging, Hunde zu schlagen. Nicht einer gab mir Antwort. Sie standen da und glotzten, bis der Lange sich abwandte.

»Ich hab gesagt, wir gehen«, kommandierte er. Die Jungen liefen im Gänsemarsch hinter ihm her.

»Wenn ihr meinem Hund noch mal was tut, dann könnt ihr was erleben. In der Hölle werdet ihr schmoren, ihr blöden Erlöser!«

Der Lange blieb stehen und schien darüber nachzudenken. Dann drehte er sich zu mir um. Er lächelte. »Vielleicht überlegst du dir mal, wem du drohst, Mädchen. Weißt du was? Du solltest besser nicht allein im Wald spazierengehn. Man kann nie wissen, was einem da so zustößt. Man kann nie wissen...«

»Fahrräder!« tönte es plötzlich. Der dickliche Junge hatte sie gefunden, der, der vorhin seine Schwester in Schutz genommen hatte.

Sie zogen unsere Fahrräder aus den Sträuchern und waren so sehr aus dem Häuschen über ihre Entdeckung, daß sie alles um sich herum vergaßen. Der eine tanzte mit lautem Siegesgeheul um mein *Schwinn* herum wie ein Indianer. Ganz vorsichtig band ich Picket von der Magnolie los. Wenn ich sie laufen ließ, würde sie sich auf die Jungen stürzen. Ich hatte große Lust dazu, aber meine Angst vor dem Langen war stärker. Der konnte ihr ernsthaft weh tun. Oder mir, und wahrscheinlich hätte ihm das auch noch Freude gemacht. Außerdem mußte ich auf Alice und Maebelle V. Rücksicht nehmen. Und darum hielt ich Picket fest.

Die Jungen schnappten sich die Fahrräder und rannten damit auf die andere Seite der Bucht. Sie wollten sie offensichtlich behalten.

Ich redete leise auf Picket ein und tastete nochmals behutsam ihren Rücken ab. Bis auf die eine empfindliche Stelle schien sie keine Beschwerden zu haben.

»Bekka!« Hinter mir kam Alice aus dem Brombeergestrüpp geschossen. Sie sah gerade noch, wie die Jungen auf unseren Fahrrädern verschwanden. »O Gott«, flüsterte sie und lehnte sich an die Magnolie. »Und was machen wir jetzt?«

Ich wußte es nicht. Ich hielt Picket noch immer an dem Strick fest und zwang sie, neben mir zu laufen. Sie konnte sich bewegen, sie hinkte nicht. Meine Sorgen legten sich, und an ihre Stelle trat ein Feuer, das neu war. In meiner Brust brannte etwas. Ich wollte mich an diesen Jungen rächen. Ich hob den dickeren der beiden Knüppel auf, mit denen sie nach Picket geworfen hatten. Er wog ungefähr soviel wie ein Paket Zucker. Es mußte ihr ganz schön weh getan haben, als sie davon getroffen wurde.

»Wenn Mama das mit dem Fahrrad merkt, dann macht sie Kleinholz aus mir.« Alices Stimme bebte. Maebelle, die die Erregung ihrer großen Schwester spürte, fing gellend an zu schreien.

Ich hielt Alice den Strick hin. »Paß auf Picket auf, ich renne los und nehme mir die Burschen vor.«

»Nicht!« Alices Miene verriet, daß sie erschrocken war und Angst hatte. »Laß das sein, Bekka!«

»Die haben uns unsere Räder geklaut. Wir können sie ihnen doch nicht einfach überlassen. Nimm Picket und Maebelle und geh zurück zur Straße.«

Alice schob meine Hand mit dem Strick weg. »Das mach ich nicht. Ganz egal, was du sagst, ich mach das nicht.« Sie sah mich mit ihren blauen Augen an, ohne ein einziges Mal zu zwinkern. Ich wußte, sie würde nicht nachgeben.

»Diese Mistkerle!« Wenn doch bloß der Richter zu Hause gewesen wäre. Aber bis der wiederkam, war der Sommer vorbei, und ich brauchte ihn jetzt. Effie genügte nicht, und Mama Betts konnte mir auch nicht helfen. Meine Augen brannten. An den Geräuschen, die Alice von sich gab, merkte ich, daß auch sie jeden Moment losheulen konnte. »Wir kriegen sie wieder.«

»Wie denn?« Alice zeigte hinüber auf die andere Seite. »Die sind weg.«

»Zur Kirche können sie sie nicht mitnehmen. Wie sollen sie denn erklären, wo sie sie herhaben? Und im Wald können sie auch nicht so einfach damit herumradeln. Wenn sie fahren wollen, müssen sie raus auf die Kali Oka Road. Wir holen Arly und ein paar von seinen Freunden zu Hilfe.« Mein Vertrauen zu Arly hielt sich zwar in Grenzen, aber in Krisenzeiten konnte er ganz nützlich sein. Besonders in einer so vertrackten Situation. Alice machte sich zu Recht Sorgen. Wir konnten unseren Eltern unmöglich sagen, daß die Kirchenleute uns unsere Fahrräder weggenommen hatten. Schließlich hatten sie uns verboten, uns in der Nähe der Kirche herumzutreiben.

Etwas Weißes flatterte über den Fluß. »Halt Picket fest.« Ehe Alice sich weigern konnte, hatte ich ihr den Strick in die Hand gedrückt. Im nächsten Moment war ich durch den Fluß gewatet und kletterte die Uferböschung hoch. Diese Dummköpfe waren abgehauen, ohne ihre weißen Hemden mitzunehmen, sie hatten sie einfach an einem Eichenbaum hängen lassen. Ich schnappte mir alle fünf, drückte sie an mich wie einen kostbaren Schatz und rannte damit zurück zu unserer Uferseite. Keuchend streckte ich sie Alice entgegen. »Jetzt haben wir ein Pfand.«

Alice lächelte, und sogar Maebelle V. hörte einen Moment lang auf zu schreien. »Ohne ihre Hemden dürfen sie nicht nach Hause kommen, nicht wahr?«

»Wahrscheinlich nicht.«

»Dann warten wir einfach hier.«

»Nein. Wir gehen heim. Wir können ein paar Tage auf die Räder verzichten, aber die nicht auf ihre Hemden. Wenn sie ohne Hemden zur Kirche zurückkommen, wissen alle, daß sie im Wald waren und sich dort ausgezogen haben. Vielleicht ist ihnen das eine Lehre.« Ich nahm Alice den Strick ab. Und dann gingen wir zu Fuß nach Hause. Wir würden mindestens eine Stunde brauchen, mit dem Baby wahrscheinlich sogar eher zwei – jede Menge Zeit also, um Rachepläne zu schmieden.

Bevor wir den Wald verließen, band ich die Hemden zu einem Bündel zusammen und versteckte sie in einem dichten Hartriegelstrauch. So war die Chance, daß die Jungen sie fanden, praktisch gleich Null, ich aber wußte, wo sie waren. Sicherheitshalber brach ich am Straßenrand noch zwei Brombeerzweige ab, um die Stelle zu markieren. Als ich fertig war, gingen wir los. Und während wir im Sand der Kali Oka Road unsere flüchtigen Fußabdrücke hinterließen, mußte ich die ganze Zeit an den Langen denken. Er war ungefähr so alt wie ich oder vielleicht wie Arly. Er war der Anführer. Er hatte mit den Knüppeln nach Picket geworfen, als sie am Baum angebunden war.

Als wir den McInnis-Hof erreicht hatten, machte Alice endlich den Mund auf. Maebelle V. hatte die ganze letzte halbe Stunde lang gebrüllt und sich einfach nicht beruhigen lassen. Wir hielten an und gaben ihr den Rest ihres Fläschchens. Sie wollte gefüttert werden, also fütterten wir sie, aber wir hatten noch mindestens zwei Meilen zu laufen.

»Glaubst du immer noch, daß es hier spukt?« fragte Alice und nickte hinüber zu dem alten gelben Haus und dem Stall, der früher einmal die rassigsten Reitpferde des amerikanischen Südens beherbergt hatte. Das Dach war an mehreren Stellen eingesackt. Im letzten Sommer hatten Alice und ich uns oft hier herumgetrieben und die Gegend rund um den Stall ausgekundschaftet. Er stand seit gut zwei Jahren leer. »Das Haus bringt Unglück«, hatte Mama Betts gesagt, «und wer da einzieht, der bleibt nicht lange.«

»Mama Betts sagt, hier spukt's wirklich.« Eine Gespenstergeschichte würde uns helfen, die letzte halbe Stunde zu überstehen. Die Auffahrt zum Hof war von Seifenbäumen gesäumt, und ich setzte mich für ein paar Minuten in den Schatten einer ihrer großen Kronen. Meine Füße brannten vom Sand und Lehm der Kali Oka Road. Es war der achte Juni. Der zwanzigste Tag unserer großen Ferien. Daddy hatte gesagt, in den Städten sei es noch heißer, besonders diesen Sommer, wo die Schwarzen und die Weißen umeinander herumschlichen wie hungrige Wölfe.

»He, du kannst ja mal kurz in den Stall gehn und nachsehn, ob die Coca-Cola-Flaschen noch da sind, die wir letzten Sommer hier versteckt haben.«

»Die sind bestimmt warm.« Ich saß mit geschlossenen Augen an einem Baum und hatte nicht die geringste Lust aufzustehen, doch Maebelle V. jammerte und greinte und war offenbar vollkommen ausgehungert. Mit einem Schluck warme Cola im Bauch hielt sie wahrscheinlich eher bis zu Hause durch.

»Ich weiß schon, vor den Erlösern hast du keine Angst, aber vor dem alten Sheriff Sidney Miller, vor dem fürchtest du dich anscheinend.« Alice stubste mich mit der Schuhspitze an. Sie war schon aufgestanden, ich hörte Picket neben ihr hecheln.

Der McInnis-Stall war mir nicht geheuer. Er war groß, hatte eine Tenne und zwanzig Boxen und Türen, die zwar abgeschlossen waren, aber angeblich in unterirdische Wohnräume führten. Aber Mama Betts hatte gesagt, daß das Quatsch ist. Die McInnis' waren früher einmal die mächtigsten Grundbesitzer im County Jexville gewesen. Rathson McInnis, der Stammvater, war Anfang des neunzehnten Jahrhunderts mit seinen Sklaven und seiner ganzen Sippe nach Jexville gekommen und hatte dort die erste Farm errichtet. Er kam sogar im Geschichtsunterricht vor. Berühmt war er erstens wegen seiner Ideen auf dem Gebiet der Landwirtschaft und zweitens, weil er später im Bürgerkrieg sein Leben gelassen hatte.

Der alte Rathson McInnis hatte über dreitausend Morgen des besten Ackerlandes im County urbar gemacht und außerdem das Gutshaus mitsamt dem alten Stall gebaut. Das Haus hatten die Yankees nach dem Krieg niedergebrannt. Der Waffenstillstand war schon ausgehandelt gewesen, hatte Mama Betts erzählt, da war ein Trupp Yankees angeritten gekommen und hatte es in Schutt und Asche gelegt. Und die Frau von Rathson McInnis soll im Vorgarten gestanden und ein Bild ihres Mannes in der Hand gehalten haben – das einzige, was sie noch aus den Flammen retten konnte.

Als von dem Haus nichts mehr übrig war, durchbohrten die Yankees das Porträt des alten McInnis mit ihren Bajonetten. Und dabei hat der eine Soldat Mrs. McInnis angeblich an der Hand verletzt, und als das Blut zu Boden tropfte, soll sie jeden verflucht haben, der es irgendwann einmal wagt, sich auf ihrem Grund und Boden niederzulassen.

Aber daß ich mich in dem alten Stall gruselte, lag weder an Rathson McInnis noch an seiner Frau, sondern an Sheriff Sidney Miller. Als ich acht Jahre alt war, hatte er den Verstand verloren, seine Frau und die beiden Kinder erschossen und sich an einem Seifenbaum aufgehängt. Ich hatte seinen Geist im Stall gesehen, sein Sheriffstern hatte in der Sonne gefunkelt, er hatte das Ende von seinem Strick noch in der Hand.

»Nun mach schon.« Wieder stieß Alice mich mit der Schuhspitze an.

Es hatte keinen Sinn, weiter hier herumzutrödeln. Als ich aufstand, waren meine Augen im ersten Moment ganz blind von der Sonne. Ein leichter Wind ging durch die Kronen der Seifenbäume. Ein altes Schild, das an rostigen Ketten hing, ächzte warnend.

»Komm, wir gehn nach Hause«, sagte ich.

»Maebelle braucht was Süßes. Wir hatten doch die Coca-Cola versteckt, hinter dem alten Autoreifen, weißt du nicht mehr? Stell dich bloß nicht so an. Die zwei Minuten! Voriges Jahr warst du nicht so ein Angsthase, da bist du seelenruhig reinspaziert in den Stall.«

Vorigen Sommer hatte Arly mit mir gewettet, daß ich mich nicht allein in den Stall traue. Alice und ich waren in allen Boxen gewesen und sogar auf die Tenne geklettert, wo die alten Heuballen lagen, die nach Staub rochen und nach dieser Heilpflanze mit den gedrehten dunkelroten Blättern, von der Mama Betts immer sagte, sie riecht wie die Achselhöhle von einem Engel. »Voriges Jahr hatte ich ja auch den alten Miller noch nicht gesehen.«

Alice wippte auf den Zehenspitzen. Maebelle V. ballte ihre kleinen Fäuste und weinte. Langsam begann ihr leises, müdes Gejammer mir Sorgen zu machen. Ich bekam allmählich Angst, daß sie verhungert oder verdurstet oder schlimmeres. Wir hatten vergessen, Windeln mitzunehmen, und sie mußte dringend gewickelt werden.

»Komm, wir holen die Cola.« Ich wollte nicht, aber Alice hatte Lust auf Gänsehaut. Seit ich ihr letzten Sommer von diesem Geist erzählt hatte, war sie ganz wild darauf, in den Stall zu gehen, aber sosehr Arly mich auch gehänselt hatte, ich war hart geblieben. Jetzt ging ich.

Die Torflügel knarrten, und ich fragte mich wieder einmal, wie jemand nur auf den Gedanken kommen konnte, einen Stall weiß zu tünchen und mit Hellblau abzusetzen. Das sah abscheulich aus. Ställe mußten rot sein und mit Weiß abgesetzt. Durch diesen weißen Anstrich wirkte der mächtige alte Bau noch unheimlicher.

Das Gutshaus war nie wieder aufgebaut worden, und die Schatzsucher, die in den vergangenen dreißig Jahren hier vorbeigekommen waren, hatten selbst den steinernen Schornstein abgetragen. Irgendwann um 1920 hatte jemand neben dem Stall ein Häuschen gebaut, und dort hatten Sidney Miller und seine unglückselige Familie gewohnt. Die Frau hatte er auf der Hintertreppe erschossen, die beiden Kinder im Bett. Die Leute sagten, er habe einfach plötzlich den Verstand verloren, ohne jeden Grund. Jedenfalls sei die Sache nie aufgeklärt worden, meinte Mama Betts. Als Sheriff war Sidney ziemlich beliebt gewesen.

»Hinter dem alten Reifen, kurz vor der letzten Box«, sagte Alice. Sie kam nicht mit, sondern blieb mit dem Baby auf dem Arm an der Tür stehen und sah zu, wie ich hineinging. Das war auch in Ordnung so. Mit dem Baby hätte sie nicht schnell genug wegrennen können, falls wir irgendwas sahen, was uns nicht geheuer war.

Überall huschten kleine Tiere davon, höchstwahrscheinlich Ratten, die es nicht gewohnt waren, in ihrem Stall menschliche Schritte zu vernehmen. Oben knarrte die Tenne, als ob sich etwas ganz sachte in den riesigen Heumassen bewegte. Als ob ein schlafender Geist vom Geruch der drei kleinen Mädchen dort unten aufgewacht wäre. Es raschelte. Die müden alten Bohlen ächzten. Oder waren es Gebeine? Am hinteren Ende des Stalls fiel ein Bündel schimmeliges Heu herunter. Das mußten die Ratten sein. Wenn die aufgescheucht werden, können sie genauso gut klettern wie Katzen.

Als ich etwa die Hälfte des Gangs zurückgelegt hatte, kam vor mir dieser Vogel vorbeigeschossen. Ich schrie nicht, aber ich duckte mich und riß die Arme vors Gesicht. Alice mußte lachen, doch dann prallte der Vogel hinten gegen das Fenster. Der Aufprall war so laut, so heftig, daß wir beide wußten, das Tier hatte sich das Genick gebrochen. Wir hatten es erschreckt, und jetzt war es tot.

Ich drehte mich um und sah Alice an. Sie lachte nicht mehr.

»Hol die Colaflaschen, und dann gehn wir zurück zu dem Baum«, sagte sie, und ihre Stimme hallte richtig gruselig in dem leeren Stall.

Bevor ich vollends den Mut verlor, machte ich mich auf den Weg zur letzten Box. Ich ging ganz langsam und stellte mir vor, daß in den Boxen lauter schöne Pferde standen. Und ganz hinten wäre ein Rappe, der mir gehörte. Er warf den Kopf herum und grüßte mich mit einem Wiehern. Seit ich laufen konnte, wünschte ich mir ein Pferd. Ich hatte Mama angebettelt, sie sollte schwanger werden und ein Fohlen für mich zur Welt bringen. Mama Betts hatte mit Effie geschimpft und gesagt, sie soll diesen Unfug nicht auch noch mitmachen, aber meine Mama hatte mich lange in dem Glauben gelassen, daß das vielleicht klappen könnte. Bis Daddy erklärt hatte, er fände es grausam, mir falsche Hoffnungen zu machen. Von ihm aus könnte ich ruhig ein Pferd haben, hatte er gesagt, aber Mama hatte es verboten. Sie hatte Angst, ich könnte mir etwas tun. Sie meinte, Pferde seien unberechenbar, gefährlich, groß und zu allem fähig. Bei meinem wäre das natürlich ganz anders gewesen, aber das wollte Effie mir nicht glauben.

»Mach schon, Bekka! Steh nicht rum und träume!«

Natürlich war die letzte Box leer – bis auf zwei alte Autoreifen, ein paar vermoderte Decken, ein altes Halfter und die drei Flaschen Coca-Cola, die wir hinter den Reifen versteckt hatten. Ich nahm sie alle drei, denn ich hatte nicht vor, noch einmal in den Stall zu gehen. Alices Schatten reichte vom Tor bis fast zur Mitte des Gangs. Es war spät geworden. Wir würden Ärger kriegen, mit oder ohne Fahrräder.

Wir zogen die Stalltür an und hinterließen alles so, wie wir es vorgefunden hatten. Da wir keinen Öffner bei uns hatten, machte Alice eine der drei Flaschen an der Türschwelle auf, und dann gossen wir Maebelle etwas in ihr Fläschchen, und die Kleine trank mit gierigem Schmatzen.

»Wenn ich ein Pferd hätte, könnte ich in zwei Minuten zu Hause sein.«

»Wenn du ein Pferd hättest, würdest du das arme Vieh wahrscheinlich mit bei dir im Zimmer schlafen lassen. Paß auf, daß sie nicht zuviel auf einmal trinkt.« Alice machte mir ein Zeichen, daß ich Maebelle den Sauger aus dem Mund ziehen sollte, was diese mit Protestgeschrei quittierte. Kein Wunder. Ich ließ sie weiternuckeln.

»Du, wenn die aufstoßen muß, kotzt sie dich voll«, warnte Alice, aber dann zuckte sie nur die Achseln. Sie lachte mich immer aus, weil ich keine Ahnung von Babys hatte.

»Aber die ist am Verhungern.«

»Laß sie doch erst mal das verdauen, was sie getrunken hat.«

Mit Babys kannte Alice sich aus, darum zog ich Maebelle die Flasche weg und ließ sie vor Wut und Enttäuschung brüllen. Wir sammelten unsere Sachen ein, bunkerten die beiden noch ungeöffneten Colaflaschen hinter dem Seifenbaum und machten uns auf den Heimweg. Doch obwohl wir gerade Rast gemacht hatten, wurden unsere Schritte immer langsamer. Effie machte sich bestimmt schon wahnsinnige Sorgen um mich. Mrs. Waltman war kein so ängstlicher Typ, aber dafür würde sie bestimmt ausrasten, wenn sie sah, was mit Maebelle V. los war. Die Kleine war dreckig, hatte die Windeln voll, und jetzt fing sie auch noch an aufzustoßen und zu sabbern. Nicht mehr lange, und sie würde sich übergeben.

»Ich hab Hunger«, sagte Alice schließlich. Wir waren den ganzen Tag unterwegs gewesen, ohne etwas zu essen. Es war kurz vor drei.

»Mama Betts hat bestimmt was Feines gemacht. Wir kriegen eh Ärger, da kannst du auch noch mitkommen und einen Happen essen.«

»Und vielleicht Maebelle etwas herrichten.«

»Klar.«

»Und wegen der Fahrräder sagen wir am besten gleich die Wahrheit.« Alice hatte nicht die Nerven zum Schwindeln, und dem Ärger, den solche Flunkereien jedesmal nach sich zogen, war sie einfach nicht gewachsen.

»Wenn wir nichts sagen, kriegen wir die Räder vielleicht rechtzeitig wieder.«

»Wenn wir nichts sagen, ist es ja auch gar keine richtige Lüge.«

»Genau. Und ich hab so das Gefühl, daß ich sehr bald etwas von diesem langen mageren Kerl hören werde. Zum Beispiel heute nacht.«

Wir waren gerade an einer großen Kurve, als wir ein lautes Motorengeräusch vernahmen und beide automatisch in den Sandgraben sprangen und die Böschung hinaufrannten. Manche Jungen rasten immer wie die Wilden durch die Kurve. Wenn die Straße richtig schlimme Furchen hatte, zum Beispiel heute, geriet der Wagen auf diesem Waschbrett ins Holpern, und der Fahrer verlor die Kontrolle. Dann krachte das Auto in den Graben. Für die Drogeriemärkte in Jexville und Umgebung war diese Kurve gut. Sie steigerte den Waschpulverumsatz.

»Das ist niemand, den wir kennen«, sagte Alice und horchte auf den Klang des Motors. »Wie der hustet, das muß 'ne große Kiste sein.«

Ehe ich dazu kam, meine Spekulationen anzustellen, tauchte in der Kurve ein Truck auf mit einem langen Pferdetransporter hinten dran. Daß das ein Pferdetransporter war, wußte ich, weil ich die Dinger aus Büchern kannte. Die Engländer sagen Van dazu, und hier bei uns in Amerika heißen sie Trailer. Und prompt war mir so, als hätte ich ein Pferd wiehern gehört, und gleichzeitig stellte ich mir vor, ich wäre eine Engländerin, so eine wie Velvet Brown.

Die Sonne schien uns direkt in die Augen, so daß ich den Truck nicht gut sehen konnte. Außerdem konzentrierte ich mich voll auf den Trailer. Durch die winzigen Fenster war nichts zu erkennen, aber als das Gespann vorübergefahren war, sah ich die Pferdeschweife. Es mußten etliche Pferde in dem Trailer sein.

»Guck mal!« Alice packte mich am Arm und zog mich herum, und da sah ich es auch. Ein magerer Arm zeigte nach rechts, und dann bog der Truck mitsamt dem Trailer ab und verschwand zwischen den Seifenbäumen, die die Einfahrt zum McInnis-Hof säumten.

»Zieht da etwa jemand ein?« japste ich verblüfft.

Noch ehe Alice antworten konnte, hörten wir ein lautes Wiehern, aber es klang weder erschrocken noch ängstlich, sondern wie ein Gruß, wie von einem Pferd, das hofft, von einem anderen Pferd Antwort zu erhalten.

Sofort war Pickets Interesse erwacht. Sie spitzte die Ohren und zitterte, und mir war klar, daß ich schnellstens mit ihr nach Hause mußte. Doch obwohl die dichten Seifenbäume uns die Sicht nahmen, blieben wir noch einen Augenblick stehen und horchten.

Es waren mehrere Pferde, die da so wild und aufgeregt wieherten. Ich wußte genau, daß sie die Nüstern blähten und die Stirnmähne ihnen wirr in die Augen hing. Dann hörten wir, wie eine Metalltür aufgerissen wurde und eine Frauenstimme Kommandos rief.

»Los, komm«, sagte Alice. Sie grinste. »Ich hab gebetet, daß was passiert, was dich von diesen Erlöser-Leuten ablenkt. Gottes Wege sind wunderbar.«

Kapitel 6

Na sagt mal, Kinder, habt ihr in Schweiß gebadet und euch mit dem Staub der Kali Oka Road eingepudert?« Mama Betts schaute uns mißbilligend an und nahm Alice das Baby ab. »Was habt ihr denn mit der Kleinen gemacht, Fußball gespielt oder was? Nun sieh sich das einer an. Donnerschock noch mal, der kleine Bauch ist ja aufgebläht wie eine Trommel, und riechen tut sie, als ob sie eine Woche nicht mehr gebadet und gewickelt worden ist. Das gehört verboten, daß …«

Sie trug Maebelle schnurstracks ins Badezimmer. Als sie die Küchentür hinter sich zugemacht hatte, stürzten Alice und ich uns auf den Kühlschrank. Wir fanden einen Rest gefüllten Bienenstich und kalte Milch. Wir aßen den Kuchen gleich aus der Form, ohne uns erst Teller zu nehmen. Dann machten wir uns über das Brot und die Pimentkäsecreme her, die Mama Betts am Morgen frisch zubereitet hatte. Sie tat immer Oliven hinein, was ich besonders gern mochte. Eigentlich aß ich sie ja am liebsten, wenn sie im Herd überbacken war, aber mit solchen Finessen hielt ich mich jetzt nicht auf. Dafür hatten wir viel zu großen Hunger.

»Wo wart ihr denn mittags?« Effie war leise aus ihrem Arbeitszimmer in die Küche gekommen. Sie hatte die Brille auf der Nasenspitze, und ihre krausen Locken waren völlig durcheinander. Ich sah, daß sie sich beim Schreiben die Haare gerauft hatte. Wenn ich das machte, schimpfte sie immer mit mir und sagte, daß ich davon kahl werde. Meine Haare waren nicht so lockig wie ihre, und außerdem trug ich Zöpfe.

»Wir waren schwimmen«, antwortete ich mit einem halben Käsebrot im Mund.

»Ich hatte schon langsam Angst, ihr seid ertrunken.«

»Wir hatten auf dem Heimweg ein bißchen Ärger mit den Fahrrädern. In dem Haus auf dem alten McInnis-Hof ist gerade jemand eingezogen. Eine Frau mit Pferden.«

»Pferde?«

Alice schaute zwischen mir und Effie hin und her. Noch ehe ich antworten konnte, mischte sie sich ein. »Ja, Mrs. Rich, sie ist mit einem großen alten Truck gekommen, und hinten war ein Trailer dran mit lauter Pferden. Und wie sie auf den Hof gefahren ist, haben die Pferde alle gewiehert und gebrüllt.« Ich versetzte Alice unterm Tisch einen Fußtritt, und da war sie still.

»Richtig gebrüllt haben die gar nicht, die haben sich bloß unterhalten.«

»Das kannst du dir abschminken, Bekka.«

»Was kann ich mir abschminken?«

»Daß du auf den Hof vom alten McInnis gehst.«

Effie wußte, wie gern ich reiten wollte. Ich sah, daß ihr schon der bloße Gedanke daran eine Heidenangst machte. Als junges Mädchen war sie einmal abgeworfen worden und wäre beinahe tot gewesen. Und weil sie seitdem eine geradezu panische Angst vor Pferden hatte, wollte sie mich auf keinen Fall in deren Nähe lassen. Irgendwie wollte sie mir überhaupt immer alles verbieten, was neu war oder Spaß machte. Das hatte sogar Mama Betts schon mal gesagt, als sie beide gedacht hatten, ich würde schon schlafen.

»Ich werd dann wohl mal das Baby holen und heimgehen, damit ich Mama beim Abendbrotmachen helfen kann.« Alice stand auf, griff nach ihrer Serviette und warf sie in den Mülleimer. Mit dem großen Pferdekrieg, der zwischen Effie und mir tobte, wollte sie nichts zu schaffen haben. Im Nu war sie hinter dem Haus verschwunden, wo Mama Betts mit dem Baby spielte.

»Damit das ein für allemal klar ist, Bekka: Bei diesen Pferden hast du nichts zu suchen!«

»Ja, Mama.« Ich knetete meine Krümel zu einer kleinen Kugel zusammen und drückte sie auf dem Tischtuch breit.

»Emily Welford hat angerufen und gesagt, sie hat neue Kartoffeln und Okraschoten, falls du oder Arly euch welche holen wollt.«

»Ich geh gleich rüber, wenn Alice weg ist.«

»Nimm Emily ein Glas von Mama Betts' Erdbeerkonfitüre mit.«

»Ist gut. Wo ist eigentlich Arly?« Ich hatte nichts dagegen, Kartoffeln zu buddeln, aber von den Okraschoten juckten und brannten mir immer so die Hände. Dazu brauchte ich Arly oder wenigstens seine Handschuhe.

»Der erledigt was für mich in Jexville.«

»In der Stadt?« Der saß jetzt bestimmt in einem Drugstore, trank Cola und las im vollklimatisierten Kool-Store einen Comic.

»Wie ist er denn in die Stadt gekommen?«

»Ich hab ihn gleich nach dem Mittagessen hingefahren. Wir haben euch gesucht, aber ihr wart ja nicht zu finden.«

Na prima. Ich latsche mir auf der heißen Sandstraße die Füße wund und hol mir fast einen Sonnenstich, und Arly amüsiert sich in der Stadt. Aber ich war ja selber schuld.

»Bis morgen«, verabschiedete sich Alice, die mit einem viel saubereren und glücklicheren Baby auf dem Arm in die Küche zurückgekommen war. Mama Betts hatte ihr auch ein frisches Fläschchen mit einer Mischung aus Kondensmilch, Wasser und etwas Zucker gegeben. Maebelle trank mit zufriedenem Grunzen.

»Also bleibt's dabei, daß wir schwimmen gehen?« fragte ich beiläufig, wie um eine bereits getroffene Verabredung noch einmal zu bestätigen.

Alice sah mich an, als ob ich mich in eine Kröte verwandelt hätte. Sie wußte, daß wir unmöglich wieder zu Fuß bis ans Ende der Kali Oka Road laufen konnten. Und unsere Räder hatten wir ja nicht.

»Schwimmen?«

»Um elf. Das Picknick, weißt du nicht mehr?«

»Ach ja, das Picknick.«

Effie beobachtete mich, schwieg aber zunächst. »Vielleicht packt Mama Betts euch was zum Essen ein«, sagte sie dann, drehte sich um und ging aus dem Raum.

»Sie glaubt uns nicht«, zischte Alice und packte mich an der Schulter. »Die weiß, daß wir lügen.«

»Die denkt, es ist wegen der Pferde.« Ich wußte, daß sie uns nicht glaubte. Sie dachte, ich hätte einen Teil des Tages auf dem alten McInnis-Hof verbracht. Ich hatte den enttäuschten Blick gesehen, den sie immer hatte, wenn sie ahnte, daß ich ihr nicht die Wahrheit sagte.

»Und was machen wir nun?«

»Wir geben den Jungs die Chance, ihre Hemden auszulösen.« Ich hatte meine genauen Vorstellungen, wie das gehen sollte. Rache ist Blutwurst. Ein herrlicher Gedanke, wenn die ankamen und schön bitte-bitte machen mußten. Ratzfatz hätten wir unsere Fahrräder wieder, und dann würde ich ihnen sagen, wo sie sich ihre Hemden abholen konnten.

»Aber laß Picket zu Hause. Nicht, daß die ihr noch mal auf den Pelz rücken.«

Ich hatte weiß Gott eine blühende Phantasie, aber daß es jemandem einfallen könnte, Picket anzugreifen, um an mich heranzukommen, das hätte ich mir nun wirklich nicht träumen lassen – jedenfalls nicht bis heute. Und doch war es passiert – heute. Alice hatte recht.

»Wir treffen uns um zehn im Wald. Dann können wir in Ruhe die Straße runtergehn und uns eine gute Stelle für das Picknick aussuchen.«

»Und du meinst, dann finden uns die Jungs?«

»Klar, wenn sie schlau sind.« Wenn nicht, mußte ich eben Arly ins Vertrauen ziehen. Arly, der jetzt im Drugstore saß und Cola trank. Bestimmt hatte ihm Effie auch Geld zum Vernaschen mitgegeben, sein Taschengeld war nämlich längst alle, er hatte schon versucht, mich anzupumpen.

»Also dann bis morgen früh um zehn.« Alice knallte die Fliegentür hinter sich zu und ging heimwärts. Sie hatte Maebelle auf dem Arm und sang ihr etwas vor.

Als Alice weg war, ging ich zu Emily, um die Kartoffeln und die Okraschoten zu holen. Wahrscheinlich bekam ich dort auch Erbsen und Mais. Emily hatte eine Tochter namens Jamey Louise, die genau so alt war wie ich, aber keinen Spaß am Gemüseernten hatte. Emily schickte sie immer zu mir aufs Feld, damit sie mir helfen sollte, doch Jamey Louise stand nur da, bohrte mit ihren nackten Zehen Löcher in den heißen Sand und beklagte sich.

Emily und Gustav, ihr Mann, lebten mit ihren drei Töchtern, von denen Jamey Louise die jüngste war, etwa eine Meile von uns entfernt auf der rechten Straßenseite. Gustav, den alle Big Gus nannten, arbeitete als Zimmermann in einer Fabrik und kümmerte sich nebenbei um seine vierzig Morgen Land. Emily, die fast einen Meter achtzig maß und den größten Busen von ganz Chickasaw County hatte, baute sehr viel Gemüse an, von dem sie uns immer mit vollen Händen abgab. Dafür bekam sie von uns massenhaft Obst und Konfitüre und Pekannüsse. Daddy verstand nichts von der Landwirtschaft, aber Mama Betts hatte ein Händchen für Obst- und Nußbäume und für die Beeren. Wenn niemand im ganzen County Pekannüsse hatte, bei uns gab es welche. Sowohl die großen Stuarts als auch die langen Papershells, deren Schalen so dünn waren, daß jedes Kind sie knacken konnte.

Mit Libby Ruth, ihrer Ältesten, hatte Emily angeblich eine Menge Ärger. Libby liebte hübsche Sachen und hatte eine Schwäche für Jungs und schnelle Autos. Im vergangenen Jahr war sie Homecoming Queen gewesen und hatte trotz ihrer Größe – sie überragte selbst einen Teil der Jungen – schöner ausgesehen als alle anderen Mädchen der Schule. Zu mir war sie immer sehr nett, auch wenn noch so viele von ihrer High School dabei waren. Sie fuhr im Bikini Traktor, und im ganzen County Jexville gab es keine, die so gleichmäßig gebräunt war wie sie. Ich fand, daß sie ins Fernsehen gehörte, und das sagte ich ihr auch, worauf Jamey Louise das Gesicht verzog und mich kniff. Ich sollte Libby nicht noch bestärken, meinte sie, die hätte eh schon nichts als Magazine lesen und Radio hören im Kopf.

Als ich mich zu Emily auf den Weg machte, wünschte ich mir, daß Libby da war. Insgesamt hatten die Welfords vier Kinder, aber Buck, der Älteste, war längst aus dem Haus. Er arbeitete in Texas auf den Ölfeldern und verdiente einen Haufen Geld. Er sei der hübscheste junge Mann, den sie je gesehen habe, sagte Mama Betts immer, aber ich konnte mich kaum noch an ihn erinnern. Cora, die Mittlere, war auch hübsch, aber nicht so nett wie Libby und auch nicht so groß. Und Jamey war überhaupt nicht nett. Die war eine richtig dämliche Kuh. Libby schien irgendwie alle guten Eigenschaften auf sich zu vereinen. Sie sah am besten aus und war überhaupt ein richtiges Glückskind. Die anderen waren irgendwie nur ein Abglanz von ihr, obwohl die Jungs in der Schule durchweg auf Jamey Louise standen und sie in punkto Busengröße offenbar ganz nach ihrer Mutter kam.

Als ich bei den Welfords angelangt war, ging ich gar nicht erst ins Haus, sondern holte mir gleich Schaufel und Eimer aus dem Schuppen und lief dann rüber zu dem langgestreckten Kartoffelacker.

Ich mochte Gus' Schaufel. Sie faßte sich gut an. Der Griff war vom häufigen Gebrauch ganz glatt, als ob er mit Sandpapier abgeschmirgelt worden wäre. Arlys Handschuhe hatten nicht im obersten Schubfach seiner Kommode gelegen, und so mußte ich ohne arbeiten. Gus hatte mir das Kartoffelbuddeln beigebracht. Ich hätte ein Händchen dafür, sagte er immer. Man muß das Schaufelblatt etwa fünfzehn Zentimeter vor der Pflanze ansetzen und dann leicht mit dem Fuß runterdrücken, und wenn man die Erde dann umdreht, hat man die Kartoffeln draufliegen. Die Erde hatte einen satten, warmen und irgendwie tröstlichen Geruch. Selbst die Sonne, die ich auf Schultern und Rücken spürte, war mir angenehm. Ich schaute zum Haus hinüber und sah, wie Picket gerade versuchte, eins von Emilys Perlhühnern zu umzingeln. Viel Glück, Picket. Warte nur, gleich stürzen sich die schlauen alten Hennen auf dich, und dann kommst du ins Kartoffelfeld gerannt und suchst Schutz vor ihnen. Schon wirbelte die Glucke herum und warf sich mit ihren ausgestreckten ledерigen Hühnerkrallen auf meine Hündin. Und da hatte Picket, der es weniger ums Töten als um den Sport ging, nicht mehr den Mut, das Spiel weiterzuspielen. Mit eingezogenem Schwanz kam sie zu mir und legte sich in die Reihe, in der ich gerade buddelte.

»Mama läßt dir sagen, es gibt frische Limonade.«

Ich richtete mich auf und wischte mir den Schweiß von der Stirn. Jamey Louise stand am Feldrand. Sie trug ein Kleid und hatte sich die Lippen rot angemalt. Ihr Gesicht war von einem großen Strohhut beschattet.

»Hol dir lieber einen Hut, sonst werden deine Sommersprossen immer größer, und dann siehst du aus wie 'n Affe oder wie eine von den Waltman-Töchtern.«

»Ich mag Sommersprossen.« Ich mochte Alices Sommersprossen, aber die, die ich auf der Nase hatte und die sich nach und nach auch auf meinen Schultern und meinen Armen ausbreiteten, die haßte ich.

»Sommersprossen sind häßlich. Das steht in jeder Zeitschrift, daß man da was gegen tun soll.«

»Was du nicht sagst, Jamey Louise.« Ich trat auf die Schaufel und bemerkte zu spät, daß ich sie viel zu dicht an dem Kartoffelhügel angesetzt hatte. Ich spürte, wie das Schaufelblatt mehrere Kartoffeln durchschnitt. »Wenn du mir helfen würdest, könnten wir für Emily auch gleich welche buddeln.«

»Ich hasse Kartoffeln. Die sind so dreckig.«

»Was hast du denn gegen Dreck?« Ich wollte sie ärgern, und das wußte sie genauso gut wie ich.

»Eines Tages werde ich in einem großen Haus wohnen mit weißen Säulen davor und mit einem Tanzboden aus italienischem Marmor. Und bei mir wird es nie Kartoffeln oder Butterbohnen oder Erbsen geben.«

Jamey Louise hielt sich für eine hochbegabte Steptänzerin. Die Jungen waren immer begeistert, wenn sie steppte, weil sie dann aussah wie ein wildgewordener Handfeger. »Und was willst du dann essen? Immer bloß Hamburger und Eis?«

»Alla frangßäh.« Ich hütete mich, dazu einen Kommentar abzugeben. »Libby sagt, Präsident Kennedy und die First Lady haben einen Koch, der alla frangßäh für sie kocht. Mrs. Kennedy hat auch einen französischen Designer, der nur für sie allein Kleider entwirft. Die kommen extra aus Frankreich.«

»Und wieso will die Frau eines amerikanischen Präsidenten Kleider aus Frankreich? Eigentlich müßte die doch viel lieber amerikanische Kleider tragen.« In meiner Phantasie sah ich eine sehr hübsche Frau mit dunklen Haaren und so einem putzigen runden Hütchen auf der toupierten Frisur.

»Du hast einfach keinen Schick, Rebekka Rich. Du kriegst nie einen Freund.« Jamey verschränkte die Hände hinterm Rücken. »Bei diesen Leuten da unten an der Kirche, da sind ein paar ganz süße Jungs dabei, aber Libby sagt, das ist vertane Zeit.«

Ich wollte gerade die Schaufel in die Erde stoßen, doch nun hielt ich inne und sah Jamey Louise an. Das war ja ein ganz neuer Zug an ihr. Worauf wollte die eigentlich hinaus?

»Die Jungs von der Gemeinde haben weder Autos noch Geld,

sagt Libby. Die können noch so süß sein, sagt Libby, trotzdem ist es vertane Zeit. Findest du auch, daß das vertane Zeit ist?«

»Libby kennt sich sicher besser mit Jungs aus als ich.« Jamey Louise hatte ja wohl nicht alle Tassen im Schrank, daß sie sich für Jungs interessierte, die hilflose Hunde verprügeln und Fahrräder klauen, aber das waren Tatsachen, die ich ihr wohl besser nicht mitteilte.

»Der eine, so ein langer Dunkelhaariger, der ist heute nachmittag hier vorbeigefahren.«

»Mit einem Fahrrad?« Ich ließ die letzten fünf Kartoffeln in den Eimer fallen und beschloß, daß es für mich und die Welfords zum Abendessen langte. Jetzt kamen die Okraschoten an die Reihe.

»Ja. Ein Mädchenfahrrad.«

»Ein weißes Schwinn?« Das Fahrrad war mein ganzer Stolz. Mich quälte der Gedanke, daß die Burschen es womöglich bei Wind und Wetter draußen stehen ließen. Ich besaß es seit einem Jahr, und es hatte noch nicht die kleinste Schramme.

»Ja, ein weißes Fahrrad.«

»Vorne mit einem tiefen Korb dran?«

»Nö«, sagte Jamey Louise lächelnd, »da war kein Korb dran. Aber wenn da 'n Korb drangewesen wäre, dann hätt's genauso ausgesehen wie deins.«

»Bist du sicher?« Meine Handflächen waren heiß und schweißnaß, mir lief ein Kribbeln über die Kopfhaut. Ich hatte das Gefühl, jetzt entweder ohnmächtig zu werden oder den größten Wutausbruch meines Lebens zu bekommen. Hatten die es etwa gewagt, meinen Korb abzumontieren?

»Klar bin ich sicher. Oder denkst du, ich seh nicht, ob ein Fahrrad 'n Korb dran hat?«

»Wann war das denn?«

»Ungefähr vor einer halben Stunde.«

Darum also der Strohhut, der Lippenstift und das Kleid. Jamey Louise war bescheuert, total bescheuert war die, hatte sich extra rausgeputzt, damit dieser eine Junge von den Erlösern sie sah. Soso, Libby fand, das war vertane Zeit, aber ihre Schwester war da offenbar ganz anderer Meinung. »Hat er irgendwas gesagt?«

»Er hat gefragt, ob ich ein Mädchen mit Zöpfen kenne und so

eine Blonde mit Sommersprossen. Er sagt, sie hatten ein Baby dabei. Hört sich verdammt nach dir und Alice und ihrer Schwester an.« Jamey hatte kleine braune Augen. Im Schatten des Sonnenhuts sahen sie entschieden wie Schweinsäuglein aus.

Ich hätte ihr gern erzählt, daß die Erlöser-Jungen mir mein Fahrrad geklaut und mit einem Knüppel nach meiner Hündin geworfen hatten, aber mir war klar, daß Jameys Laune sich nicht trüben würde, wenn sie von diesen ungeheuerlichen Taten erfuhr. Außerdem würde sie die Sache überall herausposaunen, und dann wüßte bald die ganze Straße, daß ich mich mit den Erlösern im Wald rumgetrieben hatte. Und Mama Betts würde mir das Fell gerben.

»Wahrscheinlich hat er uns vom Bus aus gesehen, als sie angekommen sind. Ich finde die Leute total unheimlich, wie ein Bus voll Zombies, die zur Hölle fahren.«

»Hast du noch mehr so wüste Ausdrücke auf Lager?«

»Klar.« Ich sah zu ihr hoch. »Blöde Ziege!« Das hatte gesessen. Sie rannte vom Acker, als ob ich ihr Kakerlaken auf die Füße geschmissen hätte. Emily würde ihr sowieso nicht glauben, daß ich blöde Ziege zu ihr gesagt hatte. Für Emily war ich nämlich das wohlerzogenste Kind, das ihr je begegnet war.

Ich stellte die Schaufel wieder in den Schuppen und nahm mir das scharfe Gartenmesser, mit dem Gus immer das Gemüse abschnitt. Im Schuppen gab es auch einen Vorrat an Papiertüten. Ich suchte mir eine große aus, die ich vollpacken wollte, und dann würde ich mit den Okraschoten und den Kartoffeln ins Haus gehen und den Welfords die Hälfte abgeben. Mama sagte immer, ich solle stets so viel Gemüse ernten, daß es für uns und für die Welfords reichen würde. Aber für heute war mir die Lust vergangen, denn jetzt konnte ich bloß noch an mein Fahrrad denken. Den Korb hatten sie also abmontiert! Wer weiß, was die noch alles angestellt hatten. Ich war mir in meinem ganzen Leben noch nie so hilflos vorgekommen. Ich war wie gelähmt. Und das war der Punkt, an dem ich den Entschluß faßte, noch einmal zum McInnis-Hof zu gehen. Wenn ich mich mit den Okraschoten beeilte, konnte ich es schaffen, hin- und wieder zurückzurennen, bevor jemand mein Verschwinden bemerkte.

Kapitel 7

Der grüne Chevy mit dem rostigen alten Trailer parkte gleich hinterm Tor. Ein Trailer, wie es sie zu Tausenden gibt, aber ich malte mir aus, daß er schon die ganze Welt gesehen hatte. Ich hatte alles über MacClay, Madison Square Gardens und den Grand Prix gelesen, aber nie und nimmer hätte ich mir träumen lassen, daß eines Tages ein Stück von dieser Welt hier zu mir in die Kali Oka Road kommen könnte. Jedenfalls nicht bis heute. Ich brauchte nur in den Stall zu gehen, und schon würde ich die Pferde sehen – und die Frau, die sie ritt.

Ich stand mit Picket im Schatten des größten Seifenbaums in der Einfahrt. Die Stalltüren waren weit geöffnet. Im Dämmerlicht, das im vorderen Teil des Stalls herrschte, sah ich einen kleinen Schemen vorbeihuschen. Picket war in Habachtstellung gegangen. Ich hielt sie am Halsband fest und redete leise auf sie ein. Es gab schließlich auch Hühner, die nicht so gewitzt waren wie die von den Welfords. Ganz egal, was das dort im Stall für Tiere waren, ich wollte nicht, daß Picket sie jagte. Ich wollte ihr nicht nachgehen und sie aus dem Stall holen müssen. Schließlich hatte uns niemand hineingebeten.

Lange blieben wir reglos stehen. Von Zeit zu Zeit rumorte hinten im Stall etwas, aber die Geräusche waren mir nicht vertraut, und ich hatte immer noch Angst vor dem Stall, auch wenn mir das schrecklich peinlich war. Nach den Gesetzen der Logik mußten das da drin Pferde sein. Doch was, wenn es etwas anderes war? Ich brauchte ja nicht hineinzugehen. Ich konnte einfach kehrtmachen und wieder zu den Welfords laufen, meine Tüte mit den Kartoffeln und den Okraschoten schnappen, die dort am Zaun lehnte, und dann ab nach Hause.

Ich konnte mich geschlagen geben und heimgehen – und mich schon zum zweitenmal an diesem Tag wie ein Feigling benehmen!

Im Geiste sah ich mein Fahrrad mit abgeschraubtem Korb daliegen, schutzlos der Sonne und dem Regen ausgeliefert. Ich machte mich auf den Weg zum Stall. Der Erlöser-Junge hatte mir den Krieg erklärt, und ich war ihm die Antwort schuldig geblieben. Ich wollte nicht den ganzen Tag verlieren.

Es gab zwei Zugänge – ein großes Eisentor, durch das der Truck mit dem Trailer gefahren war, und ein kleineres Gatter, durch das man zu Fuß gehen konnte. Es war mit einem rostigen Haken und einem Stück von einer alten Hundeleine verriegelt. Ich öffnete es und trat auf den Hof. Picket hielt ich immer noch am Halsband fest. Etwas Gelbes flitzte an der Stalltür vorbei. Eine Katze. Picket wollte sich losreißen. Sie scheuchte gern Katzen. Sie tat ihnen nichts; was sie reizte, war die sportliche Seite, genau wie bei den Hühnern. Aber ich hatte den Eindruck, daß die Katzen und Hühner davon nicht so begeistert waren, obwohl Mr. Tom, der große, getigerte Kater von Addy Adams, sich, wenn wir dort vorbeikamen, jedesmal einen Spaß daraus machte, sie an der Nase herumzuführen. Addy sagte immer, ihr Kater sei schlauer als die meisten Menschen, gegen den hätte Picket sowieso keine Chance. Mr. Tom hatte es wirklich faustdick hinter den Ohren. Wenn er Picket durch den ganzen Hof gejagt hatte, rettete er sich auf meinen Arm und schnurrte, und dann war Picket erst richtig außer Rand und Band. Er war wirklich ein ganz besonderer Kater, und für Addy war er fast so etwas wie ihr Kind.

Gern wäre Picket jetzt der gelben Katze hinterhergerannt, aber sie merkte, daß ich sie festhielt, und so ließen wir das Gatter hinter uns zuschlagen und gingen über den roten Lehmhof auf die offene Stalltür zu. Es war später Nachmittag. Sehr spät. Die Sonne hing knapp über der höchsten von mehreren Eichen, die am Zaun entlang wuchsen, und es mußte nach meiner Schätzung mindestens halb vier sein. Wenn ich der Pferdefrau guten Tag sagen und wieder zu Hause sein wollte, bevor Mama ernsthaft böse wurde, mußte ich mich beeilen.

Man hörte, wie sich im Dunkel des Stalls etwas Großes bewegte. Picket verlor das Interesse an der Katze und spitzte die Ohren. Ich hatte auf einmal eine Gänsehaut. Ich biß die Zähne zusammen. Der Stall war so unheimlich. Er schien regelrecht zu atmen. Es war, als warte er darauf, daß ich hineinging. Als warte er auf seine Chance …

Ich zwang mich, durch die offene Tür zu treten, durch die ein Lichtkegel drang, der sich tief in die Dunkelheit bohrte. Als meine Augen sich an die Dunkelheit gewöhnt hatten, sah ich aus den vorderen Boxen vier Pferdeköpfe ragen. Sie guckten mich an. Das war ein gruseliger Anblick, weil ihre Leiber durch die Türen verborgen waren. Als ob die Köpfe von den Körpern abgetrennt wären und einfach so aus den Boxen hingen.

Dann sah ich sie. Sie saß hinten vor der rechten Wand auf einem Zementblock. Von der Westseite her fiel Licht durch die vergitterten Fenster und warf ein Karomuster auf ihr Gesicht. Sie war dunkel gekleidet, und ihr blondes Haar wirkte in der grellen Junisonne wie gesponnenes Gold. Ihr ärmelloses Shirt ließ die schlanken, aber muskulösen Arme sehen. Sie starrte mich an und rührte sich nicht von der Stelle.

Picket knurrte leise. »Schon gut«, flüsterte ich und hatte keine Ahnung, ob es die Pferde waren, die meine Hündin nervös machten, oder die Frau. Das Ganze glich einem lebenden Bild: die Pferde und die Frau starrten mich an, und ich und Picket starrten zurück.

»Ich bin Rebekka Rich, ich wohne da oben an der Straße.« Meine Stimme hallte durch den Stall. Um ein Haar wäre ich hinausgerannt und hätte im hellen Sonnenlicht Schutz gesucht. Doch als die Frau ihre Sitzhaltung änderte, war auch ihr Gesicht besser zu erkennen. Sie hatte braune Augen, die so aussahen, als würden sie das Licht einfangen und es durch den Stall zurückwerfen bis zu mir.

»Grüß dich, Rebekka«, sagte sie, und dabei blieb ihr ovales Gesicht vollkommen unbewegt. Ihre Haut hatte weder Sommersprossen noch sonst irgendeinen Makel. »Ich wette, du wolltest schon immer ein Pferd, was?«

Sie sprach langsamer als ich und hatte einen fremden Akzent, den ich nicht zuordnen konnte. Aus Jexville war sie jedenfalls nicht.

»Als ich so alt war wie du, hatte ich nur Pferde im Kopf. Aber meine Mutter wollte nicht, daß ich reite. Sie hatte Angst, daß mir was passiert.«

Sie stand auf und kam auf mich zu und blieb im nächsten Lichtfleck stehen. Ihr blondes Haar, das bis zu den Schultern reichte, war wirr und zerzaust, als ob sie auf einem Hengst durch den Sturm galoppiert wäre. Sie machte abermals fünf Schritte und blieb im nächsten Lichtfleck stehen.

»Ich weiß nicht, wieso Mütter immer glauben, es wäre ein Schutz für ihre Kinder, wenn sie sie davor bewahren, Lebenserfahrungen zu sammeln. Verstehst du das?«

Mir war die Kehle wie zugeschnürt. »Nein«, stieß ich hervor und war ganz erstaunt, daß meine Stimme trotzdem so fest klang. Ich nahm all meinen Mut zusammen. Ich mußte es ihr sagen. »Wenn meine Mutter wüßte, daß ich hier bin, die würde mir den Hintern versohlen.«

Die Frau lachte ein leises, zufriedenes, entspanntes Lachen. »Ist das nicht komisch, daß eine so wunderbare Sache wie die Liebe einen dermaßen erdrücken kann?«

An dem Ton, in dem sie die Frage gestellt hatte, merkte ich, daß sie keine Antwort erwartete. Außerdem hätte ich, wenn ich ehrlich geantwortet hätte, das Gefühl gehabt, Effie, Mama Betts und sogar Daddy zu verraten. Aber ich brauchte gar nichts zu sagen, denn die Frau verstand auch so.

»Möchtest du gern reiten?«

Fast hätte ich Pickets Halsband losgelassen.

»Nun laß sie schon los. Ich hab vierzehn Katzen, aber die sind alle oben auf der Tenne.« Sie ermutigte mich mit einer Handbewegung, Picket laufen zu lassen. »Ein schönes Tier, deine Hündin. Sehr klug. Ich hab fünf Hunde, aber die sind im Haus. Ich mußte ihnen was geben, damit sie auf der Fahrt hierher schlafen. Wird wohl noch ein Weilchen dauern, bis sie aufwachen.«

»Und wenn Picket nun die Katzen jagt?«

»Laß sie ruhig. Ein bißchen Bewegung kann denen nicht schaden.«

Es war, als ob ihr Lachen im Sonnenlicht tanzte. Als ich das Halsband losgelassen hatte, trottete Picket bis zur Mitte des Stalls, blieb vor dem ersten Pferd stehen und schnupperte forschend. Sie schien sich wie zu Hause zu fühlen.

»Also was ist, willst du reiten?«

Der Stand der Sonne sagte mir, daß es ziemlich spät war. Sehr spät sogar. Mama Betts wartete sicher schon auf die Kartoffeln. Bestimmt wollte sie Kartoffelsalat machen. Höchste Zeit, daß ich nach Hause kam. Sie mußten ja auch noch gewaschen, geschält und gekocht werden und abkühlen.

»Bloß mal kurz auf eins draufsetzen, wenn ich darf.«

»Ich hab noch fünf Pferde außer denen. Die hole ich am Wochenende. Die vier hier sind meine besten. Welches gefällt dir denn?«

Beim Reden hatte ich die ganze Zeit die eine Stute links in der mittleren Box angeschaut. Sie hatte eine weiße Blesse zwischen den Augen, die sich an der Nase herunterzog und über der linken Nüster in einem Kringel endete.

»Chamäleon, stimmt's?« Ihre Stimme hörte sich zufrieden an. »Gut gewählt. Ich seh schon, du hast ein gutes Gespür für Pferde. Cammie ist wie geschaffen für dich.«

»Chamäleon? Wie die Eidechse?« Sie war viel zu schön, um nach einer Eidechse benannt zu werden.

»Weil sie genauso wechselhaft ist wie ein Chamäleon.«

»Wieso?«

»Na ja, in der Manege, da hat sie den Teufel im Leib, aber beim Arbeiten kann man sich absolut auf sie verlassen.«

»Woher kommen Sie eigentlich?« Die Frage war unhöflich, aber sie war mir einfach so rausgerutscht. »Ich meine, ich wohne oben an der Straße. Schon immer, seit ich auf der Welt bin.«

»Ich bin aus Cleveland. Nicht das Cleveland in Ohio. Ich komme aus dem Mississippi-Delta. Kennst du das Delta?«

Ich wußte, daß es dort Baumwollplantagen und reiche Leute und arme Schwarze gab. Diese Frau war weiß, also mußte sie logischerweise reich sein. Auch weil sie neun Pferde hatte. Was wollte sie an der Kali Oka Road?

»Meine Eltern sind bei einem Autounfall ums Leben gekommen. Ich wollte nicht in Cleveland bleiben, und darum habe ich beschlossen umherzuziehen. Gar nicht so einfach mit neun Pferden, vierzehn Katzen und fünf Hunden. Und eh du weiterfragst, ich heiße Nadine. Nadine Andrews. Du kannst mich ruhig beim Vornamen nennen.«

»Und wo ist dein Mann?« Sie war älter, als sie mir zuerst vorgekommen war. Um die Augen und am Mund hatte sie lauter kleine Fältchen. Sie trat etwas näher, und da sah ich, daß ihr Haar irgendwie einen komischen Farbton hatte. Und außerdem war es am Ansatz erheblich dunkler.

»Ich brauche keinen Mann. Wo ist denn deiner?«

»Ich hab keinen. Dazu bin ich doch noch viel zu jung.« Sie lächelte, und ich sah, daß sie sich nur einen Spaß mit mir gemacht hatte.

»Ich hatte drei, aber die waren alle nicht die richtigen für mich. Wenn ich dir einen Rat geben darf, laß dir ruhig Zeit mit dem Heiraten.«

Fast hätte ich sie gefragt, ob ihre drei Männer etwa alle gestorben waren, genau wie ihre Eltern, aber mir war klar, daß das auch unhöflich gewesen wäre. Außerdem hatte sie sich gerade umgedreht und griff nach einem Halfter, das neben Cammies Box an der Wand hing. Mit geübten Griffen zog sie es dem Pferd über den Kopf, riegelte die Tür auf und führte Cammie hinaus auf den Gang. Binnen weniger Sekunden hatte sie das Pferd an den beiden Stricken festgebunden, die rechts und links von der Decke herunterhingen. Die Stute war riesig. So eine große hatte ich mein Lebtag noch nicht gesehen. Ich konnte nicht mal über ihren Rücken drübergucken, besser gesagt über den Widerrist, denn das ist die richtige Bezeichnung, wie ich aus meinen Büchern wußte, und dabei war ich für mein Alter ganz schön groß.

Nadine ging in die Kammer, in der sie offenbar Sattel und Zaumzeug verwahrte, und kam mit einem Korb zurück, in dem lauter Bürsten und dergleichen waren. Dann erklärte sie mir die verschiedenen Kämme und Bürsten und wie man sie benutzt und wie man ein Pferd sattelt. Der kleine Sattel war so leicht, daß ich ihn mühelos anheben konnte, obwohl ich mich auf den Zementblock stellen mußte, um ihn Cammie auf den Rücken zu legen. Ich lernte viel, und es machte mir auch großen Spaß, und trotzdem mußte ich die ganze Zeit daran denken, daß ich längst hätte zu Hause sein müssen.

»Wissen Sie, Mrs. ... weißt du, Nadine, vielleicht hebe ich mir das Reiten lieber bis nächstes Mal auf.« Wir hatten Cammie zwar schon gesattelt und gezäumt, aber es war mindestens fünf Uhr.

»Kriegst du Ärger mit deiner Mama?«

»Zu Hause warten sie auf die Kartoffeln, die ich zum Abendessen holen sollte.«

»Na los, steig schnell auf, bloß ein paar Minuten, ich fahr dich dann heim.«

»Nein!«

Sie lachte ein tiefes, entspanntes Lachen.

»Ich meine, ich möchte Ihnen wirklich keine Umstände machen, Mrs. Andrews.« Ich war ins Fettnäpfchen getreten, keine Frage, aber wenn ich mir die Frau so ansah, war klar, daß sie weder Effie noch Mama Betts gefallen würde. Sie war anders als meine Großmutter und meine Mutter, und sie war auch anders als die anderen Leute an der Kali Oka Road. Diese Nadine Andrews paßte nicht hierher.

»Ich heiße Nadine, hab ich gesagt. Du kannst ja an der Ecke vor euerm Haus aussteigen, dann merkt deine Familie nichts von unserer Verschwörung.«

Ich war knallrot im Gesicht. Sie wußte ganz genau, warum ich mich nicht von ihr nach Hause bringen lassen konnte.

»Hör zu, Rebekka, ich hab schon lange aufgehört, mich darum zu kümmern, ob die Leute mich mögen oder nicht. Ich hab genug Geld, ich kann tun und lassen, was mir Spaß macht, so einfach ist das.« Sie stellte sich neben das Pferd und verschränkte die Hände, so daß ich drauftreten konnte, und im nächsten Moment saß ich im Sattel.

Es war unvorstellbar schön. Cammie bewegte sich unter mir, und ich konnte es spüren. Mein Körper bewegte sich richtig mit. Zuerst faßte ich ihr in die Mähne, doch dann gab Nadine mir die Zügel und zeigte mir, wie ich sie halten mußte, damit sie wie Federn gegen das Maul des Pferdes drückten. Und dann führte sie uns in den Garten und ließ Cammie los.

Picket tanzte neben mir. Sie war genauso eifrig bei der Sache wie ich. Schon nach wenigen Minuten konnte ich im Schritt gehen und wenden. Cammie war ein Traum. Ihr dunkelbraunes Fell glänzte in der Sonne. Nadine sagte, sie sei ein Fuchs, und die Fesseln ihrer Hinterbeine seien weiß. Auf ihr zu reiten war noch schöner, als ich es mir ausgemalt hatte. Sie verfiel in einen leichten Trab, und obwohl ich anfangs etwas durchgeschüttelt wurde, hatte ich bald raus, was ich tun mußte, damit sie galoppierte.

»Du bist ja ein echtes Talent, Rebekka. Du und Cammie, ihr beide seid wie füreinander geschaffen.«

Das spürte ich auch. Ich war im siebenten Himmel. Der Schwarze Hengst, Sturmkönig, Silbervogel. Die Kartoffeln und Mama Betts und Effie waren vergessen. Das einzige, was jetzt noch zählte, war, zu spüren, wie wir uns bewegten, Cammie und ich, hoch zu Roß durch die Nachmittagssonne zu reiten, zu sehen, wie Picket neben uns hertrottete und wie Nadine uns beifällig zulächelte.

»Genug für heute. Du mußt nach Hause.«

Nadines Worte holten mich wieder auf den Boden der Realität zurück. Es war mindestens halb sechs. Bevor Nadine mir helfen konnte, war ich von Cammies Rücken hinuntergeglitten – genauso, wie ich es in meinen Büchern gelesen hatte.

»Tadellos abgesessen. Diesmal schirre ich sie ab, weil wir's eilig haben. Aber ab nächstes Mal bist du dafür zuständig.«

»Ich darf wiederkommen?« Die Angst davor, was mich daheim erwartete, wurde mit jeder Sekunde größer, und trotzdem, als ich hörte, daß ich noch öfter reiten durfte, wäre ich am liebsten vor Freude in die Luft gesprungen.

»Ich hoffe doch, daß du bei mir Reitstunden nimmst. Es würde mir Spaß machen, dich zu unterrichten.«

»Vielleicht.« Mir war klar, daß Mama mir nie und nimmer Geld für Reitstunden geben würde. Jahrelang hatte sie vergeblich versucht, mich dazu zu bringen, daß ich Klavierspielen lernte. An Pferde war überhaupt nicht zu denken.

»Wenn du kein Geld hast, kannst du ja im Stall arbeiten und dir die Stunden so verdienen.«

Nadine hatte mir nicht nur die Tür zum Glück gezeigt, sie gab mir auch den Schlüssel. Während sie Cammie den Sattel und das Zaumzeug abnahm und die Stute wieder in ihre Box brachte, streichelte ich die warme Pferdeschulter. Ein paar Sekunden später hatten wir den Trailer abgekoppelt und holperten im Truck die Einfahrt hinauf zur Straße.

Bei den Welfords am Zaun stieg ich aus, um die Tüte mit den Kartoffeln und den Okraschoten zu holen. Nadine fuhr mich bis zu unserer Ecke, dort bat ich sie zu halten. Es konnte gut sein, daß Mama bereits bei den Welfords angerufen und von Emily erfahren hatte, daß ich schon vor über einer Stunde gegangen war. Ich saß ganz schön in der Patsche.

»Wenn sie dich bestrafen, denk einfach an Cammie«, sagte Nadine und strich mir die Ponyfransen aus der Stirn. »Du hast nichts Böses getan, Rebekka. Du hast dir etwas von ganzem Herzen gewünscht, und dafür hast du ein Risiko auf dich genommen. Das ist nicht falsch. Falsch ist nur, daß keiner deinen Traum versteht oder daß die anderen ihn nicht ernst nehmen. Ich kann dich verstehen, weil du den gleichen Traum hast wie ich.«

Ich nahm meine Tüte, stieg aus und machte die Wagentür zu. Plötzlich hatte ich feuchte Augen. Ich bedankte mich schnell und war weg, ehe Nadine meine Tränen sehen konnte. Eine Frau wie Nadine Andrews würde niemals in der Gegenwart eines anderen Menschen weinen. Ich rannte quer durch den Hof zur Fliegentür. Auf der Veranda war es verdächtig still. Um ein Haar wäre ich über den Schrotthaufen gefallen, der neben der Tür lag.

Ich brauchte volle zehn Sekunden, bis ich begriffen hatte, daß die zwei Räder, die dort lagen, die beiden geschwungenen Schutzbleche und der einstmals weiße Sattel zu meinem Fahrrad gehörten.

Es war komplett demontiert. Auch der Korb lag mit in dem Schrotthaufen. Dieser Erlöser-Junge hatte mein Fahrrad auseinandergenommen und mir die Einzelteile in den Hof gelegt.

Die Kartoffeltüte rutschte mir aus der Hand und fiel mit einem dumpfen Knall zu Boden. Ich kniete neben dem Schrotthaufen und kämpfte mit den Tränen. Im nächsten Moment spürte ich mit Genugtuung, wie die Wut in mir hochstieg und mich davor bewahrte, wie ein Baby zu plärren. Den Dreckskerl würde ich umbringen. Der hatte mein schönes Fahrrad kaputtgemacht, und dann hatte er auch noch die Frechheit besessen, mir das Wrack vor die Haustür zu legen.

Kapitel 8

Ich weiß nicht genau, wieviel Zeit verging, aber es war mindestens eine Viertelstunde. Ich war so in meine Wut und meinen Schmerz versunken, daß ich alles um mich herum vergaß. Erst die Stimmen, die ich vom Küchenfenster her hörte, brachten mich wieder zu mir. Von drinnen kam ein einladender gelber Lichtstrahl, doch ich blieb draußen und horchte und streichelte dabei mit den Fingerspitzen das hintere Schutzblech meines Rades.

»Soll ich mal eben zu Alice rübergehen und sie fragen, Effie?«

Arlys Stimme, die durch das offene Fenster wehte, klang beflissen. Er ahnte, wie tief ich in der Patsche saß und witterte seine Chance. Wenn mir jemand, der nicht zur Familie gehörte, etwas tun wollte, konnte Arly zur rasenden Wildsau werden, innerhalb der Familie aber waren wir Rivalen. Mama Betts hat gesagt, bevor ich geboren wurde, sei Arly der Mittelpunkt gewesen. Jedes Bäuerchen von ihm wurde als Ausdruck seiner Genialität betrachtet. Bis dann zwei Jahre später ich kam. Ich würde das nie verstehen, hatte Mama Betts gesagt, denn ich sei ja von Anfang an mit Arly groß geworden, er hingegen könne sich noch dunkel an die Zeit erinnern, als er ein Einzelkind war und sich alles nur um ihn drehte.

Jetzt war Arly ein Teenager und total verrückt nach Mädchen, was er jedoch vor Effie und Mama Betts verheimlichte. Daddy ahnte zwar so dies und das, aber der war ja den Sommer über nicht da, so daß ich mir nicht sicher war, wieviel er wußte. Wie dem auch sei, wenn Arly es schaffte, Effie dazu zu bringen, daß sie ihre Sorge in erster Linie auf mich konzentrierte, dann hatte er selbst mehr Freiheit und konnte eher tun, was ihm Spaß machte. Ich durchschaute seine Taktik und hätte ihm am liebsten den Hals umgedreht. Ich blieb ganz still sitzen und horchte, was Mama sagte.

»Wenn sie in zehn Minuten nicht zu Hause ist, rufe ich Joe an.«

»Nimm dich zusammen, Effie. Du bist ja hysterisch.«

»Ihr Fahrrad ist kaputt. Welcher normale Mensch macht denn so was? Ich hätte gleich, als Arly das Fahrrad gefunden hat, bei Joe anrufen sollen! Wenn nun einer mein kleines Mädchen entführt hat!«

Mama hatte das Stadium der Wut längst hinter sich. Ihre Stimme wurde immer schriller, sie war außer sich vor Angst. Joe Wickham war der Sheriff unseres County. Das hatte mir gerade noch gefehlt.

Ich stand auf. Es war ja wirklich sinnlos, weiter hier draußen rumzusitzen, aber meine Beine wollten mir einfach nicht gehorchen. O Mann. Ich zwang mich, über das Fahrrad zu steigen und auf die Veranda zu gehen. Und weil ich ein Feigling war, knallte ich die Fliegentür hinter mir zu. So waren sie gewarnt, daß ich kam. Aus der Küche war deutlich das Scharren von Stühlen zu hören – ein unangenehmes Geräusch, das nichts Gutes verhieß.

Über der Kali Oka Road breitete sich bereits die Abenddämmerung aus, und als die Tür aufging, drang das Licht nach draußen und ergoß sich über mich. Ich stand wie angewurzelt da, wie ein Opossum, das in die Scheinwerfer eines Autos starrt. Es fehlte nicht viel, und ich hätte schützend die Hände hochgerissen, als ob ich mit einer Ohrfeige rechnete.

»Rebekka!« riefen Effie und Mama Betts wie aus einem Munde.

»Junge, Junge, du sitzt ganz schön in der Scheiße«, platzte Arly heraus, und niemand machte sich die Mühe, ihn wegen seiner Ausdrucksweise zu tadeln. Er stand hinter den beiden und guckte ihnen über die Schultern.

»Wo bist du gewesen?« Mama und Mama Betts stemmten beide gleichzeitig die Hände in die Hüften. »Na los, antworte.«

Als ob sie das zusammen einstudiert hätten.

»Ich kann dir nur wünschen, daß dich die Kommunisten entführt haben, sonst kannst du dich nämlich auf was gefaßt machen.«

»Halt doch den Mund, Arly.« Ich überlegte, was ich ihnen sagen sollte. Was mit dem Fahrrad war, wußten sie, aber sie wußten nicht, wer das getan hatte. »Mir hat einer das Fahrrad geklaut.«

»Rebekka Brighton Rich.«

Effies Stimme bebte. Die Angst hatte sich gelegt, und an ihre Stelle war rasender Zorn getreten. Das war bei ihr immer so, wenn sich die Erleichterung breitmachte. Ein paar Minuten, dann war der Anfall vorüber – vorausgesetzt, ich blieb so lange am Leben.

»Dein Vater sitzt in seinem Büro ein paar tausend Meilen von hier und sorgt sich deinetwegen zu Tode. Ich hab mir die Haare ausgerauft, und Mama Betts hat sich die schrecklichsten Sachen ausgemalt, was alles mit dir passiert sein könnte.«

»Tut mir leid.« Das war die reine Wahrheit, aber ich wußte, daß in diesem Moment niemand auf meine Entschuldigungen hörte.

»Nach deinem Gemütszustand hat keiner gefragt.« Arly war von der Tür weggetreten. Mama Betts packte ihn so unvermittelt bei der Schulter, daß er vor Schreck zusammenfuhr.

»Mir hat einer mein Fahrrad geklaut, und ich hab versucht, es wiederzukriegen.«

»Und wer hat es gestohlen?« Effie hielt mir die Fliegentür auf, damit ich reinkommen konnte.

Die Gefahr war vorüber. Jedenfalls fast. Sie stellte mir Fragen, und vielleicht war sie sogar bereit, sich meine Darstellung anzuhören. »Ich weiß nicht.« Ich hielt die Tüte mit den Kartoffeln und den Okraschoten noch immer an mich gepreßt. Mama Betts nahm sie mir ab.

»Arly, du gehst jetzt und wäschst ein paar von diesen Kartoffeln.« Als sie ihm die Tüte in die Hand drückte, fühlte ich Genugtuung in mir aufwallen.

»Ich warte auf eine Erklärung.« Effie zeigte auf einen Stuhl am Küchentisch.

Ich erzählte ihnen, wir hätten am Fluß gebadet und die Räder am Ufer stehengelassen, und als wir zurückkamen, seien sie weg gewesen. Das war nicht gelogen, ich hatte nur mit den Zeiten ein bißchen gemogelt. »Darum haben wir so lange gebraucht, bis wir zu Hause waren. Wir mußten laufen. Alice hat mich gebeten, nichts zu sagen, weil ihr Rad das Familienfahrrad ist, und nun ist es hinüber.« Als ich mir vorstellte, was Alice auszustehen hatte, wenn ihr Rad auch als Schrotthaufen bei ihr im Vorgarten lag, hätte ich beinahe losgeheult. Mrs. Waltman war dafür bekannt, daß sie sich gar nicht erst groß anhörte, was man zu sagen hatte, sondern lieber gleich Ohrfeigen verteilte. Bei zehn Kindern wollte sie keine langen Erklärungen, sie wollte, daß alles lief, wie sie immer sagte.

»Arly hat gemeint, er könnte dein Fahrrad wieder reparieren.«

»Wirklich?« Vielleicht war mein schönes Fahrrad doch noch zu retten. »Das von Alice auch?«

»Wenn alle Teile da sind«, rief Arly über die Schulter. Er hatte die Hände im Spülbecken. »Aber das kostet eine Kleinigkeit«, zischte er mir leise zu – so leise, daß die anderen es nicht hören konnten.

»Das Kind muß ja halb verhungert sein«, sagte Mama Betts. Sie holte einen Teller mit Essen aus dem Backofen.

Ich hatte tatsächlich einen Mordshunger. Mir taten vor Hunger schon richtig die Rippen weh. Brathähnchen mit Reis und Soße und Zuckererbsen. Keine Okraschoten. Das war meine Schuld, aber trotzdem nahm ich die Gabel, die Mama Betts mir reichte, und stopfte mir das Zeug in den Mund.

»Guckt euch doch bloß mal an, wie die schlingt«, sagte Arly. »Vielleicht ist das ein Wettessen, und wir können auch mitmachen.«

»Vergiß nicht, sorgfältig zu kauen, Bekka«, sagte Effie automatisch. »Und wenn du runtergeschluckt hast, dann erzählst du uns, wo du gewesen bist.«

Ich kaute lange. »Ich hatte gehofft, daß der Dieb die Räder irgendwo an der Straße abgestellt hat. Daß er uns bloß einen Streich spielen wollte oder so. Und darum bin ich die ganze Straße runter, immer an den Zäunen lang.« Richtig gelogen war das zwar nicht, aber ich brachte es trotzdem nicht fertig, von meinem Teller aufzublicken.

»Und auf den Gedanken, daß wir beide mit dem Auto hätten fahren können, bist du wohl nicht gekommen?«

»Ich wollte sie alleine finden.«

»Du wolltest uns wohl mal wieder beweisen, wie selbständig du bist, was?« Mama Betts legte mir eine Scheibe warmes Maisbrot auf den Teller. Sie strich mir mit den Fingerknöcheln über den Arm.

»Typisch unsere Bekka. Dickköpfig und eigensinnig. Das kommt dich noch mal teuer zu stehen. Uns alle wird das noch mal teuer zu stehen kommen.«

Ich hatte ein schlechtes Gewissen, aber gleichzeitig hatte ich das dringende Bedürfnis, meine Haut zu retten. Mama Betts mußte schreckliche Angst um mich gehabt haben. Solche düsteren Drohungen kamen ihr nur dann über die Lippen, wenn sie sich sehr, sehr große Sorgen machte. »Es tut mir leid, Großmama.«

»Du weißt dich nicht zu bändigen, mein Kind. Das mußt du noch lernen. Und dieser Eigensinn, der wird dich im späteren Leben noch teuer zu stehen kommen.« Sie gab mir einen Kuß auf den Scheitel. »Ja, meine Kleine, ich sage dir, diese Eigenschaft wird dich noch einmal teuer zu stehen kommen, und andererseits könnte es sein, daß gerade sie es ist, die dich über Wasser hält, wenn es mal wirklich hart auf hart kommt. Das lernt man, wenn man alt wird. Jedes Ding hat zwei Seiten. Zum Beispiel die Liebe zu euch Kindern. Ihr verdanke ich mein größtes Glück und meinen schwersten Kummer.«

Nicht einmal Arly fiel darauf eine gescheite Antwort ein. Mir war hundeelend. Selbst das Brathähnchen hatte plötzlich den Geschmack verloren. Aber ich kaute trotzdem weiter, fest entschlossen, nichts auf dem Teller zu lassen, damit Arly keine blöden Bemerkungen machen konnte.

»Wenn du aufgegessen hast, rufen wir deinen Vater an.« Effie setzte sich neben mich an den Tisch.

Ich schob den Teller zurück. Wozu noch so tun, als ob mir die ganze Geschichte nicht unter die Haut ging? Effie hatte geweint, das sah ich. Mama Betts hatte sich zu Tode geängstigt, und Daddy ging wahrscheinlich in seinem Arbeitszimmer in dem fremden Haus in Missouri auf und ab. Und das alles bloß, weil … weil ich auf einem Pferd geritten war. Wie eine zärtliche Hand streifte mich der Gedanke an Cammie.

Wir wählten die Nummer der Universität, in der Daddy eine Dienstwohnung für Gastdozenten hatte. Das erste Rufzeichen war noch nicht ganz zu Ende, da hatte er schon abgenommen.

»Daddy, hier ist Bekka.«

»Dann ist dir also nichts passiert. Als Effie mir das mit deinem Fahrrad erzählt hat, hatte ich schon Angst…«

Was konnte es auf der Kali Oka Road denn bloß geben, das ihm solche Angst machte? Aber so sind Eltern nun mal, die Sorgen, die sie sich machen, stehen in keinem Verhältnis zu dem, was wirklich los ist.

Als wir ein paar Minuten geredet hatten und er mir schließlich glaubte, daß ich absolut unversehrt war, begann sein Verstand wieder zu arbeiten.

»Und wer hat dir dein Fahrrad weggenommen, Bekka?«

Er war tausend Meilen weit weg, und trotzdem ahnte er, daß ich mehr wußte, als ich sagte.

»Ich weiß nicht genau.« Die Namen wußte ich wirklich nicht.

»Hör zu, meine Kleine, versprich mir, daß du deiner Mutter nicht noch einmal so einen Schreck einjagst, ganz egal, was du anstellst.«

»Ich war doch die ganze Zeit bloß auf der Kali Oka Road. Ich bin nirgendwo anders hingegangen – «

»Rebekka, du bist alt genug, um das allmählich begreifen zu können. Du hast eine Verantwortung mir gegenüber, mir und Effie und Mama Betts und Arly. Du mußt deine fünf Sinne zusammennehmen und aufpassen, daß dir nichts passiert.« Er machte eine Pause. »Du darfst dich nicht in Gefahr bringen, Bekka.«

»Ja, Daddy.« Was die bloß alle für ein Theater machten? Ich war gerade mal eine Stunde zu spät gekommen. Man konnte ja denken, ich hätte mit Dynamit gespielt. Effie stand nicht mehr in der Diele neben dem Telefon, sondern war wieder in die Küche gegangen. »Daddy?«

»Ja?«

»Wenn ich die Möglichkeit hätte, etwas zu tun, daß ich mir mehr als alles auf der Welt wünsche, etwas, das keinem schadet, wäre es dann falsch, wenn ich versuchen würde, es zu tun?«

»Hypothetische Fragen kann ich auf diese Entfernung unmöglich beantworten. Wie wär's, wenn du dich etwas klarer ausdrücken würdest?«

Der Detailfanatiker. Mit einer einfachen Frage konnte er sich nicht zufriedengeben. »Auf dem alten McInnis-Hof ist eine Frau eingezogen. Sie heißt Nadine Andrews und hat gesagt, wenn ich bei ihr im Stall arbeite, gibt sie mir Reitstunden.«

»Und was sagt Effie dazu?«

»Ich hab noch nicht mit ihr gesprochen.«

»Aha, da hast du also gesteckt, und dort ist dir wohl auch dein Fahrrad abhanden gekommen, stimmt's?«

»Im großen und ganzen schon.« Es wäre Unsinn gewesen, die Erlöser-Jungen mit ins Spiel zu bringen. Die Geschichte war eh schon kompliziert genug.

»Und du hättest nicht mal zum Telefon gehn und deine Mutter anrufen können?«

»Nadine ist gerade eingezogen. Ihr Telefon ist bestimmt noch nicht angeschlossen.«

»Bekka, ich weiß, wie sehr du dir das wünschst, und ich für mein Teil hätte auch nichts dagegen, aber ich kann schließlich nicht ja sagen, wenn Effie das einfach nicht will.«

Meine einzige Hoffnung schwand dahin. »Sag ihr nichts davon, Daddy. Ich will mal probieren, ob ich sie umstimmen kann.«

Es folgte eine lange Pause. »Versprich mir, daß du nicht wieder wegrennst und deine Mutter in Angst und Schrecken versetzt. Ihr beide müßt das unter euch ausmachen, aber sorg mir gefälligst dafür, daß sie nie wieder denken muß, du liegst tot im Straßengraben.«

»Versprochen. Und wie ist Missouri so?«

»Zu weit weg von Mississippi und allem, was mir dort Sorgen macht.«

Daddy hörte sich auf einmal müde an. Er machte sich ständig Sorgen um Dinge, die er sowieso nicht ändern konnte. Er erzählte mir von seinen Beobachtungen. Die Leute seien so sehr auf eine bestimmte Denkweise festgelegt, sagte er, daß sie unfähig seien, die Wahrheit zu sehen. Die Südstaaten gingen harten Zeiten entgegen, weil gewisse Kräfte im Norden Zeitpläne im Kopf hätten, an denen sie unter allen Umständen festhalten wollten. Ich verstand zwar nicht viel von dem, was er mir erzählte, aber ihn beunruhigten diese Dinge. Und Effie auch. Ich ahnte, daß das alles mit den Kommunisten zu tun hatte, aber irgendwie ging es auch um die Schwarzen. Bei uns auf der Kali Oka Road gab es keine Schwarzen, und darum begriff ich nicht, was das alles mit uns zu tun haben sollte. Zumal die paar Schwarzen, die ich in Jexville kannte, mir nicht den Eindruck machten, als ob sie sich über irgend etwas ärgerten.

»Du, Daddy, bei uns hier läuft alles bestens. Unseretwegen mußt du dir keine Sorgen machen.«

»Hol deine Mutter noch mal ans Telefon, Bekka. Ich hab dich lieb.«

Daddy würde mich nicht verraten wegen der Pferde. Wir hatten eine Abmachung miteinander. Ich rief Effie an den Apparat und hörte noch einen Moment zu, wie sie über Jexville sprach und von irgendeiner Auseinandersetzung erzählte, die in der Tanzdiele an der Flußgabelung bei Merrill stattgefunden hatte. Dort hatte ein Weißer einen schwarzen Schuhputzer umgebracht. Der Bruder des Schuhputzers hatte daraufhin ein Gewehr genommen und den Weißen abgeknallt. Ich hatte Effie und Mama Betts schon über die Geschichte tuscheln hören. Ich fand, daß die Sache damit erledigt war. Der Weiße hatte angefangen, und jetzt war er tot. Aber so einfach war es wohl nicht, denn wenn Effie darüber sprach, fing sie immer an zu flüstern und in einer Art Geheimsprache zu reden, damit Arly und ich ja nichts mitbekamen. Dabei interessierten wir uns im Grunde gar nicht für so was.

»Sie haben ihn ins Gefängnis gesteckt.«

Effie machte eine Pause, weil Daddy jetzt etwas sagte.

»Nein, von den Rechtsanwälten will ihn keiner verteidigen. Ich hab bloß Angst, sie verschleppen ihn in eine andere Stadt.«

Wieder machte sie eine Pause.

»Nein, Joe sagt, im Gefängnis ist er sicher. Er wäre froh, wenn der Mann wegkommt, es will ihn bloß keiner haben.« Pause. »Nein, Green County wäre noch schlimmer. Dort würden sie ihn in der Zelle aufhängen. Hattiesburg vielleicht.«

Die nächste Pause war etwas länger und gab Effie Gelegenheit, mich strafend anzusehen.

»Ich hab keine Angst, sie erwachsen werden zu lassen. Das ist unfair. Du bist ja nie da.«

Ehe Effies böser Blick mich noch einmal treffen konnte, ging ich in mein Zimmer. Ich holte das alte gelbe Heft hervor, das eigentlich für die verhaßten Mathematikaufgaben gedacht war, und fing an, Bilder von Cammie zu zeichnen. Irgendwie würde ich es schon schaffen, wieder zu Nadine zu gehen. Mama Betts sagte immer, eine Gelegenheit klopft nur einmal an, und ich wußte, das war meine Gelegenheit. Ich ging mit dem Heft ins Badezimmer und ließ die Wanne vollaufen. Als ich die Jeans ausgezogen hatte, merkte ich, daß sie nach Cammie roch. Wieso hatte das keiner wahrgenommen? Ich würde einfach ein paar Jeans im Stall deponieren, die ich zum Reiten tragen konnte, und vor dem Nachhausegehen würde ich mich dann immer umziehen. Ich würde alles ganz genau planen. Ich legte mich in die alte Badewanne mit den Löwenfüßen, ließ mich im heißen Wasser treiben und versuchte mir noch einmal das Gefühl der grenzenlosen Freiheit ins Gedächtnis zu rufen, das ich auf Cammies Rücken gehabt hatte.

Kapitel 9

Alice bekam ihr Fahrrad zurück – heil. Sie fand es am nächsten Morgen unter dem Baum, an dem die Schaukel hing. Das hieß, der Erlöser-Junge hatte es ausschließlich auf mich abgesehen. Das Ganze war jetzt also eine Sache zwischen ihm und mir.

Auch im Hinblick auf Arly saß ich ganz schön in der Tinte. Er hatte mir mein Rad repariert, mein gutes Schwinn war wieder fast wie neu. Jede Schraube, jede Mutter war wieder dort, wo sie hingehörte. Aber ich brauchte Arly, um mich an dem Jungen zu rächen, zumal Alice es ganz entschieden abgelehnt hatte, sich auf weitere Abenteuer unten am Cry Baby Creek einzulassen. Sie sagte, sie sei froh, daß die Sache mit dem Fahrrad für sie noch mal glimpflich abgegangen war. Mrs. Waltman, die im fünften Monat war, hatte permanent schlechte Laune, und Alice mußte sowieso schon immer aufpassen, daß sie nicht ins Fettnäpfchen trat. Wenn ich Arly rumkriegte, daß er mir half, würde ich einen Haufen Zeit mit ihm verbringen müssen. Ich dachte pausenlos an Cammie und Nadine. Dieses Geheimnis konnte ich Arly auf keinen Fall anvertrauen.

Es vergingen zwei der längsten Tage meines Lebens. Ich blieb die ganze Zeit daheim und gab mir Mühe, Effie und Mama Betts für den Kummer zu entschädigen, den ich ihnen bereitet hatte. Ich nahm die Rollos ab und wusch sie in der Badewanne, ich bügelte die Vorhänge, ich kratzte das alte Bohnerwachs aus den Ecken, bis ich ganz rote Knie hatte und mir alles weh tat. Ich fand, daß das als Buße angemessen war. In der Kali Oka Road, wahrscheinlich sogar im ganzen County, lebten zwar keine Katholiken, aber ich hatte irgendwo gelesen, daß es katholische Frauen gibt, die auf den Knien zu irgendwelchen heiligen Stätten rutschen, damit ein Wunder an ihnen geschieht, und ich brauchte dringend ein Wunder – ein Pferdewunder. Gleichzeitig fragte ich mich, was wohl in den Augen der Erlöser als Buße angemessen war. Ich dachte an ihre grauen Kleider und ihre grauen Gesichter und schob den Gedanken beiseite. Bei denen ging es sicher härter zu, mit Knierutschen war es da sicher nicht getan.

Am dritten Tag meiner Wiedergutmachungsaktion ging ich mit Mama Betts die Kali Oka Road runter, um Pflaumen zu ernten. Sie hatte den Ausflug vorgeschlagen – ein Zeichen, daß ich allmählich wieder Gnade fand. Wir schlenderten die Straße lang und schlenkerten mit unseren Eimern. Als wir am alten McInnis-Hof vorbeikamen, schaute Mama Betts sich dort gründlich um.

»Na, hier ist aber ein Hausputz fällig. Eh da einer drin wohnen kann, muß die Bude erst mal richtig ausgemistet werden. Was sagst du, wie alt die Frau ist?«

»Ich weiß nicht.« Ich suchte Cammie auf der Weide neben dem Stall, aber es war kein einziges Pferd draußen. Die Stalltüren waren geschlossen, und der alte Truck mit dem Trailer war weg. Vermutlich war Nadine die anderen Pferde holen gefahren. Ich fragte mich, wann sie wohl wiederkam und wer so lange ihre Tiere versorgte. Auch von den Hunden war nichts zu hören, und fünf Hunde, selbst wenn es nur so kleine Schoßhündchen wären, hätten doch eigentlich einen ziemlichen Lärm machen müssen. Picket jedenfalls schaute sich eifrig um, ob es nicht irgendwo ein paar Katzen zu jagen gab.

»Hast du nicht gesagt, die Frau hat Pferde?« Mama Betts ging weiter, sie schwenkte ihren Eimer und hatte den alten Strohhut tief in die Stirn gezogen. Ihre Haut und ihre Haare waren schön weiß, und sie sagte immer, daß sie noch nie im Leben ohne Haube oder Hut in der Sonne gewesen sei.

»Stimmt, sie hat Pferde.«

»Und wieso sind die dann nicht draußen in der Sonne? Tiere brauchen Sonne. Die kann man nicht den ganzen Tag einsperren, das ist Tierquälerei.«

Ich zuckte die Achseln und tat so, als ob ich mich für das alles nicht sonderlich interessierte. »Ob Mrs. Mason wieder die dicken saftigen Pflaumen hat?«

»Wir fragen sie. Brenda gibt uns bestimmt so viel, daß es für einen ordentlichen Schwung Pflaumengelee langt.«

»Och, immer bloß Pflaumengelee, ich will sie aber lieber roh essen.« Wir hatten den McInnis-Hof hinter uns gelassen, und ich war ganz bedrückt. Wieder ein Tag, an dem ich Cammie nicht sehen würde.

»Über dein Fahrrad hast du uns ja nicht viel erzählt.«

Bei dieser Bemerkung von Mama Betts knickte ich vor Schreck im weichen Sand neben der Straße um. »Was gibt's denn da zu erzählen? Arly hat's doch wieder ganz gemacht.«

»Also die Bekka Rich, die ich kenne, die würde nicht eher Ruhe geben, als bis sie es dem, der das getan hat, heimgezahlt hätte ... Es sei denn, sie weiß, wer es war, und hat ein schlechtes Gewissen.«

»Wenn ich's rausgekriegt habe, werd ich's ihm schon noch heimzahlen.« Ich hob einen großen weißen Stein auf und warf ihn in hohem Bogen weg.

»Die Dinge ändern sich, Bekka. Das weißt du genausogut wie ich.«

Trotz des Schlapphuts, der ihr Gesicht beschattete, sah ich deutlich, daß Mama Betts einen traurigen Zug um den Mund hatte.

»Wieso denn? Wir gehen doch jeden Sommer Pflaumen pflücken und kochen Pflaumengelee. Es ist noch genau so, wie es alle Jahre war.«

»Kind, Kind.« Ihre Stimme klang belustigt. »Ich kann mich an Zeiten erinnern, da dachte man noch nicht mal an Autos. Als dein Großvater und ich hierhergezogen sind auf die Kali Oka Road, da war ich siebzehn. Bis wir uns unten einen Brunnen bauen konnten, haben wir das Wasser von der kleinen Quelle im Wald geholt. Ich hab viel von dem, was man so Fortschritt nennt, erlebt, und manches davon fand ich sogar ganz gut, als ich noch jünger war.«

»Möchtest du denn das Wasser lieber in Eimern holen, als den Wasserhahn aufzudrehen?«

»Natürlich nicht. Es ist nur so, daß die Dinge sich ändern. Dagegen ist nichts zu machen, die Zeit läßt sich nun einmal nicht zurückdrehen, und das will ja auch gar keiner. Aber heutzutage geht einfach alles viel zu schnell.«

In meinem Leben hatte sich nicht das geringste verändert. Die letzten drei Tage waren mir wie eine träge dahinkriechende Ewigkeit vorgekommen. »Das ist doch Unsinn, Mama Betts. Wie meinst du denn das?«

»Hast du schon mal beobachtet, was die Hühner machen, wenn sie ein Geräusch hören, wie sie dann losgackern und wie wild auf dem Hof herumrennen? Die haben keine Ahnung, was das für ein Geräusch ist, und trotzdem sind sie völlig aus dem Häuschen, und die Federn fliegen überall herum, und mitunter zertrampeln sie sogar die eigenen Küken.«

Wir hatten keine Hühner, aber bei den Welfords hatte ich das gesehen. »Hühner sind ja auch nicht besonders schlau.«

»Menschen auch nicht. In manchen Dingen sind die Menschen den Hühnern sehr ähnlich. Die Menschen brauchen bloß ein Gerücht zu hören, gleich rennen sie los und fangen an zu gackern, und eh sie überhaupt wissen, was passiert ist, haben sie schon irgendwem etwas Schlimmes angetan. Vielleicht sogar jemandem aus der eigenen Familie.« Sie holte tief Luft. »Durch das Fernsehen und das Radio erfahren die Leute zuviel Neues. Sie haben gar nicht die Zeit, das alles in Ruhe zu verdauen. Die hören was, und sofort reagieren sie.«

»Aber du magst doch das Fernsehen.« Arly und ich guckten wenig fern, aber manche Sendungen fanden wir richtig gut. Wenn *The Edge of the Night* kam, war auch Mama Betts nicht vom Fernseher wegzukriegen. Wenn Schule war, hörte ich jeden Nachmittag um halb vier, wenn der Bus vor unserem Haus anhielt, schon von weitem die Musik von *The Edge of the Night*. Der Star der Serie war Mike Karr, ein Anwalt, der immer alles richtig machte.

»Ja, Bekka, mitunter sehe ich mir ganz gern mal eine Sendung an«, erwiderte Mama Betts, »aber ich möchte dir zwei Dinge sagen. Das eine davon wird für dich keine große Bedeutung haben, jedenfalls nicht heute und morgen. Aber später wirst du verstehen, daß dieser Sommer dein Leben verändert hat.«

Ich spürte ein leichtes Angstkribbeln im Bauch. Hatte es etwa was mit den Pferden zu tun? Oder mit den Erlösern?

»In Jexville im Gefängnis ist ein Schwarzer. Da braut sich was zusammen.«

»Ja, er hat einen Weißen erschossen.« Ich war ja schließlich nicht taub. Ich hatte gehört, wie Effie und der Richter die Sache am Telefon durchgekaut hatten. Sie waren sehr beunruhigt, ich wußte bloß nicht, worüber. »Wir kennen doch die Leute gar nicht, um die es da geht. Warum macht Effie sich denn darum solche Sorgen?«

»Weil deine Eltern finden, daß dieser Schwarze einen fairen Prozeß bekommen muß, mein Schatz. Es gibt nämlich Leute, die ihn am liebsten gleich in die Gaskammer schicken würden.«

»Und wieso soll er keinen Prozeß kriegen? Er hat doch bloß den Mann getötet, der seinen Bruder getötet hat.«

»Für dich ist die Sache ganz simpel, nicht wahr? Aber so einfach ist das alles nicht. Siehst du, und das meine ich, wenn ich sage, die Zeiten ändern sich. Die Leute reden am Telefon und kauen alles von vorne bis hinten durch. Da wird so manches verdreht und abgewandelt. Die schlagen mit den Flügeln und gackern herum, und das geht so lange, bis jemand zu Schaden kommt.«

Die Sonne war heiß, und ich sehnte mich nach dem Schatten der Pflaumenbäume, doch Mama Betts stand auf der Straße und ließ sich über Sachen aus, von denen ich nichts verstand oder die mir egal waren. »Was in Jexville passiert, kann doch nicht mein Leben verändern. Und auch nicht das Leben bei uns in der Kali Oka Road. Das wird sich nie ändern.«

Mama Betts legte mir den Arm um die Schultern und zog mich an sich. Sie roch nach Vanille und nach dem Zitronenpuder, den sie immer nach dem Schwimmen benutzte. Es konnte noch so ein heißer Tag sein, ihre Haut war stets trocken und kühl. Wenn man so alt war wie sie, sagte sie immer, würde man eben nicht mehr schwitzen. Sie war wirklich eine alte Frau. Fast fünfundsiebzig. Aber sie benahm sich nicht so, und darum war es nicht wichtig.

»Und wie sich die Kali Oka Road verändert, mein Schatz.«

Diesmal mußte ich lachen. In der Luft tanzten lauter kleine Hitzeteufelchen. Die Pekanbäume zu beiden Seiten der Straße standen in vollem, grünem Laub, und in der Ferne sang eine Spottdrossel. Solange ich denken konnte, hatte sich hier nichts verändert, jedenfalls nichts Wichtiges. Vor zwei Jahren hatten die Welfords bei einem Gewitter eine dicke Eiche verloren. Der Blitz hatte sie gefällt, und ein paar Monate lang war es so gewesen, als ob ein Stück der Straße plötzlich kahl wäre, aber das war auch schon die größte Veränderung, an die ich mich erinnern konnte.

»Es ist alles wie immer, Mama Betts. Schau dich doch um. Seit fünf Jahren ist der Zaun hier weg, und keiner hat einen neuen gesetzt.«

»Ich meine nicht die Äußerlichkeiten, obwohl sich die Straße auch äußerlich verändern wird.«

Sie war so traurig, daß ich nach ihrer freien Hand griff und sie festhielt. »Was hast du denn?«

Jetzt spürte ich sie ganz deutlich, diese entsetzliche Traurigkeit. Seit Tagen war sie traurig, und ich hatte es nicht gemerkt. Sie war mit mir Pflaumen pflücken gegangen, weil sie mir etwas sagen wollte, etwas, das sie mir zu Hause nicht sagen konnte. »Was hast du? Erzähl's mir.«

»Jemand hat Addys Katze umgebracht.«

»Mr. Tom?« Addy hatte nicht nur die eine Katze, aber Mr. Tom – das konnte nicht sein.

»Ja, Mr. Tom.«

»Ist er überfahren worden?«

»Nein, Bekka. Man hat ihn auf eine sehr grausame Weise getötet. Brutal und mit Absicht.«

Mama Betts sah starr geradeaus. Ihre Lippen waren ganz weiß, und ich wußte, daß mit Mr. Tom etwas Furchtbares passiert sein mußte. »Aber warum denn?«

»Das kann ich dir auch nicht sagen, aus purer Bosheit, nehme ich an. Es gibt Leute, die sind dumm, die wissen es nicht besser. Und dann gibt es welche, die sind nicht dumm, die sind einfach böse.«

Ich hatte einen Kloß im Hals. Ich brachte kein Wort heraus. Wir gingen schweigend weiter. Ich kämpfte verzweifelt mit den Tränen, und als ich schließlich doch weinen mußte, geschah es ohne einen Laut. Vor mir flimmerte und wogte die Straße in der Hitze. Ich setzte mechanisch einen Fuß vor den anderen und versuchte nachzudenken. »Warum gerade Mr. Tom? Der war doch immer so lieb.«

»Etwas ist anders geworden auf der Kali Oka Road. Es könnte natürlich auch ein Fremder gewesen sein, jemand, der hier vorbeigekommen ist, aber das ist nicht sehr wahrscheinlich. Vermutlich war es jemand aus unserer Straße, jemand, der hier wohnt … der jetzt hier wohnt.«

»Wir werden ihn finden, Arly und ich. Das soll ihn teuer zu stehen kommen.« Leicht gesagt, doch wer hier in der Straße war zu so etwas fähig? Mir fiel niemand ein.

»Wenn ich denjenigen finden würde, ich glaube, ich hätte nicht übel Lust, ihn eigenhändig zu verprügeln«, sagte Mama Betts langsam, aber an der Art, wie sie das sagte, merkte ich, daß sie dazu niemals imstande wäre. »Addy hat es fast das Herz gebrochen. Der Kater war ihr Gefährte, ihr Freund. Wir begreifen einfach nicht, wie jemand ihr das antun konnte. Sie sitzt doch immer bloß zu Hause und steckt ihre Nase nie in anderer Leute Angelegenheiten.«

»Und wie ist er umgebracht worden?« Ich mußte es wissen, auch wenn ich es eigentlich nicht wollte.

»Addy hat ihn in ihrem Vorgarten gefunden. Daneben lag ein Stein, der war ganz voll Blut. Sein Kopf … Sie hatten ihn vorher gefesselt.«

Ihn gefesselt, um ihn dann mit Absicht zu töten. Ein wehrloses Tier. Oh, wie gern hätte ich es dem Täter heimgezahlt. Doch wer war der Täter?

»Im Sand neben der Katze waren zwei Fußabdrücke. Nicht von einem Erwachsenen, es war ein Knabenschuh. Und Fahrradspuren. Effie und ich, wir glauben, daß derjenige, der dir das Fahrrad weggenommen hat, auch den Kater umgebracht haben könnte. Das ist das Übelste, was die Kali Oka Road je erlebt hat. Rebekka, waren das welche von dieser Erlöser-Gemeinde, die dir das Fahrrad gestohlen haben?«

Sie blieb in der sengenden Sonne stehen und sah mich an. Die blauen Augen unter der Hutkrempe forschten aufmerksam in meinem Gesicht.

»Ja, Großmutter.«

»Kennst du sie?«

»Nicht mit Namen.«

»Und könnten die einen Grund haben, sich an dir zu rächen?«

»Vielleicht.«

»Und welchen?«

»Als die uns unsere Räder geklaut hatten, da hab ich ihre Hemden mitgenommen.«

»Und wo sind diese Hemden jetzt?«

»Ich hab sie im Wald versteckt.«

Mama Betts starrte mich an. Ich wußte nicht genau, was sie dachte, aber ich sah, daß sie sehr traurig war.

»Ich wollte mit ihnen tauschen, die Hemden gegen unsere Räder.« Ich atmete tief durch. »Die haben Picket gequält.«

»Ach so.« Sie schüttelte den Kopf. »Geh und hol die Hemden.«

»Warum?«

»Wir werden sie waschen und bügeln, und dann bringen wir sie zurück.«

»Mama Betts!« Das konnte ich nicht. Mama Betts hatte selbst gesagt, sie traute denen zu, daß sie Mr. Tom getötet hatten. Von mir kriegten die ihre Hemden nicht zurück. Niemals. Eher würde ich sie in Fetzen reißen und auf der Straße vor dem Kirchengrundstück verstreuen. Ich würde Arly holen, und dann würden wir die Kerle in einen Hinterhalt locken und sie windelweich schlagen.

»Keine Widerrede. Geh schon!« Sie drehte mir den Rücken zu. »Ich pflücke inzwischen die Pflaumen.« Sie ging los. »Und daß du mir mit niemandem darüber redest. Wir brauchen nicht noch mehr aufgescheuchte Hühner auf der Kali Oka Road.«

»Nein, Mama Betts. Das mach ich nicht. Die Jungs sind böse, ich mach das nicht!«

»Doch, mein Kind, du wirst das machen. Du hattest nicht das Recht, sie zu bestehlen.«

»Aber die haben mir mein Fahrrad weggenommen, und außerdem haben sie mit einem Knüppel nach Picket geworfen.«

Sie blieb stehen, drehte sich aber nicht um. »Wie haben sie es denn geschafft, an Picket heranzukommen? So schlau, wie die ist?«

Ich schluckte.

»Du hattest sie angebunden, damit sie dir nicht nachgerannt kommt, wenn du auf das Kirchengrundstück gehst, nicht wahr?«

»Ja.«

»Dann bist du mit schuld daran, Rebekka. Man läßt ein Tier nicht wehrlos zurück.«

»Und Mr. Tom, hat der etwa den Tod verdient, bloß weil er keine Angst hatte?« Die Worte brannten mir in der Kehle und machten sie ganz rauh.

»Wenn wir die Hemden zurückbringen, werden wir ein Wörtchen mit dem Priester reden. Dann wird auch das mit Mr. Tom zur Sprache kommen und das mit Picket. Den Jungs muß Anstand und Mitgefühl beigebracht werden. Aber das ist keine Entschuldigung dafür, wie du dich in dieser Geschichte verhalten hast. Und jetzt geh die Hemden holen.«

»Aber da muß ich ja fast bis runter zum Fluß laufen.«

»Dann solltest du dich beeilen. Effie wird nämlich nicht gerade begeistert sein, wenn sie wieder das Mittagessen für dich warmhalten muß.«

Kapitel 10

Ich hatte eine Stinkwut im Bauch. Mama Betts hatte mich verraten. Verraten für ein Prinzip, das nichts mit dem zu tun hatte, was zwischen mir und den Erlöser-Jungen passiert war. Ich lief hinunter zum Fluß, aber anstatt die Hemden zu holen, ging ich schwimmen. Ich war so überhitzt, wütend und enttäuscht, daß ich mich erst mal im kühlen Wasser des Cry Baby Creek abkühlen mußte. Außerdem gab mir das die Möglichkeit, rasch noch einmal heimlich nachzusehen, was bei den Erlösern los war.

Ich streifte Schuhe und Strümpfe ab und trat in den kalten Ufersand. Die Bäume über mir waren dicht belaubt, und die Sonne, die durch sie hindurchschien, malte zarte Muster auf die Erde. Als ich mich in das eisige Wasser gleiten ließ, legte sich meine Wut ein wenig. Ich würde die verdammten Hemden zurückgeben, aber damit war die Sache noch lange nicht erledigt. Das Wasser umschmeichelte meine Knie und die Oberschenkel und schnappte nach den Säumen meiner Shorts. Ich hatte mich gar nicht erst ausgezogen, denn bis ich heimkam, war ich zehnmal wieder trocken. Alice und ich gingen oft mit Anziehsachen ins Wasser, aber diesmal war es anders. Die Erlöser-Jungen hatten mir die Freude am Fluß verdorben. Er war nicht mehr mein Fluß. Ich haßte diese Kerle.

Schuhe und Strümpfe in der Hand, watete ich durch das Wasser. Ich mußte aufpassen, daß ich nicht ausrutschte und hinfiel. Ich wollte so lange wie möglich im Wasser vorwärtskommen, bevor ich die gegenüberliegende Uferböschung hochkletterte und schnell mal nachsah, was die Kirchenleute machten. Es war ungewohnt, so ganz allein hier zu sein, ohne Alice und ohne Picket. Mama Betts hatte den Hund mitgenommen. Sie wollte nicht, daß es noch mehr Ärger mit den Erlösern gab. Das war die zweite Sache, die mich wütend machte. Zugegeben, eine Kleinigkeit, aber trotzdem: bloß wegen denen hatte ich Picket nicht mit zum Fluß nehmen dürfen.

Das Wasser trägt den Schall über weite Strecken. Ich hörte die Äxte und die Rufe schon, als ich die Jungen noch längst nicht sehen konnte. Als ich oben auf der Böschung angekommen war, entdeckte ich sie ungefähr fünfzig Meter vom Fluß entfernt. Sie waren dabei, mit viel Kraftaufwand und wenig Erfahrung junge Bäume abzuhacken. Eins, zwei, drei, vier. Alle waren sie da, bis auf den langen Dünnen, den Anführer. Ich machte es mir hinter zwei Büschen gemütlich, einer Strauchеiche und einem Hartriegel.

Der dicke Junge schwang die Axt, rutschte aber ab und hätte sich die Schneide um ein Haar selbst ins Bein gehauen. Wenn ich Glück hatte, brauchte ich mich an dem gar nicht mehr zu rächen. Der Blödmann war drauf und dran, sich eigenhändig den Fuß abzuhacken.

»Gib mir mal die Axt, Georgie.« Der Blonde nahm sie ihm ab. Der Dicke hieß also Georgie. Diese Information war Gold wert.

»Greg hat gesagt, bis er zurück ist, sollen wir zehn Bäume gefällt haben.« Der Blonde sprach wieder. Greg war offenbar der Anführer.

Greg. Greg. »Greg.« Ich flüsterte seinen Namen. Jetzt hatte ich ein kleines Stück von ihm. »Greg.« Meine Finger krallten sich in den Sand.

»Ja doch, der kann mich mal. Wieso ist er nicht hier und arbeitet mit?« Das war der vierte Junge. Er war noch dünner als die anderen. Ich glaubte mich zu erinnern, daß er derjenige war, der am ersten Tag das Gewehr geholt hatte. »Du bist auch nicht besser als Greg, Jim. Du denkst wohl, weil Greg nicht da ist, kannst du uns hier rumkommandieren?«

Jim, der blonde Junge, zuckte die Achseln. »Macht doch, was ihr wollt, ihr Idioten. Wenn Greg zurück ist, und ihr seid nicht fertig mit eurer Arbeit, dann könnt ihr was erleben.«

Jim nahm die Axt und schlug sie in den Stamm. Seine Schläge saßen besser, waren gezielter. Der Baum zitterte, als ob er Schüttelfrost hätte. Eine Weile war nur das Geräusch der sich in den Stamm hineinfressenden Axt zu hören, dann das Rascheln der Blätter, und dann fiel die junge Eiche endlich mit dumpfem Krachen um.

»Hau-ruck!« Georgie gab den anderen ein Zeichen. Sie schleiften den Baum auf eine kleine Lichtung, wo Jim die Äste abschlagen konnte. Die wollten sich eine Festung bauen. Ich beobachtete sie ein Weilchen. Die Jungen hantierten gefährlich mit ihrer Axt herum. In der Zeit, die sie brauchten, um den nächsten Baum umzuhacken, hätte Arly nicht nur sämtliche Bäume gefällt, sondern sogar schon die Stützpfeiler aufgestellt. Bis Greg wieder da war, wollten sie offenbar mit den Vorarbeiten fertig sein, damit er dann den eigentlichen Bau überwachen konnte. Wenn diese Festung nicht einstürzen sollte, mußte er aber ein ganzes Stück schlauer sein als seine Konsorten.

Ich sah, wie ungeschickt sie sich anstellten, und fragte mich verwundert, wo sie wohl aufgewachsen sein mochten. Das war anscheinend die erste Festung, die sie bauten. Was hatten die denn bisher gemacht? Und wie hatten sie es geschafft, diesen griesgrämigen Erlösern zu entwischen? Und wenn Greg nicht bei ihnen war, wo steckte er dann? Mir lief ein Angstschauer über den Rücken. Ich drehte mich unwillkürlich um und guckte nach, ob hinter mir alles in Ordnung war. Irgendwie hatte ich das Gefühl, daß jemand hinter mir stand und mich beobachtete.

Auf der anderen Seite der Fluß tollten ein paar Eichhörnchen in den Bäumen herum. Hier und da raschelte ein Vogel im Gebüsch. Aber weit und breit kein Mensch. Ich stieg die Böschung hinunter und ging wieder ins Wasser. Für diesmal hatte ich genug gesehen. Gegen die Strömung watete es sich schwerer. Wo war Greg? Diese Frage hatte auf einmal ein enormes Gewicht für mich. Ich wußte instinktiv, daß er eigentlich bei den anderen Jungen hätte sein müssen. Er war nicht da, weil er irgendwas im Schilde führte. Höchste Zeit, daß ich verschwand.

Die Hemden waren noch dort, wo ich sie versteckt hatte. Man hätte sie ohne weiteres sofort anziehen können. Ich hatte noch einen weiten Heimweg vor mir, und etwas in mir trieb mich zur Eile an. Ich mußte mit Alice reden und ihr von den neusten Entwicklungen berichten. Meine beste Freundin, wenn sie doch jetzt bei mir gewesen wäre, dafür hätte ich sogar die lästige Maebelle V. mit in Kauf genommen.

Vor mir lag die Kali Oka Road – heiß und rot und ebenso vertraut wie eine nahe Verwandte. Bis zum Mittagessen würde ich zu Hause sein. Mama Betts hatte unterdessen die Pflaumen geholt. Sie wartete sicher schon auf mich. Unser jährliches Pflaumenpflücken war vorbei, die Erlöser-Jungen und eine grausame Gemeinheit hatten uns die Freude daran verdorben. Immer wieder kam der Gedanke an Mr. Tom in mir hoch, und immer wieder versuchte ich, ihn zu verscheuchen. War ich wirklich mit schuld an seinem Tod? Vielleicht. Wenn Greg ihn umgebracht hatte. Diese Überlegungen ließen mich immer schneller laufen, trotz der brütenden Hitze, die mir den Nacken und die Schultern versengte. Mama Betts wußte schon, warum sie nie ohne Hut in die Sonne ging.

Als ich den Cry Baby Creek hinter mir gelassen hatte, gab es abermals einen Grund, schneller zu laufen. Ich näherte mich dem McInnis-Hof. Was war schon dabei, wenn ich einen Augenblick in den Stall ging und nach Cammie sah? Bloß mal gucken, ob sie auch Wasser hatte. Das dauerte doch nicht lange. Mit den Hemden kam ich immer noch früh genug zu Hause an.

Der Sand war so heiß, daß man Eier darauf hätte braten können, aber ich ging trotzdem im Laufschritt, weil ich so etwas mehr Zeit für Cammie haben würde. Als ich um die letzte Kurve vor dem McInnis-Hof bog, war ich schweißgebadet. Sogar die Augen juckten mir. Der kühle Schatten der Seifenbäume war die reinste Oase. Ich schob den Riegel am Gatter zurück. Das alte Schild ächzte an seinen rostigen Ketten. Zwei gelbe Schatten kamen um die Ecke geflitzt, von Nadines Hunden aber war nichts zu hören und zu sehen. Nicht einmal bellen taten sie. Aus dem Stall drang leises Wiehern. Cammie rief nach mir.

Vor der Stalltür blieb ich stehen. Nadines Truck und der Trailer waren immer noch weg. Ich hatte die Klinke schon in der Hand, zögerte aber, sie herunterzudrücken. Ich wußte, dort drinnen wartete Cammie, und trotzdem war die Scheune mir unheimlich. Wieso waren eigentlich die Türen zu? Hatte Nadine sie geschlossen? Oder jemand anders?

Cammies leises Rufen zwang mich, eine Entscheidung zu fällen. Ich öffnete die Tür einen Spaltbreit und zwängte mich hindurch. Überall im Stall raschelte es. Katzen, Ratten und… nur die Pferde bewegten sich in ihren Boxen. Sonst war alles still. Neben der Tür gab es einen Lichtschalter, aber der war kaputt.

Nach ein paar Sekunden hatten sich meine Augen an die Dunkelheit gewöhnt. Die Pferde ließen ihre Köpfe über die Boxentüren hängen und beäugten mich. Ich überlegte, ob ich sie nicht hinauslassen sollte in die Sonne, wie Mama Betts gesagt hatte. Nadine mußte sehr früh losgefahren sein, sonst hätte sie sie bestimmt auf die Weide geführt.

Cammie lockte mich mit ihrem Willkommensruf zu sich. Ich streichelte ihr das samtige Maul und flüsterte ihren Namen. Es war dunkel im Stall, besonders in den Boxen. Ich tastete nach dem Halfter, das neben ihrer Box an einem Haken hing, und streifte es ihr über den Kopf. Nadine hatte sicher nichts dagegen, wenn ich Cammie rasch striegelte, wie sie es mir gezeigt hatte. Die Stute folgte mir bereitwillig auf den Gang, wo ich sie an den beiden Seilen festband, wie ich es bei Nadine gesehen hatte. Und dann wandte ich mich ihr zu und schaute sie an und war zu Tode erschrocken. Cammie hatte eine schwere pelzgefütterte Leinendecke umhängen. Ich schob die Hand darunter und faßte ihren schwitzenden Leib an. Draußen herrschten mindestens achtunddreißig Grad, und obwohl die Sonne nicht in den Stall kam, war es auch dort heiß. Nicht einmal tief in der Nacht hätte Cammie so eine Decke nötig gehabt. Ich überlegte nicht lange, sondern fing an, nach den Haken und Schnallen der Gurte zu suchen, die kreuzweise unter ihrem Bauch befestigt waren. Als ich ihr die Decke abgenommen hatte, stellte ich fest, daß der Stoff völlig durchgeschwitzt war. Ich hängte sie zum Trocknen über die Tür einer leeren Box. Die arme Cammie zitterte richtig vor Erleichterung.

Aus reiner Neugier schaute ich nach den anderen Pferden. Nicht zu fassen, auch sie waren zugedeckt. Was hatte Nadine sich bloß dabei gedacht? Ich hatte ein bißchen Angst vor den anderen Pferden, aber ich ging trotzdem in die Boxen und befreite sie eines nach dem anderen von ihren Decken. Nur einer, ein großer brauner

Hengst, von dem mir Nadine erzählt hatte, daß er am teuersten gewesen war, versuchte mich zu beißen. Er war nervös und schlechtgelaunt, legte die Ohren an und zeigte mir die Zähne. Am liebsten hätte ich ihn weiter unter der Decke schwitzen lassen, doch dann bekam ich Angst, daß er krank werden könnte. Das hier war die perfekte Gelegenheit, Nadine zu beweisen, daß sie mir vertrauen konnte und daß ich mich sogar dann um die Pferde kümmerte, wenn ich Angst vor ihnen hatte.

Der Hengst hieß Cäsar. Als ich zu ihm in die Box kam, wich er in eine Ecke zurück und holte mit dem Schweif nach mir aus. Ich hatte viel über Pferde gelesen, aber in der Praxis sieht immer alles ganz anders aus als in den Büchern. Dort stand, wenn das Pferd den Reiter mit dem Hinterteil bedroht, soll er die Peitsche oder die Gerte nehmen und ihm eins hintendrauf geben, aber das traute ich mich nicht, und außerdem war ich skeptisch, ob Cäsar diese Züchtigung unter seiner dicken Decke überhaupt gespürt hätte. Ich stubste ihn statt dessen in die Flanke, worauf er sich gehorsam an die Wand stellte. Als ich an den Schnallen herumhantierte, tänzelte er zwar, machte aber keine Anstalten, mich anzugreifen, und so lernte ich, wie man eine Pferdedecke abnimmt, und hatte ihn bald darauf von seiner Last befreit. Ich raffte die Decke zusammen und stürzte aus der Box, und dabei klopfte mir das Herz vor Stolz und vor Angst. Ein Deckengurt war auf die Erde gefallen, ich blieb mit dem Fuß darin hängen, kam mit der schweren, schweißgetränkten Decke im Arm ins Stolpern und schoß regelrecht auf den Gang hinaus, so daß ich um ein Haar unter Cammies Beinen gelandet wäre. Im letzten Moment packte mich jemand fest am Arm und zog mich hoch.

»He, danke«, sagte ich mit dem Gesicht in der stinkenden Decke. Dann schaute ich auf und erstarrte vor Schreck. Neben mir stand der Erlöser-Junge und hatte die Hand noch an meinem Arm. Aus der Nähe sah ich, daß er älter war, als ich geglaubt hatte. Er trug kein Hemd, und auch er schwitzte. Er war dünn, aber drahtig und stärker, als ich ihn mir vorgestellt hatte. »Was machst du denn hier?«

»Das könnte ich dich genauso fragen.« Er verzog das Gesicht zu einem Grinsen, in dem keine Freundlichkeit lag, sondern nur Triumph. »Hat dir einer erlaubt, ihnen die Decken abzunehmen?«

»Ich arbeite hier.«

Sein Gesicht war kalkweiß, und in dem dämmrigen Licht sahen seine Augen aus wie glänzende schwarze Seen, die mich in die Tiefe zogen.

»Ich auch.«

»Du lügst!«

»Frag doch Nadine. Sie hat jemanden gebraucht für die schweren Arbeiten. Ich war gerade auf der Tenne, als du dich hier reingeschlichen hast. Ich hab mir gedacht, ich warte mal ab, was du vorhast.«

Die Decke war schwer und stank unerträglich. Ich drehte mich um und hängte sie zum Trocknen über die Tür einer Box. Dann wandte ich mich wieder dem Jungen zu. »Wenn du hier arbeitest, wieso hast du den Pferden dann nicht die Decken abgenommen? Die haben sich fast zu Tode geschwitzt.«

Um meinen Vorteil weiter auszubauen, ging ich in Cammies leere Box. Ihr Wassereimer war knochentrocken. »Und Wasser haben sie auch keins. Pferde können sterben, wenn sie kein Wasser haben. Besonders, wenn sie hier rumstehen und schwitzen wie die …« Er grinste mich an.

»Nadine hat die Pferde zugedeckt, sie hat mir nichts davon gesagt, daß ich sie tränken soll. Sie hat bloß gesagt, ich soll das alte Heu von der Tenne runterschaffen und die Ratten da oben totmachen.«

Erst jetzt bemerkte ich den dicken Knüppel, den er in der anderen Hand hatte. Blut und Fell klebten daran.

»Großer Gott«, hauchte ich und wich zurück. Der schlug die Ratten mit dem Knüppel tot.

»Was hast du denn? Glaubst du etwa, mir würde einer ein Gewehr geben?«

Ich mußte raus aus dem Stall. Weg von ihm. Dieser Junge war viel schlimmer, als ich mir den Geist von Sidney Miller in meinen ärgsten Phantasien ausgemalt hatte.

»Du hast wohl Angst vor mir, was … Miss Rebekka Rich?« Er schlug sich mit dem Knüppel gegen das Bein und kam auf mich zu.

»Wenn du einen Schritt näher kommst, spuck ich dir ins Gesicht.« Ich dachte an Picket. Ich war in meinem ganzen Leben noch nie ohne sie irgendwohin gegangen. Bis heute. »Woher weißt du, wie ich heiße?« Ich durfte ihm nicht zeigen, daß ich Angst hatte.

»Von so 'ner süßen Biene, die oben an der Straße wohnt. Die hat mir alles über dich erzählt – alles!«

Jamey Louise Welford, diese blöde Kuh.

»Sie hat mir sogar geholfen, dein Fahrrad auseinanderzunehmen. Die hat gedacht, ich will dir einen richtig verrückten Streich spielen. Du, ich glaube, die kann dich nicht besonders leiden. Dich und deine beste Freundin, diese Alice Waltman.«

»Die ist so dumm, daß sie brummt, Mr. Greg Erlöser.« Ich schleuderte ihm mein winziges Körnchen Wissen ins Gesicht. Jamey Louise hatte ihm alles erzählt. Sogar von Alice. »Jamey Louise weiß nicht halb soviel, wie sie zu wissen glaubt.« Ich strich Cammie mit der Hand über die Brust. Sie war immer noch feucht, fing aber schon an zu trocknen. Ihr Fell klebte zusammen und war ganz verfilzt. Ich mußte ihm beweisen, daß ich keine Angst hatte. Ich ging nach hinten in die Sattelkammer und holte den Putzkorb. Ich spürte den Blick des Jungen im Rücken, tat ihm aber nicht den Gefallen, mich umzudrehen. Ich nahm den Korb und ging wieder zurück, und unterwegs starrte ich diesen Greg die ganze Zeit an. Er trat beiseite und stand jetzt in einem der kleinen rechteckigen Lichtflecke, die durch das Fenster hereinfielen und den Schweiß auf seiner Brust und das Blut an seinem Knüppel aufglänzen ließen.

Es war idiotisch, mit ihm zusammen im Stall zu bleiben, aber ich hatte keine andere Wahl. Cammie mußte wieder in ihre Box, und die Pferde brauchten Wasser. Ich griff nach dem Striegel und begann Cammies Rücken damit zu bearbeiten, wie Nadine es mir gezeigt hatte. Es dauerte zehn Minuten, bis ich mit ihr fertig war, und in der ganzen Zeit sagte er kein Wort. Dann nahm ich die Drahtbürste und bürstete ihr damit das Fell.

»Das scheint ihr ja zu gefallen«, sagte er.

Er trat zur Seite und lehnte sich an eine leere Box.

»Nadine sagt, das regt die Durchblutung der Haut an, genau, wie wenn ein Mensch sich die Haare bürstet.« Es fiel mir entsetzlich schwer, mit ihm zu reden, aber sein wortloses Zuschauen konnte ich erst recht nicht ertragen. Ich wollte ihn mit meinem Wissen erdrücken und ihm zeigen, wie gut ich mich mit Nadine verstand. Für ihn war hier kein Platz, und das sollte er wissen. Er widerte mich an, wie er dort an der Box lümmelte, aber er war hellwach. Ihm entging keine Bewegung.

»Schöne Rattenschwänze hast du, Bekka.«

Statt einer Antwort öffnete ich die Haken, mit denen Cammie an den Stricken im Gang des Stalls befestigt war, brachte die Stute in ihre Box zurück, nahm ihr das Halfter ab, hängte es wieder an die Wand und verriegelte die Tür.

»Gibt's hier 'n Schlauch?«

»Ich hab nicht nachgeguckt. Da drüben unter dem Seifenbaum, da hab ich zwei Flaschen Coca-Cola gefunden, die hab ich ausgetrunken.«

Dieser Mistkerl! Der hatte unsere Cola gefunden. Hinter ihm entdeckte ich ein zusammengerolltes grünes Etwas – der Schlauch. »Da ist er ja.« Ich zeigte darauf. Greg drehte sich um, und der rechteckige Lichtfleck fiel auf seinen Rücken, der voller langer, tiefer Striemen war. Es waren mindestens ein Dutzend, und sie gingen kreuz und quer über den ganzen Rücken. Er mußte eine schlimme Tracht Prügel bekommen haben.

Als er mich nach Luft schnappen hörte, wirbelte er herum und sah mich an. »Na, genug geglotzt?« Er war wütend, stinkwütend. »Hör auf, mich anzustarren.« Er kam auf mich zu.

»Wer hat dich geschlagen?« Plötzlich wußte ich Bescheid. Es war wegen des Hemds. Weil er ohne Hemd nach Hause gekommen war, darum hatte er Prügel bezogen, ganz höllisch gemeine Prügel, mit einer Rute oder einer Peitsche.

»Sind die anderen Jungen auch geschlagen worden?«

»Bloß Jim. Aber sein Vater hat da nicht soviel Spaß dran wie meiner.«

»Die Hemden sind da draußen unter dem einen Seifenbaum. Meine Großmutter wollte sie waschen und bügeln, bevor wir sie zurückbringen. Aber das ist vielleicht nicht so günstig.«

»Vielleicht.« Er trat wieder in den Schatten. »Ich geh dann mal nach Hause. Nadine hat nicht gesagt, wie lange ich arbeiten soll, und eh es dunkel wird, hab ich noch ein paar Sachen zu erledigen.«

Die Festung. Ich wußte Bescheid, aber ich sagte nichts. »Die Hemden sind –«

»Keine Sorge, Rebekka Rich, ich finde die Hemden schon. Ich kriege immer alles, was mir gehört.«

»Greg, komm ja nicht in die Nähe meines Hauses, und laß meinen Hund in Ruhe. Im Ernst, du.«

»Und du, wirst du uns auch in Ruhe lassen, Rebekka Rich? Du bist doch diejenige, die angefangen hat, oder nicht?« Er ging nach hinten und holte sich sein neues weißes Hemd, das dort an einem Nagel hing. Er zog es an und begann es zuzuknöpfen, und dabei kam er durch die zwar verschwommenen, aber dennoch grellen Lichtflecke auf mich zu. Seine Hände arbeiteten die ganze Knopfleiste ab, sie gingen von einem Knopf zum anderen, wie in einem Zeichentrickfilm. Unmittelbar vor mir blieb er stehen. »Also dann bis nächstes Mal, wo wir doch beide bei Nadine arbeiten.«

Er ging durch die Tür, die ich nur einen Spaltbreit geöffnet hatte, hinaus und schlug sie jäh hinter sich zu. Der Lichtkegel, der durch den Türspalt hereingekommen war, verschwand. Ich war allein in dem dunklen alten Stall.

Kapitel II

Ich hatte damit gerechnet, daß Mama Betts mir wegen der Hemden zu Hause noch eine ordentliche Gardinenpredigt halten würde, doch die befürchtete Standpauke blieb aus. Als ich heimkam, saß Effie in ihrem Zimmer und weinte. Es war ein leises Weinen, das an einen Herbstregen erinnerte, aber es hatte auch etwas von Winter an sich, als ob es nie mehr aufhören würde. Das waren nicht die Tränen der Wut oder der Enttäuschung, die sie manchmal weinte, wenn sie mit ihren Büchern Schwierigkeiten hatte. Diese heißen, stürmischen Tränen, diese elektrisch aufgeladenen Tränen, die sich in wütenden Ausrufen und heftigen Worten am Telefon entluden. Die Tränen, die sie jetzt weinte, waren die schlimmsten, denn sie bedeuteten, daß Effie sehr verletzt war und großen Kummer hatte. Daddy hatte angerufen, und die beiden hatten sich mal wieder gezankt.

»Da steht ein Beutel mit Sandwiches. Nimm ihn mit rüber zu Alice, ihr könnt ein Picknick machen«, sagte Mama Betts, kaum, daß ich die Küche betreten hatte. Sie kochte gerade Kaffee. Ihre Hände zitterten.

»Kommt Daddy denn nicht bald mal nach Hause?« Ich brauchte ihn so sehr, und ich wußte genau, daß er nicht kam.

»Rebekka Brighton Rich, nimm deine Sandwiches und verschwinde.«

Mama Betts hatte mir den Rücken zugewandt, aber ich sah trotzdem, daß sie weinte. Sie weinte so gut wie nie. Sie sagte immer, sie hätte ihre Tränen schon alle verbraucht, als sie ihre Kinder großzog, jetzt seien nur noch ein paar für ganz, ganz schlimme Notfälle übrig.

»Ist Daddy krank?« Eine seit langem unterdrückte Angst stieg in mir hoch, und ich bekam weiche Knie. Vor drei Jahren, dieses Getuschel, die dauernde Telefoniererei, die ständigen Fahrten zum Arzt und zuletzt sogar in die Klinik. Und dann hatte Daddy wochenlang im Krankenhaus gelegen, und sie hatten einen Test nach dem anderen gemacht. Damals war er sehr krank gewesen, und kein Mensch hatte Arly und mir gesagt, was eigentlich los war.

Eines Vormittags, die Sonne drang durch die Rollos des Krankenhauszimmers in Hattiesburg, hatte ich an seinem Bett gesessen. Er hatte die Augen geschlossen und schwer und langsam geatmet. Effie war sich einen Kaffee holen gegangen, und ich saß da und schaute ihn an, während er schlief. Ich hatte ihn zwei Wochen nicht sehen dürfen, und nun wollte ich nicht mehr weg. Wenn ich bei ihm bleiben durfte, würde es ihm bald wieder bessergehen, dachte ich. Er hing am Tropf, seine Hand, die auf der Bettdecke lag, war kalt. Ich weckte ihn. Ich hatte das Gefühl, wenn ich ihn nicht wecke und hier raushole, kommt er vielleicht nie mehr heim.

Er sagte, er wäre einfach bloß müde und müßte sich ausruhen, ich sollte mir keine Sorgen machen. Und dann schlief er wieder ein, und als Effie zurück war, fuhr sie mit mir nach Hause. Ein paar Wochen später kam Daddy aus der Klinik. Er blieb den ganzen Herbst bei uns und schrieb, genau wie Effie. Richtig gesund war er noch nicht wieder, aber es ging ihm schon viel besser. Im Winter fing er wieder an zu arbeiten, und seitdem war nie mehr über seine Krankheit gesprochen worden. Doch auf dem Kaminsims im Schlafzimmer standen lauter Tablettenröhrchen, die wir nicht anrühren durften. Daddy mußte jeden Morgen Pillen schlucken, und wenn er abends nach Hause kam, auch wieder, und er nahm sich sogar welche mit zur Arbeit, damit er sie beim Mittagessen nehmen konnte.

Mama Betts legte mir die Hand auf die Schulter und zog mich an sich. »Deinem Daddy geht es gut, Bekka. Es geht ihm sehr gut.«

»Kommt er nach Hause?« Er mußte. Irgend etwas stimmte nicht, das spürte ich. »Wann kommt er nach Hause?« sagte ich in den Stoff ihres Kleides hinein. Sie roch nach Zuckerplätzchen und Zitrone.

»Vorläufig noch nicht.«

Mein Herz krampfte sich so schmerzhaft zusammen, daß ich

dachte, ich muß schreien. Es würde noch ewig dauern, bis er kam. Aber irgendwas war nicht in Ordnung. Sie hatten sich gezankt, Daddy und Effie, und jetzt waren sie böse aufeinander.

»Was würdest du eigentlich davon halten, wenn du deinen Vater mal besuchen würdest?«

»In Missouri?« Die Frage dämpfte meine Angst ein wenig. Ich hatte wahnsinnige Sehnsucht nach ihm.

»So weit ist das gar nicht. Du könntest mit dem Bus fahren. Oder vielleicht fliegst du sogar rüber.« Mama Betts dachte laut über die Vor- und Nachteile der verschiedenen Verkehrsmittel nach.

»Wirklich?« rief ich, aber im selben Atemzug platzte ich heraus: »Das erlaubt Effie mir bestimmt nicht. Die läßt mich ja nicht mal ans Meer fahren.«

»Diesmal hat sie vielleicht nicht soviel zu sagen, wie ihr lieb ist.«

Mama Betts hatte aufgehört zu weinen. Sie hatte einen Plan, ein Ziel. Sie strich mir über den Rücken. »Nun nimm schon die Sandwiches und geh ein paar Stunden mit Alice spielen. Ich rede mit Effie. Ich hab das Gefühl, wenn du zu deinem Daddy fahren würdest, da hätte die ganze Familie was davon.«

»Und Arly?« Der würde vor Eifersucht platzen, wenn ich Daddy besuchen dürfte. Erst recht, falls ich fliegen sollte.

»Arly? Ja, ich weiß nicht so recht. Es ist vielleicht besser, wenn du ein paar Tage mit dem Richter allein bist. Du bist ihm sehr ähnlich, Bekka. Vielleicht könnt ihr beide euch dann mal zusammen um die – Details kümmern.« Sie lächelte, und mir fiel ein Stein vom Herzen.

Möglicherweise standen die Dinge doch nicht so schlimm, wie ich gedacht hatte. Daddy und Effie hatten sich gezankt. Das taten sie, solange ich denken konnte. Am Abendbrottisch hatten sie sich früher regelmäßig über Ereignisse gestritten, die so weit weg von der Kali Oka Road passiert waren, daß Arly und ich überhaupt nicht wußten, worum es ging. In der Sache, wie sie das nannten, waren sie ja meistens einer Meinung, nur nicht darüber, was getan werden mußte, damit sich etwas änderte. Manchmal ging es bei diesen Auseinandersetzungen um die Schwarzen, manchmal um Armut, und manchmal redeten sie über Europa oder Mexiko oder andere ferne

Länder, die für uns nur Namen auf der Landkarte waren. Diese Debatten gehörten genauso zum Leben der Kali Oka Road wie der Geruch des Maisbrots, das im Herd gebacken wurde, und das Zischen und Knistern des Brathähnchens in der Pfanne. Mitten in einem langen Vortrag über die Härte der Einwanderungsgesetze kam plötzlich ein Satz wie: »Reichst du mir bitte mal das Kartoffelpüree rüber?« Am schlimmsten aber war es, wenn der Streit hinter der Schlafzimmertür weiterging.

Ich gab mir die größte Mühe, einfach nicht hinzuhören, und doch kamen in den Nächten immer wieder Wörter durch den Türspalt zu mir ins Zimmer gekrochen, Wörter, die mich in ihren Strudel rissen und mich betrafen. Ein Wort, das Effie und Walt sich des öfteren gegenseitig an den Kopf warfen, hieß Möglichkeit. Ein anderes hieß Beherrschung. Abhängigkeit. Abmachung. Versprechungen. Und mein Name. Bekka. Sie stritten sich meinetwegen. Und wegen Mama Betts.

Arly, der sich beim Abendessen immer ordentlich den Bauch vollgeschlagen hatte, schlief in seinem Zimmer wie ein Stein und träumte von den Mädchen, die er küssen wollte. Jedenfalls ließ er sich nie anmerken, daß er etwas von ihren Streitereien mitgekriegt hatte. Vielleicht, weil sie mit seinem Namen nie so Pingpong spielten wie mit meinem.

»Jetzt nimm die Sandwiches und geh zu Alice, und dann macht euch einen schönen Nachmittag. Und daß ihr mir anständig mit dem Baby umgeht. Ich wundere mich, daß Mrs. Waltman euch andauernd mit der Kleinen rumziehen läßt.«

Mama Betts schob mich aus der Tür. In dem Beutel, den sie mir in die Hand gedrückt hatte, waren Sandwiches und Plätzchen, Käseecken und kleine Tüten mit Kartoffelchips.

»Da macht die sich gar keine Gedanken drüber. Alice sagt, sobald ihre Mutter den nächsten Braten in der Röhre hat, ist der vorige abgemeldet.«

»Rebekka!« Mama Betts stemmte automatisch die Hände in die Hüften, was sie immer tat, wenn sie erschrocken oder empört war.

»Hat Alice gesagt.«

»Und denk bloß nicht, die Sache mit den Hemden ist vergessen. Darauf kommen wir noch einmal zurück.«

»Ich hab Greg getroffen, der wollte sie sofort wiederhaben, und da hab ich sie ihm gegeben. Ich hab ihm gesagt, wir wollten sie noch waschen und bügeln, eh wir sie zurückbringen«, fügte ich schnell hinzu, denn ich wußte, es würde sie ärgern, daß ich ihre Pläne durchkreuzt hatte, »aber er wollte sie gleich haben. Er hat gesagt, ohne die Hemden geht er nicht nach Hause.«

Mama Betts zwinkerte zweimal hinter ihrer Brille. »Na schön, vielleicht ist es so am besten. Die Sache ist erledigt. Du und Alice, ihr habt eure Räder zurück, und die Jungs haben ihre Hemden. Und wenn du erst mal in Missouri bist, dann muß ich mir wenigstens keine Sorgen machen, daß ihr zwei euch wieder Ärger mit den Leuten von dieser Gemeinde da einhandelt.«

»Es waren doch ihre Hemden. Was hätte ich denn machen sollen?«

»Wieso hast du diesen Jungen eigentlich getroffen?«

»Ich war nicht auf dem Kirchengrundstück, falls du das meinst.« Plötzlich mußte ich wieder an die Striemen auf Gregs Rücken denken. Ich schluckte. Ich sah ihn vor mir, erst die schweißglänzende Brust und dann diesen Rücken. Ich wollte Mama Betts davon erzählen, aber das ging nicht. Es gehörte sich nicht, daß ich den Jungen ohne Hemd im Stall gesehen hatte. Irgend etwas daran gehörte sich nicht, etwas, das ich nicht einmal annähernd benennen konnte. Das einzige, was ich wußte, war, daß ich nicht darüber reden durfte.

»Rebekka, ich bin eine alte Frau. Ich bin zu einer Zeit aufgewachsen, als es noch keine Autos und kein Fernsehen gab.«

Sie starrte mich an. Ich hatte keine Ahnung, worauf sie hinauswollte. Ich trat von einem Fuß auf den anderen. Mama Betts führte etwas im Schilde, sie wollte mich so lange mit Worten einkreisen, bis ich ihr in die Falle ging.

»Es gibt da so einen Geruch, den kenne ich, seit ich ein kleines Mädchen war. Und vorhin, als ich dich in den Arm genommen habe, da ist mir dieser altvertraute Geruch wieder in die Nase gestiegen.«

Die schweißgetränkten Pferdedecken!

»Ich will dir keine Vorschriften machen, aber wenn ich du wäre, ich würde mir frische Shorts und eine andere Bluse anziehen, und außerdem würde ich mir ein Stück Seife nehmen und auf dem Weg zu Alice mal eben an der Quelle halt machen.«

»Danke, Mama Betts.« Ich rannte in mein Zimmer.

»Was hast du denn im McInnis-Stall gemacht?«

»Ich hab den Pferden die Decken abgenommen. Die Tiere waren total durchgeschwitzt, und Na ... Mrs. Andrews war nicht da.«

»Decken für die Pferde im Juni?«

Ich zuckte die Achseln. Ich verstand das auch nicht. »Sie ist die anderen Pferde holen gefahren, glaube ich. Vielleicht hat sie vergessen, ihnen die Decken vorher abzunehmen.«

»Ich kenne mich ein bißchen aus mit Pferden. Decken im Juni, da können sich die Tiere ja eine Lungenentzündung holen. Selbst die Nächte sind schon heiß. So heiß, daß nicht mal so ein alter Körper wie meiner sich zudecken mag, und ich habe kein Fell und ziemlich dünnes Blut. Entweder ist die Frau nicht ganz richtig im Kopf, oder sie ist eine Nordstaatlerin.«

Ich nickte. Die Pferde waren klatschnaß geschwitzt gewesen, aber Nadine wußte bestimmt, was sie tat. Immerhin hatte sie neun Pferde, und reiten konnte sie auch. »Vielleicht hat sie es gemacht, weil es besondere Pferde sind, Turnierpferde.«

»Unsinn«, sagte Mama Betts verächtlich. »Auch Turnierpferde schwitzen und werden krank, wenn sie nicht richtig gehalten werden. Ich kenne mich aus mit Pferden, mit edlen und mit einfachen. Und noch etwas, Rebekka. Es gefällt mir nicht, daß du dich hinter dem Rücken deiner Mutter dort bei diesen Pferden herumtreibst. Solange sie es dir nicht erlaubt hat, gehst du bitte nicht mehr dorthin.«

»Ich bin ja nicht geritten. Ich hab ihnen bloß die Decken abgenommen.«

»Egal. Du gehst da erst wieder hin, wenn Effie ja gesagt hat.« Sie machte eine Pause. »Versprichst du mir das?«

»Mama Betts ...«

»Keine Ausreden, Bekka. Ich möchte, daß du mir dein Wort gibst.«

Das war gemein. »Sie hat gesagt, ich kann mir die Reitstunden damit verdienen, daß ich ihr im Stall helfe. Und Daddy hat gesagt, ich ...«

»Dein Vater ist weit weg. Aber Effie ist hier, und Effie hat Angst um dich.«

»Um Arly hat sie aber nicht solche Angst!« Arly durfte immer weggehen und tun und lassen, was er wollte. Der konnte Sport machen und sich in der Stadt rumtreiben, mit seinen Freunden zelten fahren und Ausflüge nach Jackson und Mobile unternehmen – und sogar ans Meer.

»Gib mir dein Wort, Rebekka.«

Mama Betts verlor allmählich die Geduld. »Ja, gut.« Ich flüsterte, weil ich genau wußte, daß ich log. Das war wohl meine erste bewußte Lüge. Aber ich mußte Cammie und die anderen Pferde wiedersehen, ganz egal, was es kostete. Dafür hätte ich jede Lüge der Welt auf mich genommen.

»Wenn du aus Missouri zurück bist, reden wir über die Pferde. Das mit den Reitstunden ist gar nicht mal so dumm. Wenn Effie weiß, daß du richtig reiten lernst, hat sie vielleicht auch nicht mehr soviel Angst.«

»Es geht ja nicht bloß um die Pferde, das weißt du doch. Es ist immer dasselbe. Nie erlaubt Mama mir was! Andauernd hat sie Angst, daß mir was passiert, aber in Wirklichkeit will sie ja bloß, daß ich ständig nur hier rumsitzen soll!« Ich merkte, wie mir die Tränen in die Augen stiegen und ich auf einmal einen Kloß im Hals hatte.

»Deine Mutter liebt dich zu sehr, Kind.«

»Ja, ja, das hört sich gut an, aber es ist entsetzlich.« Ich nahm den Beutel mit den Sandwiches und rannte aus der Tür, bevor ich richtig heulen mußte. Ich hatte noch nie vor anderen geweint, außer vielleicht vor Alice und Picket.

Als ich bei den Waltmans ankam, hatte ich mich einigermaßen beruhigt. Ich machte mich mit Alice über den Picknickbeutel her. Wir stellten das Schicksal auf die Probe und gaben Maebelle V. ein Häppchen Pimentkäsecreme. Ich hatte den Eindruck, daß es ihr genauso gut schmeckte wie uns, aber Alice war vorsichtig. Sie ließ das Baby wirklich nur kosten. Auch Picket fand den Käse lecker, und den Geflügelsalat und die Erdnußbutterplätzchen, die Mama Betts am Vorabend gebacken hatte, mochte sie nicht minder. Wir lagen gemütlich an der Quelle im Schatten, und ich erzählte Alice das Neuste von den Erlöser-Jungen und von Nadine. Natürlich erzählte ich ihr auch, daß ich nach Missouri fahren sollte, aber ich bemühte mich, mir nicht anmerken zu lassen, wie aufregend ich das fand, denn Alice war zwar schon ein-, zweimal in Jexville gewesen, aber richtig verreist war sie noch nie.

Wir hingegen waren in den paar Sommern, in denen Daddy nicht außerhalb gearbeitet hatte, in den Ferien immer weit weg gefahren. Zum Beispiel zum Grand Canyon oder in die Rocky Mountains oder nach Rock City in Tennessee. Daddy verreiste gern, und außerdem fand er, daß es für Arly und mich gut war, das Land kennenzulernen. Er war der Meinung, wenn wir mit eigenen Augen sehen, wie verschieden die Menschen und ihre Ansichten sind, würden wir eher lernen, tolerant zu sein.

Wenn wir verreist gewesen waren, dauerte es jedesmal mindestens eine Woche, bis zwischen Alice und mir wieder alles so war wie vorher. Sie tat immer so, als ob sie erwartete, daß ich mich im Urlaub verändert hatte, und darum gab ich mir Mühe, nicht allzuviel davon herzumachen, was wir alles gesehen und erlebt hatten. Einmal hatte Effie Mrs. Waltman gefragt, ob Alice in den Ferien mit uns nach Florida ans Meer fahren darf. Aber Mrs. Waltman hatte gesagt, Alice habe eine Menge häusliche Pflichten und könne es sich nicht leisten, in der Gegend herumzugondeln, und darum durfte Alice dann auch nicht mitkommen. Der Urlaub hat mir damals gar keinen richtigen Spaß gemacht, weil ich immerzu Sehnsucht nach Alice hatte.

Als ich ihr das mit Missouri erzählte, wurde sie sonderbar still. Ich erzählte ihr, daß bei Mama und Daddy etwas nicht stimmte und daß sie sich am Telefon gezankt hatten.

»Wieso ist dein Daddy eigentlich immer so lange weg?« fragte Alice, während sie Maebelle V. wickelte.

»Wegen seiner Arbeit. Es gibt doch viele Väter, die ständig außerhalb arbeiten.«

»Aber nicht so wie deiner. Die fahren zur Arbeit, und alle vierzehn Tage kommen sie heim, jedenfalls wenn sie auf den Bohrinseln arbeiten. Aber deiner ist ja immer monatelang weg.«

»Weil er an der Universität arbeitet und für Zeitschriften. Manchmal muß er eben lange irgendwo bleiben.« Alice hatte da den Finger auf etwas gelegt, worüber ich selbst gerade angefangen hatte nachzudenken.

»Und wieso geht ihr dann nicht mit ihm mit, du und deine Mama und Arly? Deine Mama kann doch ihre Bücher überall schreiben, oder nicht?«

Genau das war der Punkt, um den es auch in den Satzfetzen ging, die manchmal nachts zu mir ins Zimmer drangen, wenn Effie und der Richter sich zankten. Daddy wollte, daß wir mit ihm mitkamen, aber Effie wollte nicht. Ich konnte das nicht begreifen, obwohl ich andererseits auch keine große Lust hatte, aus der Kali Oka Road fortzugehen und irgendwo zu wohnen, wo ich Alice und die anderen Leute, die ich kannte, nicht mehr um mich hätte. Aber dann wären wir wenigstens mit Daddy zusammengewesen, und das hätte schon einiges geändert.

»Ich glaube, Mama will nicht hier weg. Sie hat Termine und alles, sie braucht ihr Arbeitszimmer, sagt sie, woanders kann sie sich nicht konzentrieren. Sie sagt, wenn wir in der Kali Oka sind, braucht sie sich keine Sorgen um Arly und mich zu machen. Nirgendwo auf der Welt ist es so sicher wie hier, sagt sie.«

Alice steckte die letzte Sicherheitsnadel an Maebelles Tragetuch fest und legte sich das Baby an die Schulter. »Ich verstehe«, sagte sie, und ich sah ihr an, daß sie das wirklich verstand. Sie konnte verstehen, daß Effie hier nicht weg wollte.

»Und was wird mit den Erlöser-Jungs, wenn du in Missouri bist?«

Darüber hatte ich auf dem Weg zu Alice auch schon nachgedacht. »Um die solltest du lieber einen Bogen machen.« Und dann wollte ich Alice noch um einen Gefallen bitten. »Ob du dich vielleicht ein bißchen um Picket kümmern könntest, wenn ich weg bin? Ich meine, ob du sie dir ab und zu mal holst und mit ihr durch den Wald gehst, damit sie nicht immer nur auf der Straße sein muß?«

»Du hast Angst, daß Greg ihr was antut, stimmt's?«

Ich nickte. »Jemand hat Mr. Tom getötet. Mama Betts glaubt, daß das die Jungs waren, wegen der Hemden. Und diese blöde Jamey Louise, die hat Greg alles über dich und mich erzählt.«

»Der würde ich am liebsten das Maul mit Hühnerkacke stopfen.« Alice hielt Maebelle hoch. Die Kleine strampelte mit den Beinen, als ob sie jeden Moment loslaufen wollte. Sie wurde von Tag zu Tag kräftiger.

»Au ja, Hühnerkacke rein und dann mit Heftpflaster zukleben«, rief ich. Jamey Louise war vom ersten Schultag an eine richtige Großfresse gewesen. »Wollen wir nicht zu ihr gehn?« Mama Betts hatte gesagt, ich sollte frühestens in drei Stunden wieder nach Hause kommen. Ich hatte also eine Menge Zeit totzuschlagen, und mit zu Alice wollte ich nicht. Bei den Waltmans war ständig Hektik, von dem Lärmpegel, der dort herrschte, bekam ich jedesmal Kopfschmerzen. Außerdem gab es dort kaum einen Stuhl, auf den man sich draufsetzen konnte, ohne Angst haben zu müssen, daß er zusammenkrachte, und überhaupt war das ganze Haus entsetzlich runtergekommen. Die Fußböden hatten lauter Dellen, und an manchen Stellen waren sie richtig verfault, weil da drunter irgendwelche Rohre undicht waren oder so.

Mrs. Waltman schien das ziemlich schnuppe zu sein. Alice hatte mir erzählt, daß der Körper in der Schwangerschaft eine Art chemische Substanz produziert, ein sogenanntes Hormon, das dafür sorgt, daß die Frauen gar nicht mehr mitkriegen, was um sie herum passiert. Ihre Mutter sei süchtig nach diesem Hormon, sobald die wieder einen Braten in der Röhre hätte, würde sie die Löcher im Fußboden einfach vergessen.

»Nö, zu Jamey Louise will ich nicht. Da gibt's eh bloß Krach, und nachher verpetzt sie uns, und wir haben den Ärger.«

Alice hatte recht. Jamey Louise war nicht nur eine Großfresse, sondern auch eine alte Petze. An der war wirklich kein einziges gutes Haar.

»Wenn dein Daddy dich fragen würde, ob du bei ihm bleiben willst, würdest du ja sagen?«

Alices Frage traf mich wie ein Dolchstoß ins Herz. »Das würde ja heißen, er kommt nie mehr nach Hause. Dann könnten doch er und Mama gar nicht mehr verheiratet sein.«

»Schon mal was von Scheidung gehört?«

Bei anderen vielleicht, aber doch nicht bei meinen Eltern. Effie hatte ein aufbrausendes Temperament, das war bekannt, und darum ließen ihr die anderen jede Menge Spielraum. Aber Daddy würde nicht einfach für immer fortbleiben. Das war unmöglich.

»He!« Alice stieß mich leicht am Arm an. »Entschuldige. War 'ne blöde Frage. Ich hab bloß überlegt, ob du wohl woanders leben wollen würdest, wenn du die Möglichkeit hättest.«

»Ich könnte nie weg aus der Kali Oka Road. Ich glaube, ich werde hier sterben, genau wie Mama Betts eines Tages hier sterben wird.« Es gab viele Orte, die ich gern sehen wollte, aber leben wollte ich nur hier und nirgendwo sonst.

»Ich ziehe nach Paris«, sagte Alice und guckte Maebelle an, aber eigentlich guckte sie durch das Baby hindurch. In Wirklichkeit sah sie eine schlanke blonde Frau in einem schicken roten Kleid, mit einem Hütchen auf dem Kopf und einem Pudel an der Leine, die auf einer Straße spazierenging, an der lauter kleine Cafés mit Sonnenschirmen davor waren. Die Männer in den Cafés sahen der Frau mit dem Hund nach. Ich wußte, daß Alice dieses Bild vor Augen hatte, weil es bei uns im Haus hing und sie immer, wenn sie mich besuchte, stundenlang davorstand und sich gar nicht daran satt sehen konnte. Im Hintergrund war der Eiffelturm. Alice liebte dieses Bild und wünschte sich, sie wäre die Frau darauf.

»Was willst du denn machen, wenn du in Paris bist?« Es war das erste Mal, daß ich sie das fragte. Und gleichzeitig fragte ich mich, wo die Frau mit dem Hund wohl hingehen mochte.

»Als Modell arbeiten, für einen Maler oder für einen Modefotografen.«

Ob die ein Modell mit Sommersprossen haben wollten? Ich hütete mich, Alice diese Frage zu stellen, aber ich dachte darüber nach. Alice hatte schöne blaue Augen und hübsches Haar. Dünn genug war sie auch. Aber ich hatte noch nie ein Modell mit Sommersprossen gesehen.

»Und dann verdienst du eine Menge Geld. Und wenn es dir keinen Spaß mehr macht, immer bloß stillzustehen und dich fotografieren oder malen zu lassen, dann wirst du vielleicht sogar mal ein berühmter Filmstar.«

»Kann schon sein.« Sie schloß die Augen und lächelte.

In diesem Moment wünschte ich mir aus tiefster Seele, ihr Paris schenken zu können. Jetzt gleich, solange sie es wirklich wollte, ehe sie älter wurde und es aufgab, sich danach zu sehnen.

»Und du, Bekka? Was würdest du machen?«

»Wenn ich könnte, dann würde ich jetzt auf der Stelle zu den Pferden gehn und richtig reiten lernen. Und dann würde ich Cammie nehmen und mit ihr durch die ganze Welt fahren, und wir würden alle Springturniere gewinnen.«

»Und du glaubst, einem Pferd würde es Spaß machen, durch die ganze Welt zu fahren?«

»Cammie schon. Wenn ich bei ihr wäre.«

Alice lächelte, und ich wußte, daß sie meinen Traum genauso albern fand wie ich ihren. Wir legten uns neben der Quelle ins Moos. Ich hatte vor dem Picknick rasch ein Bad genommen, und nun breitete ich mein Haar um mich herum aus, damit es in der Sonne, die ihre Strahlen durch die Bäume schickte, trocknen konnte.

»Du, Bekka?«

»Ja?«

»Dieser Erlöser-Junge, dieser Greg, glaubst du, der hat wirklich nur darum von seinem Daddy Prügel gekriegt, weil wir ihm sein Hemd weggenommen haben?«

»Ich weiß nicht. Er sagt, ja.«

»Und was glaubst du?«

»Möglich wär's.« Ich war mir fast sicher, aber es hatte keinen Sinn, Alice ein schlechtes Gewissen zu machen, wo ich es doch gewesen war, die die Hemden genommen hatte.

»Vielleicht hätten wir netter zu ihnen sein sollen.«

»Du hast gut reden. Die haben Picket gequält.« Ich war nicht bereit, irgendwelche Schuld auf mich zu nehmen. Die Jungs hatten angefangen. Ich hatte mich lediglich auf die einzige mir mögliche Weise verteidigt.

Alice schwieg einen Augenblick. »Daß die Prügel kriegen könnten, daran hab ich gar nicht gedacht.«

»Die anderen Jungen haben ja auch keine gekriegt. Bloß Greg, soweit ich weiß.«

»Bekka, du bist noch nie so behandelt worden.« Ihre Stimme

wurde immer leiser, bis sie fast nicht mehr zu hören war. »Ich meine, das muß doch schlimm sein. Wenn keiner da ist, der dir hilft…«

»Alice, die haben angefangen. Die haben Picket gequält und uns die Fahrräder geklaut, hast du das vergessen? Meins haben sie mir als Schrotthaufen vors Haus gelegt. Weißt du, ich hätte auch Prügel kriegen können, wenn Effie in der Stimmung gewesen wäre.«

»Deine Familie würde so was nie tun. Du und Arly, ihr seid noch nie geschlagen worden.«

»Ja, weil wir nichts machen, wofür wir Prügel verdient haben. Jedenfalls lassen wir uns nicht erwischen.«

»Und du meinst, dieser Erlöser-Junge hat Prügel verdient, bloß weil er sein Hemd verloren hatte?«

Darauf fiel mir keine Antwort ein. Sanft und tröstlich malte mir die Sonne Muster auf Gesicht und Haar. Ich ließ die Augen geschlossen und mußte hart gegen das Bild von Gregs geschundenem Rücken ankämpfen. Alice hatte recht. Ich hatte in meinem ganzen Leben noch nicht ein einziges Mal Angst haben müssen, daß mir jemand weh tut. Auf einmal kam ich mir ganz klein und elend vor.

»Morgen ist Sonntag.« Ich war mit meinen Gedanken bei den Erlösern. Vielleicht hatte der arme Greg wirklich ein bißchen mehr Mitleid verdient. »Weißt du noch, was sie über den Priester und die Schwester von dem Dicken erzählt haben?«

»Klar. Und weiter?« Alices Stimme klang hellwach.

»Vielleicht sollten wir mal nachforschen, was in dieser Gemeinde los ist. Vielleicht muß man die Polizei holen.«

»Vielleicht holst du einfach die Polizei und überläßt es denen, sich darum zu kümmern.«

»Die kommen bloß, wenn wir ihnen Beweise liefern.«

»Dann erfindest du halt welche, Bekka. Das kannst du doch so gut.«

»Im Ernst, Alice. Vielleicht kriegen wir irgendwas raus, und dann können wir die Polizei holen, damit die sich das da unten mal gründlich unter die Lupe nehmen.«

»Du willst ja bloß rumschnüffeln, und mich willst du überreden, daß ich mitmache.«

Ich stützte mich auf dem Ellbogen auf.

Alice hatte die Augen immer noch geschlossen und lag auf der Erde. Ihre Lippen waren ganz fest zusammengepreßt. Es würde eine Weile dauern, bis ich sie so weit hatte, daß sie die Dinge genauso sah wie ich, aber schließlich hatte ich ja den ganzen Nachmittag Zeit, sie zu bearbeiten.

Kapitel 12

Es war das erste Mal, seit Maebelle V. sich in die Welt gedrängelt hatte, daß Alice und ich etwas ohne sie unternehmen konnten. Anfangs hatte sich Alice gesträubt, ihre Mutter zu belügen, aber dann hatte ich es doch geschafft, sie zu überreden. Mrs. Waltman erzählten wir, daß wir mit unserer Schulfreundin Sandra Rogers nach Buzzard's Roost in die Baptistenkirche gehen wollten. Ich gehörte eigentlich zur methodistischen Gemeinde in Sweet Water, aber bei uns in der Familie hatte außer Mama Betts niemand Lust, sonntags in die Kirche zu gehen, und Effie und der Richter fanden es unfair, Arly und mich zu Dingen zu zwingen, die sie selbst nicht gern taten. Sei's drum, Mama Betts war angenehm überrascht, als ich ihr erzählte, daß ich in die Kirche gehen wollte – auch wenn es eine baptistische war.

Effie, die immer noch wegen meiner bevorstehenden Reise nach Missouri schmollte, redete sowieso kaum ein Wort mit mir. Sie tat so, als ob ich schon halb in Missouri wäre und sie mich gar nicht mehr richtig sehen oder hören könnte. Sie kochte vor Wut und wollte mich dafür bestrafen, daß ich vorhatte, Daddy zu besuchen. Für sie war das so etwas wie ein Verrat. Ich verstand das zwar nicht so richtig, aber ich sah ja, wie sie sich verhielt, und irgendwie ahnte ich auch, warum sie das tat. Sie war zornig und gekränkt, und darum tat sie so, als ob ich Luft für sie war. Und wenn ich nicht so darauf gebrannt hätte, endlich mal wieder zu den Erlösern zu kommen, wäre ich darüber selbst gekränkt und beunruhigt gewesen. So aber hatte ich meinen gestärkten Petticoat und mein taubenblaues Sonntagskleid an, das ich von all meinen Sachen am meisten haßte. Und obwohl Effie dieses Kleid liebte, gelang es mir diesmal nicht einmal darin, ihr Herz zu erweichen.

Mit klopfendem Herzen ging ich aus dem Haus. Ein wenig hatte ich auch Angst, daß Alice am Ende vielleicht doch nicht mitkommen würde. Agatha Waltman war wütend, daß Alice einen Vorwand gefunden hatte, sich Maebelle V. vom Halse zu halten, denn den Kirchgang konnte sie ihr ja nun wirklich nicht verbieten. Wenn es nach Agatha ging, durften wir das arme Baby zwar in einen metallenen Fahrradkorb packen und mit ihm in der prallen Sonne die Kali Oka Road rauf- und runterfahren, wir durften die Kleine wie ein Quietscheentchen im Fluß schwimmen lassen oder sie mit in die Kreideschlucht nehmen, wenn wir Ton für die Töpfer holten, die immer sagten, daß es nirgendwo auf der Welt so guten Modellierton gab wie in der Kali Oka Road – kurzum, wir konnten sie überallhin mitschleppen, aber nicht in die Kirche. Denn für Agatha Waltman war die Kirche der einzige Ort, wo Babys nicht schreien und kreischen durften. Alice hätte ihrer Mutter natürlich sagen können, daß es in den Kirchen inzwischen Spielzimmer für die Kleinen gab, aber von selbst war es ihr nicht eingefallen, und ich hatte mich gehütet, sie daran zu erinnern. Um keinen Preis! Endlich hatten wir einen Weg gefunden, wie wir das Gör mal ein paar Stunden loswaren, und diese Zeit mußten wir nutzen.

Als zwei brave kleine Mädchen, im Sonntagsstaat verkleidet, büchsten wir von zu Hause aus und trafen uns im Wald, wo wir am Vortag die Fahrräder versteckt hatten. Ich hatte sogar daran gedacht, Picket vorsichtshalber auf der Veranda einzusperren, und das, obwohl mir ihr Winseln, das mich bis in den Wald verfolgte, durch Mark und Bein ging.

Als wir tief im Wald waren, zogen wir unsere Kleider aus, unter denen wir die Badeanzüge anhatten. Ich hatte die Nase voll von diesem rüschenbesetzten blauen Kleid, und Alice taten die Füße weh. Als sie ihre Lackschuhe abstreifen konnte, grinste sie zum erstenmal an jenem Vormittag. Nachdem wir uns aller Dinge, die auf einen Kirchgang hindeuteten, entledigt hatten, traten wir wie wild in die Pedale und fuhren zum Cry Baby Creek.

Mein Plan war ganz einfach. Wir würden uns dem Fluß von einem Punkt aus nähern, der sehr viel höher lag als die Stromschnelle, an der wir sonst spielten. Dann würden wir zu Fuß zum Fluß hinuntergehen und uns so weit heranpirschen, daß wir hören konnten, was in der Kirche los war. Und sobald die Erlöser voll bei der Sache waren, würden wir uns zu den Fenstern schleichen und hineinschauen. Alice gegenüber hatte ich so getan, als ob wir am Ufer bleiben und nur horchen wollten, aber wenn die Erlöser was mit Schlangen machten oder sich gegenseitig die Füße wuschen, das wollte ich sehen. Außerdem hatte ich gehört, daß manche Gläubigen auf den Kirchenbänken herumspringen und mit fremden Zungen reden. Nachts hätte ich mich dort nicht hingetraut, aber bei Tageslicht konnte das doch nicht so gefährlich sein. »Mit fremden Zungen reden«, das hörte sich furchtbar schaurig an, aber wenn es wirklich dazu kam, dann mußte ich es sehen. Und vielleicht war das hier ja meine letzte Chance, bevor ich nach Missouri fuhr. Wenn dort unten an der Kali Oka Road etwas Unheimliches vor sich ging, wollte ich in der Lage sein, Daddy in allen Einzelheiten davon zu berichten. Der Richter würde mich nach jedem noch so winzigen Detail fragen. Ich mußte haargenau Bescheid wissen.

Wir versteckten die Fahrräder in sicherer Entfernung, damit wir keine Angst haben mußten, daß die Jungs sie fanden. Als wir zum Fluß gingen, war Alice ganz still, und ich wußte, daß sie sich nur halbherzig auf dieses Abenteuer einließ. Ich konnte nicht begreifen, warum sie sich nicht ebensosehr für diese Gemeinde interessierte wie ich. Als ich sie danach fragte, antwortete sie wie aus der Pistole geschossen.

»Weil uns das vielleicht einfach nichts angeht. Vielleicht wollen die einfach in Ruhe gelassen werden.« Alice war drauf und dran, mir ein schlechtes Gewissen zu machen. Ich hatte gelernt, jeder müsse so leben dürfen, wie er es für richtig hält, vorausgesetzt, er schadet damit keinem anderen. Der Richter war ein entschiedener Befürworter des ersten Bürgerrechtsartikels und redete oft beim Abendessen über diesen Grundsatz. Und ich dachte natürlich gar nicht daran, ihm von unserem kleinen Abenteuer zu erzählen, es sei denn, ich stieß auf irgendwelche ernsthaften Probleme.

»Bekka, ich hab meine Uhr mit. Ich bleibe genau zwanzig Minuten, nicht länger. Dann geh ich nach Hause. Mama kocht eh schon vor Wut, weil ich weg bin. Ich muß zurück sein, wenn sie denkt, der Gottesdienst ist aus, sonst kann ich was erleben.«

»In Ordnung. Zwanzig Minuten.« Wir gingen ins Wasser, und

die eisige Liebkosung des Cry Baby Creek ließ mich meine Mission für einen Moment vergessen. Ich watete bis zur Mitte und spürte den feuchten Sand zwischen den Zehen.

»Und wenn wir nun was Schlimmes hören?« Alice faßte nach meiner Schulter.

»Ach was. Das ist eine Kirchengemeinde. Die werden schon keinen Voodoo-Zauber veranstalten.« Das mit den Zungen hatte ich ihr gar nicht erst erzählt. »Die werden fromme Lieder singen, genau wie bei uns in der Kirche. Wir hören kurz zu, aber wahrscheinlich ist das sowieso langweilig, und wir sind froh, wenn wir wieder nach Hause können.«

In diesem Moment kam die klare Altstimme eines jungen Mädchens über den Fluß geweht, eine Stimme, bei der mir ein Schauer den Rücken runterlief. Sie klang so traurig, so voller Sehnsucht. Den Text konnte ich nicht verstehen, aber das war auch gar nicht nötig. Die Botschaft kam aus der Melodie und aus dem Herzen des jungen Mädchens.

»Mein Gott, kann die singen!« Alice umklammerte meinen Arm. »Glaubst du, das ist die Schwester von dem kleinen Dicken, die, von der sie geredet haben?«

Ich legte den Finger an die Lippen, denn ich wollte zuhören. Wir standen wie erstarrt da, bis das Lied zu Ende war, dann rannten wir weiter. Auch Alice war jetzt anscheinend nicht mehr ganz so gleichgültig.

Inzwischen waren wir in Hörweite an die Kirche herangekommen, und weil Sommer war, standen dort alle Fenster weit offen. Ich kletterte die Böschung hoch und konnte sehen, wie sich die Fächer in den Händen der Frauen bewegten. Ich hatte keine Ahnung, wo die Erlöser ihre Fächer herhatten, in unserer Kirche bekamen wir sie jedenfalls immer von den Bestattungsunternehmen. Als kleine Aufmerksamkeit und in erster Linie natürlich als Werbegeschenk. Den farbigen nicht mitgerechnet, gab es in Jexville zwei Bestattungsunternehmer, die sich gegenseitig Konkurrenz machten. »Die Leiche ist noch gar nicht richtig kalt, da reißen die sich schon drum, wer sie kriegt«, sagte Effie immer.

»Komm runter!« Alice zupfte mich am Beinausschnitt meines

Badeanzugs, und als sie losließ, schnipste der Elastikstoff so laut, daß ich erschrocken zusammenzuckte.

»Ich horche doch bloß.« Ich ließ mich wieder hinunter. In der Kirche kam Unruhe auf, aber offenbar ging bloß die Kollekte herum. Ich fragte mich, auf welche Weise die Erlöser wohl das Geld verdienten, das sie da in die Schale warfen. Meines Wissens hatte, seit sie hier angekommen waren, außer Greg noch keiner von ihnen das Kirchengrundstück verlassen. Mama Betts hatte gestern abend auch davon angefangen und gemeint, zumindest die Männer müßten doch irgendwie arbeiten gehen.

Alice wollte gerade wieder losziehen, da kam aus der Kirche plötzlich lautes Beifallklatschen. Und dann wurde getrommelt, Gitarren, Banjos und Tambourins fielen ein und spielten eine wilde Melodie. Es hörte sich an wie bei einem richtigen Fest.

»Horch doch mal!« sagte ich, aber Alice lauschte bereits. Die Gemeinde murmelte »Amen« und »Gott sei mit ihm« und »Der Mann ist wahrhaftig vom Herrgott erleuchtet«, und dann erhob der Priester seine Stimme.

»Und jetzt«, sagte er in einem Ton, als ob er sich für Ed Sullivan hielt, »heißen wir den kleinen Mann mit der großen Stimme willkommen. Dem Herrgott hat es gefallen, bei unserem Bruder Rueben mit Armen, Beinen und Rumpf ein wenig zu geizen, doch dafür hat er ihm die größte Stimme in seinem ganzen Reich gegeben.«

»Halleluja« ertönte es von allen Seiten. Rasch kletterte ich wieder die Böschung hinauf, damit ich besser hören konnte und wenigstens ein klein bißchen von dem sah, was in der Kirche vor sich ging.

Die Eingangstür war geschlossen. Wenn ich von dem Fluß aus direkt an die Seite des Kirchengebäudes rannte, war ich höchstens zehn Sekunden ungedeckt. Wenn ich ganz schnell rannte. Alice packte mich an der Wade.

»Was hast du vor, Rebekka Rich?«

»Ich will diesen kleinen Mann sehen.« In der Kirche schrie eine Frau: »Gott ist unter uns, ich fühle es.« Ich mußte hin und mir das ansehen. Ich hielt es einfach nicht mehr aus.

Alice grub mir schmerzhaft ihre Fingernägel ins Bein.

»Du hast es versprochen! Du hast gesagt, wir bleiben am Fluß und horchen bloß. Wenn wir das Kirchengrundstück nicht betreten, kriegen wir auch keinen Ärger, hast du gesagt.«

»Wenn sie uns hier erwischen, kriegen wir auch Ärger, ganz egal, wem das Grundstück gehört. Das hier ist nämlich nicht die Baptistenkirche in Buzzard's Roost, Alice.« Und während sie über meine Worte nachdachte, gelang es mir, mich aus ihrem Griff zu befreien.

»Du machst wirklich noch so lange, bis du Ärger kriegst.«

Ich schaute mich nach ihr um und sah, daß sie vor Wut Tränen in den Augen hatte. »Alice, ich muß sehen, was die machen. Ich halte das nicht aus. Morgen fahr ich nach Missouri, und ich möchte Daddy erzählen können, was hier vor sich geht. Was ist, wenn …«

»Geh doch.« Alice wandte sich ab. »Mach doch, was du willst. Du gibst ja doch keine Ruhe, bis du nicht dort zum Fenster reingeguckt hast.«

Ich kletterte wieder die Böschung hoch und hielt inne. Alice war unten. Sie sammelte Kieselsteine aus dem Sand. Ihr blondes Haar war zum Pferdeschwanz hochgebunden, aber ihr Gesicht war durch den Pony verdeckt.

»Komm doch mit, Alice. Komm mit nachsehn. Dann muß ich nicht alleine gehn.«

»Du willst das sehen, Bekka. Nicht ich. Du denkst, du siehst irgendwas Gruseliges oder was ganz Irres. Ein paar Leute im Sonntagsstaat wirst du sehen, die auf ihren Kirchenbänken sitzen und schwitzen. Du meinst, bloß weil du dir vorstellst, daß da was Besonderes passiert, darum muß es auch so sein.«

Während sie das sagte, blickte sie kein einziges Mal zu mir hoch. Hinter mir in der Kirche wurde der Trubel immer wilder. Wie konnte ich Alice nur begreiflich machen, daß ich das sehen mußte? »Mann, Alice, wenn ich schon wüßte, was ich da zu sehen kriege, dann müßte ich doch nicht mehr gucken gehn.«

»Manchmal ist es dumm, wenn man gucken geht. Manchmal zahlt sich Gucken nicht aus.«

»Daddy sagt immer, man muß seine Teufel mit Namen kennen.«

»Wenn man den Teufel nennt, kommt er gerennt.«

Alice konnte unheimlich stur sein. »Wenn irgendwas ist, geb ich dir ein Zeichen, daß du nachkommen sollst. Also paß auf.«

Alice blickte finster auf. »Wenn sie dich schnappen, geh ich nach Hause, Bekka, und ich werde nicht zugeben, daß ich mit dir hier gewesen bin.«

Bevor ich mir noch über die Folgen klarwerden konnte, die das für mich hätte, war ich schon losgerannt. Die Kirche war aus weißen Schindeln und hatte in den paar Tagen, seit ich zum letztenmal hier unten gewesen war, einen neuen Anstrich bekommen. Mein Herz hämmerte wie wild, als ich mich an die frische weiße Farbe drückte. Ich versuchte mich zu beruhigen. Oben auf der Böschung hatte ich gar nicht bemerkt, wie aufgeregt ich war. Das Fenster war ungefähr in Kinnhöhe; es war also kein Problem, einfach hineinzugucken. Ich hörte eine tiefe Männerstimme singen. Ich schlich mich zum Fenster und konnte bereits die Hinterköpfe der Leute dort drinnen sehen. Sie nickten und klatschten in die Hände und sangen an manchen Stellen mit. Einige Schultern wiegten sich wie in Trance. Alle paar Minuten schossen ein Paar Arme in die Luft, und jemand schrie: »Gelobt sei Jesus Christus.« Der ganze Saal war von heftigen Gemütsbewegungen erfüllt. Bei einigen der Frauen waren die Sonntagskleider schon vollkommen durchgeschwitzt, und zwei Reihen vor mir sah ich den dicken Georgie, der sich die Stirn wischte. Er saß eingequetscht zwischen zwei Erwachsenen, die wahrscheinlich seine Eltern waren.

Die Erlöser waren total aus dem Häuschen, aber Schlangen hatte ich noch keine entdeckt. Den Sänger sah ich erst, als ich unmittelbar am Fenster stand. Und da erst ging mir auch der Sinn dessen auf, was der Priester gesagt hatte. Der »kleine Mann« war ein Zwerg. Er trug einen perfekt geschnittenen kleinen Anzug und hatte eine ebenso perfekt frisierte blonde Tolle, und in der einen Hand hielt er ein Gesangbuch, das er hin und wieder ordentlich schüttelte, während er mit der Musikkapelle um die Wette schmetterte. Unfaßbar, daß aus einem Brustkasten, der nicht größer als mein eigener war, so eine tiefe, volltönende Stimme kam. Ich stand mit offenem Mund da und staunte, und wenn in dem Moment eine fette alte Schmeißfliege angeflogen gekommen wäre, hätte ich sie wahrscheinlich glatt verschluckt.

Da ich gelernt hatte, daß man Menschen mit körperlichen Gebrechen nicht anstarren soll, versuchte ich wegzusehen, aber ich schaffte es nicht. Bruder Rueben machte eine richtige Show aus seiner Winzigkeit. Er schritt auf der kleinen Bühne, die dem Priester als Kanzel diente, auf und ab und schüttelte sein Gesangbuch und sein etwas länger gehaltenes Haar. Seine Hände waren normal groß, wodurch er insgesamt noch häßlicher wirkte. Ich wußte, das es sich nicht gehörte, ihn anzustarren, aber ich kam einfach nicht dagegen an. Alles, was er tat, war übertrieben, irgendwie großspurig und darauf angelegt, die Aufmerksamkeit auf sich zu lenken. Ich dachte an den Rummel, der jeden Herbst nach Jexville kam, und an die Vorstellungen, die nur für die Erwachsenen waren. Arly hatte einmal den dreifachen Eintrittspreis bezahlt, um in so eine Vorstellung reinzukommen. Er hatte erzählt, daß da eine dicke Frau mit Haaren im Gesicht gewesen war und eine, die für fünf Dollar extra mit ihrer Muschi eine Zigarette geraucht hat. Und direkt dahinter hatten lauter Weckgläser gestanden, in denen richtige eingelegte Babys gewesen waren. Außerdem gab es da noch einen Zwerg und eine Zwergin, und womit die ihr Geld verdienen, das wollte Arly mir nicht sagen.

Und diese Geschichten, die Arly mir erzählt hatte, schossen mir jetzt blitzschnell durch den Kopf. Ich konnte mir noch so große Mühe geben, die Bilder ließen sich einfach nicht fortschieben, und ich konnte auch nicht aufhören, den kleinen Sänger anzustarren. Er stand in Flammen, und die Erlöser schürten das Feuer immer weiter. Einer aus der Gemeinde reichte ihm ein Handtuch, und er wischte sich den Schweiß von der Stirn, ohne auch nur eine Note zu verpassen. Das veranlaßte eine Frau in der vordersten Reihe dazu, aufzustehen, die Hände hochzureißen und in irgendwelche unverständlichen Rufe auszubrechen. Sie spreizte die Finger ganz weit auseinander, warf den Kopf in den Nacken und stieß einen heiseren, kehligen Schrei aus. Im nächsten Moment lag sie auf dem Boden. Die beiden, die neben ihr saßen, zogen sie wieder hoch und fächelten ihr mit einem der Pappfächer Luft zu. Von allen Seiten riefen Männer, Frauen und Kinder »Amen«. Es war, als hätte jemand in der Kirche das Gas aufgedreht. Der kleine Mann sang, und die Gemeinde fing an zu kochen.

Ich kannte das Lied nicht. Es war ganz anders als die eher feierlichen Gesänge, die ich aus dem methodistischen Gottesdienst kannte. Ich horchte auf den Text und war entsetzt über die blutrünstigen Worte, mit denen die Qualen des gekreuzigten Jesu beschrieben wurden. Und weil mir davon schon ganz übel war, versuchte ich mich darauf zu konzentrieren, was die Leute taten. Sie wiegten sich im Takt, sie wogten regelrecht hin und her. Vorn in der linken Ecke saß eine junge Frau am Klavier, neben ihr stand ein Bursche mit einer Gitarre, und beide spielten mit Leib und Seele. Ein Stück hinter dem Gitarrenspieler schlug ein Mädchen im weißen Kleid das Tambourin. Sie war ungefähr so alt wie ich und sah aus, als ob sie gleich anfangen wollte zu weinen. Sie starrte Bruder Rueben, den kleinen Sänger, die ganze Zeit wie gebannt an, doch jedesmal, wenn er auf sie zukam, ließ sie den Blick durch den Saal schweifen.

Ich nahm an, daß das Mag war, die Schwester von dem dicken Georgie. Ihr Bruder aß ihr anscheinend immer alles weg. Sie war genauso dürr wie Alice. Oder ob sie vor lauter Kummer so mager war? Sie drehte und verrenkte sich und beobachtete Bruder Rueben und vergaß dabei kein einziges Mal, auf das Tambourin zu schlagen. Jetzt kam ein Junge mit einem Saxophon hinter dem Klavier hervor und spielte mit. Die ganze Kirche war in Bewegung. Die Leute sprangen auf, daß die Bänke beinahe umkippten, brachen in wildes Geschrei aus und setzten sich krachend wieder hin.

Als die Gemeinde kurz davor war, wie ein Mann aufzuspringen und aus der Tür zu stürzen, machte der kleine Sänger Schluß und überließ das Feld wieder dem Priester. Die Jungen hatten ihn Reverend Marcus genannt, und ich war gespannt, wie er aussah. Der Mann, der jetzt die Bühne betrat, war groß und schlank und jünger, als ich geglaubt hatte. Seine welligen, kastanienbraunen Haare waren mit Pomade nach hinten gekämmt und glänzten im Licht der von der Decke baumelnden Glühbirnen. Die Bügelfalte in seiner Hose war scharf wie eine Rasierklinge, das hautenge Jacket hatte breite, gepolsterte Schultern. Er legte offenbar großen Wert auf seine Kleidung, wodurch er sich äußerlich sehr von seiner Gemeinde unterschied.

Erst jetzt bemerkte ich, wie schmucklos die Wände der Kirche waren und daß dem Raum jede Behaglichkeit fehlte. Der Boden war aus unbehandeltem Holz, und die ungepolsterten Bänke hatten nicht einmal Kissen. Vorn auf dem kleinen Tisch standen weder Pflanzen noch Blumen, und die Frauen sahen sogar in ihren Sonntagskleidern aus wie lauter triste graue Mäuse. Obwohl ich sie nur von hinten sehen konnte, war ich mir sicher, daß ihre Blusen bis oben zugeknöpft waren und brave Schleifen hatten.

Ganz vorn hing ein handgeschnitztes Kruzifix. Ich hatte es mir zuerst gar nicht so genau angesehen, weil es ganz aus dunklem Holz war, aber dann erregte die merkwürdige Form doch meine Aufmerksamkeit. Bei näherer Betrachtung bemerkte ich, daß die Figur des Jesus sehr kunstvoll geschnitzt war. Ich spürte richtig seine Qualen und das Blut, das aus seinen Händen und Füßen kam. Je länger ich mir dieses Kruzifix anschaute, desto deutlicher erkannte ich, daß dieser Gekreuzigte so ziemlich das Gruseligste war, was ich je gesehen hatte. Die Nägel in seinen Handflächen waren so echt und auch die Art, wie sich die Dornen in seine Stirn bohrten. Und gleichzeitig war der Körper so schön. Das lag daran, wie das Holz geschwungen und gedreht war, wie es das Leiden des Mannes zeigte. Dieser Bruder Rueben und das Kruzifix da vorn, das beides zusammen konnte einem wirklich angst machen.

Der Priester rief die Gläubigen dazu auf, Zeugnis abzulegen. Das war neu für mich. Ich wußte, was Zeugenaussagen vor Gericht sind, wenn die Leute bei einem Prozeß vereidigt werden und schwören müssen. Aber daß es das in der Kirche auch gibt, hatte ich nicht gewußt. Zu meiner Überraschung kam das Mädchen mit dem Tambourin ein paar Schritte nach vorn und blieb dann stehen. Sie blickte unverwandt in den Saal. Sie schien am ganzen Leibe zu zittern, als ob sie im Begriff war, eine ungeheuer schwierige Entscheidung zu treffen.

Bevor sie irgend etwas tun konnte, erhob sich in der Mitte des Raumes ein Mann. Die schlanke Frau neben ihm packte ihn am Arm und schrie auf.

»Bitte, Lucas, bitte nicht!« Sie hängte sich an seinen Arm, und er versuchte, sich zum Mittelgang durchzukämpfen, und zerrte sie mit sich. Noch immer seinen Arm festhaltend, kroch sie auf Knien hinter ihm her und bettelte und flehte.

»Nun, Bruder Simms, willst du uns etwas beichten?« fragte der Priester.

Bruder Simms war groß und muskulös. Sein grauer Anzug war ordentlich gebügelt, und wäre da nicht diese bettelnde Frau an seinem Arm gewesen, dann hätte man denken können, daß er ein ganz normaler Mann war. Nachdem ich bis jetzt nur seinen Hinterkopf gesehen hatte, war ich wie vom Donner gerührt, als er sich plötzlich umdrehte und mir sein wutverzerrtes Gesicht zuwandte. Der Blick, mit dem er die Frau ansah, die sich immer noch an ihn klammerte, war voller Haß.

»Dieses Weib hier krankt an der Sünde der Eitelkeit, Reverend Marcus.« Er spie der Frau die Worte ins Gesicht. Alles schwieg erschrocken. Er schüttelte sie ab. Sie stürzte zu Boden. »Meine Frau ist eitel. Sie ist nur mit ihrem Aussehen beschäftigt und mit ihrem Spiegel.«

»Amen, Amen, Amen«, hallte es durch den Raum, aber dafür ließ das Fäusteschütteln und Mit-fremden-Zungen-Reden allmählich nach.

Ziemlich weit vorn stand eine Frau auf und sagte: »Die hält sich für was Besseres. Sie hört ja auch nicht auf ihren Kirchennamen. Ihr Mann hat ganz recht. Sie ist vom Dämon der Eitelkeit besessen.«

»Jesus Christus, errette sie«, rief eine andere Frau. »Rette ihre Seele vor der Verdammnis.«

Die Frau rappelte sich mühsam auf und kauerte auf dem Gang. Sie achtete nicht auf die Gemeinde, sondern streckte die Hand wieder nach dem Arm ihres Mannes aus. »Bitte nicht, Lucas. Ich hab doch nichts Böses getan. Bitte!«

Der Mann, den sie Lucas nannte, zog ein zusammengefaltetes Stück Pappe aus der Hosentasche. Er durchquerte die Kirche mit sechs langen Schritten und reichte es dem Priester.

»Haarfarbe«, sagte er, indem er sich wieder der Gemeinde zuwandte. »Das ist die Schachtel, in der die Haarfarbe war. Meine Frau hat sich etwas zum Haarefärben gekauft. Weil sie nicht alt aussehen will. Sie will jung bleiben. Sie meint, graue Haare sind häßlich. Sie denkt, sie weiß besser als unser Herrgott, welche Farbe ihre Haare haben sollen.«

Die Frau kauerte noch immer am Boden. Sie hatte die Arme vorm Gesicht und weinte. Sie trug ein blaßrotes Kleid, das besser zu einem jungen Mädchen gepaßt hätte.

Der Mann ging wieder zu ihr und riß ihr grob die Nadeln aus dem Dutt. Ihre Haare fielen herunter bis kurz über die Schultern. Sie waren dunkelbraun – ein hübscher Farbton.

»Wie eine Hure sieht sie aus!« schrie der Mann. Er packte sie brutal an den Armen und zog sie hoch. Dann hielt er sie an den Schultern fest und drehte sie einmal im Kreis herum. »Seht sie euch an, ihre Haare. Sind sie nicht schön? Sieht sie nicht aus wie eine junge Frau?«

Meine Finger krallten sich ins Fensterbrett. Die arme Frau weinte, die Tränen liefen ihr übers Gesicht, aber sie gab keinen Laut von sich. Anfangs versuchte sie ihr Weinen zu verbergen, doch dann wurde sie ein bißchen mutiger, und schließlich hob sie den Kopf.

»Bruder Simms, bring deine Frau hier nach vorn. Ich meine, die Eitelkeit ist eine Sünde, aus der wir alle etwas lernen können.«

Als der Mann die Frau vor sich her zu der kleinen Bühne schob, wehrte sie sich nicht. Der Priester stellte sich vor sie, nahm eine ihrer Haarsträhnen in die Hand und hielt sie hoch. »Einer Frau, die sich die Haare färbt, wird das Tor zum Reich Gottes auf ewig verschlossen bleiben«, zischte er. »Schwester Florence, wir müssen deine Seele retten.« Reverend Marcus ging zu der Klavierspielerin hinüber, die aufsprang und zur Hintertür hinausrannte.

»Ich heiße Susana«, sagte die Frau leise. »Susana Hebert. Eine Schwester Florence gibt es nicht. Ich habe nichts Unrechtes getan. Es ist mir egal, was ihr denkt, denn ich weiß, ich habe nichts Unrechtes getan.«

»Haarfarbe ist Teufelszeug«, herrschte Reverend Marcus sie mit Donnerstimme an.

»Mein Mann hat eine Schwäche für junge Mädchen«, flüsterte sie, und obwohl sie flüsterte, waren ihre Worte in der ganzen Kirche deutlich zu hören. »Ich wollte nur jung aussehen für ihn.«

Lucas Simms schlug ihr hart ins Gesicht. »Hüte deine Zunge, Weib«, sagte er in häßlichem Ton. »Du kannst dich bloß nicht damit abfinden, daß du alt wirst.«

Die Klavierspielerin kam zurück und näherte sich vorsichtig der Bühne. Reverend Marcus winkte sie nach vorn und nahm ihr schnell den Gegenstand aus der Hand, den sie ihm reichte.

»Wir werden deine Seele retten, Schwester Florence.« Ehe die Frau eine Chance hatte, sich zu wehren, griff er ihr ins Haar und hielt ein Büschel hoch. Dann öffnete er die Schere, die ihm die Klavierspielerin gebracht hatte, und schnitt der Frau einen Zentimeter oberhalb der Kopfhaut die Haare ab. Die dunkelbraunen Locken fielen über ihr blaßrotes Kleid und von dort auf den Boden. Im Saal herrschte entsetztes Schweigen. Die Frau stand reglos da. Sie weinte nicht.

»Rette sie, Reverend Marcus«, rief jemand. »Rette sie.«

Der Zwerg gab der Klavierspielerin ein Zeichen, und schon hallte die Kirche wider von den wabernden Akkorden eines neuen Gesangs. Der Priester schnitt der Frau die Haare ab, der Zwerg sang, und die Gemeinde war noch lauter und noch ekstatischer als beim vorigen Lied. Und obwohl weder Schlangen beschworen noch Füße gewaschen wurden, hatte ich noch nie einen Gottesdienst erlebt, in dem derart dramatische Dinge vor sich gingen.

»So«, sagte Reverend Marcus zu Lucas Simms, während er die letzte Haarsträhne abschnitt, »und jetzt kannst du sie nach Hause bringen und sie lehren, daß ihr Wert darin besteht, eine gute, gehorsame Ehefrau zu sein.« Mit einem leichten Stoß schob er die Frau wieder in den Saal, griff nach seiner Bibel und begann auf der Bühne auf und ab zu gehen.

Als der Gesang einen Moment lang abbrach, hob er die Hände und gebot der Gemeind still zu sein. »Wer hat sonst noch eine Sünde zu beichten? Hat jemand dem Glücksspiel gefrönt?« Er blickte sich im Raum um. »Gottlob, keine Spieler unter uns.«

Die Gemeinde klatschte Beifall.

»Und wie steht es mit dem Rauschgiftteufel? Hat sich etwa jemand hier in unserem Gotteshaus dem Rauschgiftteufel ergeben?« Er machte eine dramatische Pause. »Nun, ich denke, der Rauschgiftteufel hat keine Beute gemacht unter uns. Das ist nicht das Mittel, mit dem uns Satan hier unten an der Kali Oka Road versucht.«

Ich war empört, daß er von meiner Straße sprach, als ob er hier zu Hause war. Und bei der Gelegenheit fiel mir wieder ein, daß ich heimlich lauschte und mich, wenn ich erwischt wurde, auf eine harte Strafe gefaßt machen konnte.

»Also, was haben wir noch für Sünder?« fragte der Priester. Er wippte auf den Fersen und streckte den Arm mit der Bibel aus, so daß der Goldschnitt im durch die Fenster scheinenden Licht aufglänzte.

Das junge Mädchen mit dem Tambourin kam auf ihn zu. Sie sagte etwas, das nur er hören konnte. Der Priester prallte zurück. Sein Gesicht war plötzlich kreidebleich. Er wollte sie an der Schulter berühren, doch sie wich zur Seite aus. Sie stand mit dem Gesicht zum Saal.

»Ich muß das sagen.« Sie sah sich suchend um, als ob sie nach jemandem Ausschau hielt, der anscheinend nicht da war. »Ich habe keine andere Wahl. Ich muß das sagen, damit ich meine Seele vor dem Höllenfeuer bewahren kann.«

Mitten im Raum stand der dicke Georgie auf. Er sah seine Schwester starr an, und zwischen den beiden ging eine stumme Botschaft hin und her. »Nicht, Mag, tu's nicht. Das glaubt dir ja doch kein Mensch.«

Er sprach es nicht aus, aber ich konnte es trotzdem hören. Ich spürte, was er sagte, spürte die Angst, die Qual. Dann rief er mit lauter Stimme: »Tu's nicht, Mag! Tu's nicht! Das führt doch zu nichts.«

Mag zögerte einen Moment und sah aus, als ob sie weglaufen wollte, doch sie blieb. Hinter ihr trat der Priester einen Schritt nach vorn. Er war unentschlossen gewesen, doch nun wußte er offenbar, was er zu tun hatte. Er streckte die Arme nach vorn und wollte dem Mädchen die Hände auf die Schultern legen, aber sie wich abermals zur Seite aus. Wieder begann sie zu sprechen. »Jemand hier in dieser Kirche ist vom Bösen besessen.«

Wie Flammen loderten ihre Worte im Saal auf, brachten alle Gespräche zum Verstummen und ließen jede Bewegung erstarren. In der hintersten Reihe standen zwei Männer auf und rannten nach vorn. Mag sah sie und zeigte auf sie.

»Die wollen mich zum Schweigen bringen, damit es keinen Ärger gibt, aber ich muß trotzdem sagen, was ich zu sagen habe. Reverend Marcus hat uns aufgerufen, Zeugnis abzulegen vor dem

Herrn. Er hat die Sünder aufgerufen, die Last ihres Kummers vor Gottes Altar abzuwerfen. Ich habe gesehen, wie die Gemeinde Mrs. Simms vergeben hat.« Sie lächelte bitter. »Sei's drum, ich bin hier, und ich erwarte keine Güte. Ich will nur beichten.« Sie holte Atem. »Ich habe Unzucht getrieben.«

»Nun hört euch dieses arme verirrte Lamm Gottes an.« Der Priester stand hinter ihr und schwenkte seine Bibel. »Die arme Kleine, sie weiß nicht, was sie redet.«

Georgie sprang auf und wurde wieder auf seinen Platz gezerrt. Er versuchte nochmals aufzustehen, doch der große korpulente blonde Mann neben ihm hielt ihn fest. Dann erhob der Mann sich langsam und sah das Mädchen starr an. »Magdeline Scott, runter da oben, komm hierher zu deiner Familie!«

Die Worte klangen finster wie Donnergrollen. Das Mädchen schwankte und fiel auf die Knie. Der Priester stand wie angewurzelt hinter ihr und hatte den Blick auf ihren Hinterkopf geheftet, als ob er ihr das Gehirn durchbohren wollte.

»Ich habe mich versündigt an Gott und meiner Familie.« Das Mädchen schlug die Hände vors Gesicht und fing an zu weinen. »Ich muß beichten, damit ich meine Seele rette und die Seele von ...«

Der Priester hatte die Hand auf ihrem Scheitel liegen. Er sah aus, als ob es ihm in den Fingern juckte, sie an den Haaren hochzureißen.

»Dieses arme Lamm hier ist ja hysterisch. Die Blume des Gesangs von Bruder Rueben ist ihr zu Kopfe gestiegen und hat ihren Geist verwirrt. Wir alle kennen Magdeline.« Er drehte sie zu sich herum und drückte sie mit dem Gesicht gegen sein Revers. Er hielt sie mit der rechten Hand fest und preßte sie an sich. »Magdeline Scott ist nicht die Hure Babylon.«

»Ich heiße Maggie!« rief das Mädchen. »Maggie! Nicht Magdeline, einfach Maggie!«

Ein Raunen ging durch den Saal. Es war, als ob jemand den Leuten befohlen hätte, den Atem anzuhalten, und sie nun endlich wieder ausatmen durften.

Der Priester hielt das Mädchen immer noch an den Haaren fest. »Magdeline ist ein Lamm Gottes, ein süßes Kind mit einer Stimme, die die Hand Gottes gestreift hat. Sie ist verwirrt. In ihrem Verlangen nach der Gnade unseres Herrn bildet sie sich ein, sie sei eine Sünderin. Habe ich nicht recht, Magdeline?«

Seine Finger gruben sich tiefer in ihr Haar. Das Mädchen wandte sich langsam der Gemeinde zu. Ihr Gesicht war verzerrt. »Ja, Bruder Marcus, wenn du es sagst.«

»Die arme Magdeline möchte unsere Aufmerksamkeit ein bißchen auf sich lenken. Sie steht gern im Rampenlicht, es genügt ihr nicht, daß sie so schön singen kann.«

»Der soll man mal zu Hause Aufmerksamkeit schenken«, rief eine dicke Frau aus einer der hinteren Reihen. »Wenn sie keine Hure ist, dann soll sie nicht sagen, sie ist eine. Und wenn sie lügt, dann muß sie bestraft werden.«

»Ja, es sieht ganz so aus, als ob Magdeline etwas zu büßen hat, die Sünde der Lüge. Sie hat gelogen mit dem Ziel, sich wichtig zu machen und sich in den Vordergrund zu drängen. Ich glaube, das ist eine Sünde, der wir zusammen beikommen können, Magdeline.« Der Priester ließ ihre Haare los und strich ihr sanft über den Kopf. »Und nun geh und denk nach. Und wenn du Mittag gegessen hast, kommst du in mein Arbeitszimmer, und dann werden wir uns einmal darüber unterhalten, warum du diesen Drang hast, die Aufmerksamkeit auf dich zu lenken.«

Magdeline Scott flüchtete von der kleinen Bühne. Sie rannte hinter das Klavier und verschwand im Dunkel des Korridors. Nur noch das Klatschen ihrer harten Schuhsohlen und das Schlagen einer Tür waren zu hören.

Ich hatte die ganze Zeit das Gefühl gehabt, daß mir eine riesige Hand die Luft abdrückte. Jetzt löste sich die Anspannung. Magdeline Scott. Und Georgie. Ich sah ihn durchs Fenster. Er hatte den Kopf gesenkt, und an seiner Nase hing etwas, das verdächtig nach einer Träne aussah. Die beiden Erwachsenen neben ihm, der korpulente Mann, der vorhin aufgestanden war und Magdeline zu sich gerufen hatte, und die eher dünne Frau, sahen aus wie zwei lebende Leichname. Völlig versteinert. Beide starrten ausdruckslos vor sich hin. Und die übrige Gemeinde war irgendwie ein Stück von diesen dreien abgerückt. Einsam und allein hockten sie in der Mitte der dichtbesetzten Kirchenbank.

Ein junger Mann, der ziemlich in der Mitte gesessen hatte, kam nach vorn. Er lächelte nach rechts und links, während er zur Bühne ging.

»Timothy!« begrüßte ihn der Priester freundlich.

»Die arme Kleine stellt sich hier hin und erzählt uns ausgedachte Geschichten, das hat mir fast das Herz gebrochen. Wo ich doch selbst früher so ein arger Sünder war, bevor der Herrgott meine Seele berührt hat. Das arme Ding hat ja keine Ahnung, was Sünde ist. Ich aber, das kann ich euch sagen, ich kenne die Sünde. Ich bin mit dem Teufel Hand in Hand gegangen, und ich habe die weltlichen Freuden genossen, mit denen er alle Menschen versucht.«

Er ging auf die Bühne und wandte sich der Gemeinde zu. »Wie die meisten von euch wissen, bin ich erst letzten Monat zu den Erlösern gekommen. Aus Texas. Einigen unter euch ist bekannt, wie ich es dort getrieben habe, anderen nicht. Doch Bruder Marcus war es, der mir, als er im Mai dorthin kam, einen Augenblick seines Lebens schenkte und das meine damit von Grund auf verändert hat.«

Timothy war sehr redegewandt. Anscheinend bemerkte niemand in der Gemeinde, daß Bruder Marcus in den Schatten eintauchte und verschwand. Alle lauschten gefesselt Timothys Geschichte von Sex und Drogen in Texas.

Ich hatte gesehen, wie Marcus gegangen war. Er war durch dieselbe Tür verschwunden, durch die Magdeline sich entfernt hatte. Georgie und seine Eltern saßen immer noch wie versteinert auf der Bank. Plötzlich drängte es mich, etwas zu tun, um die Kirche herumzurennen und nachzusehen, was mit dem Mädchen war. Offenbar interessierte sich ja außer Georgie kein Mensch dafür, ob es ihr gutging, und Georgie klebte an seiner Kirchenbank fest.

Ich war zur Kirche gekommen, weil ich etwas sehen wollte, und nun hatte ich weit mehr gesehen, als mir lieb war. Ich wußte, was Unzucht treiben bedeutet. Effie hatte mal davon gesprochen. Verheiratete Leute tun das, aber die sagen nicht Unzucht treiben dazu. Die nennen es Liebe machen oder ein Kind zeugen. Und bei den Teenagern heißt es ficken. Dieses Wort hatte ich nur ein einziges Mal benutzt und mir damit schweren Ärger eingehandelt. Unglaublich, stellt die sich in der Kirche hin und beichtet, sie hat gefickt. Ein

Mädchen in meinem Alter. Mir war nicht recht klar, was das alles zu bedeuten hatte.

Timothy redete immer noch, und Bruder Rueben stand jetzt ebenfalls auf der Bühne und blätterte in seinem Gesangbuch, um die nächsten Lieder auszusuchen. Auf einmal spürte ich, daß ich beobachtet wurde. Dort vorn, auf einer der vorderen Kirchenbänke, saß Greg, und er starrte direkt zu mir. Als er sah, daß ich ihn gesehen hatte, spielte ein winziges Lächeln um seine Lippen. Ich wußte genau, was er dachte – kann die uns nicht endlich in Ruhe lassen? Muß die mich herausfordern? Ich prallte zurück und drückte mich ganz dicht an die weiße Wand, und dabei war mir doch längst klar, daß es zu spät war. Greg hatte mich gesehen.

Kapitel 13

Ich preßte mich an die Holzwand und wartete, daß Greg das Alarmsignal gab. Blitzschnell zog mein ganzes Leben an mir vorüber – oder wenigstens alle Ereignisse meines Lebens, an die ich mich nicht erinnern wollte. Letzten Sommer hatte ich den Richter gegen Mama Betts' eisernen Willen überredet, sich mit mir in Jexville im Kino die »Invasion der Körperfresser« anzusehen. Fünf Jahre hatte es gedauert, bis der Film in Jexville gezeigt wurde, ich hatte also mein halbes Leben darauf gewartet, ihn zu sehen. Seitdem sagte Mama Betts immer, der Film sei schuld daran, daß ich ständig Angst hätte und immerzu bloß von Hülsenmenschen und Invasionen aus dem All reden würde.

Jetzt, wo ich schwitzend an die weiße Holzwand der Kirche gepreßt stand, erlebte ich die wahre Angst. Die Erlöser waren schlimmer als irgendwelche Außerirdischen. Wenn Greg herausschrie, daß ich sie durchs Fenster beobachtete, würden sie wie die Ameisen aus der Kirche geschossen kommen. Und dann würden sie mich schnappen und hineinschleppen, und ehe ich's mich recht versah, wäre ich eine von ihnen. Ich war starr vor Schreck. Wie gelähmt. Ich mußte auf einmal ganz dringend Pipi.

Ich hatte das Gefühl, daß ich mir auf der Stelle in die Hose mache, doch in dem Moment kam ein Stein geflogen, ganz dicht an meinem Kopf vorbei. Alice kauerte an der Böschung und winkte mich zu sich. Sie hatte schon ausgeholt, um den nächsten Stein zu werfen, falls ich nicht reagierte. Die Angststarre fiel von mir ab, und ich rannte los.

Als ich noch ungefähr zwanzig Meter bis zur Böschung hatte, hörte ich den Schrei. Dann ein flehendes »Nein! Bitte nicht!« und dann ein Weinen.

»Mein Gott, was machen die denn da?« fragte Alice.

Wie eine Wilde kam ich ans Ufer gestürzt. »Lauf!« kreischte ich. »Wir müssen hier weg, eh sie alle rauskommen.«

»Bekka! Was ist denn passiert?«

Wieder erhob sich hinter uns ein Geschrei. »Lieber Gott, mach, daß sie ihr nichts Schlimmes antun.«

»Bekka Rich, was soll dieses Geschrei, und wer weint da? Ich gehe hier nicht eher weg, als bis du mir das gesagt hast!«

»Genau der rechte Zeitpunkt, um mutig zu sein, Alice. Das ist Magdeline Scott. Sie hat gebeichtet, daß sie Unzucht getrieben hat, und jetzt schlägt sie der Priester wahrscheinlich.«

»Ach du Scheiße!«

Wir rannten zu den Fahrrädern und rasten heimwärts. Als wir etwa zwei Kilometer zurückgelegt hatten, bremste Alice plötzlich. »Wir können doch nicht einfach abhauen und zulassen, daß die sie schlagen.«

Ich hielt ebenfalls an, und als mein Fuß im heißen Sand Halt suchte, rann mir der Schweiß am Bein hinunter. »Was können wir denn dagegen tun?«

»Du warst doch so scharf drauf, Beweise zu kriegen, damit du die Polizei holen kannst. Wir gehn einfach kurz zu Connie rein und rufen sie an.«

Seit wir von der Kirche weggefahren waren, hielt ich zum erstenmal inne und dachte nach. Der Richter hatte mir beigebracht, daß man Beweise »richtig bewerten« muß. Er sagte immer, die Zeitungsreporter müßten genau Obacht geben und alles richtig bewerten, was sie selbst gesehen oder von den Augenzeugen gehört haben.

»Eigentlich hab ich ja gar nicht richtig was gesehn.« Ich zog mit dem Finger die Schweißspur nach, die sich an meinem schmutzigen Bein entlangzog. Ich schämte mich. Anstatt dazubleiben und genau Obacht zu geben, war ich einfach abgehauen. Na schön, Greg hatte mich gesehen, und weiter? Die Erlöser waren schließlich keine Außerirdischen. Die hätten mir schon nichts getan. Kann sein, daß sie wütend gewesen wären und Effie angerufen hätten, aber mißhandelt hätten die mich bestimmt nicht. Doch dieses Mädchen, diese Magdeline Scott, die hatten sie mißhandelt.

»Wenn sie sie schlagen, das reicht doch als Beweis«, sagte Alice und wischte sich den Schweiß unter den blonden Ponyfransen ab.

»Sie sagt, sie hat Unzucht getrieben.«

»Mit wem?«

»Das hat sie nicht gesagt. Sie ist einfach nach vorn gegangen und hat zugegeben, daß sie Unzucht getrieben hat. Als ob sie sagen würde, sie hat Feigenplätzchen gegessen.« Ich war immer noch ganz baff.

»Libby Welford treibt Unzucht.«

Ich guckte Alice scharf an. »Woher weißt du das?«

»Ich habe einen großen Bruder, falls du dich erinnerst.«

»Willst du sagen, Jimbo und Libby haben zusammen gefickt?«

»Nein!« rief Alice empört. »Doch nicht Jimbo, der hat sie nicht gefickt. Harley Adams, der Sohn vom Bürgermeister, der war's. Aber Harley hat es allen erzählt, daß er's mit ihr gemacht hat. Und zu Jimbo hat er gesagt, sie war echt gut im Bett. Und sie hat genau gewußt, was sie tun muß, um ihn zum Mann zu machen.«

Daß Libby es mit Harley getrieben hatte, konnte ich mir schon eher vorstellen. Libby vergeudete ihre Zeit schließlich nicht mit Jungs, die es nicht wert waren. Jimbo hatte weder Geld noch ein Auto. Harley dagegen hatte beides. So was überlegte sich Libby.

»Also, was wirst du tun?«

Alices Frage hing in der Luft. Was würde ich tun? Was konnte ich tun? Wenn sie Magdeline Scott schlagen wollten, dann waren sie schon dabei. Ich hatte nichts gesehen, jedenfalls nicht richtig. »Komm, wir fahren in den Wald. Wir müssen uns ein bißchen waschen und unsere Kleider wieder anziehen.«

»Und dann tun wir so, als ob wir in der Kirche gewesen sind, nicht wahr? Und um die Erlöser kümmern wir uns nicht mehr.«

Das hörte sich fast wie ein Vorwurf an, aber nur fast. Vielleicht empfand ich es bloß so, weil ich so ein furchtbar schlechtes Gewissen hatte. »Doch, wenn ich aus Missouri zurück bin. Bis dahin hab ich mir was überlegt. Ich rede mit Daddy.«

»Wann kommst du eigentlich wieder?«

»Sonntag. Ich bleibe eine Woche.«

»Du wirst mir fehlen. Natürlich kann bis dahin das Mädchen tot sein.«

Ich umklammerte meinen Lenker. »Wenn du doch bloß mitkommen könntest, Alice. Ich hab gar keine Lust zu fliegen.« Das war gelogen. Ich hatte sehr wohl Lust, aber ich wollte Alice nicht noch Salz in die Wunden streuen.

»Ich bleib mit Maebelle V. hier und warte auf dich.« Sie seufzte, und dann fuhren wir los. »Wir bleiben hier an der Kali Oka Road, wo es immer stinklangweilig ist, wenn du nicht da bist.«

Missouri war ein anderes Land. Vor dem Horizont türmten sich Berge auf, und die Universität war wie eine Stadt, in der nur Erwachsene lebten. Ich kam mir vor wie Däumelinchen, und der Richter war irgendwie so still. Am Dienstag nach dem Frühstück ging ich mit ihm in die Universität. Den Vormittag über durfte ich im Hörsaal bleiben und mir seine Vorlesung anhören. Das war ein bißchen wie in der Schule. Bloß daß die Schüler Erwachsene waren, die ruhig dasaßen und Fragen stellten, als ob sie das alles wirklich interessierte. Das erinnerte mich an die Tischgespräche manchmal bei uns zu Hause, der Unterschied war allerdings, daß es hier niemanden gab, der Daddy widersprach, wie Effie es immer tat. Ich verstand nicht recht, warum diese Studenten überhaupt reden mußten, wenn sie eh nur widerkäuten, was er gesagt hatte. Die eine, ein Mädchen mit langen blonden Haaren, hing regelrecht an seinen Lippen. Nach der Vorlesung unterhielt sie sich noch mit ihm. Und dabei sah sie mich die ganze Zeit an, als ob sie wußte, wer ich war.

»Bekka, das ist Cathi Cummings. Sie ist eine graduierte Studentin und kommt aus Hushpuckena, Mississippi.« Der Ortsname gefiel Daddy, das merkte ich daran, wie er ihn aussprach. Er hatte eine Schwäche für die alten indianischen Namen, die manche Kleinstädte bei uns im Staat hatten. Bei näherem Hinsehen merkte ich, daß das Mädchen eigentlich gar kein Mädchen war, sondern eine junge Frau. Durch die langen blonden Haare hatte sie von weitem jünger ausgesehen. Ich wußte, daß die Graduierten älter waren als die regulären Collegestudenten. Sie war auch anders angezogen und trug nicht, wie die meisten anderen Studenten, Jeans, sondern hatte ein richtiges Kostüm mit einem kurzen Rock an. Sie sah aus, als ob sie gar nicht mehr zur Uni ging, sondern schon einen Job hatte.

»Cathi hat Journalistik studiert und ihr Examen mit Auszeichnung bestanden. Sie hat ein paar Jahre bei der Washington Post gearbeitet und sich dann entschlossen, noch ihren M.A. zu machen.«

Daddy sah Cathi an, während er sprach. Schwer zu sagen, was er dachte, aber man konnte sehen, daß seine Worte ihr gefielen. Die ganze Sache paßte mir nicht. Ich hatte fast das Gefühl, daß diese Frau sich irgendwie in mein Leben drängen wollte.

»Und wie ist Hushpuckena so?« Im Grunde hatte ich gar keine Lust, mich mit ihr zu unterhalten, aber irgendwas mußte ich sagen, sonst wäre Daddy von mir enttäuscht gewesen.

»Auch nicht viel größer als Jexville«, antwortete Cathi. Ihr Dialekt war anders als meiner. Er kam mir bekannt vor, aber richtig orten konnte ich ihn nicht. Vielleicht war ich einfach froh, nach dem ganzen mittelwestlichen Geleiere mal wieder einen Tonfall zu hören, den ich kannte.

»Ich hab Cathi ein bißchen von Jexville und dem Ollie-Stanford-Fall erzählt.«

Ollie Stanford war der Neger, den sie in Jexville wegen Mordes eingesperrt hatten. Ich war nicht extra nach Missouri gekommen, um weiter über diese Geschichte zu reden, die schon daheim dauernd das Thema Nummer eins war. »Sind Sie verheiratet?« fragte ich Cathi Cummings.

»Ja, das bin ich«, erwiderte sie und lachte kurz auf. »Mein Mann findet es allerdings eher überflüssig, daß ich noch mal studiere.«

Ich war überrascht. Sie hatte so einen scharfen Ton, und mir wurde schlagartig klar, daß sie es ernst meinte. Sie war wütend auf ihren Mann, weil er wütend auf sie war.

»Ist der auch Student?«

»Wo denkst du hin?« Sie sah Daddy an. »Mein Mann ist Redakteur bei der Washington Post. Der hat ausgesorgt.«

Daddy lachte, und ich verstand nicht richtig, wie sie das meinte, aber es hörte sich so komisch an, daß ich auch lachen mußte.

»Wenn dein Vater von dir erzählt, Bekka, dann muß ich jedesmal an meine eigene Kindheit denken. Ich hatte einen großen Bruder, der mich andauernd geärgert hat, und ich hab mich immer auf alle möglichen Abenteuer eingelassen. Dein Vater sagt, daß du Pferde magst. Vielleicht können wir diese Woche mal zusammen reiten gehen.«

Cathis Augen waren wirklich hübsch. Sie waren grün, und wenn sie lächelte, bildeten sich ringsherum lauter kleine Fältchen. Die meisten Studenten des Richters hatten sich nicht einmal die Mühe gemacht, mir guten Tag zu sagen. Sie hingegen legte sich mächtig ins Zeug, um meine Sympathie zu gewinnen, aber ich begriff nicht recht, warum sie das tat.

»Ich weiß nicht«, sagte ich leise. Ich hatte plötzlich das Gefühl, daß Effie sich durch meine Reiterei doppelt betrogen fühlen müßte, besonders, wenn ich mit dieser Frau reiten ging.

Cathi strich mir über die Schulter. »Überleg's dir. Ich hab deinem Vater versprochen, daß ich was mit dir unternehme, wenn er arbeiten muß. Zur Belohnung krieg ich eine Eins, hat er gesagt.« Sie sah den Richter an und lachte, und er lachte mit. Die beiden waren Freunde, und diese Cathi schien wirklich eine lustige Person zu sein. Und das mit dem Reiten, das war in der Tat sehr verführerisch.

»In der Kali Oka Road wohnt neuerdings eine Frau, die Pferde hat. Sie will mir Reitstunden geben und mir beibringen, wie man springt.« Ich warf dem Richter einen Blick zu.

»Bekkas Mutter hat Angst vor Pferden. Sie denkt, die bringen Rebekka um. Meine Tochter hat immer die Taktik, mich als Puffer zu benutzen.«

»Wenn sie richtig reiten lernt, dann tun die Pferde ihr auch nichts«, sagte Cathi. »Reitstunden nehmen ist das beste, was sie machen kann, vorausgesetzt, die Frau hat wirklich Ahnung. Ich kann doch mal mit ihr reiten gehen und sehen, wie sie sich macht.«

»Nadine hat neun Pferde«, fügte ich rasch hinzu. Ich konnte nichts dagegen tun, daß mir Cathi gefiel. »Und fünf Hunde und dreizehn Katzen.«

»Das scheint ja ein richtiges Tierheim zu sein«, sagte Daddy. »Was haltet ihr denn davon, wenn wir jetzt Mittag essen gehen? Kommst du mit, Cathi?«

Ich war mir nicht sicher, ob ich Cathi mit dabeihaben wollte, aber es war zu spät zum Protestieren. »Gibt's hier in der Nähe ein McDonald's?«

McDonald's war für mich das Tollste überhaupt. Jexville hatte keins und würde vermutlich auch nie eins kriegen. In Mobile war gerade eins gebaut worden; dort hatten sie in den ersten paar Monaten schon über eine Million Hamburger verkauft. Jedenfalls stand das auf dem Schild neben dem Eingang mit dem goldenen M. Wir fuhren nicht oft nach Mobile, weil Effie den Verkehr haßte und Mama Betts immer sagte, sie hätte dort nichts verloren. Aber Arly und ich, wir fühlten uns da sauwohl. Da gab es Kaufhäuser und Drive-ins, wo man Burger essen konnte, Autokinos und Motorradläden.

»Ein paar Straßen weiter ist ein Lokal, die machen guten Rosinenkuchen und ausgezeichnete Burger«, sagte Cathi. »Ein richtiges McDonald's ist das zwar nicht, aber …«

»Na, ein Glück«, murmelte Daddy.

»… aber es wird dir bestimmt gefallen. Die haben den besten Schokoladenkuchen der Welt.«

»Und Pommes?«

»Ganz knusprige.« Cathi lachte. »Dein Vater ist ein alter Mann. Der hat vergessen, wie wichtig ein guter Burger im Leben eines Mädchens sein kann.«

Wir aßen Burger und unterhielten uns. Cathi erzählte mir, daß mein Vater ein Genie sei und die Universität ihn gern für immer einstellen wollte. Daddy sagte wenig. Er beobachtete mich. Ich sagte gar nichts. Ich fragte mich die ganze Zeit bloß, wie Effie wohl auf das alles reagieren würde. Cathi und ich verabredeten uns, am nächsten Nachmittag, wenn Daddy zur Fakultätssitzung mußte, reiten zu gehen. Cathi hatte viel Freizeit, weil sie neben dem Studium nicht jobben mußte. Ihr Mann fand es zwar nicht gut, daß sie hier war, hatte sich aber trotzdem dazu durchgerungen, ihr das Studium zu bezahlen.

Die Tage in Missouri vergingen wie im Fluge. Dreimal ging Cathi mit mir reiten. Sie war eine sehr gute Reiterin, von der ich viel lernen konnte. Wir freundeten uns an, obwohl wir beide etwas auf Distanz blieben. Ich wußte nicht genau, warum das so war, und ich dachte auch nicht allzuviel darüber nach. Wir gingen halt zusammen reiten und hielten ansonsten ein bißchen Abstand.

Cathi aß mehrmals mit uns zu Abend, und danach spielten wir Karten und hatten immer viel zu lachen. Sie gab sich alle Mühe, mir den Aufenthalt angenehm und spannend zu gestalten, aber irgendwie kam ich mir dadurch wie ein Gast vor. Und Daddy konnte noch soviel mit uns lachen und Spaß machen, ich spürte trotzdem, daß er traurig war. Manchmal ertappte ich ihn dabei, daß er mich anstarrte, und dann war mir so, als ob er sich von mir verabschieden wollte, weil er auf eine lange Reise ging. Wenn er merkte, daß ich ihn beobachtete, lächelte er und versuchte sich ganz normal zu benehmen. Aber das machte mir bloß noch mehr angst.

Am wohlsten fühlte er sich anscheinend an der Universität. Die Studenten dort lächelten alle, wenn sie mit ihm sprachen. Ein paar von ihnen schwärmten mir vor, was für ein wunderbarer Mensch er doch sei. Sie sagten, er sei streng und mitunter auch schwierig, aber stets gerecht. Es war ihnen offenbar wichtig, mir das zu sagen.

Ich mochte die Studenten. Sie waren ganz anders als die Kids bei uns auf der Chickasaw County High School. Diese Jungen und Mädchen hier gingen freundschaftlich miteinander um. Sie verkrochen sich nicht in irgendwelchen Ecken und knutschten und küßten sich ab und kicherten rum. Und wenn doch, dann nicht so, daß die anderen es merkten, versicherte mir Cathi. Die Studenten seien Idealisten, sagte sie, aber auch die größten Idealisten hätten einen Körper, und junge Menschen würden nun einmal gern knutschen und sich küssen und kichern. Auch mir würde das eines Tages Spaß machen, sagte sie, und da mußte ich an Jamey Louise denken und schwor mir heimlich, daß ich mich niemals wegen eines Jungen so bescheuert benehmen wollte.

Am Abend vor meiner Abreise sagte ich Daddy, daß ich mit ihm reden wollte. Ich hatte die ganze Woche über immer wieder an die Erlöser denken müssen, vor allem an das Mädchen, das Unzucht getrieben hatte. Ich hatte Alice mehr oder minder versprochen, daß ich, wenn ich wiederkam, eine Lösung parat hätte, und bis jetzt war mir absolut nichts eingefallen. Höchste Zeit, daß ich Daddy um Rat fragte.

Nachdem wir ausnahmsweise ohne Cathi Abendbrot gegessen hatten, ging ich in sein Arbeitszimmer und wartete auf ihn. Das

Haus, das die Universität ihm zur Verfügung gestellt hatte, war klein, aber gemütlich. Es gab zwei Schlaf-, ein Arbeits- und ein Kaminzimmer. Er hatte mir schon gesagt, daß er auch günstig ein größeres Haus mieten könne, falls wir alle zusammen nach Missouri ziehen würden. Auf seinem Schreibtisch stand ein Bild von Effie, Arly und mir, das ich mir ansah, während ich auf ihn wartete. Es war an Halloween aufgenommen worden, und wir waren alle verkleidet: Effie als ganz gruselige Hexe, ich als Kobold und Arly als Teufel. »Eine richtige Bilderbuchfamilie«, hatte Daddy gesagt, als er uns so geknipst hatte. Er selbst war nicht verkleidet gewesen.

Als er ins Zimmer trat, stellte ich das Bild wieder hin. »Egal, was du denkst, um die Familie mußt du dir keine Sorgen machen. Du weißt, daß ich euch mehr liebe als irgend etwas auf der Welt. Ich werde alles tun, damit wir wieder zusammensein können.«

Diese Worte machten mir wahnsinnige Angst. Ich wußte, daß er und Effie sich gezankt hatten, aber mir war nicht klar gewesen, daß sie tatsächlich darüber geredet hatten, nicht mehr zusammenzusein.

»Nach dieser Woche mit dir, Bekka, weiß ich, daß ich meine Kinder niemals verlassen könnte. Oder meine Frau.« Er lächelte. »Es war sehr klug von deiner Großmutter, dich herzuschicken.«

»Arly wäre auch gern mitgekommen.«

»Wenn sie Arly geschickt hätte, wäre meine Entscheidung vielleicht anders ausgefallen.«

»Daddy!« Ich warf mich in seine Arme, und er hielt mich ganz fest.

»Ich liebe dich, mein kleines Mädchen. Viel mehr, als du dir vorstellen kannst.«

Ich fühlte mich so unendlich geborgen in seiner Umarmung, daß ich ihn am liebsten nie wieder losgelassen hätte. Es war mir egal, daß Mama Betts mich dazu benutzt hatte, ihn zu beeinflussen. Wichtig war einzig und allein, daß zwischen Daddy und Mama alles wieder gut wurde.

»Wann kommst du heim?«

»Wenn das Sommersemester zu Ende ist. Im August.«

»Bis dahin ist der Sommer vorbei.«

»Vielleicht fahren wir im Herbst in Urlaub. Ich dachte an den Grand Canyon. Was hältst du davon?«

»Ich würde lieber den Sommer über Reitstunden nehmen.«

Er lachte zu meiner Überraschung. »Deine Großmutter sagt, diese Dickköpfigkeit hast du von mir. Aber ich glaube, das kommt von der mütterlichen Linie. Oder vielleicht ist es einfach eine typisch weibliche Eigenschaft.«

»Daddy, Nadine ist eine wunderbare Reiterin. Ich möchte reiten lernen, und sie gibt mir Unterricht, wenn ich dafür im Stall arbeite. Ich muß es diesen Sommer machen, sonst fängt die Schule wieder an, und dann ist keine Zeit mehr.«

»Ich werde mit deiner Mutter reden, Rebekka. Mehr kann ich dir aber nicht versprechen.«

Für den Augenblick war mir das genug. Schließlich mußte ich ja auch noch mit ihm über die Erlöser sprechen. »Weißt du noch, Daddy, du hast mal gesagt, wenn jemand ein Unrecht begeht, dann ist es meine Pflicht, dieses Unrecht zu melden.«

»Was hast du denn getan, Bekka?«

»Ich bin zu dieser Kirche gegangen und hab spioniert. Letzten Sonntag war das, und da hab ich gehört, wie ein Mädchen in meinem Alter gebeichtet hat, sie hätte Unzucht begangen, und ich glaube, sie haben sie geschlagen.«

»Hast du gesehen, daß man sie geschlagen hat?«

»Ich hab Angst gekriegt und bin weggerannt, aber ich hab sie schreien hören. Und betteln. Alice hat es auch gehört.«

»Da hast du dir die Mühe gemacht, spionieren zu gehen, und dann hast du nichts gesehen?« Daddy hatte wie kein anderer die Gabe, mich dazu zu bringen, daß ich mich schämte. Bei Effie und Mama Betts war es eher so, daß ich das, was ich angestellt hatte, hinterher bereute, bei Daddy aber habe ich mich jedesmal furchtbar geschämt.

»Du hast ja keine Ahnung, wie die sind, diese Leute. Die haben Greg geschlagen, den Jungen aus ihrer Gemeinde.«

»In der Kirche? Weißt du das hundertprozentig?«

»Nein.« Ich schüttelte den Kopf. »Seine Eltern, glaube ich. Es war wegen seines Hemds.«

»Wegen des Hemds, das du ihm weggenommen hattest?«

Ich sah zu ihm hoch. Er hatte mit Mama Betts geredet. »Ja, deswegen.«

»Und was soll nun deiner Meinung nach passieren?«

»Daddy, die Jungs haben gesagt, es war der Priester, der hat das Mädchen angefaßt. Sie sagen – « Ich hielt inne.

Der Richter hatte auf einmal einen ganz grimmigen Gesichtsausdruck. »Über so etwas hast du dich mit diesen Jungen unterhalten?«

»Nein, wo denkst du hin! Ich hab sie belauscht.« Daddy hatte anscheinend gedacht, ich hätte den Verstand verloren, daß ich mich mit Jungs über Unzucht und Anfassen unterhalte.

»Bekka, wegen der Pferde werde ich mit deiner Mutter reden, aber das eine sage ich dir: Laß endlich diese Leute in Ruhe. Wenn ich wieder zu Hause bin und sie sind noch nicht weg, dann sehe ich sie mir mal genauer an. Sie haben ein Recht darauf, ihrem Glauben nachzugehen, und sie haben auch ein Recht auf ihre Privatsphäre, jedenfalls so lange, wie sie damit niemandem schaden.«

»Und was ist mit dem Mädchen? Der schaden sie doch anscheinend.«

»Ich werde dafür sorgen, daß jemand der Sache nachgeht. Das verspreche ich dir. Aber du bleibst da weg!«

Der Richter war wütend, aber ich wußte nicht recht, ob das an mir lag oder an den Erlösern. Ich wußte bloß das eine: Für ihn war der Fall erledigt. Er war ans Fenster gegangen. Er starrte nach draußen in die hereinbrechende Nacht.

»In Missouri sind die Sterne nicht so hell«, sagte er.

»Hier ist auch mehr Licht als in der Kali Oka Road. Du hast selbst mal gesagt, die Lichter nehmen dem nächtlichen Himmel etwas von seiner Pracht.«

»Da warst du doch erst sechs, als ich das gesagt habe. Du hast ein sehr gutes Gedächtnis.« Als er sich wieder zu mir umdrehte, lächelte er.

»Ich bin doch auch frühreif, weißt du nicht mehr?«

Er lachte auf. »Du bist eingebildet.«

»Mama sagt, ich bin genau wie du.«

»Deine Mutter ist eine ganz Schlimme. Wenn sie diese Behauptung schwarz auf weiß drucken ließe, das wäre Grund genug für eine Verleumdungsklage.«

»Sie sagt, den Prozeß würdest du garantiert nicht gewinnen, weil sie die Wahrheit auf ihrer Seite hat.« Wir mußten beide lachen. Daddy kam zu mir und drückte mich fest an sich. »Ich möchte nicht, daß du nach Hause fährst, Bekka. Willst du nicht einfach den Sommer über hier bei mir bleiben?«

»Aber Daddy. Ich muß doch zurück in die Kali Oka Road.«

Jetzt klang sein Lachen wieder traurig. »Was hat diese Straße bloß an sich, daß sich die Frauen in meinem Leben nicht von ihr trennen können?«

Kapitel 14

Mrs. Welford und Jamey Louise holten mich in Mobile am Flughafen ab. Ich war alles andere als angenehm überrascht, als ich Jamey Louise entdeckte, die mir zuwinkte wie einer nahen Verwandten. Ich tat so, als ob ich sie nicht gesehen hätte, aber sie kam kreischend über den Asphalt gerannt, um mich unten an der Gangway in Empfang zu nehmen. Sie stank nach Soir de Paris und hatte sich die Lippen silbrig-rosa angemalt, wodurch der Rest ihres Gesichts aussah, als würde sie an Blutarmut leiden. Jamey Louise bestand darauf, daß ich zu ihr auf den Rücksitz kam, damit sie mit mir tuscheln und mir alles erzählen konnte, was während meiner einwöchigen Abwesenheit in der Kali Oka Road passiert war.

Genüßlich berichtete sie mir davon, daß Alice letzten Donnerstagnachmittag bei den Waltmans im Vorgarten von ihrer Mutter eine gelangt gekriegt hatte, gerade als die Welfords dort vorbeifuhren. Auch Arly hatte sich Ärger eingehandelt, was in meinen Augen nichts Besonderes war. Jamey Louise kannte die Geschichte zwar nicht in allen Einzelheiten, hatte aber gehört, er habe in einer Nische in einem Drugstore in Jexville ein Mädchen geküßt. Der alte Mr. Hartz, der Apotheker, hatte ihn dabei beobachtet und Effie angerufen.

Addy hatte einen neuen Kater geschenkt bekommen, einen ganz jungen. Vor lauter Angst, daß jemand ihm etwas tun könnte, ließ sie ihn nie raus. Diesmal war es kein graugetigerter, sondern ein rotgestromter. Bei Carrie waren die Pflaumen reif, und jeder in der Nachbarschaft hatte sich mindestens einen Eimer für Pflaumengelee gepflückt. Die Spooners hatten ein neues Auto, einen 62er Chevrolet, rot mit weißen Sitzen.

Ich hörte zu und wartete darauf, daß sie eine Atempause machte und ich sie fragen konnte, wo Effie und Mama Betts waren. Ich hatte mich darauf gefreut, die beiden am Flughafen zu sehen. Irgendwie hatte ich, ehrlich gesagt, Heimweh nach ihnen gehabt. Es war das erste Mal, daß ich ohne Effie verreist war. Als ich abfuhr, war sie böse auf mich gewesen. Aber trotzdem hatte sie mich zum Flugplatz gebracht und mir mit zusammengepreßten Lippen nachgeschaut, als ich durch die Tür ging, die nach draußen zu der Maschine führte. Immer wieder hatte sie gesagt, sie fühlt sich von mir verraten, weil ich nach Missouri fahren will. Sie hatte so getan, als ob mich jemand vor die Wahl gestellt hätte, Daddy zu besuchen oder bei ihr in der Kali Oka zu bleiben, und ich mich für Daddy entschieden hätte. Aber sie konnte noch so wütend sein, vom Flughafen hätte sie mich trotzdem abgeholt. Ich spürte ein Angstkribbeln im Bauch. Es mußte irgend etwas Schlimmes passiert sein.

»Warum sind Mama und Mama Betts mich nicht abholen gekommen?« fragte ich Emily, als Jamey Louise endlich einmal still war.

Emily tat so, als ob sie meine Frage überhört hätte, aber Jamey Louise platzte sofort heraus: »Wegen dem Nigger, der im Knast sitzt. Gestern nacht wollte einer ins Gefängnis einbrechen und ihn aufhängen. Deine Mama ist runter nach Jexville und hält Wache.«

Aus der Art, wie sie das sagte, war mir klar, daß die ganze Familie Welford Effies Verhalten mißbilligte. Jamey Louise hatte nur nachgeplappert, was sie am Mittagstisch gehört hatte.

»Warum wollten sie ihn denn aufhängen? Er hat doch noch gar keinen Prozeß gehabt.«

»Wozu denn erst noch einen Prozeß?« sagte Jamey Louise und schob ein bißchen das Kinn nach vorn. »Der ist schuldig. Das streitet er ja gar nicht ab. Er hat selber gesagt, er hat Mr. Fallon getötet.«

»Aber Mr. Fallon hat seinen Bruder umgebracht.«

»Ja, aber das war doch bloß ein Nigger. Das zählt nicht.«

Vielleicht lag es daran, wie sie das sagte, jedenfalls hatte ich plötzlich begriffen, daß Effie vor dem Gefängnis war, um einen Neger zu beschützen, den sie nicht einmal kannte. Die Leute in Jexville und Umgebung dachten alle so wie Jamey Louise. Alle fanden, daß dieser Ollie Stanford ohne Grund einen Weißen getötet hatte. Wenn es nach denen ging, gab es für einen Nigger überhaupt keine Gründe, sich zu wehren. Die konnten sich gegenseitig umbringen, aber sich gegen einen Weißen wehren, das durften sie nicht. Das war ein Gesetz, ein ungeschriebenes, aber sehr reales Gesetz.

»Bringt mich zum Gefängnis.«

»Deine Großmutter hat gesagt, wir sollen dich sofort nach Hause fahren«, erwiderte Emily Welford leicht gereizt.

»Ich will aber zu meiner Mutter.« Die Angst war schuld, daß ich das in einem ungewollt scharfen Ton sagte.

»Wie redest du denn mit meiner Mama, du hochnäsiges Luder?« fuhr Jamey Louise mich an. »Uns kannst du nicht so rumkommandieren wie Alice und die andern.«

»Mrs. Welford, ich hab das Gefühl, daß Effie meine Hilfe braucht. Ist sie allein dort unten?«

»Ich weiß nicht«, räumte Emily ein. »Es gibt nicht viele, die ihre Meinung teilen. Jedenfalls unter den Weißen. Und die Schwarzen haben zuviel Angst, um sich vors Gefängnis zu stellen.« Sie schaute nervös in den Rückspiegel, und unsere Blicke begegneten sich. Emily Welford würde niemals öffentlich zugeben, daß sie derselben Auffassung war wie Effie, nicht, wenn es um einen Schwarzen ging. Aber sie spürte irgend etwas, und das spiegelte sich in ihren Augen. Sie machte mir angst.

»Was ist los?«

»Ich hab gehört, vor dem Gefängnis soll sich eine Menschenmenge versammelt haben. Joe Wickham hat bei Effie angerufen und gesagt, die Leute haben getrunken und werden ausfällig. Und da hat deine Mama mit ein paar Anwälten in Hattiesburg telefoniert, aber die hatten keine Zeit, gleich nach Jexville zu kommen. Darum ist sie allein runter. Sie hatte Angst, daß die Leute gewalttätig werden. Das wollte sie verhindern.«

»Sie ganz allein?«

Emily nickte.

Mama war allein. Ich hatte in meinem ganzen Leben noch nie Angst vor den Menschen aus Jexville und Umgebung gehabt. Zwar hatte es immer mal Streit und Raufereien gegeben, aber bis in die Kali Oka Road war davon nie etwas vorgedrungen. Mit den Leuten dort war ich aufgewachsen oder kannte sie zumindest dem Namen nach, und jetzt hatte ich Angst um Effie. Indem sie zum Gefängnis gefahren war, hatte sie eine unsichtbare Grenze überschritten.

»Bringen Sie mich zu ihr. Wenn es Ärger gibt, fahren wir beide mit Ihnen nach Hause.«

»Ich weiß nicht, Bekka, deine Großmutter hat gesagt –« Mrs. Welford, wenn Mama etwas passiert, sind Sie schuld.«

Jamey Louise schnappte vor Empörung nach Luft. »Nun hör sich einer diesen Unsinn an! Sie ganz allein ist schuld. Es hat sie doch keiner gebeten, da hinzugehen. Kein Mensch ...«

»Würdest du bitte den Mund halten, Jamey Louise!« Ich war starr vor Angst. Der alte Plymouth der Welfords holperte in Richtung Chickasaw County.

»Also gut«, sagte Emily langsam. »Wir fahren am Gefängnis vorbei und gucken nach, ob mit deiner Mutter alles in Ordnung ist. Und dann sehen wir weiter. Wenn es gefährlich aussieht, halte ich nicht an. Deine Mutter ist erwachsen. Außerdem ist der Sheriff bei ihr. Es wird schon nichts passieren.«

»Es ist schon was passiert«, flüsterte ich. Ich fühlte es. Ich konnte es nicht benennen, nicht richtig. Aber in einer einzigen Woche hatte sich etwas sehr Wichtiges verändert. »Schnell, Mrs. Welford, bitte.«

Es waren nur noch zwanzig Minuten bis zur Stadt, aber ich hatte das Gefühl, daß meine Augen völlig ausgetrocknet waren. Ich konnte nicht einmal mehr zwinkern. Die weiße Linie verschwand unterm Bug des Wagens, und die Räder surrten. Kiefern sausten vorbei, gefolgt von roten Seitenwegen, die in den Wald führten. Wieder Kiefern. Ein paar Felder. Hier und da ein Haus. Die Vorstadt von Jexville. Die Luft im Wagen war zum Schneiden. Meine Finger umklammerten die Rückenlehne des Fahrersitzes und drückten die Plastikbläschen an den Schonbezügen ein, bis sie gar nicht mehr hochkamen. Ich sah Solomans Schrottplatz, der die östliche Stadtgrenze markierte, ein hübsches Haus und ringsherum Autowracks. Dann das Häuschen direkt unterhalb des Hügels, wo eine Schulfreundin von Effie wohnte, die von ihrem Mann immer mit einer Hundekette verprügelt wurde. Ich kannte nicht die ganze Geschichte, aber ich hatte Mama Betts und Effie darüber tuscheln hören.

Oben auf dem Hügel lag das Stadtzentrum mit seinen alten Geschäften. Früher hatten dort riesige Eichen die Hauptstraße überschattet, aber die Elektrizitätsgesellschaft hatte sie alle abholzen lassen. Jetzt gab es nur noch eine baumlose, häßliche Ladenzeile, etwa eine halbe Meile lang, die massenhaft Farbe und Geld verschlang. Ich kannte jedes Geschäft in der Straße. Arly und ich konnten überall hineingehen und irgendwas bestellen, wir brauchten nur die Namen unserer Eltern zu nennen. Meistens machte es mir Spaß, in Jexville einkaufen zu gehen, jetzt aber hatte ich keine Augen für die Shorts im Schaufenster von Dale. Auch in die dunkle Ecke, wo der Drugstore war, der Eis und Comics verhieß, zog es mich nicht. Ich wollte zu meiner Mama. Ich wollte zu Effie, wollte, daß sie mir die Hand auf die Schulter legte oder mich am Zopf zog.

An der zweiten Ampel bog Emily links ab und fuhr die zwei Blocks bis zum County-Gefängnis. Der alte rote Klinkerkasten war von einem dreieinhalb Meter hohen Gitterzaun mit Stacheldrahtkrone umgeben. Auf dem Hof standen Männer mit Gewehren vor der Brust, und ich wußte, es sah nicht gut aus.

Vor dem Ostflügel des Gefängnisses hatte sich eine Menschenmenge versammelt. Die Leute, größtenteils Männer, aber hier und da auch ein paar Frauen und eine Handvoll Kinder, gingen auf und ab und unterhielten sich. Weit und breit kein einziger Schwarzer.

Niemand tat etwas. Alles starrte einfach bloß zu dem baufälligen alten Gefängnis hinüber, einem zweistöckigen Gebäude, in dem es normalerweise geradezu familiär zuging. Die verurteilten Verbrecher erklärten sich einverstanden, ihre Zeit hier abzusitzen, damit sie nicht ins Zentralgefängnis nach Parchman verlegt wurden. Besonders sicher war der Knast in Jexville nicht, immer wieder kam es vor, daß die Sträflinge zum Straßenkehren eingesetzt wurden oder bis zum Café gehen durften, wo sie an der Küchentür ihr zweites Frühstück ausgehändigt kriegten. Rund fünfmal im Jahr knotete einer von ihnen seine Bettlaken zusammen und flüchtete aus einem Zellenfenster im zweiten Stock. Da die meisten bloß wegen Einbruchs oder Trunkenheit in der Öffentlichkeit einsaßen, regte sich niemand groß darüber auf. In der Regel wartete Joe Wickham einfach, bis der jeweilige Ausbrecher seine Erledigungen hinter sich gebracht hatte und freiwillig ins Gefängnis zurückkehrte.

Ich faßte die Menschenmenge ins Auge und überlegte, wie ein Gefängnis, das nicht ausbruchsicher war, einbruchsicher sein sollte. Von weitem und mit dem Hof dazwischen sah die Sache gar nicht so schlimm aus, doch die Menge hatte etwas Bedrohliches an sich – wie ein Topf, der jeden Moment überkochen konnte. Und wenn das passierte, dann gab es kein Halten mehr, dann wurde es wirklich gefährlich.

Emily Welford nahm den Fuß vom Gas. Ein paar Männer liefen direkt vor dem Wagen über die Straße und taten so, als ob die Fahrbahn ihnen gehörte und Emily kein Recht hätte, hier zu sein. Emily fügte sich. Sie fuhr nur noch im Schrittempo. Das war meine Chance. Ich riß die hintere Tür auf, sprang hinaus und rannte zum Gerichtsgebäude. Ich wußte, wo Joe Wickhams Büro war, und hoffte, daß ich Effie dort fand, denn draußen hatte ich sie nicht gesehen, und in der Menge konnte sie nicht sein.

Im Gerichtsgebäude selbst war alles ruhig. Ich stieß die schwere Holztür zum Büro des Sheriffs einen Spaltbreit auf und schlüpfte hinein. Ich war schon ein paarmal mit Daddy und Mama hier gewesen. Normalerweise saßen die Männer gemütlich in ihren Sesseln und telefonierten oder erzählten sich Witze. An sich hatten wir nur einen Sheriff und einen Hilfssheriff, aber es waren immer ein paar freiwillige Polizisten da - Männer, denen es Spaß machte, sich als Gesetzeshüter zu betätigen. Im Grunde seien das Raufbolde und Schlägertypen, hatte Daddy mal zu mir gesagt. Ich hatte zwar nicht richtig verstanden, wie er das gemeint hatte, aber ich hatte gespürt, daß er sich vor ihnen in acht nahm. Außer Mr. Wickham konnte er diese Polizisten alle nicht leiden, ritt aber trotzdem ständig darauf herum, daß sie besser bezahlt werden müßten. Daddy tat vieles, was ich nicht verstand, aber als ich jetzt zu dem hölzernen Schaltertisch ging, hätte ich sonstwas darum gegeben, wenn er bei mir gewesen wäre.

»Wo ist Effie Rich?« fragte ich. Ich war gerade groß genug, um über den Schaltertisch gucken zu können, und sah die Blicke, die die Männer wechselten. Zwei Freiwillige und der Hilfssheriff saßen um einen zerkratzten alten Schreibtisch, rauchten und hatten weiße Kaffeebecher vor sich stehen.

Keiner antwortete.

»Wo ist der Sheriff?«

»Der hat zu tun.« Der Hilfssheriff lächelte seinen Freunden zu und kam zu mir herüber. Er hielt seine Zigarette zwischen zwei Fingern, und beide hatten gelbe Flecke. »Der Sheriff hat keine Zeit für kleine Mädchen«, sagte er. Auf seinem Namensschild stand WAILON SMITH.

»Ich bin Rebekka Rich, ich suche meine Mutter.« Ich hatte Angst vor dem Mann. Der spielte mit mir Katz und Maus, und ich wußte nicht, warum er das tat.

»Sag mal, Rebekka Rich, magst du auch so gerne Nigger wie deine Mama?«

Der eine der beiden Männer am Schreibtisch lachte. Der andere stellte seine Kaffeetasse ab und stand langsam auf. »Was soll denn das? Findest du das komisch?« sagte er zu dem Hilfssheriff.

»Wieso? Ich hab Miss Rich doch bloß was gefragt. Sie sieht wie ein gebildetes junges Mädchen aus. Da wird sie ja wohl eine einfache Frage beantworten können, nicht wahr, Miss Rich?«

Ich hatte ganz trockene Lippen, die Zunge klebte mir am Gaumen. Klarer Fall, die Männer waren aufgebracht, ich verstand bloß nicht, warum. Plötzlich kam es mir so vor, als ob das Flugzeug mich an einen Ort gebracht hatte, der mir fremd war. Ich hatte irgendwie das Gefühl, daß ich im falschen Jexville gelandet war.

»Vielleicht redet Miss Rich ja bloß mit Niggern.« Der Hilfssheriff lümmelte am Schalter. »Ich bin dir wohl zu weiß, was? Ist das der Grund, warum du mir nicht antwortest?«

Der Mann am Schreibtisch lachte wieder. Der andere brummte mürrisch und ging türenschlagend aus dem Raum.

»Ich will meine Mutter sehen«, sagte ich und bemühte mich vergebens, das Zittern in meiner Stimme zu unterdrücken. Ich umklammerte die Schalterkante und hielt sie fest, bis meine Knöchel ganz weiß waren. »Wo ist sie?«

»Sie wollte unbedingt zu ihrem Freund, zu dem Nigger, und da haben wir sie halt mit ihm zusammengesperrt.«

Die kleinen braunen Augen des Hilfssheriffs hatten rote Ränder. Er beugte sich über den Schaltertisch. Sein Atem roch nach Wintergrünöl. Er hatte Life Savers gegessen, ich sah das Bonbonpapier aus seiner Hemdtasche gucken.

Letztes Jahr, als ich mit dem Richter in Jexville gewesen war, um eine neue Vignette fürs Auto zu holen, hatte Mr. Wickham mit mir einen Rundgang durch das Gerichtsgebäude gemacht. Es gab nur einen Weg zum Gefängnis – durchs Büro des Sheriffs und dann durch die Hintertür, die zum Gefängnishof führte. Wenn ich in den Zellentrakt wollte, mußte ich also über den Hof rennen. Für die große Eisentür brauchte man einen Spezialschlüssel. Ich erinnerte mich daran, daß Mr. Wickham mir diesen Schlüssel gezeigt hatte, der immer neben der Hintertür hing. Jetzt, wo dieser widerliche Hilfssheriff mir den Weg versperrte, hatte ich keine Chance, mir den Schlüssel zu schnappen und ins Gefängnis zu gehen, aber ich konnte Effie vom Hof aus rufen und mich davon überzeugen, daß es ihr gut ging.

Der Hilfssheriff und sein Freund kicherten über irgendeinen Witz, den er gemacht hatte. Den Schalter konnte man teilweise hochklappen, und dahinter lag eine Tür. Ich wußte, wie das funktionierte. Mr. Wickham hatte es mir gezeigt. Als der Hilfssheriff einen Augenblick nicht hinschaute, nahm ich meine ganze Kraft zusammen und hob die Schalterplatte hoch. Sie war schwer, ließ sich aber dank der geölten Scharniere gut bewegen. Als ich sie halb oben hatte, spürte ich plötzlich einen Widerstand, und gleichzeitig hörte ich einen Schmerzensschrei. Ich drückte noch einmal ordentlich zu, und der Widerstand gab nach. Erst als die Platte ganz hochgeklappt war und ich durchrannte, wurde mir klar, daß ich den Hilfssheriff erwischt hatte. Ich schaute mich um und sah, daß er sich die Nase hielt. Zwischen seinen Fingern quoll Blut hervor. Ich rannte wie ein geölter Blitz weiter. Die Tür, die aus dem Büro führte, war unverschlossen. Ich stieß sie auf, stürzte zur Außentür und war Sekunden später draußen auf dem Hof.

»Mama!«

Durch mein Geschrei wurde die unruhige Menschenmenge jenseits des Zauns auf mich aufmerksam.

»He! He, du da!« riefen mehrere Männer in der Menge in drohendem Ton. »He, du, Mädchen, mach, daß du da wegkommst!«

»Effie! Mama! Mama!« Ich mußte sie finden, bevor die Männer mit den Gewehren mich fortjagen konnten.

»Bekka?«

Die Stimme, die mir antwortete, klang ungläubig. »Rebekka?«

»Ich bin hier unten, Mama. Ich will dir helfen.«

Einen ganz kurzen Moment war Stille. Hinter mir drängten die Leute zum Zaun. Finger umklammerten das Eisengitter, die Menge wogte. Einen Augenblick lang sah es so aus, als ob der Zaun nachgab.

»Rebekka Brighton Rich, was willst du denn hier im Gefängnis?«

»Ich will bei dir sein, Mama. Mrs. Welford hat mich hergebracht.«

»Ja, ist denn Emily Welford von allen guten Geistern verlassen?«

Mamas Stimme kam aus einem der vergitterten Fenster, aber ich konnte nicht genau ausmachen, aus welchem. Draußen vor dem Zaun wuchs die Unruhe. Es war das reinste Wespennest. Hin und wieder rief einer was von Niggerliebchen und so. Nur die Männer redeten. Die Frauen sagten kein Wort.

»Bei denen liegt die Niggerliebe anscheinend in der Familie«, brüllte jemand.

Ich drehte mich um und sah in die Menge. Mein Gesicht muß so entsetzt ausgesehen haben, daß plötzlich einen Moment Ruhe eintrat. Ich traute meine Augen nicht, als ich Mr. Sargeant, den Metzger, mit einem Gewehr sah. Er hatte noch seine blutbeschmierte Schürze um. Auch Theo Fontaine, dem das Autogeschäft gehörte, wo meine Eltern Arly und mir alle vier, fünf Jahre neue Fahrräder gekauft hatten, war da. Sie sahen mich an, als ob ich ein Ungeheuer wäre. Ich drehte mich wieder um zu der alten roten Klinkerwand. »Mama, warum bist du im Gefängnis?«

»Joe sagt, zu meiner eigenen Sicherheit.«

Effie war stinksauer. Ich konnte nicht fassen, daß Sheriff Wickham sie eingesperrt haben sollte, aber er hatte es wirklich getan. Das würde er ihr büßen müssen, wenn sie wieder draußen war.

»Komm mit nach Hause, Mama.« Es gab vier Fenster unten und

vier oben. Ich mußte laut sprechen, damit sie mich hören konnte. Ich hatte den Eindruck, daß ihre Stimme aus dem rechten oberen Fenster kam, direkt über mir. Und dann sah ich sie auch tatsächlich den Kopf durch die Gitterstäbe stecken.

»Bekka, verschwinde sofort vom Hof und geh wieder ins Gerichtsgebäude. Warte im Büro des Sheriffs auf mich. Ich muß hierbleiben, bis die Leute aus Hattiesburg da sind.«

»Ohne dich geh ich hier nicht weg.« Ich rechnete damit, daß die Männer mit den Gewehren mich vom Hof jagten, aber die hatten alle Hände voll zu tun, um die Menge in Schach zu halten. Das Wespensummen war noch lauter geworden. Um mich herum schwirrte die Luft.

»Rebekka!«

Mamas Hand zeigte hinunter zu mir.

Das Glas sah ich erst, als es zu meinen Füßen im Sand aufschlug. Es war schwer und grün, eine ganz gemein gezackte Scherbe von einer 7-Up-Flasche. An einer Stelle hatte sie einen dunklen Fleck. Als ich mich bückte, um sie mir näher zu betrachten, tropfte mir etwas Rotes auf die Hand. Ich blickte auf und sah das Blut an Effies Arm.

»Da, du Niggerliebchen!«

Es war eine junge Stimme, die aus der Menge kam. Eine wutkreischende, vor Erregung überkippende Jungenstimme. Ich ließ den Blick über die Leute schweifen, und keiner schaute zurück. Mit einem Schlag war das Summen verstummt. Es herrschte Schweigen. Als ich wieder zum Fenster schaute, war Effies Arm verschwunden. Auf den Klinkern am Fenstersims war eine blutige Spur.

Kapitel 15

Die siebenundzwanzig Stiche in Effies Arm veranlaßten Daddy, nach Hause zu kommen. Die Universität bezahlte ihm den Flug. Die würden ihn ganz schön hofieren, sagte Mama Betts. Die hätten solche Angst, ihn zu verlieren, sagte sie, daß sie alles für ihn täten. Das stimmte aber nicht. Daddy hatte denen längst gesagt, daß er nicht die Absicht hatte, in Missouri zu bleiben. Ich hatte versucht, Mama Betts das zu erklären, aber sie hatte mir gar nicht richtig zugehört. Sie war völlig aus dem Häuschen wegen Effie, ihrem kleinen Liebling. Daß jemand Effie etwas zuleide getan hatte, war ein Schock, den Mama Betts einfach nicht verwinden konnte. Und außerdem machte sie sich schreckliche Vorwürfe, weil sie zu Hause in der Kali Oka Road gesessen hatte, als es passiert war. Mama Betts redete sich ein, sie hätte Effie in der Stunde der Not allein gelassen. Das war natürlich Unfug, denn die Sache hätte sich kein bißchen anders abgespielt, wenn Mama Betts mit in Jexville gewesen wäre.

Kurz nachdem Effie mit dem Notarztwagen fortgebracht worden war, hatte sich der Aufruhr vor dem Gefängnis gelegt. Sie hatte in sehr kurzer Zeit sehr viel Blut verloren. Als die Leute mitgekriegt hatten, daß sie ernsthaft verletzt war, hatte sich die Menge bald zerstreut. Ein paar Männer, darunter auch der Hilfssheriff, hatten gebrummt, sie hätte es ja nicht anders gewollt. Die meisten aber hatten sich einzeln oder zu zweit verzogen, und am Ende war niemand mehr draußen vor dem Zaun gewesen. Der Notarztwagen hatte direkt vor dem Gefängnis gehalten. Sie hatten Effie auf einer Trage aus dem Gebäude gebracht, und ich hatte mit ins Krankenhaus fahren dürfen. Emily und Jamey Louise waren nirgends zu sehen gewesen. Gott sei Dank.

Daddy kam noch am selben Abend mit dem Flugzeug an, und Arly und ich fuhren mit Effie nach Mobile, um ihn abzuholen. Effie ließ Arly fahren, obwohl das eigentlich verboten war. Aber ihr tat der Arm weh, und außerdem war ihr übel. Der Arzt hatte sie im Krankenhaus behalten wollen, doch sie hatte sich dermaßen störrisch angestellt, daß er sie schließlich hatte gehen lassen.

Als Daddy endlich aus der Maschine stieg und sich ans Lenkrad setzte, ging es mir gleich viel, viel besser. Arly saß neben mir auf dem Rücksitz, wo er hingehörte, und Mama und Daddy waren zusammen.

»Du warst sehr mutig«, sagte Daddy zu Effie, als wir die dunkle Straße nach Jexville entlangfuhren. Es war wenig Verkehr, und über weite Strecken wurde das Wageninnere nur durch die Lämpchen am Armaturenbrett erhellt.

»Eigentlich wollte ich ja bloß hinfahren und warten, bis die Anwälte aus Hattiesburg kommen.«

»Wie dem auch sei, Effie, du hast etwas getan. Du bist für deine Überzeugung eingetreten.«

»Ich verstehe nicht, was daran so aufregend ist. Jeder hat das Recht auf einen Prozeß. Wieso fällt es den Leuten nur so schwer, das zu begreifen?«

»Weil er ein Nigger ist«, mischte sich Arly ein. Mir war sofort klar, daß er das nicht böse gemeint hatte, sondern es Effie einfach bloß erklären wollte. Und mir war klar, daß er sich damit gewaltig in die Nesseln gesetzt hatte.

»Ich habe nicht gewußt, daß dieser Ausdruck zum aktiven Wortschatz meines Sohnes gehört«, sagte Mama leise.

»Na ja, das sagen die Leute.« Arlys Stimme klang verunsichert. Er wußte, daß er ins Fettnäpfchen getreten war. »Normalerweise verwende ich das Wort ja auch nicht, aber die Leute, die sagen das, und darum meinen sie, muß er keinen Prozeß kriegen.«

»Und was meint mein Sohn?« fragte Effie.

»Laß gut sein, Effie«, sagte Daddy leise. »Wir sind alle müde. Die Kinder hatten wahnsinnige Angst. Keiner von uns kann heute abend mehr klar denken.«

»Ich habe siebenundzwanzig Stiche im Arm, weil jemand anderer Ansicht war als ich. Und mein eigener Sohn sitzt bei uns im Wagen auf dem Rücksitz und äfft die Sprache und die Geisteshaltung der Leute nach, die mich verletzt haben.«

»Arly hat's doch nicht so gemeint«, sagte ich. »Er hat bloß gesagt, was die Leute sagen. Jamey Louise hat heute genau das gleiche zu mir gesagt.«

»Jamey Louise ist eine dumme Gans. Von meinen Kindern erwarte ich, daß sie es besser wissen.«

»Wir wissen es ja auch besser, Mama. Das ist Arly doch bloß so rausgerutscht.« Es kam nicht oft vor, daß ich meinen Bruder verteidigte, aber ich wünschte mir so sehr, daß alles gut sein sollte. Daddy war zu Hause. Ich wollte nicht, daß es Streit gab. Ich hatte Angst, daß die Mißstimmung, die zwischen Mama und Arly war, sich auf Mamas Verhältnis zu Daddy übertrug. Das war schon oft genug vorgekommen. Ich mußte daran denken, wie es letzte Woche in Missouri gewesen war. Daddy, Cathi und ich hatten uns nicht eine einzige Minute lang gestritten. Das machte mir angst. Ich trat Arly mit voller Wucht gegen das Schienbein. Er kniff mich dafür ganz fest in den Arm, und ich mußte mich zusammennehmen, um nicht laut zu schreien.

»Entschuldige dich, du Idiot«, flüsterte ich.

Arly ließ meinen Arm los. »Mama, ich wollte dieses Wort nicht sagen. Es ist mir bloß so rausgerutscht, weil ich es heute so oft gehört habe.«

Mamas Schluchzen kam so plötzlich und unerwartet, daß niemand etwas sagte. Es hörte sich an, als ob es ihr die Kehle zerriß.

»Es tut mir wirklich leid, Mama.« Arly war richtig verzweifelt. »Ich sag das nie wieder. Ganz bestimmt nicht.«

Daddy legte Mama den Arm um die Schulter und zog sie an sich. Er redete leise auf sie ein. Ich verstand nicht, was er sagte, aber es schien zu helfen. Arly und ich lehnten uns zurück. Den Rest der Fahrt schwiegen wir. Als wir in der Kali Oka Road ankamen, schlief Effie ganz fest, und niemand mochte sie wecken.

Am nächsten Morgen wartete Alice auf mich. Ich erzählte ihr nicht, daß ich von der Ohrfeige wußte, die ihre Mutter ihr verpaßt hatte. Das hätte es für Alice nur noch schwerer gemacht. Maebelle V. saß im Tragetuch auf ihrem Rücken. Alice hatte die Abkürzung durch den Wald genommen und das Fahrrad bei uns auf dem Hof abgestellt, damit wir gleich lossausen konnten.

»Komm, wir fahren runter zur Kirche«, platzte sie heraus, bevor ich ihr auch nur guten Tag sagen konnte. Ich sah sie an, als ob sie den Verstand verloren hätte.

»Wieso?«

»Der alte Doktor McMillan ist am Montag, nachdem du weg warst, dort gewesen. Wir haben sein Auto gesehen. Er ist seitdem jeden Tag hingefahren. Da muß jemand schwer krank sein.«

Um ein Haar hätte ich selbst einen Arzt gebraucht. Ich hatte die schreckliche Vorstellung, daß sie Magdeline halb totgeschlagen hatten. Ich guckte Alice an und sah, daß sie das gleiche dachte.

»Bestimmt nicht sie«, sagte ich. »Da unten wohnen hundert Leute, und die Jungen sehen fast alle so aus, als ob da der Wurm drin ist. Es kann genausogut einer von denen sein.«

»Ich will Gewißheit haben. Wenn es das Mädchen ist, dann sind wir schuld.«

»Hör auf, Alice! Wir sind nicht schuld. Wir haben ihr doch nicht gesagt, sie soll sich hinstellen und beichten, daß sie Unzucht getrieben hat. Und wir haben den Leuten auch nicht gesagt, sie sollen sie verprügeln, wenn die das überhaupt getan haben. Die machen, was sie wollen. Wir haben's bloß zufällig gesehen.«

Das Problem war, ich konnte noch soviel argumentieren, ich wußte trotzdem, daß Alice recht hatte.

Wir waren schuld. Genauer gesagt, ich war schuld. Alice hatte zur Polizei gehen wollen, sie hatte zugeben wollen, daß wir gelauscht und spioniert hatten. Ich war diejenige gewesen, die sie daran gehindert hatte.

»Wir fahren runter und sehen nach.«

»Ich weiß nicht.« Ich wollte da schon hin, aber ich war in Sorge wegen Effie. Ihr Arm war ganz dick, und Daddy machte ihr Umschläge. Er hatte einen Arzt in Mobile angerufen und sich einen Termin geben lassen. »Mama ist ziemlich krank.«

Alice schaute zu Boden. »Tut mir leid, daß sie verletzt worden ist. Wieso ist sie eigentlich zum Gefängnis gefahren?«

Ich zuckte die Achseln. »Sie sagt, sie mußte es tun, es war richtig.«

»Kann ja sein, daß es richtig war, aber die hätten sie umbringen können. Komisch, Erwachsene machen immer solche Sachen. Aber wenn wir uns das trauen, kriegen wir Ärger.«

Sie hatte hundertprozentig recht. »Ich hol mein Fahrrad. Wir fahren kurz mal hin und gucken nach, was los ist. Vielleicht sehn wir ja das Mädchen spielen und können ganz beruhigt wieder nach Hause fahren.«

»Ach, wär das herrlich!« sagte Alice. Sie lächelte ein bißchen schief. »Ich hab mir wahnsinnige Sorgen gemacht. Ich konnte es kaum erwarten, daß du wiederkommst. Fast wäre ich zu euch gegangen und hätte Mama Betts gebeten, daß sie dich anruft, aber ich hatte Angst, sie hört zu, was ich sage, und dann hätten wir beide Ärger gekriegt.«

»Ich hab dich auch vermißt, Alice. Wir ziehen doch nicht weg hier. Niemals.«

Heißer denn je brütete die Sonne über unserer Straße. Die grünen Hügel von Missouri verblaßten in meiner Erinnerung. Die Hitze und der rote Sand der Kali Oka Road hatten mich wieder. Nach einer Woche in der Fremde, wo ich mich nicht auskannte, wo ich ständig darauf angewiesen war, daß mir jemand den Weg zeigte, war ich wieder daheim. Hier konnte ich mich frei bewegen, ob mit dem Rad oder zu Fuß. Hier hatte ich Picket an meiner Seite und Alice, meine beste Freundin. Und plötzlich empfand ich selbst Maebelle V. nicht mehr so lästig wie früher.

Noch nie war mir die Kali Oka Road so kurz vorgekommen. Diesmal war ich noch gar nicht richtig außer Puste, als wir am Cry Baby Creek ankamen. Alice keuchte allerdings ganz schön, und Maebelle V., die in meinem Fahrradkorb lag, war etwas durchgeschüttelt von der schnellen Fahrt. Ich nahm sie heraus und stellte erstaunt fest, daß sie viel schwerer geworden war. Sie reckte auch schon den Kopf und hielt sich überall mit ihren Händchen fest. Bald würde sie anfangen zu krabbeln, und sie konnte schon ganz viele verschiedene Laute machen, was sie auch oft und reichlich tat. Zu oft und zu reichlich.

In Missouri hatte ich Cathi gebeten, mit mir in eine Zoohandlung zu gehen, und hatte mir eine Hundeleine gekauft. Jetzt ließen wir die Räder ein ganzes Stück vom Fluß entfernt stehen, und dann nahm ich Picket an die Leine, und wir gingen los. Maebelle V. saß wieder in ihrem Tragetuch auf Alices Rücken und plapperte vor sich hin.

Je mehr wir uns der Kirche näherten, desto schwerer fiel mir das Atmen. Ich hatte Alice nichts von der 7-Up-Flasche gesagt. Irgendwie hatte ich den Gedanken daran verdrängt.

»Und jetzt?« fragte Alice.

Wir waren in solcher Eile aufgebrochen, daß ich es nicht einmal geschafft hatte, einen Plan zu machen. Es war Montag, also würde wohl kein Gottesdienst stattfinden. Wir konnten so lange durch den Fluß waten, bis wir irgend etwas oder irgend jemanden sahen. Das hielt ich allerdings für Zeitverschwendung. Ich trat nach einem Stein, der in hohem Bogen ins Wasser flog. »Keine Ahnung, wie wir an das Mädchen rankommen sollen. Vielleicht gehn wir einfach erst mal ein Stück weiter.«

»Ja, klar.« Alice nahm das Tragetuch vor die Brust und hob Maebelle V. heraus. Als sie die Kleine mit den Beinen ins Wasser hielt und sie die Kälte an den Waden spürte, quietschte sie vor Vergnügen.

Ich wußte nicht, was wir machen sollten. Da kein Sonntag war, konnten die Erlöser sonstwo sein. Jedenfalls saßen sie mit Sicherheit nicht hübsch zusammen in der Kirche, damit wir sie bequem beobachten konnten. Ich hatte angestrengt gelauscht, aber von den Jungs war nichts zu hören, obwohl wir gar nicht weit weg waren von der Stelle, wo sie angefangen hatten, ihre Festung zu bauen. Da wir keinen besseren Plan hatten, war es wohl das Gescheiteste, bei der Festung anzufangen.

Wir wateten durch den Fluß. Ich mußte an den letzten Sommer denken – bevor die Erlöser da waren, bevor Maebelle V. da war –, an die Träume, die Alice und ich damals gehabt hatten. Jetzt war es anders, und dabei konnte ich nicht einmal genau sagen, was sich verändert hatte. Alles hatte sich verändert. Missouri gehörte dazu und eine grüne 7-Up-Flasche, die durch die Luft geflogen war und eine Blutlache im Sand hinterlassen hatte. Ein Mädchen, das singen konnte, gehörte dazu und auch, daß es zu viele Geheimnisse gab.

Als wir gegenüber der Festung angekommen waren, blieben wir

stehen. Im Wald war es ganz still, nur das geschäftige Umherhuschen der kleinen Tiere und der Vögel war zu hören.

»Sie ist tot, stimmt's?« fragte Alice laut.

»Großer Gott, nein.« Ich befahl Picket, sich neben mich zu setzen, und legte mich ins Wasser. Picket zerrte an ihrer Leine. Die Eichhörnchen, die am Ufer ihre Possen trieben, reizten sie so sehr, daß ich sie kaum noch halten konnte. Wenigstens bellte sie nicht.

»Aber daß sie verletzt ist, das glaubst du doch auch, stimmt's?« Alice ließ sich neben mir in die kalte Strömung gleiten.

Das stimmte zwar, aber ich wollte es nicht aussprechen. Ich wollte nicht daran denken. »Wir waren noch nicht ein einziges Mal an der Stromschnelle. Letzten Sommer sind wir jeden Tag dort gewesen. Und jetzt ist der Juni schon halb vorbei.«

»Bekka, was sollen wir machen?«

»Was schlägst du denn vor? Sollen wir etwa hingehn und sagen, wir möchten ein Mädchen namens Magdeline sprechen?« Ich war nicht wütend, ich war nur müde.

»Wir müssen versuchen, den dicken Jungen zu finden, diesen Georgie. Der kann uns bestimmt sagen, wo seine Schwester ist.«

»Das wird der sicher tun, wenn die sie umgebracht haben. Die Erlöser sind eine Religionsgemeinschaft, Alice. Die machen alles gemeinsam. Die würden niemals etwas gegen ihren Anführer unternehmen. Die sind fast so schlimm wie eine Sekte, sagt Mama Betts. Die gehen ja nicht mal arbeiten, wie's aussieht.«

Der Sand kroch unter den Elastikstoff meiner Unterwäsche. Meine Turnschuhe waren schon voll. Die Strömung war ganz flach und unheimlich schnell und donnerte mir mit gnadenloser Gewalt über den Unterleib, was mich plötzlich noch müder machte. Ich wollte mich nicht mit den Erlösern beschäftigen. Seit der Sache mit Effies Arm war irgend etwas mit mir passiert. Die Leute dort vor dem Gefängnis hatten mich verändert. Was konnte ich denn dagegen tun, wenn die Erlöser dieser Magdeline wirklich etwas Schlimmes angetan hatten? Nichts.

»Ich geh mal nachsehn«, sagte Alice. Sie reichte mir Maebelle V. und rannte los. Ich hielt das Baby mit den Füßen ins Wasser und zog es wieder heraus, und das machte ich so lange, bis ich Alice nicht mehr sehen konnte. Dann blieb ich mit der Kleinen noch fünf Minuten sitzen, und schließlich stand ich auf und folgte Alice. Es war gemein, sie allein zu lassen. Wenn ich irgendwohin ging, kam sie auch immer mit.

Ich hatte sie bald eingeholt. Sie mußte mich hinter sich planschen hören, aber sie drehte sich nicht um.

Ich tippte ihr auf die Schulter. »Ich hab keine Angst«, sagte ich.

»Das hab ich auch nicht behauptet.«

»Aber denken tust du's.«

»Ich denke, du hast dich verändert.« Sie schüttelte den Kopf, daß ihr Pferdeschwanz hin- und herflog. »Wir beide, glaub ich.«

Sie nahm das Baby auf den Arm und lief vor mir her auf die Kirche zu. Ja, wir hatten uns beide verändert. Alice war mutiger geworden, ich feiger.

Nach ein paar Schritten hörten wir plötzlich Stimmen. Wieder die Jungs. Jetzt hing alles davon ab, daß Maebelle V. keinen Krach machte. Und Picket auch nicht. Sie zerrte wieder an der Leine und knurrte ganz leise. Sie haßte diese Jungs, und wer sagt, daß Hunde keine Menschenkenntnis haben, der hat noch nie einen klugen Hund gesehen.

Alice setzte Maebelle V. wieder in das Tragetuch, und ich legte Picket die Hand auf den Rücken. Das schien sie zu beruhigen. Wie Soldaten in einem Kriegsfilm robbten wir die Uferböschung hoch und blieben, auf die Ellbogen gestützt, liegen, um die Jungs zu beobachten.

Sie waren auf dem alten Kirchhof. Alice und ich schauten uns an, und wenn mein Blick genauso entgeistert war wie ihrer, dann müssen wir beide zum Fürchten ausgesehen haben. Die Jungs hatten eine Schaufel und gruben wie die Wilden; sie schaufelten ein Grab.

Jim, der Blonde, schippte, und Greg gab Anweisungen. Georgie konnte ich zuerst nicht sehen, aber ich hörte ihn. Genauer gesagt, ich hörte ein leises, ersticktes Schluchzen, und es dauerte einen Moment, bis ich ihn hinter einem der alten Grabsteine entdeckt hatte. Er saß da und weinte. Mir lief es eiskalt den Rücken runter.

»Sie beerdigen sie.« Alice versagte fast die Stimme vor Kummer und Entsetzen. »Die haben sie umgebracht, und jetzt sollen die Jungen sie begraben.«

»Das kann nicht sein«, erwiderte ich, obwohl ich wußte, daß es durchaus sein konnte. Nichts war unmöglich, das hatte ich in jenem Sommer gelernt. Menschen konnten ungeheuer nett sein, und sie konnten ungeheuer gemein sein, und beides ohne jeden Grund.

»Bekka, die schaufeln ein Grab.«

»Vielleicht suchen sie einen Schatz.« Ich wünschte mir so sehr, daß sie einen Schatz suchten. Ich hoffte, sie würden jeder eine Million Dollar finden. Meinetwegen sollten sie steinreich werden, Hauptsache, sie schaufelten kein Grab.

»Einen Schatz? Auf dem Friedhof?« Alice lachte bitter auf. »Das kannst du vergessen.«

»Alice, wenn die sie umgebracht haben …« Dann würden wir wirklich die Polizei holen müssen. »Komm, wir beobachten sie noch einen Moment.« Letztes Mal war ich weggerannt, ehe ich meinen Beweis hatte. Diesmal wollte ich sichergehen.

Jim schaufelte wie ein Verrückter. Er stand bis zu den Knien in der Erde und hob ein rechteckiges Loch von etwa einem Meter mal einszwanzig aus. Wir konnten die Größe allerdings nicht genau abschätzen, weil wir mit ihnen auf einer Höhe waren.

Alice krallte die Finger in den Ufersand, und mir fiel ein Stein vom Herzen, als ich sah, daß Maebelle V. in ihrem Tragetuch eingeschlafen war. Auch Picket lag ganz brav neben mir. Sie beobachtete mit wachen Augen das Geschehen, hatte aber das Maul geschlossen.

Plötzlich hörten wir aus dem Wald, unweit der Stelle, wo die Jungen buddelten, ein herzzerreißendes Weinen. Alice packte mich an der Schulter. Sie drückte so fest zu, daß sie mir fast den Knochen gebrochen hätte.

Ich wollte sie abschütteln, hatte aber Angst, mich zu bewegen. Eine weiße Gestalt huschte durch den Wald. Mir klopfte das Herz bis zum Hals. Ich mußte mich zwingen, liegenzubleiben und weiter hinzusehen. Die weiße Gestalt kam immer näher.

Die Jungen bemerkten sie anscheinend nicht. Jim buddelte weiter. Greg gab weiter seine Anweisungen, und Georgie saß weiter mit den zwei anderen hinter dem Grabstein. Er weinte immer noch, und die beiden redeten auf ihn ein.

Offenbar hörte keiner von ihnen die Gestalt, die durch den Wald auf sie zukam und weinte, als ob sie ihren einzigen Freund verloren hätte. Es klang entsetzlich, dieses Weinen. So etwas hatte ich noch nie erlebt. Es war so traurig, es ging mir durch und durch.

Ich guckte Alice an und sah, daß ihr die Tränen in den Augen standen.

»Wir sind die Richtigen, heulen wegen Gott weiß was«, flüsterte Alice. »Wer ist denn das, und was hat sie?«

Wir konnten bloß erkennen, daß es eine Frau war. Sie hatte ein weißes Kleid an und trug einen Schleier vorm Gesicht. Sie trat an die Kante des Grabes, das die Jungen aushoben. Sie blieb einen Moment lang stehen, sah hinunter in die Grube und weinte.

Jim kletterte aus dem Loch. Die Jungen, die eben noch bei Georgie gesessen hatten, halfen ihm hoch. Georgie drehte sich in unsere Richtung. Er hatte ein blutgetränktes Handtuch im Arm. Als er sich mit der Hand die Augen rieb, hatte er Blut im Gesicht. Alice gab einen heiseren Würgelaut von sich. Ehe sie anfangen konnte zu kotzen, stieß ich ihr den Ellbogen in die Rippen.

»Was ist das?« fragte sie mit zitternder Stimme.

»Pssst!«

Die Jungen und das Mädchen standen um das Grab herum. Georgie weinte inzwischen ganz laut. Er hatte immer noch das blutige Bündel im Arm. Jetzt sah ich, daß in das Handtuch etwas eingewickelt war.

Völlig unvermittelt begann das Mädchen ein Kirchenlied zu singen. Vom Rand des Grabes drangen die Worte »so sanft und so zart« zu mir herauf; sie klangen so rein, daß ich eine Gänsehaut bekam. Das Mädchen sang eine Strophe, und dann legten die Jungen das blutige Handtuch in die Grube. Gleich darauf begann Greg wortlos, das Loch zuzuschaufeln.

Georgie und das Mädchen, wir hatten unterdessen beide erkannt, daß es Magdeline war, fingen wieder an zu weinen.

»Sie haben sie nicht getötet«, sagte ich zu Alice, obwohl sie das natürlich selbst sah.

»Nein, sie haben sie nicht getötet.«

Ich merkte an ihrem Tonfall, daß sie an etwas dachte, das noch viel schlimmer war. »Was denkst du?«

»Vielleicht hat sie wirklich Unzucht getrieben und ist schwanger geworden. Vielleicht haben sie sie so lange geschlagen, bis das Baby tot war.«

»Du glaubst, die haben ein totes Baby begraben?« Welch eine entsetzliche Vorstellung!

»Kein richtiges Baby.« Alice ließ sich wieder ins Wasser rutschen, damit wir besser reden konnten.

»Wie meinst du das, kein richtiges Baby?« Ich konnte ihr nicht recht folgen. Entweder es war ein Baby, oder es war keins. Es sei denn, jemand hatte es zerstückelt!

»Na, Babys wachsen doch. Und wenn sie nicht fertig wachsen können, dann kommen sie raus, bevor sie richtige Babys sind. Dann sind es nur halbfertige Babys. Vielleicht war sie erst kurz schwanger, und als die sie geschlagen haben, hat sie das Baby verloren.«

»Das ist doch verrückt, Alice. Woher weißt du denn so was?«

Sie ließ den Kopf hängen und wandte sich von mir ab.

»Na sag schon!« Ich war außer mir. Woher wußte Alice solche Sachen, und wieso hatte sie mir das nicht längst erzählt? Wir hatten doch noch nie Geheimnisse voreinander gehabt. »Woher hast du diesen Quatsch?«

»Von Jamey Louise.«

Ich war baff. »Jamey Louise Welford?« Ich fühlte mich verraten und betrogen.

Alice nickte. »Von Jamey Louise und ihrer Schwester Libby.«

»Als ich in Missouri war?«

»Ja. Jamey ist gekommen und hat gefragt, ob wir zusammen radfahren wollen. Sie wollte auch mal hier runter an den Fluß, aber ihre Mutter hat nicht erlaubt, daß sie allein fährt.«

»Ach, und da wollte sie dich als Kindermädchen haben, ja?«

Alice sah mich finster an. »Sie war allein. Sie ist nicht so schlecht, wie du denkst, Bekka. Mit dieser Libby, das ist ganz was anderes. Die weiß haargenau über alles Bescheid, was mit Sex und Jungs und so zu tun hat.«

»Und Libby hat dir also erzählt, wenn Magdeline schwanger war und die sie geschlagen haben, daß die dann vielleicht ihr Baby getötet haben, richtig?«

»Ja, das hat sie gesagt. Darum hab ich mir ja solche Sorgen gemacht.«

»Und wenn sie nun nicht schwanger war?«

»Was haben die denn dann begraben?«

»Das weiß ich doch nicht, Alice. Wieso fragst du nicht Jamey Louise? Die scheint sich ja bestens auszukennen mit so was.« Ehe Alice antworten konnte, hatte ich Picket geschnappt und rannte mit ihr durch den Fluß bis hin zu der Stelle, von der aus wir losgegangen waren.

Kapitel 16

Alice rief mir noch einmal nach, dann schwieg sie wütend. Ich hörte sie hinter mir planschen und beeilte mich nur um so mehr, denn ich wollte den Abstand zwischen uns vergrößern. Picket half mir dabei; sie drängte vorwärts und zog mich mit. Alice hatte das Baby zu schleppen, und als ich aus dem Wasser kam, war sie schon weit zurückgefallen.

Ich setzte mich aufs Fahrrad und raste nach Hause. Ein Gefühl, das ich nicht kannte, versengte mir das Herz. Es war ungerecht, daß ich Alice böse war, bloß weil sie sich mit Jamey Louise abgegeben hatte, noch dazu, wo ich sie doch allein gelassen hatte und nach Missouri gefahren war. Aber es war so schrecklich. Und sie hatte mit Jamey Louise über das Erlöser-Mädchen gesprochen. Alice hatte Jamey Louise unsere Geheimnisse erzählt. Mir tat so sehr das Herz weh, daß ich fast keine Luft bekam.

Als ich an Nadines Einfahrt war, zögerte ich keinen Moment. Ich fuhr geradewegs auf den Hof. Die Stalltüren standen weit offen. Ich stellte mein Fahrrad im Schatten der Seifenbäume ab und rannte hinüber zum Stall. Keuchend stand ich im kühlen Dämmerlicht und war ein bißchen erschrocken, weil es auf einmal ganz still um mich herum war.

Cammies Kopf schaute aus der Box. Es waren jetzt mehr Pferde da, aber ich kümmerte mich nicht um die Neuankömmlinge, sondern lief sofort zu Cammie. Ich legte ihr die Arme um den Hals und kuschelte mich mit dem Gesicht an sie. Sie war feucht. Ich trat zurück und sah sie mir an.

Sie war mit einem hellblauen Tuch zugedeckt. Ich öffnete den Riegel und ging in ihre Box. Ich tastete sie ab. Sie war naß, aber es war eine kalte Nässe. Nicht wie damals, als sie unter der schweren Decke geschwitzt hatte.

»Ich hab sie gebadet.«

Das war Nadines Stimme. Ich erschrak, ließ es mir aber nicht anmerken.

Ich trat wieder aus der Box und schaute mich im Stall um. Nadine saß auf dem Zementblock, genau wie bei unserer ersten Begegnung. Sie hatte Shorts an, ganz kurze, aus abgeschnittenen Jeans, und ein winziges Oberteil, das wie das Oberteil von einem Bikini aussah. Ihre Haut war sehr bleich, und ihre dunklen Augen blickten mich eindringlich an.

»Wie oft werden die Pferde eigentlich gebadet?« fragte ich. Picket badete ich einmal die Woche, manchmal auch alle vierzehn Tage, und dabei machte sie mir immer ganz schön das Leben schwer. Ich konnte mir nicht vorstellen, daß es bei Cammie anders war.

»Einmal die Woche, mindestens. Das hängt auch davon ab, ob gerade Wettkampfsaison ist. Nicht mehr lange, dann haben wir die Herbstturniere.«

Ich zählte neun Pferdeköpfe. Nachdem ich Cammies Tür zugeriegelt hatte, ging ich zu Nadine und warf unterwegs hier und da einen Blick auf die Neuen.

»Ich war in Missouri, da bin ich geritten«, erzählte ich ihr. »Ich hab gelernt, wie man richtig an den Start galoppiert.«

»Ich hab mir schon gedacht, daß du verreist warst.« Nadine stand auf. »Ich hab mir eine andere Stallhilfe gesucht. Du bist ja nicht gekommen, um dir deine Reitstunden zu verdienen.«

Mir war, als ob ein riesiger Felsblock auf mich niedersauste und mein ohnehin schon gekränktes Herz vollends zerschmetterte. Alle meine Sommerträume waren zerstoben. Eine Woche war ich in Missouri gewesen, und schon hatte Alice eine andere Freundin, und Nadine hatte sich eine andere Hilfe gesucht. Greg hatte also nicht gelogen.

»Ist Greg gut als Stallbursche?«

»Greg? Wieso fragst du?«

»Arbeitet er denn nicht bei dir?«

»Doch, aber er macht nur die schweren Sachen. Bei den Pferden hilft mir Jamey Louise Welford. Ihr Daddy ist Farmer, und sie haben selbst Tiere.«

Ich war sprachlos. »Jamey Louise ist eine dumme Gans«, sagte ich spitz. »Sie haßt Tiere. Sie interessiert sich nicht die Bohne für Pferde.«

»Das kann schon sein. Aber wenigstens kommt sie nicht einfach in meinen Stall und nimmt den Tieren die Decken ab, ohne daß ihr das jemand erlaubt hat.«

Nadines Ton klang leicht verärgert, aber sie lächelte immer noch. Jedenfalls sah es so aus, als ob sie lächelte.

»Sie haben geschwitzt. Ich hab gedacht, es ist richtig, wenn ich das mache.«

»Die Pferde hätten sich eine Lungenentzündung holen können, Bekka. Sie sind viel zu schnell abgekühlt. Sie hätten schwer krank werden können.«

»Aber sie haben doch geschwitzt! Cammie hat richtig gezittert!«

»Wenn du was von Pferden verstehen würdest, dann wäre ich vielleicht an deiner Meinung interessiert. Aber wenn du weiter bei mir ein- und ausgehen möchtest, dann nimm gefälligst zur Kenntnis, daß ich selbst weiß, was für meine Tiere gut ist.«

Diese Gardinenpredigt war das letzte, was ich erwartet hatte, als ich zu Nadine auf den Hof gefahren war. Ich hatte ihr doch bloß helfen wollen. Ich hatte erwartet, daß sie mir dankbar war.

»Ich hab's doch nicht böse gemeint«, stieß ich hervor. Das war alles so ungerecht! Erst Alice und Jamey Louise, und jetzt auch noch das! Ich konnte tun, was ich wollte, es war immer falsch.

»Das weiß ich, Bekka. Das Problem ist bloß, durch das, was du aus Unkenntnis getan hast, hätte Cammie oder eins von den anderen Pferden sterben können.«

Sie hatte mir die Hand auf die Schulter gelegt – eine kleine Hand, doch ihre Finger drückten fest zu. »Ist ja gut. Ich bin dir nicht böse, und es ist ja auch nichts Schlimmes passiert. Vielleicht hätte ich dir das mit den Decken erklären sollen, damit du es verstehst.«

Ich nickte. Ich brauchte ein paar Minuten, um mich zu sammeln, und deshalb ging ich noch einmal zu Cammies Box. Ihre Stirnmähne war ganz durcheinander. Ich kämmte sie mit den Fingern.

»Turnierpferde bekommen kein Winterfell. Sie müssen ganz dünnhäutig sein. Sie dürfen auch nicht hinaus in die Sonne, weil sonst das Fell ausbleicht. Sie müssen immer ein perfektes Aussehen haben. Manchmal gibt es auf dem Parcours zwei Pferde, die für den ersten Platz in Frage kommen. Und wenn der Preisrichter dann kein anderes Kriterium hat, geht er halt nach dem Aussehen. Allein dieses glänzende Fell kann mir ein blaues Band einbringen.«

»Und durch die Decke bleibt das Fell so dünn?«

»Richtig.« Ich wollte ihr sagen, was Mama Betts mir erzählt hatte, aber dann fiel mir ein, daß meine Großmutter sich ja mit Turnierpferden nicht auskannte. Nadines Pferde waren anders als andere Pferde und mußten auch anders behandelt werden. Mama Betts hatte nur von normalen Pferden Ahnung.

»Wo warst du denn heute?« fragte Nadine. Sie zog Cammie das Halfter über den Kopf und führte sie zu den Halteseilen. »Du kannst Cammie zum Ausritt striegeln, und dabei kannst du es mir erzählen. Ich finde, es wird Zeit, daß du mal wieder eine Reitstunde nimmst.«

»Ich kann keine Stunde nehmen. ... Ich sollte mir den Unterricht doch durch die Arbeit im Stall verdienen, weißt du nicht mehr?«

»Es gibt genug zu tun. Die Arbeit langt für dich und Jamey. Sie müßte eigentlich gleich kommen, und wenn du dann mit dem Reiten fertig bist, könnt ihr zusammen die Boxen ausmisten.«

Lieber hätte ich mit dem Teufel getanzt. Aber ich wollte so gern reiten, also durfte ich keine Forderungen stellen. Nachdem ich schon gedacht hatte, ich hätte keine Chance mehr, würde ich mich hüten, etwas über Jamey Louise zu sagen. Sollte Nadine doch selbst sehen, was sie sich da eingehandelt hatte.

Cammie trocknete langsam, und während ich ihr mit der derben Bürste über den Körper strich, erzählte ich Nadine, wie ich mit Alice und Maebelle V. am Fluß gewesen war.

»Es ist wirklich ein Wunder, daß ihr das Baby noch nicht umgebracht habt«, sagte sie. »Ich hab gesehn, wie ihr mit ihr die Straße langgeholpert seid.«

»Maebelle ist zäh. Die hält das aus.«

»Erzähl mir was über die Erlöser.«

»Da solltest du lieber Greg fragen.« Ich wußte nicht, was ich sagen sollte. Es gab eine Menge Dinge, die ich Nadine gern erzählt hätte, aber irgendwie fand ich, daß sich das nicht gehörte, wo Greg doch im Stall arbeitete.

»Greg redet nie über die Gemeinde und die Leute da unten.« Nadine lachte. »Der kneift die Lippen fester zusammen als ein Elefant die Hinterbacken. So, wie der sich hat, könnte man denken, das ist die reinste Kannibalenhorde.«

»Mit Kannibalen kenne ich mich nicht aus, aber irgendwie komisch sind die schon, die Leute.« Ich mußte wieder daran denken, wie die Jungs und Magdeline mit dem blutigen Handtuch um das Grab herumgestanden hatten. Und gleichzeitig dachte ich an Mr. Tom, dem jemand den Schädel eingeschlagen hatte. »Alice und ich sind hingegangen, weil wir nach dem einen Mädchen sehn wollten. Wir dachten, daß die sie vielleicht mißhandelt haben.«

»Ich hab Gregs Rücken gesehn«, sagte Nadine mit Verschwörerstimme. »Ich hab nichts dazu gesagt, aber dem muß einer die Seele aus dem Leib geprügelt haben.«

Ich schluckte. Auch das ging auf mein Konto, genau wie alles andere, was in diesem Sommer passiert war. »Ja, ich hab's auch gesehen.«

»Erzähl mir von dem Mädchen. Was hast du beobachtet?«

Während ich Cammie sattelte und zäumte, erzählte ich Nadine von dem singenden Zwerg, von der Frau, der sie die Haare abgeschnitten hatten, und von Magdelines Beichte und den Schreien, die wir danach gehört hatten. Und zum Schluß berichtete ich von dem Begräbnis, dessen Zeugen wir an jenem Vormittag geworden waren.

»War es ein Baby? Was glaubst du?«

»Alice sagt, es könnte eins gewesen sein, zumindest ein halbes. Ich meine, eins, das noch nicht richtig fertig ist.«

»Ein Embryo«, ergänzte Nadine. »Wenn die sie sehr arg verprügelt haben, ist es natürlich nicht ausgeschlossen, daß sie eine Fehlgeburt hatte. Bei Pferden reicht manchmal schon ein Gewitter oder eine große Aufregung, damit es zum Abort kommt. Sehr viel anders ist das bei den Menschen auch nicht.«

Der Gedanke war grauenhaft, und jetzt, wo Nadine auch glaubte, daß es so gewesen sein könnte, hielt ich ihn für noch wahrscheinlicher.

»Meinst du, ich soll zur Polizei gehen?« fragte ich sie. »Das wollte Alice.«

»Ihr habt ja keine Beweise. Vielleicht, wenn ihr euch zum Friedhof schleicht und das, was sie da vergraben haben, wieder ausbuddelt.«

»Der Friedhof ist direkt neben der Kirche! Da schnappen sie uns doch sofort. Wieso fragst du nicht Greg?«

»Weil der Junge nicht die Wahrheit sagen würde, jedenfalls nicht in diesem Punkt.« Inzwischen war Cammie fix und fertig gesattelt, und wir gingen mit ihr hinaus in die warme Nachmittagssonne. »Ich glaube ja eher, das war irgendein totes Tier, das sie gefunden haben. Oder vielleicht ein Haustier.«

Daran hatte ich noch gar nicht gedacht. »Haustiere haben die keine. Ich hab dort nirgendwo eine Katze oder einen Hund gesehn.«

»Die können gerne ein paar von mir haben«, erwiderte Nadine. »Diese Hunde machen mich rasend.«

Im Stall hatte ich nichts von ihnen gesehen. Ich fragte mich, ob es wirklich bloß Schoßhündchen waren.

»Die Katzen streunen auch alle in der Gegend rum.« Sie schüttelte nachdenklich den Kopf. »Die Ratten im Stall kann ich besser zähmen als meine eigenen Hunde und Katzen.«

Ich mußte lachen. Die Ratten zähmen, das war eine komische Vorstellung.

»Du denkst, ich mache Witze, stimmt's? Ich hab im Stall zwei Ratten gezähmt. Nach der Reitstunde zeig ich sie dir.«

»Ja, daß du Ratten zähmen kannst, das glaube ich dir, aber mich interessiert viel mehr, ob du Jamey Louise dazu bringen kannst, daß sie arbeitet?« Ich war stolz auf meine Schlagfertigkeit, doch Nadine lächelte mich an wie eine Cheshire-Katze.

»Oh, Jamey Louise wird schon arbeiten«, sagte sie. »Ich habe nämlich etwas, worauf sie ganz scharf ist. Verdammt scharf sogar. Und wenn sie motiviert ist, dann kann Jamey durchaus arbeiten.«

»Was hast du denn?« Um Pferde, Katzen oder Hunde handelte es sich gewiß nicht, soviel war klar. Was also konnte Nadine haben, worauf Jamey Louise scharf war? Sicher, Nadine färbte sich die Haare und so, aber ansonsten rannte sie weder wie ein Tuschkasten rum, noch trug sie Spitzenkleider.

»Ich habe Greg«, sagte Nadine leise. »Greg, den Erlöser-Jungen.«

Ja natürlich, das war was für Jamey Louise. Zeit, um im Stall mit dem Erlöser-Jungen allein zu sein. Donnerwetter, diese Nadine war wirklich eine kluge Frau. Sie hatte Jamey gründlich durchschaut. Mir tat bloß Greg leid. Wenn er bis jetzt noch nicht verdorben war, Jamey Louise würde das garantiert schaffen.

Ehe ich antworten konnte, hatte Nadine mir schon beim Aufsitzen geholfen und mir befohlen, Cammie traben zu lassen. Nach meinen drei Reitstunden in Missouri hatte ich einiges vorzuweisen.

Als der Unterricht nach einer Stunde zu Ende war, zitterten mir zwar die Beine, aber dafür machte mein Herz Freudensprünge. Ich war in gemäßigtem Galopp geritten, und Cammie war über ein Sechzig-Zentimeter-Hindernis gesprungen, und für beides hatte Nadine mich überschwenglich gelobt. Alice und die Beerdigung, ja, sogar Jamey Louises baldiges Erscheinen waren vergessen – zumindest einen seligen Augenblick lang.

Aber das war ein kurzes Vergnügen. Ich hatte Cammie gerade abgeschirrt und war dabei, sie noch einmal zu striegeln, da hörte ich auch schon Jameys Sirupstimme.

»Na sieh mal einer an, Bekka Rich, wie hast du denn deine Mutter dazu rumgekriegt, daß du zu den Pferden darfst? Weiß sie überhaupt was davon?«

»Der Familienrat ist zusammengetreten«, entgegnete ich. »Als ich in Missouri war, bin ich in einem Gestüt gewesen und hab meine ersten Reitstunden genommen. Und jetzt nehme ich bei Nadine weiter Unterricht.« Mir blieb nichts weiter übrig, als den Stier bei den Hörnern zu packen. Jamey Louise durfte sich auf keinen Fall einbilden, daß sie mich in der Hand hatte. Die hätte mich sonst entweder erpreßt, oder sie wäre einfach zu Effie gegangen, und dann hätte ich nichts mehr zu lachen gehabt, wohingegen sie sich eins ins Fäustchen gelacht hätte.

»Ich würde ja zu gerne mal hören, wie deine Mutter die Sache sieht.«

Jetzt sah ich Jamey zum erstenmal an. Ich kriegte den Mund nicht wieder zu. Sie trug ein Trägerkleid, einen Strohhut mit einem hellblauen Band und weiße Sandalen. Ihr Busen war gewachsen.

»Hoffentlich hast du dir Arbeitssachen mitgebracht«, sagte Nadine im Vorbeigehen, als sie Cäsar aus seiner Box führte. »Wenn du mit den Sandalen da im Stall arbeiten willst, holst du dir nämlich Würmer. Du brauchst feste Schuhe, solche wie Bekka hat. Und noch was, Jamey Louise, was hier drin passiert, das bleibt unter uns. Wenn ich erfahre, daß du das draußen rumerzählst, muß ich dich feuern.« Sie machte Cäsar an den Halteseilen fest. »Ich fürchte, dann muß Bekka sich um Greg kümmern.«

Am liebsten hätte ich vor Freude getanzt und gesungen und Nadine einen Kuß gegeben. Sie hatte Jamey einen Pfahl ins Fleisch getrieben, mitten in ihr böses kleines Herz hinein. Ich drehte mich wieder um und fuhr fort, Cammie zu striegeln, damit Jamey mein schadenfrohes Grinsen nicht sah.

»Ich dachte, ich soll Greg heute auf der Tenne helfen«, piepste Jamey.

»Erst mal machst du die Boxen sauber, und danach kannst du dich mit Greg auf der Tenne vergnügen. Wer zuerst fertig ist, bekommt eine Reitstunde gratis.«

Jamey hatte ein Pferd weniger als ich, aber ich wußte genau, daß ich Sieger sein würde. Die Vorstellung, Pferdemist umzuschaufeln, noch dazu mit offenen Sandalen, würde ihren Eifer beträchtlich zügeln.

»Greg!« rief Nadine. »Greg!«

Ich hatte ihn zuletzt auf dem Kirchhof gesehen und nicht bemerkt, daß er inzwischen gekommen war.

»Was ist denn, Nadine?« Sein Kopf kam oben am Rand der Tenne zum Vorschein, direkt über Jamey Louise, die von einer kleinen Heulawine getroffen wurde und sich kichernd die Halme von der Brust klopfte.

»Entschuldige, daß ich dich bei der Arbeit störe, aber mir scheint, Miss Welford hat sich gewaltig ins Zeug gelegt, damit sie dir auch gefällt. Ich dachte, du möchtest sie dir vielleicht mal ansehn, eh sie anfängt, die Boxen auszumisten. Nachher sieht sie nämlich bestimmt nicht mehr so gut aus«, sagte Nadine in übertrieben singendem Ton.

»Schade«, erwiderte Greg langsam, »so ein süßes Mädchen und

soll sich dreckig machen. Wo sie sich doch extra so schön angezogen hat.«

Er guckte Jamey direkt auf den Busen. Sie drückte die Arme ganz fest an den Oberkörper, damit ihre Brüste noch größer wirkten. Am liebsten hätte ich laut gestöhnt.

»Tja, Jamey muß noch lernen, daß man sich für die Arbeit im Stall zweckmäßig kleiden sollte.«

»Sie könnte ja einfach ihr schickes Kleid ausziehen«, schlug Greg vor. »Bei der Hitze arbeitet sich's eh besser ohne.«

Ich mußte an seinen spindeldürren Körper denken und an den Schweiß – und an die Striemen auf seinem Rücken. Jamey Louise kicherte.

»Daß ihr euch ja anständig benehmt, Kinder. Wenn ihr anfangt, euch bei mir im Stall auszuziehen, zerreißen sich die Leute das Maul über mich. Und die von deiner Gemeinde, Greg, die kommen an und unterstellen mir sonstwas.«

Die von der Gemeinde waren Nadine natürlich völlig schnuppe. Nadine war es überhaupt egal, was die Leute von ihr hielten. Das hatte sie mir selbst gesagt.

»Sie können ja unsere Anstandsdame sein, Miss Nadine«, sagte Greg. Er lachte. Sein Lachen hörte sich erwachsener an als sein Reden. »Die einzige, um die du dir Sorgen machen mußt, ist Miss Bekka Rich. Wenn die denkt, hier passiert irgendwas Lustiges, dann rennt sie nämlich gleich heim und petzt es ihrer Mama.«

»Ich petze nicht«, erklärte ich steif. Wieso brachte der das Gespräch auf mich? Offenbar, weil er Jamey Louise imponieren wollte. Und das glückte ihm auch.

»Miss Effie traut Bekka ja nicht mal zu, daß sie allein in die Wanne gehen kann. Die hat Angst, ihr Töchterlein ersäuft im Badewasser.« Jamey lachte. »Bekka ist ein richtiges Wickelkind.«

»Stimmt das?« Greg beugte sich etwas weiter hinunter. »Krumme Beine hat sie aber nicht. Noch nicht jedenfalls.«

Jetzt mußte selbst Nadine lachen. Das würde Jamey Louise mir büßen! Die hielt sich wohl für unwiderstehlich. Ich brachte Cammie in ihre Box und ging los, um mir eine Mistgabel und eine Schubkarre zu holen. Nadine hatte Napoleon angeschirrt und uns im Stall unserem Schicksal überlassen. Ich kümmerte mich nicht weiter um Jamey und Greg und fing an zu schaufeln. Sie unterhielten sich an der anderen Seite des Stalls, wo Greg halb die Leiter heruntergekommen war. Jamey Louise hatte die Hand auf einer der hölzernen Sprossen und drückte schon wieder die Arme an den Oberkörper.

»Heb dir bloß keinen Bruch, Bekka«, rief sie. »Ich will keine Reitstunde, ich schenk sie dir.«

»Vielleicht fängst du auch mal langsam an zu arbeiten.« Ich ließ mich nicht aus dem Takt bringen. Besonders schmutzig waren die Boxen nicht. Es waren überall frische Hobelspäne und sauberes Heu drin.

»Ich und Pferdescheiße schippen? Das soll wohl ein Witz sein? Greg wird mir helfen, stimmt's, Greg?«

Ihr Ton war so was von selbstgefällig, richtig zum Kotzen.

»Und was gibst du ihm dafür, Jamey Louise? Was hast du denn noch zu vergeben? Du läßt doch jeden ran.« Ich wußte, daß das gemein war, aber nicht gemeiner als das, was sie zu mir gesagt hatte, fand ich jedenfalls.

Zur Belohnung bekam ich ein lautes Lachen von Greg, und dann hörte ich eine Hand auf nackte Haut klatschen. Ich wußte nicht, ob sie ihn auf die Brust oder ins Gesicht geschlagen hatte, und es war mir auch egal. Ich hoffte nur, daß das langte, um ihn davon abzuhalten, daß er ihre Arbeit machte. Ich begann mit der nächsten Box, der von Cäsar. Er war ein großer brauner Wallach, an zwei Fesseln weiß. Ein herrliches Pferd und das teuerste, das Nadine besaß. Er hatte irgendwas am Fuß, aber nichts Ernstes, hatte Nadine gesagt. Als ich eine Pause machte und aufsah, stand Jamey an der Tür der Box. »Greg sagt, du und Alice, ihr wart heute unten am Fluß.«

»Ich hatte eine Reitstunde, und bald werde ich noch eine haben, weil du deine Arbeit nicht machst.«

»Er hat euch gesehen.«

»Da kann er sich ja freuen. Wieso geht er nicht zur Polizei und läßt ein Protokoll aufnehmen?«

»Laß die Leute da unten in Ruhe, Bekka. Die mögen euch nicht, die wollen nicht, daß ihr dort rumschnüffelt. Mit dir und deiner

Familie gibt's eh bloß dauernd Ärger, das weiß die ganze Kali Oka Road.«

»Genauso wie die ganze Kali Oka Road weiß, daß ihr Flittchen seid, du und deine Schwestern?« Ich fand es ekelhaft, Libby und Cora da mit reinzuziehen, aber schließlich hatte Jamey auch meine ganze Familie schlechtgemacht. Sie wurde ganz bleich vor Wut.

»Bevor du eine Lippe riskierst, vergiß nicht, Jamey, du hast angefangen. Ich hab nur da weitergemacht, wo du aufgehört hast.« Ich warf die nächste Gabel Mist auf die Schubkarre, zielte aber ein bißchen daneben, so daß Jamey einen kleinen Pferdeapfel an den Arm kriegte.

»Entschuldigung.« Ich konnte mir das Grinsen nicht verkneifen. »Geh lieber weg hier. Ich will nämlich arbeiten.«

Jamey betrachtete den Fleck auf ihrem Arm. Sie fuhr herum und marschierte den Gang hinunter zum Wasserschlauch. Am liebsten hätte ich ihr noch eine Fuhre Dreck hinterhergeschmissen, aber ich wollte den Gang nicht schmutzig machen.

»Zielen kannst du«, sagte Greg. Er stand oben auf der Tenne, direkt über meiner Box.

»Danke.« Ich hätte ihn zu gerne gefragt, was sie da heute vormittag begraben hatten.

»Du hast 'ne süße Freundin. Wieso zieht die eigentlich andauernd mit diesem Baby rum?«

»Das ist ihre Schwester. Alice muß auf sie aufpassen. Mrs. Waltmann ist wieder guter Hoffnung und kann sich nicht um Maebelle kümmern.«

»Ja, echt süß, das Mädchen. Ich hab 'ne Schwäche für Blondinen.«

»Ich werd's ihr ausrichten. Sie wird entzückt sein.«

Greg kicherte leise. »Du kannst uns nicht leiden, Bekka, aber in Ruhe lassen kannst du uns auch nicht. Paß bloß auf, wenn du nächstes Mal da unten rumschnüffelst. Kann sein, du siehst Sachen, die du lieber nicht gesehn hättest.«

»Wie geht's eigentlich dem Mädchen, das so gut singen kann?« platzte ich heraus. »Die Stimme von der ist sehr schön.«

»Ja. Magdeline hat 'ne Menge, was schön ist. Und ...«

»Sie haben ihr nichts getan, oder?«

Er schwieg.

»Ich erzähl's keinem. Ich wollte bloß wissen, ob sie ihr wirklich nichts getan haben.«

»Was du weißt und was du zu wissen glaubst, das ist zweierlei. Halt dich fern von der Kirche. Damit tust du dir und Maggie einen Gefallen. Wenn die wüßten, daß sie mit dir geredet hat …«

»Hat sie ja gar nicht. Sie hat weder mit mir noch mit sonst irgendwem geredet.«

»Haltet euch fern von der Kirche, du und deine Freundin mit dem Baby.«

Er machte sich wieder an die Arbeit, die Mistgabel scharrte über die Bohlen, während er verbissen ein ums andere Mal das Heu umdrehte. Ich war inzwischen mit der Box von HiJinx fertig und machte mit der von Heathcliff weiter. Ich mußte nachdenken. Greg hatte sich zum erstenmal besorgt angehört, als ob er Angst hatte, daß mir und Alice etwas passieren könnte, wenn wir noch einmal zur Kirche kamen. Vielleicht sollte ich wirklich mit Alice auf den Friedhof gehen und versuchen, den Embryo auszubuddeln, den sie begraben hatten. Dann hätten wir den Beweis, den wir brauchten, um den Sheriff und das FBI zu holen und Magdeline zu retten. Und vielleicht sogar Greg.

Kapitel 17

In den folgenden zwei Wochen sahen Alice und ich uns kein einziges Mal. Am 4. Juli gab es auf der Wiese vor der Methodistenkirche in Sweet Water ein großes Volksfest, und auch dort war keiner von den Waltmans, obwohl ich eigentlich mit Alice ein Duett hatte singen sollen. Langsam machte ich mir Sorgen. Sukey, Alices ältere Schwester, spielte normalerweise bei den Gottesdiensten Klavier und hatte noch nie gefehlt, wenn in der alten weißen Schindelkirche irgend etwas los war. Sukey wollte Missionarin in Peru werden und »Gottes Wort mit Hilfe der Musik zu den Wilden im Regenwald bringen«.

Ich war ein bißchen skeptisch, ob die Wilden im Regenwald von Sukeys Art, sie mit der christlichen Musik vertraut zu machen, begeistert wären. Am liebsten hämmerte sie Hymnen wie »Er lebt« oder »Vorwärts, Soldaten Christi« herunter. Aus der Sicht eines Wilden waren solche Gesänge vielleicht ein bißchen unheimlich, besonders wenn Sukey mit ihren drahtigen roten, nach allen Seiten abstehenden Haaren auf das Klavier einschlug, als ob sie Kleinholz daraus machen wollte.

Weil Sukey nicht da war, spielte Miss Ethel Scarborough, die aber nicht mit dem gleichen Feuer bei der Sache war wie die junge Miss Waltman. Dadurch war auch ich aus dem Spiel, denn allein, ohne Alice, die wirklich gut singen konnte, mochte ich nicht auftreten. Es hat mich auch niemand gedrängt. Ohne Alice machte mir, ehrlich gesagt, das ganze Fest keinen rechten Spaß. Auch Jamey Louise glänzte durch Abwesenheit. Ich wußte genau, wo sie steckte – im Stall natürlich, bei Greg. Nicht einmal das üppige Festmahl konnte sie von Greg fortlocken. Ich tat mein Bestes, um ihren

Eltern aus dem Weg zu gehen, denn ich hatte keine Lust, ihnen zu antworten, falls sie mich fragten, wie Jamey Louise und ich denn so zurechtkommen im Stall. Bis jetzt hatte Nadine ihr Tratschverbot nicht aufgehoben, und ich wollte nicht riskieren, daß sie mich hinauswarf, weil ich den Mund nicht halten konnte. Außerdem hatte Jamey Louise wegen Cammie und meiner Springübungen dichtgehalten, und solange sie schwieg, wollte ich es auch tun. Mama Betts hätte wahrscheinlich gesagt, daß das ein Pakt mit dem Teufel war, und da hätte ich ihr wohl recht geben müssen.

Effie, Mama Betts und ich aßen Wassermelonen, hausgemachtes Pfirsicheis, Früchtekuchen, Kartoffelsalat, Mrs. Spooners eingelegte Okraschoten, Brathähnchen und zig andere Sachen, und zum Schluß legten wir uns unter einer großen Eiche ins Gras. Die Spätnachmittagssonne brannte so gnadenlos auf die Kirchenwiese herab, daß selbst die kleinen Kinder irgendwann müde wurden und sich hinsetzten, um den Liedern und Geschichten zuzuhören, die verschiedene Mitglieder der Gemeinde vortrugen. Einige unserer Nachbarn kamen vorbei und unterhielten sich mit Mama Betts und Effie. Etwas außerhalb von der Menge erspähte ich zwei von Arlys Freundinnen. Arly selbst flirtete mit der einen Carpenter-Tochter. Ich glaube, es war Rosie, aber sicher bin ich mir nicht. In der Schule hatte es letztes Jahr geheißen, in ganz Chickasaw County gäbe es kein Mädchen, das so gut küssen könne wie Rosie. Klar, daß Arly der Sache auf den Grund gehen mußte.

Der Tag ging zu Ende, und als die Jungen das Feuerwerk zündeten und der dämmergraue Himmel aufloderte, merkte ich mit einem Schlag, daß der Sommer schon halb vorbei war. In der letzten Augustwoche fing die Schule wieder an. Dann war ich in der siebenten Klasse.

Als wir mit heruntergekurbelten Wagenfenstern durch die samtige Nacht heimfuhren, erklärte Mama mir, im neuen Schuljahr müßte ich einen Büstenhalter tragen, egal, ob ich schon einen brauchte oder nicht. Nächsten Samstag, sagte sie, würden wir zum Dale Shop fahren und alles Nötige besorgen. Das nahm der Nacht auch noch den letzten Rest von Romantik.

In jenen zwei Wochen fuhr ich mehrmals mit dem Rad zum Cry

Baby Creek und versteckte dort sogar eine alte Schaufel, mit der ich das geheimnisvolle Etwas, das auf dem Friedhof vergraben worden war, ausbuddeln wollte. Ich planschte mit Picket im Wasser herum und hielt Ausschau nach den Erlösern, aber die Zeit, wo keiner von ihnen in der Nähe war, reichte nie aus, um hinzulaufen und zu graben. Es passierte nichts Auffälliges. Mitunter kamen ein paar Frauen vorbei, mal einzeln, mal zu mehreren. Die Männer ließen sich nicht blicken. Sie blieben anscheinend im Haus. Und die fünf Jungs kamen und gingen, sahen aber stets so aus, als ob sie etwas Wichtiges zu tun hatten. Wenn im Stall das Gespräch auf die Erlöser kam, enthielt sich Greg grundsätzlich jeden Kommentars, selbst dann, wenn Nadine ihn mit der Behauptung zu provozieren versuchte, die Leute dort unten würden den Teufel anbeten oder sonst irgendwelche merkwürdigen Rituale vollführen.

Daddy hatte mit Effie geredet, und ich durfte nun ganz offiziell bei Nadine im Stall arbeiten und mir damit meine Reitstunden verdienen. Das war viel unkomplizierter verlaufen, als ich geglaubt hatte. Natürlich mußte Daddy noch so lange weiter in Missouri bleiben, bis sein Vertrag abgelaufen war, aber er kam jetzt alle zwei Wochen heim und blieb immer drei, vier Tage bei uns. Effie tat wirklich alles, damit Daddy sich wohl fühlte. Ich bin mir ganz sicher, daß er ihr nie gesagt hat, wie nahe er daran war, für immer in Missouri zu bleiben. Das brauchte er ihr auch nicht zu sagen. Sie und Mama Betts wußten wohl auch so Bescheid. Wenn Mama Betts und Effie in der Küche beim Kochen waren und Mama Betts zum Beispiel sagte, daß Daddy zum Nachtisch am liebsten Apfelkuchen ißt, hatte Effie immer sowieso schon vor, welchen zu backen. Und dann wechselten sie diesen typischen Blick und stellten die Zutaten kalt.

Ich bekam eine Karte von Cathi Cummings, die ich Effie aber nicht zeigte. Und auch sonst niemandem, denn Alice und ich redeten ja nicht mehr miteinander. Auf der Karte war eine Karikatur über die Hundstage im August, und hinten stand drauf, daß sie sich freuen würde, wenn ich mal wieder nach Missouri käme. Sie habe richtig Sehnsucht nach ihrer Reitgefährtin. Das machte mich ganz stolz. In Missouri habe sie sich stellvertretend für mich um Daddy gekümmert, schrieb sie, und daß er ihr sehr fehlen werde, wenn er wieder für immer bei uns zu Hause wäre.

Das war die Stelle, deretwegen ich die Karte vor Effie versteckte. Ich hatte lange und ernsthaft darüber nachgedacht und war zu der Überzeugung gelangt, daß Daddy und Cathi nicht miteinander Unzucht trieben. Aber sie hätte es bestimmt gern gewollt und er vielleicht auch. Trotzdem glaube ich nicht, daß sie es wirklich getan haben. Wenn doch, hätten sie ja gesagt, daß sie ineinander verliebt sind oder so was Ähnliches. Aber sie haben einander nicht mit Blicken verzehrt, sondern Cathi hat immer ganz traurig ausgesehen, wenn sie Daddy angeguckt hat wie etwas, das sie gern haben möchte, aber nicht kriegen kann. Und der Richter war einfach kein Mann für Heimlichkeiten, und lügen konnte er schon gar nicht.

Es war schwer, nicht an Unzucht zu denken, wo doch Jamey Louise andauernd heiß war. Ich arbeitete jetzt jeden Vormittag im Stall und bekam dort Anschauungsunterricht im Kopfverdrehen. In einem hatte Nadine recht behalten: Jamey Louise brauchte man nur zu sagen, daß sie hinterher Zeit hätte, mit Greg allein zu sein, dann konnte sie tatsächlich arbeiten. Sie ließ Greg auf kleiner Flamme schmoren. Da sie am Reiten kein Interesse hatte, erledigte sie in Windeseile ihre Aufgaben und saß dann wie eine Katze vorm Milchnapf und wartete, bis Greg ebenfalls fertig war. Dann verschwanden die beiden oben auf der Tenne und kicherten herum, bis Greg nach einer Stunde oder so heim mußte in seine Kirche. Dort hatte er nämlich auch einen Job, aber was er da machte, das wollte er uns nicht sagen. Für Jamey war ich normalerweise Luft. Sie sprach mich nur an, wenn sie mit mir den Dienst tauschen wollte, damit sie länger mit Greg zusammensein konnte.

Cammie und ich waren inzwischen schon ein richtiges Team. Zweimal war ich runtergefallen, hatte mir aber bloß ein paar Kratzer und blaue Flecke geholt, und die hatte ich sorgfältig vor Effie verborgen. Wenn Mama eine Schramme an meinem Körper entdeckt hätte, wäre sie wahrscheinlich sofort hysterisch geworden und hätte mir verboten, weiter zu reiten. Das eine Mal war beim Springen der Steigbügelriemen gerissen, so daß ich direkt gegen die Latten geknallt war, und das andere Mal hatte Cammie vor einer Katze gescheut, die vom Dach gesprungen war und uns beiden einen Schreck eingejagt hatte.

Aber insgesamt kamen wir gut miteinander aus. Wir trainierten Sprünge über achtzig Zentimeter, und Nadine meinte, im September könnte ich vermutlich schon einen Meter überspringen, vorausgesetzt, Effie kaufte mir Stiefel, Kappe und Jackett. Ich hatte mich noch gar nicht getraut, Mama darum zu bitten. Ich machte mir Sorgen, daß sie mich, wenn sie hörte, daß ich springen übte, gar nicht mehr in den Stall lassen würde. Das war alles nicht so einfach für mich. Ich hätte ihr gar zu gern erzählt, was ich machte. Ich wünschte mir so sehr, daß sie kam und mir zusah und stolz auf mich war. Aber Effie hätte nur Angst gehabt.

Nadine wollte diesmal nicht an den Herbstturnieren teilnehmen. Sie sei erschöpft, sagte sie, und wolle in der Kali Oka bleiben, aber wenn Effie mir die Reiterausrüstung kaufte, würde sie mit mir und Cammie nach Mobile zum Wettkampf fahren. Das übertraf meine kühnsten Erwartungen, und so begann ich darüber nachzudenken, wie ich zu Stiefeln und Jackett kommen konnte. Hin und wieder übernahm ich Jameys Arbeit und bekam dafür die paar Cent, die Nadine ihr als Lohn bezahlte.

Ich hatte inzwischen einen ziemlich geregelten Tagesablauf, aber obwohl meine Tage alles in allem ausgefüllt waren, gab es ein klaffendes Loch, und das hieß Alice. Im Stall war ich bis zum Mittagessen beschäftigt, dann hatte Mama Betts immer noch allerlei für mich zu tun. Aber das dauerte nie länger als bis drei Uhr nachmittags. Und von da an dachte ich praktisch alle fünf Minuten an Alice, bis es Zeit zum Schlafengehen war. Als Mama Betts mich einmal fragte, wo sie eigentlich steckte, sagte ich, sie hätte keine Zeit, um mit mir zu spielen.

»Sie hat zuviel zu tun, und du bist zu stur, um dich bei ihr zu entschuldigen«, sagte Mama Betts.

»Wofür soll ich mich denn entschuldigen?« fragte ich.

»Keine Ahnung, aber irgendwas muß ja sein. Ich kenne dich, Bekka Rich, du hast Alice bestimmt gekränkt, sonst würde sie doch herkommen.«

Ich rannte aus der Küche, aber das konnte der Wahrheit nicht ihren Stachel nehmen. Ich brauchte volle zwei Wochen, bis ich mich dazu durchgerungen hatte, mich bei Alice zu entschuldigen, und dann war ich mir gar nicht mehr sicher, ob sie meine Entschuldigung überhaupt noch annehmen würde.

Jamey Louise hatte sich nicht weiter mit ihr abgegeben. Ich hatte den Verdacht, daß sie Alice eiskalt fallengelassen hatte, obwohl ich das natürlich nicht beweisen konnte. Jamey hatte Greg. Sie wollte Alice gar nicht als Freundin haben, sie hatte nur jemanden gebraucht, der ihr half, Greg auf sich aufmerksam zu machen.

Ich nahm mit Picket die Abkürzung durch den Wald. An der Quelle machten wir eine kurze Rast. Ein bißchen hatte ich gehofft, daß Alice dort wäre und wir uns auf neutralem Boden treffen könnten. Ich bummelte über eine Viertelstunde an der Quelle herum, aber Alice tauchte nicht auf. Also gingen wir zu ihr nach Hause, allerdings nur bis zum Waldrand. Sie saß auf der Schaukel und hatte Maebelle V. auf dem Schoß. Die Kleine war fünf Zentimeter gewachsen und hatte gut fünf Pfund zugelegt. Vielleicht war sie durch das ganze Herumgeholpere im Fahrradkorb ja doch in ihrem Wachstum gehemmt gewesen.

Picket stürzte auf Alice zu und begrüßte sie mit Gebell. Ich hatte mir fest vorgenommen, Haltung zu bewahren, aber als sie sich umdrehte und mich ansah, waren alle meine guten Vorsätze dahin.

»Entschuldige, daß ich weggerannt bin und dich mit dem Baby allein am Fluß gelassen habe.« Ich wollte näher kommen, hatte aber Angst, sie könnte mich fortjagen. Und obendrein war mir so, als ob ich jeden Augenblick losheulen müßte.

»Wir sind gut nach Hause gekommen«, sagte Alice. »Kein Problem.«

»Ich hab gedacht, du hast dich mit Jamey Louise eingelassen. Ich hatte das Gefühl, ich bin überflüssig, wo du ihr doch unsere ganzen Geheimnisse erzählt hattest.«

Alice glitt von der Schaukel. Sie hatte Maebelle V. an die Schulter genommen und kam auf mich zu. »Ich hab ihr nichts erzählt, Bekka. Du hast mir ja gar keine Gelegenheit gegeben, dir zu erklären, wie es war.«

»Ich …«

»Ich hab gedacht, du bleibst vielleicht für immer in Missouri. Ich war mir nicht sicher, ob du überhaupt jemals wiederkommst. Eines Tages wirst du ja doch weggehen. Woher sollte ich wissen, ob du nicht vielleicht schon diesen Sommer verschwindest?«

Sie hatte ganz recht, und darum hielt ich den Mund. Ich hatte ja wirklich nicht wiederkommen wollen, jedenfalls nicht so richtig. Etwas in mir wollte fort, wollte Dinge sehen, die ich noch nie gesehen hatte. Eines Tages würde ich weggehen. Ich würde auf eine Universität gehen, genau wie die Studenten oben in Missouri. Und dann würde ich auch mit Leuten von überallher in einem Hörsaal sitzen. Das erwartete der Richter von mir.

Und Alice würde hierbleiben.

»Ich hasse diesen Sommer«, sagte ich. »Warum muß bloß alles so schwierig sein?«

»Und wie läuft die Arbeit so mit Greg und Jamey?« Alices Lächeln war unverbindlich. Mit Entschuldigungen ließ sich das, was zwischen uns stand, nicht aus der Welt schaffen. Wir konnten nur Freundinnen bleiben oder es sein lassen. Und ich wünschte mir nichts sehnlicher, als ihre Freundin zu sein, außer vielleicht, auf Cammie zu reiten.

»Die knutschen dauernd rum, aber das darfst du keinem sagen.« Alice nahm Maebelle V. ein klein wenig höher, und ich pfiff nach Picket, und dann gingen wir zusammen zur Quelle. Ich hatte Alice so viel zu erzählen, und ich wußte, daß ich das trotz Nadines Verbot durfte, weil Alice schweigen würde wie ein Grab.

Kapitel 18

Der Plan, auf dem Erlöser-Friedhof zu graben, nahm beinahe wie von selbst Gestalt an, ohne daß Alice und ich etwas dazu taten. Im Grunde war alles reiner Zufall. Greg wollte drei Tage Urlaub haben, ab ersten August. Nadine war natürlich neugierig, warum. Seit Wochen war er tagaus, tagein im Stall zugange gewesen, und plötzlich hatte er etwas anderes vor. Nadine wollte wissen, was das war.

Greg sagte nur, die Erlöser hätten so eine Art Kirchentag in Hattiesburg, die ganze Truppe würde mit den Bussen hinfahren und bis zum dritten August dort bleiben. Als Nadine, assistiert von Jamey Louise, weiterbohrte, erzählte Greg noch, daß es um irgendwelche Strategien ging, aber dann hüllte er sich in Schweigen. Ich hatte den Eindruck, daß er selbst nichts Genaueres wußte, Nadine aber versuchte noch eine ganze Weile, ihm weitere Einzelheiten aus der Nase zu ziehen, und gab erst auf, als sie sein Schweigen endgültig leid war. Das einzige, was sie aus ihm herausholen konnte, war, daß unter den Erlösern an der Kali Oka Road eine ziemliche Aufregung herrschte und daß sie allesamt nach Hattiesburg mußten, um bei der Abstimmung dabeizusein.

Ich war so sehr mit Cammie und meiner Reiterei beschäftigt, daß mir die Tragweite dieser Nachricht zunächst gar nicht klar war. Erst als ich in Mama Betts Almanach nachlas, wie man Stiefmütterchen pflanzt, dämmerte es mir: Am ersten August war Vollmond.

Die Nacht war also wie geschaffen für eine heimliche Aktion auf dem Friedhof der Erlöser.

Alice und ich hatten noch nicht wieder ganz zu der alten Vertrautheit zurückgefunden, die früher zwischen uns so selbstverständlich gewesen war. Und weil wir uns beide große Mühe gaben, sie wiederherzustellen, war Alice so ein gemeinsames Friedhofsabenteuer als Unterpfand unserer völligen Versöhnung genauso willkommen wie mir. Darum ließ sie sich auch nicht lange bitten, sondern war sofort einverstanden, zumal es ja um Magdeline Scott, das Erlöser-Mädchen, ging. Nachdem ihr Elend uns entzweit hatte, sollte sie uns nun wieder zusammenbringen.

Ich war an dem bewußten Morgen dermaßen überdreht, daß es mir nur mit größter Mühe gelang, Cammie einigermaßen zu beruhigen, damit ich sie reiten konnte. Nadine war schrecklich genervt. Sie kommandierte mich herum, und wenn ich nicht gehorchte, fluchte sie. Mir machte es nichts aus, daß Cammie herumtänzelte und allerlei komische Hüpfer vollführte. Sie freute sich einfach, daß sie aus ihrer Box herauskam, denn das durfte sie ja nur, wenn ich sie ritt, und darum wollte sie sich mal so richtig recken und strecken. Ich hatte Mama Betts so beiläufig wie möglich danach gefragt, ob Pferde eigentlich unbedingt bewegt werden müßten, und sie hatte mir erklärt, daß Pferde Grasfresser sind, und darum ist es schädlich, wenn sie immer nur in der engen Box stehen müssen. Doch Nadine hatte Angst, daß Cammie sich einen Kratzer ins Fell machte oder sich auf der holperigen Weide den Fuß verstauchte.

Jamey Louise stand in der Stalltür und stützte sich auf ihre Mistgabel. Da sie wußte, daß Greg heute nicht kam, trug sie verwaschene Jeans und ein rotkariertes Hemd – das Zweckmäßigste, was sie bis jetzt zur Arbeit angehabt hatte. Wie sie so dastand und mich ansah, war mir klar, daß sie sich wünschte, ich würde ordentlich auf die Fresse fliegen.

Als die sechs Erlöser-Busse auf der Straße vorbeidonnerten und eine gewaltige Staubwolke aufwirbelten, habe ich, glaube ich, gefeixt.

Nadine schnappte sich Cammies Zügel und brachte die tänzelnde Stute zum Stehen. »Was ist denn hier los?« fragte sie und winkte mir, daß ich absitzen sollte.

»Nichts. Die Erlöser fahren gerade zu ihrem Treffen nach Hattiesburg, weiter ist nichts.«

»Ja, ja« – sie fuchtelte ungeduldig herum –, »das weiß ich selbst.

Was mit dir los ist, will ich wissen. Du siehst ja aus, als ob du 'n Sechser im Lotto hast.«

»Nichts ist mit mir.« Ich hätte Nadine gern erzählt, was Alice und ich für ein Abenteuer geplant hatten, aber das war nicht möglich, weil Jamey Louise die ganze Zeit in der Nähe war und ihre Ohren aufsperrte. Wenn sie erfuhr, daß ich mit Alice zum Cry Baby Creek gehen wollte, würde sie garantiert verlangen, daß wir sie mitnehmen. Das hätte uns gerade noch gefehlt.

Wahrscheinlich habe ich ziemlich lange so dagestanden und die Straße runtergeschaut, denn Nadine sah mich jetzt mit einem unheimlich breiten Grinsen an. »Was hast du bloß, Rebbeka Rich? Was gibt's denn da auf der Straße zu sehen?«

»Als ich noch klein war, hat meine Großmutter mir immer erzählt, daß unten im Cry Baby Creek mal ein Baby ertrunken ist«, erwiderte ich. Ich hoffte, das diese alte Legende sie ablenken würde. »Spät in der Nacht, bist du da schon mal die Straße runtergegangen und hast gehorcht? Wenn es ganz still ist, kann man ein kleines Baby hören, das richtig mitleiderregend schreit. Angeblich ist die Kleine lange auf dem Wasser getrieben, bevor sie endgültig ertrunken ist.«

Ich führte Cammie in ihre Box, und Nadine kam mir nach. Jamey stand immer noch in der Tür und paßte auf, daß ihr ja kein Wort von unserer Unterhaltung entging.

»Und warum hat die Mutter das Baby in den Fluß geworfen?« fragte Nadine.

»Das ist eine lange Geschichte. Das war damals, als diese andere Sekte unten an der Straße gelebt hat.«

»Ich hab Zeit, und Jamey kann deine Boxen mit ausmisten, während du mir davon erzählst«, sagte Nadine. »Einverstanden, Jamey, du stehst ja eh bloß rum und hast nichts zu tun, oder?«

»Ich kenne die Geschichte auch«, sagte Jamey. »Ich erzähl sie dir, dann kann Bekka ihre Boxen selber ausmisten.«

»Diesmal nicht«, fertigte Nadine sie ab. »Laß Bekka erzählen.« Sie machte mir ein Zeichen, daß ich fortfahren sollte. Ich hatte Cammies Sattel und das Zaumzeug weggebracht, und nun mußte sie vor dem Striegeln noch ein paar Minuten abkühlen. Nadine saß oben auf der Tür von Cäsars Box, und ich hockte an der Wand gegenüber und lehnte mich mit dem Rücken an die Holzplanken.

»Also, die junge Frau hieß Miss Selena Baxter. Das weiß ich noch, weil Selena so ein seltener Name ist. Und das Baby hieß Evie.« Ich versuchte mich zwar ganz genau an alles zu erinnern, was Mama Betts mir erzählt hatte, wußte aber, daß ich eine Menge Einzelheiten würde ergänzen müssen. Ein paar wesentliche Dinge, die mit dem Tod der kleinen Evie Baxter zu tun hatten, waren mir nämlich erst in diesem Sommer klargeworden und wie das mit dem Baby überhaupt alles passieren konnte.

»Selena war eine schöne junge Frau mit langen dunklen Haaren und grünen Augen.« Das hatte ich natürlich erfunden, aber das war nicht weiter wichtig. Wenn ich heute an Selena Baxter dachte, sah ich Magdeline vor mir. »Und sie hatte eine wunderschöne Stimme. Es heißt, daß sie so schön singen konnte, war eine wahre Gottesgabe. Sie brauchte kein Klavier und nichts, bloß Worte und eine Melodie, das genügte, damit alle glaubten, der Herrgott sei bei ihnen eingekehrt.«

»Das denkst du dir aus, Bekka«, rief Jamey vorwurfsvoll. »Ich kenne die Geschichte. Daß das Mädchen singen konnte, davon war nie die Rede.«

»Halt den Mund und arbeite«, befahl Nadine. »Ich will das jetzt hören.«

»Selena hatte keine richtige Familie. Ihre Eltern waren bei irgendeiner Fieberepidemie oder so gestorben, und darum fühlte sie sich sehr einsam. Und weil sie zu alt war, um noch richtig adoptiert zu werden, und zu jung, um allein leben zu können, landete sie schließlich bei dieser Glaubensgemeinschaft am Ende der Straße. Damals war das die Für-Christus-leben-Gemeinde.« Ich hatte keine Ahnung, ob das stimmte, aber es hörte sich gut an, und ich war mir sicher, daß Jamey Louise es auch nicht besser wußte.

»Und wie ist sie dahin gekommen?« fragte Jamey. Sie trödelte immer noch hinten im Stall herum.

»Wahrscheinlich durch irgendeinen Verwandten, der die Gemeinde gekannt hat«, sagte ich. »Ich bin doch keine Historikerin, Jamey, ich erzähle bloß eine Geschichte.«

»Mach weiter«, drängte Nadine.

»Also, Selena hatte manchmal das Gefühl, daß sie nicht so recht zu den Leuten in der Gemeinde paßte. Sie war es gewohnt gewesen, zur Schule zu gehen und ganz normale Sachen zu lernen, und auf einmal war sie da unten am Ende der roten Lehmstraße isoliert und hatte keine richtigen Freunde mehr. Der einzige, der ihr überhaupt so was wie ein Gefühl der Geborgenheit gab, war der Priester, der an der Spitze der Gemeinde stand. Er sagte immer zu ihr, daß sie ein schönes Gotteskind ist und ihre Stimme ein ganz besonderes Geschenk, ein Zeichen, daß Gott Wohlgefallen an ihr hat.«

»Ich weiß schon, worauf das hinausläuft«, sagte Jamey düster. »Zum Schluß vergewaltigt er sie.«

»Nicht vergewaltigt. So hat sich das nicht abgespielt. Selena hat geglaubt, daß er sie liebt und daß es Gottes Wille ist, daß sie sich vereinigen.« Ich war stolz auf diesen Satz. Ich hatte lange überlegt, wie ich die Sache mit der Unzucht umschreiben könnte. Mama Betts hatte diesen Punkt einfach weggelassen und bloß erzählt, daß Selena Baxter ein Kind bekam. Mama Betts hatte auch nicht direkt gesagt, daß es der Priester gewesen war. Auf diese Erklärung war ich letzten Endes selber gekommen.

»Daß das Gottes Wille ist, das hat ihr garantiert der Priester eingeredet«, sagte Nadine trocken. »Wahrscheinlich hat er ihr gesagt, sie dient damit dem Herrn.«

»Und außerdem hat er gesagt, er liebt sie«, fügte ich hinzu. »Der Priester sah sehr gut aus. Und immerhin war er ja das Oberhaupt von der Gemeinde. Selena war natürlich stolz, daß er sie auserwählt hatte. Und er hat gesagt, daß er sie heiratet und zu seiner Frau macht. Da war es ihr auf einmal ganz egal, daß sie einsam war und von den anderen wie eine Aussätzige behandelt wurde. Wenn er sie erst mal geheiratet hätte, würde sie genauso akzeptiert und geliebt werden wie er. Aber daraus wurde nichts.«

»Schwanger ist sie geworden. Wenn sie einer aufgeklärt hätte, wär das nicht passiert«, sagte Jamey lachend, worauf Nadine mit einem Pferdeapfel nach ihr warf.

»Stimmt, sie ist schwanger geworden. Und als sie dem Priester das gesagt hat, da hat er behauptet, das Kind ist nicht von ihm, und sie hat mit irgendwem aus der Gemeinde gesündigt. Selena war völlig fassungslos. Sie ist in den Wald gerannt, weil sie nachdenken wollte. Und weil sie sich nicht getraut hat, mit jemandem über die ganze Sache zu reden, hat sie immer mehr Zeit allein im Wald verbracht. Sie ging am Fluß auf und ab und dachte darüber nach, was sie tun sollte. Sie hatte niemanden, dem sie sich anvertrauen konnte, und als ihr Bauch dann immer dicker wurde, da haben die Leute in der Gemeinde sie sehr häßlich behandelt. Jeder konnte sehen, daß sie schwanger war, aber Selena hat sich geweigert, denen zu sagen, wer der Vater ihres Kindes war.«

»Das denkst du dir doch alles bloß aus, Rebekka Rich.« Jamey warf ihre Mistgabel in den Gang. »So was Gemeines, ich muß deine ganze Arbeit machen, und du kannst faulenzen und erzählst hier Lügengeschichten, wo jeder, der bis drei zählen kann, gleich merkt, daß das Spinnerei ist.«

»Willst du damit sagen, ich kann nicht bis drei zählen?« fragte Nadine.

»Nein, aber du sitzt da und hörst zu, als ob du Bekka diesen Quatsch glaubst.«

»Die Geschichte ist nicht nur gut«, sagte Nadine, »sie ist auch gut erzählt. Und wenn du, anstatt dauernd rumzujammern und dich rauszuputzen, auch mal deine sprachlichen Fähigkeiten trainieren würdest, könntest du vielleicht auch eine gute Geschichtenerzählerin werden.«

»Pah, mit Rumjammern und Rausputzen erreiche ich alles, was ich im Leben erreichen will«, sagte Jamey und grinste mich triumphierend an. »Aber Bekka lügt das Blaue vom Himmel runter, und damit erreicht sie höchstens, daß sie einen blauen Hintern kriegt und einen Haufen Ärger.«

Nadine lachte und schüttelte den Kopf über Jamey. »Erzähl weiter«, sagte sie, »erzähl uns ruhig deine Geschichte. Jamey sagt zwar, sie gefällt ihr nicht, aber zuhören tut sie trotzdem, nicht wahr?«

Ich holte tief Luft und strengte meine Phantasie noch einmal tüchtig an. »Also, als die Zeit näher kam, wo Selenas Baby geboren werden sollte, da wußte sie, daß sie gewaltig in der Patsche saß. Die Leute von der Gemeinde machten einen Bogen um sie. Keiner wollte mit ihr reden, und sie konnte nicht einmal sicher sein, daß ihr jemand bei der Geburt half, wenn es soweit war. Der Priester wollte nichts mehr mit ihr zu tun haben. Vor der ganzen Gemeinde hatte er zu ihr gesagt, sie soll sich ja nicht mehr in der Kirche blicken lassen mit der Last ihrer Sünde. Sie darf aber weiter dort wohnen bleiben, hatte er gesagt, weil sie ja keine andere Bleibe hat. Aber sie ist ein gefallenes Mädchen. Es ist Gottes Wille, hatte er gesagt, daß sie das Kind zur Adoption freigibt, damit es in einer liebevollen Familie christlich aufwachsen kann.«

Nadine, die immer noch auf der Tür von Cäsars Box saß, rutschte unruhig hin und her. »Hört mal, ihr zwei, ihr denkt vielleicht, das ist bloß eine verrückte Geschichte, aber so was passiert andauernd. Manche von diesen Religionsgemeinschaften nehmen den jungen Mädchen sogar die Babys weg und verkaufen sie. Sie benutzen die jungen Mädchen gewissermaßen als Zuchtkühe, Mädchen in eurem Alter. Sie befehlen den Männern kurzerhand, sie zu befruchten, und wenn das Baby geboren ist, verkaufen sie es wie ein Stück Vieh.« Als sie unsere entsetzten Gesichter sah, lächelte sie ihr füchsisches Lächeln.

»Das ist wirklich wahr«, sagte sie. »Ich möchte wetten, daß die Leute von dieser Erlöser-Kirche darum so außer sich sind. Gerade letzte Woche ist in den Nachrichten gemeldet worden, daß in Hattiesburg in einem Heim für ledige Mütter Babys verkauft worden sind.«

»Aus einem Erlöser-Heim?« fragte Jamey. »Die Erlöser verkaufen Babys?«

Als wir sahen, wie Jamey sich unwillkürlich an ihren flachen Bauch faßte, sahen Nadine und ich uns vielsagend an.

»Aber die nehmen doch die Babys nicht einfach weg, wenn die Mädchen das gar nicht wollen, oder doch?« fragte sie, während sie aus der Box kam und mitten auf dem Gang stehenblieb.

»Klar machen die das. Überleg doch mal. Die meisten dieser Mädchen sind minderjährig. Die in dem Heim für ledige Mütter, die sind wahrscheinlich zu Hause rausgeflogen, oder die Eltern haben sie in das Heim gesteckt – wegen der Schande.«

»Und was ist mit den Ärzten?« fragte ich. »Die können doch so was nicht zulassen.«

»Wer sagt denn, daß da Ärzte sind? Es werden andauernd Kinder geboren, ohne daß ein Arzt dabei ist.«

Langsam tat es mir leid, daß ich mich darauf eingelassen hatte, die Geschichte zu erzählen. Nadine war jetzt ganz und gar ins grelle Licht der Mittagssonne getaucht, das ihre Bernsteinaugen funkeln ließ. Nur einen Meter weiter stand Jamey mit schweißglänzender Haut, und beide waren schrecklich aufgeregt, und das alles wegen einer alten Legende und einer Nachrichtenmeldung.

Als Nadine aus dem Licht wieder in die Dunkelheit des Stalls trat, löste sich die heftige Spannung, die einen Moment lang geherrscht hatte. »Entschuldige, daß ich dich unterbrochen habe. Mach weiter mit der Geschichte. Also, was ist mit dem Baby passiert und mit Selena? Ist das Baby entführt worden?«

»Entführt!« höhnte Jamey. »Das wär tausendmal besser gewesen als das, was wirklich passiert ist. Umgebracht hat sie's.«

Daß die Mutter ihr Kind getötet haben könnte, war mir bei all meinen Phantasien über die Legende des Cry Baby Creek noch nie in den Sinn gekommen. Es mußte viel, viel dramatischer gewesen sein. Jemand hatte das Baby in den Fluß geworfen, und dann war es auf dem Wasser getrieben, als ob es noch einen sicheren Hafen finden könnte. Jamey Louise sagte, die Frau sei noch irgendwie bis zur Mitte des Flusses gewatet und habe das Kind untergetaucht.

»Es war kein richtiger Mord.« Ich wußte, daß es schwer werden würde, Jameys Version zu überbieten.

»Wie würdest du das denn nennen?« fragte Jamey.

»Stimmt schon, Selena hat das Baby ins Wasser gelegt, aber sie wußte ja nicht richtig, was sie tat. Sie hatte es ganz allein im Wald zur Welt gebracht und wußte einfach nicht, was sie damit machen sollte.«

»Wieso hat sie denn im Wald entbunden?« fragte Nadine. »Könnte es nicht sein, sie hatte Angst, daß es ihr einer wegnimmt und es vielleicht verkauft?«

Ich schüttelte den Kopf. »Ich weiß nicht. Es ist ja auch bloß eine Geschichte.«

»Das stimmt nicht«, trumpfte Jamey auf. »Weil man das arme Baby nämlich tief in der Nacht hören kann. Libby sagt, sie war letzten Sommer unten am Fluß, und ihr haben richtig die Haare zu Berge gestanden, weil das arme Ding so gewimmert hat.«

Das glaubte ich gerne, daß Libby das gesagt hatte. Sie knutschte nämlich immer da unten, und dabei wollte sie bestimmt nicht von ihrer kleinen Schwester gestört werden. Aber wozu hätte ich diesen Gedanken aussprechen sollen? Außerdem hatte ich die Geschichte aufgebracht, und durch Jameys Unterstützung wurde sie nur noch überzeugender.

»Stimmt«, sagte ich. »Es war eine Tragödie. Daß das kleine Mädchen gleich nach der Geburt ertrunken ist, steht außer Frage. Mama Betts sagt, Selena hat die Kleine noch gewaschen und ihr ein altes Taufkleid angezogen.«

»Und Selenas eigenes Kleid war über und über voll Blut«, ergänzte Jamey. Sie war inzwischen näher gekommen und kauerte jetzt neben mir an der Wand. »Sie hat furchtbar ausgesehen. Mama sagt, sie muß den Verstand verloren haben, das passiert manchmal, wenn eine Frau ein Baby kriegt. Sie hat die arme Kleine in ihrem weißen Taufkleid direkt in den Fluß geworfen.«

»Das Baby trieb auf dem Wasser, und das weite Kleidchen bauschte sich um sie herum wie ein Ballon.« Wenn ich mich nicht beeilte, wieder auf die Geschichte zurückzukommen, würde mir Jamey noch ganz und gar die Show stehlen. »Es hatte dunkles Haar, genau wie die Mutter, und in dem Moment, wo es in das eiskalte Wasser eintauchte, fing es an zu schreien.«

»Babys können schwimmen«, sagte Nadine leise. »Ich glaube, ich hab mal irgendwo gelesen, daß die von Natur aus schwimmen können.«

»Also, sie muß eine ganze Weile auf dem Wasser getrieben sein, die Leute sagen nämlich, Selena ist am Ufer auf und ab gerannt und hat sich die Ohren zugehalten und geschrien, damit sie die Schreie des Babys nicht hören mußte. Und zum Schluß ist das Kind dann untergegangen.« Ich machte eine Pause und schaute erst Nadine und dann Jamey an. Beide lauschten mit weit aufgerissenen Augen und fest zusammengepreßten Lippen, und da beschloß ich, den dramatischen Höhepunkt zu setzen. »Und dann war Stille über dem Cry Baby Creek«, sagte ich.

»Fünf Tage später wurde endlich der Leichnam gefunden. Ein Stück Spitze von dem Taufkleid hatte sich in den Wurzeln eines Hartriegelstrauches verfangen, der sich dort über das Ufer beugte.«

»Dann war das Wasser offenbar sehr kalt«, sagte Nadine in einigermaßem sachlichen Ton, »sonst wäre die Leiche schon verwest gewesen.«

»Die Kleine hatte keinen Namen«, fuhr ich fort. »Aber als man sie begraben hat, haben die Leute von Chickasaw County sie Evie genannt, damit sie auf den Grabstein schreiben konnten, wie sie hieß.«

»Wieso gerade Evie?« fragte Nadine.

»Ich weiß nicht. Mama Betts sagt, weil sie so wunderschön war. Die ganze Nachbarschaft war unheimlich erschüttert. Verstehst du, als Selena in die Gemeinde zurückkam, über und über voll Blut und ohne Baby, da haben natürlich alle das Kind gesucht. Die von der Gemeinde haben versucht, die Sache geheimzuhalten, aber das ist ihnen nicht gelungen. Bald wußte die ganze Straße Bescheid, und dann haben alle mitgesucht.«

»Vielleicht hat nicht Selena das Kind umgebracht, sondern der Priester«, sagte Nadine. Sie stand auf, ging vier, fünf Schritte von uns weg und drehte sich dann abrupt zu uns um. »Vielleicht ist er dazugekommen, als Selena gerade das Kind kriegte, und als es draußen war, hat er es ihr weggenommen, hat es angezogen und getauft und dann ertränkt.«

Nadines braune Augen leuchteten in dem düsteren Stall. Ich merkte, wie sich die Härchen auf meinen Armen sträubten. Jamey Louise rückte sogar ein bißchen dichter an mich heran.

»Vielleicht ist der Priester, der Selenas Baby getötet hat, derselbe, der jetzt unten am Ende der Kali Oka Road haust. Vielleicht ist er zurückgekommen! Jeder Mörder kehrt doch an den Schauplatz seines Verbrechens zurück.«

Ich holte tief Luft. Gut möglich, daß Nadine recht hatte. Wer außer dem Priester konnte denn wissen, was damals in der Kirche unten am Ende der alten Lehmstraße vor sich gegangen war? Man brauchte ja nur daran zu denken, wie er Magdeline Scott behandelt hatte, dann wußte man, daß dieser Mann zu allem fähig war.

Nadine sah erst mich und dann Jamey an, und für den Bruchteil einer Sekunde kam es mir so vor, als ob sie lächelte. Schließlich sagte sie: »Der Schrei dieses armen kleinen Mädchens, dieser Schrei, den man tief in der Nacht hören kann, das ist ein Schrei nach Gerechtigkeit.«

Kapitel 19

Bei Nadines Interpretation der Geschichte von Evie Baxter und dem Cry Baby Creek hatten sich mir zwar buchstäblich die Zehennägel gekräuselt, aber das hatte nicht gereicht, damit ich mir mein nächtliches Vorhaben aus dem Kopf schlug. Ich wollte Alice erzählen, wie Nadine die Geschichte zu Ende gebracht hatte – daß sie Selena Baxter sozusagen reingewaschen und dem Priester die Schuld in die Schuhe geschoben hatte. Nur leider war Alice in allem, was die Pferde und den Stall betraf, etwas empfindlich. Sie mochte Nadine nicht. Nadine hatte etwas an sich, das Alice total in Rage bringen konnte. In der Regel vermied sie es, das Thema anzuschneiden, ja, sie vermied es sogar, Nadines Namen auszusprechen. Sie machte einfach einen Bogen um den Stall. Wenn ich sie drängte, mir den Grund dafür zu nennen, sagte sie, Nadine würde sie an eine Verwandte erinnern, eine ziemlich gemeine Frau.

Alice mit ihren vielen Geschwistern konnte weit besser auf andere Menschen eingehen als ich. Sie war behutsam; wenn jemand bloßgestellt wurde, guckte sie nicht hin. Sie hatte ein weiches Herz. Es tat ihr weh, wenn sie andere leiden sah. Ich glaube, wer so viele Verwandte hat, die ihre Nase überall hineinstecken, der legt besonders großen Wert darauf, seine geheimsten Gefühle für sich zu behalten.

Im Stall wurden alle Gefühle ausgeforscht und auseinandergenommen. Keiner blieb davon verschont. Ich hatte den Eindruck, Nadine konnte sich gar nicht vorstellen, daß ihre Tricks und ihre Art, mit Jamey, Greg und mir umzugehen, auf jemanden wie Alice abstoßend wirkten. Aber das war ihr auch egal. So war sie eben. Und genau darum war sie ja auch so eine großartige Reiterin.

Angst war Nadines Spezialität. Angst, sagte sie immer, sei dazu da, daß man sie überwindet. Wenn ich Angst vor einem bestimmten Sprung hatte, legte sie die Latte gleich noch ein paar Zentimeter höher. Ihre Logik sah so aus: Ich fürchtete mich vor einem Meter, also mußte ich einszwanzig überspringen, damit ich merkte, daß man vor einem Meter keine Angst zu haben braucht.

»Die Angst ist eine Verbündete«, sagte Nadine, weil sie dafür sorgt, daß der Reiter wachsam bleibt und auf seine Sicherheit achtet.« Jeder Reiter habe Angst, meinte sie, man dürfe ihr bloß nicht nachgeben. Und darum rief sie Jamey Louise und Greg, damit sie mir zuschauen sollten, als ich über eine Ziegelmauer sprang, auf der außerdem noch eine Stange lag, so daß das ganze Hindernis insgesamt einen Meter zwanzig hoch war. Und Cammie und ich sind wirklich gesprungen! Und bei der Landung spürte ich, wie das Gefühl, einen Sieg errungen zu haben, über die Angst triumphierte. Nadine hatte lächelnd dabeigestanden und ausgesehen wie eine Siegerin.

Genau diese Szenen waren es, die Alice anwiderten. Für sie waren Angst und Gefühle überhaupt etwas ganz Persönliches. Wenn sie weinte, wollte sie nicht, daß ein anderer es sah. Wenn sie Angst hatte, war es ihr eine schreckliche Vorstellung, dabei Zuschauer zu haben, als ob man in aller Öffentlichkeit einen Wettkampf gewinnt – oder verliert. Alice wußte ja nicht, daß Nadine ihre Art, den Stier bei den Hörnern zu packen, bei den landesweiten Springturnieren gelernt hatte. Dort war alles öffentlich. Gewinnen und Verlieren. Sieg und Niederlage. Nadine liebte es, mit anderen ihre Kräfte zu messen.

Ich versuchte die Wogen zu glätten, indem ich Alice bat, mich doch einmal zu Nadine zu begleiten. An einem wolkenlosen Mittwoch überraschte sie mich damit, daß sie, wenn auch eher widerwillig, auf meinen Vorschlag einging. Ich wollte Alice so gern zeigen, daß Cammie wirklich ein ganz besonderes Pferd war. Ich plante und plante. Mama Betts machte uns ein Picknick zurecht, und Nadine versprach sogar, Alice eine Reitstunde zu geben. Ich wollte die Stunde abarbeiten und sie ihr schenken. Selbst Jamey Louise und Greg warteten aufgeregt auf Alices Erscheinen.

Doch dann kam Alice gar nicht richtig dazu, sich die Pferde anzusehen, weil Nadine sich eine ihrer Spezialitäten für sie ausgedacht hatte. Den ganzen Sommer über hatte sie im Stall Ratten zu allerlei Kunststückchen abgerichtet. Einer hatte sie beigebracht, ihr aus dem Mund zu fressen.

Als ich das zum erstenmal gesehen hatte, war mir etwas mulmig geworden, aber dann hatte ich mir gesagt, daß Nadine so was nur tat, weil sie uns schockieren wollte. Das Ganze war ein Test. Besonders gern machte sie es, wenn Greg dabei war.

Es waren zwei Ratten. Die eine mußte früher schon einmal zahm gewesen sein, jedenfalls glaubte Nadine das, weil sie braun-weiß gescheckt war. Sie nannte sie Charlie. Die andere war graubraun und etwas größer als Charlie. Sie hieß Ernest. Charlie war der, dem Nadine beigebracht hatte, an ihrem Oberkörper hochzuklettern, wenn sie sich oben auf der Tenne ins Heu legte. Zuerst kaute Nadine einen kleinen Bissen Brot weich, und dann fing sie Charlie ein und setzte ihn sich auf den Bauch, ungefähr dort, wo der Nabel war. Und wenn sie dann brav den Mund aufmachte, kletterte das Tier an ihrem Oberkörper hoch, so weit, daß es ihr die Füße aufs Kinn stellen konnte, steckte den Kopf in ihren offenen Mund und fraß ihr von der Zunge.

Jedesmal, wenn Nadine das tat, schaute ich fasziniert zu. Es war so grotesk, daß ich einfach hingucken mußte, selbst wenn ich eigentlich gar keine Lust hatte, mir das Spektakel ein weiteres Mal anzusehen.

An dem Tag, als Alice mich im Stall besuchen kam, gab Nadine wieder mal eine Vorstellung. Ich hatte gehofft, sie würde es nicht tun, aber als sie Alice mit Maebelle V. kommen sah, bemerkte ich ihren Fuchsblick, und da wußte ich, daß sie nur darauf lauerte. Zuerst fragte sie, ob sie das Baby mal auf den Arm nehmen darf, und Alice zögerte so lange, wie ich sie noch nie zögern gesehen hatte, bevor sie ihr Maebelle gab. Nadine war klein, aber kräftig. Sie stemmte Maebelle V. hoch und brachte sie zum Lachen.

»Ein süßes Baby«, sagte Nadine, als sie Alice die Kleine zurückgab. »Und jetzt zeig ich dir meine Babys.« Und dann winkte sie uns, ihr auf die Tenne zu folgen.

Ich versuchte, Alices Blicke auf mich zu lenken, damit ich sie vorwarnen konnte, aber sie war voll damit beschäftigt, die Leiter hochzuklettern und aufzupassen, daß Maebelle V. ihr dabei nicht aus dem Tragetuch fiel. Und als wir oben angekommen waren, ergab es sich so, daß Greg neben mir stand und ich absolut keine Gelegenheit mehr hatte, Alice irgendwas zuzuflüstern.

»Die Ratten«, sagte Greg leise. Ich meinte, in seiner Stimme einen leicht begeisterten Unterton gehört zu haben, aber als ich ihn ansah, merkte ich, daß er besorgt zu Alice guckte. »Du, Nadine, vielleicht mag Alice keine Ratten.«

Nadine hörte kurz auf, im Heu herumzustöbern, und schaute Greg an. »Woher willst du denn wissen, was Alice mag und was nicht? Vielleicht erzählst du uns das mal, was, Greg?«

Als er nicht antwortete, fing Nadine wieder an, das Heu zu durchsuchen. Es dauerte ein paar Minuten, bis sie Charlies Versteck ausfindig gemacht hatte. Irgendwie hatte ich das Gefühl, daß die Ratte auch nicht so recht wollte. Sie wand sich und zappelte und versuchte sich aus Nadines Hand zu befreien, doch dann gab sie es auf. Plötzlich war sie wie hypnotisiert. Sobald Nadine sich das Tier auf den Bauch gesetzt hatte, fing es an, langsam und widerstrebend an ihren Rippen und zwischen ihren Brüsten hochzuklettern, bis es seine beiden Vorderpfoten auf ihrem Kinn hatte und sich mit den Hinterpfoten gegen ihre Halsschlagader stemmte. Dann steckte es seinen größtenteils weißen Kopf blitzschnell in ihren Mund und fraß.

Alice fing an zu würgen. Ich wollte etwas sagen, wollte sie beruhigen, aber da war sie schon die Leiter runtergeklettert und ging hinaus in die Sonne. »Warum macht die das?« fragte sie, während sie sich mit dem Handrücken die rechte Augenbraue rieb. »Bekka, die tickt doch nicht richtig, die Frau. Ratten übertragen alle möglichen Krankheiten.«

»Das ist ein Test«, flüsterte ich.

»Ein Test? Für was?« Unter ihren sommersprossigen Wangen bildeten sich dunkelrote Flecke. »Damit sie sieht, wieviel einer aushält, eh er seine Siebensachen schnappt und verschwindet?« Und genau das tat Alice. »Ich weiß, daß du die Pferde liebst, Bekka«, sagte sie im Gehen, »und ich freue mich für dich, daß du reiten kannst, aber die Frau da drin, die hat nicht alle Tassen im Schrank. Mich siehst du hier jedenfalls nicht wieder. Mir gefällt es hier nämlich nicht, und diese Nadine gefällt mir auch nicht.«

Sie ging durch das Gatter, und Maebelle V., die im Tragetuch auf ihrem Rücken saß, hüpfte und schlenkterte bei jedem ihrer Schritte. Sie riegelte das Gatter sorgfältig zu, stieg auf ihr Fahrrad, das neben meinem am Seifenbaum lehnte, und fuhr nach Hause, ohne sich noch einmal umzudrehen. Ich wußte genau, daß sie nie mehr wiederkommen würde, nicht einmal, um mich springen zu sehen. Und ich wußte auch, daß es sinnlos war, wenn ich versuchte, Alice das alles zu erklären. Sie konnte einfach nicht verstehen, daß Pferdenarren anders sind als andere Leute.

Darum wäre es auch dumm gewesen, ihr Nadines Version von dem Cry Baby Creek zu erzählen. Alice würde sowieso nichts davon halten, schon deshalb nicht, weil es Nadines Version war. Außerdem war es besser, die Geschichte ganz und gar aus dem Spiel zu lassen, wenn wir um Mitternacht bei der alten Kirche herumschleichen wollten. Sooft ich früher auch im Sommer nachts extra zum Fluß gegangen war, um das Baby schreien zu hören, diesmal wollte ich auf keinen Fall, daß das passierte.

Immer wieder versicherte ich mich, daß wirklich alle im Haus glaubten, ich würde schlafen. Picket ließ sich viel schwerer hinters Licht führen als die Menschen, aber Alice und ich hatten sowieso beschlossen, sie zu unserem Schutz mitzunehmen. Die Erlöser waren ja allesamt in Hattiesburg, so daß ihr keine Gefahr drohte. Außerdem fanden wir es sehr tröstlich, Picket im Dunkeln bei uns zu haben. Alice und ich hatten zwar reichlich Erfahrung damit, uns im Sommer nachts aus dem Haus zu stehlen, aber es ist schon ein kleiner Unterschied, ob man zum Fluß runtergeht, um heimlich zu baden, oder ob man da unten ein totes Baby ausbuddeln will.

Als Mama Betts' Schnarchen das Geräusch des Deckenventilators übertönte, schlüpfte ich aus dem Bett und flitzte durch die Küche nach draußen. Ich war mit Shorts und einem T-Shirt ins Bett gegangen, und meine Turnschuhe standen auf der Veranda bereit. Es war kurz vor elf. Um diese Zeit war an der Kali Oka Road kein Mensch mehr wach. Alice und ich konnten wie Gespenster durch die Nacht geistern.

Alice wartete im Wald auf mich. Im Mondlicht sah sie viel magerer aus als sonst, auch weil Maebelle V. nicht wie ein nasser Sack an ihr hing. Wir holten unsere Fahrräder und blieben so lange wie möglich im Wald, bevor wir uns auf die offene Straße wagten.

Die Nacht hatte die alten Zaunpfähle und die Bäume mit einer Silberhaut überzogen. Selbst die vertrauten Briefkästen sahen wie verwunschen aus. Sogar die Luft kam mir süßer vor, mehr als sonst erfüllt von Gerüchen und Geräuschen. Ich sah Alice an, und sie grinste zurück, und so radelten wir in unser Abenteuer. Die Freude über unsere heimliche Flucht hatte uns richtig waghalsig gemacht. Wir waren frei, und es war Nacht, die Regeln des Tages galten nicht mehr, jetzt konnten wir ganz anders sein, als wir sonst waren.

Ich dachte an die Geschöpfe, deren Reich die Dunkelheit ist. Die Eule und die Katze. Daddy hatte mir einmal erzählt, daß diese beiden mit ihren goldenen Augen mehr sehen konnten als andere Tiere. Sie waren nachtaktiv. Und dadurch, daß Alice und ich die Fesseln unseres häuslichen Daseins gesprengt hatten, waren wir wie sie – nachtaktiv und von der Nacht erfüllt.

Im eigentümlichen Licht des Mondes hatten alle Dinge ihr vertrautes Aussehen verloren, und trotzdem kam es mir zum erstenmal in jenem Sommer irgendwie richtig normal vor, mit Alice draußen auf der Kali Oka Road zu sein. Wir fuhren unter der Krone von Mrs. Spooners weithin gepriesenem Persimonenbaum dahin. Die glänzenden Blätter sahen im Mondlicht schwarz und silbern aus, schön. Ich warf Alice einen Blick zu, und wir mußten beide grinsen.

»Wir sollten uns jede Nacht rausschleichen«, sagte Alice.

»Vielleicht machen wir das auch.« Wir strampelten im gleichen Takt die Straße runter. Picket schien ganz gefangen zu sein von der Einmaligkeit dieser Nacht. Sie blieb immer brav neben meinem Fahrrad und lief nicht ein einziges Mal weg, um einen Hof zu inspizieren oder im Gestrüpp Kaninchen aufzustöbern.

Wir stellten unsere Fahrräder ab und holten die alte Schaufel, die ich versteckt hatte. Alice nahm sie, und ich legte Picket an die Leine. Sobald wir auf dem Friedhof waren, wollte ich sie wieder frei laufen lassen.

»Und wenn sie nun eine Wache in der Kirche gelassen haben?« fragte Alice. Wir waren beide stehengeblieben – mitten auf der Straße. Keine von uns wollte als erste den Friedhof betreten.

Ich merkte, wie mir der Mut sank, und ich wußte, ich mußte etwas tun, denn sonst hätten wir beide auf dem Absatz kehrtgemacht und wären wieder nach Hause gefahren. »Die haben doch keine Wache dagelassen. Greg hat gesagt, alle müssen mit nach Hattiesburg. Es soll über irgendwas abgestimmt werden.«

»Die Kinder werden sie ja wohl nicht abstimmen lassen.« Alice schaute zum Wald hinüber und von dort zum Fluß und dann zur Kirche und schließlich zum Friedhof. Im Mondschein sahen sogar ihre Sommersprossen schön aus.

»Aber allein lassen werden sie die Kinder auch nicht.« Ich grinste ins silbrige Mondlicht. »Wir könnten sie ja verderben, wenn sie allein sind.«

»Daran hatte ich nicht gedacht.« Auch Alice grinste. »Und wenn nicht wir, dann bestimmt Jamey Louise.«

»Greg ist ein hoffnungsloser Fall. Der hat Jamey seine Seele verschrieben, da muß sich der Erlöser ganz schön anstrengen, wenn er den noch mal dem Höllenschlund entreißen will.«

Wir kicherten und gingen beide gleichzeitig los. Irgendwie glaubten wir selbst nicht daran, daß wir tatsächlich ein totes Baby ausbuddeln würden. Nicht einmal ein halbfertiges. Mit festem Schritt überquerten wir die Brücke über dem Cry Baby Creek. Die Strömung war ruhig, weil der Sommerregen, der immer Mitte August kam, noch nicht eingesetzt hatte. Unter unseren Füßen gurgelte das Wasser, und obwohl die Nacht kühl war, wäre ich ganz gerne mal kurz hineingesprungen. Vielleicht blieb uns, wenn wir unseren Beweis hatten, noch Zeit für ein kurzes Bad.

Alice hatte wohl den gleichen Gedanken, denn ihre Schritte auf der hölzernen Brücke wurden immer langsamer. Wir schauten beide übers Geländer. Im Mondlicht sah das Wasser aus wie Quecksilber.

»Ich hatte schon vergessen, wie der Fluß singt«, sagte Alice.

Es war, als ob sich die Stille der Wälder um uns zusammenschloß. Nur von der anderen Seite des Flusses kam ein Geräusch. Ich spürte, wie die Härchen auf meinen Armen sich sträubten, und ich überlegte mir, was ich sagen konnte, damit Alice nicht merkte, wie still es war.

»Vielleicht hätten wir Jamey Louise fragen sollen, ob sie mitkommen will«, sagte Alice.

»Jamey? Wieso denn das?«

»Na ja, wenn uns jemand verfolgt. Wir beide können doch schneller rennen als die, dann hätten wir sie halt als Pfand dagelassen.« Alice kicherte wieder.

Sie machte natürlich bloß Spaß, aber die Idee, Jamey Louise als Pfand dazulassen, war gar nicht so übel. »Na los jetzt«, drängte ich und zwang mich, weiterzugehen. Mit der Schaufel bewaffnet und beschützt von meinem Hund, betraten wir den geheiligten Boden der Erlöser-Gemeinde.

Ich wußte genau, welches Grab es gewesen war. Die Erde war noch frisch, obwohl inzwischen etliche Wochen vergangen waren. Wir standen da und betrachteten das Grab. Aus dieser Entfernung war der Fluß nicht zu hören. Hier umgab uns nur jene vollkommene, unnatürliche Stille, die bewirkte, daß jedes Härchen an meinem Körper flimmerte und knisterte, als ob es elektrisch geladen war.

»Soll ich anfangen?« fragte ich Alice. Wir mußten uns beeilen, damit wir rechtzeitig wieder nach Hause kamen.

Sie schüttelte den Kopf. »Mach du lieber nach mir. Ich will nicht diejenige sein, die es rausholt.«

Ich hatte von daheim einen Rucksack und ein paar alte Zeitungen mitgebracht, in die wir es einwickeln konnten, wenn wir es fanden. Sicher, das war nicht gerade angemessen, aber etwas Besseres war mir nicht eingefallen, und ich hatte es nicht darauf ankommen lassen wollen, daß Mama Betts mir irgendwelche unangenehmen Fragen stellte. Von den Zeitungen, die in dem Rucksack in meinem Fahrradkorb steckten, hatte ich Alice nichts erzählt. Es war besser, wenn sie nicht so weit vorausdenken mußte. Ich wollte sie schließlich nicht schon vergraulen, bevor wir überhaupt angefangen hatten. Der Gedanke, etwas Totes im Rucksack nach Hause zu schaffen, hätte sie bestimmt erschreckt.

Alice setzte die Schaufel am Rand des Grabes an, stellte den Fuß drauf und sah mich an. »Fertig?« Sie drehte sich kurz nach dem Wald um, der mir so vorkam, als würde er sich immer enger um uns zusammenschließen.

»Los.« Ich verschränkte die Arme vor der Brust. Picket saß neben mir, und ein bißchen fühlte ich mich wie bei einem Gottesdienst.

»Und du bist ganz sicher, daß die Erlöser weg sind?«

»Hör schon auf, Alice. Ich bin mir hundertprozentig sicher. Jetzt mach endlich«, fuhr ich sie an, weil ich selbst nahe daran war, die Nerven zu verlieren.

Alice trat mit aller Kraft auf die Schaufel und stieß sie etwa acht Zentimeter tief in die Erde. Es hatte nur so ausgesehen, als ob der Boden locker war und sich leicht aufgraben ließ. Die Kali Oka Road bestand aus einer Mischung aus rotem Lehm und Sand. Hier war es nirgendwo leicht zu graben, zumal es seit mindestens zwei Wochen nicht mehr geregnet hatte. Alice arbeitete mit ihrer ganzen drahtharten Kraft, und ich lief herum und fuhr mit den Fingern über die Inschriften auf den älteren Grabsteinen.

Picket hörte das Geräusch als erste. Sie stand aber nicht auf, sondern änderte nur ihre Haltung, so daß sie die Ohren zum Fluß hin spitzen konnte. Da sie weder bellte noch das Fell sträubte, dachte ich mir nichts weiter dabei. Wahrscheinlich hatte ein Eichhörnchen oder irgendein Tier, das durchs Unterholz huschte, ihre Aufmerksamkeit erregt.

Alice grub weiter, mit aller Kraft, Zentimeter um Zentimeter. Sie hatte eine flache Mulde ausgehoben, neben der ein kleiner roter Erdhaufen lag. Ich wußte, daß ich schwerer war als sie und darum schneller buddeln konnte, aber für sie war es wichtig, daß sie schaufelte, denn solange sie zu tun hatte, kam sie nicht auf dumme Gedanken.

Plötzlich hielt sie inne, die Schaufel halb in der Luft, und schaute zum Wald hinüber. »Hast du auch was gehört?« fragte sie.

»Nur das Übliche. Was glaubst du, was Maebelle V. jetzt macht?« Ich mußte reden. »Schade, daß ich keine Taschenlampe mithab, sonst könnte ich mir die roten Grabsteine da drüben ansehn. Ich war mal mit Arly hier, da haben wir die Inschriften gelesen, aber Arly hatte keine Zeit, und darum mußte ich mich beeilen. Manche sind so alt, daß die Schrift schon fast weg ist.«

»Pssst!« Alice senkte die Schaufel und winkte mir mit der Hand. »Horch!«

Aber genau das wollte ich nicht. Wir taten etwas Verbotenes, inmitten von lauter Toten plünderten wir ein Grab. Da war es nicht sehr wahrscheinlich, daß wir etwas hörten, was uns angenehm war, schon gar nicht, wenn es von jemandem kam, der sich im Wald versteckt hielt.

»Alice«, flüsterte ich, aber sie hörte mich nicht. Sie stand da wie gebannt und lauschte hinüber zum Wald jenseits der Lichtung, auf der der Friedhof lag.

»Auf manchen von diesen Grabsteinen stehen richtige Gedichte, du, Verse aus der Bibel oder so. Lauter traurige Sachen, aber ein paar sind schön. Mama Betts sagt, die Gräber sind viel, viel älter als die Kirche.«

Ohne den Wald aus den Augen zu lassen, senkte Alice die Schaufel. Ihr rechter Arm ging hoch, sie zeigte auf etwas. Gegen meinen Willen schaute ich an ihrem Arm entlang bis zur Zeigefingerspitze und dann weiter in den Wald hinein. Dort war es stockfinster.

»Da hinten hat sich was bewegt, ich hab's genau gesehen«, flüsterte sie.

»Red doch keinen Blödsinn.« Ich versuchte, ernst zu bleiben, aber dann mußte ich doch kichern. »Glaubst du etwa, da ist ein Gespenst?«

Auch Alice mußte kichern. »Lieber ein Gespenst als einer von diesen Erlösern«, sagte sie.

Das fand ich nun wirklich komisch. »Klar, diese Erlöser sind ja auch viel gruseliger als irgendein Gespenst.«

»Die sind wirklich gruselig«, sagte Alice lachend. »Weißt du noch, wie du mal gesagt hast, das sind Zombies?«

Natürlich wußte ich das noch. Ich ließ den Blick über die Gräber schweifen, die uns am nächsten waren, und versicherte mich, daß nirgendwo etwas herausgekrochen kam und uns beobachtete. Alice griff wieder zur Schaufel.

»Der Boden ist viel härter, als ich dachte«, sagte ich. Alice ächzte. Kaum zu glauben, sie war auf eine Wurzel gestoßen. Sie versuchte sie mit der Schaufel anzuheben, damit wir sie zerhacken konnten.

Picket lag jetzt bäuchlings in dem roten Erdhaufen, den Alice aufgeworfen hatte. Plötzlich, ohne jede Vorwarnung, stand sie langsam auf, und ein tiefes Knurren kam aus ihrer Kehle. Sie stand mit gesträubten Nackenhaaren da und starrte direkt in den Wald.

»Was ist los?« fragte Alice. Sie hatte die Schaufel unter der Wurzel und versuchte sie anzuheben.

»Ich seh nichts.« Das war die Wahrheit, aber Pickets Verhalten jagte mir Angstschauer über den Rücken. Abermals schaute ich mich auf dem Friedhof um und sah nach, ob wirklich nirgendwo eine Knochenhand aus einem Grab gekrochen kam.

»Vielleicht sollten wir lieber nach Hause gehn«, sagte Alice. »Wir kriegen das sowieso nicht ausgebuddelt.«

Ich nahm die Schaufel und brachte das Gespräch auf das Thema, bei dem Alice jedesmal sofort anbiß. »Glaubst du, daß Maebelle denkt, du bist ihre Mutter?«

Alice spähte noch einmal in den Wald. »Bin ich ja auch beinah«, antwortete sie dann.

»Willst du auch mal heiraten und zehn Kinder haben?« Die Zukunft war zwischen uns beiden fast schon so etwas wie ein Tabu, aber als ich jetzt das Schaufelblatt auf die Wurzel setzte und dann mit meinem ganzen Gewicht draufsprang, brach ich dieses Tabu. Die Wurzel hielt noch einen Augenblick stand, dann hatte die Schaufel sie sauber durchgeschnitten.

»Also, daß ich nach Paris gehe, daran glaube ich selbst nicht so recht. Aber daß ich keine zehn Kinder haben werde, das kann ich dir versprechen. Das ist nämlich gemein. Da bleibt für keins genug übrig. Nie ist Zeit. Nicht so wie bei dir, Bekka. Du bist was Besonderes bei euch zu Hause, wenn du was willst, dann kümmert man sich darum.« Alice setzte sich auf einen großen Grabstein.

Das Bild von Paris mit der Frau in dem roten Kostüm, die ihren Pudel spazierenführt, verdrängte für einen Moment den mitternächtlichen Glanz des alten Friedhofs. Alice hatte den Gedanken, nach Paris zu gehen, endgültig aufgegeben, das merkte ich daran, wie sie darüber sprach. Eine winzige Sekunde lang haßte ich die Kali Oka Road. Ich haßte Paris. Ich schaufelte mit wilder Wut im Bauch.

Ich wollte mich gerade mit meinem ganzen Gewicht auf die Schaufel stemmen, als ich das Geräusch wieder hörte. Es kam vom Fluß, und es klang beinahe wie ein Lachen, war aber wohl eher ein Schluchzen.

»Was war das?« Alices blaue Augen sahen im Mondlicht riesengroß aus. Ihre Sommersprossen waren verschwunden, sie war weiß wie die Wand.

»Irgendwas am Fluß. Ein Waschbär oder so.« Es war nichts weiter. Seit wir auf dem Friedhof waren, hatte ich die ganze Zeit das Gefühl, daß mir jemand Salz unter die Haut gestreut hatte. Dabei waren wir selbst schuld, weil wir uns bei jedem Laut gleich die entsetzlichsten Sachen vorstellten.

Ich stieß die Schaufel mit voller Wucht in den Boden, sie glitt durch die schwere Krume, ich schippte eine große Ladung Erde auf den roten Sandhaufen neben dem Grab.

»Vorsichtig«, ermahnte mich Alice. »Die hatten ja keinen Sarg oder so, wo es drin war. Nicht, daß wir es noch zerstückeln.«

Ich vergrößerte den Radius und versuchte das Loch breiter zu machen.

Vom Fluß her kam ein leises Heulen. Es fing sachte und klagend an und wurde dann immer lauter und entsetzlicher, bis ich das Gefühl hatte, daß sich die Haut an meinem Hals wie ein eiserner Ring um meine Kehle schloß und mir die Luft nahm.

Alice sprang auf und drängte sich so dicht an mich, daß ich in der plötzlichen Kälte spüren konnte, wie heiß ihre Haut war. Picket setzte sich hin, spitzte die Ohren und horchte hinüber zum Cry Baby Creek. In diesem Moment hörten wir das Kind. Zuerst heulte es wütend, wohl vor Schreck, weil das kalte Wasser nach seinem kleinen warmen Körper griff. Es hatte sich so angehört, als ob etwas ins Wasser gefallen wäre, und gleich darauf kam das Protestgeschrei des Babys.

»Au weia«, flüsterte ich.

»Bekka! Das ist das Baby! Das ist Evie!«

Alice packte mich am Arm, ihre Fingernägel gruben sich tief in meine Haut. Doch das war mir egal. Dieser Schmerz war wenigstens etwas Reales. Ganz im Gegensatz zu dem, was ich am Waldrand sah. Das konnte nicht wahr sein. Aber auch Picket hatte es entdeckt. Sie stand auf, hatte das Rückenfell gesträubt und gab ein tiefes, rauhes Knurren von sich.

»Mein Gott«, flüsterte Alice.

Eine Frau trat aus dem Wald und blieb am Rande der Lichtung stehen. Das dunkle Haar fiel ihr ins Gesicht und über die Schultern. Sie streckte uns flehend die Hände entgegen. »Mein Baby«, rief sie. »Bitte, tut meinem Baby nichts.«

Alice zuckte zweimal heftig zusammen. Ich packte sie am Handgelenk. Sie machte eine Bewegung, als ob sie wegrennen wollte oder kurz davor war, zu explodieren. »Sei still!« flüsterte ich.

»Mein Gott«, stöhnte Alice. Sie versuchte sich loszureißen. »Ich will nach Hause.« Aber die Frau versperrte uns den Weg zur Brücke. Mein Herz hämmerte wie wild, und in meinen Ohren rauschte das Blut so laut, daß ich beinahe taub war.

»Bitte«, jammerte die Frau. »Helft mir, rettet mein Baby.« Sie kam auf uns zu. Sie trug ein weißes Kleid, das völlig durchnäßt war. Von Blut, wie es schien.

Alice kreischte. Ihr entsetzter Schrei ging mir durch Mark und Bein. Ich war wie elektrisiert. Picket machte einen Satz nach vorn, sie hatte die Zähne gefletscht, und tief unten aus ihrer Kehle kam ein wütendes Knurren.

Die Frau verschwand zwischen den Bäumen. Und während sie in den Wald zurückwich, stöhnte sie noch einmal: »Helft mir! O Gott, so helft mir doch, bitte!«

Dann war sie fort.

Aus dem Fluß war das Schreien eines Babys zu hören. Das markerschütternde Schreien einer todgeweihten Seele.

»Das Baby!« kreischte Alice. Wie von einer Feder getrieben, rannte sie auf den Fluß zu, blieb aber gleich wieder stehen. »Was sollen wir bloß machen?«

Ich hielt sie am Arm fest. »Nein! Nicht hinsehen! Das ist eine Falle. Es ist gar kein Baby da. Das ist ein Geist. Dieses Baby ist seit zehn Jahren tot.« Ich starrte auf die Stelle im Wald, wo die Frau verschwunden war. In meinem ganzen Leben hatte ich noch nie solche Angst gehabt. Ich wußte nur eins: Um keinen Preis würde ich zum Fluß hinuntergehen. Ich wollte nicht sehen, was uns dort vielleicht erwartete. Was vielleicht nach uns Ausschau hielt.

Wir standen ein paar Minuten da und wagten nicht, uns von der Stelle zu rühren. Meine Hand, die immer noch Alices Arm festhielt, war schweißnaß. Ich wollte den Blick nicht vom Wald lösen, aber ich mußte nachsehen, was auf dem Friedhof los war. Ich mußte mich versichern, daß die Gräber alle noch zu waren.

»Was sollen wir denn bloß machen?« fragte Alice mit tränenerstickter Stimme.

»Am besten, wir gehn heim.«

Jetzt war das Babygeschrei direkt unter der Brücke.

»Nein!« Alice wich vor mir zurück. Sie schaute zur Brücke und dann in den Wald. »Ich setze keinen Fuß auf die Brücke.«

»Vielleicht machen wir einfach einen Bogen und gehn durchs Wasser.« Mir war völlig egal, wo wir langgingen. Hauptsache, wir kamen wieder heim.

»Nein!« Alice war ganz entschieden gegen meinen Vorschlag.

»Aber irgendwie müssen wir doch nach Hause gehn!« sagte ich ebenso entschieden.

Aus dem Wald kam ein lauter, grauenerregender Schrei. »Nein! O, bitte, lieber Gott, rette mich und mein kleines Baby.«

In der tosenden Stille, die dann eintrat, wich Alice noch etwas weiter vor mir zurück. »Ich gehe nicht an den Fluß.« Sie ließ den Wald einen Moment lang aus den Augen und sah mir ins Gesicht. Das Baby schrie schon schwächer und noch erbärmlicher. »Du kannst sagen, was du willst, Bekka, ich gehe nicht an den Fluß. Eher sterbe ich.«

Sie meinte es ernst. Ich hatte sie schon einmal am Cry Baby Creek allein gelassen. Ein zweites Mal konnte ich das nicht machen. Nicht einmal ein Geist hätte mich dazu bringen können. »Also gut«, sagte ich. Aber ich dachte auch nicht daran, den Rest der Nacht auf einem Friedhof zu verbringen und darauf zu warten, daß irgendwas aus einem Grab gekrochen kam. »Wir können ja in der Kirche bleiben. Bis es hell wird.«

Alice nickte langsam. Wir rieben uns die Oberarme und stolperten über den Friedhof bis zur Kirche. Als wir die Eingangstür aufstießen, schlug uns ein schaler Geruch entgegen – wie wenn man zum erstenmal eine Schule betritt. Dicht aneinandergepreßt und mit Picket an unserer Seite betraten wir den Raum.

Kapitel 20

Die nächsten fünf Stunden brachte ich damit zu, durch eben jenes Fenster der Kirche nach draußen zu gucken, durch das ich damals von draußen in die Kirche hineingeschaut und den singenden Zwerg beobachtet hatte. Irgendwie muß ich auch geschlafen haben, aber daran kann ich mich nicht mehr erinnern. Ich hatte großen Durst. Ich wußte, daß auf dem Korridor hinter der Sakristei ein Trinkbrunnen war, aber dort wollte ich nicht hingehen. Nach dem grausigen Erlebnis im Wald mit Selenas flehendem Geist hatte ich keine Lust, auch noch dem Geist des Priesters zu begegnen. Selena war traurig. Und der Priester? Irgendwann in jener Nacht war ich zu der Überzeugung gelangt, daß Nadines Version von der Legende des Cry Baby Creek stimmte und der Priester ein böser Mensch war. Und so starrte ich weiter aus dem Fenster, beobachtete alles, was dort draußen passierte, und versuchte zu vergessen, wie ausgetrocknet mein Mund und wie unbequem die harte Kirchenbank war.

Hin und wieder kam es mir so vor, als ob ich weit in der Ferne ein Baby schreien hörte, doch von meinem Fenster aus konnte ich nicht bis zum Fluß sehen. In einem Punkt aber war ich mir ganz sicher: Selena würde gewiß nicht noch einmal aus dem Wald kommen. Alice, Picket und ich waren jetzt die einzigen lebenden Wesen hier unten am Ende der Kali Oka Road.

Alice döste neben mir. Sie hatte die Hand in Pickets Fell. Normalerweise hätten sie keine zehn Pferde dazu gebracht, die Sakristei der Erlöser-Gemeinde zu betreten. Sie war nur mitgekommen, weil ihre Angst vor Selena und dem Baby noch größer war als die vor den Erlösern. Und nur die Angst konnte sie so ausgelaugt haben, daß sie es fertigbrachte, auf diesen harten Kirchenbänken zu schlafen. Ich hingegen fürchtete mich so sehr davor, beim Erwachen etwas Grauenhaftes vorzufinden, daß ich mich unter gar keinen Umständen der Hilflosigkeit des Schlafes ausliefern wollte.

Als die Morgendämmerung ihren ersten sanften rosigen Schimmer in die Sakristei warf, schlich ich mich leise fort. Ich hatte das unheimliche Gefühl, daß der Gekreuzigte mich beobachtete. Wie er dort an der Wand hing, hatte er ja nichts anderes zu tun, als zu leiden und auf mich herabzuschauen. Seine Qualen waren so offensichtlich, daß auch ich sie fühlte. Ich mußte an die frische Luft, wo ich nachdenken konnte.

Mit Picket an meiner Seite verließ ich die Kirche und schlug den Weg zum Fluß ein. Überm Wald hing noch die graue Dämmerung. Weit und breit keine Spur von Selena. Ich schaute mich um und spürte, wie ich bei der bloßen Vorstellung, sie könnte noch da sein, Gänsehaut bekam. Ich hatte fast die ganze Nacht über gegrübelt, und dabei war ich zu einigen Schlußfolgerungen gelangt. Es war nur logisch, daß wir ihr irgendwann begegnen mußten. Wenn man die kleine Evie schreien hören konnte, mußte Selena natürlich auch in der Nähe sein. Als Evie starb, mußte sie in der Nähe des Cry Baby Creek gewesen sein, egal ob als Mörderin oder als hilfloses Opfer.

Vielleicht nur wenige Meter entfernt – im Wald. Vielleicht hatte sie gewartet, daß jemand kam und der Geschichte eine andere Wendung gab, daß jemand sie und ihr Baby retten kam. Vielleicht wartete und wachte sie noch immer – bis heute. Einen Lidschlag lang kam es mir so vor, als hätte sich unmittelbar hinter den Bäumen etwas bewegt. Ich hatte so angestrengt zum Waldrand gestarrt, daß ich zwinkern mußte. Und in diesem Bruchteil einer Sekunde war das Etwas, das sich dort bewegt hatte, verschwunden. War es ein weißes Kleid gewesen, das durch das geheimnisvolle Dunkel des Waldes gehuscht war? Meine Muskeln waren völlig verkrampft. Ich mußte mich zwingen, den nächsten Schritt zu gehen und den Friedhof zu betreten.

Unsere Schaufel lag noch auf dem Boden neben der kleinen Mulde, die wir ausgehoben hatten. In der sich nach und nach lichtenden Morgendämmerung sah ich, daß überall auf dem Friedhof rote Lehmklumpen verstreut lagen, und zugleich entdeckte ich eine ganze Reihe kürzlich aufgeworfener Erdhaufen. Die Grube, die Alice und ich geschaufelt hatten, war nicht die einzige frische. Der Friedhof sah aus, als ob hier ein ganzer Trupp von Körperfressern nach Leichen gesucht hätte. Ich zitterte am ganzen Leib und versuchte verzweifelt, diese Vorstellung abzuschütteln. Wahrscheinlich hatte ich einfach zu viele alte Filme gesehen und zu viele Gruselgeschichten gelesen. In der Kali Oka Road gab es doch keine Körperfresser. Nicht mal in Jexville.

Obwohl ich schon hundertmal dort gewesen war, ging ich zu Evie Baxters Grab. Der Boden war unberührt; dünner Rasen deckte die Stelle. Ich zog mit dem Finger die Umrisse des kleinen Engels nach, der in den Granitstein graviert war. Darunter stand: *Und ER rief die Unschuldigen zu sich. Evie Baxter 18. Oktober 1953 – 24. Oktober 1953.*

Der Grabstein war von den Bewohnern der Kali Oka Road gestiftet worden. Ich wußte von Mama Betts, daß alle Nachbarn Geld dafür gespendet hatten. Die Gemeinde war danach weitergezogen, aber die kleine Evie hatten sie bei uns zurückgelassen. Für mich gehörte sie genausowenig zu uns, wie sie zu diesen Leuten gehört hatte. Ja, im Grunde hatte sie für mich nicht einmal zu Selena gehört. Vielleicht war die Inschrift auf dem Grabstein ganz richtig. Vielleicht gehörte sie ja wirklich keinem außer Gott.

Ich ging vorsichtig um die frischen Erdhügel herum, die sich auf dem Boden des Friedhofs wie Pocken ausgebreitet zu haben schienen – insgesamt waren es fünf an der Zahl –, und gab mir alle Mühe, nicht zum Wald hinüberzugucken. Irgendwie hatte ich das ungute Gefühl, daß jemand oder etwas mich von dort aus aufmerksam beobachtete. Wenn ich hochgeschaut und wirklich etwas gesehen hätte, wäre ich in Panik ausgebrochen, und dazu hatte ich jetzt keine Zeit. Wir mußten schnellstens nach Hause. Um auf andere Gedanken zu kommen, versuchte ich mir vorzustellen, was aus Selena geworden sein mochte. Diesen Teil der Geschichte hatte ich noch von niemandem erzählt bekommen. Vielleicht saß Selena immer noch im Zentralgefängnis in Parchman, wo die Mörder auf den Baumwollfeldern arbeiten müssen, die von Horizont zu Horizont reichen.

Ich hatte die achtundzwanzigtausend Morgen große Farm des Zentralgefängnisses in Parchman noch nie mit eigenen Augen gesehen, aber Nadine war schon einmal dort gewesen. Von ihr wußte ich, daß die Gefangenen in der sengenden Sonne schwitzen mußten und lange Säcke hinter sich her zogen, in die sie die Baumwolle stopften. Im Mississippi-Delta ist der Mutterboden zweieinhalb Meter tief, dort kann praktisch alles wachsen, hatte Nadine gesagt, aber Baumwolle war selbst in den sechziger Jahren immer noch Spitzenreiter, besonders um das Gefängnis herum.

Nadine war freiwillig dort gewesen, als sie zur High School ging, weil sie für eine Staatsbürgerkunde-Arbeit recherchieren mußte. Da war sie einfach mal hingefahren, weil sie sich selbst davon überzeugen wollte, ob es im Gefängnis wirklich so schlimm war, wie immer gesagt wurde. Sie fand, es war noch schlimmer. Die Aufseher hatten Ochsenziemer, und manchmal hetzten sie die Hunde auf die Gefangenen.

Der Richter und Effie hatten sich auch schon mal über Parchman unterhalten. Der Vollzug dort müßte dringend reformiert werden, meinten sie. Erst vor kurzem hatten sie davon gesprochen, daß Ollie Stanford nach Parchman gebracht werden sollte und daß er dort spätestens nach einer Woche Selbstmord begehen würde. Mit seinem Gürtel. Der würde an der oberen Koje festgemacht und wie eine Schlinge um den Hals gelegt, und dann käme der Sprung nach unten. Diese Selbstmordmethode sei bei den Gefängnisaufsehern von Parchman besonders beliebt, hatte der Richter gesagt, und seinem Tonfall hatte jeder am Abendbrottisch entnehmen können, daß Ollie sich dort nicht aus freien Stücken aufhängen, sondern »legal« gelyncht werden würde.

Sosehr ich mich auch anstrengte, auf andere Gedanken zu kommen, irgendwie fielen mir nur lauter Sachen ein, die entweder gruselig oder brutal waren oder beides. Wahrscheinlich hatte ich schon eine Vorahnung von dem, was mich erwartete. Bevor ich Alice weckte, mußte ich zum Fluß hinunterschauen. Ganz egal, was dort war, ich mußte hinsehen.

Meine Phantasie spiegelte mir die schrecklichsten Bilder vor, und mein Verstand kämpfte tapfer dagegen an. Da unten ist gar nichts, sagte ich mir. Geister hinterlassen keine Spuren, jedenfalls keine, die man mitnehmen oder anfassen kann. Jetzt, wo praktisch schon der Tag angebrochen war, würde nichts mehr daran erinnern, was wir in der Nacht gesehen und gehört hatten. Ich brauchte bloß einmal kurz zu gucken, dann wäre alles vorbei. Dann würde ich Alice wecken, und wir würden nach Hause radeln.

Hohl hallten meine Schritte auf der hölzernen Brücke wider. Genau in der Mitte blieb ich stehen. Als ich hinunterguckte und die weiße Spitze des Taufkleids im Wasser treiben sah, war ich kein bißchen überrascht. Sie hatte sich an einer Baumwurzel verfangen, nicht einmal einen Meter von der Brücke entfernt. Ohne auch nur die Schuhe auszuziehen, glitt ich die Uferböschung hinunter und watete durchs flache Wasser, um sie herauszuholen. Meine Knie waren wie Gummi. Einmal fiel ich hin, und das kalte Wasser griff mir zwischen die Beine, aber das merkte ich kaum, denn das einzige, was mich beschäftigte, war die Frage, wie ich an diesen Fetzen Spitze herankam. Als ich die Hand danach ausstreckte, hatte ich das Gefühl, daß ich, sobald ich aufsah, Selena am Ufer erblicken würde oder das kleine, blaugefrorene Baby, in dessen weit aufgerissenen Augen nur noch das Weiße zu sehen wäre und das mit der Strömung fortgerissen würde. Aber es war nichts da. Ich faßte die Spitze an, um mich zu vergewissern, daß sie wirklich existierte, und dann riß ich sie von der Wurzel los. Als ich sie in der Hand hatte, merkte ich, daß sie sehr alt und mürbe war. Wie ein Spinnweb fühlte sie sich an.

An der Uferböschung war weit und breit keine Spur von einem anderen menschlichen Wesen – auch keine Fußabdrücke außer meinen eigenen. Ich ging wieder zurück zu dem Grab, das ich mit Alice hatte öffnen wollen. Rasch schaufelte ich die Mulde wieder zu und klopfte die Erde fest, so gut es ging. Bevor ich Alice weckte, wollte ich mit allem fertig sein. Wir mußten nach Hause. Die Sonne stand schon zu einem Drittel am Horizont. Wir mußten im Bett liegen, bevor die anderen wach wurden, sonst konnten wir was erleben. Sich nachts heimlich fortschleichen war eine Sache, aber eine ganze Nacht lang wegbleiben, das war schon etwas anderes, das war ein Vergehen, das hart bestraft wurde. Das hatte Arly vor gerade mal zwei Wochen bitter zu spüren bekommen.

Ich konnte mir zwar nicht vorstellen, daß ich für eine angstvoll in der Erlöser-Kirche verbrachte Nacht die gleiche Strafe zu erwarten hatte wie Arly für seine aushäusige Übernachtung auf einem Autorücksitz, Seite an Seite mit der schnarchenden Rosie Carpenter, aber ich hatte auch keine Lust, es darauf ankommen zu lassen, zumal ich mir gar nicht so sicher war, ob das, was ich getan hatte, nicht noch viel schlimmer war.

Als ich Alice weckte und ihr das Stück Spitze zeigte, an dem noch ein Fetzen Stoff von einem Kleid hing, brach sie in Tränen aus.

»Wir hätten das Baby retten können«, sagte sie.

»Wir konnten überhaupt nichts machen.« Aber das Taufkleid strafte meine Beteuerungen Lügen. Ich wußte nicht so recht, was ich davon halten sollte. Sicher, auch andere – meistens waren es Teenager – behaupteten, sie hätten das Baby am Fluß schreien gehört. So wollte es nun einmal die Legende. Aber was war mit diesem Kleid? Niemand hatte bis jetzt einen handfesten Beweis dafür gefunden, daß der Geist von dem toten Baby wirklich existierte. Und niemand hatte berichtet, daß er die Mutter gesehen hatte, diese gequälte, blutüberströmte Frau, die um Hilfe rief und flehte, man solle ihr Kind retten. Wenn wir in die Nacht gegangen wären, hätten wir das kleine Baby vielleicht tatsächlich retten können. Aber das war doch dummes Zeug. Evie Baxter war tot und lag auf dem Friedhof neben der Kirche begraben.

»He«, Alice stieß mich am Arm an. »Alles in Ordnung mit dir?«

Ich nickte. Der Stoff war so dünn, daß er bereits in meiner Hand zu trocknen begann. Nicht gerade das richtige, um ein Neugeborenes warm zu halten, noch dazu im Oktober. »Komm nach Hause.«

Alice nahm die Schaufel und rannte über die Brücke. Ich hatte mein Rad noch nicht einmal aufgehoben, da saß sie schon im Sattel und hatte den Lenker heimwärts gedreht.

»Was ist mit dem Grab?« fragte sie.

»Da war nichts drin. Und außerdem haben wir an der falschen Stelle gegraben.«

»Woher willst du das denn wissen?«

»Da waren noch fünf andere Gräber. Auf jeden Fall war an fünf Stellen die Erde aufgeschüttet. Da, wo wir gegraben haben, war die

Erde noch ganz frisch. Ich dachte, es ist das richtige Grab, aber ich hab mich geirrt.«

Alice schaute zum Friedhof zurück. Sie guckte so angestrengt, als ob sie hoffte, dort die Antwort zu finden. »Bist du sicher?«

»Wenn vor uns jemand dort gegraben hätte, wäre doch die Wurzel schon gespalten gewesen.« Das war logisch. Die Frage war bloß, warum jemand all diese falschen Gräber angelegt hatte. Und wann?

Alice nickte. »Das hab ich mir auch schon überlegt.« Sie trat das rechte Pedal hinunter und fuhr los. Wir hatten so ein Tempo drauf, daß uns gar keine Zeit mehr zum Reden blieb. Und als wir atemlos und verschwitzt das Waldstück hinter unserem Haus erreicht hatten, war die Sonne schon fast oben am Himmel angelangt.

»Komm heute nachmittag rüber«, flüsterte ich.

»Ist gut«, antwortete Alice, während sie in den Weg einbog, der zu ihr nach Hause führte. Ich rannte heim und betete, daß ich es noch schaffte, im Bett zu liegen, bevor Mama Betts aufstand und Frühstück machte.

Meine Turnschuhe ließ ich vorn auf der Veranda stehen und schlich mich barfuß auf Zehenspitzen in mein Zimmer. Ich hatte gerade die Tür hinter mir zugemacht, da hörte ich Mama Betts auch schon aus ihrer Schlafstube kommen und ins Bad gehen. Die Toilettenspülung rauschte, und dann plätscherte der Wasserhahn.

Ich warf meine Kleider in die Ecke und schlüpfte, ohne mir erst noch einen Schlafanzug anzuziehen, unter das kühle Bettuch. Noch nie im Leben hatte ich mich in meinem eigenen Bett so wohl gefühlt. Ich sah mich im Zimmer um und ließ den Blick über die Bücherregale und die gläsernen Pferdefiguren schweifen, die ich sammelte, so lange ich denken konnte. Das letzte, was ich vorm Einschlafen sah, war der große graue Percheron, den der Richter mir von einer Reise zu seinen Verwandten im Norden des Staates New York mitgebracht hatte.

»Bekka Rich.«

Wie aus weiter Ferne hörte ich meine Namen. Zwischen mir und meinem Namen war eine dicke Schicht warmer, weicher Baumwolle, und ich wickelte mich noch fester darin ein, damit mich das Geräusch nicht störte.

»Bekka! Es ist neun Uhr. Draußen auf dem Hof sitzt diese Mrs. Andrews in ihrem alten, verrosteten Truck und hat den Motor laufen. Sie sagt, du hättest längst zur Arbeit kommen müssen.«

Mit seiner ganzen schockierenden Brutalität fiel das wirkliche Leben über mich her. Ich saß kerzengerade im Bett und sah Mama Betts, die neben mir stand und die Arme in die Hüften gestemmt hatte. In ihrer Miene konnte ich so dies und das lesen, vor allem aber eine tiefe und umfassende Mißbilligung. Ich hatte einiges auf dem Kerbholz: Ich hatte weit in den Tag hinein geschlafen; Nadine war auf dem Hof; sie war nicht aus dem Wagen gestiegen, und wahrscheinlich hatte sie auch noch gehupt; sie wartete auf mich.

Ich wollte schon die Zudecke zurückschlagen, aber dann fiel mir ein, daß ich ja splitterfasernackt war. »Schon gut, ich bin wach«, sagte ich. »Sag Nadine bitte, daß ich in ein paar Minuten da bin.«

»Na, wenigstens kannst du noch bitte sagen«, brummte Mama Betts und ging aus dem Zimmer. In der Tür drehte sie sich noch einmal um und guckte mich an. »Heute nachmittag möchte ich mich mit dir über deine Schuhe unterhalten.«

»Meine Schuhe?«

»Allerdings. Wie sind die eigentlich so klatschnaß geworden, wo sie doch die ganze Nacht auf der Veranda gestanden haben?«

»Mist!« fluchte ich leise vor mich hin, als sie die Tür hinter sich zugemacht hatte. Um mir nicht noch mehr Ärger einzuhandeln, nahm ich rasch meine schmutzigen Kleider und knotete sie zu einem Bündel zusammen. Dann stopfte ich sie unter die Matratze, machte mein Bett, nahm mir frische Sachen aus dem Schrank und zog ein Paar andere Turnschuhe an. Wie konnte ich nur so blöd sein, die nassen Schuhe nicht zu verstecken, wo doch Mama Betts jeden Morgen die Veranda fegte. Aber ich war zu müde gewesen, um auch nur einen Moment daran zu denken, daß sie die Schuhe finden und sich natürlich fragen würde, wieso sie naß waren.

Als ich durch die Küche flitzte und gerade aus der Tür rennen wollte, hielt Mama Betts mich auf. »Hier.« Sie reichte mir eine Packpapiertüte. »Da, nimm dir was zu essen mit. Du hast ja noch nicht mal gefrühstückt.«

»Danke.« Ich gab ihr einen Kuß auf die Wange und atmete ihren

Zitronen-Vanille-Duft ein. Das Sonnenlicht, das ins Fenster schien, ließ ihr weißes Haar silbern glänzen. Ganz egal, wie böse sie auf mich war, sie hätte niemals zugelassen, daß ich hungerte.

»Da ist genug drin, daß du den anderen auch was abgeben kannst. Du weißt ja, es gehört sich nicht, allein zu essen, wenn jemand dabei ist.«

»Danke, Mama Betts.« Ich gab ihr noch einen Kuß, und diesmal kam er noch mehr von Herzen. Mama Betts hatte kein Fünkchen Sympathie für Nadine, und trotzdem hatte sie ihr etwas eingepackt, damit ich selbst essen konnte. »Ich bin bald wieder zu Hause.«

»Emily Welford hat heute morgen angerufen. Sie möchte, daß du auf dem Heimweg kurz bei ihr reinschaust.«

Ich prallte zurück. Mir war, als ob meine Füße mir den Dienst versagten. Um ein Haar wäre ich gegen den Küchentisch geknallt. »Wieso denn?«

»Das hat sie nicht gesagt. Was hast du denn? Du bist doch sonst immer so gerne bei Emily und Gus vorbeigegangen.«

Aus dem Küchenfenster sah ich Nadine in ihrem Truck. Der Motor tuckerte träge vor sich hin. Aus dem Auspuff quoll häßlicher schwarzer Rauch.

»Ja, bevor das mit dem Gefängnis war.« Seit jenem Tag in Jexville war ich nicht mehr gut auf die Welfords zu sprechen. Sie hatten Sachen über Effie gesagt, die ich nicht so einfach vergessen konnte. Ich wußte natürlich, daß Emily Welford Angst gehabt hatte. Angst um Effie und Angst vor der eigenen Courage. Emily war genauso wie die meisten Mütter in der Kali Oka Road und überhaupt in Chickasaw County: Solche Sachen überließen sie lieber den Männern. Und ausgerechnet meine Mama mußte hingehen und sich mit einem Neger in eine Zelle sperren lassen. Das war ein Schock für Emily. Aber Effie war in Not gewesen.

»Emily hat deiner Mutter einen Brief geschrieben. Sie hat um dich Angst gehabt, Bekka. Sie weiß, was du manchmal für ein Dickkopf bist und wie leicht du dir damit Ärger einhandeln kannst. Sie hat getan, was sie konnte.«

»Das glaubst du. Wenn es nach Mrs. Welford gegangen wäre, hätte Effie verbluten können. Von dieser verdammten Sippschaft hat doch keiner einen Finger krumm gemacht, um ihr zu helfen.«

»Rebekka Rich! Ich wünsche nicht, daß in meinem Hause geflucht wird!«

Ich stürmte hinaus und knallte die Fliegentür hinter mir zu. Stimmt schon, ich war wütend auf Emily Welford, aber ich hatte auch keine besonders große Lust, mit ihr zu reden. Sie würde mich bestimmt nach Jamey ausfragen, und darauf wollte ich nicht antworten. Vor allem aber wollte ich sie nicht belügen.

»Du siehst ja aus, als ob du ein bißchen zu wild geritten und dann naßgeschwitzt in die Box gegangen bist«, sagte Nadine, als ich zu ihr ins Fahrerhaus kletterte.

»Ich bin irgendwie mit dem falschen Fuß aufgestanden.«

»Scheint ja 'ne kurze Nacht gewesen zu sein.«

»Mhm.« Ich saß neben Nadine auf dem Beifahrersitz und starrte aus dem Fenster.

»Hast wohl die Freuden des Fleisches entdeckt, was?« fragte Nadine. Sie fuhr grinsend ihre alte Chaise und ließ kein Schlagloch aus.

Mir war klar, daß sie Unzucht meinte. Greg zog sie auch immer damit auf, daß er mit Jamey Louise die Freuden des Fleisches ausprobieren würde. Mir aber lag der Gedanke, die Nacht mit so was zu verbringen, so fern, daß ich mir nicht verkneifen konnte, ihr eine saftige Antwort hinzuknallen. »Denkst du, ich hab's nötig, mit Jungs zu ficken? Da weiß ich aber was Besseres mit meiner Zeit anzufangen«, fauchte ich. »Ich bin schließlich nicht Jamey Louise.«

»Donnerwetter!« Nadine schlug mit der flachen Hand aufs Lenkrad. »Du mußt ja ein ziemlich schlechtes Gewissen haben, so, wie du darauf reagierst. War er denn gut, Bekka? Hat er dich anständig hergenommen?«

Der Schlafmangel und all das Entsetzliche, was ich in der Nacht erlebt hatte, forderten ihren Tribut: Ich war zu müde, um mich zu streiten. »Na schön, Nadine, wenn du's genau wissen willst, ich hab mir die Grütze aus dem Kopf gebumst.« Das hatte ich von Arly aufgeschnappt, als er mal mit einem Kumpel telefoniert hatte. Die hatten sich immer gegenseitig die Hucke voll gelogen, was sie alles gemacht hatten, aber ich wußte ganz genau, daß das gar nicht stimmen konnte, weil Arly nämlich überhaupt keine Grütze im Kopf hatte.

»Mit Arbeiten oder Reiten scheint ja heute nicht viel drin zu sein bei dir«, sagte Nadine, und ihre Fuchsaugen funkelten vor Vergnügen. »Ich glaube, du hast letzte Nacht einen ganz neuen Hengst geritten.«

»Genau«, erwiderte ich. Es war sehr heiß. Zu heiß. Mir flimmerten lauter schwarze Pünktchen vor den Augen. Als Nadine an der Einfahrt zum alten McInnis-Hof vorbeifuhr, schrie ich erschrocken auf. »He! Wo fahren wir denn hin?«

»Du hast so spannend vom Cry Baby Creek erzählt, daß ich mir gedacht habe, wir fahren mal runter und gucken uns ein bißchen dort um. Zum Arbeiten taugst du doch heute sowieso nicht. Da gönnen wir uns halt mal ein kleines Abenteuer. Eine Gespensterjagd vielleicht.«

Mein Magen krampfte sich zusammen. Bloß gut, daß ich noch nichts aus Mama Betts' Frühstückstüte gegessen hatte.

»Die Erlöser sind doch verreist, oder?« fragte Nadine.

Ich nickte. Mir fiel das Stück Spitze in meiner Shortstasche ein. Ich betete, daß Mama Betts bloß nicht auf die Idee kam, mein Bett frisch zu beziehen, weil sie sonst nämlich meine schmutzigen Kleider gefunden hätte. Mir stand das Wasser eh schon bis zum Hals. Und mir war ganz und gar nicht danach zumute, schon wieder zum Cry Baby Creek zu gehen.

»Ist was?« fragte Nadine und drosselte das Tempo ein wenig.

»Können wir nicht zum Stall fahren? Ich hab viel zu tun heute, und wenn ich nachher nach Hause komme, hat Mama Betts auch noch ein paar Aufgaben für mich. Sie hat gesagt, ich soll nicht zu lange wegbleiben.«

»Jamey Louise hat sich erboten, deine Arbeit mit zu machen.« Nadine gab wieder Gas. »Ist das nicht lieb von ihr?«

»Pah! Jamey und was für mich machen? Die würde mir doch nicht mal sagen, wie spät es ist.«

»Na schön, ich hab sie überzeugt, daß es ihr sehnlichster Wunsch ist, deine Boxen mit auszumisten.«

»Ich staune, daß sie überhaupt zur Arbeit kommt, wo Greg doch nicht da ist.« Der Truck rumpelte die Straße hinunter. Es hatte seit über zwei Wochen nicht geregnet, und der rote Staub ballte sich hinter uns zu dicken Wolken zusammen. »Ihre Mutter will, daß ich heute nachmittag vorbeikomme. Sie will mit mir reden.«

»Und was wirst du Mrs. Welford sagen?« Nadine sah kurz zu mir rüber.

Ihrer Miene war nichts zu entnehmen, aber sie wußte natürlich, daß Emily Welford mich fragen würde, was im Stall vor sich ging. Die paar Cent, die Jamey verdiente, konnten unmöglich der Grund sein, daß sie so schwer arbeitete. Sie hatte in diesem Sommer Muskeln an den Oberarmen bekommen, und auch ihre Beine waren kräftiger geworden. Es war das erste Mal in ihrem Leben, daß sie arbeitete, und sie war jeden Tag pünktlich zur Stelle.

Ja, was würde ich sagen? »Daß Jamey sich nicht besonders viel aus Pferden macht, das weiß sie natürlich selbst, und daß es ihr nicht um die Tiere geht.«

»Und um das rauszukriegen, hat sie den ganzen Sommer gebraucht?«

»Vielleicht, weil sie die Weisheit nun mal einfach nicht mit Löffeln gefressen hat.«

Nadine lachte. »Hast du solche Ausdrücke von deiner Mama oder von deiner Großmutter?«

»Von beiden.« Das war die Wahrheit. Wenn die zwei beim Abendbrot so richtig in Fahrt waren, dann ging es mitunter ganz schön bissig zu. Für Dummheit hatte niemand in unserer Familie Verständnis, nicht einmal der Richter. Und für Mittelmäßigkeit auch nicht. Effie sagte immer, es gibt zwei Dinge, die kann jeder: mittelmäßig sein und heiraten. Sogar zur Bosheit gehört zumindest etwas Phantasie, sagte sie immer. Ich war drauf und dran, das Nadine zu erzählen, doch dann fiel mir ein, daß sie ja selbst dreimal verheiratet gewesen war. Vielleicht dachte sie am Ende noch, ich würde irgendwelche Vergleiche ziehen.

»Also, was wirst du Mrs. Welford sagen?«

»Daß … wir hart arbeiten und nicht viel Zeit zum Quatschen haben.«

Nadine grinste. »Und damit gibt die sich zufrieden?«

»Das will ich hoffen. Zumindest kann ich mich damit aus der Affäre ziehen.«

Nadine lenkte den Wagen in den tiefen Sand neben der Straße. Nur noch eine Kurve, dann kam schon die Brücke über den Cry Baby Creek.

»Wollen wir nicht morgen mal hier runterreiten?« fragte sie.

»Geht denn das?« Ich fand die Idee einfach großartig. Im Traum ritt ich manchmal die Straße runter und durch den Wald. Dann konnte ich richtig die zitternden Schattenmuster spüren, die mir die Sonne auf die Haut malte. Und dann roch ich den Duft der Kiefern und der klaren, sonnenerfüllten Luft. Aber ich hätte nie zu hoffen gewagt, daß Nadine mich tatsächlich mit Cammie auf der Straße reiten lassen würde. Für diese »Querfeldeinreiterei«, wie sie es nannte, war sie nicht zu haben. Dadurch könnten sich die Pferde dann nicht mehr richtig auf den Parcours konzentrieren, sagte sie immer.

»Also abgemacht, morgen früh, vorausgesetzt, es regnet nicht.«

Ich schaute unwillkürlich hinauf zum sonnengebleichten Himmel. Nach Regen sah es wahrhaftig nicht aus. Ich spürte richtig, wie sich die Erleichterung in mir ausbreitete. »Dann können wir doch jetzt zum Stall zurückfahren. Ich hab wirklich viel zu tun.« Je näher wir dem Fluß kamen, desto kribbeliger wurde ich.

»Wir reiten morgen hierher.« Nadine zog den Zündschlüssel ab. »Heute suchen wir den Geist, von dem du andauernd redest. Den Geist von dem kleinen Baby, das der Priester umgebracht hat. So eine Gelegenheit kommt nicht so bald wieder, Bekka. Noch ein, zwei Tage, dann sind die Erlöser wieder da.«

»Ich weiß nicht recht …« Ich wußte sehr wohl. Ich war mir sogar hundertprozentig sicher, daß ich nie wieder einen Fuß auf das Gemeindegrundstück setzen wollte. Ich wollte nach Hause zu meiner Mama und zu Mama Betts.

»Du hast doch nicht etwa Angst?« fragte Nadine. »Du bist ein bißchen blaß um die Nase, Bekka.« Sie lachte und sah mich forschend an mit ihren hellen, schlauen Augen. »Du siehst aus, als ob du ein Gespenst gesehen hast.«

»Wirklich, du, ich will nach Hause.«

»Jamey Louise hat gleich gesagt, du machst garantiert im letzten

Moment einen Rückzieher.« Nadine warf die Autoschlüssel ein paarmal in die Luft und fing sie wieder auf. »Sie sagt, du warst schon immer ein Angsthase. Du bist eine ganz feige Memme, sagt sie. Tja, dann werden wir mal zum Stall fahren, damit sie sieht, daß sie recht hatte.«

»Los, komm mit«, sagte ich und wandte das Gesicht ab, damit Nadine nicht mitkriegte, daß ich wirklich Angst hatte.

Wir stiegen aus und gingen zum Fluß. »Was versprichst du dir eigentlich davon?« fragte ich. Nadine war doch bisher nie auf die Idee gekommen, zum Fluß zu fahren.

»Ach, ich dachte, wo die Erlöser gerade nicht da sind, könnten wir uns vielleicht mal ein bißchen umschauen.«

»Du meinst, innendrin in der Kirche?«

»Warst du denn noch nie da drin?«

»Doch, als sie leergestanden hat, da bin ich mit Arly öfter drin gewesen. Und mit Alice. Aber damals hat da keiner gewohnt.« In meiner Stimme schwang Widerwillen mit. Irgendwie fand ich es ungehörig, einfach in ein fremdes Haus zu gehen, wenn die Bewohner nicht da waren. Alice und mir war letzte Nacht nichts anderes übriggeblieben, aber da hatten wir uns auch nur in der Sakristei aufgehalten, und vor allem hatten wir nichts angerührt. Wir hatten nicht in den Sachen der Erlöser herumgeschnüffelt. Bei Nadine war mir nicht recht wohl. Sie hatte irgendwie andere Manieren als Alice und ich.

»Jamey Louise hat gesagt, du traust dich nicht rein. Du hast ja sogar vor meinem Stall Angst, sagt sie.«

»Stimmt ja gar nicht.«

»Na gut, dann komm.«

Nadine ließ mir keine Chance, nein zu sagen. Sie lief einfach über die Brücke, ohne sich auch nur einmal umzusehen oder zu horchen. Sie stieß die Tür zur Sakristei auf und ging hinein. Und während ich noch draußen auf der Brücke stand, fiel die Tür hinter ihr ins Schloß. Ich wäre am liebsten weggerannt und nach Hause gelaufen. Ich wollte nicht wissen, was Nadine in der Kirche machte. Mehr als einmal war mir aufgefallen, daß sie manchmal richtig gemein sein konnte, fast schon sadistisch, aber bisher hatte mich das nicht weiter gestört. Beim Reiten hatte ich mitunter gemerkt, daß sie die Hindernisse heimlich höher machte, weil sie dachte, dann komme ich nicht drüber. Die Gefahr reizte sie. Mich reizte sie auch, aber gleichzeitig machte sie mir ein bißchen angst. Jetzt hatte ich das gleiche Gefühl, nur noch stärker, denn ich ahnte plötzlich, daß Nadine unberechenbar war.

Aber einfach auf der Brücke stehenbleiben, das konnte auch nicht der Weisheit letzter Schluß sein. Also folgte ich ihr und hoffte, wenn sie feststellte, daß es in der Kirche nichts Interessantes zu sehen gab, würde sie wieder gehen.

Als ich die Tür aufstieß, schlug mir die Stille der Sakristei entgegen. Jetzt war es hier ganz anders als in der Nacht. Im ersten Moment sah ich Nadine gar nicht. Sie stand unter dem gekreuzigten Jesus und schaute zu ihm hoch.

»Die sind krank, die Leute. Wie kann man denn zu so was beten?«

Da mir klar war, daß sie keine Antwort von mir erwartete, trat ich wortlos hinter sie. Ich sah die Sehnen an Jesus' Hals und das Blut, das ihm von der Dornenkrone übers Gesicht lief. In seinen Handflächen steckten lange, dicke Holznägel.

Wenn ich beim Ostergottesdienst in der Methodistenkirche in Sweet Water saß, wunderte ich mich immer, wieso Jesus sich nicht einfach losgerissen hat, nachdem sie ihn ans Kreuz geschlagen hatten. Eigentlich hätte sein Körpergewicht ihn runterziehen müssen, und dann wäre er frei gewesen.

Die Erlöser hatten offenbar den gleichen Gedanken gehabt, und deshalb hatten sie vorgesorgt. Ihr Jesus war angenagelt und obendrein noch mit den Oberarmen am Querbalken festgebunden. Ein Nagel ging durch beide Füße, und das Tuch um die Lenden hatte an der Stelle, wo ihm der Soldat den Speer hineingestoßen hatte, einen großen, hellroten Blutfleck. Es fehlte nur noch der Essigschwamm, jene letzte Grausamkeit gegenüber dem Sterbenden, der um Wasser bat.

»Wie kann einer bloß in so was Trost oder Frieden finden?« sagte Nadine und zeigte auf das Kruzifix. »Das ist barbarisch. Diese Leute ergötzen sich an Blut und Qualen. Mit Erlösung hat das, was die wollen, jedenfalls nichts zu tun. Denen geht es einzig und allein um Qualen und Opfer.«

Nadine trat noch einen Schritt näher an das Kruzifix heran. Ich hielt den Atem an. Ich kam mir wie ein Eindringling vor, wie jemand, der unversehens in etwas hineingeraten ist, das ihn nicht das mindeste angeht. So ähnlich ging es mir, wenn ich zusah, wie Nadine das mit den Ratten machte. Ich wußte, eigentlich gehörte es sich nicht, daß ich hinguckte, aber ich konnte einfach nicht wegsehen. Ich war fasziniert davon, wie sie den Kopf nach hinten bog, wie sie das Kruzifix anstarrte, von dem Haß in ihrem Gesicht. Oder war es Liebe?

»Nadine«, flüsterte ich, »komm weg hier.« Das Kruzifix hatte sie in eine Art Trance versetzt. Gleich langt sie hoch und berührt es, dachte ich. Womöglich küßt sie es sogar. Oder schlägt es kaputt.

»Nadine.« Ich wollte sie am Arm fassen, besann mich aber eines Besseren. »Komm nach Hause.«

»Ist doch komisch, findest du nicht? Oder hast du vielleicht schon mal einen dicken Jesus gesehen?« Sie drehte sich um und schaute mich an, und ihre Fuchsaugen blitzten vor Vergnügen. Der Ausdruck, den sie eben noch gehabt hatte, war wie weggeblasen. »Einen dicken Jesus«, wiederholte sie. »Wie kommt es eigentlich, daß Jesus immer so einen makellosen Körper hat? Goldblondes Haar, verstehst du, obwohl er doch Jude war, blaue Augen, makelloser Körper.«

»Weil er Jesus ist« war die einzige Antwort, die mir darauf einfiel.

»Was meinst du, die Nigger glauben bestimmt, Jesus ist schwarz.«

»Ehrlich?« Über so was hatte ich mir noch nie Gedanken gemacht. Irgendwie machte mich das alles nervös. Ich schaute mich um, ob sich vielleicht jemand heimlich ans Fenster geschlichen hatte und uns beobachtete.

»Also ich glaube, die denken, er sieht genauso aus wie sie.«

»Komm, wir fahren zum Stall«, drängte ich. Ich hatte das Gefühl, daß über der Sakristei ein Verhängnis lag. Die Erlöser konnten jeden Augenblick zurückkommen. Und wenn sie Nadine und mich in ihrer

Kirche fanden, dann ... dann würden sie mit Effie und Mama Betts reden, mindestens.

»Wir haben uns doch noch gar nicht angesehen, wo die wohnen. Willst du nicht wissen, wo Greg sein Bett hat? Ich meine, vielleicht schlafen die ja alle in einem großen Raum, und jeder pennt mit jedem.«

Nadines Worte lösten in mir die wildesten Phantasien aus. »Wir sollten jetzt wirklich gehn. Wir können doch nicht einfach unsere Nase in deren Privatangelegenheiten stecken.«

»Ich kann. Wenn du das nicht kannst, dann bleib doch hier.«

Sie ging hinter das Klavier und öffnete die Tür zur Sonntagsschule und zu dem Gang, der ins Pfarrhaus führte. Das wußte ich noch von damals, als die Kirche leer stand und ich mit Arly und Alice immer hier gespielt hatte. Ich hörte zwei Schritte auf dem Linoleum, dann blieb Nadine stehen. »Behalte die Fenster im Auge, Bekka! Die zum Wald. Mir war so, als ob da am Waldrand jemand gestanden hat. Eine Frau, glaube ich.« Ihre Schritte entfernten sich.

Ich rannte ihr nach. Ich durfte sie nicht aus den Augen lassen, das war das mindeste, was ich tun konnte. Sie stand in der Tür eines Zimmers, das früher als Sonntagsschulraum gedient hatte. Ich konnte mich noch an die langen Holztische und die kleinen Stühle erinnern, die seinerzeit dort waren. Damals hatten wir in dem Raum auch Modellierton und Spielsachen entdeckt. Jetzt lag der ganze Fußboden voller Matratzen. Unter den angegrauten Laken sah man den blauen Drell. Es stank nach Urin. Die Wände waren überall mit krummen Nägeln gespickt, an denen Kleidungsstücke hingen. Von Männern, Frauen und Kindern. Mindestens zwanzig Leute schliefen hier auf dem Boden, und ein paar davon waren offenkundig Bettnässer.

»Verdammt noch mal, das ist eine Kommune«, sagte Nadine.

Dieses Wort kannte ich. Ich wußte, es bedeutete, daß die hier alle wie eine große Familie zusammenlebten. Aber was das eigentlich hieß, das erfuhr ich erst von Nadine. »Ja, ist denn das zu fassen? Die hausen hier zusammen und ficken und pissen, wie's gerade kommt. Alle miteinander in diesem einen Zimmer.«

Ich wandte mich ab. »Bitte, Nadine, komm doch endlich. Mir

gefällt es hier nicht.« Auch Nadine gefiel mir irgendwie nicht mehr so richtig. Im Stall sagte sie ja auch immer so schmutzige Wörter, zum Beispiel wenn sie Greg und Jamey aufziehen wollte. Aber das hier war anders. Hier hörten sich diese Wörter noch gemeiner an. Vielleicht lag es einfach daran, daß wir in einer Kirche waren.

»Sei bloß froh, daß du nicht in dieser Scheiße hier leben mußt. Das ist doch nicht zu fassen! Kein Wunder, daß Greg lieber im Stall bleiben will. Da muß er wenigstens nicht mitansehen, was hier los ist!« sagte sie, und dabei riß sie den Arm hoch und machte eine Bewegung, als ob sie den ganzen Raum wegfegen wollte.

Ich legte ihr die Hand auf die Schulter. »Komm weg hier, bitte. Wir müssen hier raus, sonst kriegen wir Ärger. Nadine, wenn der Priester wirklich noch derselbe ist wie damals, wer weiß, was der mit uns macht. Er hat Evie getötet.«

Sie drehte sich um und sah mich an. »So, hat er das?«

Ich nickte. »Ich glaube, du hattest recht. Ich glaube, er hat die kleine Evie umgebracht. Selena hätte das nie getan.« Ich trat noch näher zu ihr heran und flüsterte mit eindringlicher Stimme: »Bitte, laß uns jetzt gehn. Mir ist richtig unheimlich hier drin.«

»Vielleicht bringen wir den Priester ja dazu, daß er rauskommt«, sagte Nadine. »Hallo, Priester! He, Priester! Kommen Sie raus!« rief sie in den Gang.

»Nadine!« Ich packte sie am Arm. »Laß das sein!«

»Hallo, Priester, ich hab ein junges Mädchen mitgebracht, die würde Ihnen gern ein paar Fragen stellen. Vielleicht können Sie sie ja … bekehren.«

Ihre Fuchsaugen funkelten belustigt. Sie sah mich an und ließ den Blick über meinen Kopf hinweg zum Ende des Ganges schweifen, als ob sie dort etwas entdeckt hätte.

Ohne darüber nachzudenken, was ich tat, packte ich sie am Arm. »Wir haben kein Recht, hier einzudringen.« Ich versuchte meine Angst zu verbergen.

»Es weiß ja keiner, daß wir hier sind, und wenn du's nicht weitersagst, wird es auch keiner erfahren.«

»Nadine, bitte bring mich nach Hause, sofort.«

»Bekka Rich, du benimmst dich wie ein Baby.«

»Mir doch egal. Wir haben kein Recht, hier einzudringen. Was gehn uns diese Erlöser überhaupt an?«

Nadine reagierte nicht auf mein Drängen. Ich weiß nicht einmal, ob sie mir überhaupt zugehört hatte. »Komm mit, wir sehen uns die übrigen Räume an.« Sie schüttelte mich ab und marschierte den Gang hinunter.

Auch die übrigen fünf Klassenräume der ehemaligen Sonntagsschule waren in Schlafsäle verwandelt worden. In den Badezimmern hatte man ein paar Duschen angebracht. Dort roch es noch stärker nach abgestandenem Urin. Es mußte entsetzlich sein, wenn man hier morgens aufstand und ins Bad wollte. Bei uns zu Hause waren wir nur zu fünft, und trotzdem zankte ich mich jeden Morgen mit Arly darum, wer zuerst ins Bad durfte. Ich nahm mir vor, mich, wenn ich wieder nach Hause kam, nicht mehr so über die kleinen Unbequemlichkeiten zu ärgern und überhaupt einiges anders zu machen – falls ich je wieder nach Hause kam. Effie und Mama Betts sollten staunen.

Nadine vorneweg und ich im Schneckentempo hinter ihr her, so gingen wir weiter, bis wir vor der Tür der Priesterwohnung angelangt waren.

»Da schau her«, sagte Nadine leise. »Sieht so aus, als ob der Leithammel gewisse Privilegien hat. In dieser Gemeinde ist der Hirte offenbar um einiges besser dran als die Herde.«

Wir durchquerten die Küche, in der es einen Herd und eine Kaffeemaschine gab. An der Wand hingen mehrere kleine hellgrüne, rosafarbene und gelbe Bastuntersetzer, die ihm wohl jemand zur Zierde dort hingehängt hatte.

Auf dem Eßtisch lagen Papiere herum, über die Nadine sich unverzüglich hermachte. Atemlos sah ich zu, wie sie mal das eine, mal das andere zur Hand nahm.

»Scheint alles mit der Kirche zu tun zu haben«, sagte sie. »Quittungen für Baumaterial, Arbeitspläne.« Sie legte die Zettel achtlos zurück und griff nach einem anderen Stapel.

»Nadine, das sind doch private Papiere.« Bei uns zu Hause war das ein ehernes Gesetz. Effies Manuskripte waren tabu, genauso wie der Schreibtisch des Richters. Niemand las Briefe, die nicht an ihn gerichtet waren. Arly und ich bekamen zwar selten Post, aber ich führte hin und wieder Tagebuch. Solche Sachen waren privat. Wir konnten sie offen in unseren Zimmern liegenlassen und sicher sein, daß niemand auf die Idee kam, darin herumzuschnüffeln. Und Nadine machte hier einfach Briefe auf und las sie, als ob das ihr gutes Recht wäre. Und der Gesichtsausdruck, den sie dabei hatte, beunruhigte mich immer mehr.

»Scheißkerl«, sagte sie laut, während sie einen Brief auf den Tisch knallte. »Hurenbock.« Ihre braunen Augen hatten jetzt einen stechenden Blick. Sie schauten regelrecht durch mich hindurch.

Mit einer einzigen Armbewegung fegte sie den Tisch leer. Dann stand sie auf und ging zur Tür. Im Wohnzimmer, wo es weder Fernseher noch Radio gab, hielt sie sich nicht lange auf, sondern ging gleich durch ins Schlafzimmer. Dort standen ein richtiges Bett mit Bettgestell, eine Kommode und ein Schrank, in dem lauter dunkle Anzüge und zwei Paar Schuhe waren. Ich blieb in der Tür stehen und ließ Nadine nicht aus den Augen. Ich konnte sie zwar nicht hindern, aber weggehen konnte ich auch nicht.

»Soso, der Priester darf schon mal ein bißchen Luxus haben. Ich frage mich bloß, ob das der Lohn fürs Predigen ist oder für seine Qualitäten als Deckhengst.«

Ich sah mich im Zimmer um. Ich verstand nicht, was sie meinte, und darum schwieg ich. Nadine war auf hundertachtzig, das merkte ich daran, wie sie ging, wie sie die Hüften schwang und mit gespielter Harmlosigkeit die Arme baumeln ließ.

Sie trat zur Kommode und zog die oberste Schublade auf. »Seide«, sagte sie und hielt ein weißes Hemd hoch. »Reverend Marcus hat's gern klassisch.« Sie machte die Schublade wieder zu und zog die nächste auf und immer so weiter, bis sie alle durchhatte. Jede Menge Seidenhemden, teure Unterwäsche und Socken, alles Marken, die Nadine kannte. Das Feinste vom Feinen, sagte sie. Sie zeigte mir die Sachen. »Ich möchte wissen, wozu der Priester hier in seinem Zimmer so sexy Nachtwäsche braucht. Glaubst du, der besteigt immer mal eins von seinen Schafen?« Sie zog die Brauen hoch und sah mich an. »Der wird wohl eher die Lämmer nehmen, oder was meinst du?«

Ich mußte an Magdeline denken, mir war speiübel. Andauernd

hatte ich das Gefühl, auf dem Gang Schritte zu hören. Es war mir gleich, ob das ein Geist war oder die Gemeinde, die zurückkam. Die Erlöser würden uns nie und nimmer laufenlassen. Dazu wußten wir einfach zuviel über den Priester und seine Geheimnisse.

Nadine riß mit geübtem Griff die Matratze vom Bett. Sie fuhr mit dem Arm durch die oberste Kommodenschublade und warf dabei eine Flasche Herren-Eau-de-Cologne um, die krachend gegen die Wand flog.

»He!« rief ich, aber es war zu spät. Sie beugte sich über den Lattenrost, und als sie wieder hochkam, hatte sie ein kleines Notizbuch in der Hand. Ihre Augen funkelten durchtrieben. »Ich hab's«, sagte sie leise und setzte sich auf den Lattenrost, um das Büchlein durchzublättern. »Hab ich doch gleich gewußt, daß er das nicht auf dem Tisch rumliegen läßt.«

Ich wollte weglaufen, doch statt dessen ging ich zum Bett und setzte mich neben sie. Die Eintragungen in dem Notizbuch waren mit schwarzer Tinte geschrieben. Namen, Daten und Adressen und an der Seite jedesmal ein Geldbetrag. »Was ist das?«

»Eine Liste von den Babys, die verkauft worden sind. Wußt ich's doch! Die Erlöser sind so was wie ein Zuchtbetrieb.« Ihre Stimme klang triumphierend.

Ich stand erschrocken auf und ging vom Bett weg. »Leg das sofort zurück, Nadine. Komm, wir bringen das Bett in Ordnung und dann nichts wie weg hier.«

Jetzt wußte ich, daß wir wirklich in der Patsche saßen, bis über beide Ohren. Nadine sah aus wie jemand, der hohes Fieber hat. Sie hatte rote Flecken im Gesicht, und ihre Augen waren glasig. Ich hatte Angst, sie könnte gar nicht mehr in der Lage sein, den Truck nach Hause zu fahren. Ich konnte nur auf Automatik fahren, mit Schaltwagen kannte ich mich nicht aus. Ich hatte keine Ahnung, ob ich den Truck von der Stelle kriegen würde. Ich wußte nur das eine: Keine Minute länger wollte ich in dieser Priesterwohnung bleiben.

Nadine steckte das Notizbuch in ihre Hosentasche.

»Leg das sofort zurück!« Sie wußte nicht mehr, was sie tat. Ich mußte sie zur Besinnung bringen. »Nadine, wenn er wiederkommt, und das Notizbuch ist weg, dann weiß er, daß wir hier waren.«

Sie starrte mich an und schien zu sich zu kommen. »Du hast recht. Ich muß das alles abschreiben.«

»Wir haben keine Zeit!« Ich ging zu ihr, packte sie am Arm und zog sie mit aller Kraft vom Bett. »Hilf mir mit der Matratze.«

Wir legten die Matratze wieder auf den Federboden. Ich zog die Tagesdecke glatt und versuchte alles wieder genauso herzurichten, wie es gewesen war, als wir den Raum betreten hatten. Dann schaute ich nach, ob alle Schubladen richtig zu waren. Der Priester war ein ordentlicher Mensch. Bei dem hing kein Hemdzipfel aus der Kommode. Ich nahm das Eau de Cologne und tat es wieder ins Fach. Ein paar Tröpfchen waren ausgelaufen, aber die Flasche war noch heil.

Nadine hatte sich in den Lehnstuhl neben dem Bett gesetzt und schrieb die Listen auf ein Blatt, das sie aus dem Notizbuch herausgerissen hatte.

»Ich seh noch mal nach, ob alles so ist, wie wir es vorgefunden haben«, sagte ich. »Wenn ich fertig bin, gehn wir.«

»In Ordnung.«

Sie blickte nicht einmal auf, sie schrieb und schrieb.

Ich versuchte die Papiere auf dem Eßtisch wieder so hinzulegen, wie sie vorher lagen. Weiter hatten wir nichts angerührt. Dann ging ich durch den Flur und blieb vor einer der Türen stehen, die wir nicht geöffnet hatten. Wir waren schon so weit gegangen, warum sollte ich nicht noch einen Schritt weiter gehen? Ich riß die Tür auf und blieb wie angewurzelt stehen.

In dem Raum stand ein schmaler Tisch, den ein gestärktes weißes Laken bedeckte. Daneben zwei riesige Zinnbehälter mit Handtüchern. Der Raum war genauso weiß und steril wie die Praxis von Dr. McMillan in Jexville. Es gab einen Glasschrank mit Medikamenten und allerlei furchterregenden Instrumenten und Scheren. Die Form dieser Scheren kam mir bekannt vor. Genau die gleichen benutzte der Doktor, wenn er zum Beispiel einen Verband aufschneiden wollte. Außerdem lagen in dem Schrank lauter verschiedene Spritzen.

Mein Blick fiel wieder auf den Operationstisch, der an der mir zugewandten Schmalseite zwei Halter aus Metall hatte. Für die

Beine. Jameys Schwester Libby war mal in Mobile beim Frauenarzt gewesen, und der hatte ihr die Beine in solche Halter getan, als ob sie ein Kind kriegen würde. Ich hatte ein ganz flaues Gefühl in der Magengegend, und gleichzeitig lief mir ein Schauer über den Rücken.

Erst jetzt bemerkte ich, daß es hier keine Fenster gab. Früher waren welche dagewesen, aber die waren zugemauert, so daß kein Lichtstrahl von draußen hineindrang. Das war eigentlich das Grausigste an diesem Raum.

Es fehlte nicht viel, und ich hätte geschrien. Ich schloß die Tür. Fünf Schritte weiter gab es noch einen Raum, den wir uns nicht angesehen hatten. Hier entdeckte ich ein Kinderbett mit einem kleinen Bettvorleger davor. Ansonsten war nur noch ein Nachtschrank da, auf dem eine Bibel lag. Der Raum sah aus wie die Gefängniszellen, die ich aus dem Fernsehen kannte. Ich redete mir ein, daß das alles nicht wirklich war. Daß in meinem Kopf so eine Art Film ablief, den ich durch irgend etwas ausgelöst hatte und nun nicht mehr anhalten konnte. Im ersten Moment half das auch, aber dann stellte ich mir plötzlich Magdeline in dem sterilen weißen Zimmer vor, und da mußte ich raus. Die Wände rückten immer näher um mich zusammen; das geschah sehr, sehr langsam und völlig geräuschlos, aber es geschah.

»Komm jetzt, Nadine«, rief ich über den Flur und horchte ungläubig dem Klang meiner eigenen Stimme nach. Ich hatte gesprochen, ohne es zu wollen, und meine Stimme hatte sich ganz fremd angehört.

Zu meiner Überraschung kam Nadine tatsächlich aus der Priesterwohnung und zog die Tür hinter sich zu. »Fünf Babys, Bekka. Allein diesen Sommer. Fünf. Und bevor sie hierher gekommen sind, auch schon welche.«

»Hast du das Notizbuch wieder versteckt?« Ich mußte einen klaren Kopf behalten. Wir durften keine Spuren hinterlassen. Wir hatten grauenvolle Dinge entdeckt. Ich konnte es immer noch nicht recht glauben. Nadine neigte dazu, alles zu übertreiben. Na schön, sie hatte eine Liste, und was weiter? Aber die beiden Zimmer? Vielleicht waren das einfach bloß Krankenzimmer. Bei den vielen Leuten, die hier in der Kirche wohnten, gab es bestimmt oft Kranke.

Nadine wedelte mit der abgeschriebenen Liste. »Ich sag doch, ich hab's wieder unter die Matratze getan, dahin, wo ich's gefunden hab. Komm jetzt.«

Wir gingen genauso zurück, wie wir gekommen waren – Nadine voraus und ich hinterher, erst durch den Flur und dann durch die Sakristei. Erst als wir wieder unter dem gekreuzigten Jesus vorbeikamen, bemerkte ich, daß sie in der rechten Hand noch etwas anderes hatte.

»Warte im Wagen auf mich«, sagte sie mit normaler Stimme – scheinbar wieder ganz die alte Nadine.

Ich zögerte einen Moment. Nadine stand wie angewurzelt vor dem Kruzifix. Nein, mir konnte egal sein, was sie vorhatte, ich war nicht verpflichtet, die Erlöser vor ihr zu beschützen. Das gestärkte weiße Laken auf dem schmalen Operationstisch sprach mich von jeder Verantwortung frei.

Die Sonne brannte auf meiner kühlen Haut, und auf einmal merkte ich, wie ich schwitzte. Mir lief das Wasser den Rücken runter, meine Shorts waren schweißnaß, und trotzdem war die Haut ganz kalt.

Wie benommen stolperte ich zum Friedhof. Plötzlich stand ich vor einem frischen Grab. Ich schnappte nach Luft. Da war ein etwa dreißig Zentimeter hoher Haufen roter Erde, in dem eine Schaufel steckte.

Nein! Ich mußte mich verguckt haben. Während Nadine und ich in der Priesterwohnung waren, hatte hier draußen jemand gegraben. Ob er uns gesehen hatte? Ich hockte mich hinter einen Grabstein und schaute mich um. Weit und breit kein Mensch.

O nein! Das offene Grab war das von Evie Baxter. Irgendwer hatte das Grab des toten Babys geöffnet.

Mein erster Impuls war, glaube ich, das Grab wieder zuzuschütten. Ich griff nach der Schaufel und wollte gerade anfangen zu schippen, als mein Blick in die Grube fiel und ich das weiße Taufkleidchen sah, das dort unten lag. Ich ließ die Schaufel fallen und kniete mich hin, um das Kleid rauszuziehen. Es war noch feucht, als ob es gerade aus dem Wasser käme.

Ich stand mühsam wieder auf und verließ mit dem Kleid in der

Hand den Friedhof. Ich war wie vor den Kopf geschlagen. Am Truck angekommen, lehnte ich mich mit den Armen an die glühendheiße Motorhaube und schlug die Hände vors Gesicht. So blieb ich stehen, bis ich das Gefühl hatte, daß meine Unterarme jeden Augenblick Feuer fangen könnten. Als ich endlich wieder aufblickte, sah ich Nadine um die Ecke biegen. Sie kam im Laufschritt angerannt und grinste.

»Los«, sagte sie und klemmte sich hinters Lenkrad. Ohne auch nur eine Sekunde lang daran zu denken, daß sie in dem lockeren Sand hätte steckenbleiben können, wendete sie den Wagen und brauste los. Kurz vor der Einfahrt zum Stall sah sie mich an und sagte, ohne von dem weißen Stoffetzen Notiz zu nehmen: »Zu keinem Menschen ein Wort! In Ordnung? Du darfst das niemandem erzählen, Bekka, sonst landen wir vielleicht beide im Gefängnis.«

Kapitel 21

Zum erstenmal in diesem Sommer fragte ich mich, ob es nicht besser war, den Reitunterricht aufzugeben. Jamey Louise mistete gerade meine letzte Box aus. Ich sagte ihr, mir sei schlecht, ich müsse nach Hause.

»Du siehst ja aus wie Braunbier mit Spucke«, sagte sie, auf ihre Mistgabel gelehnt. Sie hatte ein kleines Kopftuch um und kein bißchen Make-up im Gesicht. Im Laufe des Sommers hatte sie den letzten Rest Babyspeck verloren. Sie war rank und schlank geworden und sah besser aus denn je. Vielleicht war das auch der Grund, weshalb Jamey Louise neuerdings so gern arbeitete. Auch ihre Körbchengröße habe sich verändert, sagte sie, von B auf C. Und außerdem wurde sie bald dreizehn.

Nadine verschwand in ihrem Haus und ließ sich nicht mehr blicken. Ich gab Jamey Louise das Frühstück, das Mama Betts mir eingepackt hatte, und sie verzog sich damit in den Schatten und fing an, die Speckkuchen mit hausgemachtem Traubengelee zu futtern. Jamey war eine blöde Kuh, aber so blöd, nicht zu wissen, daß Mama Betts die besten Speckkuchen der Welt machte, war sie denn doch nicht.

Ich ging zu Nadines Haus und trommelte mit aller Kraft an die Hintertür, aber drinnen tat sich nichts. Die Hunde bellten nie. Ich begriff nicht, wie Nadine es schaffte, daß die so leise waren. Picket hätte das Fliegengitter zerfetzt, wenn jemand sich unserer Hintertür genähert hätte.

Ich klopfte noch einmal und trat ein, zwei Schritte vom Haus zurück. Es stank. Mama Betts hatte schon recht: Bei Nadine war es wirklich nicht sehr sauber. Die Müllhaufen waren den Sommer über immer höher geworden. In der Kali Oka Road gab es keine Müllabfuhr wie in Jexville, aber Nadine hatte einen Truck; sie hätte ihren Müll selbst auf die Kippe fahren können. Doch das hatte sie nicht getan.

Es roch, als ob in der Küche Leichen verwesten. Ich ging noch etwas weiter weg. Ich konnte nur hoffen, daß Nadine nicht irgendwann auf die Idee kam, mich und Jamey zu bitten, ihren Müll wegzubringen. Gegen Pferdemist hatte ich ja nichts einzuwenden, aber von dem Gestank, der einem aus Nadines Haus entgegenschlug, konnte selbst einer Made das Kotzen kommen, wie Arly immer sagte.

Als Nadine sich nach dem dritten Versuch immer noch nicht an der Tür sehen ließ, gab ich auf und machte mich auf den Heimweg. Die kurze Strecke kam mir endlos vor, besonders, als ich mich dem Haus der Welfords näherte.

Mrs. Welford war die letzte, die ich jetzt sehen wollte, und darum lief ich einfach weiter, vorbei an dem knarzigen Graubartbaum, und ließ mich bei uns im Garten auf die alte Schaukel fallen, die der Richter mir an einer von den Eichen angebracht hatte. Ich hatte diesen Sommer noch kein einziges Mal mit Arly Fallschirmspringer gespielt. Wir schaukelten dann immer so hoch, wie wir nur konnten, und wenn die Schaukel ganz, ganz oben war, sprangen wir ab, und da, wo wir landeten, machten wir einen Strich, und wer am weitesten kam, hatte gewonnen.

Noch ehe ich Mama Betts sehen konnte, roch ich ihren leckeren Zitronenduft.

»Bist du krank, Bekka?«

»Ein bißchen vielleicht.« Ich war wirklich krank. Der Kopf tat mir weh, mein Magen schlingerte und verknotete sich. »Vielleicht bin ich einfach bloß müde.«

»Wo warst du heute nacht?«

»Ich war mit Alice am Cry Baby Creek.« Ich hatte den unwiderstehlichen Drang, auf der Stelle eine Generalbeichte abzulegen, aber das durfte ich nicht. »Wir wollten mal sehn, ob wir das Baby schreien hören.«

»Komm ins Haus, ich mach dir eine Suppe. Kind, du siehst ja gritzegrau aus! Aschfahl siehst du aus!«

Ich lief wie ein Hündchen hinter Mama Betts her. »Wo ist denn Effie?«

»Dein Vater kommt heute nach Hause. Sie holt ihn vom Flughafen ab.«

»Daddy kommt heim? Für immer?« Das wäre ja zu schön, um wahr zu sein. Aber das, was Nadine und ich gerade entdeckt hatten, das konnte nicht einmal der Richter in Ordnung bringen.

»Nur übers Wochenende.« Mama Betts sah mich forschend an.

»Und Arly? Wo ist der?«

»Der arbeitet heute nachmittag in Arnett's Pflegeheim.«

Also war ich mit Mama Betts allein. »Darf ich meine Suppe auf dem Sofa essen und mir mit dir zusammen *The Edge of the Night* ansehen?«

Sie blieb stehen, drehte sich um und sah mich an. »Natürlich. Dir geht's anscheinend wirklich schlecht.«

Ich nickte.

»Bist du krank, oder hast du ein schlechtes Gewissen?« fragte sie und musterte mich mit ihren blauen Augen.

»Beides.«

»Dann ißt du jetzt ein bißchen Suppe, und danach schläfst du ein Weilchen, und dann unterhalten wir uns.«

Endlich kamen die Tränen. Sie sammelten sich in den Augen und rollten mir über die Wangen, aber ich brachte keinen Ton heraus.

»Na, na, Bekka, ich weiß ja nicht, was du angestellt hast, aber so schlimm kann es doch gar nicht sein.«

Egal, was ich anstellte, Mama Betts war einfach unfähig, mir etwas Schlimmes zuzutrauen. »Ich glaube, ich werde krank«, piepste ich.

»Am Körper oder an der Seele?«

»Ich weiß nicht.« Irgendwie schaffte ich es, mich zusammenzureißen und die Tränen runterzuschlucken. Was sollte ich Mama Betts denn sagen? Daß ich auf einem fremden Friedhof in Gräbern rumgebuddelt hatte? Daß ich in eine Kirche eingebrochen war und mit Nadine zusammen das Schlafzimmer von einem Priester auf den Kopf gestellt hatte? Daß Nadine sagte, die Erlöser handelten mit

Babys, und daß ich das auch glaubte? Ich war mir ja nicht einmal sicher, ob es stimmte, denn immerhin hatte Nadine mir auch eingeschärft, daß ich mit niemandem darüber reden dürfte, weil wir sonst vielleicht beide im Gefängnis landen würden. Wenn es stimmte, mußte Nadine natürlich die Polizei holen. Mama Betts strich mir die Haare aus der heißen Stirn. Sie faßte mich beim Kinn und betrachtete mich durch ihre dicken Brillengläser.

»Was du auch angestellt hast, ich hab dich trotzdem lieb, und Effie und Walt auch. Und jetzt hör auf zu weinen bei der Hitze, sonst mußt du mir am Ende noch brechen.«

Ich wischte mir mit dem Handrücken die Tränen ab. Sie legte mir den Arm um die Schulter und zog mich an sich. Und der Zitronenduft war noch stärker als sonst.

»Ich hab eine Zitronentorte für deinen Daddy gebacken«, sagte sie. »So wie er sie am liebsten mag, mit ganz viel Baisermasse drauf. Damit er gute Laune hat.« Ihren Arm noch immer auf meiner Schulter, ging sie mit mir über den Rasen. »Ich glaube, Effie und Walt haben dich in letzter Zeit ein bißchen vernachlässigt. Du hast so viel im Stall gearbeitet, daß wir gar nicht mehr dazu gekommen sind, schwimmen zu gehen oder Eis zu machen. Vielleicht sollten wir das mal wieder tun.«

Da ich Angst hatte, daß ich, sobald ich den Mund aufmachte, gleich wieder losheulen würde, nickte ich bloß.

»Was hältst du von morgen? Wir fahren alle zum Escatawpa River, an eine richtig tiefe Stelle, wo man schwimmen kann. Wir nehmen uns ein Picknick mit und die alte Eismaschine mit der Handkurbel, und dann machen wir's uns richtig schön. Na, was hältst du davon?«

Mir fiel ein, daß Nadine versprochen hatte, mich Cammie auf der Straße reiten zu lassen, aber das war unwichtig. Ich wollte mit Mama Betts und Effie zusammen sein. Ich wollte, daß der Richter mir die verschiedenen Schwimmarten zeigte und mit uns Lagenstaffel machte. Ich hatte sogar nach Arly Sehnsucht.

»Tolle Idee«, sagte ich krächzend, aber wenigstens ohne zu heulen.

»Kannst du dir im Stall einen freien Tag nehmen?«

»Ja.«

»Na, dann ist ja alles klar. Hiermit erkläre ich den morgigen Tag zum Feiertag. Niemand darf arbeiten, nicht einmal du und Arly. Das wird ein Familientag, wie wir schon viel zu lange keinen mehr hatten. Und wenn *The Edge of the Night* vorbei ist, kannst du mir vielleicht Kartoffeln für den Salat pellen helfen. Und dann mach ich ein Brathähnchen. Und noch ein paar Speckkuchen und gebackene Bohnen.«

»Darf Alice morgen mitkommen?«

»Selbstverständlich. Das Mädel gehört ja praktisch zur Familie.«

Kapitel 22

In den nächsten drei Tagen ließ ich mich nicht bei Nadine blicken. Mama Betts machte ihr Picknick mit mir und Effie, dem Richter, Arly, Alice und Maebelle V. Effie und Mama Betts kümmerten sich um die Kleine, damit Alice und ich schwimmen konnten. Arly gab sich alle Mühe, uns auf die Nerven zu gehen, aber wir dachten gar nicht daran, uns von ihm die Laune verderben zu lassen. Ich wartete die ganze Zeit darauf, daß ich mit dem Richter reden konnte, aber es fand sich einfach keine Gelegenheit, ihn kurz unter vier Augen zu sprechen. Effie und er waren wie Pech und Schwefel.

Ehrlich gesagt hatte ich auch Angst wegen dem, was ich getan hatte, und wegen dem, was ich nicht getan hatte. Daddy war ja bloß für ein paar Tage zu Hause, dann fuhr er wieder weg. Ich wußte genau, daß er bitter enttäuscht gewesen wäre, und vor der Abreise wollte ich es ihm nicht sagen. Und im Grunde wußte ich auch gar nicht, wie ich es ihm sagen sollte, und darum beschloß ich, während dieses kurzen Ausflugs zum Fluß einfach so zu tun, als ob an der Kali Oka Road noch alles beim alten wäre.

Der Escatawpa ist einer der schönsten Flüsse bei uns im Süden. Er ist der Zankapfel zwischen den Bundesstaaten Alabama und Mississippi, und beide lassen ihn sofort fallen, wenn es mal wieder darum geht, daß die Brücke repariert werden muß. Dann will ihn nämlich weder der eine noch der andere haben, und darum wird die schmale, kreuzgefährliche Brücke auf dem Highway 98 niemals repariert. Aber die Kali Oka Road lag flußaufwärts, ein Stück weg von der Brücke, und um Politik kümmerten wir uns nicht. Wir hatten das kalte Wasser, die warme Sonne und gutes Essen.

Weder Mama Betts noch Effie fragten mich, warum ich nicht zu

Nadine ging. Und Nadine kam auch nicht noch einmal mit ihrem Stinkmobil zu uns auf den Hof getuckert, um mich zur Arbeit abzuholen.

Ich half Mama Betts in der Küche und mit den Pflanzen. Wenn es dunkel war und ich nicht mehr nach draußen konnte, lag ich auf dem Sofa, hatte den Kopf in Effies Schoß und las. Ich war auf einmal wieder wie ein kleines Kind geworden. Es schien niemanden zu stören, daß ich das Großwerden aufgegeben hatte, am wenigsten mich selbst. Wenn ich noch zu klein war, um mir auf die Dinge, die ich unten am Ende der Kali Oka Road gesehen hatte, einen Reim machen zu können, dann brauchte ich auch nicht darüber zu reden, dann konnte ich einfach versuchen, sie zu vergessen.

Der Richter fuhr zurück nach Missouri, und ich war erleichtert, daß er mir damit die Gelegenheit nahm, ihm alles zu erzählen. Alice und ich spielten, bis es Abend war und wir einander in der Dunkelheit nicht mehr sehen konnten. Wir spielten Himmel und Hölle und Seilspringen. Maebelle V. krabbelte umher und aß Gras und Käfer. Weder das eine noch das andere schadete ihr, sie lachte bei beidem. Wir spielten Badminton, bis die Kleine es geschafft hatte, ins Zentrum unseres eingebildeten Spielfelds zu kriechen. Wenn Mama Betts Angst hatte, daß wir zu grob mit ihr umgingen, kam sie raus und rettete sie.

Ich hatte Alice noch nichts davon erzählt, daß ich mit Nadine in der Kirche gewesen war. Es war alles so häßlich und beängstigend, daß ich sie nicht damit belasten wollte. Wenn ich jenen Vormittag aus meinem Gedächtnis hätte löschen können, ich hätte es getan. Und versucht habe ich es. Aber meine Anstrengungen, dieses Erlebnis zu verdrängen, führten zu nichts. Immer wieder sah ich das Bild dieses Zimmers mit dem Operationstisch und den Arztinstrumenten vor mir. In meinen Träumen vermischte es sich mit dem gekreuzigten Jesus. Wozu sollte ich Alice das erzählen? Damit es ihr ebenso schlechtging wie mir? Außerdem redete auch sie nicht mehr vom Cry Baby Creek, den Erlösern und dem Geist, den wir gesehen hatten. Wir versuchten beide, bestimmte Dinge zu vergessen.

Die Erlöser waren bereits vier Nächte fort, und nichts deutete darauf hin, daß sie zurückkamen. Vielleicht waren sie weitergezogen. Vielleicht kamen sie nie mehr in die Kali Oka Road. Ich drückte die Daumen und betete, daß es so war.

Am Mittwoch kamen die Busse wieder, und die Staubwolke, die sie aufwirbelten, war noch dicker als beim erstenmal. Alice und ich lutschten gerade Zitronen aus, die wir mit Brausepulver und Zucker bestreut hatten. Mama Betts sagte immer, Zitronen machen den Zahnschmelz kaputt, aber sie gab uns trotzdem welche.

»Ob die wissen, daß es um die Kirche herum spukt?« fragte Alice. Sie holte Maebelle V. aus einer wilden Zwiebelstaude und drückte sie unwillkürlich an sich. Maebelle, die keine Ahnung hatte, daß sie stank wie ein Wiedehopf, grinste selig und zeigte uns ihren ersten Zahn.

»Ich glaube, das ist ihnen egal.« Die Busse rumpelten schlingernd die Straße hinunter. Auch mein Magen schlingerte. Ich hatte wirklich schon langsam gehofft, sie würden nicht mehr wiederkommen. Noch nie hatte ich so inständig für etwas gebetet.

»Meinetwegen können sie ruhig kommen, Hauptsache sie bleiben da unten auf ihrem Grundstück.« Alice wiegte das Baby auf der Hüfte. »Wir müssen uns ja nicht mit ihnen abgeben. Das überlassen wir lieber Jamey Louise.«

Ich sagte nichts, aber mir war klar, daß ich am nächsten Morgen in den Stall gehen würde. Dann wäre Greg auch wieder da. Ich mußte wissen, wie sich Nadine ihm gegenüber verhielt.

»Kommst du mit zur Quelle baden?« Alice hielt Maebelle V. hoch und zeigte mir die rosarote Sabberspur, die sie vom Brausepulver auf ihrer kleinen Brust hatte. Wir hätten ihr lieber das Hemdchen ausziehen sollen. Jetzt war es hinüber.

»Klar. Wetten, Picket will auch mit.« Ich pfiff nach meiner Hündin, und dann gingen wir alle zusammen in den Wald und badeten in der Quelle.

Am nächsten Morgen stand ich sehr früh auf, zog meine Arbeitssachen an und und machte mich fertig, um in den Stall zu gehen. Mama Betts sagte nichts. Sie stellte mir mein Frühstück hin und schmierte mir ein paar Sandwiches zum Mitnehmen.

»Dein Daddy kommt bald für immer heim, dann fährt er bloß

noch tageweise nach Hattiesburg zum Unterrichten. Das ist doch schön, nicht wahr?«

»Ich freu mich schon«, sagte ich und fragte mich, worauf sie hinauswollte.

»Wenn Walt wieder da ist, dann könnt ihr beide euch vielleicht mal in aller Ruhe unterhalten.«

»Vielleicht.« Ich schwenkte die Packpapiertüte, in der mein Essen war. »Ich muß los.«

»Bekka, wir haben nie über deine nassen Schuhe geredet. Ich habe das Gefühl, daß zwischen diesen nassen Schuhen und deiner plötzlichen Neigung, andauernd zu Hause zu sitzen, irgendwie ein Zusammenhang besteht. Vielleicht erzählst du Walt, was du zu nachtschlafender Zeit dort unten am Cry Baby Creek gesehn hast.«

»Vielleicht«, erwiderte ich einigermaßen zögernd.

»Vielleicht kannst du auch mal was anderes als vielleicht sagen.« Sie blickte kurz vom Herd auf und sah mich mit ihren blauen Augen an.

Ich schluckte. Diesmal war ich wirklich um eine Antwort verlegen.

»Sei vorsichtig«, sagte Mama Betts und küßte mich auf den Scheitel. »Ich fahre heute mit deiner Mama nach Mobile, Schulsachen kaufen. Brauchst du irgendwas?«

»Hefte. Bleistifte.« Verdammt, ich wollte mitfahren. »Nehmt ihr Arly mit?«

»Der braucht Schuhe und Hemden und neue Jeans. Er hat gesagt, er will mitkommen. Weil er keine Jeans will, die am Hintern schlackern«, sagte sie spöttisch.

»Ich brauche Kniestrümpfe und ...« Um den Büstenhalterkauf im Dale Shop war ich nur deshalb herumgekommen, weil Effie inzwischen ein neues Buch angefangen hatte. Der heutige Einkaufsbummel würde sie garantiert daran erinnern. Und Alice hatte gesagt, im neuen Schuljahr wolle sie anfangen, lange Strümpfe zu tragen. Sie sei jetzt groß genug, hatte sie erklärt, und außerdem hatte sie den abgelegten Strumpfhaltergürtel und ein paar alte Nylons von ihrer älteren Schwester bekommen. Ich hatte mir das Ding angeschaut und war zu dem Schluß gelangt, daß ich so was nicht brauchte. Sicherheitshalber hatten wir allerdings verabredet, uns einen Tag vor dem Schulanfang an der Quelle zu treffen und einen Rasierapparat mitzubringen, damit wir uns die Beine rasieren konnten. In der siebenten Klasse kommt kein Mädchen mehr mit behaarten Beinen zur Schule, hatte Alice gesagt, und mir war aufgefallen, daß Jamey Louise sich ihre jetzt schon rasierte.

»Kniestrümpfe und was noch?« Mama Betts sah mich erwartungsvoll an.

»Kann man in der Siebenten noch mit Shorts gehn?«

»Nein.«

»Jeans?«

»Nicht die Mädchen.«

»Heißt das, wir müssen Kleider anziehen?« Das war ja noch schlimmer, als ich geglaubt hatte.

»Ja, soweit ich weiß. Mrs. Welford sagt, sie hat Jamey Louise ein paar im Sommerschlußverkauf geholt. Ich finde ja, sie sollten die Mädchen ruhig in Shorts gehn lassen. Ende August ist doch immer noch eine Bullenhitze. Wenn wir ein paar leichte Hänger für den Sommer sehn, bringen wir dir welche mit. Aus Baumwolle. Die kühlt.«

»Ist gut. Danke.« Ich haßte Kleider. Jamey Louise war bestimmt ganz aus dem Häuschen. Sie liebte Kleider. Wenn sie ein Kleid anhat, fühlt sie sich richtig als Frau, sagte sie immer. Kleider, Gesichtspuder und Soir de Paris. Und wenn sie sich von Greg auf den Mund küssen und betatschen lassen konnte.

Ich brauchte länger als sonst für den Weg zu Nadine, aber dafür war ich auch fast eine Stunde eher losgegangen. Als ich ankam, sah ich zu meiner Überraschung, daß Greg hinten auf dem Feld beim Graben war. Jamey tat immer so, als ob Greg ihr Besitz wäre. Sobald er etwas zu mir sagen wollte, fuhr sie ihn an, er solle gefälligst arbeiten. Ich hatte mir angewöhnt, ihn hinter ihrem Rücken aufzuziehen, daß er ganz schön unter dem Pantoffel steht, als ob sie schon richtig verheiratet sind, und zu meinem Erstaunen hatte ich festgestellt, daß ihm diese Sticheleien irgendwie gefielen.

»Wie war's in Hattiesburg?« fragte ich.

Als ich näher kam, schob Greg mit dem Fuß schnell eine Ladung Sand auf einen Gegenstand, der neben der Grube lag. Es war ein löcheriges blaues Handtuch mit was Braunem darunter.

»Schön. Nadine sagt, bei Cammie in der Box sind Ameisen. Sie will die ganze Streu raus haben, damit ich Kalk reintun kann. Gut, daß du so früh kommst. Kannst gleich anfangen zu arbeiten.«

Mein Blick fiel auf das Handtuch. »Was machst du denn da?«

»Ein Auftrag von Nadine. Geh lieber in den Stall.« Unter dem Handtuch kam ein fürchterlicher Gestank hervor. Ich beobachtete eine dicke Schmeißfliege, die sich darauf niederließ. Sie schimmerte grüngolden in der Sonne. Dann sah ich die braune, halb mit Sand bedeckte Pfote.

»Was ist denn mit dem Hund passiert?«

Greg zuckte die Achseln. »Er ist gestorben, sagt Nadine. Sie hat gesagt, ich soll ihn begraben.«

Gregs Oberkörper glänzte vor Schweiß. Er arbeitete ohne Hemd. Seine Haut war braungebrannt. Die Striemen von der Prügel waren mittlerweile verblaßt, aber man konnte sie immer noch sehen.

»Und woran ist er gestorben?« Überfahren worden konnte er nicht sein. Die Hunde kamen ja nie aus dem Haus.

»Das hat sie nicht gesagt, Bekka. Sie hat bloß gesagt, ich soll ihn begraben. Und da bin ich gerade dabei. Willst du nicht endlich an die Arbeit gehen? Sie hat extra gesagt, ich soll das machen, eh du kommst und bevor Jamey und sie zurück sind. Als die anderen beiden gestorben sind, hat sie auch gesagt, ich soll's dir nicht erzählen, weil du sonst traurig bist.«

»Die anderen beiden? Es sind noch zwei Hunde gestorben?« Meine Stimme überschlug sich fast. »Wann?«

»Vor drei Wochen ungefähr.«

»Ja, hat denn hier einer Gift ausgelegt?« Das konnte ich mir gar nicht vorstellen, aber trotzdem sah ich mich nach Picket um. Falls hier irgendwo Arsen ausgelegt worden war, um streunende Hunde zu vergiften, wollte ich nicht, daß meine Picket davon fraß.

»Sie sind im Haus verreckt.« Greg starrte mich mit harten, gierigen Augen an. »Sie sind überhaupt nicht rausgekommen. Und als Nadine mir gesagt hat, ich soll sie begraben, waren sie schon eine ganze Weile tot.«

Ich wollte ihm sagen, daß er ein ganz gemeiner Lügner sei, aber ich ließ es bleiben. Er sah mich so merkwürdig an, daß ich es einfach nicht über die Lippen brachte. »Wie lange waren sie tot?« Ich wußte, daß Nadine jeder Sinn für Reinlichkeit fehlte, aber ein totes Tier im Haus, das traute ich ihr denn doch nicht zu.

»Vielleicht eine Woche.«

»Bei dieser Hitze? Da müssen ja schon die Maden dringewesen sein.«

Greg wischte sich mit dem Handrücken über den Mund. »Waren sie ja auch. Bei ihr im Wohnzimmer haben sie gelegen, die Hunde, hinterm Sofa. Sah aus, als ob die aus dem Maul geblutet haben.«

Irgendwie hatte ich das verrückte Gefühl, daß er die Wahrheit sagte, aber das konnte doch gar nicht sein. Seine blauen Augen sahen mich unverwandt an. Dieser Greg konnte genauso gut lügen wie Nadine. Auf einmal begriff ich. Die beiden hatten sich das alles bloß ausgedacht, um mir einen Schreck einzujagen. Sie wußten, wie ich an Picket hing, und darum hatten sie sich diese Gruselgeschichte einfallen lassen. Sie wollten mich ärgern.

»Dann beeil dich mal, daß du den da begräbst, eh die Maden noch Eier ausbrüten und dich wegtragen«, sagte ich und drehte mich um, um zum Stall zu gehen. Ich wollte ihm nicht zeigen, wie sehr mir der Tod von Nadines Hund an die Nieren ging. Es spielte schließlich keine Rolle, wann und woran er gestorben war.

»Du bist ganz schön hartgesotten, was Bekka?« rief Greg mir leise nach. »Was muß eigentlich passieren, damit du weinst?«

Ich drehte kurz den Kopf und warf ihm einen Blick zu. »Das wirst du nie erfahren«, zischte ich. Doch dann besann ich mich eines Besseren. Im Grunde wollte ich Greg nicht kränken. Sein Leben war viel schwerer, als ich mir vorstellen konnte. Ich drehte mich ganz zu ihm um. Er stand da, stützte sich auf den Spaten und sah mich an.

»Wenn Menschen grausam sind zu anderen Menschen oder zu Tieren. Das bringt mich zum Weinen«, sagte ich. »So hartgesotten, wie du glaubst, bin ich gar nicht.«

Er wischte sich mit dem Handrücken den Schweiß von der Stirn. »Du tust gern Sachen, die keiner erwartet, stimmt's? Aber eins muß man dir lassen, Bekka Rich, du bist ehrlich.« Er hob eine Ladung Sand aus der Grube und stützte sich dann wieder auf den Spatenstiel. »Du hast doch überhaupt keine Ahnung, was echte Grausamkeit ist.« Er fing wieder an zu schaufeln.

Nach etwa zehn Spatenstichen begriff ich, daß er mir nichts mehr zu sagen hatte. »Ich gehe jetzt und kümmere mich um Cammies Box. Nicht, daß Nadine noch sauer ist auf mich.«

»Sie sagt, du bist nicht zur Arbeit gekommen. Sie meinte, vielleicht bist du noch mehr in mich verknallt als Jamey.« Er grinste ein selbstbewußtes Jungengrinsen.

»Ich hatte andere Sachen zu tun. Die Schule fängt bald wieder an. Gehst du auch nach Jexville auf die High School?«

Für den Bruchteil einer Sekunde spiegelte sich in seinem Gesicht ein Gefühl, das ich nicht deuten konnte. »Nein. Ich gehe nicht zur Schule. Wir haben unsere eigene.« Er lachte, aber es war kein fröhliches Lachen. »Da lernen wir, was wir brauchen, um uns über Wasser zu halten. Bücher sind für die Erlöser nicht wichtig.«

Er sagte das mit unverhohlener Bitterkeit in der Stimme, und plötzlich begriff ich, daß Greg Bücher liebte. Daß ich mir darüber noch keine Gedanken gemacht hatte! Ich konnte mich nicht erinnern, irgendwo in der Kirche auch nur ein einziges Buch gesehen zu haben. Nicht mal ein Gesangbuch.

»Mein Vater hat ganz viele verschiedene Bücher. Wenn du willst, bringe ich dir ein paar mit.«

»Wenn sie die finden, verbrennen sie sie.«

»Dann läßt du sie halt oben auf der Tenne. Du kannst sie ja hier lesen.« Ich merkte, wie ich ein ganz klein wenig aufgeregt wurde. »Meine Mutter schreibt selbst Bücher.«

»Was denn für welche?«

»Für Kinder. Aber die sind echt gut. Ich les die immer noch gerne, obwohl ich schon zu alt dafür bin.« Ich wollte ihm erzählen, daß ich Effie immer half, indem ich mir ihre Bücher durchlas, bevor sie sie zum Verlag schickte, aber das hätte sich zu sehr nach Angeberei angehört.

»Dann bring mir doch eins von ihr mit. Welches du am liebsten magst. Ich hatte mal ein Buch von einem, der hieß Poe. Mit lauter Gruselgeschichten. Von dem würde ich gern mehr lesen.«

»Gut.« Ich blieb noch einen Augenblick stehen, aber es gab

nichts mehr zu sagen. Irgendwie waren Greg und ich unversehens in so eine Art Freundschaft hineingestolpert. »Ich bring dir die Bücher morgen mit.«

»Ich pass' auf, daß nichts drankommt. Das versprech ich dir.«

Das Arbeitszimmer meines Vaters war vollgestopft mit Büchern. Sie standen in Zweierreihen in den Regalen und stapelten sich auf dem Fußboden. Effie fuhr zweimal die Woche nach Jexville in die Bibliothek, und manchmal packte sie das Auto voll Bücher, die sie einfach weggab. Freunde, Verleger und andere Schriftsteller schickten Bücher mit der Post. Effie kaufte welche auf Basaren und in Buchhandlungen. Wir hatten so viele Bücher, daß ich noch nie daran gedacht hatte, daß es Menschen gab, die nicht ein einziges besaßen. Selbst ich hatte in meinem Zimmer ein Regal voller Bücher, die ich alle gelesen hatte. Aber ich konnte mir nicht vorstellen, daß Greg sich für *Nancy Drew, Die Bobbsey Twins* oder *Black Stallion* interessierte. Dann schon eher *Robin Hood*. Arly hatte ein paar *Hardy Boys*-Romane, die mir fast noch besser gefielen als *Nancy Drew*, obwohl Arly immer sagte, die *Hardy Boys* seien nichts für Mädchen.

»Du, Bekka?« Greg holte mich wieder in die Gegenwart zurück.

»Ja?«

»Ich hab den Kater von der alten Frau nicht umgebracht. Ob du's glaubst oder nicht, das war ich nicht.«

»Ich bring dir morgen die Bücher mit«, wiederholte ich und ließ ihn stehen.

Ameisen konnte ich in Cammies Box zwar nicht entdecken, aber ich holte trotzdem die ganze Streu raus, bis der nackte rote Lehm zu sehen war. Als ich damit fertig war, hatte Greg auch den Hund begraben. Er kam und streute Kalk auf den Boden der Box, und dann verteilte ich frische Hobelspäne drauf. Cammie, die ich im Gang festgebunden hatte, scharrte mit dem rechten Vorderhuf.

»Die will draußen auf der Weide rumrennen«, sagte Greg. Er war schon wieder oben auf der Tenne und wendete das Heu, holte das alte nach vorn und schob das neue nach hinten.

»Ich würde sie so gern rennen sehen.« Ich schaute hoch und sah mich dann im Stall um. Nadine hielt nichts davon, die Pferde im Freien zu bewegen. »Wo steckt Nadine eigentlich? Und Jamey?«

»Die sind heute früh zusammen losgezogen. So gegen acht.«

»Zu Fuß?« Der grüne Truck war noch da.

»Wahrscheinlich.« Greg ging wieder an die Arbeit, und ich mistete weiter die Boxen aus – meine eigenen und die von Jamey. Ich nahm an, daß sie die letzten Tage meine mit übernommen hatte. Irgendwie fühlte ich mich ausgeschlossen. Wo waren die beiden hingegangen? Der Vormittag war fast vorbei, ich wartete auf meine Reitstunde.

Ich schlug die Zeit damit tot, daß ich Heu und Wasser verteilte. Greg kam von der Tenne, setzte sich auf den Zementblock, der normalerweise Nadines Stammplatz war, und aß sein Frühstück. Ich konnte nicht erkennen, was er auf seinem Sandwich hatte; mir jedenfalls hatte Mama Betts Sandwiches mit Erdnußbutter und Marmelade mitgegeben. Mayonnaise nahm sie keine, weil sie Angst hatte, daß die bei der Hitze schlecht werden könnte. Aber ich war es allmählich leid, immer nur Erdnußbutter oder Käse zu bekommen. Ob Gregs Mutter sich auch soviel Sorgen wegen der fehlenden Kühlmöglichkeit machte?

Ich kam nicht dazu, der Sache auf den Grund zu gehen, denn Greg hatte sein Sandwich mit zweimal Abbeißen aufgegessen. Er wischte sich den Mund mit der Papiertüte ab und sah mich an.

»Was ist das für Marmelade?«

»Pflaumengelee. Hat meine Großmutter gemacht.« Ich fuhr mir mit dem Handrücken über den Mund. Offenbar hatte ich einen Marmeladenbart, sonst hätte Greg ja nicht Bescheid gewußt.

»Eh wir hierher gezogen sind, da haben ein paar von den Fr … den Müttern bei uns Brombeerkonfitüre gemacht. Hat aber nicht lange gedauert.« Er musterte meine Frühstückstüte.

Mama Betts packte mir immer mehr ein, als ich essen konnte. Normalerweise gab ich Nadine während der Reitstunden die Hälfte ab. Diesmal reichte ich Greg meine Tüte. Er zerrte das zweite Sandwich raus und hatte es im Handumdrehen verschlungen.

»Prima, das Pflaumengelee«, sagte er.

Um ein Haar hätte ich ihn gefragt, ob er bei dem Tempo überhaupt auf den Geschmack geachtet hatte, aber ich ließ es bleiben. Er schien wirklich Hunger zu haben.

»Sonst gibt mir Jamey immer ihr Frühstückssandwich. Ich hatte schon Angst, weil sie noch nicht zurück ist.«

»Du kannst gern die Hälfte von mir abhaben, und ich kommandiere dich auch nicht rum.«

Greg lachte. »Für das, was die mir immer mitbringt, lass' ich mich gern mal ein bißchen rumkommandieren. Ihre Mutter macht tolle Früchtekuchen.«

Emily Welford machte in der Tat die besten Früchtekuchen in ganz Chickasaw County. Das ließ sich nicht leugnen.

»Dafür macht Mama Betts die besten Torten. Und Kekse und Speckkuchen. Und Kartoffelpüree. Und – «

Greg lachte schon wieder. Er schob mir meine leere Frühstückstüte hin. »Und Marmeladen- und Ernußbuttersandwiches. Die mag ich am liebsten.«

»Erdnußbutter?« Der hatte wohl nicht alle Tassen im Schrank. Ich mochte Geflügelsalat mit Sellerie und knackigen roten Äpfeln. Oder Schinken und Käse. Oder Baguette mit fritierten Austern und Ketchup.

»Danke schön für das Sandwich, Bekka. Ich glaube, ich muß mal langsam zurück zur Kirche.«

»Wie war denn das Treffen in Hattiesburg?«

Er zuckte ganz leicht zusammen, wie wenn ein Fernsehbild einmal rollt und gleich wieder stehenbleibt. »Das waren mehrere Treffen. Die Jungs und ich, wir haben uns dünne gemacht und sind ins Kino gegangen. ›Frühstück bei Tiffany‹. Schon mal gehört?«

»Gehört schon, aber noch nicht gesehen. War er gut, der Film?«

Wieder warf er mir so einen merkwürdigen Blick zu, als ob er mich plötzlich mit anderen Augen sah. »Dir hätte er bestimmt gefallen. Er hatte ein Happy-End, und die Frau da, die war sehr schön. Du lebst später vielleicht auch mal so wie die.«

Da ich den Film nicht kannte, wußte ich nicht, wie er das meinte. »Und was ist mit den Erlösern? Alles in Ordnung?«

»Ich denke schon«, sagte er achselzuckend, stand auf und griff nach seinem Hemd. »Es gab viel Palaver und einen Haufen Stunk, aber so sind sie nun mal, die Erwachsenen. Die reißen das Maul auf und machen Theater, und am Ende bleibt doch alles beim alten.«

Greg war nicht anzumerken, ob jemand mitgekriegt hatte, daß in der Kirche etwas nicht stimmte. Und Nadine hatte ihm offenbar nichts erzählt.

»Sag Nadine, ich bin Punkt zwölf gegangen«, sagte er. »Sie will immer genau wissen, wie lange ich gearbeitet habe. Sie hat Angst, sie bezahlt mir fünf Minuten zuviel.«

»Ich sag's ihr.«

Greg lief den Gang hinunter. Mal war er in den Sonnenflecken, die durch die Fenster kamen, mal im Schatten. Als er an der Tür stand, drehte er sich noch einmal zu mir um.

»Ich hab vergessen, auf der Tenne zusammenzuharken. Ob du das rasch noch erledigen könntest? Du hast doch eh nichts mehr zu tun. Ich bin spät dran.«

»Klar.« Greg half mir auch manchmal bei meiner Arbeit, wenn ich nicht hinterherkam und Nadine mit der Reitstunde auf mich wartete. Auf die Tenne war ich allerdings noch nie ohne Nadine gegangen. Das war Gregs Reich. Ich wäre mir wie ein Eindringling vorgekommen, wenn ich ohne seine ausdrückliche Erlaubnis oder ohne Nadine dort hinaufgegangen wäre.

Er zog die Tür hinter sich zu, und ich blieb allein in der Kühle des alten Pferdestalls zurück.

Nadine und Jamey waren immer noch nicht wieder da. Ich kletterte die Leiter zur Tenne hoch. Hier oben war es unheimlich. Der strohbedeckte Boden war bis unter die Dachbalken mit Heuballen vollgestopft. Nadine hatte immer Angst, das Heu könnte knapp werden. Pferde, die nicht auf die Weide kommen, brauchen das Heu um so dringender, sagte sie immer. Wenn sie keins bekämen, könnten sie Koliken kriegen und sterben. Greg hatte unter anderem die Aufgabe, das älteste Heu immer an den Rand der Tenne zu schieben, so daß es direkt in die Raufen fallen konnte, die in jeder Box waren. Das war sehr praktisch.

Ich schob mich zwischen den Heuballen hindurch bis ganz nach hinten, wo Gregs Harke an einem Pfeiler lehnte. Nadine wollte nicht, daß oben irgendwelche Arbeitsgeräte herumstanden. Sie hatte Angst, daß irgendwas runterfallen und eins der Pferde verletzen könnte. Sie hatte das einmal in einem Stall erlebt, wo sie ein paar

Boxen gemietet hatte. Da war eine Mistgabel runtergefallen und hatte ein Pferd aufgespießt. Ein schrecklicher Tod für so ein Tier, hatte Nadine gesagt.

Ich griff nach der Harke und gab acht, daß ich sie fest in der Hand hatte. Es war eine Gartenharke mit dicken Eisenzinken. Greg benutzte sie immer, um das lose Heu zusammenzuharken. Er hatte ungefähr zwei Drittel der Tenne fertig. In dem Teil, wo er noch nicht geharkt hatte, blieb ich stehen und sah mir das Heu an. Nadine machte immer Theater wegen Schimmel, aber ich hatte noch nie welchen entdeckt. Sie jammerte auch über den Sand und das Heidekraut, aber von Schimmel konnten die Pferde wirklich sterben.

Mein Blick fiel auf einen winzigen weißen Stoffzipfel. Im ersten Moment dachte ich, jemand hätte ein Taschentuch fallen gelassen. Greg würde bestimmt wieder Prügel bekommen, wenn er irgendwas von seinen Sachen verloren hatte. Ich wollte es unter dem Heu herausziehen und an die Leiter binden, damit er es fand, aber es war kein Taschentuch. Es war ein ganzes Kleid. Ein blutgetränktes Kleid.

Um ein Haar hätte ich das Gleichgewicht verloren. Allein dem Harkenstiel, an dem ich mich festhalten konnte, war es zu verdanken, daß ich nicht drei Meter in die Tiefe stürzte und unten auf dem Lehmboden landete. Ein weißes Kleid mit einem riesigen Blutfleck. Ich war wie vor den Kopf geschlagen. Es mußte etwas Entsetzliches geschehen sein, und ich wußte nicht, was.

Das Kleid kam mir bekannt vor. War es etwa von Jamey? War in den drei Tagen, die ich nicht zur Arbeit gekommen war, etwas passiert? Hatte Jamey einen Unfall gehabt? Nein, dann hätte Emily Welford garantiert bei Effie angerufen und ihr davon erzählt. Nadine besaß solche Kleider nicht, das wußte ich. Irgendwie sah es nach Jamey aus – so duftig und mit lauter Spitze dran. Ich setzte mich ins Heu und starrte das Kleid an. Der Blutfleck war dunkelbraun. Hier und da klebte Heu daran.

Ich strich den Rock glatt, damit ich ihn mir besser ansehen konnte, und plötzlich wußte ich, es war Selenas Kleid. Ich hatte es schon einmal gesehen – am Cry Baby Creek.

Plötzlich fiel mir auf, daß ich ganz allein in dem alten McInnis-Stall war. Greg war nach Hause gegangen. Nadine war nicht da und

Jamey auch nicht. Ich war allein in einem Stall, in dem ein verrücktgewordener Sheriff herumspukte, der erst Frau und Kinder und dann sich selbst umgebracht hatte.

Ich war allein auf der Tenne und hatte ein weißes Kleid vor der Nase, das voller Blut war.

Kapitel 23

»Bekka?« Effie kam von hinten angelaufen. Sie legte mir die Hände auf die Schultern, und dann streichelte sie mir den Rükken. Der leichte Druck brachte die Schaukel leicht zum Schwingen.

»Ist irgendwas mit dir?« Sie fand die Stelle direkt unterm Schulterblatt, mit der sie mich so gern neckte. Ich sei mit Engelsflügeln geboren, sagte sie immer. Der Arzt habe sie überredet, mir die Flügel abschneiden zu lassen, damit die anderen Kinder mich akzeptieren könnten. So richtig hatte ich ihr das nie abgenommen. »Hast du mir etwas zu sagen?« fragte sie.

Effie, Mama Betts und Arly waren spät aus Mobile zurückgekommen. Sie hatten sich über eine Busladung von Verrückten aufgeregt, die sie im McDonalds gesehen hatten. Es sei eine Schande, hatte Mama Betts gesagt, daß erwachsene Leute mit Ausflugsbussen kreuz und quer durch Amerika gondeln und sich wie die Irren aufführen. Die Kerle waren in das McDonalds eingefallen, hatten sich angestellt, gelacht und gejohlt und »Es lebe Amerika!« gerufen, und dabei waren sie einander um den Hals gefallen.

Arly erzählte, daß einer von denen Mama Betts umarmen wollte. Aber sie hatte ihm auf den Fuß getreten. Der Bursche war total von den Socken, hatte Arly gesagt.

Effie meinte, daß das wahrscheinlich ein Chor oder ein Gesangsverein oder so was war, weil die alle ganz in Weiß waren – weiße Jacken, weiße Hosen, weiße Schuhe. Und weil der Bus an der Seite rote, weiße und blaue Streifen hatte.

Mama Betts fand, die hätten ausgesehen wie lauter Krankenpfleger, die gerade Mittagspause haben. Und die Zähne gebleckt hätten sie, als ob sie halb Mobile auffressen wollten.

Arly erklärte, es seien durchweg Jugendliche gewesen, kein Erwachsener dabei, der sie rumkommandieren konnte, die hätten sich einfach bloß amüsiert. Wenn ihn einer fragen würde, ob er mit dem Bus in der Gegend rumfahren und überall bei McDonalds futtern wolle, würde er sofort ja sagen, fügte er hinzu.

Mir hatten sie einen Burger mit kalten Pommes mitgebracht. Ich aß beides ohne Appetit und hörte mir ihr Geplapper an. Ich dachte die ganze Zeit nur an das weiße Kleid, das ich an der Quelle vergraben hatte. Selenas Kleid. Ich hatte die Stelle sorgfältig mit Blättern und Ranken zugedeckt, damit Alice nichts merkte. Niemand würde etwas merken. Kein Mensch.

Bei der erstbesten Gelegenheit hatte ich mich aus der Küche geschlichen und war zur Schaukel gegangen. Ich wollte allein sein, wollte darüber nachdenken, was ich tun sollte und was ich tun mußte. Wenn ich einen Wunsch freigehabt hätte, dann hätte ich mir den Richter hergewünscht und ihm alles erzählt.

»Bekka, wenn du mit jemandem reden möchtest, ich bin für dich da. Egal, was es ist.« Effie streichelte mir immer noch den Rücken, und das wirkte unsagbar beruhigend.

Ich wollte es ihr erzählen. Aber irgendwie hatte ich das Gefühl, daß ich mir das alles selbst eingebrockt hatte. Wenn ich zu Hause geblieben wäre, wenn ich nie bis hinunter ans Ende der Kali Oka Road gegangen wäre, dann hätte ich nie ein blutbeflecktes Kleid im Wald hinter unserem Haus vergraben müssen. Das würde Effie sich natürlich auch sagen.

»Bekka, es passiert so viel. Wenn ich sehe, wie du diesen Sommer gewachsen bist, komme ich mir manchmal richtig alt vor. Du bist nicht mehr mein kleines Mädchen, und wenn ich daran denke, daß du erwachsen wirst, dann werde ich ganz traurig.« Sie hielt inne. »Weil du mir entwachsen wirst«, sagte sie dann.

»Ach, wenn ich doch noch mal fünf sein könnte.« Als ich fünf war, in dem Sommer vor meiner Einschulung, hatten Effie und ich immer hinten im Garten und im Wald gespielt, den ganzen Sommer lang. Wir hatten Elfen gejagt und an der Quelle gewartet, ob ein Einhorn kommt. Beeren hatten wir gesammelt, Pflaumen gepflückt und Kuchen gebacken. Wir hatten in der Quelle gebadet und Ausflüge zum Fluß unternommen. Es war wie ein schöner Traum.

»Ach ja, Bekka, wenn du noch mal fünf sein könntest, das wäre schön.« Sie nahm meine Haare in die Hände und ließ sie sich durch die Finger gleiten. Im nächsten Moment war sie dabei, mir Zöpfe zu flechten. Das leichte Ziehen in der Kopfhaut erinnerte mich an all die herrlichen, behüteten Morgen, als ich noch zu klein war, um mir selbst Zöpfe zu machen, und sie mir die Haare geflochten hatte. »Manchmal liebe ich dich zu sehr, Bekka. Wenn ich spüre, daß du wächst, daß du mir entwächst, dann möchte ich dich ganz, ganz festhalten.«

»Ich hasse dieses Gefühl«, sagte ich.

»Was denn für ein Gefühl, Bekka? Komm, erzähl's mir. Vielleicht kann ich dir ja helfen.«

»Der Sommer ist fast vorbei, und es kommt mir so vor, als ob alles anders geworden ist. Manchmal denke ich, ich habe mich so sehr verändert, daß ich mich gar nicht mehr wiedererkenne. Aber andererseits hat sich überhaupt nichts verändert.« Ich wollte ihr alles erzählen, aber das ging nicht. Nachdem ich so sehr um meine Reitstunden gekämpft hatte, konnte ich Effie doch jetzt nicht sagen, daß im Stall irgendwas nicht stimmte. Zwischen uns beiden war alles so schwierig geworden. Mit dem Richter ging es viel leichter. Bei Effie hatte ich das Gefühl, daß etwas eingesetzt hatte, das nicht mehr aufzuhalten war, ein Prozeß, der uns unwiderruflich auseinanderbringen würde. Und die Wahrheiten, die ich kannte, konnten die Kluft nur vertiefen.

Sie nahm mich in den Arm, und ich lehnte mich an sie. »Ach, wenn du doch immer mein kleines Mädchen bleiben könntest, Bekka. Mir dreht sich das Herz um, wenn ich sehe, wie schnell du wächst. Draußen in der Welt gibt es so vieles, was dir passieren kann. Die Kali Oka Road ist unser Hafen, hier sind wir sicher. Eines Tages wirst du fortgehen, und dann kann ich dich nicht mehr beschützen.«

»Ach, Mama!« Ich kämpfte gegen die Tränen an. Effie konnte mich nicht beschützen. Nicht einmal hier, an der Kali Oka Road. Ich hatte es so weit gebracht, daß mich überhaupt nie mehr jemand beschützen konnte. Ich wußte schon zuviel.

»Weißt du, was ich möchte?«

»Was?« Mir klopfte das Herz. Jetzt sagte sie bestimmt gleich, sie würde sich wünschen, daß ich das Reiten aufgebe und die letzten paar Tage dieses Sommers bei ihr bleibe. Ich wollte mich umdrehen und mich an sie kuscheln, so daß sie mein Gesicht nicht sehen konnte, und dann wollte ich nie mehr an das Kleid mit dem Blutfleck denken müssen und das Zimmer, in dem Babys geboren wurden. Ein paar Tage, das war doch wirklich nicht zuviel verlangt.

»Ich möchte morgen mit in den Stall kommen und dir beim Reiten zusehn. Ich hab nachgedacht. Besser gesagt, dein Vater hat es mir erklärt. Er findet es sehr wichtig, daß ich mir ansehe, wie du reitest. Ich selbst wollte vor lauter Angst, daß dir etwas passieren könnte, überhaupt nicht daran denken. Kannst du das verstehen?«

»Ja, Mama.« Ich war völlig verwirrt. Wie benommen. Nicht in meinen kühnsten Träumen hätte ich zu hoffen gewagt, daß sie mitkommen und mir beim Reiten zusehen wollte. Noch vor einer Woche hätte ihr Vorschlag mich wahnsinnig glücklich gemacht. Jetzt aber war ich mir gar nicht so sicher, ob es mir recht war, wenn sie mit zum Stall kam.

»Darf ich?«

»Klar, das wär toll.« Ich versuchte Begeisterung zu heucheln. Sie war bereit, buchstäblich über ihren Schatten zu springen, damit zwischen uns beiden wieder alles gut wurde. »Ich würde mich riesig freuen, wenn du kommst. Nadine wird dir bestimmt auch gefallen, du mußt ihr bloß eine Chance geben.«

»Zeit ist es ja, nicht wahr?«

»Klar. Inzwischen reite ich auch schon so gut, daß ich mich nicht blamiere, wenn mir jemand zuschaut.«

»Ich hab dir ein paar Sachen mitgebracht. Es liegt alles in deinem Zimmer.« Sie zögerte. »Auch einen Büstenhalter. Du mußt einen tragen, und wenn der da nicht richtig sitzt, dann tauschen wir ihn nächste Woche um, wenn wir die restlichen Schulsachen für dich einkaufen gehn.«

»Ist gut, danke.«

»Wie? Keine großen Diskussionen von wegen Büstenhalter sind Folterinstrumente?« fragte sie lachend.

»Aussehn tun die Dinger ja wie so'n Hundegeschirr, aber ich werd mich schon dran gewöhnen.«

Mama strich mir die Ponyfransen aus dem Gesicht und küßte mich auf den Scheitel. »Es fällt mir nicht leicht, zuzugeben, daß mein kleines Mädchen erwachsen wird, aber ich hab Walt versprechen müssen, daß ich mich nicht mehr so an dir festklammere. Ich hab gedacht, vielleicht möchtest du eine kleine Party geben, wenn die Schule wieder anfängt. Ein paar Mädchen einladen, bei uns zu schlafen, oder ihr trefft euch einfach mal nach dem Unterricht. Du kommst immerhin schon in die siebente Klasse. In der Oberstufe sind Kinder aus dem ganzen County, nicht nur aus Jexville. Das heißt, eine Menge neue Gesichter. So eine Party wäre doch die beste Gelegenheit, um sich kennenzulernen.«

Ich fuhr auf der Schaukel herum und sah Effie an. Kein Wunder, daß sich ihre Stimme so merkwürdig anhörte. Sie weinte.

»Was hast du denn?«

»Ich muß immer daran denken, daß du in ein paar Jahren fortgehn wirst. Walt überlegt schon, auf welches College du sollst. Er sagt, Arly mit seinen schlechten Noten kann auf eine Fachschule hier in der Nähe gehen, aber du, Bekka, du bekommst bestimmt ein Stipendium. Du kannst irgendwo studieren.«

Eine große Träne hing an ihrem Kinn, das ebenso eckig und energisch war wie das von Mama Betts. Und wie meins. Ich wischte sie ihr mit den Fingerspitzen weg.

»Aber ich will doch gar nicht fort, Effie. Kann ich nicht hierbleiben und auch auf die Fachschule gehn?«

Effie schniefte. »Walt sagt, es wäre schade um dich.«

Nicht zu fassen! Die wollten mich wirklich wegschicken! Rausschmeißen! Aus dem Haus jagen! Jetzt kamen mir auch die Tränen. »Und wenn ich nun aber nicht will?«

»Dein Vater will nur dein Bestes, Bekka. Er sagt, du kannst alles werden. Deine beruflichen Möglichkeiten sind praktisch unbegrenzt, meint er.«

»Und wenn ich nun aber immer bei dir bleiben möchte?«

Sie wischte sich mit dem Handrücken die Tränen aus den Augen. »Ich hätte gar nicht davon anfangen sollen. Es ist bloß, heute morgen, bevor ich nach Mobile gefahren bin, habe ich mit Walt gesprochen. Er hat von irgendeinem Programm geschwärmt, das sie in Missouri aufbauen und das genau dann fertig sein wird, wenn du soweit bist, daß du studieren kannst. Ich hasse Missouri. Er...« Sie seufzte. »Am Freitag kommt er endgültig nach Hause. Das Vierteljahr ist um, er muß bloß noch seine Sachen packen und den Transport organisieren.«

»Noch mehr Bücher?« Ich versuchte zu lachen.

»Noch mehr Bücher. Und noch mehr Papier. Aber es ist doch gut, daß dein Vater wieder heimkommt, oder nicht?«

Natürlich war das gut. Ich war ganz erleichtert, daß der Richter am Wochenende wieder hier sein würde. So lange konnte ich noch warten, und dann würde ich ihm alles erzählen. Das mit dem blutbefleckten Kleid und überhaupt alles. Die zwei Tage konnte ich wirklich noch warten.

»Wo ist eigentlich Alice?« Effie wechselte absichtlich das Thema.

»Mrs. Waltman und Sukey sind in die Kirche gefahren. Sukey spielt Klavier bei einer Doppelhochzeit, und Alice muß auf Maebelle V., Lucinda und Arlene aufpassen.« Sie hatte mich gefragt, ob ich zu ihr komme, aber ich wollte nicht. Ich konnte an nichts anderes denken als an das weiße Kleid.

»Los, wir gehn rein und probieren deine neuen Sachen an.«

Ich wollte keine Sachen. Ich wollte auch nicht zur Schule gehen, und ich wollte ganz gewiß nicht auf irgendein College und Effie und Mama Betts in der Kali Oka Road allein lassen. Trotzdem folgte ich Effie ins Haus. Wir durchquerten die Küche mit ihren vertrauten Gerüchen und gingen in mein Zimmer, wo die neuen Kleidungsstücke fein säuberlich aufgestapelt waren.

Der Büstenhalter war so schlimm, wie ich ihn mir vorgestellt hatte, aber ich zog ihn an und probierte dann die Kleider. Effie nickte. Sie paßten. In ein paar Monaten wäre ich sowieso rausgewachsen, sagte sie. Ich war jetzt schon zu groß, und meine Arme und Beine waren so lang, daß Arly immer meinte, ich sähe aus wie ein Affe. Und nun meinte Effie, ich würde noch größer werden. Da konnte ich mich ja freuen – genauso wie diese »Frauensache«, die demnächst auf mich zukommen sollte. Das sei nur noch eine Frage von ein paar Monaten, hieß es, und darum sei dieses Jahr ein ganz besonders wichtiges in meinem Leben.

Als ich gerade das letzte Kleid aufknöpfte, hörte ich draußen vor dem Haus ein Geräusch. Es war die angenehme Zeit, wenn die Dämmerung hereinbricht und die Augusthitze sich allmählich abzukühlen beginnt. Es war, als ob das ganze Haus vor Erleichterung seufzte; die Vorhänge in meinem Zimmer bauschten sich leicht im Windzug. Picket bellte im Hof, und dann leuchteten die Scheinwerfer eines Autos in meine Fenster.

»Wer kann das sein?« fragte Effie. »Arly hat nichts davon gesagt, daß er noch Besuch erwartet.«

»Das kann ich mir auch nicht vorstellen«, erwiderte ich. »Arlys Freunde sind doch zu blöd, um durch die Fahrprüfung zu kommen.«

»Schön wär's«, seufzte Effie, während sie auf die Veranda trat, um nachzusehen, wer da gekommen war.

Ich hörte zwei Frauenstimmen. Die von Effie und eine andere, die ich nicht erkannte. Schließlich siegte meine Neugier. Ich stieg in meine Shorts, ging in die Küche und kriegte den Mund nicht wieder zu: Am Küchentisch saß Cathi Cummings.

Das blonde Haar fiel ihr über den Rücken. Sie trug einen kurzen engen Rock. Als sie mich in der Küchentür stehen sah, lächelte sie. »Hallo, Bekka. Ich bin gerade unterwegs nach Pensacola. Ich hab deinem Vater versprochen, daß ich bei euch vorbeifahre und mal nach dir sehe.«

»Hi, Cathi.« Ich schaute kurz zu Effie rüber. Ihr Gesicht zeigte nicht die mindeste Regung. Offenbar war sie außer sich. Wenn Effie richtig aus tiefster Seele wütend war, hatte sie eine völlig ausdruckslose Miene. Sie sah mich an mit ihrem Mannequingesicht. Ihre Augen funkelten.

»Was machst du denn in Jexville?« fragte ich Cathi.

»Ich hab meinen Magister in der Tasche, und da hab ich mir gedacht, daß ich zur Belohnung ein paar Tage ans Meer fahre.«

Sie lächelte, aber auch sie war verkrampft. Was zum Teufel tat sie in Effies Küche? »Wo ist denn dein Mann?« fragte ich in das Schweigen hinein, das im Raum herrschte.

»Phil konnte sich nicht so lange von seinem Schreibtisch losreißen. Er hat gesagt, ich soll vorausfahren, er wird versuchen, am Wochenende nachzukommen.«

»Cathis Mann ist Redakteur bei der Washington Post.« Ich wollte Effie dezent zu verstehen geben, daß Cathi verheiratet war.

»Ja, aber als Ehemann ist er nicht halb so gut wie als Redakteur«, sagte Cathi.

Obwohl ich noch nie eine betrunkene Frau gesehen hatte, kam mir sofort der Gedanke, daß Cathi unmöglich nüchtern sein konnte. Sie war ganz rot im Gesicht und musterte Effie und mich mit einem regelrecht unverschämten Blick. Irgendwas stimmte nicht mit ihr, soviel war klar.

»Warst du mal wieder zu Hause in Hushpuppykenya?« fragte ich.

»Hushpuckena«, korrigierte sie. »Ja, ich hab meine Eltern besucht. Die finden es falsch, daß ich ohne Phil nach Pensacola fahre, aber die fanden es ja auch falsch, daß ich meinen M.A. machen wollte. Die finden überhaupt, daß ich immer alles falsch mache«, sagte sie mit einer wegwerfenden Handbewegung.

»Möchten Sie eine Tasse Kaffee?« fragte Effie. »Ich wollte gerade welchen kochen.«

»Ein Drink wär mir, offen gestanden, lieber. Haben Sie vielleicht einen Bourbon da?«

»Nein«, sagte Effie, obwohl das nicht stimmte. »Ich hab gestern abend den letzten Schluck getrunken. Ich wollte eigentlich neuen kaufen, aber dann hab ich's vergessen.« Sie stand auf und machte sich an der Kaffeemaschine zu schaffen.

Ich sah zur Tür, wo Mama Betts stand und mit unverhohlener Mißbilligung beobachtete, was in der Küche vor sich ging. Ich glaube, sie wußte auch ohne nähere Erklärungen Bescheid.

»Mrs. Cummings ist eine Freundin von Walt«, sagte Effie. »Mrs. Cummings, meine Mutter – «

»Mama Betts«, ergänzte Cathi, während sie aufstand und mit strahlendem Lächeln auf Mama Betts zuging. »Bekkas Vater hat mir ja schon so viel von Ihnen erzählt. Von euch allen. Ist Arly auch da?«

»Der ist auf dem Baseballplatz«, sagte Mama Betts. »Er kommt bald wieder. Wie sieht's denn mit Abendbrot aus?« Ohne eine Antwort abzuwarten, ging sie zum Kühlschrank, holte ein paar Reste raus und fing an, sie aufzuwärmen. Wir hatten nichts gekocht, weil wir ja die Hamburger aus Mobile hatten, aber der Kühlschrank war voll. Im Handumdrehen hatte Mama Betts Mais, Zuckererbsen und Okraschoten mit Schweinekoteletts und Süßkartoffeln in der Pfanne.

»Riecht herrlich«, sagte Cathi. Sie hatte die Ellbogen auf dem Tisch. »Ich hätte nicht herkommen dürfen. Walt wäre sehr böse auf mich, wenn er wüßte, daß ich hier bin. Aber ich mußte einfach sehn, was ihn hier bindet und was er nicht aufgeben kann.«

Ihr versagte die Stimme, und einen schrecklichen Moment lang dachte ich, sie würde anfangen zu weinen. Das hätte Effie den Rest gegeben. Wahrscheinlich hätte sie ihr dann den heißen Kaffee ins Gesicht geschüttet. Ich guckte kurz zu Effie rüber und sah, daß ihr Gesicht immer noch zur Maske erstarrt war. Sie hatte sich kein bißchen entspannt.

»Walt redet ständig von seiner Familie«, fuhr Cathi fort. Sie sah zu, wie Effie den starken schwarzen Kaffee in drei hohe Tassen goß. Mama Betts scheuchte sie wieder zurück an den Tisch. Sie rührte wütend in ihren Töpfen. »Am meisten spricht er über Sie und Bekka, aber auch von Mrs. McVay und Arly redet er sehr viel.«

Es war das erste Mal, daß jemand Mama Betts in meiner Gegenwart bei ihrem Familiennamen nannte. Das hörte sich irgendwie merkwürdig an.

»Und hat Walt Ihnen auch gesagt, wie sehr er seine Familie liebt?« fragte Mama Betts.

»Ja, das hat er. Und außerdem hat er gesagt, daß diese Straße hier, die Kali Oka Road, seine Frau, seine Kinder und ihn selbst in ihren Bann gezogen hat. Er kann hier ebenso wenig weggehn, wie er seine Familie im Stich lassen kann. An der Columbia University hätte er wirklich eine Zukunft, aber das interessiert ihn überhaupt nicht.«

Mama Betts tat Essen auf einen Teller, und Effie schob Cathi eine Tasse Kaffee hin.

»Ich wette, Sie haben sich alle Mühe gegeben, ihn zu überreden, daß er in Missouri bleibt«, sagte Mama Betts, während sie Cathi den dampfenden Teller vorsetzte.

»Das hab ich, aber Walt hat sich davon kein bißchen beeindrucken lassen.« Sie lachte, doch ihr Lachen klang brüchig. »Es scheint mein Schicksal zu sein, daß ich mich immer in Männer verliebe, denen etwas anderes wichtiger ist als ich.«

»Vielleicht sollten Sie sich einen aussuchen, der noch nicht anderweitig gebunden ist«, schlug Mama Betts vor und legte Cathi eine Stoffserviette und ein Besteck hin.

»Ein sehr vernünftiger Ratschlag«, erwiderte Cathi. »Sehr vernünftig. Ich werd's mir durch den Kopf gehen lassen. Das Problem ist bloß, daß ich mich in diese Männer verliebe, weil sie jemanden oder etwas haben, der oder das ihnen wichtiger ist. Genau wie mit Walt. Er liebt seine Familie.« Sie schaute sich in der Küche um. Ihr Blick blieb kurz an mir hängen und schweifte dann zwischen Mama Betts und Effie hin und her. »Euch alle. Und ich dachte, wenn mich einer so lieben könnte – «

»Trinken Sie Ihren Kaffee, sonst wird er noch kalt«, sagte Effie. »Bekka, hol deiner Freundin mal ein Aspirin. Oder bring gleich drei mit. Morgen früh wird sie sie nötig haben.«

Das Mannequingesicht war verschwunden. Dahinter zeigten sich Zorn, Angst und vielleicht eine winzige Spur Erleichterung. Da ich keine Lust hatte, etwas heraufzubeschwören, das mir garantiert später leid tun würde, mußte ich wohl oder übel gehorchen.

Als ich wieder in die Küche kam, machte Cathi sich gerade mit erstaunlichem Appetit über die Süßkartoffeln her. »Ausgezeichnet. Hervorragend«, sagte sie ein übers andere Mal. »Ganz ausgezeichnet. Ich hab das nämlich noch nie gegessen.«

Mama Betts setzte sich mit an den Tisch. »Essen Sie nur, Mrs. Cummings. Sie haben ein bißchen viel getrunken, und ich bin eine strikte Gegnerin von Alkohol am Steuer. Sie wissen ja bestens Bescheid über uns hier in der Kali Oka Road. Effie und ich würden Ihnen aber auch gern ein paar Fragen stellen.«

Effie winkte mir, mit ihr auf die Veranda zu kommen. Ich folgte ihr nach draußen in die Dunkelheit und war besorgt, daß sie ihre Wut erst einmal an mir auslassen würde.

»Wer ist diese Frau?« fragte sie.

»Eine von Daddys Studentinnen. Sie kommt eigentlich aus Mississippi.«

»Ja, das habe ich auch mitgekriegt. Was macht sie hier in Jexville? An der Kali Oka Road kommt man nicht einfach so vorbei, wenn man woandershin unterwegs ist. Walt ist immer noch in Missouri. Was will die hier?«

»Keine Ahnung.«

»Hast du dich in deinem Kurzurlaub mit ihr befreundet?« Ihre Stimme wurde immer ärgerlicher. Der vermaledeite Urlaub kam mir wieder ins Gedächtnis, die Woche meines Verrats.

»Ja, Mama. Ich hab sie kennengelernt, und sie war nett zu mir. Wenn der Richter arbeiten mußte, hat sie sich um mich gekümmert.«

»Hast du sie hierher eingeladen?«

»Nein.«

»Na schön, fahren kann sie heute nicht mehr, in dem Zustand. Dann muß sie eben in deinem Zimmer schlafen, wo sie doch deine Freundin ist.«

»Ich mach mir das Sofa zurecht.«

»Was war zwischen dieser Frau und deinem Vater, Bekka?«

In der Dunkelheit konnte ich Mamas Gesicht nicht erkennen. Ich wußte nicht, ob sie wütend war oder Angst hatte. Ihrem Tonfall war das nicht zu entnehmen. »Ich glaube, sie hat sich in Daddy verliebt, aber er nicht in sie. Sonst wäre er doch in Missouri geblieben, nicht wahr?«

»Hat er dir das gesagt?«

»Nicht direkt. Aber Daddy hat mir auch eine Frage gestellt.« Wie eine Knospe platzte in mir die Wut auf; sie schlug schmerzhaft gegen meine Rippen; sie ballte sich zusammen und wollte raus; sie wollte zurückschlagen.

»Was für eine Frage?«

»Er wollte wissen, warum du die Kali Oka Road mehr liebst als ihn, warum du von ihm erwartest, daß er sein eigenes Leben aufgibt und hier lebt.« Ich stieß die Fliegentür auf und rannte weg. Ich hörte sie zuschlagen, doch ich rannte weiter. Picket holte mich ein. Ich rannte immer schneller, rannte in den Wald, hinunter zur Quelle. Ich hatte Cathi Cummings nicht gebeten, uns in Chickasaw County zu besuchen. Ich hatte ihr nicht einmal erzählt, wo ich wohne. Sie war von sich aus hergekommen. Das Ganze war eine Sache zwischen Effie, dem Richter und Cathi. Damit hatte ich nicht das geringste zu schaffen. Nicht das geringste.

Ich rannte wie von Sinnen den vertrauten Weg entlang. Mein Instinkt und mein Gedächtnis halfen mir, Zweigen und Ästen auszuweichen, doch all dem Häßlichen, das auf mich einstürmte, konnte ich nicht ausweichen. Meinem schlechten Gewissen konnte ich nicht ausweichen.

Als ich an der Quelle ankam, hatte ich bei jedem Atemzug das Gefühl, daß mir jemand ein Messer in die Lungen stieß. Neben mir hechelte Picket. Meine Finger fanden die glatte Rinde einer wilden Magnolie, die neben dem kleinen Teich wuchs. Ich ließ mich auf die feuchte, kalte Erde fallen und versuchte tief durchzuatmen.

Ich schämte mich. Ich schämte mich ganz entsetzlich. Ich hatte etwas Unverzeihliches getan. Ich hatte Effie eine Halbwahrheit ins Gesicht geschleudert, weil ich ihr ebenso weh tun wollte, wie sie mir weh getan hatte. Mir war zum Heulen, aber meine Augen brannten nur, es kamen keine Tränen. Ich steckte die Hand in den Teich, um Wasser zu schöpfen und mir das Gesicht zu waschen, und plötzlich hatte ich etwas zwischen den Fingern. Ein Stück Stoff.

Ich griff unwillkürlich zu und zog es zu mir heran. Es war schwer, es mußte etwas Großes sein. Und da erkannte ich den Stoff des weißen Kleides wieder, das ich dreißig Meter weiter vergraben hatte. Ich hatte es tief vergraben und Steine und Blätter oben draufgetan. Es konnte unmöglich dasselbe Kleid sein.

Ich sah den Blutfleck, der sich über die ganze Vorderseite zog.

Mein Schrei zerriß die Stille des Augustabends.

Kapitel 24

Cathi Cummings ging mitten in der Nacht. Sie kam ins Wohnzimmer, wo ich schlief, und setzte sich auf die Armlehne des Sofas.

»Es tut mir leid, Bekka«, sagte sie. »Es tut mir leid, und ich schäme mich.«

Ich tat, als ob ich schlief. Ich haßte sie, weil sie bei uns eingedrungen war, weil sie Missouri in die Kali Oka Road gebracht hatte, weil sie Effie gekränkt hatte. In zwei Tagen sollte Daddy heimkommen, und nun hatte sie alles kaputtgemacht. Effie würde sich zusammenrollen wie eine Schlange, die jeden Moment angreifen kann.

»Wenn ich eine Tochter hätte haben können, so eine wie du …« Sie strich mir übers Haar. »Aber hier drin ist was nicht in Ordnung, ich kann keine Kinder bekommen … Mist!« Sie nahm die Hand weg. »Was immer auch geschehen mag, Bekka, du mußt wissen, daß dein Vater dich mehr liebt als alles auf der Welt. Vergiß das nie. Das kann dir keiner nehmen.«

Sie stand auf. Ich hörte sie mit den Wagenschlüsseln klimpern.

»Laß dich nie mehr hier blicken«, sagte ich.

»Bestimmt nicht. Ganz bestimmt nicht. Es war ein Fehler, daß ich hergekommen bin, aber ich mußte mir das ansehen. Jetzt werde ich mir in Mobile einen Job suchen. Dort gibt es eine Zeitung.«

»Geh zurück nach Missouri. Oder zu deinem Mann.« Mobile war nicht weit genug weg.

»Das kann ich nicht, Bekka. Ich kann weder vor noch zurück.« Sie versuchte zu lachen, aber ihr Lachen erstarb.

»Und was ist mit deinem Mann?«

»Was soll mit ihm sein?« Sie ging zur Haustür, schob die Spitzengardine beiseite und sah hinaus. In der Dunkelheit des Zimmers wirkte sie wie ein schmaler Schatten. »Falls da überhaupt noch etwas war, etwas, um dessentwillen es sich gelohnt hätte, zu ihm zurückzukehren, dann habe ich es mit dieser Reise in den Süden zerstört, damit, daß ich hierhergekommen bin.« Sie seufzte. »Ich weiß, du haßt mich, aber wenn du irgendwann einmal Hilfe brauchen solltest, ich bin jederzeit für dich da.«

»Ich habe meine Mama.« Ich war voller Haß, und ich wußte es.

»Manchmal gibt es Dinge, die man nicht mit seiner Mutter besprechen kann. Ich habe dir weh getan, Bekka. Und deinem Vater und eurer Familie habe ich auch weh getan. Ich bin ja nicht blöd. Ich weiß das. Und wenn es ginge, würde ich es ungeschehen machen. Aber das geht nicht. Also denk dran. Wir sind uns sehr ähnlich, du und ich. Wir gehn mit offenen Augen durch die Welt, und wenn wir andern weh tun, dann nicht mit Absicht.«

»Ich bin nicht so wie du. Und ich bin auch nicht blöd. Ich weiß, du warst nur nett zu mir, weil du mit dem Richter zusammensein wolltest.«

»Das stimmt nicht, Bekka. Ich habe mich um dich gekümmert, weil du mir gefallen hast. Wir sind uns ähnlich. Wir können beide nicht heucheln. Wenn du mir nicht gefallen hättest, dann hätte ich dafür gesorgt, daß ich beschäftigt bin, als du da warst. Daß du Walts Kind bist, macht dich für mich nur noch liebenswerter.«

»Geh weg, Cathi. Laß uns in Ruhe.«

»Wenn du mich brauchst, ruf die Auskunft in Mobile an, und laß dir meine Nummer geben. Und dann mach ein R-Gespräch. Du kannst immer auf mich zählen.«

Sie ging hinaus in die Nacht. Ich hörte, wie sie den Wagen startete. Die Lichtkegel der Scheinwerfer strichen über die Zimmerdecke und über das Porträt von Effie, das Mama Betts gemalt hatte, als Effie sechzehn war. Ihre dunklen Locken fielen über die Schultern, und der Mund war rot wie eine reife Frucht.

Ich brauchte nur bis morgen zu warten, dann würde ich sehen, wie schrecklich alles war.

Mama Betts weckte mich. Ich machte mich fertig für den Stall, aß rasch ein Stück kalten Speckkuchen und griff nach meiner Frühstückstüte. Mama Betts weckte auch Arly und packte ihm sein Frühstück für die Arbeit im Pflegeheim ein. Als ich ging, war sie gerade dabei, Effie einen Kaffee zu kochen. Ihre blaßblauen Augen sahen mich streng an.

»Laß dir ruhig Zeit mit dem Nachhausekommen«, sagte sie. »Bis du zurück bist, ist alles wieder gut.«

Ich wußte, daß das nicht stimmte. »Cathi will sich in Mobile einen Job suchen.«

Mama Betts nickte. »Meinetwegen kann sie sich einen Job in der Hölle suchen. Unseren Familienfrieden wird die nicht stören.«

»Daddy hätte genausogut in Missouri bleiben können. Ich meine, wenn er das gewollt hätte, dann hätte er es getan. Das müßte Mama eigentlich wissen.«

»Ich habe große Achtung vor deinem Vater, Bekka. Bei mir rennst du offene Türen ein.«

»Aber Effie ist ...« Ich griff nach der Türklinke. »Sie wird Daddy bestimmt Vorwürfe machen. Und dabei konnte er gar nichts dafür.«

»Oder höchstens ein bißchen.«

»Er konnte überhaupt nichts dafür.« Ich drosselte meine Lautstärke. »Er kann Cathi doch nicht sagen, was sie tun oder lassen soll. Du hast ja selber gesehn, die macht, was sie will.«

»Allerdings.« Mama Betts hatte ein Tablett mit Kaffee und Toast zurechtgemacht. »Jetzt geh, bevor deine Mutter anfängt, dich zu suchen. Sieh zu, daß du Land gewinnst, sonst läßt sie ihre Wut an dir aus, solange Walt nicht da ist.«

»Morgen kommt der Richter, und dann wird alles wieder gut«, sagte ich, und sofort ging es mir besser. Walt und Effie würden sich streiten, daß die Wände wackelten, aber das würde vorübergehen, und dann würde das Leben in der Kali Oka Road wieder in seine gewohnten Bahnen zurückkehren.

»Dein Vater kommt nicht direkt nach Hause.«

Ich dachte, ich hätte mich verhört.

»Mach den Mund zu, Bekka. Die Fliegen kommen rein.«

»Er kommt nicht nach Hause? Wieso denn nicht? Er muß nach Hause kommen. Ich brauche ihn.«

Mama Betts sah mich scharf an. »Was ist mit dir, Bekka?«

»Daddy wollte am Freitag heimkommen. Das hat er vor ein paar Tagen noch gesagt. Ich warte auf ihn.« Meine Stimme wurde immer dünner. »Er hat's versprochen.«

»Ich habe ihn heute morgen angerufen und ihm erzählt, was passiert ist. Er fährt erst noch mal nach New Orleans. Ich will dafür sorgen, daß Effie auch hinfährt und die beiden sich dort treffen.«

»Das macht die sowieso nicht. Jedenfalls nicht jetzt.« Eher fror die Hölle zu, als daß Effie dem Richter irgendwohin nachreiste, außer zu seiner Hinrichtung. Sie war zwar gegen die Todesstrafe, aber im Moment war sie so wütend auf Walt, daß sie ihn liebend gern auf dem elektrischen Stuhl gesehen hätte. Ich hatte nicht vergessen, wie sie gestern abend ausgesehen und geredet hatte.

»Sie weiß ja nicht, daß er da ist. Wir tricksen sie aus.«

»Die bringt dich um.«

Mama Betts zog die Schultern hoch. »Sie wird mir schon nicht den Kopf abreißen. Außerdem, ich bin zäh. Ich hab Walt alles erzählt. Wenn ich Effie nachher wecke, sag ich ihr einfach, Rita Sheffield hat angerufen und möchte sie am Wochenende in New Orleans treffen. Dann fährt Effie bestimmt.«

»Stimmt, weil sie denkt, sie kann Daddy eins auswischen.« Mama Betts' Plan konnte aufgehen, doch was war mit mir? Ich brauchte den Richter. Ich mußte ihn unbedingt sehen. Ich mußte mit ihm über die Erlöser sprechen und über die Babys und das weiße Kleid und das Stück Spitze, das ich in der alten Festung versteckt hatte, die Alice und ich uns vor zwei Jahren gebaut hatten.

»Ich hab mit Rita in Kalifornien telefoniert. Sie ist einverstanden. Sie spielt mit, wenn Effie sie anruft.«

»Ich möchte nicht wissen, was Mama anstellt, wenn sie ankommt und statt Rita findet sie Daddy dort vor.«

»Besser, sie tragen die Sache auf neutralem Boden aus. Wenn sie hier sind, das geht nicht gut.« Mama Betts sah mich scharf an. »In diesem Haus hat es genug Zwietracht gegeben. Das reicht erst mal eine Weile.«

»Und wann kommen sie dann wieder?« Ich merkte, wie ich Kopfschmerzen bekam. Das hatte ich sonst nie, außer bei Grippe, aber jetzt war es anders. Es war ein dumpfer, träger Schmerz, der keinen Zweifel daran ließ, daß er im Laufe des Tages immer stärker und schlimmer werden würde.

»Ich hoffe, sie bleiben eine Weile weg. Effie liegt sehr gut in der Zeit mit ihrem Buch, und Walt muß erst Ende September wieder in Hattiesburg sein.«

»Das sind ja mindestens vier Wochen.«

»Wie's scheint, haben sie dir in der Schule allerhand beigebracht.«

»Die können doch nicht einen ganzen Monat wegbleiben.«

»Bekka, deine Eltern müssen auch mal allein sein. Du und Arly, ihr werdet den Schulanfang auch ohne sie schaffen. Und außerdem, ich bin ja auch noch da.«

»Kann Daddy nicht erst noch einmal herkommen, bevor sie wegfahren?« Wenn ich nicht bald mit ihm reden konnte, war es vielleicht zu spät. Dann verkauften die Erlöser womöglich noch ein weiteres Baby. Oder es passierte etwas mit Magdeline. Oder Selena kam und wollte ihr Kleid wiederhaben.

»Besser wär's, sie würden direkt von New Orleans aus losfahren.«

»Losfahren? Wohin?«

»Nach Kalifornien vielleicht. Deine Mutter würde sich bestimmt freuen, wenn sie Rita besuchen könnte. Die zwei haben sich seit sieben Jahren nicht mehr gesehn. Rita war Effies beste Freundin, sie war das, was Alice für dich ist. Als Rita zum letztenmal bei uns war, da warst du gerade fünf, und du weißt ja, Effie verreist nicht gern.«

»Und wieso glaubst du, daß sie jetzt verreisen will?« Effie verreiste nie. Sie konnte sich einfach nicht trennen von der Kali Oka Road.

»Weil sie Walt sehr lieb hat.«

»Großmutter?«

Jetzt sah Mama Betts mich noch ein bißchen schärfer an. So nannte ich sie nämlich fast nie, nur wenn ich sehr unglücklich war.

»Irgendwas stimmt nicht mit dir, Bekka. Du bist schon seit Tagen so merkwürdig.«

»Kann ich Daddy anrufen, bevor er abfährt?«

Sie nahm das Tablett. »Du kannst ihn heute abend in New Orleans anrufen. Er ist schon unterwegs, und du mußt jetzt auch los. Effies Kaffee wird kalt, und ich möchte nicht, daß irgendwas schiefgeht.«

Sie verschwand mit Effies Tablett im Korridor. Ich hörte das leise Klirren des Geschirrs. Dieses Geräusch erinnerte mich an die Zeit, als Effie sehr krank war. Dr. McMillan mußte jeden Tag kommen und sie untersuchen, sie war zu schwach zum Aufstehen. Der Arzt war mit Daddy in den Vorgarten gegangen und hatte zu ihm gesagt, Effie dürfe nie wieder schwanger werden.

Wochenlang hatte Mama Betts Effie das Essen ans Bett gebracht und sie gefüttert. Seit damals hatte ich nie wieder erlebt, daß ein Tablett mit Essen über den Korridor getragen worden war. Das verhieß nichts Gutes.

Obwohl es noch früh am Morgen war, hüllte mich die Schwüle ein wie eine schwere, klamme Wolldecke. Das Gras war naß vom Tau, und die Luft war unglaublich feucht. August. Um die Zeit zog im Süden von Mississippi immer das Tropenklima ein. Feuchtigkeit und Hitze. Jederzeit konnte ein Orkan kommen. Nur noch ein paar Tage, dann fing die Schule wieder an.

Alice war schon ganz aufgeregt, und Jamey Louise wußte nicht so recht. Einerseits freute sie sich darauf, vor den Jungs aus der High School, die wir von nun an jeden Tag sehen würden, mit ihrer Sonnenbräune und ihren neuen Kurven anzugeben, aber andererseits wußte sie, daß sie Greg nicht mehr sehen konnte. Die Schule von Chickasaw County war ein aus drei Trakten bestehendes Gebäude für die Klassen sieben bis zwölf. Effie sagte immer, das Haus sähe aus wie eine Brutbatterie für Hühner. Die Architektur sei eine Katastrophe, meinte sie, und auch sonst könne man sich nur wundern, daß die Kinder dort überhaupt etwas lernten.

Ich hatte Angst vor der Schule, den Veränderungen, der Langeweile und dem Eingesperrtsein. Aber ebenso große Angst hatte ich davor, meine Tage auf der Kali Oka Road zu verbringen. Ich hatte in diesem Sommer alles verloren, was mir bis dahin ein Gefühl der Geborgenheit gegeben hatte. Auf dem Weg zum Stall kickte ich ein paar Steine, die im weichen roten Sand der Kali Oka Road herumlagen, vor mir her, und plötzlich verspürte ich den

Drang, zu den Erlösern zu gehen. Und zum Cry Baby Creek. Ich hatte Angst davor, und gleichzeitig zog es mich magisch dorthin. Was sollte ich nur machen, wenn der Richter vorläufig noch nicht heimkam? Was war mit Magdeline? Wenn ich sie doch bloß sehen könnte, wenn ich mich davon überzeugen könnte, daß es ihr gutging, vielleicht würde das mein Gewissen beruhigen. Ich mußte versuchen, mit Greg unter vier Augen zu reden und ihm ein paar Fragen zu stellen.

An den Bäumen regte sich kein Blatt, die Grashalme waren völlig unbewegt, und doch ächzte das verwitterte Schild an Nadines Einfahrt. Die Luft schien stillzustehen, aber das Schild knarrte schon wieder. Bei dem Geräusch lief mir ein Schauer den Rücken runter. Dieses Kleid machte mich noch verrückt. Wie war es nur dort oben auf die Tenne gekommen?

Im Schatten der alten Seifenbäume ging ich auf das rostige Gatter zu. Um den Pferdestall herum herrschte eine geradezu kosmische Stille. Sicher, es war noch sehr früh, aber sonst waren Nadine und Greg um die Zeit immer schon da. Jetzt war weit und breit kein Mensch zu sehen. Die Stalltür stand einen Spaltbreit offen. Das war gegen Nadines Anweisungen. Wir sollten die Tür entweder zu- oder aufmachen, aber niemals angelehnt lassen.

Der Wind raschelte in den Blättern der Seifenbäume, wie mit einer Feder strich er durch ihre Kronen. Ich blieb vor dem Gatter stehen. Alle meine Sinne waren hellwach. Picket drängte sich an mein Bein, sie stand da, hatte die Ohren gespitzt und hechelte. Kein Laut. Nur das klagende Ächzen des Schildes, das an seiner verrosteten Kette hing.

Der Truck war da, wo er hingehörte, der Trailer ebenfalls. Vor der Hintertür von Nadines Haus und auf der Treppe stapelten sich die Müllsäcke. Ich stand in der Einfahrt, auf die die Sonne ihre Muster malte, und hatte Angst, weiterzugehen. Es mußte etwas passiert sein. Etwas Schreckliches. Etwas, das noch schrecklicher war als das blutbefleckte Kleid, das ich gefunden hatte.

Einen Moment lang erwog ich, Alice zu holen. Wenn sie bei mir war, würde es mir leichterfallen zu erzählen, was wir erlebt hatten. Aber Alice haßte Nadine. Und außerdem mußte ich damit rechnen, daß Nadine Alice sagte, was wir im Haus des Priesters gesehen hatten. Ich zwang mich, den Riegel zurückzuschieben, das Gatter zu öffnen und hindurchzugehen.

Ich hörte den Kies unter meinen Schuhsohlen knirschen. Eine Krähe schrie. Ich sah sie groß und glänzend auf dem Telegrafendraht vor Nadines Haustür sitzen. Eine einzelne Krähe bedeutet Tod, sagte Mama Betts immer. Ich schaute mich um, ob irgendwo eine zweite war, doch der blauweiße Himmel war leer.

Ich hatte die Hand auf der Klinke der Stalltür und horchte. Von drinnen kam ein leises Schluchzen. Meine Kehle war wie zugeschnürt.

Die Tür gab nach. Erschrocken wich ich zurück. Aus dem Dunkel trat Jamey Louise und schob mich unsanft beiseite.

»Bleib draußen«, sagte sie barsch. Sie packte mich an den Oberarmen und drängte mich zurück.

»Was ist los?« Ich guckte über ihre Schulter, konnte aber nichts sehen. Nur das abgerissene Schluchzen war zu hören.

»Bleib draußen, Bekka!«

Ich sah ihr ins Gesicht und bemerkte, daß es bräunliche Schlieren hatte. Ihr blau-weiß kariertes Sommerkleid, ihr Lieblingskleid, war über und über voll Blut.

»Was ist passiert?« So viel Blut, dachte ich entsetzt.

Jamey verzog das Gesicht, aber sie weinte nicht. »Du kannst ja doch nichts machen«, sagte sie. »Nadine hat gesagt, ich soll dich nicht reinlassen.«

»Was ist los? Ist sie verletzt?« Ich hatte rasende Kopfschmerzen. Mir zitterten die Knie. »Ist da ein Toter drin?«

Jamey Louise packte mich am Arm und führte mich zu Nadines Haus. Dort an der Ecke gab es einen Schlauch. Sie drehte den Hahn auf und wusch sich das Gesicht, und dann richtete sie den Wasserstrahl auf ihren Körper, und das Blut floß in hellroten Rinnsalen an ihren Beinen hinunter und sickerte ihr in die Turnschuhe.

Jetzt, wo die Blutschlieren weg waren, sah ich erst, daß sie kreidebleich war und ihre Augen hervorstachen wie die glasigen Augen einer Puppe. Wieder und wieder wusch sie sich die Beine.

»Was ist passiert?« Ich überlegte, ob ich kurzerhand wieder nach

Hause gehen sollte, einfach abhauen, ohne Fragen zu stellen. Vielleicht besuchte ich Alice und half ihr, auf Maebelle V. und die anderen Kinder aufzupassen. Dann könnten wir uns von ihren älteren Geschwistern erzählen lassen, wie es in der siebenten Klasse ist. Alice liebte es, sich das Leben in der Siebenten auszumalen, sich vorzustellen, wie es sein würde, wenn sich die Ober- und die Unterstufe auf den Fluren trafen.

»Cammie ist tot.«

Ich sah Jamey Louise an. So viel Gemeinheit hätte ich ihr nicht zugetraut. Ich musterte sie von oben bis unten. Feine goldene Haare, die sich auf der Stirn kräuselten, richtige Babyhaare. Die Haut war leicht gebräunt und fast durchsichtig, jetzt, wo das Blut weggewaschen war und sie wieder Farbe hatte. In ihren hellbraunen Augen lag … Mitleid?

»Heute früh hat sich einer in den Stall geschlichen und sie schwer verwundet«, sagte Jamey Louise. »Nadine hat sie gefunden und versucht, sie zu retten. Aber Cammie ist gestorben. Gerade in dem Moment, als du gekommen bist.«

Jamey packte mich am Arm. Ihre Fingernägel gruben sich in meine Haut. Ich wollte sie schlagen, wollte sie mit aller Kraft ins Gesicht schlagen, doch ich war außerstande, die Hand zu heben. Ich taumelte zurück. Wenn Jamey mich nicht festgehalten hätte, wäre ich der Länge nach hingeschlagen. So aber setzte ich mich auf den Boden, mitten in die Wasserpfütze, die Jamey mit dem Schlauch gemacht hatte, als sie sich das Blut abgespült hatte. Jameys Sommerkleid war klatschnaß und voller Flecken. Das konnte sie wegschmeißen.

»Nicht mehr zu ändern«, sagte Jamey und setzte sich neben mich. Ich atmete mit offenem Mund und mußte daran denken, wie Mama Betts heute früh zu mir gesagt hatte, ich soll den Mund zumachen, die Fliegen kommen rein. Aber als ich ihn zumachen wollte, kriegte ich keine Luft mehr. Mir war, als ob mir eine eiserne Hand die Kehle zudrückte.

»Ich muß Daddy holen, wir brauchen den Bagger«, sagte Jamey. »Willst du mitkommen?«

Ich sah sie an. Ich hatte gehört, was sie gesagt hatte, aber den

Sinn ihrer Worte hatte ich nicht begriffen. Sie stand auf und zerrte mich ebenfalls hoch.

»Komm«, sagte sie. »Wir können mit Daddy zurückfahren.«

»Den Bagger?«

»Ja doch.« Jamey wich meinem Blick aus. »Nadine kriegt sie nicht aus dem Stall raus. Wir müssen sie ins Freie ziehn und begraben.«

Auch diese Mitteilung erreichte mich nicht.

»Den andern Pferden ist nichts passiert«, versuchte Jamey mich zu trösten. Sie streichelte meinen Arm. »Komisch, daß es keinen Krach gegeben hat, sagt Nadine. Sonst hätte sie doch was hören müssen. Aber der Täter ist einfach rein und ...« Sie sprach nicht weiter. Nach einer Weile sagte sie: »Libby und Cora sind heute vormittag zu Hause. Du weißt ja, Libby hat einen Job im Kettle, als Kellnerin. Gestern abend hat sie zwölf Dollar Trinkgeld gekriegt. So viel hat noch keine Kellnerin am Donnerstagabend gehabt.«

Wir gingen die Einfahrt hoch. Picket hatte uns eingeholt und schnüffelte an den Stämmen der Seifenbäume herum.

»Wer hat das getan?« fragte ich Jamey. »Wer?«

»Das weiß Nadine auch nicht. Sie hat keine Ahnung. Jedenfalls muß er stark gewesen sein. Cammie hatte jede Menge, äh, Stichwunden. Das Messer haben wir nicht gefunden.«

»In der Box hatte sie keine Chance, sich zu wehren«, sagte ich, ohne zu überlegen. »Mama Betts sagt auch, es ist nicht richtig, daß die Pferde die ganze Zeit eingesperrt sind. Das ist gegen die Natur, sagt sie.«

»Wenn sie auf der Weide gewesen wäre, hätte er sie erschossen«, entgegnete Jamey. Sie faßte mich am Handgelenk und zog mich hinter sich her. Ich ließ es geschehen. In den Stall zu gehen, das brachte ich nicht fertig, und nach Hause mochte ich auch nicht. Jamey wußte wenigstens, wo sie hinwollte.

Picket war ein Stück zurückgeblieben. Ich schaute mich nach ihr um. Die Stalltür war immer noch angelehnt, und das Gatter zur Weide hatte Jamey offengelassen. Es stand sperrangelweit auf und hing leicht schief.

»Das Gatter.« Ich blieb stehen. »Ich mach's lieber zu.«

Jamey wartete, bis ich zurück war. Picket hatte sich unter dem großen Seifenbaum ins Unterholz gewühlt, dort, wo Alice und ich damals die Coca-Cola-Flaschen versteckt hatten. Ich rief sie, aber sie wedelte bloß mit dem Schwanz. Sie dachte gar nicht daran, ihre Nachforschungen einzustellen.

Ich wollte sie nicht am Stall zurücklassen. »Picket!« Ich klatschte in die Hände, aber mein Klatschen war ihr zu laut. Sie verkroch sich nur noch tiefer ins Dickicht.

»Jetzt mach doch endlich«, drängelte Jamey. »Nadine wartet, daß ich wiederkomme.«

Ich wollte Picket am Halsband zu fassen kriegen. Wenn ich erst einmal ihre Aufmerksamkeit gewonnen hätte, würde sie mir auch gehorchen. Ich langte tief ins Gebüsch und mußte dabei an die Coca-Cola-Flaschen denken und daran, daß Greg sie gefunden und ausgetrunken hatte. Plötzlich stieß ich mit den Fingern an einen griffigen, glattgeschliffenen Gegenstand. Er war aus Holz, aber es war kein Stock. Anstatt mir Picket zu schnappen, zerrte ich an dem Ding. Es war schwerer, als ich gedacht hatte. Mit einer Hand konnte ich es nicht anheben.

Picket war noch mehr zurückgewichen und scharrte weiter wie besessen im Unterholz. Ich schob die Zweige und das Unkraut zurück, und mir stockte der Atem. Meine Hündin hatte zwar ordentlich Erde auf den Gegenstand geworfen, aber trotzdem erkannte ich sofort, daß das der gekreuzigte Jesus aus der Erlöser-Kirche war. Bloß daß jemand das Gesicht mit schwarzer Farbe besprüht hatte. Und zwar gründlich. Die Farbe bedeckte das Gesicht, ein Stück von der Dornenkrone sowie Teile vom Hals und der Brust.

»Jetzt hol den Hund da raus und mach!« rief Jamey. Ich schnappte Picket am Halsband und zog sie aus den Büschen. »Wir kommen schon.« Als ich Picket auf der Einfahrt hatte, gab sie sich erwartungsgemäß geschlagen und gehorchte mir wieder.

»Was hat sie denn gehabt? Ein Kaninchen?« fragte Jamey.

»Scheint so.« Mir war, als ob ich irgendwie schwebte.

»Sie kann ja bei uns zu Hause die Hühner jagen. Sie war diesen Sommer noch kein einziges Mal bei uns. Die Hühner sind schon richtig fett und faul geworden.«

Jamey hatte sich noch nie so viel Mühe gegeben, nett zu mir zu sein. Ich lief neben ihr her und wußte nicht, was ich sagen sollte.

»Libby sagt, eh die Schule wieder anfängt, zeigt sie uns, wie man sich schminkt, falls du Lust hast. Bloß ein bißchen Mascara und vielleicht einen Hauch Rouge und Lippenstift.«

»Hm.«

»Wir sind zwar erst in der siebenten Klasse, aber praktisch gehen wir ja auf die High School. Libby hat auch in der Siebenten mit Schminken angefangen. Sogar schon noch früher, wenn's keiner gemerkt hat.«

»Libby war schon immer schön.« Ich hatte das Gefühl, daß nicht ich das gesagt hatte, sondern jemand anders. Jemand, der sich meines Körpers bemächtigt hatte und der jetzt die Straße entlangging neben Jamey Louise, die irgendwelche albernen Sachen plapperte. Und dieser Jemand plapperte mit.

»Du, Jamey, bist du sicher, daß es Cammie war?«

»Es war ihre Box. Alles voll Blut, die Wände und das Pferd«, sagte sie achselzuckend. »Für mich sehen sie alle gleich aus, jedenfalls die, die dieselbe Farbe haben. Das ganze Blut ...«

Wir waren schon halb bei den Welfords. »Wer macht denn so was?« Ich mußte an Mr. Tom denken und an seinen grauenhaften Tod. Mama Betts hatte gesagt, das könne nur ein Geisteskranker gewesen sein. Einer, der so krank ist, daß er eingesperrt gehört, damit wir vor ihm geschützt sind. Wenn es einer von den Leuten an der Kali Oka Road war, hatte sie gesagt, dann würde er bestimmt noch mehr Unheil anrichten. Solche Krankheiten gehen nämlich nicht wieder weg. Die brodeln und köcheln so lange weiter vor sich hin, bis sie sich in der nächsten grausigen Bluttat entladen.

Mama Betts glaubte, daß einer der Erlöser Mr. Tom umgebracht hatte. Ich hatte sogar schon Greg im Verdacht gehabt, jedenfalls so lange, bis er mir gesagt hatte, daß er es nicht war. Hatte er mich belogen? Ich wußte es nicht. Irgendwie konnte ich überhaupt nicht mehr klar denken.

»Nadine hat gemeint, sie kriegt den Täter, und dann wird sie's ihm heimzahlen«, sagte Jamey. »In dem seiner Haut möchte ich nicht stecken. Weißt du, ganz hinten unterm Pferdestall, da ist doch diese alte Vorratskammer. Da soll der olle Ratheson McInnis immer seine Sklaven angekettet haben, wenn er sie bestrafen wollte. Damit keiner die Schreie hören konnte, wenn er sie ausgepeitscht hat.«

»Jamey!« Das war mir völlig neu. »Was erzählst du denn da für einen Unsinn?«

»Nein. Mama sagt, das ist wirklich wahr.«

»Hast du die Kammer gesehn? Bist du schon mal drin gewesen?«

»Nein. Nadine hat uns doch dermaßen an der Kandare, daß wir gar nicht dazu kommen, das Terrain zu sondieren. Ich wollte ja auch bloß sagen, wenn sie den, der's war, erwischt, dann kann sie ihn ja da unten in der Kammer anketten und ihn tagelang quälen, bevor sie ihn endgültig fertigmacht. Wetten, daß man die Leiche nie finden würde?«

Jamey Louise wollte mich nur auf andere Gedanken bringen, damit ich nicht dauernd bloß an Cammie dachte, und für einen Moment war ihr das ja auch geglückt. Ich hatte mir tatsächlich gewünscht, daß es unter dem Stall so eine Kammer gab, und ich hatte mir gewünscht, daß ich denjenigen fand, der Cammie das angetan hatte. Dann würde ich mit ihm genau dasselbe machen, was er mit ihr gemacht hatte.

Mir rollten zwei Tränen über die Wangen. Als Jamey das sah, beschleunigte sie ihren Schritt. Sie hörte auf zu reden und setzte ihre Hoffnungen ganz auf die Bewegung. Als wir in die Einfahrt des Welfordschen Anwesens einbogen, weinte ich richtig, aber ohne einen Laut.

Ich setzte mich auf die Stufen, und Emily Welford brachte mir ein Glas Limonade und schickte Libby mit dem Truck raus zu Gus, der auf dem Feld arbeitete. Er war gerade bei der Rübenernte.

Das Kondenswasser lief an meinem Limonadenglas runter und tropfte etwa im selben Rhythmus auf meine Schuhe, in dem mir die Tränen vom Kinn tropften. Emily, Jamey und Cora standen um mich herum, doch keine von ihnen sagte ein Wort. Sie waren schon immer der Meinung gewesen, daß meine Familie übertrieben tierlieb war. Pferde starben halt, Kühe wurden geschlachtet, und die armen Hunde und Katzen kamen durch die verschiedensten tragischen Umstände zu Tode. Die Welfords hatten ihr Vieh schon durch Blitzschlag, streunende Hunde, Wilddiebe, Koliken, Infektionen, Diebstahl und beim Werfen verloren. Der Tod eines Tieres bedeutete ihnen nichts. Aber sie waren immerhin so nett, sich nicht über mein herzzerreißendes Weinen zu äußern. Sie standen einfach bloß um mich herum und warteten, daß Gus auf dem Traktor angefahren kam.

Er kam in einer Wolke von Staub und Qualm, er war verschwitzt und ausgedörrt, und sein wettergegerbtes Gesicht ließ ihn älter erscheinen, als er in Wirklichkeit war. »Tut mir leid, das mit dem Pferd, Bekka«, sagte er, während er die Stufen hochstieg und sich von Emily ein Glas Limonade geben ließ. Er trank es in einem Zug aus. Klirrend fiel das noch kaum getaute Eis wieder auf den Boden des Glases. Emily schenkte ihm nach, und dann gingen die Welfords alle miteinander ins Haus.

Das Fenster war offen, so daß ich zuhören konnte, als Jamey erzählte, was im einzelnen passiert war. Nadine war in den Stall gekommen, um die Pferde zu füttern, und da hatte sie Cammie in ihrer Box liegen sehen. Mit mindestens dreißig Messerstichen. Die Stute war langsam verblutet. Sie hatte nicht einmal mehr aufstehen können.

Jamey beschrieb die Boxen und den Stall.

»Dann wollen wir's mal hinter uns bringen«, sagte Gus. »Bei der Hitze hält sie sich ja nicht lange.« Er kam wieder aus der Tür und strich mir im Vorbeigehen über den Kopf.

»Er muß erst noch die Ketten holen«, erklärte Jamey. »Das dauert einen Moment. Willst du mit ihm auf dem Traktor fahren? Ich gehe zu Fuß.«

»Nein, fahr du ruhig mit. Ich hab ja Picket. Und außerdem möchte ich lieber allein sein.«

»Vielleicht gehst du besser nach Hause«, schlug Emily vor. Sie war wieder von der Veranda heruntergekommen. Ich hatte sie gar nicht gehört, so leise hatte sie die Fliegentür geöffnet. »Komm, lauf nach Hause. Frag doch Effie, ob sie mit dir im Fluß baden geht. In einer Woche fängt die Schule wieder an. Dann kommst du nicht mehr dazu.«

»Ja, vielleicht gehe ich wirklich heim.« Noch immer rannen mir die Tränen übers Gesicht, obwohl ich eigentlich gar nicht richtig weinte.

»Bekka, mein Schatz, sie hat ja noch acht Pferde. Das Leben geht weiter«, sagte Emily. »Wenn du wirklich so gut reitest, wie Jamey sagt, dann kaufen Effie und Walt dir nächsten Sommer vielleicht ein eigenes Pferd.«

»Vielleicht.« Aber für Cammie gab es keinen Ersatz. »Ich geh dann mal.«

Picket hatte keine Lust gehabt, die Hühner zu scheuchen. Als ich losging, kam sie unter der Veranda hervorgekrochen, und dann verließen wir zusammen den Welfordschen Hof.

Ich überlegte tatsächlich, ob ich nach Hause gehen sollte. Oder vielleicht zu Alice. Aber meine Füße trugen mich wie von selbst zurück zu der Einfahrt mit den Seifenbäumen, zurück zum Stall. Dort war immer noch alles totenstill. Nichts zu sehen von Gus oder dem Traktor, mit dem er Cammie nach draußen schleppen sollte, damit sie begraben werden konnte. Ich wollte es mit eigenen Augen sehen. Ich wollte mich von ihr verabschieden. Danach würde ich nach Hause gehen.

Alles war noch genauso wie vorhin. Ich ging an dem Baum vorbei, unter dem das geschändete Kruzifix lag. Mir fiel wieder ein, daß es dort lag, doch diese Tatsache hatte nichts mit dem zu tun, was in mir vor sich ging. Noch nicht.

Wenn ich das mit Cammie hinter mir hatte, würde ich über das Kruzifix nachdenken und darüber, wer es hierher gebracht hatte und warum.

Die Stalltür war immer noch angelehnt. Ich zwängte mich durch den Spalt und stand in der düsteren Kühle.

Es war nichts zu hören. Nur das Scharren und Schnaufen der Pferde, die Heu fraßen und in den Boxen von einem Bein aufs andere traten. Cammies Tür war offen, und obwohl ich wußte, daß es furchtbar werden würde, ging ich hin und schaute hinein.

Jamey hatte nicht übertrieben. Überall Blut. An den Wänden, auf dem Heu und am Boden. Das tote Pferd lag auf der Seite. Das Auge, das ich sehen konnte, war offen und glasig.

Die Farbe war nicht mehr zu identifizieren, dazu war zuviel

Blut da, aber ich erkannte den Schwung der Nüstern, die Form des Ohres.

Das war nicht Cammie.

Ich wußte sofort, daß das tote Pferd Cäsar war, der große Wallach, der normalerweise in der übernächsten Box stand. Sein Kopf war ganz blutig, bis zu der Blesse, die ungefähr sieben Zentimeter über der Nase aufhörte. Er hatte genau das gleiche dunkle Braun wie Cammie, aber er war etwas größer und eben ein Wallach. Nachdem ich Cammie seit Wochen jeden Tag gestriegelt hatte, kannte ich ihren Körper in- und auswendig. Ich brauchte sie nicht einmal anzusehen, ich erkannte sie mit den Fingerspitzen. Das arme tote Pferd dort in der Box war nicht Cammie.

Ich stolperte zurück auf den Mittelgang. Cäsars Box war zwei Türen weiter. Ich rannte hin. Ich wagte nicht zu atmen. Cammie stand da, den Kopf in der hinteren Ecke, und fraß Heu. Als ich sie leise beim Namen rief, drehte sie sich um, sah mich an und begrüßte mich mit einem kurzen Wiehern. Aus ihrem Maul ragten ein paar Halme, die sie, während sie näherkam, um sich den Kopf streicheln zu lassen, einzog.

»Cammie.« Ich flüsterte ihren Namen und konnte gar nicht glauben, daß sie wirklich am Leben war – heil und unversehrt. Ich machte die Tür auf und trat in ihre Box, strich ihr über den geschmeidigen Hals und die Brust, und meine Tränen tropften auf ihr glänzendes Fell.

»Ich hab zuerst auch gedacht, es ist Cammie.«

Gregs Stimme erschreckte mich. Nicht, daß er da war, sondern sein Tonfall. Ich drehte mich zu ihm um. Obwohl das Licht im Stall miserabel war, sah ich, daß seine Augen ganz verquollen waren, und im Gesicht hatte er lauter häßliche Flecke. Sein langärmeliges weißes Hemd war voll Blut.

»Bleib ja da, faß sie nicht an!« zischte ich.

Greg trat zwei Schritte zurück, als ob ich ihn geschlagen hätte.

Er guckte mich erschrocken an, und ich kam aus der Box, direkt auf ihn zu.

»Was hatte Cäsar in ihrem Stall zu suchen, Greg? Wer hat die Pferde vertauscht?«

Als er begriff, was ich meinte, kniff er die Augen zusammen. »Scher dich doch zum Teufel, Rebekka Rich.« Er drehte sich um und ging weg, und mir fiel auf, daß er sich ganz steif bewegte, als ob er sich irgendwie weh getan hatte.

Oder als ob ein großes Tier ihn getreten hatte, um sich vor ihm zu retten.

Kapitel 25

Ich war auf den höchsten Seifenbaum geklettert und sah aus meinem Versteck zu, wie Gus mit dem Traktor angerattert kam und im Stall verschwand. Sie mußten die Vorderwand der Box niederreißen, damit sie Cäsar auf den Gang kriegten. Dann schleppten sie ihn ins Freie. Gus mußte eine Baggerschaufel an seinen Traktor machen, um ein Grab ausheben zu können, in das der mächtige Vollbluthengst hineinpaßte. Die Grube war nicht allzu tief, reichte aber aus.

Nadine und Jamey schauten zu. Als alles vorbei war, folgten sie dem Traktor, bis sie am Haus waren. Gus fuhr heim; er hatte noch auf dem Feld zu tun. An der Hintertreppe ließ Nadine Jamey einfach stehen. Sie trat ohne ein Wort ins Haus und knallte die Tür zu. Jamey Louise machte sich ebenfalls auf den Heimweg. Sie hatte die Schultern hochgezogen und ging schleppenden Schritts. Kurz darauf hörte ich, wie im Stall gehämmert wurde. Greg brachte die Box wieder in Ordnung. Sein Hämmern klang abgehackt und unheilvoll.

Auch Nadines Kummer war bis nach draußen zu hören. Sie knallte mit den Türen und warf mit Gegenständen. Ich überlegte, ob sie wohl versuchen würde, mich anzurufen und mir zu sagen, daß Cammie nichts passiert war. Aber wie ich Nadine kannte, würde sie warten, bis ich selbst in den Stall kam. Den ganzen Sommer lang hatte sie kein einziges Mal bei uns angerufen.

Als ich mir sicher war, daß Greg im Stall zu tun hatte und vorläufig dort drin bleiben würde, kletterte ich vom Baum und machte mich daran, den gekreuzigten Jesus im Unterholz unter die Lupe zu nehmen. Immer auf der Hut, daß mich keiner sehen konnte, kroch ich durchs Gestrüpp und zerrte so lange an dem schweren Kruzifix, bis ich es mir richtig anschauen konnte. Jemand hatte Sprühfarbe genommen und das Ding mit Absicht verdorben. Ich kannte mich zwar mit Holz nicht besonders gut aus – der Richter war keiner von diesen Hobbyhandwerkern, die selig sind, wenn sie schnitzen, hämmern und sägen können –, aber meiner Meinung nach mußte die Farbe wieder abzukriegen sein. Der Kopf war sehr fein gearbeitet, ein schönes Stück, aber auch ein gruseliges. Ich strich mit dem Zeigefinger über das glatte Holz. Ein paar Feinheiten würde man natürlich ausbessern und nachmalen müssen, wenn das Schwarz weg war, zum Beispiel das Blut von der Dornenkrone. Aber bei den Erlösern gab es bestimmt jemanden, der das konnte.

Eins war klar: Das Kruzifix war gestohlen worden, nicht einfach bloß weggeworfen. Das Ganze war ein doppeltes Verbrechen, von dem der Vandalismus nur die eine Seite war, die andere Seite, neben der Zerstörung, war der Diebstahl. Wie dieses Kreuz auf Nadines Anwesen gelangt war, schien mir mehr oder minder klar zu sein. Greg war durchaus in der Lage, es allein hierher zu schleppen. Sicher, es hatte ein ganz schönes Gewicht, aber Greg hatte schließlich den ganzen Sommer lang schwere Heuballen gestemmt; er war ein richtiger Muskelmann geworden. Ich bekam das Ding kaum von der Stelle, Greg aber konnte das schaffen. Und außerdem war nicht auszuschließen, daß die anderen Erlöser-Jungs ihm ein bißchen dabei geholfen hatten.

Ich deckte das Kruzifix sorgfältig wieder zu, damit niemand sah, daß ich hiergewesen war. Ich brauchte meinen Handwagen und Alice. Aber vorher wollte ich mit Nadine reden. Ich horchte, ob im Stall immer noch gehämmert wurde, und rannte zur Treppe.

Um den Müll schwirrten die Fliegen, und ich hatte plötzlich den Drang, Nadine zu sagen, daß sie eine Schlampe war und daß es sich nicht gehört, seine Abfälle einfach hinters Haus zu werfen. Ich mußte dreimal klopfen, bevor sie die Tür öffnete.

»Bekka, wo hast du denn gesteckt? Du hättest uns ruhig helfen können, Cäsar aus der Box rauszuholen.«

»Ich war mit bei Jamey, und danach hab ich Zeit zum Nachdenken gebraucht.« Mir wurde ganz schwindlig von dem Müllgestank. »Darf ich reinkommen? Ich muß dir was sagen. Wegen Cäsar.«

Nadine sah sich um, als ob außer ihr noch jemand im Haus wäre, jemand, der etwas dagegen haben könnte, daß sie mich reinließ. Auf einmal hatte ich das komische Gefühl, daß sie vielleicht doch gar nicht allein hier lebte. »Na schön. Komm rein«, sagte sie und winkte mich ins Haus. Sie machte die Tür zu und sperrte den Müllgeruch aus.

Ich folgte ihr durch einen schmalen Flur in die Küche.

Ich hatte Nadines Haus vorher noch nie betreten, nicht einmal das Badezimmer. Wenn ich mal mußte, hatte ich es mir entweder verkniffen oder mich in eine von den Boxen gehockt. Das war zwar nicht gerade angenehm, aber ich wollte nicht, daß Nadine mich für eine Zimperliese hielt, zumal sie gesagt hatte, daß alle richtigen Reiter das so machen. Als ich mich jetzt in der verdreckten Küche umsah, hatte ich erst recht keine Lust mehr, die Toilette in Augenschein zu nehmen.

Überall standen leere Suppendosen, schutzige Töpfe und Papiertüten herum, aus denen Pappteller, Fast-Food-Kartons und Pizzaschachteln quollen. Alles war bekleckert – die Türen der Küchenschränke und sogar die Kühlschranktür. An der Decke hingen Spaghetti mit Tomatensoße, und darunter baumelte eine nackte Glühbirne. Mir lag die Frage auf den Lippen, ob Nadine die Spaghetti löffelweise dort hinaufpraktiziert oder gleich die ganze Schüssel hochgeschmissen hatte, aber irgendwie hatte ich das Gefühl, daß es unschicklich war, sie danach zu fragen.

Es gab auch einen Tisch, aber der war voll dreckiger Teller und angebissener Sandwiches, die von den Fliegen als Landebahn benutzt wurden.

»Das ist ja die reinste Müllhalde hier«, platzte ich heraus. Ich konnte mir lebhaft vorstellen, was Mama Betts für ein Gesicht machen würde, wenn sie das sähe. Ein äußerst mißbilligendes Gesicht.

»Entweder ich reite, oder ich mache sauber«, sagte Nadine. »Beides auf einmal geht nicht, und ich reite lieber. Zu Hause hatten wir Personal. Ich bin es einfach nicht gewohnt, meinen Dreck selbst wegzumachen.«

»In der Kali Oka Road hat niemand Personal.«

»Ich weiß.« Nadine lachte. Sie führte mich durch einen Korridor, in dem überall schmutzige Anziehsachen herumlagen, ins Wohnzimmer. Die Vorhänge waren zugezogen, die alten gelben Schnapprollos auch, wodurch der Raum nahezu dunkel war. Trotzdem erkannte ich, daß die Möbel durchweg antik waren. Gute, solide Stücke, die Mama Betts jeden Tag liebevoll abstauben würde. Diese hier waren zerkratzt und malträtiert und hatten seit Jahren kein Staubtuch gesehen. Nadine warf sich auf ein altes Sofa im Queen-Anne-Stil und ließ das eine Bein über die kaputte Rückenlehne baumeln.

»Was willst du?« fragte sie. Sie starrte an die Decke, wo ein Wasserfleck prangte, weil das Dach undicht war. Er hatte in etwa die Form eines Herzens.

»Es ist wegen Cäsar, Nadine… Du hast nichts gehört?« Ich beugte mich vor. »Absolut kein Geräusch?« Wegen Greg wären die Pferde nicht unruhig geworden. Dem vertrauten sie.

»Glaubst du, ich wäre nicht aufgestanden und nachsehen gegangen, wenn ein Pferd Krach gemacht hätte?« Sie hörte auf, den Fleck anzustarren, und sah mich an. Ihr Blick war ganz ruhig.

Der Raum roch nach Hunden. Wenn ich richtig gerechnet hatte, mußten noch zwei übrig sein. »Und deine Hunde? Haben die nicht gebellt? Picket würde durch die Fliegentür springen, wenn jemand bei uns auf dem Hof wäre.«

»Die Hunde sind tot. Die hatten die Staupe.«

»Waren sie denn nicht geimpft?« Sollte Nadine, die sich so gut mit Pferden auskannte, etwa nicht gewußt haben, daß sie ihre Hunde impfen lassen mußte?

»Ich hab auf eine Geldüberweisung gewartet.« Die Ruhe verschwand aus ihrem Blick. Plötzlich hatte sie ein Flackern in den Augen. »Was soll das eigentlich? Bin ich hier bei der Inquisition oder was? Sag mal, kriegst du das bezahlt, daß du mir hier ein schlechtes Gewissen machst? Als ob es mir nicht so schon mies genug geht!«

»Entschuldige bitte.« Nadines Stimme bebte. Ich merkte, wie sehr ihr Cäsars Tod an die Nieren gegangen war. Ich mußte mir genau überlegen, was ich sagte. »Bei Dr. Hilburn kostet das Impfen nur ein paar Dollar. Die hätten Mama Betts oder Effie dir garantiert geborgt.« Die beiden konnten Nadine zwar nicht leiden, aber das Geld für den Tierarzt hätten sie ihr ohne weiteres geliehen. Ich setzte mich auf einen der schnörkeligen Polsterstühle. Der schwere Brokatbezug war einmal schön und elegant gewesen, doch das Alter und die unsachgemäße Behandlung hatten die Schönheit zunichte gemacht.

»Ich kriege regelmäßig Geld von einem Treuhandkonto, seit meine Eltern tot sind, weißt du. Ich hab gedacht, die Überweisung kommt rechtzeitig«, sagte Nadine achselzuckend. »Bis ich gemerkt habe, daß es Mac erwischt hat, hatten sich die anderen schon angesteckt. Und dann sind sie verreckt, einer nach dem anderen. Zwei hat Greg für mich begraben, den Rest ich selbst.«

»Ja, ich hab gesehen, wie er's getan hat.«

»Und was hat er dir gesagt?«

Nadines Frage verblüffte mich. Teilte sie etwa meinen Verdacht? »Er hat nicht viel gesagt, bloß daß die Hunde gestorben sind.«

»Na schön.« Nadine nahm das Bein von der Sofalehne und setzte sich richtig hin. »Sonst noch Fragen zu meinen Tieren? Wenn nicht, hättest du dann wohl die Güte, dich an deine Arbeit zu machen? Ich hab Kopfschmerzen. Ich glaube, ich mache erst mal einen kleinen Mittagsschlaf.«

Ich saß auf der Stuhlkante. In mir stieg die Wut hoch, und zwar so heftig, daß ich gar nicht recht wußte, was mit mir los war. Nadine sollte gefälligst etwas tun! Sie sollte den Kerl suchen, der Cäsar umgebracht hatte, und nicht ihren blöden Mittagsschlaf halten. Was war nur los mit ihr? »Das hätte alles nicht passieren müssen! Weder das mit den Hunden noch das mit Cäsar! Ich begreif das einfach nicht! Da geht jemand hin und tötet ein Tier, und du hörst es nicht! Du hast Greg hergeholt! Du hast ihn in den Stall gelassen, und die Tiere haben ihm vertraut!« Der Geruch hier im Haus, die Dunkelheit im Zimmer – mir platzte bald der Schädel.

»Willst du damit sagen, ich bin schuld?« Sie war ganz ruhig, aber das Flackern in ihren Augen wurde immer heftiger.

»Wieso war Cäsar in Cammies Box?« O nein, sie konnte mich nicht einschüchtern. Diesmal nicht. Wie war es möglich, daß sie nichts gehört hatte? »Wieso dieser Wechsel?« Ich mußte das wissen.

»Du bist sehr hartnäckig, Rebekka. Ich hatte dich von Anfang so eingeschätzt, aber zwischendurch gab es Momente, da habe ich schon fast geglaubt, ich hätte mich in dir getäuscht.«

Sie starrte mich an. Ihr Gesicht hatte einen merkwürdigen Ausdruck. »Mir ist egal, was du von mir denkst. Cäsar ist tot.«

Nach einer kleinen Pause fuhr sie fort: »Ich bin dir zwar keine Erklärung schuldig, aber ich werde dir trotzdem eine geben. Ich habe Cäsar gestern abend in die andere Box gebracht. Er hatte Probleme mit seinem Huf, und Cammies Box ist etwas größer. Ich wollte, daß er mehr Bewegungsfreiheit hat.« Sie beugte sich langsam vor. »Du glaubst, der Anschlag auf Cäsar war in Wirklichkeit gegen Cammie gerichtet, nicht wahr?«

Ich schwieg.

»Du meinst, es könnte Greg gewesen sein? Weil er rausgekriegt hat, daß wir in der Kirche waren?«

So weit hatte ich noch gar nicht gedacht. »Jamey Louise hat auch geglaubt, das tote Pferd ist Cammie. Das hat sie mir selbst gesagt.«

»Typisch Jamey. Arbeitet den ganzen Sommer hier und kann die Pferde immer noch nicht auseinanderhalten«, seufzte Nadine. »Klar, sie waren beide braun, aber das war auch die einzige Gemeinsamkeit. Gott sei Dank war es nicht Cammie. Im Dunkeln haben sie sich wahrscheinlich wirklich ähnlich gesehen. Greg konnte nicht wissen, daß ich sie ausgetauscht hatte.«

Mein Zorn war genauso schnell verraucht, wie er gekommen war. Ich fühlte mich ungefähr genauso ausgelaugt wie Effie nach ihren Wutanfällen. »Und sonst ist kein Pferd verletzt worden?«

»Kein einziges. Es war, als ob ein Verrückter in der Box gewütet hätte, wo der arme Cäsar stand. Er hat sich gewehrt, aber er hat ja nicht gelernt, nach Menschen auszuschlagen. Er ist immer gut behandelt worden. Woher sollte er denn wissen, daß ihn einer ... umbringt!« Nadine sah hinüber zu dem verdunkelten Fenster. Ein Zweig von einem der verwilderten Kameliensträucher, die dort draußen wuchsen, strich am Fliegengitter entlang und malte tanzende Schatten auf das Rollo. »Warum sollte Greg so etwas tun?«

»Ich weiß nicht. Wer soll es denn sonst gewesen sein?«

»Stimmt, das ist die Frage. Wer sonst?« Nadine stand auf. Ihr wirres, leicht grünlich schimmerndes Haar fiel ihr über die Schultern. Es verdankte seinen merkwürdigen Farbton der chemischen Reaktion von Quellwasser und Wasserstoffsuperoxyd, und außerdem mußte es nachgebleicht werden. Selbst hier, in diesem dunklen Zimmer, sah man, daß die Ansätze viel dunkler waren. »Mal angenommen, es war nicht Greg. Wer würde so etwas tun?«

»Ein Mensch, der böse ist. Böser als irgend jemand, den ich kenne, und als alle Verbrecher aus den Büchern, die ich gelesen habe.«

»Und du glaubst, daß das auf Greg zutrifft?«

»Vielleicht.« Ich schluckte. Ich hatte gesehen, wie Greg mit den Pferden umging. Wenn er sich unbeobachtet fühlte, streichelte er sie. »Stark genug ist er jedenfalls.«

»Ja, stark genug ist er.« Nadine starrte wieder an die Decke. »Aber warum? Das Entscheidende ist doch das Motiv. Hatte Greg ein Motiv?«

Das Kruzifix. Das war der Grund, weshalb ich ihn verdächtigte. Dieser gemarterte Jesus mit dem schwarz angesprühten Gesicht, der so sorgfältig im Gebüsch versteckt war. Aber konnte man daraus schlußfolgern, daß Greg fähig war, ein Pferd umzubringen?

»Nein«, sagte ich schließlich. »Vielleicht war es ein Unbekannter.« Ich konnte mir tatsächlich nicht vorstellen, daß das jemand getan hatte, den ich kannte. Weder Greg noch irgendwer sonst.

»Ein Unbekannter?« Nadine sprach sehr leise. »Ich weiß nicht. Vielleicht war es ja jemand aus meiner Vergangenheit.« Sie drehte sich zu mir um und sah mich an. Die Augen loderten in ihrem bleichen Gesicht. »Mein letzter Mann war ... nicht ganz normal. Er war sehr charmant. Ein gutaussehender Bursche mit freundlichen grauen Augen. Aber wehe, wenn er nicht seinen Willen gekriegt hat.« Sie schluckte, und daran, wie ihr Kehlkopf sich bewegte, sah ich, daß sie einen ganz trockenen Mund haben mußte. »Er konnte sehr gewalttätig und böse werden.«

Auf der Kali Oka Road fuhr ein Wagen vorbei. Ich hörte ihn, konnte ihn aber wegen der Rollos und Vorhänge nicht sehen. Nadine stand auf, ließ das Rollo hoch und schaute dem Auto einen Moment lang nach.

Ich dachte daran, den Sheriff anzurufen. Wahrscheinlich würde Joe Wickham Effie und Walt erzählen, daß ich ihn angerufen hatte, aber das war immer noch besser, als gar nichts zu tun. Daß jemand aus ihrer Vergangenheit Nadine in die Kali Oka Road gefolgt sein konnte, war mir nicht in den Sinn gekommen. Das hätte manches erklärt.

»Möchtest du was Kaltes trinken?« fragte Nadine.

An sich schon, aber bei dem Gedanken an den Zustand der Küche verging mir der Durst. Ehe ich ging, würde ich ein bißchen Wasser aus dem Schlauch trinken. So lange konnte ich warten. »Danke, ich hab keinen Durst.«

»Mein Mann hat immer Wasser mit einem Schuß Zitrone getrunken.« Sie setzte sich wieder aufs Sofa und lehnte sich zurück. Ihr Blick wanderte kurz zur Decke. »Im Grunde sollte ich dir das gar nicht erzählen. Das geht niemanden etwas an.«

»Was?« Jetzt war meine Neugier erwacht. Nadine hatte noch nie über ihre Vergangenheit gesprochen. Bei unserer ersten Begegnung hatte sie mir erzählt, daß ihre Eltern tot waren und sie drei Ehen hinter sich hatte. Den ganzen Sommer über hatte sie, soweit mir bekannt war, weder Besuch gehabt, noch war sie irgendwann in die Stadt gefahren. Mrs. Hunt, die Briefträgerin, hatte Emily erzählt, daß kein einziger Brief für Nadine angekommen war, seit sie hier wohnte. Nur Rechnungen. Nicht einmal Zeitschriften.

»Hast du eigentlich gar keine Angst?« Sie sah mich an. »Angst, daß du Dinge erfährst, die dich verändern könnten. Die verwandeln sich dann nämlich in deine eigenen Erfahrungen – Erfahrungen aus zweiter Hand sozusagen.«

Sie spielte mal wieder Katz und Maus mit mir. Das machte sie gern. Stellte mich auf die Probe. »Ich hab keine Angst. Erzähl schon.«

»Ich kannte Phillip ja kaum, als ich ihn geheiratet habe. Ich hatte ihn beim Tanzen im Country Club kennengelernt.« Sie sah mich unverwandt an, beobachtete, wie ihre Worte sich in meiner Miene widerspiegelten. »Meine Eltern waren gerade gestorben, das war erst ein paar Wochen her. Sie waren das Wichtigste auf der Welt für mich gewesen, sie und die Pferde. Ich war einsam …« Sie schwieg.

»Und was war nach eurer Hochzeit?«

Nadine lächelte amüsiert. »Wenn ich dir das erzähle, zieht deine Mutter mir garantiert das Fell über die Ohren.«

»Wo ist er jetzt?«

»Phillip? Seit ich hierhergezogen bin, hab ich nichts mehr von ihm gehört. Weißt du, eigentlich bin ich ja seinetwegen in die Kali Oka Road gekommen. Ich wollte weit weg von ihm sein, so weit weg, wie ich nur konnte. Ich habe nur die Pferde mitgenommen und meine Hunde und Katzen. Alles andere habe ich zurückgelassen. Phillip war außer sich, als ich die Scheidung eingereicht habe. Er hat gedroht, daß er mich umbringen wird.«

»Nadine, wo ist er jetzt?« Ich hatte eine Gänsehaut. Vielleicht hatte dieser Phillip sie von Anfang an verfolgt. Vielleicht beobachtete er sie schon die ganze Zeit.

»Keine Ahnung«, sagte sie achselzuckend. »Heute morgen, nachdem ich Cäsar gefunden hatte, hab ich zu Hause angerufen. Ich hab eine Tante dort und ein paar gute Freunde. Phillip hat die Pferde gehaßt. Er hat alles gehaßt, was mir wichtig war. Er wollte alles zerstören, was ich geliebt habe.«

»War er da?«

Sie seufzte. »Nein. Er ist kurz nach mir weggezogen. Wohin, weiß kein Mensch. Als die Scheidung durch war, hat unser Familienanwalt ihn aus dem Haus werfen lassen. Seitdem hat keiner mehr was von ihm gehört oder gesehen.« Sie starrte wieder an die Decke. »Der Mann ist ungeheuer schlau. Das macht ihn so gefährlich.«

Nadine richtete sich auf und rieb sich den Nacken. »Wenn er es war, der Cäsar umgebracht hat, dann wird er wiederkommen. Dann war das Pferd nur eine Warnung.«

»Eine Warnung?«

»Er genießt es, mir angst zu machen. Als wir noch verheiratet waren, hat er mich immer sozusagen auf Raten verletzt, wenn er mir weh tun wollte. Erst kam ein ganz kleiner Nadelstich, und dann hat er abgewartet.« Ihr Blick ging ins Leere, in ihren Augen flackerte die Wut. »Eine seiner Foltermethoden bestand darin, daß er mir erklärt hat, er müßte mich leider bestrafen. Er hat immer aus der Bibel zitiert, nur so ein, zwei einschlägige Verse, und dann hat er mir wieder ein bißchen weh getan. Gewissermaßen als Vorgeschmack auf das, was noch kommt, hat er gesagt. Am schlimmsten war das Warten. Das, und daß ich ihm auch noch dafür danken mußte, daß er mich von meinen Sünden reinwusch. Erlösung durch Leiden.«

»Nadine«, sagte ich sehr ruhig. Sie hatte gedacht, sie könnte mir Angst einjagen, aber das war ihr nicht gelungen. Was hier passiert war, das war schlimmer als Selenas Geist, schlimmer, als spät am Abend ganz allein in den Pferdestall gehen zu müssen, wo angeblich der Geist vom alten Sheriff Sidney Miller herumspukte. »Nadine, das müssen wir dem Sheriff sagen.«

»Nein!« Sie umfaßte ihre Knie und beugte den Oberkörper nach vorn. »Das will er doch bloß. Ich habe schon oft die Polizei geholt. Einer Frau, die gegen den eigenen Ehemann aussagt, so einer hilft kein Polizist.«

»Aber ihr seid doch geschieden.«

»Das macht die Sache hierzulande nur noch schlimmer«, sagte sie. »Soll er doch kommen, der Mistkerl. Ich weiß, daß er in der Nähe ist. Und ich weiß, was er vorhat. Ich will nicht, daß die Bullen mir dazwischenfunken, weil ... wenn ich ihn sehe, dann bring ich ihn um.«

Die Luft im Zimmer war zum Schneiden. Der Schweiß rann mir vom Hinterkopf über den Nacken, die Wirbelsäule runter bis in den Hosenbund. Auch die Säume an den Beinen waren schweißnaß. Für das, was dieser Phillip Cäsar angetan hatte, gehörte er wirklich umgebracht. Das war für mich vollkommen klar. Aber er konnte wiederkommen und auch die anderen Pferde töten – oder Nadine. Sie war allein. Sie brauchte jemanden, der ihr half.

In der ganzen Zeit, die Greg im Stall arbeitete, hatte ich nicht ein einziges Mal erlebt, daß er einem Pferd etwas zuleide getan hatte. Wenn das Kruzifix und meine Zweifel im Hinblick auf Mr. Tom nicht gewesen wären, wäre ich niemals auf die Idee gekommen, ihn zu verdächtigen. Daran war nur das Kruzifix schuld und die Sache mit Mr. Tom – und die Tatsache, daß sich das Leben in der Kali Oka Road verändert hatte, seit die Erlöser hier waren. »Erlösung durch Leiden.« Mir schoß ein entsetzlicher, ein ganz schrecklicher Gedanke durch den Kopf.

»Nadine! Und wenn dein Mann nun bei den Erlösern ist?«

Sie lächelte spöttisch. »Ach, Rebekka, glaubst du denn, daß ich daran nicht selbst schon gedacht habe? Das ist doch der Grund, weshalb ich mir Greg in den Stall geholt habe. Ich wollte ihn über die Männer da unten aushorchen. Aber der Junge sagt ja nichts. Und das ist auch der Grund, weshalb ich neulich mit dir in die Kirche gegangen bin. Nicht aus purer Neugier. Phillip ist schlau. Ich dachte, vielleicht ist er da unten und wartet nur auf eine Gelegenheit, um zuzuschlagen.«

»Könnte er das denn? Ich meine, die Erlöser sind doch ziemlich merkwürdige Leute.« Sie glotzte mich an, als ob ich zwei Köpfe hätte. »Ich meine, würde er denn da hinpassen?«

»Wenn einer zu so einem Haufen von religiösen Fanatikern paßt, dann mein lieber Phillip. Der kennt die Bibel in- und auswendig, und er weiß genau, wie er sich das, was da drinsteht, zurechtbiegen muß, damit es ihm nützt. Das machen die Priester so, die scharen einen Trupp von Leuten um sich, und die folgen ihnen dann wie die Schafe.« Sie lachte auf. »Es ist nicht mal ausgeschlossen, daß Phillip und Reverend Marcus ein und dieselbe Person sind.«

Ich holte kurz Luft. »Du glaubst, dein Exmann ist der Priester?«

»Das wird sich zeigen, Rebekka. Das wird sich zeigen.«

Kapitel 26

Gegen elf kam Jamey Louise noch einmal zum Stall, blieb aber bloß zehn Minuten. Die Hitze, die Fliegen und der Blutgeruch waren ihr wohl zuviel. Als wir uns in der Einfahrt trafen, sah sie bleich und niedergeschlagen aus. Ich hatte mich von Nadine, die noch immer auf ihrem Sofa lag, verabschiedet und war wieder auf den Seifenbaum geklettert. Ich wartete.

Als ich mir sicher war, daß Nadine nicht mehr aus dem Haus kommen würde, kletterte ich hinunter und ging in den Stall. Nachdem ich die Boxen vergebens nach Greg abgesucht hatte, stieg ich auf die Tenne. Auf der obersten Sprosse der Leiter räusperte ich mich, damit er nicht erschrak.

Er saß auf einem Heuballen und sah zu, wie ich mich auf den strohbedeckten Tennenboden hangelte.

»Ich möchte lieber allein sein, wenn du nichts dagegen hast«, sagte er kühl.

Sein langärmeliges, blut- und schweißverklebtes Hemd war falsch zugeknöpft, die Manschetten baumelten ihm um die Handgelenke. Hinter dem Heuballen lugte eine Ecke von einem Kanister oder so etwas ähnlichem hervor.

»Es tut mir leid, Greg.«

»Was tut dir leid? Daß ich's nicht gewesen bin oder daß du gedacht hast, ich bin's gewesen?«

Ich hatte Angst, weiter auf die Tenne zu kommen, und blieb vorn an der Luke stehen. »Ich bin froh, daß du es nicht gewesen bist, und es tut mir leid, daß ich dich in Verdacht hatte. Ich ...« Ich konnte ihm nicht erklären, wie ich zu diesem Schluß gelangt war. Das hing in erster Linie mit dem Kruzifix zusammen, aber zum Teil auch damit, wie Greg mich jetzt ansah – als ob er imstande wäre, mir etwas anzutun.

»Wenn in der Kali Oka Road irgendwas passiert, sind sowieso immer die Erlöser schuld«, sagte er, ohne mich anzusehen.

Ich wollte ihn unumwunden nach dem Priester fragen, doch ich wußte, daß er darauf nicht antworten würde. Er sprach nie über die Erlöser. Ich mußte mir etwas ausdenken, wie ich ihn zum Reden brachte. »Das kommt, weil ihr euch so benehmt, als ob ihr etwas zu verbergen habt. Ihr hockt da unten zusammen und jagt die Leute weg – «

»Nur die neugierigen Mädchen, die andauernd schnüffeln kommen und dann rumlaufen und Lügen über uns verbreiten! Sonst jagen wir keinen weg.«

»Vielleicht hättet ihr die anderen mal in eure Kirche einladen sollen.«

»Damit sie uns auslachen und sich über uns lustig machen? Damit sie mit den Fingern auf uns zeigen und sagen, wir sind Hinterwäldler und Wilde? Klar! Ihr tut so, als ob wir, bevor wir in die Kali Oka Road gekommen sind, noch nie woanders gelebt haben. Was glaubst du denn, warum wir immer wieder weiterziehen?« Diesen letzten Satz hatte er ganz leise gesagt.

»Ihr wollt eben anders sein als die anderen, und anders, das bedeutet für uns gefährlich.«

»Für dich auch, Bekka Rich?« Er saß schlaff und erschöpft auf dem Heuballen. »Sind wir für dich so gefährlich, daß du in unsere Kirche kommen und das Kruzifix mit schwarzer Farbe besprühen mußt?« fragte er.

Ich war nicht einmal überrascht, daß er mir das zutraute. »Das bin ich nicht gewesen.«

Er lächelte. »Wer denn dann? Du bist doch die einzige, die sich dafür interessiert, was in unserer Kirche los ist. Du hast uns heimlich durchs Fenster beobachtet. Ich hab gesehen, wie du neulich zu uns reingeglotzt hast, als ob wir was ganz Schlimmes sind.«

»Aber das mit dem Kruzifix war ich nicht.«

»Wer denn dann, Bekka? Wer kann denn so was gemacht haben, während wir nicht da waren? Ich weiß, daß du in der Sakristei warst.« Er lächelte, und gleichzeitig sah er aus, als ob er zu erschöpft war, um noch eine Minute länger aufrecht zu sitzen. Er war nahe daran, vornüber zu kippen, fing sich aber noch. »Ich hab's keinem gesagt, aber ich weiß, daß du dort warst.«

»Woher denn?«

»Ich habe Pickets Spuren gesehen. Sie hat sich wohl die Pfoten naß gemacht und ist dann durch den roten Sand gelaufen und hat sich neben eine von den Kirchenbänken gelegt. Du mußt eine ganze Weile dort gewesen sein, bevor du dich entschlossen hast, das Kruzifix anzusprühen.«

Mein Herz hämmerte. Bis in die Schläfen spürte ich es klopfen, und gleichzeitig empfand ich brennende Scham. »Na schön, ich war in der Kirche, aber das Kruzifix habe ich nicht angerührt. Das schwöre ich.«

»Wer soll es denn sonst gewesen sein?« fragte Greg.

»Das weiß ich nicht. Als ich gegangen bin, war es noch in Ordnung. Ganz, ganz heiliges Ehrenwort.«

Greg stand auf. Er schwankte richtig, und wenn er nicht ruckartig den Arm ausgestreckt und sich gerade noch rechtzeitig an einem Pfeiler festgehalten hätte, wäre er vornüber gekippt und ins Heu gefallen.

»Greg!« Ich wollte zu ihm rennen, doch sein kalter Blick ließ mich innehalten.

»Keine Angst, Miss Rebekka. Ich hab niemandem erzählt, daß du da warst. Die hätten mir so oder so die Schuld in die Schuhe geschoben. Trotzdem, deine Schnüffelei hat ihren Preis, daß du's nur weißt.«

»Ihren Preis? Wie meinst du das?« Ich spürte, wie mir eine ganz leise Angst den Nacken hochgekrochen kam. »Was denn für einen Preis? Ich hab doch gar nichts gemacht. Ich wollte überhaupt nicht in die Kirche gehen, aber dann hab ich Angst gekriegt, und ich wußte doch nicht, wo ich sonst hin soll.«

»Gräber aufbuddeln?« sagte er wieder mit diesem gemeinen Unterton in der Stimme. »Nachsehen, ob die Erlöser wen umgebracht haben? Das wird doch rumerzählt, stimmt's, daß wir die Leute umbringen, die von uns weg wollen. Daß wir eine Sekte sind und den Teufel verehren.«

»Es war wegen Magdeline. Ich hab mir Sorgen um sie gemacht.«

»Klar«, sagte er. »Und vor lauter Sorgen hast du's so weit gebracht, daß sie deinetwegen fast ausgepeitscht worden wäre.«

»Wieso? Was willst du damit sagen?«

»Wenn Reverend Marcus davon Wind gekriegt hätte, daß sie mit dir gesprochen hat, der hätte sie windelweich geschlagen. Die Frauen dürfen mit niemandem reden, der nicht zur Gemeinde gehört.«

»Sie hat doch gar nicht mit mir gesprochen. Ich hab überhaupt nicht versucht, mit ihr zu reden. Wenn sie irgendwie Ärger kriegt, dann bestimmt nicht meinetwegen.«

»Wie Reverend Marcus in die Kirche gekommen ist und das angesprühte Kruzifix gesehn hat, da hat er gesagt, er gibt uns drei Tage, dann muß sich einer zu der Tat bekannt haben.«

»So ein Unsinn. Ihr wart doch alle in Hattiesburg. Von euch kann es ja gar keiner gewesen sein.«

»Eben.« Greg schwankte leicht, konnte sich aber auch diesmal an dem Pfeiler abstützen. »Er hat gesagt, wenn nicht irgendwer aus der Gemeinde verraten hätte, was wir vorhatten, hätte sich der Einbrecher überhaupt nicht getraut, bei uns rumzuschnüffeln und das Kruzifix zu schänden. Und darum hat er uns drei Tage gegeben, damit wir uns dazu bekennen. Dann ...« Greg schwieg.

»Was dann?«

»Dann wollte er mit den Züchtigungen anfangen.«

»Greg, mein Vater ist in New Orleans, aber ich kann mit ihm telefonieren. Er weiß bestimmt einen Rat. Er kann dafür sorgen, daß das nicht passiert.«

»Zu spät.«

»Hat er –«

»Erst hat er Jim geschlagen – um ein Exempel zu statuieren, und als er's aus dem nicht hat rausprügeln können, hat er gesagt, ich bin der nächste. Aber dann hat er's sich anders überlegt und gemeint, vorher ist Georgie dran. Die Züchtigung ist öffentlich. Georgie hätte das nicht durchgestanden. Der hätt sich in die Hosen gemacht vor Angst, und da hab ich gesagt, ich war's.« Er kam einen Schritt auf mich zu. »Ich hab das nur ausgehalten, weil ich genau gewußt habe, wie mies dir zumute ist, wenn du erfährst, daß ich die Prügel bezogen habe, die eigentlich für dich bestimmt war.«

Er redete in Rätseln. »Ich war das nicht, Greg. Ich bin's nicht gewesen. Und ich weiß auch nicht, wer es war.«

Er trat von einem Fuß auf den anderen. Ganz langsam, wie in Zeitlupe. Ich wußte, gleich fällt er hin, und er war nur einen Meter oder so vom Rand der Tenne entfernt. Wenn er unglücklich stürzte, konnte er über die Kante rollen, und dann würde er drei Meter in die Tiefe sausen und unten auf dem Mittelgang landen. Mit einem Satz war ich bei ihm und riß ihn zurück, so daß er mit dem Rücken gegen ein paar Heuballen plumpste. Er schrie auf und drehte sich schnell auf den Bauch. Ich sah, wie sein Hemd, das inzwischen getrocknet war, ihm an der Haut klebte. Das Blut war nicht von Cäsar, jedenfalls nicht das auf dem Rücken.

»Die Schweine«, preßte ich durch die Zähne und setzte mich neben ihn. »Nicht bewegen, Greg.« Ich wußte nicht, was ich machen sollte.

»Da hinten ist Wasser«, flüsterte er.

Ich holte den Kanister, den er zwischen den Heuballen versteckt hatte. Er wollte, daß ich sein Hemd einweiche, damit er es ausziehen konnte, ohne den Schorf mit abzureißen. Offensichtlich hatte er in dem Hemd geschlafen, aber ich fragte ihn nicht danach.

»Komm mit zu mir nach Hause, Greg. Meine Großmutter hilft dir.« Verwundert stellte ich fest, daß ich weinte.

»Nein. Wenn sie meinen Rücken sieht, holt sie den Sheriff.«

»Warum habt ihr denn bloß alle solche Angst vor dem Sheriff? Joe Wickham ist doch nicht der Teufel. Man muß ihn holen. Dieser gemeine Kerl darf doch nicht ungeschoren davonkommen, der kriegt seine Strafe, dafür wird mein Daddy schon sorgen.«

»Bekka!« Seine Hand schnellte durch das Heu nach vorn und griff nach meinem Fußgelenk. »Keine Polizei. Auf gar keinen Fall! Hörst du? Nicht zu den Erlösern.«

»Was habt ihr denn zu verbergen?« fragte ich. Ich war drauf und dran, ihm zu erzählen, daß ich das mit den Babys wußte, konnte mich aber gerade noch bremsen.

»Das frag dich mal lieber selbst.« Er zerrte an seinem Hemdkragen und riß ihn halbwegs vom Rücken herunter. Binnen weniger Sekunden war der Stoff von frischem Blut durchnäßt.

»Ich geh zu Nadine. Die weiß bestimmt, was wir tun müssen.« Ich hatte schreckliche Angst, weil er so schlimm blutete und so wütend war.

»Klar, Bekka, renn nur weg. Was anderes kannst du ja eh nicht.«

»Was soll ich denn machen, Greg?« Jetzt weinte ich richtig laut.

»Renn nach Hause. Renn zu Nadine. Und wenn du genug gerannt bist, dann kannst du ja mal einen Augenblick darüber nachdenken, wie einem zumute ist, der niemanden hat, zu dem er rennen kann.«

Ich stand da und fingerte krampfhaft an dem Lappen herum, den ich im Wassereimer gefunden hatte.

»In Cammies Putzkorb ist Bittersalz.« Ich nahm den Eimer mit dem Blutwasser. »Ich geh zu Nadine in die Küche und hole heißes Wasser.«

Greg war immer noch ganz blaß vor Schmerz. Mir kam der Gedanke, daß er vielleicht einen Schock hatte. Sein Gesicht war sehr angespannt. Offenbar war er felsenfest entschlossen, nicht zu weinen.

»Und was willst du Nadine erzählen?« fragte er.

»Daß Cammie eine wunde Stelle hat, die ich einweichen möchte.« Wie war es nur möglich, daß Nadine nicht gemerkt hatte, in welcher Verfassung Greg war? »Wär's schlimm, wenn ich ihr sage, was los ist? Die versteht was von Medizin.«

»Mir wär's lieber, wenn du's ihr nicht sagst. Und Jamey auch nicht.«

»Jamey weiß nicht Bescheid?« Im Stall war es schummrig, obwohl alle Lampen brannten. Es war ein schlimmer Morgen gewesen. Aber wenn Jamey heute noch nicht Bescheid gewußt hatte, dann würde sie es bald erfahren. Sie betatschte ihn ja in einem fort und streichelte ihm die Arme, die Schultern und den Rücken. Ich überlegte, ob ich sie anrufen sollte. Vielleicht konnte sie Greg zur Vernunft bringen.

»Geh nach Hause, Bekka. Ich werd schon nicht gleich sterben.«

Ich nahm den Eimer und kletterte die Leiter runter. Dann ging ich rüber zum Haus und rief nach Nadine, aber sie antwortete nicht. Ich schlich mich durch die Hintertür hinein und konnte sie nicht sehen, aber ich hörte, wie sie im Wohnzimmer mit dem Fuß aufstampfte. Ich stellte mir vor, wie sie auf dem Queen-Anne-Sofa lümmelte, das eine Bein über die Kante baumeln ließ und den Hacken im Takt auf den Boden knallen ließ, als ob sie Musik hörte. Ich versuchte, beim Wasserholen die Luft anzuhalten, aber irgendwann mußte ich schließlich atmen. Der Geruch, die Ereignisse des Tages und das, was ich noch tun mußte, das alles zusammen bewirkte, daß mir die Knie weich wurden. Irgendwie kam mir die ganze Situation auf einmal vollkommen unwirklich vor. Ich brauchte mich bloß noch um Greg zu kümmern, und dann konnte ich nach Hause gehen zu Mama Betts.

Als ich mit dem heißen Wasser und dem Salz auf die Tenne kam, saß Greg auf dem Heuballen und hatte das Gesicht in den Händen vergraben. Ich hatte die gelbe Salbe mitgebracht, mit der Nadine immer die Pferde einrieb, wenn sie sich verletzt hatten. Auf der Tube stand, daß sie nur für Pferde war, aber wenn ich die Pferde verarztete, hatte ich sie schon öfter mal in die kleinen Hautrisse an meinen Händen gekriegt, und ich war nicht davon gestorben. Vielleicht konnte sie ja wenigstens verhindern, daß Gregs Rücken sich entzündete.

Zu Hause hatten wir eine große Flasche mit Methylalkohol, aber erstens konnte ich mir nicht vorstellen, daß Greg mir erlauben würde, sie zu holen, und zweitens hatte ich Angst, damit an seinen Rücken zu gehen, der schon jetzt, wo das Hemd noch drüber war, übel genug aussah.

Ich mußte den Stoff eine halbe Stunde lang einweichen, bis das Hemd sich ablösen ließ. Ich brachte es nach unten und steckte es in einen zweiten Eimer, in dem kaltes Wasser war. Das Hemd an sich war mir egal, es war bloß von oben bis unten mit Hautfetzen, Schorf und Blut verklebt und verkrustet und mußte unbedingt gründlich gewaschen werden, bevor er es wieder anziehen konnte. Wenn er so damit heimkam, würden die Schweine ihn womöglich noch einmal verprügeln.

Die Striemen auf seinem Rücken verliefen kreuz und quer.

»Kleiderbügel«, sagte er, denn ihm war klar, daß ich mich fragte, womit man ihn geschlagen hatte.

»Mein Vater bringt ihn um«, rutschte es mir heraus.

»Meine Eltern haben ihr Einverständnis gegeben.«

»Dann gehören sie ins Gefängnis.«

Greg lachte ein tieftrauriges Lachen. »Die meinen, daß ich da hingehöre. Die haben mich ja nicht verprügelt, weil ihnen gerade mal danach war, Bekka, sondern weil ich gestanden habe, daß ich der Kruzifixschänder bin.«

»Das hätten sie nicht tun dürfen, nicht mal, wenn du es wirklich gewesen wärst.« Einige Wunden gingen richtig tief in Gregs Haut. Ich überlegte, ob er nicht genäht werden mußte, aber es war kaum noch Gewebe übrig, das man nähen konnte.

Ich hatte das Salzwasser ganz mild gemacht. Salz sei ein gutes Wundheilmittel, hatte Nadine gesagt, das auch den Schmerz lindern würde. Davon, daß es weh tat und brannte, hatte sie nichts gesagt.

»Unten in der Sattelkammer ist Permanganat. Ob ich davon erst mal was drauf tue und dann die Salbe nehme?«

»Ich weiß nicht«, sagte Greg matt. »Brennt das?«

»Wahrscheinlich.«

»Dann vielleicht lieber morgen. Jetzt halt ich das, glaub ich, nicht aus.«

»Soll ich dir nicht ein T-Shirt von Arly holen? Das ist nicht so warm, da schläfst du auch besser.«

»Nein!«

»Greg.« Ich stand hinter ihm und hatte ihm die Hände auf die Arme gelegt. »Ich geh jetzt nach Hause und hole eins. Arly merkt das eh nicht, und daß Mama Betts mich nicht erwischt, da pass' ich schon auf.«

»Bekka ...«

»Ich bin bald wieder da.« Ehe er weiter protestieren konnte, war ich schon die Leiter runtergeklettert. Er war viel kränker, als er wahrhaben wollte. Ich ging an Cammies Box vorbei, der Box, in der Cäsar umgebracht worden war, aber ich schaute nicht hin. Als ich an der Stalltür war, fing ich an zu rennen. Picket war neben mir. Im Laufschritt trabten wir in der Hitze des Augusttags Seite an Seite die

Kali Oka Road entlang und wirbelten mit den Füßen kleine rote Staubwolken auf.

Zwei furchtbare Verbrechen an einem Tag, und keiner wollte den Sheriff holen. Auch ich würde mich wohl nicht an Joe Wickham wenden, aber ich würde den Richter anrufen. Sobald es dunkel war. Mama Betts hatte bestimmt seine Nummer in New Orleans, und dann würde ich ihn anrufen. Er mußte nach Hause kommen und die Sache in die Hand nehmen. Und Effie auch. Denn hier ereigneten sich schlimme Dinge. Doch bis es Abend war, durfte ich Mama Betts nicht unter die Augen kommen, weil sie mir sonst sofort angesehen hätte, daß etwas passiert war.

Ich schlich mich zu Arlys Fenster, hängte vorsichtig das Fliegengitter aus und kletterte hinein. Dazu mußte ich mich auf den alten Zuber stellen, mit dem wir immer das Laub wegbrachten, das dann im Graben verbrannt wurde. Der Zuber war fast noch zu niedrig, aber irgendwie kriegte ich das Fensterbrett zu fassen und schaffte es, mich hochzuziehen, und dabei stellte ich fest, daß Ausbrechen viel leichter ist als Einbrechen.

Ich schnappte mir zwei weiße T-Shirts und huschte ins Badezimmer, um Aspirin zu holen und was ich sonst noch an Brauchbarem finden konnte. Die Binden, die wir hatten, waren alle nicht annähernd groß genug für Gregs Rücken. Ich entdeckte eine Rolle Verbandsmull, aber auch mit der würde ich nicht weit kommen. Ganz hinten in dem Schrank, in dem die Handtücher lagen, fand ich ein paar alte Baumwollwindeln. Ich nahm vier Stück und eine Rolle Heftpflaster mit. Damit wäre der Rücken erst mal richtig abgedeckt, und die Zipfel der Windeln würde ich vorn auf der Brust mit dem Pflaster festkleben. Man mußte schließlich dafür sorgen, daß kein Schmutz in die Wunden kam.

Als ich hörte, daß Mama Betts auf den Hof ging, um ein paar Kleider aufzuhängen, schlich ich mich in die Küche und nahm mir eine große Packpapiertüte, in die ich ein paar Kekse vom Frühstück, Brot, einige Scheiben rohen Schinken, eine Ecke Käse, mehrere Äpfel und ein Messer steckte. Ich wollte Greg Sandwiches machen, aber ohne die lebensgefährliche Mayonnaise.

Zuletzt flitzte ich ins Arbeitszimmer und griff mir einen Band mit

Geschichten von Poe und eins von Effies Büchern. Und weil ich auf keinen Fall Mama Betts, die immer noch draußen Wäsche aufhängte, in die Arme laufen wollte, wartete ich, bis ich sie die Treppe zur Veranda hochkommen hörte und wußte, daß sie jetzt gleich wieder ins Haus kam, und dann erst kletterte ich bei Arly aus dem Fenster. Ich schaffte es nicht, das Fliegengitter wieder richtig einzusetzen, und darum blieb mir nichts weiter übrig, als es ganz rauszunehmen, in der Hoffnung, daß Arly, der im Moment sowieso nur Mädchen im Kopf hatte, es nicht gleich bemerken würde.

Ich rannte, so schnell das mit all den Sachen, die ich zu tragen hatte, möglich war, zum Stall zurück. Als ich auf die Tenne kam, lag Greg auf der Seite. Ein paar Heuhalme klebten in der Salbenschicht. Ich zupfte sie ab und verband ihm den Rücken mit einer Windel, deren Zipfel ich mit Heftpflaster an seinen Schlüsselbeinen befestigte. Dann gab ich ihm eins von den T-Shirts zum Drüberziehen. In der Eile hatte ich vergessen, ihm auch noch eine Decke mitzubringen, aber ich ließ ihn zwei Aspirin schlucken.

»Ich brauche ein bißchen Ruhe«, sagte er.

Ich ging runter in die Sattelkammer, nahm die sauberste Pferdedecke, die ich finden konnte, und brachte sie ihm nach oben.

»Soll Nadine dich nicht lieber nach Hause fahren, Greg«, schlug ich vor. Doch dann fielen mir die Räume in der Kirche ein. Die Pferdedecke war bestimmt mindestens so sauber wie die uringetränkten Matratzen. Wenn nicht sogar noch sauberer. Und hier im Stall war es mit Sicherheit nicht so dreckig wie bei Nadine im Haus.

»Ich kann dich auch zu mir nach Hause bringen«, drängte ich, weil sein Gesicht jetzt ganz weich wirkte, nicht mehr so hart und scharf wie vorhin. Seine Augen waren sanft, irgendwie wäßrig und dennoch trocken. Er lächelte.

»Nein, nein, es geht schon«, sagte er und streckte die Hand aus, um mich am Bein anzufassen. »Danke, daß du nicht weggerannt bist.«

Ich tat etwas Käse und rohen Schinken auf eine Scheibe Brot, klappte sie zusammen und gab sie ihm. Die Tüte mit dem restlichen Essen stellte ich neben ihn, dazu ein paar Flaschen Wasser, die ich ihm hochgebracht hatte, damit er, falls er aufwachte und Durst hatte, etwas trinken konnte.

Dann ging ich runter in den Stall, machte Cammies Box sauber und streute jede Menge Kalk auf den blanken roten Lehmboden und an die Wände. Da Nadine noch nicht wieder aus dem Haus gekommen war, holte ich Cammie aus ihrer Box und striegelte sie. Eigentlich hatte ich sie nur satteln und eine Runde um den Hof reiten wollen, aber als der Sattel einmal drauf war, führte ich sie unter den großen Seifenbaum, saß auf und ritt mit ihr die Kali Oka Road runter. Ich hatte keine Gelegenheit gehabt, Greg nach dem Priester zu fragen, und ich konnte nicht warten, bis sich eine ergab. Die Erlöser zogen mich magisch an. Mir war klar, daß ich wohl kaum eine Antwort auf meine Fragen finden würde, aber trotzdem mußte ich hin und wieder wenigstens einmal nachgucken, was sie machten. Wenn ich Glück hatte, gelang es mir vielleicht, Jim, Georgie oder sogar Magdeline zu sehen. Wenn ja, wollte ich mit ihnen reden.

Kapitel 27

Ich brauchte meine ganze Kraft und mein ganzes Können, um Cammie auf der Straße zu halten. Sie scheute an Briefkästen, Gartentüren und überall, wo das Ziegelrot der Straße durch ein grelleres Korallenrot abgelöst wurde. Bei jeder Spurrinne bockte sie und wollte den Rückwärtsgang einlegen. Es war ihr allererster Ausflug auf die Straße. Sie mußte sich vorkommen, als würde ich sie auf einen anderen Kontinent bringen, an einen fremden Ort, wo alle möglichen Gefahren lauerten. Wenn ich nicht so entschlossen gewesen wäre, sie in meine Gewalt zu bekommen, hätte ich wahrscheinlich kehrtgemacht und wäre wieder zum Stall geritten.

Als wir an der Brücke zum Cry Baby Creek stoppten, war Cammies Hals schweißnaß. Der Sand, den wir auf dem Weg zur Brücke aufgewirbelt hatten, war mal in Bröckchen, mal in dichten Wolken auf uns herabgerieselt, so daß Cammies mahagonifarbenes Fell jetzt eine klebrige hellrote Kruste hatte.

Jenseits der Brücke sah ich drei Erlöser-Frauen. Sie starrten uns an.

»Das hier ist eine öffentliche Straße«, rief ich den Frauen trotzig entgegen. Knapp fünf Meter hinter ihnen kam ein kleines Mädchen hinter einem Baum hervorgeschossen. Sie war ungefähr acht Jahre alt und sah mich unverwandt an. Ihre Neugier war offenbar größer als die Angst, die sie vor mir hatte.

Eine der Frauen hatte sie gehört und drehte sich rasch zu ihr um. »Geh ins Haus, Ruth«, herrschte sie die Kleine an und zeigte zur Sakristei. »Hol die anderen, und dann geht rein.«

Das Mädchen schaute an der Frau vorbei zu mir herüber. Ich winkte ihr. »Ich tu dir nichts«, rief ich. »Du brauchst keine Angst vor mir zu haben.« Ich hatte Männer, Frauen, Jugendliche und Kinder gesehen, aber keine Babys.

»Geh sofort rein, Ruth! Sonst kommt Reverend Marcus und gerbt dir das Fell.«

Die Kleine rannte weg und traute sich nicht, sich noch einmal umzuschauen.

Die dem Aussehen nach jüngste Erlöser-Frau sagte etwas zu den beiden anderen, drehte sich um und lief in den Wald. Sie wollte wohl ein paar Männer holen, vielleicht sogar den Priester. Sie benahmen sich alle so, als ob ich ihnen etwas tun wollte, als ob ich ihnen allein dadurch, daß ich auf der Straße stand und zu ihnen rübersah, einen ganz schlimmen Schaden zufügte.

Da riß mir der Geduldsfaden, der ohnehin schon ziemlich dünn gewesen war. Ich rammte Cammie die Hacken in die Flanken und preschte mit ihr nach vorn. Ehe sie noch recht wußte, was sie tat, war sie auf der hölzernen Brücke. Sie hatte ein solches Tempo drauf, daß sie auch noch den nächsten Schritt machte, bevor sie das hohle Widerhallen der Holzplanken unter ihren Hufen hörte. Da erst geriet sie in Panik und warf die Hinterbeine hoch.

Die beiden Erlöser-Frauen fielen schreiend auf den Hintern. Hoch zu Roß sah ich, wie sie die Gesichter verzerrten und die Arme hochrissen, um sich vor Cammies Hufen zu schützen.

Cammie machte keine Anstalten, sich ihnen noch weiter zu nähern. Sie drehte sich in der Luft einmal um die eigene Achse und sah zu, daß sie wieder festen Boden unter die Füße bekam.

»Ich weiß genau, was ihr hier macht!« rief ich den Frauen zu. »Ich weiß es.«

Mit der einfachen Trense, die sie im Maul hatte, war Cammie nicht zu halten. Sie hatte solche Angst, daß sie im gestreckten Galopp und mit fliegenden Hufen heimwärts lief.

Als ich sie endlich zum Stehen gebracht hatte, schnaufte sie wie eine Dampflok. In diesem Zustand konnte ich sie nicht bei Nadine abliefern. Ich ließ sie langsam an dem ächzenden Schild vorbeitraben und ritt weiter zu mir nach Hause. Als ich sie in die Einfahrt zu unserem Haus einbiegen ließ, war sie viel zu müde und erschöpft, um noch zu protestieren.

Mama Betts brachte gerade die Wäsche hinein, die draußen auf der Leine zum Trocknen gehangen hatte. Es regnete jeden Nachmittag, und sie hängte immer alles so auf, daß sie es, bevor der Himmel sich verdunkelte und der Platzregen anfing, längst wieder abgenommen hatte. Als sie mich kommen sah, hielt sie mit einer Wäscheklammer in der Hand inne.

»Sieht so aus, als ob du einen Ausritt gemacht hast«, sagte sie, während sie ein Handtuch zusammenlegte und es in den Korb tat, der neben ihr auf dem Rasen stand.

»Sie ist zu heiß geworden. Ich hab Angst, sie holt sich was weg.«

»Bring sie nach hinten auf den Hof und spritz sie ein bißchen mit dem Wasserschlauch ab. Bloß die Füße.«

Mir fiel ein, daß Nadine auch gesagt hatte, daß man das so machen sollte, wenn ein Pferd überhitzt war oder man es zu schnell geritten hatte. Immer zuerst die Füße und die Beine mit Wasser kühlen, ja nicht die Brust und den Körper. Ich war beeindruckt von Mama Betts' Sachkenntnis.

»Ich weiß schon, du glaubst, Nadine ist die einzige, die was von Pferden versteht, aber du darfst nicht vergessen, als ich geboren wurde, da gab es noch keine Autos. Da gab's noch nicht mal Schläuche. Wir haben so ein Pferd immer runter zum Fluß gebracht und es eine Weile im Wasser waten lassen.«

Ich wartete, bis Mama Betts das letzte Handtuch von der Leine genommen hatte, dann ging ich. Der Schlauch war hinter dem Haus. Ich drehte den Hahn auf und ließ das kalte Wasser über Cammies Vorderbeine laufen, immer abwechselnd, mal von vorn und mal von hinten, langsam und gleichmäßig. An der Mündung des Schlauches, wo meine Finger waren, kam das Wasser als feiner Tröpfchenschleier herausgesprüht, und in dem Schleier waren lauter Regenbogen. Als ich klein war, hatte Effie mir erzählt, daß Regenbogen Wunder wirken können. Wenn ich unter einem Regenbogen stünde, hatte sie gesagt, könnte ich mir etwas wünschen, und dieser Wunsch würde dann in Erfüllung gehen. Ach, wenn das doch wahr gewesen wäre.

»Wo ist eigentlich Nadine?« fragte Mama Betts.

»Unten im Stall.« Ich hielt den Schlauch etwas höher, so daß ich Cammies Sprunggelenke abspritzen konnte.

»Weiß sie, daß du mit dem Pferd da auf der Straße warst?«

»Nein.«

»Soll ich sie anrufen, daß sie rüberkommt?«

»Nein, das geht schon klar. Ich will Cammie bloß etwas abkühlen.« Ich schaute zu ihr hoch. »Und ich wollte kurz mal nach Hause kommen.«

»Ein schönes Pferd. Als ich ein junges Mädchen war, hat mir ein Mann den Hof gemacht, der hatte auch so eine schöne rotbraune Stute. Ich hab das Pferd, ehrlich gesagt, mehr gemocht als den Mann.«

»Und was ist aus ihm geworden?«

»Oh, der hat mitgekriegt, wie es um meine Gefühle stand, und da war er beleidigt. Und dann hat er sich ein Mädchen gesucht, das ihn mochte.«

Ich mußte lächeln. Irgendwie schaffte Mama Betts es immer wieder, mich aufzuheitern.

»Ich hab Cammie nicht hergebracht, weil ich angeben wollte. Ich wollte einfach nach Hause.«

»Effie ist rübergegangen zu Pam, sie läßt sich die Haare machen. Wenn sie zurück ist, fährt sie sofort los nach New Orleans.«

Im Grunde hatte ich nie daran gezweifelt, daß Mama Betts es schaffen würde, sie zu der Reise zu überreden. »Ich muß mit Daddy reden.«

»Du kannst die beiden heute abend anrufen, damit du weißt, daß sie noch am Leben sind.« Sie kicherte. »Kann natürlich sein, daß Effie sich dann auf dem Absatz umdreht und sofort wieder nach Hause kommt. Vielleicht kommt sie her und geigt mir die Meinung.«

»Kann schon sein.« Ich richtete den Wasserstrahl langsam auf Cammies Brust. Sie senkte den Kopf, damit dieser auch etwas von der Dusche abkriegte. Nun mußte ich also die Zügel saubermachen und einfetten, aber das war mir egal. Cammie wollte richtig abgespritzt werden.

»Bekka, willst du nicht heute nachmittag, wenn du im Stall fertig bist, zu Alice rübergehn? Ich möchte nicht, daß du hier bist, wenn Effie zurückkommt. Sonst fängt sie womöglich wieder an, Ausflüchte zu machen, und fährt am Ende doch nicht. Oder sie will, daß du mitkommst.«

Wie gern wäre ich mit nach New Orleans gefahren. Ich wollte die Kali Oka Road hinter mir lassen und das, was im Stall passiert war. Und was vielleicht noch passieren würde. »Okay, ich geh zu Alice. Darf sie bei uns Abendbrot essen?«

»Aber kommt nicht so früh, nicht vor sieben. Ich weiß schon, sie bringt das Baby mit.« Mama Betts seufzte. »Als ich Effie großgezogen hatte, da hab ich mir gedacht, das war's. Aber daß ich eines Tages auch noch ihre Kinder und die aus der ganzen Nachbarschaft am Hals hab, das hätt ich mir nicht träumen lassen.«

Ich lächelte. »Du liebst doch Maebelle V.« Mama Betts knurrte immer rum wegen Maebelle, aber wenn die Kleine bei uns war, durfte keiner außer ihr sie auf den Schoß nehmen, wickeln oder füttern.

»Das stimmt«, sagte Mama Betts auf einmal. »Gott steh mir bei, ich liebe diesen kleinen Rotschopf.«

Ich ließ das Wasser in richtigen Sturzbächen über Cammies Brust laufen und nahm mir dann ihr Hinterteil vor, wobei ich mir Mühe gab, den Sattel so wenig wie möglich naß zu machen. Dann saß ich unter Mama Betts' fast schon beifälligen Blicken auf.

Mit der belebenden Dusche war auch Cammies törichte Angst zurückgekehrt. Sie scheute glatt vor einem Terrakottakübel mit Geranien.

»Dieses Pferd sieht zwar hübsch aus, aber es hat keinen Verstand.«

»Ich glaube, sie war immer nur in irgendwelchen Ställen. Sie ist noch nie draußen gewesen.«

Mama Betts war empört. »Ein Wunder, daß sie nicht bösartig geworden ist«, sagte sie. »Die Tiere werden verrückt, wenn man sie immer nur einsperrt und im Kreis herumlaufen läßt. Genauso wie die Menschen. Man muß sie so halten, wie es ihrer Natur entspricht.«

Es war nicht das erste Mal, daß ich diese Lektion zu hören bekam. In punkto Pferdehaltung und vor allem, was das Einsperren anging, war Mama Betts entschieden anderer Meinung als Nadine.

»Also du kommst dann heute abend. Mit Alice und Maebelle.« Ich ritt los, denn ich hatte nicht die mindeste Lust, darauf etwas zu erwidern.

»He?« rief Mama Betts mir nach, als ich schon fast am Tor war. »He, Bekka!«

Ich ließ Cammie eine scharfe Drehung machen und hielt sie an. »Was ist denn?«

»Du siehst richtig gut aus, wie du so auf dem Gaul da sitzt. Bist ein echtes Naturtalent.«

»Danke, Großmama.« Ich drehte wieder um zur Kali Oka Road und ritt los zu Nadine.

Der Stall sah noch genauso verlassen aus wie vorhin. Als ich Cammie absattelte und sie in ihre Box brachte, zwackte mich ein ganz klein wenig das schlechte Gewissen. Ich nahm mir vor, sie so bald wie möglich wieder auf der Straße zu reiten. Mama Betts hatte ganz recht. Es war vielleicht wirklich nicht richtig, die Tiere immer bloß einzusperren. Cammie hatte sich wohl gefühlt auf der Straße, und wenn sie erst einmal gelernt hatte, daß solche Ausritte mit zu ihren Aufgaben gehörten, würde sie sich noch wohler fühlen. Es dauerte über eine Stunde, bis ich den Sattel und das Zaumzeug gereinigt und eingefettet hatte, und in der ganzen Zeit hatten weder Nadine noch Jamey Louise oder Greg sich sehen lassen. Ich hatte gedacht, daß Greg mindestens mal runterkäme, um zur Toilette zu gehen. Als ich alle meine Pflichten erledigt hatte, stieg ich auf die Tenne. Greg lag auf der Seite und schlief.

Er war ganz rot im Gesicht, und das gefiel mir gar nicht. Ich rüttelte ihn vorsichtig wach.

»Bekka?« Er schien mich gar nicht richtig zu erkennen.

»Wie fühlst du dich?«

»Heiß.« Er hob mühsam den Arm und verzerrte dabei das Gesicht. »Kannst du mir bitte mal das Wasser da geben?«

Ich gab ihm eine von den Flaschen. Er trank sie in einem Zug aus. Ich suchte die Aspirin, die ich im Stroh versteckt hatte, und ließ ihn noch einmal zwei Tabletten schlucken. Er nahm sie, ohne zu murren.

»Ich glaube, ich muß mich einfach noch eine Weile ausschlafen, dann bin ich wieder fit.«

Sein Gesicht war verquollen vom Schlaf, und als ich seine Stirn anfaßte, merkte ich, daß sie ein bißchen heiß war. »Bitte, Greg, meine Großmutter könnte sich doch deinen Rücken wenigstens mal ansehn.«

»Je eher du hier verschwindest und mich schlafen läßt, desto eher bin ich wieder auf den Beinen.« Er schob meine Hand weg und legte sich wieder auf der Pferdedecke zurecht. »Bekka?«

»Was?«

»Wer hat Cäsar umgebracht?«

Ich wußte nicht, was ich darauf sagen sollte. »Das wissen wir nicht.« Ich wartete einen Moment, aber er hatte die Augen zu. »Du, Greg, dieser Reverend Marcus, hast du eine Ahnung, wo der herkommt?«

»Aus dem Norden. Irgendwo in der Nähe von Memphis, glaub ich.«

»Vom Delta?«

»Es heißt, er stammt aus einer reichen Familie und hat alles aufgegeben, weil Gott zu ihm gesprochen hat.« Greg machte die Augen auf und sah mich an. »Aber da glauben bloß die Frauen dran, weil die da dran glauben wollen. Weil er dadurch so edelmütig wirkt oder so.«

»Dem würde ich kein Wort glauben. Einem, der es fertigbringt, einen Jungen so zu quälen, wie er dich gequält hat.«

»Bekka, du lebst in einer Märchenwelt. Ich hab mir das Buch von deiner Mutter angeschaut. Sie hat es dir gewidmet, weil du ihr geholfen hast.« Er streckte die Hand aus und faßte mich am Bein an. »Du lebst in einer Welt, von der ich nicht mal träumen kann. Wenn du schlau bist, machst du einen Bogen um die Kirche. Hör auf, Fragen zu stellen, und laß dich nicht mehr da unten blicken. Es geht dich nichts an, wo Reverend Marcus herkommt und was er vorhat.« Er machte die Augen wieder zu, und ein paar Minuten später atmete er langsam und flach.

»Wenn er Cäsar umgebracht hat, geht es mich sehr wohl etwas an«, sagte ich leise.

Maebelle hatte sich meinen linken Zopf geschnappt und zog aus Leibeskräften daran.

»Die zerrt noch so lange, bis du kahl bist«, warnte Alice. Sie kam mir über die vordere Veranda des Waltmanschen Hauses entgegen, mied sorgfältig die beiden Stellen, wo das Holz faulig war und nachgab, und hatte nur Augen für meine Haare. »Wie willst du eigentlich dieses Jahr deine Haare tragen? Rattenschwänze sind zu kleinmädchenhaft. Und Dutt trägt heute kein Mensch mehr, also was wirst du machen?«

Darüber hatte ich noch gar nicht nachgedacht. Doch der Vorteil dieser Frage war, daß sie mich ein Weilchen von den Dingen ablenkte, die mir unablässig im Kopf herumgingen. »Was meinst du denn?«

»Laß sie dir auf Schulterlänge abschneiden, und dann sieh zu, ob du eine Außenrolle hinkriegst.«

Ich schüttelte den Kopf, zum einen, um Maebelles abschweifende Aufmerksamkeit wieder auf mich zu lenken, und zum anderen, um Alices Vorschlag zu verneinen. Bei meinen Haaren war an eine Außenrolle überhaupt nicht zu denken. Dazu waren sie zu dick, zu fein und zu widerspenstig.

»Ich lass' mir meine abschneiden.« Alice setzte sich neben meinem Küchenstuhl auf den Fußboden. Wir waren vor dem Chaos, das im Haus herrschte, geflüchtet und hatten uns auf die Veranda verkrümelt. Agatha Waltman war im fünften Monat und unberechenbar wie eine hungrige Löwin. Alice durfte nicht auf die Straße, aber im Haus wollte sie sie und Maebelle V. auch nicht haben. »Wenn ich Maebelle V. sehe, tut mir sofort das Kreuz weh«, hatte Mrs. Waltman gesagt. »Ich darf gar nicht dran denken, daß ich das alles demnächst noch mal durchmachen soll.« Ich war drauf und dran gewesen, sie zu fragen, warum sie denn schon wieder schwanger geworden sei, wenn das Kinderkriegen wirklich so weh tat, aber Alice hatte mich nach draußen gezerrt und die Fliegentür mit dem kaputten Schloß und den zwei riesigen Löchern hinter uns zugeschlagen.

»Halt bloß die Klappe«, hatte sie mir ins Ohr gezischt. »Die reißt dir den Kopf ab und spielt damit Fußball, auch wenn sie dich nicht in die Welt gesetzt hat.«

Ich lachte. Früher, da hatte ich wirklich Angst gehabt vor Agathas Mundwerk und ihrer losen Hand, aber das war vorbei. Doch ich wollte nicht, daß Alice es meinetwegen noch schwerer hatte. Wenn wir ihre Mutter ärgerten, würde sie Alice nicht erlauben, zum

Abendbrot mit zu mir zu kommen. Und ich wollte um nichts auf der Welt allein sein, denn wenn ich allein war, dachte ich die ganze Zeit nur an das, was alles passiert war.

»He, Bekka!« Alice fuchtelte mir mit der Hand vorm Gesicht herum.

Ich blickte auf und sah, daß sie ein Sommerkleid anhatte, das beinahe so aussah wie das, was Jamey Louise heute vormittag im Stall getragen hatte, nur daß das von Alice hellblau war. Während ich mich in Gedanken mal wieder in meiner heimlichen kleinen Alptraumwelt herumgetrieben hatte, war Alice im Haus gewesen und hatte sich umgezogen. Das Kleid ließ ihre Augen noch blauer leuchten.

»Gefällt's dir?«

Ich nickte.

»Das hab ich von Connie Shoals gekriegt, weil ich letzte Woche auf ihre beiden Kleinen aufgepaßt hab. Geld hatte sie keins, aber sie hat gesagt, ich kann das Kleid haben, weil Marvin sowieso nicht erlaubt, daß sie's anzieht. Sie hat einen großen blauen Fleck am Arm gehabt. Einen richtig großen blauen Fleck, aber eigentlich waren es wohl vier kleine, die irgendwie ineinandergelaufen sind, als wenn er sie am Arm gepackt und ganz derb zugedrückt hat. Und hier oben an der Wange« – sie zeigte an die Stelle unter ihrem rechten Auge –, »da war auch alles blau. Sie ist gegen eine Schranktür gerannt, hat sie gesagt.«

»Hat er sie geschlagen?« Ich wollte davon nichts hören.

Alice nickte. »Ich denk schon.«

»Hat sie den Sheriff geholt?« fragte ich, obwohl ich wußte, daß das eine dumme Frage war.

Alice lachte. »Wenn die jedesmal, wenn Marvin ihr eins hinter die Ohren gibt, den Sheriff holen wollte, könnte Joe Wickham gleich bei denen wohnen bleiben.«

»Ist das denn wirklich zuviel verlangt, daß die Leute sich anständig benehmen?«

Alice zupfte an ihrem Kleidchen herum, damit die Träger ihres neuen Büstenhalters nicht vorguckten. Sie hatte ihren schon vor zwei Wochen bekommen und behauptete, sie würde obenrum jede Nacht ein Stück wachsen. In dem hellblauen Hängerchen sah sie wirklich aus, als ob sie schon Busen hatte.

»Was ist denn mit dir, Bekka?«

»Wenn ich dran denke, daß die Schule bald wieder anfängt, kommt mir das Kotzen.«

»Aber dieses Jahr wird's ganz anders, da sind wir mit denen aus der Oberstufe zusammen.«

»Pfff. Für die sind wir die Babys. Brauchst dir doch bloß Arly anzugucken. Grade mal in der Neunten und spielt sich auf, als ob ich sooo 'ne kleine Mücke bin.«

»Ja, weil du seine kleine Schwester bist«, sagte Alice lachend. »Wart's nur ab, der eine oder andere aus der Neunten findet dich bestimmt hübsch, und dann wird Arly vor Ärger platzen.«

Ich lachte mit Alice mit, obwohl ich Mühe hatte, ihr zu glauben. Es fiel mir schwer, an die Schule und an Jungs zu denken. Ich wollte Alice von Cäsar und Greg erzählen – und von Nadines Exmann. Aber irgendwie konnte ich das nicht.

Sie nahm mir das Baby ab. »Komm, wir gehn zur Schaukel.«

Wir liefen in den Garten, Alice setzte sich mit Maebelle V. auf die Schaukel, und ich schob die beiden an, so daß sie hoch hinaufflogen ins dunkler werdende Laub des Baumes und in die heraufkommende Abenddämmerung. Zweimal hatte ich das Gefühl, daß ich gleich anfangen würde zu weinen, schaffte es aber, die Tränen wegzuzwinkern. Alice saß mit dem Rücken zu mir und merkte nichts. Sie redete die ganze Zeit bloß von der Schule und den letzten zwei Tagen Freiheit, die uns noch blieben.

»Du kannst mir ja heute abend nach dem Essen die Kleider zeigen, die deine Mama dir für die Schule gekauft hat.«

»Klar«, sagte ich geistesabwesend.

»Hast du auch welche mit Spaghettiträgern oder mehr so Hemdblusenkleider?«

Ich dachte angestrengt nach. Effie und Mama Betts hatten mir ein paar Sachen aus Mobile mitgebracht, und ich hatte sie anprobiert. »Beides.«

»Miss Effie sieht immer zu, daß sie was Hübsches für dich kriegt«, sagte Alice. »Und du tust so, als ob dich das überhaupt nicht interessiert.« In ihrer Stimme schwang ein leichter Tadel mit. »Wenn die Jungs erst mal anfangen, dir nachzulaufen, dann weißt du garantiert, was du für Kleider im Schrank hast und welche Schuhe dazu passen.« Der Tadel hatte sich verflüchtigt; jetzt neckte sie mich nur noch.

»Schön wär's, Alice. Du glaubst gar nicht, wie sehr ich mir das wünsche.«

Inzwischen war es beinahe dunkel geworden, und ich sagte zu Alice, daß es allmählich Zeit fürs Abendbrot wurde. Sie überlegte, ob sie ihrer Mutter sagen sollte, daß wir los wollten, doch dann beschloß sie, wir sollten uns einfach so aus dem Staub machen. Agatha Waltman hatte eine solche Saulaune, daß man nie wissen konnte, ob sie es sich nicht noch einmal anders überlegte und Alice verbot, mit zu mir zu kommen. Wenn wir uns kurzerhand verdünnisierten, merkte sie vielleicht gar nicht, daß wir weg waren.

»Ich müßte aber noch Windeln für Maebelle holen«, sagte Alice und starrte zur Haustür rüber, als ob dort jeden Augenblick der schwarze Mann auftauchen könnte.

»Wir haben noch ein paar alte zu Hause. Los, komm.«

»Und ein Fläschchen?« Sie verdrehte die Augen.

»Haben wir auch. Mama Betts sorgt schon dafür, daß alles da ist, was Maebelle braucht. Jetzt komm endlich.«

Da ließ sich Alice nicht weiter bitten, und wir schlichen uns durch den Wald bis zu mir nach Hause. Während wir die Schweinekoteletts mit grünen Erbsen, Okraschoten und Maisbrot aßen, die Mama Betts für uns zubereitet hatte, guckte ich die ganze Zeit auf die Küchenuhr. Bis wir am Tisch saßen, hatte ich geglaubt, ich könnte keinen Bissen runterbringen. Aber dann war mir eingefallen, daß ich den ganzen Tag noch nichts gegessen hatte. Auch Alice war halb verhungert, und Mama Betts hatte ihre helle Freude an uns.

»Schön, wenn die Kinder einen gesunden Appetit haben.«

Arly, der mir gegenüber saß, angelte sich feixend und mit vollen Backen den letzten Maisfladen vom Teller.

»Du brauchst 'n Schweinetrog«, murmelte ich.

»Ihr freßt mir doch alles weg, wenn ich mich nicht ranhalte«, sagte er und feixte wieder, und dabei wäre ihm fast das Essen aus dem Mund gefallen.

»Wenn ich noch einmal sehe, daß du den Mund aufmachst, ohne

was reinzustecken, dann binde ich dir die Hände am Stuhl fest und füttere dich. Da hat ja Maebelle bessere Manieren«, donnerte Mama Betts und guckte Arly über den Brillenrand an.

Plötzlich hatte ich das Gefühl, daß ich Arly zum erstenmal in diesem Sommer richtig sah. Er war mindestens sechs Zentimeter gewachsen, und seine Haut war vom Arbeiten in der Sonne gleichmäßig goldbraun. Mrs. Arnette ließ die Jungs im Pflegeheim mit freiem Oberkörper arbeiten. Effie hatte Arly damit den Sommer über manchmal ein bißchen aufgezogen und gesagt, Mrs. Arnette sehe es gern, wenn die jungen Burschen ihre Muskeln spielen ließen und vor Schweiß glänzten. Aber Arly hatte sich darüber nicht geärgert, sondern nur feixend genickt.

Arly wollte das Geld für einen eigenen Wagen zusammenbekommen; deshalb hatte er jeden Tag von früh um sieben bis abends um sechs gearbeitet. Wieviel er schon auf der hohen Kante liegen hatte, wollte er nicht verraten, aber einen Teil seiner Ersparnisse gab er immer für Rosie Carpenter und das Autokino aus. Einmal die Woche war Filmwechsel, aber wenn Effie ihm ihren Wagen gab, fuhr Arly manchmal Freitag-, Samstag- und Sonntagabend mit Rosie dorthin. Ich fand das total bescheuert, aber Alice erklärte mir, daß die sich den Film nie bis zu Ende ansahen. Sie hatte ihre älteren Geschwister belauscht und wußte deshalb eine Menge Sachen, von denen ich nicht die leiseste Ahnung hatte.

Nach dem Abendbrot halfen Alice und ich Mama Betts den Tisch abräumen, und Arly spielte mit Maebelle. Bis wir fertig waren, war es acht. Ich fragte Mama Betts, ob ich den Richter in New Orleans anrufen durfte.

»Meinetwegen versuch dein Glück«, sagte sie, »aber die sind bestimmt essen gegangen.« Sie gab mir die Telefonnummer, und ich ging auf den Korridor. Was sollte ich dem Richter erzählen? Ich hatte mir nichts zurechtgelegt, und als ich den schwarzen Hörer hochhob, stürmte das ganze Grauen dieses Tages von neuem auf mich ein. Ich mußte ihm nichts weiter sagen, als daß ich ihn brauchte. Daß er ganz schnell zu mir kommen sollte.

Ich wählte die Nummer und war erschrocken, als eine fremde Frau antwortete. »Monteleon, Sie wünschen bitte?«

Ich verlangte das Zimmer von Walt Rich, und die Frau stellte durch. Das Telefon klingelte mindestens ein dutzendmal, dann meldete sie sich wieder und sagte, daß niemand antwortete. Ich hinterließ keine Nachricht. Wenn die beiden nachts zurückkamen und erfuhren, daß ich angerufen hatte, hätten sie sich schreckliche Sorgen gemacht. Ich nahm mir vor, es später noch einmal zu probieren. Wenn's sein mußte, würde ich die ganze Nacht aufbleiben.

Wir schauten uns zusammen »Dr. Kildare an«, und ich vergaß für eine kurze Weile die Kali Oka Road und konzentrierte mich ganz auf den wunderbaren Arzt. Alice und ich waren uns einig, daß er der Mann unserer Träume war, und Arly sagte, er findet ihn zum Kotzen. Mama Betts spielte mit Maebelle V.

Um neun versuchte ich noch einmal anzurufen. Wieder vergeblich. Ich wartete bis zehn, aber sie waren immer noch nicht zurück.

Zusammen mit Arly brachte ich Alice und Maebelle V. nach Hause. Wir verabschiedeten uns am Waldrand und sahen zu, wie die beiden sich ins Haus schlichen und Alice ganz leise die Hintertür zumachte. Wahrscheinlich hatte niemand bemerkt, daß sie fort gewesen waren, und wenn sie sich jetzt an der Tür nicht erwischen ließ, würde es wohl dabei bleiben. Ich fand das merkwürdig. Mama Betts und Effie wußten immer ganz genau, wo Arly und ich waren und was wir taten.

»Wir müßten auch so an die zehn Geschwister haben«, sagte Arly. »Dann könnten wir immer machen, was wir wollen, und keiner würde uns auf die Schliche kommen.«

»Kann sein, aber büßen müßten wir's trotzdem.« Ich ging los, und zu meiner Überraschung versuchte Arly den ganzen Heimweg lang kein einziges Mal, mir Angst einzujagen.

Kapitel 28

Am ersten Schultag trug ich die Haare offen und hatte meinen Büstenhalter an. Mir war hundeelend. Es war heiß und stickig im Schulgebäude, und das Gedränge im Hausaufgabenraum, wo die aus den neuen Siebenten sich einschreiben mußten, und draußen vor der Flügeltür, wo die Schüler aus der Oberstufe in ihren Schließfächern kramten, sich unterhielten, lachten und trotz der Hitze gut aussahen, machte die Sache nicht besser.

Es gab Hunderte neuer Gesichter. In Chickasaw County hatten wir damals vom ersten bis zum sechsten Schuljahr Gemeinschaftsunterricht. Im siebenten wurden wir dann in Klassen aufgeteilt. Die Schüler kamen von überallher – aus Two Forks, Shuntee, Brushy Creek, Pixley, Fairley's Hollow und Crossroads. In dem ganzen Chaos wurden Alice und ich getrennt und mußten einander suchen, und genauso erging es vielen anderen Mädchen, die verzweifelt nach ihren Freundinnen riefen.

Alice hatte ihr hellblaues Trägerkleidchen an. Ihre Augen guckten kugelrund unter den Ponyfransen hervor. Sie freute sich auf die Schule, genau wie Jamey Louise, die ich in einem gelben Sommerkleid auf einem Stuhl stehen und mit ihrer Sonnenbräune angeben sah. Sie winkte mir zu.

Wir waren jetzt zwar die Großen aus der siebenten Klasse, aber die Mädchen kreischten immer noch los, wenn sie eine Freundin trafen, die sie den ganzen Sommer über nicht gesehen hatten. Die Zeit der Hitze und der Einsamkeit war vorbei. Die Schule hatte uns wieder, und bald würde die Zeit der Football-Matches, der Tanzabende und der Wochenendpartys kommen. Und jeden Tag würden die gelben Schulbusse uns morgens abholen und mittags wieder heimbringen.

Die Jungen hatten sich in einer Ecke des Hausaufgabenraumes zusammengerottet. Ein paar kannte ich vom letzten Jahr. Frank Taylor zog mich kräftig an den Haaren.

»Wo hast du denn deine Rattenschwänze gelassen, Bekka Rich?« fragte er grinsend.

»Morgen«, versprach ich ihm und hielt meine Haare hoch. Der Schweiß lief mir den Rücken runter. Kann ja sein, daß Rattenschwänze albern aussehen, dachte ich, aber wenigstens schwitzt man damit nicht so. Ich war halbtot, und der Büstenhalter scheuerte wie verrückt.

»Du siehst aus, als ob's dir nicht gutgeht«, sagte Frank.

Ich hatte drei Nächte nicht geschlafen. Jedesmal, wenn ich die Augen zugemacht hatte und in die Dunkelheit abgedriftet war, hatte ich das ängstliche Wiehern eines Pferdes gehört, das sich in Gregs Schreien verwandelt hatte. »Mir geht's prima«, log ich. »Es ist bloß so schrecklich heiß hier drin.«

»Ich hab gehört, deine Eltern sind in Kalifornien.«

»Ja, so ungefähr. In Hollywood.« Jeden Abend hatte ich versucht, den Richter und Effie zu erreichen, aber sie hatten New Orleans bereits verlassen und waren unterwegs zur Westküste. Einmal hatte Effie bis jetzt angerufen und einmal Walt. Ich war beide Male nicht da gewesen. In der Kali Oka Road sei alles im Lot, hatte Mama Betts ihnen versichert. Sie wußte ja nichts von den Qualen, die ich auszustehen hatte. Da meine Eltern auf ihrer Reise nach Westen keinem festen Zeitplan folgten, konnten sie auch nicht genau sagen, wann sie wo sein würden. Fest stand nur der Tag, an dem sie bei Rita eintreffen sollten. Aber dann wäre es zu spät. Walt konnte ja schließlich nicht einfach kehrtmachen und auf dem schnellsten Wege zurückkommen. Ich hatte meine Chance verpaßt.

»Bekka?« Frank starrte mich an. »Soll ich dir vielleicht ein Glas Wasser holen?«

Ich lächelte gequält. »Danke, Frank. Mir schwirrt bloß ein bißchen der Kopf.«

»Du hängst ganz schön an deiner Mutter, stimmt's?« Er wechselte das Standbein, ohne sich zu den anderen Jungen umzudrehen.

»Ja.« Jasagen war leichter als Erklären. Es gab so viele Dinge, die mir Sorgen machten. Greg hatte sich überhaupt nicht mehr im Stall blicken lassen. Jamey Louise war zwei Tage lang rumgelaufen und hatte einen Flunsch gezogen. Doch dann hatte sie kurzerhand erklärt, daß Greg und der Stall für sie gestorben waren, und hatte sich verdünnisiert. Auf diese Weise war ich gar nicht mehr dazu gekommen, mir zu überlegen, ob ich ihr von Gregs Prügel erzählen sollte oder nicht. Das Ganze war so etwas wie ein Geheimnis zwischen Greg und mir. Ich hatte mit keinem Menschen darüber gesprochen. Nicht einmal mit Nadine. Jamey war stinksauer, und das war schlimm genug, Nadine aber glich einem Pulverfaß, das jeden Augenblick in die Luft gehen konnte. Sie kochte vor Wut, weil Jamey und Greg sich ohne ein Wort aus dem Staub gemacht hatten.

Das andere, was mir Kopfzerbrechen bereitete, waren die Erlöser. Die ersten Tage nach meinem Ritt zum Cry Baby Creek hatte ich damit gerechnet, daß die Geschichte irgendein Nachspiel haben würde, aber es war nichts passiert. Ich war erleichtert gewesen, aber auch ein klein wenig enttäuscht, und dann war mir klargeworden, daß ich die wahnwitzige Hoffnung gehabt hatte, ich könnte die Erlöser aus der Reserve locken und sie dazu bringen, daß sie das Kirchengrundstück verließen und rauskamen auf die Kali Oka Road. Wenn sie mir den Sheriff auf den Hals gehetzt hätten, hätte ich Joe Wickham wenigstens alles, was ich wußte, erzählen können. Aber sie taten nichts.

Und ich ging zur Schule. Seit dem ersten Schultag hatte ich meine Arbeit im Stall auf die Nachmittage verlegt. Wenn ich den ganzen Tag in überfüllten, stickigen Klassenzimmern zugebracht hatte, war der Stall beinahe eine Erlösung. Zuerst erledigte ich immer meine Pflichten und sah zu, daß ich schnell damit fertig wurde, damit ich später am Nachmittag noch Zeit hatte, Cammie zu reiten.

Nadine kam nicht mehr aus dem Haus. Seit Cäsars Tod hatte ich sie kaum noch gesehen. Meine Tage bestanden aus Arbeit und Einsamkeit. Ich ritt Cammie und brachte sie wieder in ihre Box. Der Stall sah gut aus, aber ich mußte viel mehr arbeiten, seit Jamey Louise weg war. Und Greg.

Seit die beiden nicht mehr da waren, hatte sich auch die Atmosphäre im Stall verändert. Von der Tenne drangen eigenartige Geräusche nach unten, Geräusche, die mich neugierig machten und meinen Schauerphantasien Nahrung gaben. Zweimal kletterte ich die Leiter hoch und riskierte von der letzten Sprosse aus einen Blick, weil ich hoffte, irgendein Zeichen von Greg zu finden, eine Spur, daß er da gewesen war. Aber da oben war kaum Licht, und auf der Tenne war es so unheimlich, daß ich immer nur ganz kurz blieb und mich auch nicht gerade gründlich umsah. Die Heuballen waren hoch aufgestapelt, und das leise Rascheln kam bestimmt von Nadines immer größer werdender Rattenmenagerie.

Am dritten Tag guckte ich mich vor dem Nachhausegehen noch einmal kurz im Stall um. Ich wollte, daß alles in Ordnung war, wenn Nadine zum Füttern kam. Draußen vor der offenen Stalltür leuchtete der Himmel golden, rosa und lavendelfarben. Es war nach sieben – so spät schon. Bloß gut, daß Effie nicht da war, sonst hätte ich was erleben können.

Mir taten die Schultern weh, weil ich zuwenig geschlafen hatte und weil ich zwar einerseits todmüde, andererseits aber total verspannt war. Die anderen in der Schule waren irgendwie völlig aus dem Häuschen. Die Mädchen kicherten immerzu, und die Jungen waren ständig hinter ihnen her. Ich schien die einzige zu sein, für die der Sommer noch nicht zu Ende war. Meine Alpträume wollten mich einfach nicht loslassen.

»Gute Nacht, Cammie.« Ich trat an ihre Box und streichelte ihr die Nüstern. Sie faßten sich an wie leicht angewärmter Samt. Cammie war das einzig Gute an diesem Sommer. Das Beste. Ich kuschelte mich mit dem Gesicht an ihren warmen Hals.

Plötzlich erstarrte sie, und ich wußte ohne hinzusehen, daß sie die Ohren gespitzt hatte. Sie lauschte. Auch mir war so, als ob ich etwas gehört hatte. Ein im Scharren und Schnaufen der Pferde, im Knarren der alten Holzbalken, im Ächzen der verrosteten Scharniere kaum wahrnehmbares Geräusch. Etwas, das nicht hierher gehörte.

Ich merkte, wie Cammie sich versteifte, und trat zurück, um zu sehen, in welche Richtung sie schaute. Im schwindenden Tageslicht konnte ich im Stall nichts Ungewöhnliches entdecken.

Ich überlegte, womit ich mich bewaffnen konnte. Hinten in der

Ecke, neben der Sattelkammer, standen die Mistgabeln. Ich stellte mir vor, wie ich mit einer Mistgabel in der Hand Wache hielt, und versuchte zu lächeln, aber es klappte nicht. Erst vor wenigen Tagen war jemand hier eingedrungen und hatte ein Pferd getötet. Ein böser Mensch war hier gewesen. Und entkommen. Vielleicht war er zurückgekehrt.

Wieder hörte ich das Geräusch, ein sehr, sehr leises Stöhnen. Es war überall, es kam aus keiner bestimmten Ecke. Ein Geräusch wie von einem sterbenden Geschöpf, einem Geschöpf, das leidet. Oder von jemandem, dem jedes Mittel recht war, um mich aus dem Stall zu vergraulen.

»Verschwinde!« zischte ich mit zusammengebissenen Zähnen, unfähig, meine verkrampfte Kinnlade zu lockern. »Egal, wer du bist, mach, daß du wegkommst, und laß die Pferde in Ruhe.«

Nadine war im Haus. Wenn ich schrie, kam sie vielleicht raus. Aber Cäsars Todesschreie hatte sie ja auch nicht gehört.

Wieder hörte ich das Geräusch, dieses leise, abgerissene Stöhnen.

Plötzlich verwandelte sich meine Angst in eine völlig irrationale Panik. Selena hatte ihr Kleid auf der Tenne gelassen. Vielleicht war sie zurückgekommen, um es zu holen. Ich sah mich im Stall um. Der Türrahmen war leer, aber draußen herrschte schon Dunkelheit. Mama Betts würde sich schreckliche Sorgen um mich machen. Und wo war Picket? Die wäre doch nie und nimmer ohne mich nach Hause gegangen.

Bekka, sagte ich mir, deine Phantasie ist mal wieder mit mir durchgegangen. Wieso läufst du nicht einfach nach Hause und holst Arly oder Mama Betts? Und dann suchen wir zusammen den Stall ab. Aber ich konnte doch die Pferde nicht schutzlos zurücklassen. Ganz gleich, wer oder was hier sein Unwesen trieb, ich mußte mich ihm stellen. Greg hatte ja recht gehabt mit seinen Vorwürfen. Diesmal würde ich nicht wegrennen.

Ich pfiff leise nach Picket und riegelte die Boxentür auf. Draußen im Gang war ich die perfekte Zielscheibe, aber in der Box konnte ich auch nicht ewig hocken bleiben. Irgendwie mußte ich es schaffen, mir eine Mistgabel zu holen. Das war immerhin besser als gar nichts.

Picket war spurlos verschwunden, und plötzlich spürte ich, wie jäher Haß in mir hochstieg und die Angst ein wenig zurückdrängte. Wenn Picket etwas passiert war…

Ich schlich mich durch den Stall bis ganz nach hinten zur Sattelkammer. An jeder Box blieb ich kurz stehen und spähte angestrengt ins Dunkel. Aber ich konnte nicht sehen, ob da jemand war, der mich beobachtete.

Wieder hörte ich das Stöhnen, und diesmal war es deutlicher. Als ob es sich auf mich stürzte. Ich konnte es fühlen, das Stöhnen und all die schwarzen Dinge, die darin mitschwangen.

Ich betete. Um Schutz, um Mut. Für meinen Hund und die Pferde. Und dann hatte ich endlich eine Mistgabel in der Hand und schlich mich damit zurück zur Mitte des Gangs.

Das Stöhnen war jetzt noch klarer zu hören, es klang noch unwirklicher als zuvor, und es schien von allen Seiten gleichzeitig zu kommen. Wenn ich die Wahl gehabt hätte zwischen Selena und dem Mann, der Cäsar umgebracht hatte, ich hätte mich für Selena entschieden. Geister jagen uns Angst ein, aber ich hatte noch nie etwas davon gehört, daß sie töten.

»Selena?« flüsterte ich.

Das Stöhnen antwortete mir.

Es schien von oben zu kommen. Ob sie wohl ihr Kleid suchte? Sie hatte es vor einer Weile auf der Tenne versteckt.

Wieder hörte ich das Stöhnen, ganz leise, fast wie ein Seufzen. Es hörte sich an, als ob jemand meinen Namen gesagt hätte!

»Lieber Herr Jesus, bitte, bitte beschütze mich. Ich verspreche dir, daß ich mich bessern will. Ich will auch jeden Abend beten.« Ich hielt inne. Welches Gebet sollte mich vor diesem Flüstern beschützen, diesem grausigen Flüstern, das sich in meine Seele bohrte?

In der einen Hand die Mistgabel, kletterte ich die Leiter zur Tenne hoch. Das Wesen, das dort oben war, schien sich zu freuen, daß ich kam. Es verhielt sich jetzt vollkommen still.

Auf der Tenne war es stockfinster. Und obwohl hier und da noch ein Rest Abendlicht durch die Ritzen und Spalten drang, konnte ich so gut wie gar nichts sehen. Ich kniete mich hin und kroch auf allen vieren, wobei ich mich mit einer Hand vortastete, damit ich nicht zu weit an die Kante kam und runterfiel. Nadines Anordnungen zum Trotz, schleifte ich die Mistgabel hinter mir her. Gegen einen Geist würde ich damit zwar nicht viel ausrichten können, wohl aber gegen den Mann, der Cäsar umgebracht hatte. Vielleicht hatte das Pferd ja ausgeschlagen und ihn schlimmer verletzt, als wir wußten. Vielleicht hielt er sich seit Tagen im Stall versteckt und war immer schwächer geworden und hatte sich schließlich auf der Tenne verkrochen, um zu sterben. Das war ein Gedanke, der mir große Genugtuung bereitete. Ob ich den Kerl einfach dort oben liegen ließ, bis er endgültig den Geist aufgegeben hatte?

Plötzlich berührten meine Finger einen Schuh. Um ein Haar hätte ich laut geschrien. Das einzige, was mich davon abhielt, war das gräßliche Stöhnen, das der Mensch, dem dieser Schuh gehörte, von sich gab.

Ich hatte ein Bein in der Hand und schüttelte es.

»Hilfe«, sagte die Stimme leise.

Da wurde mir langsam klar, was los war, und auf der Stelle hatte ich ein entsetzlich schlechtes Gewissen.

»Greg?« Ich kroch näher und betastete das Bein. Meine Hand glitt weiter hinauf bis zu dem weißen Baumwollhemd. Es klebte an seinem Rücken fest und war starr von Blut und Eiter.

»Ach du Scheiße!«

Ich machte, daß ich runterkam. Immer noch auf allen vieren, kroch ich rückwärts durch das Heu. Auf der obersten Leitersprosse rutschte ich aus, schaffte es aber, mich zu fangen, und kletterte, so schnell ich konnte, nach unten. Im Nu hatte ich das Licht angeknipst und war wieder oben. Ich sah Greg und blieb stehen. Ich hatte noch nie einen Menschen gesehen, der so krank war. Er lag auf der Seite, völlig zusammengerollt. Er zitterte am ganzen Leib, wie vom Teufel besessen, und aus dem schlaffen, leicht geöffneten Mund kam dieses Stöhnen.

»Greg?« Ich trat näher und berührte sein Bein.

Er stöhnte, wurde aber wach.

»Greg?« Ich rüttelte ihn ziemlich stark am Bein. »Aufwachen!«

Ein Zittern ging durch seinen Körper. Es fing beim Kopf an und lief abwärts bis in die Füße. Ich trat zurück und fragte mich, ob er etwa hier vor meinen Augen starb. Ein entsetzlicher Geruch umgab ihn. Er roch, als ob ein Teil von ihm schon gar nicht mehr am Leben war.

Ich hatte solche Angst, daß ich nicht einmal schreien konnte. Ich stolperte zurück zur Leiter und wagte nicht, Greg auch nur eine Sekunde aus den Augen zu lassen, denn ich befürchtete, sobald ich wegsah, könnte das leichte Auf- und Abwogen seiner Brust ganz und gar aufhören. Lange stand ich wie angewurzelt auf der zweitobersten Sprosse der Leiter. Dann kletterte ich nach unten. Dort stand Picket und wartete auf mich. Ich rannte zu Nadines Haus.

Inzwischen war es ganz dunkel geworden. Ich dachte an Mama Betts. Sie machte sich bestimmt wahnsinnige Sorgen um mich. Vielleicht suchte sie mich schon. Mama Betts wußte bestimmt, wie man Greg wieder gesund machen konnte. Sie wußte immer, was man tun mußte, damit es den Kranken wieder besser ging.

»Nadine!« Ich hämmerte an die Hintertür. »Nadine!« schrie ich.

Als niemand antwortete, riß ich die Fliegentür auf und knallte sie mit aller Kraft wieder zu. »Nadine!«

Wenn sie nicht rauskam, würde ich reingehen und Mama Betts anrufen. Ich würde ihr sagen, sie soll einen Arzt holen und einen Krankenwagen.

»Nadine!«

»Meine Güte, was ist denn in dich gefahren?«

Nadine erschien mit wirren Haaren an der Küchentür. Sie hatte geschlafen.

»Greg ist krank. Ganz schlimm. Er liegt im Stall.«

»Der kleine Drecksack! Erst läßt er mich sitzen, und dann kommt er an und leckt sich hier die Wunden.«

Sie sprach mit schwerer Zunge, so daß die Worte gleichsam übereinander stolperten. Wie aus Versehen zog ich an der Fliegentür. Sie ging auf, ich stieg über einen neuen Müllsack, der neben der Tür stand, und trat ein. »Er ist schwer verletzt.«

Nadine zwinkerte dreimal hintereinander. »Wo ist er?« Sie fuhr sich durchs Haar. Über ihrer Unterwäsche trug sie ein altes, löchriges und viel zu großes T-Shirt.

»Auf der Tenne.« Es fiel mir schwer, die Tränen zurückzuhalten. »Ich glaube, er liegt schon da oben, seit Cäsar tot ist.«

»Drei Tage?« sagte sie in fragendem Ton, aber es war keine Frage.

»Er ist verprügelt worden. In der Kirche. Ganz schlimm. Ich hab ihn verarztet, aber das hat anscheinend nicht geholfen.« Ich faßte Nadine bei der Hand und zog sie zur Treppe. »Ich hab ihm diese Pferdesalbe auf den Rücken getan.«

»Scheiße!« Nadine gab sich einen Ruck und kam mir nach. Auf der Treppe hatte sie mich schon überholt und rannte barfuß in T-Shirt und Slip über den dunklen Hof.

Als ich auf der untersten Leitersprosse stand, war sie bereits halb oben. Auf der Tenne blieb sie stehen. »Scheiße.« Sie sagte das ganz sachlich. »Ach du Scheiße, was hat er denn?« rief sie zu mir runter.

»Der Priester hat ihn verprügelt. Greg hat gesagt, er war's, der das Jesusgesicht von dem Kruzifix mit schwarzer Farbe besprüht hat, aber in Wirklichkeit war er's gar nicht. Es war jemand anders, aber erst sollte Georgie die Prügel kriegen, und da hat Greg gesagt, er war's.«

»Schön blöd.«

Ich krabbelte durch die Luke auf den Heuboden und sah Nadine neben Greg kauern. Sie hatte ihm die Hand auf die Stirn gelegt. »Der glüht ja richtig. Alles vereitert – ein Wunder, daß er überhaupt noch lebt. Schnell, lauf ins Haus und hol mir 'ne Taschenlampe«, befahl sie. »Im Schlafzimmer, neben dem Bett.«

Jetzt, wo Nadine da war, beruhigte ich mich allmählich. Es war, als ob mich eine kühlende Hand gestreichelt hätte. Ich rannte, so schnell ich konnte, aber meine Panik hatte sich gelegt. In der Küche machte ich das Licht an und lief durch den Korridor zu den vorderen Zimmern. Das Haus war ziemlich klein. Die Tür zum Bad stand offen. Auf dem Fußboden lagen schmutzige Handtücher herum; ich ging weiter. Die nächste Tür war zu. Ich machte sie auf und sah, daß dahinter eine Art Vorratskammer war. Dort stank es so entsetzlich, daß ich die Tür schnell wieder zuzog. Dann kam ich in Nadines Schlafzimmer.

Dort war ein Lichtschalter für die Deckenlampe. Ich knipste ihn an, aber es passierte nichts. Also tastete ich mich, über Schuhe und andere auf dem Fußboden verstreut liegende Sachen stolpernd, vor zum Bett und fand die Nachttischlampe, und gleich daneben stand auch die Taschenlampe.

»Bekka! Mach schon!«

Durch die geöffneten Fenster hörte ich, wie sie nach mir rief. Sie war besorgt. Sehr besorgt.

Als ich nach der Taschenlampe griff, stieß ich ein Tablettenröhrchen um. Es fiel runter. Der Verschluß saß nicht richtig drauf, und die ganzen Tabletten kullerten über den Fußboden. Ich hob so viele auf, wie ich konnte. Sie waren ganz klein, ungefähr so wie die Blutdrucktabletten von Mama Betts, bloß daß die hellorange waren, diese hier aber rot. Laut Etikett waren es Schlaftabletten. Ich steckte mir eine in die Hosentasche. Für Greg, falls ihm das helfen konnte.

Ich überlegte, was ich noch für ihn mitnehmen sollte, wenn ich schon mal im Haus war. Ich lief ins Badezimmer und suchte saubere Handtücher, fand aber keine. Dann hörte ich Nadine abermals rufen und gab es auf und rannte wieder zum Stall.

Nadine hatte Greg unterdessen auf den Bauch gedreht und ihm das Hemd ausgezogen. Der Windelverband, den ich ihm gemacht hatte, klebte am Rücken fest und war ganz hart von Blut und von etwas Gelbem.

»Was hast du ihm denn noch draufgetan, außer der Salbe?«

»Ich hab die Wunden mit Salzwasser gereinigt.«

»Wie tief waren sie?«

»Teilweise ganz schön tief. Einen halben Zentimeter vielleicht. Sie haben ihn mit einem Kleiderbügel geschlagen. Am schlimmsten war's da, wo die Striemen über Kreuz gegangen sind.«

Nadine nickte. »Der Verband muß runter. Wir müssen den Jungen ins Haus schaffen.«

»Nadine, wir müssen Dr. McMillan holen.«

»Jetzt bringen wir ihn erst mal runter.«

»Dabei kann der Doktor uns doch helfen.« Mir war unklar, wie wir Greg von der Tenne kriegen sollten. Er war zwar nur Haut und Knochen, wog aber trotzdem nicht weniger als Nadine. Greg war lang und schlaksig, doch nachdem er den ganzen Sommer im Stall gearbeitet und Jameys Frühstücksbrote und zum Teil auch meine verputzt hatte, stand er etwas besser im Futter.

»Wir schnüren ihn in die Pferdedecke ein und lassen ihn mit der Seilwinde runter, genau so, wie wir sonst das Heu raufziehen.«

»Aber dabei können wir ihn umbringen.«

»Wenn er keine Hilfe kriegt, stirbt er, Bekka.« Nadine ging zur Leiter und kletterte runter. »Ich hol einen Strick.«

Greg versuchte sich auf die Seite zu drehen, aber er war zu schwach. Wir mußten ihn aus dem Stall schaffen. Nadine wußte schon, was sie tat.

Sie kam wieder, wickelte Greg in die Pferdedecke ein und verschnürte das Bündel mit dem Strick. Dann zog sie einen zweiten Strick durch die Seilwinde, die normalerweise dazu benutzt wurde, das Heu auf die Tenne zu hieven. Und dann zerrten wir Greg vor zur Luke.

Wir mußten das Seil beide mit aller Kraft festhalten, damit Greg langsam und vorsichtig runterkam, aber wir schafften es. Als nur noch ein paar Zentimeter fehlten, schickte Nadine mich nach unten, damit ich ihn abfangen konnte und er nicht zu hart aufschlug.

Und dann schleppten wir ihn zusammen ins Haus.

»Der läßt sich ja fast so schwer von der Stelle bewegen wie ein Toter«, sagte Nadine.

Ich schwieg. Ich hatte Angst, daß wir ihn mit unserer groben Behandlung tatsächlich getötet hatten.

Wir wickelten Greg aus der Pferdedecke aus und ließen sie auf der Treppe liegen. Er stöhnte jetzt noch mehr, und ich fand, daß er sich noch heißer anfühlte.

»Laß die Wanne vollaufen – lauwarmes Wasser«, sagte Nadine. So können wir den Verband aufweichen und kriegen gleichzeitig das Fieber runter. Aber bloß lauwarm, hörst du?«

Ich spülte die Wanne aus, so gut es ging, und steckte den Stöpsel rein. Es dauerte eine Ewigkeit, bis sie voll war. Zum Schluß prüfte ich die Wassertemperatur noch einmal mit dem Ellbogen. So machte Alice es immer mit Maebelles Fläschchen. Das Badewasser war nur ein ganz klein wenig warm. Ich ging wieder zu Nadine.

Sie hatte Greg inzwischen ausgezogen. In dem Licht, das durch die Hintertür fiel, stachen seine Pobacken und die Beine bleich wie der Mond gegen den dunklen Ton der Arme ab. Er sah aus, als ob ihn jemand in der Mitte durchgeschnitten hätte, wie zwei Hälften von zwei verschiedenen Jungen. Ich guckte verlegen weg.

»Hilf mir, damit ich ihn anheben kann.«

Nadine zog ihn an einem Arm hoch, aber er war zu schwer für sie.

»Bekka!« sagte sie scharf.

»Aber er ist doch nackt.«

»Was du nicht sagst!« stieß Nadine ächzend hervor. »Jetzt komm endlich her und hilf mir.«

Arly hatte ich mal nackt gesehen, am Fluß, als wir FKK gemacht hatten. Aber das war schon ein paar Jahre her. Und außerdem war Arly mein Bruder.

»Bekka, entweder du hilfst mir jetzt, oder du gehst nach Hause.«

Ich trat zögernd näher und legte mir Gregs anderen Arm über die Schultern. Mein Gesicht war fast so heiß wie sein Rücken, aber ich hob ihn hoch. Ich nahm an, daß wir ihn hineintragen und in die Wanne legen wollten.

»Wir sollten wirklich den Doktor anrufen.«

»Und wer soll das bezahlen? Meinst du, die Erlöser erstatten mir die Arztrechnung?«

An das Geld hatte ich überhaupt nicht gedacht. »Dr. McMillan macht das umsonst. Ich meine, er wird nicht verlangen, daß du ihn bezahlst.«

»Jetzt wollen wir erst mal sehen, daß wir diesen Verband da abkriegen, und wenn ich mir die Sache angesehen habe, können wir immer noch überlegen, ob wir den Arzt holen.«

Wir zerrten Greg die Treppe hoch. »Aber sterben wird er doch nicht, oder?« keuchte ich völlig erschöpft.

»Nicht, wenn ich's verhindern kann. Jetzt halt den Mund und hilf mir.«

Als wir ihn in der Wanne hatten, setzte Nadine sich daneben und paßte auf, daß er nicht unterging. Ihr T-Shirt war vollgespritzt, und unter dem nassen Stoff zeichneten sich ihre Brüste ab, was sie jedoch nicht weiter zu stören schien, zumal die Nacht so schwül war, daß auch mir die Sachen am Körper klebten.

Ich hatte mich mit abgewandtem Gesicht an der Tür aufgebaut. Es wäre Greg sicher entsetzlich peinlich, wenn er wüßte, daß ich ihn nackt gesehen hatte. Nadine behandelte ihn wie eins von ihren Tieren. Sein Geschlecht war ihr anscheinend ganz egal.

»Es wird wohl das beste sein, wenn du jetzt gehst«, sagte sie schließlich. »Die Erlöser werden sich wundern, wo er abgeblieben ist, und dich suchen deine Leute sicher auch schon. Und eh ich's mich recht versehe, ist die Polizei hier, und ich komm wegen Kindesentführung ins Kittchen.«

»Die Erlöser, die kümmern sich nicht um Greg. Der ist doch schon seit Tagen weg, und bis jetzt hat kein Mensch sich erkundigt, wo er steckt.«

»Weil er zu alt zum Verkaufen ist«, sagte Nadine. Sie beugte sich vor und machte sich an den Heftpflasterstreifen zu schaffen, mit denen ich die Windel an Gregs Brust befestigt hatte.

»Nadine?«

Sie hörte auf, an dem Pflaster herumzupulen, und sah mich an. Ihr wirres, ungekämmtes Haar fiel ihr ins Gesicht und verdeckte ihr eines Auge.

»Hat die Pferdesalbe ihn krank gemacht?« Ich mußte das wissen.

»Das glaube ich nicht. Sicher, er hätte schon die richtige Medizin gebraucht, aber ich denke, du hättest machen können, was du willst, er wäre auf jeden Fall krank geworden.«

Mir fiel ein riesiger Stein vom Herzen. »Ich rufe Mama Betts an und sag ihr, daß ich losgehe. Brauchst du jemanden, der dir hilft, ihn aus der Wanne zu heben? Arly könnte rüberkommen und mit anfassen.«

Nadine schüttelte den Kopf. »Das schaff ich schon, aber das Telefon ist tot. Du mußt so nach Hause gehn.«

»Tot?«

Nadine hatte wieder angefangen, an dem Heftpflaster zu zupfen. Greg bewegte sich ganz leicht im Wasser und schien die Augen aufmachen zu wollen.

»Ich hab vergessen, die Rechnung zu bezahlen, und da haben sie mir den Anschluß gesperrt. Ich hab eh nie telefoniert.«

»Dann geh ich jetzt lieber, aber ich kann noch mal wiederkommen und dir helfen.«

Nadine schüttelte abermals den Kopf. »Ich schaff das schon. Die Pferdesalbe hat ihm nicht geschadet, weißt du, aber es wär möglich, daß er von dem Salzwasser einen Schock gekriegt hat. Salz ist nämlich sehr aggressiv, Bekka.«

Ich schluckte. »Ich wollte ja Hilfe holen, aber er hat mich nicht gelassen. Ich hab gedacht, das Salzwasser tut ihm gut. Ich hab's nur ein bißchen warm gemacht und ganz mild.«

»Greg ist ein zäher Bursche. Der wird schon nicht gleich sterben.«

»Nadine ...« Ich schluckte wieder. »Hab ich ihn fast umgebracht?«

»Sagen wir mal so: Die Erlöser haben keine schlechte Vorarbeit geleistet, aber Greg ist zäh. Der steht das durch. Ich werd mich um ihn kümmern, bis er wieder auf dem Damm ist.«

»Ich zahle die Arztrechnung. Eigentlich wollte ich ja sparen, bis ich mir Reitstiefel und Sachen fürs Springturnier kaufen kann, aber das, was ich habe, reicht für den Doktor.« Wenn ich an Gregs Zustand schuld war, dann wollte ich den Schaden wenigstens wiedergutmachen.

»Der Arzt kann auch nicht mehr tun als ich«, sagte Nadine. »Erst mal muß der Verband ab, und die Wunden müssen richtig sauber sein, und dann hab ich noch Antibiotika im Kühlschrank. Der kriegt ein paar Penicillinspritzen, und dann können die Bakterien aber einpacken. Danach ist er wieder auf dem Damm.«

»Spritzen?«

Sie löste das Heftpflaster an seiner rechten Schulter ab. »Klar doch, wenn ich Tiere spritzen kann, kann ich auch Menschen spritzen. Greg wird wieder gesund. Wenn wir den Doktor holen, das wär ihm bestimmt nicht recht. Der Arzt würde ihn nach seiner Familie ausfragen und was das für Leute sind da unten in der Kirche, und ich glaube nicht, daß ihm das angenehm wäre.« Nadine sah mich an. Ihre Augen funkelten im gelben Badezimmerlicht. »Wir wollen doch nicht, daß die Polizei sich da unten umsieht. Jedenfalls noch nicht. Wir wollen doch erst mal selbst rauskriegen, was da los ist, nicht wahr, Bekka?«

Kapitel 29

Mama Betts erwartete mich auf der hinteren Veranda. Sie war kaum zu sehen im Dunkeln, aber ich spürte, daß sie da war. Ich hatte geahnt, daß sie dort sitzen würde. Die Fliegentür fiel hinter mir ins Schloß. Es war stockfinster, und Mama Betts stand da und schwieg. Ich wußte nicht, ob sie schwieg, weil sie wütend war oder weil sie mir Gelegenheit geben wollte, zuerst etwas zu sagen.

»Bei Mrs. Andrews ist das Telefon abgestellt«, sagte sie schließlich.

»Sie hat die Rechnung nicht bezahlt. Sie hat kein Geld gehabt. Sie meint, sie hat eh nie telefoniert.« Ich hatte noch nie gehört, daß jemand seine Rechnungen nicht bezahlt hatte. Mama Betts war bestimmt schockiert, und genau das hatte ich erreichen wollen, obwohl ich selbst nicht recht wußte, warum.

»Es ist neun Uhr, Bekka. Und morgen früh ist Schule.«

»Greg hatte einen Unfall im Stall. Ich mußte Nadine helfen. Ich wollte ja anrufen, aber das Telefon ging nicht.«

»Ist es schlimm?«

»Ich weiß nicht«, krächzte ich.

»Braucht er einen Arzt?«

Ich schüttelte den Kopf, doch dann wurde mir klar, daß sie das im Dunkeln ja nicht sehen konnte. »Nadine sagt, sie kümmert sich heute nacht um ihn. Sie hat Medizin da.«

»Ist Nadine Ärztin?«

Mama Betts' Stimme war scharf und schneidend wie eine Rasierklinge.

»Nein, Großmutter, aber sie versteht was von Medizin.«

»Was ist mit ihm?«

Das war eine schwierige Frage. Doch ich war das Lügen so leid. Ich war es leid, mir ständig irgendwas auszudenken und immer bloß aufpassen zu müssen, daß ich ja nicht zuviel sagte.

»Der Priester von den Erlösern hat ihn mit einem Kleiderbügel geschlagen.«

Mama Betts stand auf. »Er hat ihn mit einem Kleiderbügel geschlagen?«

»Ich hab versucht, ihn zu verarzten ...«

»Bekka Rich, du solltest doch alt genug sein, um zu wissen, daß man, wenn jemand verletzt ist, einen Arzt holen muß.«

»Weiß ich doch, Mama Betts, aber Greg wollte ja keinen Arzt. Die sind komisch, die Leute da unten. Die wollen nicht, daß er mit anderen Leuten zusammenkommt, mit welchen, die keine Erlöser sind. Er wollte keinen Arzt, und er wollte auch nicht mit zu uns kommen, damit du ihm hilfst.«

»Wenn's nach mir gegangen wäre, dann wäre der Arzt geholt worden – und der Sheriff!«

»Und dann hätte Greg es noch schwerer gehabt.«

Mama Betts schwieg. Sie rauschte im Dunkeln an mir vorbei, machte die Küchentür auf und knipste das Licht an. Ich folgte ihr nach drinnen und sah zu, wie sie einen Teller mit Essen aus dem Herd nahm und ihn vor mir auf den Tisch stellte. Ich hatte keinen Hunger, aber ich mußte etwas essen, damit die Sache nicht noch schlimmer wurde.

»Wie krank ist der Junge?« Sie nahm sich den Stuhl vis-à-vis von mir.

»Sein Rücken ist vereitert.« Auf einmal traute ich mich nicht mehr, ihr zu sagen, daß er schon tagelang auf der Tenne gelegen hatte. Aber nicht, weil ich befürchtete, daß sie mir die Schuld gab, sondern weil ich Angst hatte, daß sie dachte, er stirbt. Ihr Blick hatte mir verraten, daß sie das dachte, und das konnte ich einfach nicht ertragen.

»Hat er Fieber?«

»Ja, hat er.« Ich aß ein Häppchen Erbsensalat. Die Erbsen waren frisch und knackig. »Ziemlich hohes sogar. Er hat gestöhnt und ... na ja, ich hab ihn erst gar nicht wach gekriegt.«

Mama Betts verschränkte die Arme auf der Tischplatte. »Wann ist Greg ... geschlagen worden?«

»Vor ein paar Tagen.«

»Und wo hast du ihn gefunden?«

»Auf der Tenne.«

Über ihr Gesicht huschte dieser Schatten, den ich nicht sehen wollte. Sie starrte auf den Tisch. »Soll das heißen, der Junge hat die ganze Zeit da oben auf der Tenne gelegen, Bekka? Und keiner hat sich um ihn gekümmert? Ohne Essen, ohne Wasser?«

»Ich hab ihm Essen und Wasser gebracht.« Ich schluckte den Salat runter. Er schmeckte nach gar nichts mehr. »Aber das war schon am ersten Tag.« Ich hatte die Gabel in der Hand und musterte Mama Betts, aber sie sah mich nicht an.

»Nadine hat Penicillin da? Sie weiß, wie sie es ihm geben muß?«

»Ja.« Ich wünschte mir, daß Mama Betts hinging und nach Greg schaute. Sie würde wissen, ob man einen Arzt holen mußte. Ich war mir nicht sicher, ob Nadine wirklich einschätzen konnte, wie krank Greg war. Wenn es mehr Geld kostete, als ich hatte, würde Mama Betts die Sache in die Hand nehmen. Sogar, wenn er ins Krankenhaus mußte.

»Sie weiß, wie man spritzt?« fragte Mama Betts in Gedanken.

»Wer?«

»Nadine. Sie kann Greg etwas gegen die Vereiterung geben?«

»Sie sagt, sie gibt ihm ein paar Spritzen.«

»Bekka, glaubst du wirklich, daß Greg es noch schwerer hat, wenn ich den Arzt anrufe und ihn bitte, mal hinzufahren?«

Ich ließ mir Zeit mit der Antwort. Ich fühlte mich von Mama Betts in die Enge getrieben, und die Entscheidung, die sie mir abverlangte, war schrecklich. Ich hatte mich bereits einmal geirrt. Als ich versucht hatte, Greg zu helfen. Ich wollte nicht schon wieder alles falsch machen. »Greg hat gemeint, wenn wir einen Arzt holen, kriegt er noch mehr Ärger. Er ist wirklich schlimm verletzt, aber er will lieber leiden, als sich von einem Arzt untersuchen zu lassen.«

Mama Betts schwieg. Plötzlich stand sie auf. »Iß deinen Teller leer und dann ab in die Badewanne. Morgen früh ist Schule.«

»Haben Effie und Walt sich gemeldet?« Ich mußte an die beiden denken und hätte beinahe losgeheult. Effie würde mich jetzt in den Arm nehmen und mich ganz fest halten, und Walt würde alles Nötige veranlassen. Ich brauchte sie so sehr. Ich spürte, wie die Sehnsucht mir ihre Krallen in den Bauch schlug.

»Sie haben gegen acht angerufen. Sie wollten dich sprechen, aber ich hab ihnen gesagt, du bist mit Alice draußen, ihr wollt die letzten Sommerabende genießen.«

Mama Betts hatte gelogen, um mich zu decken.

»Es hat schon gereicht, daß ich mich geängstigt habe; ich wollte nicht, daß sie sich auch noch Sorgen machen.«

»Danke, Mama Betts. Effie und Walt müssen sich keine Sorgen machen.« Ich seufzte.

»Iß deinen Teller leer, Bekka. Du siehst völlig ausgelaugt aus, richtig spitz bist du im Gesicht.«

Sie verließ die Küche und ging den Korridor hinunter. Ich rief ihr nach: »Mama Betts?«, und sie blieb stehen.

»Ja?« Sie kam wieder an die Tür.

Ich stocherte in meinem Kartoffelgratin herum. »Wird Greg wieder gesund?«

»Ich hoffe bloß, diese Nadine Andrews ist vernünftig genug, um einen Arzt zu holen, wenn sie einen braucht.« Sie ging den Korridor hinunter, und nach einer Weile hörte ich das Wasser in die Wanne laufen. Ich aß so viel, wie ich runterbekam, und stellte dann den Teller in die Spüle. Ich war dermaßen müde, daß ich schon fast keine Lust mehr hatte, in die Wanne zu steigen, aber ich ging trotzdem ins Bad, zog mich aus und legte mich in das warme Wasser.

Auf einmal mußte ich an den gekreuzigten Jesus denken. Die schwarze Farbe hatte seine Züge unkenntlich gemacht. Die Augen und der Mund und das Blut, alles war schwarz, so daß das ganze Gesicht irgendwie platt wirkte. Als ob er nicht mehr so schlimm litt.

Wer hatte das getan? Wenn Greg es nicht gewesen war, wer dann? Die Erlöser interessierte diese Frage nicht mehr. Für die war der Fall mit Gregs Geständnis erledigt. Aber vielleicht suchten sie das Kruzifix. Hatte Greg es gestohlen, oder hatte ihn jemand beauftragt, es aus der Kirche fortzuschaffen?

Und Cäsar? Das war unvorstellbar. Das war wie ein Alptraum

oder wie eine Episode von »Twilight Zone«, wo irgendein Wesen aus dem All auf der Erde gelandet war, ein Wesen, das die Regeln nicht kannte. Das konnte unmöglich jemand aus der Kali Oka Road getan haben. Zu so was war hier keiner fähig, nicht einmal die da unten.

Ich dachte wieder daran, wie ich mit Cammie zum Fluß geritten war und wie entsetzt die Erlöser-Frauen mich angestarrt hatten – als ob ich sie mit dem Pferd niedertrampeln wollte. Die hatten viel mehr Angst vor mir gehabt als ich vor ihnen, und das konnte nicht nur an Cammie gelegen haben. In ihren grauen, kittelartigen Kleidern hatten sie ausgesehen wie Kaninchen, die ein großer Hund auf freier Wildbahn aufgestöbert hat. Wegrennen und sich verstecken konnten sie nicht, dazu waren sie zu weit weg von ihrem Bau, und so waren sie wie hypnotisiert stehengeblieben – zitternd vor Angst.

Mit den Männern aber, mit denen sah die Sache schon anders aus. Ich konnte mich noch ganz genau an den einen erinnern, den, der mich beim erstenmal weggescheucht hatte. Und an Georgies Vater – so ein großer, stämmiger Kerl, der keine Hand gerührt hatte, um seiner Tochter zu helfen. Und dann dieser Zwerg. Und vor allem der Priester. Reverend Marcus, der Magdeline angefaßt und sie wahrscheinlich geschwängert hatte. Reverend Marcus, der vielleicht jemand aus Nadines Vergangenheit war. Komisch, daß sie nicht ein einziges Mal runtergegangen war und ihn sich angesehen hatte. Jetzt würde sie das vielleicht nachholen. Ein Blick, und sie würde wissen, ob er ihr Exmann war oder nicht. In der Stille der Augustnacht kam mir das abwegig vor. Ich konnte mich kaum noch besinnen, wer zuerst da gewesen war, Nadine oder die Erlöser. Sie gehörten genauso zu diesem Sommer wie Alice und Maebelle V., wie die Hitze und wie jene Nacht, in der Selena uns am Cry Baby Creek erschienen war.

Mein nasses Haar trieb auf dem Wasser wie die Lilien auf den stillen Teichen weit draußen, wo der Cry Baby Creek breiter wurde, kurz bevor er in den Pascagoula mündete. Vor dem offenen Badezimmerfenster ließ ein Ziegenmelker seinen einsamen Schrei ertönen, und ich mußte wieder an Greg denken. »In die Höll'! In die Höll'!« Als wir klein waren, hatte Mama Betts uns erzählt, die Eule und der Ziegenmelker seien die Boten des Todes. Wenn man ihren Schrei hört, dann stirbt jemand, hatte sie gesagt. Aber das konnte ja gar nicht stimmen, denn schließlich hörte ich den Ziegenmelker beinahe jede Nacht schreien. Und außerdem würde Greg nicht sterben. Nadine würde ihn schon wieder gesund pflegen. Er war krank, aber so krank ja nun auch wieder nicht. Er war ja noch gar nicht alt genug zum Sterben. So ein junger Bursche wie er. Ja, er hatte eine Vereiterung, aber er hatte auch die nötigen Abwehrkräfte.

Ich zwang mich, ganz ruhig im Wasser liegenzubleiben. Die Wanne war alt und groß und tief und stand auf geschwungenen Beinen. Ich stemmte mich mit den Füßen gegen den unteren Wannenrand und machte mich steif. Im Haus war es still, zu still. Effie war fort, und ihre Abwesenheit hatte ein Loch in die heitere Gelassenheit des alten Hauses gerissen. Der Richter war ohnehin ständig unterwegs, daran war ich gewöhnt, aber heute nacht hatte ich das Gefühl, daß die beiden nie mehr wiederkamen. Vielleicht hatte Daddy es endlich geschafft, Effie von der Kali Oka Road wegzulocken, und nun wollte sie gar nicht mehr zurück, nicht einmal, um Arly und mich zu holen.

Wenn Effie wüßte, was passiert war, würde sie die Kali Oka Road bestimmt nicht mehr so sicher finden. Vielleicht würde sie dann selbst nicht mehr hier bleiben wollen. Oder vielleicht würden sie und Daddy den Erlösern einen Besuch abstatten. Und dann würden sie schon rauskriegen, was sich da unten abspielte und wer dieser Priester war. Wenn die wirklich irgendwas mit Babys anstellten, würde der Richter garantiert dahinterkommen.

Ein Baby hatte ich bei keiner meiner vielen Erkundungstouren rings um die Kirche herum gesehen. Sicher, es gab dort eine ganze Menge Kinder, aber die waren alle schon größer. Das konnte natürlich heißen, daß in der Kirche eine Kinderkrippe war, wo die kleinen Babys tagsüber und während der Gottesdienste blieben. Ich dachte angestrengt nach, ob damals, als ich den singenden Zwerg und die Beichten gesehen hatte, irgendwelche Babys im Gemeindesaal gewesen waren.

Ich konnte mich nicht erinnern, auch nur ein einziges Kleinkind gesehen zu haben.

Aber Magdelines Gesicht sah ich klar und deutlich vor mir. Ihre Angst, ihren Mut. Ihre Entschlossenheit, nach vorn zu gehen und ihre Geschichte zu erzählen.

Das war sie teuer zu stehen gekommen.

Ob sie so aufgebracht gewesen war, daß sie das Gesicht von dem Jesus schwarz angesprüht hatte? Hatte sie etwa zugelassen, daß Greg die Schuld auf sich nahm? Lauter Fragen, auf die ich einfach keine Antwort wußte.

Um die anderen Erlöser-Jungs, die ich von meinen Lauschaktionen her kannte, hatte ich mich nie groß gekümmert. Jim war auch geschlagen worden. Und Georgie gehörte ebenfalls dazu. Wie der dritte hieß, hatte ich vergessen, aber in Gedanken sah ich sie alle drei vor mir. Ob sie wußten, wie krank Greg war?

Das Wasser wurde langsam kalt, und ich quälte mich noch immer mit diesen Fragen herum.

»Bekka?«

Als Mama Betts an die Tür klopfte, fuhr ich erschrocken hoch.

»Komm raus und geh ins Bett. Es ist gleich zehn Uhr. Morgen früh um sieben ist der Bus da.«

»Ist gut.« Ich wickelte mir die Kette um den großen Zeh und zog den Stöpsel raus.

Als ich aus der Wanne stieg und mich abtrocknete, fröstelte ich. Nicht mehr lange, dann kam der Winter. Wenn die Erde sich erst einmal abgekühlt hätte, würde alles besser werden. Wenn der Sommer vorbei wäre und die Hitze nicht mehr alles erdrückte.

Ich rubbelte mir die Haare mit einem Handtuch ab und rannte barfuß in mein Zimmer. Dann wickelte ich mich in die kühlen Laken und knipste das Licht aus. Die Hausaufgaben konnten warten.

Plötzlich spürte ich, wie etwas nach meinem Fußknöchel griff. Ich saß kerzengerade im Bett und wollte gerade schreien, als eine kräftige Hand mir den Mund zuhielt und mich wieder in die Kissen drückte.

»Bekka, du blöde Kuh, ich bin's, Arly.«

Er schüttelte mich dermaßen, daß ich richtig nach Luft schnappen mußte.

Es gelang mir, seine Hände wegzustoßen. »Was willst du denn?«

Am liebsten hätte ich ihm mit voller Wucht vors Schienbein getreten.

»Daß du mir ja nichts mit Frank Taylor anfängst, hörst du.«

Der war wohl verrückt geworden, dieser Arly! Total übergeschnappt. Dieses Geschmachte nach Rosie Carpenter hatte ihm anscheinend das letzte bißchen Verstand geraubt.

»Wovon redest du überhaupt?«

»Ich hab gesehn, wie er dir in der Schule ins Haar gefaßt hat. Der beobachtet dich die ganze Zeit, der steht dauernd auf dem Gang rum, wo eure Klassenräume sind. Fang ja nichts mit dem an, du, sonst kannst du was erleben.«

»Du hast sie ja wohl nicht mehr alle, Arly! Bist du jetzt total verblödet, oder wie?«

»Im Ernst, Bekka. Mit Frank Taylor hast du nichts als Ärger. Der hat schon 'ne Freundin.«

Frank Taylor war wirklich das letzte, worum ich mir Sorgen machte. Da war mir ja noch wichtiger, was ich morgen zur Schule anziehen sollte.

»Der fragt dich bestimmt, ob du mit ihm zu dem Football-Match gehst.«

»Ich zähle jetzt bis zehn, Arly. Wenn du dann nicht weg bist, ruf ich Mama Betts, damit sie dir Beine macht.«

»Das macht der bloß, weil er mich ärgern will.«

»Eins, zwei, drei ...«

»Der will sich bloß an mir rächen, weil er auf Rosie scharf war, eh sie mit mir gegangen ist.«

» ... vier, fünf, sechs, sieben ...«

»Der erzählt überall rum, Rosie treibt's mit jedem. Und von dir wird er dasselbe sagen, verstehst du?«

»Zehn«, sagte ich und holte ganz tief Luft.

»Ist ja gut.« Arly machte die Tür auf. Im Korridor brannte eine kleine Nachtlampe, so daß ich seine Silhouette sehen konnte. Er fuhr sich durchs Haar. »Ich wollte dich bloß warnen, damit du am Ende nicht die Dumme bist und ... als Flittchen dastehst.«

Flittchen. Das Wort war wie ein Schlag ins Gesicht. »Ihr seid richtig bescheuert, ihr Jungs. Nichts wie Ficken im Kopf. Ihr tut es nicht, aber denken tut ihr andauernd dran. Alles müßt ihr in den Dreck ziehen.« Ich wurde immer wütender. »Warnen willst du mich? Daß ich nicht lache. Du hast irgendeinen blöden Zoff mit Frank. Um mich geht's dir doch gar nicht, dir geht's doch bloß um dich selbst. Daß du's nur weißt, du Idiot, ich mache, was ich will. Ich küsse, wen ich will, und mit wem ich's treibe, das geht dich 'n feuchten Kehricht an. Hau bloß ab!«

Arly blieb wie angewurzelt in der Tür stehen. »Du hast doch nicht alle Tassen im Schrank«, flüsterte er und trat einen Schritt zurück. »Begreifst du denn nicht, daß ich dich bloß davon abhalten will, in dein Unglück zu rennen, du blöde Kuh? Frank ist ein Schürzenjäger.«

»Laß mich doch endlich in Ruhe, du Wichser.« Ich warf mit dem Kopfkissen nach ihm und bedauerte, daß es kein Stein war. »Hau ab!« schrie ich.

Da flog die Tür von Mama Betts' Zimmer auf.

»Was geht hier vor?« Sie kam über den Korridor. Ich hörte ihre nackten Füße tappen. »Was geht hier vor? Was ist los, Arly?«

»Bekka ist verrückt geworden. Sie sagt, sie will ... sie will's mit Jungs treiben.«

Mama Betts knipste das Deckenlicht an, so daß mein Zimmer mit einemmal taghell war.

»Bekka?« fragte sie.

»Sag ihm, er soll verschwinden. Ich glaub, ich spinne. Da gibt's Leute, die Tiere umbringen und Menschen mit Kleiderbügeln schlagen, und der regt sich auf, weil Frank Taylor mich an den Haaren gezogen hat!« Ich wurde immer hysterischer. »Raus hier!« kreischte ich und warf mit meinem zweiten Kopfkissen nach Arly.

»Geh in dein Zimmer, Arly«, sagte Mama Betts.

»Du hast ja nicht gehört, was sie gesagt hat, Mama Betts. Sie hat gesagt, sie will ... sie hat ein Wort gesagt, das ...«

»Ab in dein Zimmer, Arly. Aber dalli!«

Sie wartete, bis er abgezogen war und die Tür hinter sich zugeknallt hatte.

»Wo hast du diese Ausdrucksweise gelernt, Rebekka?« fragte sie leise, aber ihre Stimme klang eisig. Und enttäuscht.

»Laß mich in Ruhe«, flüsterte ich.

»Na gut. Aber morgen früh, eh du zur Schule gehst, möchte ich, daß wir zusammen einen kleinen Spaziergang machen.« Noch ehe ich ihr antworten konnte, hatte sie das Licht ausgeknipst und die Tür geschlossen. Ich blieb allein in der Dunkelheit zurück – allein mit meiner lodernden Wut und den Bildern – und wälzte mich in meinem frischbezogenen Bett herum.

Der Bus kam angerumpelt. Arly hatte sich nach hinten gesetzt, zu Jamey Louise. Ich spürte seinen starren Blick, der sich regelrecht in meinen Hinterkopf bohrte. Es waren schon etliche andere Schüler da, die lachten und sich unterhielten, aber ich saß allein auf einem Platz ziemlich weit vorn, von wo aus ich das rote, staubige Band der Kali Oka Road im Blick hatte. Ich sah Alice, die mit sieben anderen Waltman-Sprößlingen am Straßenrand wartete. Alice hatte ein rosa Hemdblusenkleid an. Ihr eingedrehtes Haar reichte bis zum Kinn. Sie lächelte und freute sich sichtlich auf die Schule. Alice hatte es viel schwerer als ich, und doch war ich diejenige von uns beiden, die ständig in irgendwelche Schwierigkeiten geriet.

Auf dem Spaziergang hatte Mama Betts mir erklärt, ich hätte sie schockiert und enttäuscht. Was ich zu Arly gesagt hätte, wäre durch nichts zu rechtfertigen. Nach der Schule sollte ich zu Nadine gehen und mich erkundigen, was mit Greg war. Aber danach sollte ich sofort nach Hause kommen. Für den Rest der Woche durfte ich weder im Stall arbeiten noch reiten. Ob das Stallverbot zum Wochenende aufgehoben würde, das käme ganz darauf an, wie ich mich führen würde.

Ich hatte die ganze Zeit geschwiegen, und Mama Betts hatte gesagt, mit meiner Bockigkeit würde ich mir das Leben bloß unnötig schwermachen.

Alice kam angerannt. Als sie mich sah, verging ihr das Lachen.

»Gott im Himmel, du siehst ja aus, als ob du ins Gefängnis sollst.« Sie ließ sich neben mir auf den grünen Plastiksitz fallen. Ich versuchte zu lächeln, doch statt dessen hätte ich beinahe losgeheult. Ich räusperte mich und starrte auf meine Bücher. Alice drehte sich um und guckte zu Arly. Selbst sie hatte gemerkt, wie er mich ansah. »Was ist eigentlich los?«

Hinter uns wurde gelacht, und jemand haute Alice aus Spaß mit einem zusammengerollten Blatt Papier auf den Kopf, aber sie kümmerte sich nicht darum. »Was ist denn bloß los, Bekka?«

»Ach, einiges.« Ich sah sie an. »Alice, Greg ist vom Priester mit einem Kleiderbügel geschlagen worden, und jetzt ist er ganz schlimm krank.«

»Wie schlimm?«

»Ich glaube, er gehört ins Krankenhaus.«

Der Bus rumpelte weiter. Alle paar hundert Meter blieb er stehen, und neue Kinder stiegen ein, aber Alice und ich hatten die Köpfe zusammengesteckt und tuschelten miteinander und vergaßen, was um uns herum geschah – bis auf unser Entsetzen und unser schlechtes Gewissen.

»Wir hätten es doch sagen sollen …«

»Was denn sagen?« Das war Jamey Louise, die versuchte, sich neben Alice zu uns auf die Sitzbank zu quetschen. Obwohl es wahnsinnig eng war, rückten wir zusammen, damit Jamey Platz hatte, ihre Frage aber überhörten wir geflissentlich.

»Was ist denn mit dir und Arly los?« fragte Jamey. »Sonst tut ihr immer so, als ob ihr euch gar nicht kennt, und heute sitzt er da hinten und zieht ein Gesicht, als ob er dich umbringen will.«

»Will er ja auch«, sagte ich und war schon fast soweit, daß ich über diesen ganzen Quatsch lachen konnte. »Der denkt, daß Frank Taylor mich fragen will, ob ich mit ihm zu dem Football-Match gehe, und jetzt hat er Angst, Frank will mit mir anbandeln.«

»Wegen Rosie«, sagte Jamey, die Arlys Gedankengängen offenbar mühelos folgen konnte.

»Dieser Idiot.«

Jamey lachte. »Frank oder Arly?«

»Beide.« Zum erstenmal seit langer Zeit lächelte ich auch wieder.

»Du, Jamey?« begann ich zögernd, doch dann platzte ich heraus: »Greg ist krank. Schon die ganzen Tage.«

Ihr Lächeln gefror . »Was hat er denn?«

»Er hatte einen Unfall. In der Kirche.«

»Geht's ihm schlecht?« Sie hielt sich an der Rückenlehne des Sitzes, der vor ihr war, fest, so daß sie sich nach vorn beugen und mich ansehen konnte.

Ich wechselte einen Blick mit Alice. »Ziemlich. Er ist bei Nadine im Haus. Darum war er auch nicht mehr im Stall. Ich glaube, er wollte nicht, daß du das weißt.«

Jamey Louise sortierte ihre Bücher. »Das tut mir leid«, sagte sie. Als sie aufschaute, waren ihre Augen klar und tief dunkelbraun. »Hoffentlich wird er bald wieder gesund. Im Grunde passen wir nicht zusammen, Greg und ich, aber daß er krank ist, das finde ich natürlich auch nicht schön. Ich meine, Greg ist ein netter Kerl. Aber ... na ja, der Sommer ist vorbei. Die Schule hat wieder angefangen.«

Ich sagte nichts. Ich war sprachlos. Alice sah aus dem Fenster. »Gehst du am Freitag auch zu dem Match?« fragte sie schließlich.

Jamey nickte. »Das wird bestimmt toll. Dieses Jahr machen wir die Bulldogs fertig. Mark Soloman sagt, unser Angriff war noch nie so gut. Die Panthers machen Dykesville zur Schnecke. Geht ihr auch hin?«

»Wahrscheinlich«, sagte Alice. Sie stieß mir aufmunternd den Ellbogen in die Seite. »Aber ich darf ja wieder mal Maebelle V. mitnehmen, da wird's für mich wohl nicht so toll werden.«

»Erlaubt deine Mutter dir eigentlich, daß du dich mit Jungs triffst? Dieses Jahr, meine ich.«

»Bestimmt nicht, aber selbst wenn, ich müßte ja doch immer das Baby mitschleppen.« Alice lachte. »Oder meinst du, mit mir will sich einer verabreden, wo ich ewig Maebelle am Hals habe?«

»Und du, Bekka?« Jamey ließ nicht locker. »Wenn Frank dich fragt, gehst du dann mit ihm?«

»Ich kann nicht mit Jungs ausgehn.« Irgendwie hatte ich das Gefühl, daß Alice und Jamey Louise sich in einer anderen Sprache unterhielten, einer Sprache, die ich zwar verstand, die mir aber nicht gefiel.

»Wenn Effie Rich hört, daß ihr Töchterchen mit einem Jungen zum Football gehn will, die dreht doch glatt durch«, sagte Alice. »Kannst du dir das vorstellen?« Sie stieß mir schon wieder den Ellbogen in die Rippen. Sie wollte irgendeine Reaktion aus mir herauskitzeln.

»Und wieso regt sich Arly dann so über Frank Taylor auf?« fragte Jamey.

»Weil ihm der Kamm geschwollen ist«, erwiderte ich. »Weil er an Gehirnerweichung leidet.«

Jamey und Alice lachten so laut, daß sie sich an den Rückenlehnen der vorderen Sitze festhalten mußten. Das Problem war nur, daß ich diese Bemerkung gar nicht witzig gemeint hatte.

Kapitel 30

Der Sand der Kali Oka Road war so heiß, daß die Sohlen meiner neuen Slipper richtig brannten. Von Osten her schoben sich dicke lavendelfarbene Wolken über den Himmel und verhießen einen kurzen Regenschauer, der die Schwüle noch vergrößern und keine Abkühlung bringen würde. Qualvoll langsam waren die Unterrichtsstunden vergangen. Die Klassenzimmer waren heiß gewesen, die Lehrerinnen gereizt. Frank Taylor hatte mich tatsächlich gefragt, ob ich mit ihm zum Match gehen würde. Ich hatte die Einladung angenommen, weil ich Arly zeigen wollte, daß ich verdammt noch mal mache, was ich will. Der sollte mal ruhig im eigenen Saft schmoren.

Ich trug noch die Schuluniform und hatte die halbe Kali Oka Road in den Schuhen. Heißer, trockener, staubfeiner Sand, in dem meine Füße breite, wulstige Abdrücke hinterließen. Ich mußte aufpassen, daß ich keine Blasen kriegte, aber es war ja nicht mehr weit bis zu Nadine.

Wenn Gregs Zustand sich verschlimmert hätte, wäre Nadine zu Mama Betts gekommen und hätte sie um Hilfe gebeten. Daran mußte ich glauben. Und trotzdem merkte ich, als ich auf die Seifenbäume zuging, die sich dunkelgrün vom schaumigen Himmel abhoben, wie meine Schritte immer langsamer wurden.

An der Einfahrt blieb ich stehen und sah nach dem gekreuzigten Jesus. Er lag immer noch im Gebüsch, hatte immer noch Farbe im Gesicht und war immer noch schwer. Er sah aus, als ob der schwarze Überzug, mit dem auch die offenen Augen zugesprüht waren, seinen himmelwärts gewandten Blick jeglicher Hoffnung auf Rettung beraubt hätte. Sorgfältig versteckte ich ihn wieder, ging weiter zu Nadines Haus und klopfte an die Hintertür.

Nadine sah wüst aus. Sie hatte immer noch das löchrige T-Shirt an, nur daß ihre Beine heute in Reithosen steckten, die ebenfalls zerrissen waren, und die Füße in weißen Sportsocken, wie die Jungs sie zu Jeans tragen.

Sie winkte mich hinein. »Wie geht's Greg?« fragte ich und folgte ihr ins Haus.

»Der schläft.«

Ich lächelte. »Dann geht es ihm also besser?«

Sie nickte, und ihre goldenen Augen blitzten. »Nicht viel, aber immerhin. Ich glaube, der braucht einfach Ruhe, und mit dem Penicillin, da kommt er ganz schnell wieder auf die Beine.«

»Und wenn die Erlöser ihn nun suchen?« Diese Frage war mir schon in der Schule die ganze Zeit im Kopf herumgegangen. »Läßt du dann zu, daß die ihn mitnehmen?«

Nadine lachte. »Du willst ihn wohl für dich haben, was, Bekka? Das hat dir wohl gefallen, was du da gestern abend gesehen hast, hm?«

»Nein.« Ich spürte, wie ich rot wurde. Nadines Bemerkung hatte mich daran erinnert, daß ich Greg nackt gesehen hatte. Ich war wütend. »Nein, ich will ihn nicht. Aber ich finde, die sollen ihn auch nicht kriegen.«

»Also ich will ihn schon«, sagte Nadine. Sie lächelte wieder und peinigte mich auf die ihr eigene Weise. »Vielleicht behalt ich ihn sogar für immer. Vielleicht wird er mein vierter Mann.«

Das sollte sicher ein Witz sein, nur, wieso lachte sie nicht? Ich wußte nicht, was ich sagen sollte. Greg war doch noch ein Junge.

»Zu dir paßt er natürlich viel besser, nicht wahr, Bekka?«

Ich ging nicht auf ihre Sticheleien ein. »Jamey will ihn nicht besuchen. Sie sagt, ich soll sie mal besuchen kommen, dann zeigt sie mir 'n paar neue Tanzschritte.« Der Müll verbreitete einen ekelhaft süßlichen Geruch. Ich war mir sicher, daß ich bei genauerem Hingucken in den Säcken etwas krabbeln sehen würde, und darum starrte ich beharrlich auf meine Schuhe und betrachtete mir die Ziermünzen, die auf dem braunen Leder blinkten. »Greg war ja mit Jamey zusammen, aber jetzt, wo die beiden auseinander sind, kannst du ihn ruhig haben.« Ich versuchte mich genauso erwachsen zu benehmen wie sie.

»So? Vielen Dank auch.« Endlich lächelte sie wieder. »Greg wird entzückt sein, wenn er erfährt, daß er von einer Frau zur anderen weitergereicht worden ist.«

»Ich kann diese Woche nicht arbeiten kommen. Reiten auch nicht.«

»Hausarrest?«

»Ja.«

»Weil du so spät heimgekommen bist?«

»Nö. Den Stunk hat's gegeben, weil ich was zu Arly gesagt hab.« Ich griente.

»Bestimmt Wichser, stimmt's? Oder war's was mit ficken?« fragte Nadine lachend. »Eine Frau sagt so was nicht, Bekka. Männer können machen und sagen, was sie wollen, aber wenn eine Frau dasselbe tut, dann wird sie bestraft. Und so was nennen diese Wichser dann Gerechtigkeit.« Als sie mein verblüfftes Gesicht sah, mußte sie grinsen. »Na schön, dann sitz mal hübsch deine Strafe ab, aber danach kommst du schnellstens wieder her. Cammie braucht schließlich Bewegung.«

»Versprichst du mir, daß du sie solange reitest?« Der Gedanke, daß Cammie tagelang in ihrer Box eingesperrt bleiben sollte, war mir unerträglich. Wenn jemand kam und ihr etwas tun wollte, hatte sie keine Chance, sich zu wehren. Ich begriff, daß ich sie unmöglich allein lassen konnte, ganz gleich, was Mama Betts gesagt hatte. Nicht nach dem, was mit Cäsar passiert war.

»Ich werd sehen, was sich machen läßt, Bekka. Aber im Grunde bist du für Cammie zuständig. Ich hab schließlich alle anderen… und Greg.«

»Was ist denn nun eigentlich mit deinem Exmann? Hast du ihn gefunden?«

»Ich hab nichts von ihm gehört.«

»Wir könnten doch mal zu den Erlösern gehn. Dann wirst du ja sehn, ob er dort ist.«

»Klar, und in der Zwischenzeit kommen die Erlöser hierher und holen sich Greg«, antwortete sie. »Hör zu, Bekka, ich muß jetzt nach unserem Sorgenkind sehen. Ich sag ihm, daß du hier warst, und richte ihm Grüße von dir aus.«

»Nadine, wenn er einen Arzt braucht, Mama Betts würde das bezahlen.«

»Ich denk dran, Bekka. Aber wenn es weiter so bergauf geht mit ihm, dann braucht er keinen.«

Sie trat zurück und verschwand in der Dunkelheit des kleinen Zimmers, und ich drehte mich um und war mit einem Satz die Treppe hinunter und sah zu, daß ich endlich von dem Gestank wegkam. Wo Greg wohl liegen mochte? Auf dem Sofa? Sehr viele andere Möglichkeiten gab es im Haus ja nicht. Ich kannte nur Nadines Bett und dieses Sofa. Das war zwar immer noch weit besser als diese Matratzengruft, die wir in der Kirche gesehen hatten, aber trotzdem wäre es mir lieber gewesen, wenn wir Greg zu uns nach Hause hätten bringen können, damit Mama Betts ihn pflegte.

Mama Betts und ich redeten wenig miteinander, was aber nicht daran lag, daß zwischen uns dicke Luft war. Ich mußte über vieles nachdenken, und sie wollte, daß ich nachdachte. Wir rissen die verwelkten Begonien heraus und versuchten uns, jeder für sich, ganz genau daran zu erinnern, wie die Tradeskantien aussahen, die in den nächsten ein, zwei Wochen kommen mußten. Es waren die altmodischen roten, die über Nacht aufgingen und dann wie lauter dicke Puderquasten aussahen. Mama Betts liebte es, wenn alles ringsum blühte. Im Sommer und Herbst war der Garten voller Lilien und Tradeskantien, im Frühling ein Meer von Osterglocken und weißen Narzissen. Die großen gelben Osterglocken nannte sie Prinz Albert. Sie hatte einen Sohn gehabt, der Albert geheißen hatte und mit sieben Jahren gestorben war. Es gab ein Bild von ihr, wo sie ihn auf dem Schoß hielt – ein dickes, fröhliches Baby. Woran er gestorben war, darüber wurde nie gesprochen, aber etliche Jahre später war dann Effie geboren worden, das einzige andere Kind von Mama Betts.

Mama Betts trug ihren großen alten Gartenhut, ein uraltes, breitkrempiges Ding aus Stroh, das sie hatte, solange ich denken konnte. Sie lag auf den Knien und buddelte in der dunklen Erde. Die Haut an ihren Armen hing schlaff herunter und schwabbelte beim Arbeiten. Plötzlich begriff ich, daß sie alt war.

»Wie alt bist du eigentlich, Mama Betts?« fragte ich.

»Alt genug, um zu wissen, was eine unhöfliche Frage ist.«

Ich lachte. »Nein, ehrlich, sag doch mal. Wir schenken dir jedes Jahr zum Geburtstag einen Kuchen, aber nie mit Kerzen.«

»Willst du etwa das Haus abbrennen, Kind?« Sie scharrte das Unkraut zu einem kleinen Haufen zusammen.

»Sag doch mal ehrlich«, drängelte ich.

»Um diesen Garten hier kümmere ich mich seit siebenundsechzig Jahren, und als ich damit angefangen habe, war ich sechs.«

Ich rechnete rasch im Kopf. »Dann bist du dreiundsiebzig!«

»Ich bin 1890 geboren.«

Ich hockte da und sah sie an. Sie arbeitete weiter, ohne meinen Blick zu beachten.

»Das kannst du kaum glauben, was?« Sie lachte. »Denk bloß mal, wenn du so alt bist wie ich jetzt, dann wohnst du wahrscheinlich auf dem Mars, wo der Himmel rosa ist und die Leute sich Flügel ausleihen, wenn sie verreisen wollen.«

»Wenn ich dreiundsiebzig bin, dann wohne ich immer noch hier in der Kali Oka Road, genau wie du.«

Mama Betts buddelte mit den Händen in der Erde herum. »Das würde ich mir aber noch mal gründlich überlegen, Bekka. Es gibt so viele Möglichkeiten auf der Welt.«

»Wie meinst du das?«

»Eine Frau hat heute in dieser Welt ganz andere Möglichkeiten als damals, zu meiner Zeit. Du kannst dich entscheiden. Du kannst reisen oder studieren.«

»Oder ich kann hierbleiben und auf Pferden reiten.«

Sie arbeitete seelenruhig weiter mit ihrem Pflanzengräber. »Auch das, wenn du es wirklich willst. Viele deiner Freundinnen werden sich für diese Möglichkeit entscheiden – jung heiraten und bleiben, wo sie sind.«

»Genau wie du. Und Effie.«

»Nein, Effie nicht. Die hat sich Zeit gelassen mit dem Heiraten. Es hat schon geheißen, sie ist eine alte Jungfer.« Mama Betts lachte. »Vierundzwanzig war sie.«

»So alt?!«

Mama Betts mußte dermaßen lachen, daß sie sicherheitshalber den Pflanzengräber beiseite legte und lieber wieder die Hände nahm. Zuerst fand ich ihr Lachen lustig, aber dann fühlte ich mich irgendwie ausgeschlossen. »Na ja, Nadine ist auch nicht viel älter, aber die war schon dreimal verheiratet.«

Mama Betts hörte auf zu lachen. »Dreimal?«

Mir war mit einem Schlag klar, daß ich eine Dummheit gemacht hatte. »Na ja, oft sagt sie solche Sachen auch bloß, weil sie mich ärgern oder schocken will.«

»Ist sie von den Männern geschieden, oder sind die alle tot? Hat sie dir das erzählt? Vielleicht hat sie ja einfach eine Pechsträhne gehabt.«

Ich hoffte, daß Mama Betts Spaß machte, aber es sah mir nicht so aus. »Ihre Eltern sind tot. Die sind bei einem Autounfall ums Leben gekommen.«

»Zusammen mit ihren drei Männern, was? Da muß das Auto aber mächtig voll gewesen sein.«

Wenn Mama Betts sarkastisch wurde, dann hieß das, daß sie wütend war. Am besten, ich wechselte das Thema. »Ich geh mir einen Eistee holen. Willst du auch einen?«

»Sicher.« Mama Betts hob ihre Handschuhe und den Pflanzengräber vom Boden auf. »Ich glaube, das langt für heute«, sagte sie und ließ sich von mir beim Aufstehen helfen. »Ich setz mich ein bißchen auf die Veranda.«

»Ich bring dir den Tee raus.«

»Ach, übrigens, Bekka, du hast mir noch gar nicht erzählt, ob der junge Taylor dich nun tatsächlich gefragt hat, ob du mit ihm zu dem Match gehst.«

Ich hielt ihr die Fliegentür auf. »Doch, hat er, und ich hab gesagt, meinetwegen kann er neben mir sitzen.« Mama Betts blieb kurz stehen, drehte sich aber nicht um. Ich ließ die Fliegentür ins Schloß fallen. »Der Frank, der ist mir total schnuppe, aber von Arly lass' ich mich nicht rumkommandieren.«

»Wir werden Effie heute abend fragen, was sie davon hält, wenn ein Mädchen deines Alters sich mit einem Jungen zum Football-Match verabredet.«

Ich seufzte. »Mama Betts, auch wenn sie nein sagt, egal, wo ich sitze, es kann immer passieren, daß ich einen Jungen neben mir habe.

Das ist schließlich nicht verboten. Ich kann doch die Jungs nicht daran hindern, sich auf die Zuschauertribüne zu setzen, verstehst du?«

»Eins zu null für dich, Bekka. Was ist denn jetzt mit dem Eistee?«

Arly kam heim und ging gleich ins Badezimmer, um sich zu waschen. Er setzte sich mit nassen, angeklatschten Haaren an den von Mama Betts gedeckten Abendbrottisch. Er platzte bald vor Neugier wegen der Sache mit Frank Taylor, aber er beherrschte sich. Er fraß wie ein Scheunendrescher, und als er fertig war, stand er auf. »Butch Schultz, der Sohn von dem Priester von der Kirche in Crossroads, kommt mich abholen. Wir machen zusammen Hausaufgaben.«

Ich wollte gerade aufmucken, doch Mama Betts kam mir zuvor. »Daraus wird nichts«, sagte sie. »Du wäschst jetzt das Geschirr ab, und dann gehst du in dein Zimmer und machst allein Hausaufgaben.«

Arly zog einen Flunsch. »Wieso denn?«

»Weil du gestern nacht in Bekkas Zimmer warst, wo du überhaupt nichts zu suchen hast, und weil du kein Recht hast, ihr vorzuschreiben, mit wem sie befreundet sein soll. Sie hat Hausarrest und du auch.«

»Aber – «

»Kein Aber, Arly. Denk mal drüber nach. Du kannst dich doch nicht einfach zu jemandem ins Zimmer schleichen und versuchen, ihm deinen Willen aufzuzwingen. So, und jetzt geh zum Telefon und sag deinem Freund Bescheid, damit er nicht umsonst hier rausgefahren kommt. Aber fasse dich kurz. In einer Viertelstunde rufen Walt und Effie an.«

Ich grinste Arly triumphierend an, worauf er türenknallend im Korridor verschwand. Der Dämpfer, den Mama Betts ihm da eben gegeben hatte, versöhnte mich fast mit meiner eigenen Strafe. Seit die Schule wieder angefangen hatte, war Arly richtig unausstehlich geworden. Er fand, daß er zu alt war, um mit dem Bus zu fahren, und wollte immer Effies Wagen haben, aber dazu hatte Mama Betts rundheraus nein gesagt. Der alte Esel mit seinem ulkigen Alligatormaul blieb hinter dem Haus stehen. Samstag abends, wenn Arly mit

Rosie ins Autokino wollte, durfte er ihn benutzen. Woanders konnte man in Jexville sowieso nicht hingehen, und darum sahen sich die Teenager meistens den Film an und fuhren danach in die Stadt zu McDonalds oder auf irgendeinen Parkplatz, wo sich dann die ganze Clique traf.

»Mach, daß du fertig wirst«, ermahnte Mama Betts mich freundlich. »Mir ist es lieber, du bist aus der Küche, wenn Arly kommt und den Abwasch machen will. Ich will nicht, daß ihr zwei euch noch mal in die Haare kriegt.«

Ich wandte mich wieder den Butterbohnen mit Schinken zu und horchte auf das Telefon. Arly hatte seinen Anruf erledigt und sich in sein Zimmer verzogen. Ich räumte den Tisch ab und ging ebenfalls in mein Zimmer. Als das schrille Klingeln ertönte, stürzte ich hinaus in die Diele.

»Hallo?« Ich hatte dem Richter so viel zu erzählen, daß ich unbedingt als erste am Apparat sein wollte.

»Bekka, mein Schätzchen.« Effie hörte sich richtig glücklich an. »Wenn du wüßtest, wie gut es uns geht. Wir sind bei Rita. Dieses Wiedersehen ist so wunderschön. Walt war heute bei einer Filmgesellschaft und hat den ganzen Tag mit einem von den Autoren geredet. Das ist alles so aufregend. Kann sein, sie bieten ihm einen Job als Berater bei einem Film an. Das hat Rita für ihn arrangiert. Ich glaube, das hat sie bloß gemacht, damit wir Frauen ein bißchen für uns sein können. Sag mal, könntest du dir eigentlich vorstellen, die Weihnachtsferien mit uns in Hollywood zu verbringen?«

»Das wär toll.« Ich kam mir vor, als ob ich den Boden unter den Füßen verloren hätte, als ob ich schwerelos war und im freien Fall durch den Äther trudelte. »Mama?« War das wirklich meine Mutter am anderen Ende der Leitung?

»Was ist denn, Schätzchen?«

»Du fühlst dich wirklich wohl in Hollywood?« Effie fühlte sich nirgendwo auf der Welt wohl, außer in der Kali Oka Road. Wenn wir irgendwo im Urlaub waren, hatte sie sich immer über die Hotels, die Restaurants und die öffentlichen Toiletten beklagt.

»Die Stadt ist nicht uninteressant. Rita hat viel für uns getan, Bekka. Sie hat uns eine Menge Türen geöffnet, und Kalifornien ist wirklich schön. Nachts ist es trocken und kühl. Ihr müßt ja ersticken dort bei der Hitze und mit dieser Luftfeuchtigkeit.«

»Ist der Richter da?«

»Er wollte dir eigentlich kurz guten Tag sagen, aber er mußte zu einer Konferenz. Es geht um einen Film über eine Journalistin, die unter Mordanklage steht. Walt sollte zuerst nur dafür sorgen, daß die Details aus der Pressebranche auch stimmen, aber dann hat er so viele gute Ideen gehabt, wie man die Story umbauen kann, und jetzt schreibt er mit am Drehbuch. Das bringt sehr viel Geld, Bekka. Mehr, als er verdient, wenn er ein ganzes Jahr unterrichtet.«

»Hört sich ja toll an.« Meine Eltern hatten also die große weite Welt für sich entdeckt. Ich konnte mir Effie einfach nicht in Hollywood vorstellen – beim besten Willen nicht. Jedenfalls nicht lächelnd.

»Walt und ich, wir sind so glücklich. Das war der beste Streich, der mir je gespielt worden ist. Und Bekka« – sie machte eine kurze Pause –, »mach dir bitte keine Sorgen mehr wegen dieser Cathi Cummings. Walt hat mir alles erklärt.« Ihre Stimme klang plötzlich angespannt, das hörte ich, obwohl sie sich Mühe gab, sich die Nervosität nicht anmerken zu lassen. »Tut mir leid, daß ich so hart zu dir war, Bekka. Das war nicht richtig von mir. Ich weiß ja, daß es nicht deine Schuld war.«

»Ist schon in Ordnung«, sagte ich mit gespielter Unbekümmertheit. »Du, Effie, wenn Walt kommt, kannst du ihm bitte sagen, er möchte mich noch mal anrufen?«

»Stimmt irgendwas nicht? Sollen wir nach Hause kommen?« Ihre Euphorie war wie weggeblasen.

»Unsinn!« erwiderte ich lachend. »Ich hab bloß eine Frage, die mir nur der Richter beantworten kann. Es ist was für die Schule.«

»Gut, ich sag's ihm. Es kann aber ein paar Tage dauern.«

Das war wie ein Stich ins Herz. »Kein Problem«, sagte ich tapfer. »Wann kommt ihr eigentlich wieder?«

»Bekka, wenn irgendwas ist, dann reisen wir sofort hier ab. In zwei bis drei Tagen können wir bei euch sein.«

»Es ist nichts, Mama. Ich hab bloß ein bißchen Sehnsucht.«

»Wir haben auch Sehnsucht nach dir, Schätzchen. Holst du bitte mal Mama Betts ans Telefon?«

Mama Betts hatte die ganze Zeit im Korridor gestanden und mich nicht aus den Augen gelassen. Ich winkte sie heran. Sie nahm den Hörer und beantwortete Effies erste Frage, und ich wußte ganz genau, wie diese Frage lautete.

»Ja, Effie, hier läuft alles bestens. Keine besonderen Vorkommnisse. Arly und Bekka liegen sich dauernd in den Haaren, aber das ist ja nichts Neues. Nein, es ist alles in Ordnung. In der Schule? Nein, alles in Ordnung. Die beiden gewöhnen sich langsam wieder ans Schülerleben. Nein. Nein.«

Ich ging in mein Zimmer und schloß leise die Tür. Nur noch ein paar Tage, dann würde der Richter mich anrufen. Vielleicht sogar noch eher. Und wenn ich ihm dann erzählte, was sie mit Greg gemacht hatten und was mit Cäsar passiert war, würde er seinen Filmvertrag platzen lassen und sofort nach Hause kommen.

Ich schlug mein Physikbuch auf und fing an, darin zu lesen, doch die Worte verschwammen mir vor den Augen. Ich kannte jedes einzelne, aber sie ergaben keinen Sinn. Was sollte ich bloß machen? Schwer lastete die Abendhitze auf der Kali Oka Road, und ich hörte wieder den Ziegenmelker, der sein »In die Höll'. In die Höll'« ins Dunkel rief.

Kapitel 31

Geht's Greg schon so gut, daß ich ihn kurz besuchen kann?« Ich stand auf der obersten Stufe von Nadines Hintertreppe und scharrte verlegen mit der Turnschuhspitze im Sand. Es war fast fünf. Ich war mit Mama Betts im Lebensmittelladen einkaufen gewesen, und nun hatte sie mich bei Nadine abgesetzt. Ich hörte sie auf der Einfahrt wenden und war mir sicher, daß ihrem neugierigen Blick nicht die kleinste Kleinigkeit entging. Hoffentlich sah sie den Müll nicht.

»Es ist wieder schlimmer geworden«, sagte Nadine. Sie stand im Schatten, so daß ich ihre Augen nicht sehen konnte und mir nicht sicher war, ob sie das ernst meinte.

»Ehrlich?«

Sie stieß die Tür auf. »Komm rein und überzeug dich selbst.«

Ich hatte Angst, aber ich folgte Nadine durch die Küche und den Korridor. Sie ließ das Wohnzimmer links liegen und machte die Schlafzimmertür auf.

Greg saß im Bett, hatte ein paar Kissen im Rücken und las in Effies Buch.

»Bekka«, sagte er erstaunt und ein bißchen verlegen. Er hatte kein Hemd an, und das Bettuch bedeckte nur seinen Unterkörper. Ich versuchte nicht hinzusehen, hatte aber das Gefühl, daß er unten herum ebenfalls nackt war.

Er legte das Buch aus der Hand.

»Nadine hat erzählt, es ist wieder schlimmer geworden«, sagte ich und warf ihr einen mißbilligenden Blick zu.

Sie lächelte wie ein Haifisch.

»Nadine ist eine fabelhafte Ärztin«, sagte Greg. »Es geht mir schon viel besser. Das Fieber ist runter, und mein Rücken heilt auch langsam ab.«

»Schön.« Ich spielte an den Fingern.

»Setz dich ruhig hin, und unterhalte dich ein bißchen mit Greg«, schlug Nadine vor und zeigte aufs Fußende des Bettes. »Meine Gesellschaft hat er eh schon satt.«

»Stimmt ja gar nicht.« Er sah sie an – ein ganz kurzer Blick, der sagte, daß er sie nicht satt hatte, sondern ihr dankbar war. Und noch etwas anderes lag in diesem Blick. Dann wandte er sich mir zu. »Ich hätte nie gedacht, daß Nadine so … so nett sein kann.«

Sie ging zur Tür. »Willst du auch eine Cola, Bekka? Ich wollte Greg gerade eine holen. Er muß essen und trinken.«

»Gerne«, erwiderte ich.

»In einer Stunde muß ich Greg eine Spritze geben. Mit der Cola wird er bestochen, damit er kein Theater macht«, sagte Nadine im Hinausgehen.

Sie ließ die Tür offen. Ich setzte mich ganz außen auf die Bettkante. »Gibt Nadine dir wirklich Spritzen?« Ich verzog das Gesicht. »Dr. McMillan hat uns mal welche gegeben. Das war ganz eklig.«

»Hm.« Greg wurde ein bißchen rot. »Es ist wirklich ganz schön eklig, aber ich kann mich nicht beklagen, die Spritzen haben echt geholfen.« Er nahm das Buch wieder in die Hand. »Deine Mutter schreibt richtig gut. Ich hab gedacht, ich bin zu alt für so was, aber die Geschichte gefällt mir. Hat sie ein Happy-End?«

»Effie sagt immer, ich darf den Schluß nicht verraten. Du mußt schon bis zu Ende lesen.«

Greg legte das Buch neben sich aufs Bett. Er hatte den Finger noch zwischen den Seiten. »Und wie ist es in der Schule?«

Wir waren wie Fremde, redeten über Dinge, die uns gar nicht interessierten. »Blöd. Da ist eine Affenhitze, und die Lehrerinnen sind fett und doof.«

»Und was macht Jamey Louise?«

»Der geht's gut, Greg.« Ich schluckte. »Sie hat viel zu tun mit ihren Hausaufgaben.«

»Und mit den Jungs, nehme ich an.«

Ich schwieg ein paar unbehagliche Sekunden lang. »Ein Glück, daß es dir bessergeht.« Ich stand auf. Es gab nichts weiter zu sagen, und ich wartete sehnsüchtig darauf, daß Nadine mit der Cola zurückkam. Ich hatte eine Stinkwut auf Jamey. Wie dumm von mir, daß ich Greg die Wahrheit gesagt hatte. Ich hätte ihm erzählen sollen, daß sie ihn grüßen läßt.

»Macht ja nichts«, sagte er schließlich.

»Hast du den gekreuzigten Jesus genommen und ihn unter den Seifenbäumen versteckt?«

»Ja, ich hab ihn genommen. Ich hab mir gedacht, wenn sie mich schon halbtot schlagen, weil ich ihn angeblich schwarz angesprüht habe, dann kann ich ihn auch gleich mitnehmen.«

»Und was willst du damit machen?« Ich konnte mir beim besten Willen nicht vorstellen, was er mit dem Ding vorhatte.

Greg guckte zum Fenster, aber dort war nichts zu sehen außer den gelblichen Rollos und den Vorhängen. »Weiß ich nicht. Ich hab überlegt, aber bis jetzt ist mir noch nichts Rechtes eingefallen.«

»Am besten, du bringst ihn zurück.«

Er schüttelte den Kopf. »Nein, die kriegen ihn nicht wieder. Für die ist er sowieso wertlos. Selbst wenn einer die Farbe abkriegt, die könnten ihn nie mehr ansehen, ohne daran zu denken, daß er mal schwarz angesprüht gewesen war. Und wer das gemacht hat. Ich werd ja wohl wieder zurückmüssen zu denen, aber das Kruzifix, das kann ich nicht wieder hinbringen.«

»Du willst zurück zu denen?« Ich konnte nicht fassen, daß Greg diese Möglichkeit auch nur eine Sekunde lang in Betracht zog. »Nach dem, was die dir angetan haben?«

Wut zuckte über sein Gesicht. Wie ein Sommergewitter, ein Blitz, der aufflammt und wieder verschwindet. »Du begreifst überhaupt nichts, Bekka.« Er sprach so leise, daß ich mich noch einmal auf die Bettkante setzen mußte, damit ich ihn verstehen konnte. »Wo soll ich denn sonst hin? Ich geh in keine Schule. Ich hab keine anderen Verwandten. Ich bin als kleiner Junge zu den Erlösern gekommen. Ich kenne doch nichts anderes.«

Er drehte den Kopf zur Seite, um meinem Blick auszuweichen. Ich wollte ihm etwas sagen, irgend etwas, daß es doch ein Zuhause für ihn gab, einen Ort, wo er hingehörte. Aber ich war noch nie eine gute Lügnerin gewesen. Mir fehlte ganz einfach jegliches Talent zum Schönfärben.

»Hast du denn keine Tante? Oder sonst irgendwelche Angehörigen?«

Er zuckte mit einer Schulter und stöhnte laut vor Schmerz. »Ich war drei oder so, als ich zu den Erlösern gekommen bin. Meine richtigen Eltern sind tot. John und Rachel Singer haben mich sozusagen adoptiert. Aber da war ich noch zu klein. Ich weiß das alles nicht mehr so genau. Ich glaube, eigentlich heiße ich Calendar.« Er überlegte einen Moment. »Ich kann mich noch erinnern, daß ich den Namen immer wieder sagen mußte, damit ich wußte, wie ich heiße, falls ich mich mal verlaufe. Da war ich noch ganz klein.«

»Calendar, wie der Kalender?«

Greg nickte. »Hört sich an, als ob ich mir das ausgedacht habe, ich weiß. Ich erzähl das schon gar keinem mehr, weil mir eh niemand glaubt.«

»Nein, nein, ich glaube dir schon, aber … na ja, hört sich komisch an, der Name.« Jetzt war mir klar, warum Gregs Familie es zugelassen hatte, daß der Priester ihn so verprügelte. Er gehörte einfach nicht richtig dazu, und er wollte auch gar nicht dazugehören.

»Vergiß es«, sagte er. »Vielleicht hab ich mir das ja wirklich alles bloß ausgedacht. Oder geträumt.«

»Greg, du kannst da nicht wieder hin.«

»Ich muß, wenigstens bis ich sechzehn bin. Wenn ich alt genug bin, daß ich eine Arbeitserlaubnis kriege, kann ich Autofahren lernen. Und dann kann ich mir vielleicht irgendwo einen Job suchen.«

»Hier darf man schon mit fünfzehn den Führerschein machen, und Nadine läßt dich bestimmt hierbleiben.«

»Ich kann doch nicht mein Leben lang Heuböden saubermachen, Bekka. Ich bin ja nicht mal zur Schule gegangen. Ich muß in die Stadt, irgendwohin, wo so einer wie ich Arbeit finden kann.«

»Es gibt eine Menge Leute, die keinen Schulabschluß haben.«

»Klar, aber die haben Grund und Boden. Die leben von der Landwirtschaft. Die haben was, für das sie arbeiten können. Ich kann mir ja nicht mal 'ne Tasse Kaffee kaufen.« Seine Stimme klang bitter.

»Irgendwas wird uns schon einfallen.« Es mußte doch noch eine andere Alternative geben. Wenn er zu den Erlösern ging, mußte man auf das Schlimmste gefaßt sein.

Ein Wagen kam die Straße entlanggefahren. Vor dem Haus verlangsamte er sein Tempo und wendete dann auf der Einfahrt. »Wer kann das sein?« Nadines Schlafzimmer ging nach hinten raus, aber ich trat trotzdem ans Fenster. Von dort konnte ich zwar einen Teil der Straße überblicken, doch das Auto war nicht mehr zu sehen, nur noch die Staubwolke hing in der Luft.

»Das sind sie«, sagte Greg. »Das ist der alte Chevy. Ich hör's am Geräusch.«

»Wer sie?« Aber er brauchte mir nicht zu antworten. Ich bekam eine Gänsehaut. Die Erlöser. Nun waren sie also doch gekommen, um ihn zu holen. Nach fast einer Woche hatten sie sich endlich dazu durchgerungen, ihn zu vermissen.

»John und Rachel. Reverend Marcus hat ihnen sein Auto geborgt, damit sie mich und das Kruzifix abholen können.« Er saß reglos im Bett.

Jemand klopfte laut vorn an die Haustür. Ich hatte ganz vergessen, daß Nadines Haus auch eine richtige Haustür besaß. Ich hörte sie zur Tür gehen. Sie kam am Schlafzimmer vorbei, schaute aber nicht herein. Dann knarrte die Haustür. Nadine sagte nicht einmal guten Tag.

»Wir kommen wegen dem Jungen«, sagte eine Männerstimme.

Greg starrte wie in Trance gegen die Wand.

»Was für ein Junge?« fragte Nadine in scharfem und gleichzeitig leicht sarkastischem Ton.

Ich schlich mich zur Tür und guckte durch den Spalt, konnte aber nichts sehen. Also trat ich hinaus auf den Korridor. Nadine stand in der Haustür und hatte die Arme in die Hüften gestemmt. Ihre Haltung verriet mir, daß sie durchaus wußte, mit wem sie es zu tun hatte.

»Na, wegen Greg.« Das war wieder der Mann. »Wir sind seine Adoptiveltern, wir verlangen, daß Sie ihn rausgeben.«

»Ach ja? Na so ein Pech«, sagte Nadine. »Am besten, ihr setzt euch gleich wieder ins Auto und fahrt zurück in dieses Höllenloch, das ihr als Kirche bezeichnet. Greg bleibt hier. Und daß ihr's nur wißt, die Prügel, die ihr ihm verpaßt habt, die hat ihn fast umgebracht. Und jetzt macht, daß ihr von meinem Land verschwindet, oder soll ich euch den Sheriff auf den Hals hetzen, daß er sich mal ansieht, was bei euch da unten los ist?«

»Greg ist unser Sohn.« Jetzt hörte ich zum erstenmal die Frau sprechen. Ihre Stimme klang unsagbar traurig. Ich schlich mich ein Stück weiter vor. Ich mußte sie sehen. Ich mußte wissen, wie diese Menschen aussahen, die zuließen, daß jemand ihren Sohn, oder meinetwegen auch Adoptivsohn, dermaßen verprügelte.

Als erstes erblickte ich das dunkelbraune Kleid der Frau. Dann ihre Haare, die sie zum Kranz aufgesteckt trug. Ihr Gesicht war faltig und wettergegerbt, und sie war genauso dünn wie Greg. Der Mann neben ihr war ebenfalls dünn, aber sehr groß. Er sah müde und wütend aus.

»Der Junge muß wieder nach Hause kommen«, sagte der Mann. »Je länger er wegbleibt, um so schwerer hat er's nachher. Er hat was Unrechtes getan, und dafür ist er bestraft worden. Aber damit ist der Fall erledigt, es sei denn, er will die Sache in die Länge ziehen und alles noch schlimmer machen.«

Nadine lachte höhnisch auf. »Greg ist sehr, sehr krank. Er wird nirgendwohin gehen. Jedenfalls nicht auf absehbare Zeit. Sein Rücken ist schrecklich vereitert. Er braucht Medikamente und Pflege, und bei euch kriegt er weder das eine noch das andere.«

»Ich kann ihn pflegen«, sagte die Frau. »Wenn er nach Hause kommt, sorge ich dafür, daß alles gut abheilt. Ich hätte mich doch um ihn gekümmert, er ist ja weggelaufen.«

»Der kommt nie mehr zu euch zurück!« hörte ich mich zu meiner eigenen Überraschung sagen, und prompt rissen die zwei die Augen auf und starrten in den dunklen Korridor.

»Wer ist außer Ihnen im Haus?« fragte der Mann, dessen Stimme jetzt noch wütender klang.

»Das geht Sie einen Scheißdreck an.« Der abfällige Ton, in dem Nadine das sagte, war mindestens so beleidigend wie die Worte selbst. »Und jetzt verschwindet von meinem Land.«

»Wir wollen den Jungen.« Der Mann bebte vor Wut. Er hatte die

Augen zusammengekniffen, daß sie wie zwei schmale Schlitze aussahen, und versuchte, an mir und Nadine vorbei ins Haus zu gucken. »Komm ja raus hier, Greg, oder willst du, daß sie Ärger kriegen, deine zwei … Freundinnen?«

»Greg ist so krank, der kann überhaupt nicht aufstehn, du Esel!« fauchte Nadine. »Verschwindet von meinem Land, sonst gnade euch Gott!«

»Wir wollen den Jungen.«

»Und die Leute in der Hölle wollen Eiswasser.« Nadine ließ die Arme fallen. »Bekka, geh ins Schlafzimmer und hol mir das Gewehr. Ich muß den Leuten hier anscheinend mit anderen Mitteln klarmachen, daß sie gefälligst verschwinden sollen.«

»John.« Die Frau faßte ihren Mann beim Arm. »Komm, wir gehen. So einen Ärger können wir uns nicht leisten.«

»Greg hat hier nichts zu suchen.« Der Mann funkelte Nadine böse an. »Unser Sohn hat hier nichts zu suchen, hier bei diesem Flittchen und – «

Die Frau zupfte ihn am Ärmel. »Bitte, John.«

»Wenn ihr Greg unbedingt wiederhaben wollt, dann schickt den Priester her, soll der ihn sich doch holen!« rief ich herausfordernd. Ich wollte, daß Nadine Reverend Marcus sah, damit sie wußte, ob er wirklich ihr Exmann war und etwas gegen sie im Schilde führte.

»Wir kriegen unseren Jungen wieder. Warten Sie's nur ab«, sagte der Mann, während die Frau ihn abermals am Ärmel zupfte, und ging bereits rückwärts die Treppe hinunter. »Greg wird Sie bald satt haben … Sie und ihr schmutziges Fleisch.« Er verzog den Mund zu einem bösen, harten Lächeln. »Er wird wieder nach Hause kommen. Sie werden schon sehen. Der hat ja niemanden außer uns, und das weiß er ganz genau.«

»Wenn ihr euch noch einmal auf meinem Land blicken laßt, dann zeige ich euch, was man hier in der Gegend mit Leuten macht, die Hausfriedensbruch begehn.«

»Das schreibt euch mal lieber selbst hinter die Ohren«, sagte der Mann und wandte sich plötzlich an mich. »Wir wissen, daß du bei uns auf dem Kirchengrundstück rumgeschnüffelt hast, Rebekka Rich. Es gibt auch Gesetze, die uns schützen.«

Ich stand wie erstarrt neben Nadine.

»Haut bloß ab!« Nadine knallte die Haustür zu.

Ich ging wieder zu Greg ins Schlafzimmer. Er lag mit dem Gesicht zur Wand und sah mich nicht an. »Geh nach Hause, Bekka«, sagte er so müde, als ob er hundert Jahre alt wäre.

»Die können dich nicht zwingen, daß du zurückkommst, Greg. Das geht nicht. Das lassen wir nicht zu.«

»Geh nach Hause«, erwiderte er. »Bitte, laß mich doch in Ruhe.«

Am nächsten Tag zog ich Jamey Louise in der Schulbibliothek in eine Ecke, wo wir kurz miteinander reden konnten, ohne uns eine Ermahnung einzuhandeln. Ich bat sie, Greg zu besuchen. Ich sagte ihr, daß er sehr gekränkt und am Boden war. Sie meinte, vielleicht am Samstag, falls ihre Mutter nicht mit ihr zum Friseur ging. Sie wollte sich die Haare abschneiden lassen, vorn bis zum Kinn und hinten lang, erklärte sie und zeigte mir mit ein paar Handbewegungen, wie sie sich das vorstellte. Mir war klar, daß sie Greg nicht besuchen würde.

Es war Freitag. Der Abend vor dem ersten Match der Saison. Arly war stinksauer, weil er Alice und mich hinfahren sollte. Hinterher mußte er uns auch wieder nach Hause bringen, was bedeutete, daß er nicht in der Halbzeit mit Rosie verschwinden konnte. Ich war schuld, daß er weniger Zeit fürs Petting hatte. Das war hart. Er machte aus seiner schlechten Laune kein Hehl.

Auf das Spiel freute ich mich ungefähr so sehr wie auf einen Besuch beim Zahnarzt. Ich konnte sowieso an nichts anderes denken als an die Kali Oka Road und an Nadines Haus. Trotzdem ging ich hin, denn wenn ich beim ersten Heimspiel unseres Teams gefehlt hätte, wäre ich in der Schule ein für allemal unten durch gewesen.

Ich hatte immer noch Hausarrest und war darum am Freitagnachmittag nicht im Stall gewesen. Statt dessen hatte ich Mama Betts tüchtig beim Wäschewaschen und im Garten geholfen und sogar freiwillig das Geschirr vom Abendbrot gespült. Am Samstag wollte ich unbedingt zu Cammie und sie reiten. Ich konnte nur hoffen, daß mein Betragen sich in Mama Betts' Augen gebessert hatte. Ein bißchen gnädiger sah sie mich inzwischen ja schon an.

Gegen sieben stiegen Arly und ich ins Auto und fuhren los, um Alice und Maebelle V. abzuholen.

»Wenn ihr das Baby dabei habt, könnt ihr wenigstens keine Dummheiten machen«, sagte Arly mit unverhohlener Schadenfreude.

»Ich probier's einfach mal und erzähl dir morgen, wie's ausgegangen ist«, sagte ich schnippisch und warf den Kopf herum, daß mein Haar nach hinten flog. »Frank findet's toll, wenn ich die Haare offen trage.«

Damit brachte ich Arly dermaßen auf die Palme, daß es ihm schlichtweg die Sprache verschlug. Alice und Maebelle V. stiegen zu, und Arly sprach den ganzen Weg bis Jexville kein einziges Wort mehr.

Das Football-Stadion war von einem Kiefernwäldchen umgeben, und Arly fand eine gute Stelle zum Parken, wo uns niemand im Eifer des Gefechts eine Beule in den Wagen fahren konnte. Er hatte das Auto gewaschen und poliert, und dann hatte er erfahren, daß Rosie Ärger mit ihren Eltern hatte und deswegen nicht mit ihm zusammen zum Match fahren durfte. Sie wollten sich auf der Tribüne treffen. Ich überlegte, wie ich es schaffen konnte, daß Frank und ich uns in Arlys Nähe setzten. Das würde ihm recht geschehen.

Kaum daß wir ausgestiegen waren, machte Arly sich davon. Alice und ich gingen mit Maebelle V. rüber zu den Freßbuden, wo der Duft von Popcorn mir das Wasser im Mund zusammenlaufen ließ, obwohl ich gerade vom Abendbrot kam. Ich hatte fünfzig Cent bei mir und kaufte uns davon zwei Cola und eine Tüte Popcorn.

Dann spazierten wir zur Tribüne, wo wir futtern und nach Frank Ausschau halten wollten. Alice interessierte sich für einen aus der neunten Klasse, der Mack Sumrall hieß. Er war vollkommen kahlgeschoren, bis auf drei wellige blonde Strähnen direkt über der Stirn.

Ich fand, daß der Typ mit seinem Stiernacken, dem quadratischen Schädel und dieser Stirnmähne aussah wie ein Hereford-Bulle, aber Alice war total verknallt. Außerdem war er der einzige Quarterback aus der Neunten und würde nächstes Jahr zu den Stars des High-School-Teams gehören. Frank spielte nicht Football, weil er nachmittags in einem Pflegeheim arbeitete. Ich war froh, daß er kein

Spieler war. So hatte er wenigstens einen richtigen Hals und noch alle Zähne. Seit ich auf seine Bitte, beim Match neben ihm zu sitzen, eingegangen war, hatte ich mir ein paar Gedanken über ihn gemacht. Dunkle Augen, braungebrannte Haut – nein, er war nicht häßlich. Er redete auch mehr als die anderen Jungs. Und er hatte gar keine Zeit, um den Mädchen hinterherzulaufen. Das waren lauter Dinge, die mir an ihm gefielen.

Wir saßen da und mampften Popcorn. Plötzlich stieß Alice mich in die Seite. Auf dem Spielfeld stand Jamey Louise. Sie hing am Arm von Dewey Merritt, dem Abwehrspieler der Panthers. Er war schon auf dem Junior College, und alle sagten, er würde bestimmt mal Profi werden – wenn er nicht soviel rumvögelte. Alle sagten das, auch er selbst. Jamey himmelte ihn an, und jetzt beugte er sich zu ihr runter und küßte sie in aller Öffentlichkeit auf den Mund.

Alice holte tief Luft. »Der ist auf dem College«, sagte sie leise.

»Jamey ist ihm weit voraus, auch wenn er älter ist, die holt der nie im Leben ein.« Greg tat mir unheimlich leid. Obwohl mich das ja nun wirklich nichts anging.

»Hallo, Mädels. Ich hab gar nicht gewußt, daß ich mit drei Frauen verabredet bin.« Frank setzte sich neben mich und nahm Alice Maebelle V. ab. Das fand ich stark. Arly wäre nie auf die Idee gekommen, das Baby anzufassen, nicht mal, wenn sie am Ertrinken gewesen wäre. Frank aber stemmte die Kleine hoch, und sie grinste ihn sabbernd an. Dann schüttelte er sie, bis sie vor Vergnügen quietschte.

»Ist die aber leicht«, sagte er, als er sie Alice zurückgab. »Und du, Bekka?«

Ehe ich noch recht wußte, wie mir geschah, hatte er mir die Hände unter die Arme geschoben und mich auf seinen Schoß gezogen.

»Frank Taylor, laß mich sofort runter, oder ich ...«

Er wippte mit den Knien auf und ab. »Ich hab gehört, du liebst das Reiten.«

Er lachte, und Alice lachte auch. Sogar Maebelle V. lachte. Ich war knallrot, aber auch ich mußte lachen. Es machte Spaß, hier im Stadion zu sitzen und die Leute zu beobachten, die sich unterhielten, lachten und aßen. Im grellen Schein des Flutlichts, dreißig

Meter weg von der Band, die gerade ihre Instrumente stimmte, kam ich mir wie dreizehn und erwachsen vor und hatte das Gefühl, daß ich wirklich dazugehörte. Als Mack ankam und sich neben Alice setzte, waren wir komplett. Wir vier und das Baby, wir waren für die Panthers. Jexville gewann 21 zu 18, und Frank schnappte sich Maebelle und stemmte sie hoch und tanzte mit ihr aufs Spielfeld.

Arly hatte sich so weit weg gesetzt, daß ich ihn nicht sehen konnte. Als das Spiel zu Ende war, stand er auf und sah uns mit finsterer Miene an. Es wurde Zeit, daß wir nach Hause fuhren, und sein Blick sagte uns, wir sollten uns gefälligst beeilen.

»Arly scheint sich ja nicht besonders gut amüsiert zu haben«, bemerkte Frank gelassen. »Soll ich dich und Alice heimbringen?«

Die Idee hatte einiges für sich. So übel, wie ich Arly mitgespielt hatte, konnte es nämlich eine Weile dauern, bis er wieder einigermaßen bei Laune war.

»Ich frag mal«, sagte ich. »Hast du einen Führerschein?« Eine richtige Mama-Betts-Frage, aber sie war mir einfach so rausgerutscht, ganz unwillkürlich.

»Aber natürlich, Officer, soll ich ihn vorzeigen?«

Alice mußte lachen, und ich wurde rot. Der Gedanke, mit Frank Taylor nach Hause zu fahren, war mir auf einmal ein ganz klein wenig unbehaglich. Wir würden Alice und das Baby absetzen, und dann wäre ich ganz allein mit ihm. Das machte mir Herzklopfen. Jamey Louise wüßte ganz genau, wie man sich in so einer Situation verhält.

Und ich würde es nie erfahren, wenn ich immer nein sagte.

»Arly!« schrie ich zu ihm rüber. Er hatte Rosie den Arm um die Taille gelegt und war schon unterwegs zum Auto. Bestimmt hoffte er, daß er noch ein paar Minuten mit ihr allein sein konnte, bevor wir einstiegen. »Frank bringt mich heim.«

Arlys Reaktion hielt sich im Rahmen. Er blieb kurz stehen und schaute sich um. Er sah erst Frank an und dann mich, dann Alice und das Baby.

»Ich denke nicht«, sagte er feixend.

»Weil Denken nicht deine Stärke ist. Du bringst Rosie nach Hause, und wir fahren mit Frank. Der redet wenigstens mit uns und benimmt sich wie 'n Mensch.« Arly war schließlich nicht mein Vorgesetzter.

»Mama Betts hat aber gesagt, ich soll dich nach Hause bringen.«

Ich wußte genau, daß er mich eigentlich gar nicht heimfahren wollte, aber meinte, es aus Pflichtgefühl tun zu müssen. »Wieso denn? So kannst du doch noch ein bißchen mit Rosie allein sein, und wir fahren direkt nach Hause. Wenn ich erst mal da bin, ist es Mama Betts egal, wer mich gefahren hat. Außerdem hab ich ja Alice und Maebelle V. dabei, die passen schon auf mich auf.« Ich sah Alice aus dem Augenwinkel an. Sie griente über das ganze Gesicht.

»Aber daß ihr mir wirklich gleich nach Hause fahrt. Ich komme direkt hinter euch.« Arly zog Rosie etwas fester an sich. Sie strahlte. »Fahr ja vorsichtig, Taylor«, raunzte er Frank an.

»Du wirst anscheinend alt, Arly«, sagte Frank gelassen. »Es sind ja bloß neun Meilen. Das werd ich schon schaffen.«

»Sofort nach Hause!« ermahnte Arly uns nochmals, bevor er weiterging. Er schaute sich sogar noch einmal um. »Ich komme zehn Minuten hinter euch.«

Frank hatte seinen Pickup in der Nähe des Spielfelds stehen. Von dort aus war man im Nu auf dem Highway, der zur Kali Oka führte. Der weiße Streifen in der Fahrbahnmitte witschte unter der Windschutzscheibe weg. Alice redete beruhigend auf das todmüde Baby ein, ihr Haar flatterte im Wind, der durchs offene Fenster wehte. Ich saß so dicht neben Frank, daß sich unsere Oberschenkel berührten. Auf der anderen Seite drückte Alices Hüfte gegen meine, aber das war nicht dasselbe.

»Wirklich ein tolles Baby, die Kleine«, sagte Frank. »Sie hat überhaupt nicht geweint.«

»Nö«, sagte Alice. »Maebelle V. macht alles mit, was Bekka und ich machen. Die kommt gar nicht dazu, zu schreien.«

Wir fuhren, hörten Radio und unterhielten uns darüber, wer besser war, die Beatles oder die amerikanischen Gruppen. Bands waren Alices zweitgrößte Leidenschaft, gleich nach Schminken. Sie kannte sich unheimlich gut aus in der Musikszene. Und außerdem brachte sie Frank und mich andauernd zum Lachen, die ganze Zeit, bis wir bei ihr vorm Haus angekommen waren.

»Und daß ihr mir jetzt gleich heimfahrt«, neckte sie mich, dankte Frank fürs Mitnehmen und knallte die Wagentür zu.

»Ein prima Mädchen«, sagte Frank.

»Meine allerbeste Freundin.« Ich legte die Hände in den Schoß und hatte keine Ahnung, was ich jetzt sagen oder machen sollte. Bis Alice uns verlassen hatte, war alles supertoll gewesen, aber jetzt hatte ich auf einmal das Gefühl, daß zwischen Frank und mir viel zuviel Nähe war.

»Was ist eigentlich da unten an der Straße?« fragte Frank und legte dabei wie zufällig den Arm auf die Rückenlehne meines Sitzes.

»Der Cry Baby Creek.« Die Erlöser wollte ich nicht sagen. Eine einzige Nacht lang wollte ich das alles verdrängen, wollte versuchen, es zu vergessen.

»Und? Hast du das Baby schon mal schreien gehört?«

Ich schluckte. »Nicht bloß das Baby, auch die Mutter. Das war schrecklich.« Ich schaute zu ihm hoch. Im schwachen Lichtschein der alten Armaturen sah sein Gesicht irgendwie anders aus. Er hatte leicht die Lippen geöffnet.

Frank ließ den Wagen ein bißchen weiter die Straße hinunterrollen, bis wir uns etwas von Alices Haus entfernt hatten, dann hielt er unter einer alten Wassereiche und stellte den Motor ab. »Das mußt du mir unbedingt erzählen«, sagte er. »Ich liebe Gespenstergeschichten.«

»Hier?«

»Na ja, oder soll ich etwa bei euch auf dem Hof parken? Ich glaube nicht, daß deine Großmutter das gut finden würde.«

Er hatte recht. Mama Betts hätte mir niemals erlaubt, mit einem Jungen draußen im Wagen zu sitzen und zu quatschen. Aber direkt auf der Hauptstraße? Und wenn nun jemand vorbeikam und dachte, wir hätten eine Panne? Und wenn dieser Jemand nun Arly war? Das hätte mir gerade noch gefehlt.

Frank ließ den Motor wieder an. »Ich hab's«, sagte er leise. »Wir fahren runter zum Fluß und setzen uns ans Ufer, und dann kannst du mir alles erzählen.«

»Frank!«

»Oder hast du etwa Angst?«

»Nein, aber wenn Arly vor mir zu Hause ist?«

»Wir bleiben doch bloß eine Viertelstunde. Nur so lange, daß du mir die Geschichte erzählen kannst und daß wir horchen können, ob das Baby schreit. Von der Legende weiß ich schon lange, aber das Baby selbst hab ich noch nie schreien gehört.«

Ich wollte sehr gerne zum Fluß, und das aus mehr als einem Grund, aber schließlich hatte ich eh schon Ärger mit Mama Betts. Nachts war ich noch nie bei den Erlösern gewesen, jedenfalls nicht, wenn sie daheim waren. Was die wohl so machten Freitag nachts? Frank hatte bestimmt keine Angst, sich die Sache mit mir zusammen ansehen zu gehen. Aber wenn der mit mir zum Fluß runter wollte, dann nicht, damit wir bei den Erlösern rumschnüffeln konnten. Und auch nicht wegen dem Geist von dem toten Baby. Und ich war mir nicht sicher, ob ich dasselbe wollte, was Frank wollte.

Frank fuhr wieder an, und noch ehe ich dazu kam, etwas einzuwenden, waren wir bereits an meinem Haus vorbei.

Kapitel 32

Der Mond stand als schmale Sichel am Himmel, und als ich zu den Sternen aufblickte, spürte ich, wie sich das schlechte Gewissen in mir breitmachte. Der Richter liebte es, im Dunkeln mit mir spazierenzugehen und mir die Sternbilder zu erklären. Jetzt aber saß ich hier in diesem Pickup und fuhr mit einem Jungen durch die warme Septembernacht. Der Gedanke ließ mich frösteln, und Frank verstand das als Aufforderung, mir seinen Arm um die Schultern zu legen.

Wir kamen bei Nadine vorbei, und ich hätte ihm gern von Cäsar und Greg erzählt, aber diese schrecklichen Dinge waren wohl nicht der geeignete Gesprächsstoff für eine Nacht wie diese. Man muß wahrhaftig kein Geistesriese sein, um zu wissen, daß andere Mädchen gewiß nicht über Messerstiche und Prügelstriemen reden, wenn sie zum erstenmal mit einem Jungen im Mondschein spazierenfahren.

Während die Bäume, Felder und Häuser an uns vorüberhuschten, versuchte ich mir vorzustellen, was Jamey Louise jetzt tun würde. Die würde vermutlich überhaupt nicht reden. Die würde die Arme an den Oberkörper drücken und ihre Brüste zeigen. Und dann würde sie sich an den Jungen pressen. Ihm vielleicht mit den Fingerspitzen über den Arm streichen. Ihn mit einem koketten Augenaufschlag ermutigen, sie zu küssen. Lauter Sachen, bei denen ich mir total blöd vorgekommen wäre. Ganz abgesehen davon, daß ich mir keineswegs sicher war, ob ich überhaupt Lust hatte, mich von Frank Taylor küssen zu lassen.

Das Radio spielte »Chain Gang« und »Love Potion«, und ich saß da und überlegte krampfhaft, was ich sagen sollte. Mir fiel einfach nichts ein, was Frank Taylor interessieren konnte. Mein Alltag war ganz anders als seiner. Mit einem Kurzvortrag über das Ausmisten von Pferdeställen würde ich sein Herz wohl kaum gewinnen können. Und mit den Sachen, über die bei uns zu Hause geredet wurde, schon gar nicht. Also parkten wir schweigend an der letzten Kurve vorm Ende der Straße, genau da, wo Nadine und ich geparkt hatten, und dann saß ich neben ihm und hatte die Hände artig im Schoß gefaltet. Elvis sang »Love Me Tender«, und ich war völlig durcheinander.

»Ich hab gar nicht gewußt, daß du so still sein kannst, Bekka«, sagte er leise.

»Ich horche, ob das Baby schreit«, erwiderte ich und merkte im selben Moment, wie mir ein ganz leichter Angstschauer über den Rücken lief. Ich lauschte tatsächlich, ob ich durch die Radiomusik hindurch das Baby hören konnte. Oder wenigstens die Erlöser, deren Kirche gleich um die Ecke war.

»Wollen wir nicht runter ans Ufer? Da sind wir näher dran.«

»Ich weiß nicht.« Ich hatte auf einmal Angst. Angst, daß die Erlöser uns beim Rumschnüffeln erwischten und uns verprügelten. Wie sie Greg verprügelt hatten.

»Oder willst du lieber hier bleiben?« fragte Frank. Er zog mich noch fester an sich und streichelte meinen rechten Oberarm.

Ich kam mir vor wie die Maus in der Falle. Blitzschnell rutschte ich zur Seite und stieß die Tür auf, und als Frank noch dabei war, sich hinterm Lenkrad hervorzuschälen, stand ich schon längst draußen.

Er schlenderte um den Wagen herum. »Du machst es einem verdammt schwer, Kavalier zu sein«, sagte er lässig. »Ich hätte dir doch die Tür aufgehalten.«

Er wollte mich bloß necken, aber ich glühte vor Verlegenheit und kam mir schrecklich tolpatschig vor. »Ich denke immer, alle Jungs sind so stofflig wie Arly. Bei dem muß ich jedesmal aufpassen, daß ich die Tür nicht ins Kreuz kriege.«

Frank griff lachend nach meiner Hand, und dann gingen wir die Straße entlang, hinunter zum Fluß.

Nur das Zirpen der Grillen störte die Stille der Nacht. Nach ein paar Schritten konnte ich das Plätschern des Wassers hören. Früher, bevor die Erlöser hier waren, hatte ich dieses Geräusch immer gemocht. Jetzt war ich mir nicht mehr so sicher. Der Sand knirschte unter meinen Füßen.

»Wollen wir baden?« fragte Frank. »Warm genug ist es.« Das stimmte, aber ich war total perplex. Ich sah ihn an, musterte seine Jeans und das Hemd.

»Wir können ja in Unterwäsche ins Wasser gehen.«

»Da würde Mama Betts mir aber die Hammelbeine langziehen. Und außerdem haben wir keine Zeit«, sagte ich und wußte im selben Moment, daß er mich jetzt natürlich auslachen mußte. Das hörte sich ja so an, als ob ich, wenn wir Zeit gehabt hätten, ohne weiteres in Unterwäsche mit ihm baden gegangen wäre.

Er lachte tatsächlich und drückte meine Hand.

Ob die Erlöser uns hören konnten? »Psst! Wenn du das Baby hören willst, mußt du leise sein.« Ich zeigte zur Brücke, die im bleichen Licht des Mondes lag. Das alte Holz sah aus, als ob es mit einer Silberhaut überzogen war, und die Rankelpflanzen, die an den Seiten wuchsen, waren ganz schwarz. Das Wasser in dem von den August- und Septemberregenfällen angefüllten Fluß rauschte viel leiser als sonst. Es hörte sich an wie ein Seufzen, wie ein kummervolles Wispern. Früher, bevor die Erlöser hier waren, hatte es sich nie traurig angehört. Dort drüben waren sie, und es konnte sein, daß sie uns beobachteten.

»Wollen wir nicht lieber nach Hause gehn?« sagte ich.

»Aber wir haben ja das Baby noch gar nicht gehört«, maulte Frank.

Ich zog ihn in den Wald rechts von der Brücke. Wenn wir schon horchen wollten, ob das Baby schrie, dann wenigstens aus sicherer Entfernung.

»Da drüben ist ein Baumstamm«, flüsterte ich. »Da können wir uns hinsetzen. Aber bloß ein paar Minuten. Dann muß ich heim.«

Frank ließ mich vorausgehen. Der alte umgestürzte Baumstamm, an den ich gedacht hatte, war mitten in einen dichten Vorhang aus wilden Weinranken gekippt. Der Wein hatte ein paar kleine Hartriegelsträucher überwuchert und sich um etliche Kiefern gewunden, und nach und nach war so etwas wie eine natürliche Laube entstanden, von der aus man einen ziemlich guten Blick auf den Fluß hatte.

Als wir saßen, erzählte ich ihm davon, wie Alice und ich das Baby schreien gehört hatten, und von unserer Begegnung mit Selena. Daß wir heimlich auf dem Friedhof gegraben und den größten Teil der Nacht in der Kirche verbracht hatten, ließ ich weg. Ich beschränkte mich auf das Wichtigste, nämlich darauf, wie entsetzlich es gewesen war, Selena leiden zu sehen, und daß vielleicht gar nicht sie selbst ihr Baby umgebracht hatte, sondern der Priester.

Beim Erzählen kriegte ich Gänsehaut und hatte ein paarmal das Gefühl, im Wald irgend etwas gehört zu haben. Frank rutschte näher heran und legte den Arm um mich, und ich mußte mir eingestehen, daß ich das angenehm fand. Es regte mich dazu an, meine Geschichte mit weiteren Einzelheiten anzureichern.

»Horch doch mal!« Frank zog mich noch enger an sich. »Da ist irgendwas. Im Wald, da drüben an dem Fluß.«

Mir blieb fast das Herz stehen, aber ich war mir sicher, daß Frank mich nur necken wollte. »Versuch bloß nicht, mir Angst einzujagen«, warnte ich ihn. »Sonst kommt Selenas Geist, und dann sind wir beide dran.«

Er umklammerte meine Handgelenke so fest, daß es weh tat. Ich wollte gerade protestieren, aber in seinem Gesicht war etwas, das mich verstummen ließ. Er starrte über meinen Kopf hinweg in den Wald.

»Was ist?« flüsterte ich.

»Da ist jemand. Wir werden beobachtet«, sagte er, und dann zog er mich an sich und rutschte rückwärts mit mir zusammen den Baumstamm entlang.

Ich wollte mich umdrehen und nachsehen, aber er hinderte mich daran. »Laß das«, raunte er, »komm einfach mit mir mit. Ganz ruhig.«

Falls das ein Verführungsversuch sein sollte, stellte er sich ganz schön dämlich an. Mein Herz hämmerte, mein Verstand war hellwach. Ich mußte mich darauf konzentrieren, seinen Anweisungen zu folgen, und gleichzeitig mußte ich es schaffen, mich umzugucken und nachzusehen, was dort war.

Frank stand auf, ohne das, was er hinter mir sah, aus den Augen zu lassen. Als ich ebenfalls stand, drehte ich mich um und schaute in dieselbe Richtung wie er. Dort bewegte sich etwas – ein blitzartiges Zucken, das die kleinen Zweige und die Blätter an den Bäumen einen Moment lang zittern ließ. Das war alles. Frank hielt mich mit beiden Armen umklammert.

»Ich seh nichts.« Mein Herzklopfen legte sich allmählich. Erst jetzt merkte ich, wie fest Frank mich an sich drückte, und gleich wurde ich wieder in einen Strudel von Gefühlen gerissen, nur daß es diesmal ganz andere Gefühle waren.

»Neben der Zeder da drüben, siehst du?« Er zeigte in die Richtung, und mein Blick folgte seinem Arm. Am Ufer war nichts, aber die Stelle, auf die er zeigte, war dieselbe, an der ich gerade eben auch etwas gesehen hatte.

»Du willst mir ja bloß Angst einjagen«, sagte ich. Ich wollte einfach nicht glauben, daß dort wirklich etwas war. Plötzlich mußte ich wieder an Selena denken und an ihr Kleid mit dem Blutfleck. »Komm weg hier.«

»Du warst es doch, die Gespenstergeschichten erzählt hat«, erinnerte er mich. »Ich hab gedacht, es macht dir Spaß, von Selena zu reden.«

»Ich hab sie gesehen, ehrlich. Frag doch Alice. Das war … das war irgendwie ganz anders, als ich es mir vorgestellt hatte. Ja, ich hatte Angst, aber gleichzeitig hat es mich unheimlich traurig gemacht.«

»Mitleid mit einem Gespenst? Na, das ist ja was ganz Neues, Bekka Rich.« Ich hörte die Zärtlichkeit in seiner Stimme, und ich wußte, jetzt oder nie. Wenn ich ihm das Gesicht entgegenreckte, würde er mich küssen, und dazu waren wir ja schließlich hier. Bis zu diesem Augenblick war mir nicht klargewesen, was ich wollte. Ich hob das Kinn, und unsere Blicke trafen sich.

Er sah mich begehrlich an. Doch eine Sekunde später riß er sich von mir los und starrte wieder geradeaus ins Dunkel. Sein Gesichtsausdruck veränderte sich. Im ersten Moment spiegelte sich Verblüffung darin wider, dann Angst. Ich fuhr herum und guckte, aber ich sah nur noch, wie die Hartriegelsträucher wogten. Das, was sie in Bewegung versetzt hatte, mußte ziemlich groß gewesen sein. Und ganz in unserer Nähe.

»O Gott.« Er griff nach meiner Hand. »Los, weg hier.«

»Wieso?«

Er drückte noch fester zu. »Lauf, Bekka.« Er schob mich vor sich her und gab mir einen Schubs.

»Was war denn da, Frank?« Er machte mir wirklich angst. Irgend etwas war da gewesen, aber was?

»Geh, Bekka. Lauf!« Seine Stimme klang so eindringlich, daß mir meine Fragen im Halse steckenblieben. Ich rannte. Kleine Zweige peitschten mir ins Gesicht. Ich konnte fast nichts mehr sehen. Frank war hinter mir. Auch er rannte wie ein Besessener.

»Schnell in den Wagen und verriegele die Tür!«

Zuerst dachte ich, er spielt mit mir Katz und Maus, wie Jungs das so gern machen, aber seine Stimme beunruhigte mich. Er hatte Angst, richtige echte Angst. Das kam nicht bloß von irgendeiner dummen Gruselgeschichte. Er stieß mich in den Wagen, verriegelte selbst die Tür und ging rüber auf die Fahrerseite. Dann stieg er ein und ließ den Motor an.

Wir wendeten in einer gewaltigen Staubwolke. Der Kies knirschte unter den Reifen, als wir losrasten.

»Was war denn da?« fragte ich. »Was hast du gesehen?« Mein Atem ging keuchend, und unterm Auge, wo ein Zweig mich erwischt hatte, spürte ich einen Kratzer.

Unsere Blicke trafen sich im Rückspiegel. Wir waren beide bleich und völlig aufgelöst.

»Na los, sag schon«, drängte ich, »sonst machst du's noch schlimmer. Dann stelle ich es mir noch viel grausiger vor. Du hast ja keine Ahnung, was hier an der Straße los ist. Was hast du gesehn?«

»Eine Frau.«

»In einem weißen Kleid, mit langen schwarzen Haaren? War es wieder Selena?«

»Nein. Ein weißes Kleid hatte sie nicht an.« Er sprach langsam, als ob er mir nicht mehr sagen wollte.

»Langes braunes Haar, ungefähr so alt wie ich? Vielleicht war es Magdeline.«

»Nein, Bekka.«

»Verdammt noch mal, Frank, das ist ja wie beim Zahnarzt. Jetzt sag endlich, was du gesehn hast.« Er wußte ja nichts von den Erlösern. Vielleicht war es eine von den Frauen dort, eine, die fliehen wollte. Vielleicht wollten die mit uns sprechen, und wir waren Hals über Kopf davongelaufen.

»Sie war nackt. Und sie hatte ein Messer.« Er warf einen raschen Blick in den Spiegel und beobachtete mein Gesicht. »Sie hat auf deinen Rücken gestarrt, und als sie mitgekriegt hat, daß ich sie gesehn habe, ist sie verschwunden.«

Ich schaute ihn unverwandt an. Ich mußte rauskriegen, ob Frank Taylor mich belog. »Du willst mir ja nur Angst einjagen, weil ich dir vorhin diese Gespenstergeschichte erzählt habe.« Ich wußte nicht, ob ich wütend sein oder mich freuen sollte.

Er legte seine Hand auf meine und drückte sie. »Ich lüge nicht, Bekka. Du hast doch selbst gesehn, wie sich die Zweige bewegt haben. So was kann ich doch nicht erfinden. Sie war da, und dann war sie weg. Wie ein wildes Tier.«

Er machte mir schon wieder angst. »Das ist doch verrückt, Frank. An der Kali Oka Road leben doch keine Wilden.«

»Was ist eigentlich auf der anderen Seite des Flusses?« fragte er.

»Ach, bloß diese Erlöser-Truppe«, sagte ich und überlegte. Sicher, die Leute waren merkwürdig, aber die rannten doch nicht nackt und mit einem Messer in der Hand im Wald rum. Wahrscheinlich zogen die sich nicht mal zum Duschen aus, besonders die Frauen.

»Sind das diese religiösen Spinner, die hier im Sommer hergekommen sind?«

»Genau die. Die wohnen da. Und was die dort machen, das weiß kein Mensch.«

»Und was weißt du von ihnen?« fragte er.

Eine ganze Menge, aber das würde ich ihm nicht auf die Nase binden. »Nicht viel«, sagte ich achselzuckend. Als wir wieder auf der Straße fuhren, legte sich meine Angst nach und nach. Wahrscheinlich war es einer von den Erlösern gewesen, der uns beobachtet hatte. Das mit der nackten Frau hatte Frank sich bestimmt nur ausgedacht. Er hatte jemanden gesehen, und das andere hatte er erfunden. Er wollte mir Angst einjagen, und das war ihm auch gelungen. Jedenfalls bis eben.

»In der Stadt heißt es, die sind schon überall weggejagt worden. Und jetzt wohnen sie unten am Ende eurer Straße und verhalten sich ganz unauffällig, und da hat man sie einfach vergessen. Vielleicht sollte ich mal rumhören, was so über die erzählt wird.«

Er bog in unseren Hof ein, und ich stellte erleichtert fest, daß Arly noch nicht da war.

»Bekka?« Er griff nach meinem Oberarm und hielt mich fest. »Versprich mir, daß du nie mehr zum Fluß runtergehst.«

Auf einmal war alles, was ich mir gerade noch zu meiner eigenen Beruhigung überlegt hatte, weg. Frank hatte wirklich Angst. Die Sache am Fluß hatte ihn total aus dem Konzept gebracht. Er konnte sich gar nicht wieder beruhigen, obwohl wir doch inzwischen bei uns auf dem Hof standen und uns nichts mehr passieren konnte.

»Vielleicht sollten wir reingehen und mit deiner Großmutter reden.«

»Nein!« Ich war selbst verblüfft über meinen scharfen Ton. »Wozu denn? Ich darf eigentlich gar nicht da runter zu den Erlösern. Wenn Mama Betts das hört, regt sie sich bloß auf, wegen nichts und wieder nichts.«

»Aber die hatte ein Messer...«

»Frank, wir sind zu Hause. Du kannst aufhören, mir angst zu machen.« Ich sah ihn an. »Du hast mich heil nach Hause gebracht, und nun ist es gut. Ich bin jetzt daheim, und ich geh da auch nicht wieder hin.«

Er ließ mich nicht aussteigen. »Ich hab mir das nicht ausgedacht – leider! Sie hat ausgesehen wie eine Halbwilde. Wenn du mich fragst, war sie nackt, und das Messer, das hab ich genau gesehen.«

Auf der vorderen Veranda ging das Licht an, und im Türrahmen erschien Mama Betts' Silhouette. »Bist du das, Bekka?«

»Danke, daß du mich nach Hause gefahren hast, Frank.« Ich war verlegen und hatte auf einmal ein schlechtes Gewissen, und weder das eine noch das andere konnte ich mir erklären. Ich wußte bloß, daß ich schnellstens aussteigen mußte. »Du brauchst nicht den Kavalier zu spielen.« Ich rutschte von ihm weg, machte die Tür auf und sprang hinaus. »Danke noch mal«, sagte ich durch das offene Fenster, und dann ging ich zum Haus. »Ja, Mama Betts, ich bin's. Ein

Freund hat mich heimgefahren, damit Arly noch ein bißchen mit Rosie rumschmusen kann.«

Mama Betts hielt mir die Tür auf. »Wild wie die Märzhasen, diese Kinder. Gehn im Rudel los, aber heimkommen tut jeder, wann's ihm paßt. Warst du das, die da vorhin in dem Pickup runter ist zum Cry Baby Creek?« Während sie sprach, wendete Frank und fuhr wieder auf die Straße. Gerade waren seine Rücklichter verschwunden.

Mama Betts hatte in der Hollywoodschaukel auf der Veranda gesessen und auf uns gewartet. Damit hatte ich nicht gerechnet.

Wir gingen in die Küche. Ich machte den Kühlschrank auf. Ich hatte plötzlich einen Mordshunger. »Ja, ich wollte Frank Taylor den Cry Baby Creek zeigen. Er kennt die Legende, aber er war noch nie da.«

»Das ist nicht der rechte Ort für einen Jungen und ein Mädchen.«

Ich riskierte einen Blick über die Kühlschranktür. Mama Betts' Gesicht sah aus, als ob jeden Moment ein Donnerwetter losgehen würde. Ich mußte schnell überlegen. »Wir haben jemanden im Wald gesehn. Eine Frau. Besser gesagt, Frank hat sie gesehn.«

Mama Betts zögerte. Sie merkte, daß ich sie auf eine andere Fährte locken wollte. »Wen hat er gesehn? Bekka, wenn du mir einen Bären aufbinden willst, dann gibt's Ärger.«

Ich nahm mir einen Apfel und ein Stück Käse und ging mit einem Messer in der Hand zum Tisch. »Ich hab sie nicht gesehn. Nur Frank. Er sagt, sie hat ein Messer gehabt.« Daß sie nackt war, ließ ich weg.

Mama Betts lachte höhnisch. »Hm, und dann hat er versucht, dich in den Arm zu nehmen und dich festzuhalten.«

»So ungefähr«, sagte ich grinsend. »Aber ich bin nicht drauf reingefallen. Ich hab gewußt, daß er mir bloß Angst einjagen wollte. Und wenn du gehört hast, wie wir die Straße runtergefahren sind, dann weißt du ja auch, daß wir nur ganz kurz da unten waren und gar keine Zeit hatten, Dummheiten zu machen. Ich hab ihm den Fluß gezeigt, und dann hab ich ihm die Geschichte erzählt. Und dann sind wir heimgefahren.«

Sie setzte sich zu mir an den Tisch. »Hör zu, Bekka, du wirst allmählich erwachsen, in mancher Hinsicht schneller, als es Effie und Walt und auch mir selbst lieb ist. Wenn du mit Arly irgendwohin gehst, dann hast du gefälligst auch mit ihm zurückzukommen. Ist das klar?«

»Alice und Maebelle V. waren doch bei uns.«

»Wenn du mit Arly wegfährst, kommst du auch mit ihm zurück. Daran wirst du dich halten, bis Effie und Walt wieder hier sind.«

Dagegen war im Grunde nichts zu sagen, und außerdem war die Sache glimpflicher abgegangen, als ich befürchtet hatte. »Ist gut«, willigte ich ein.

Dann hörten wir, wie Arly auf den Hof gefahren kam, und Mama Betts ging zur Tür.

»Aber bitte nicht mit Arly schimpfen«, versuchte ich sie zu beschwichtigen. »Es war wirklich nicht seine Schuld. Er wollte nicht, daß ich mit Frank fahre. Eigentlich hab ich das alles bloß angezettelt, weil ich Arly eins auswischen wollte.«

Mama Betts drehte sich nicht um. »Ich hab mir gleich gedacht, daß es nicht dein Herzenswunsch ist, mit einem Jungen auf einer einsamen Sandstraße durchzubrennen. Noch nicht jedenfalls.«

»Arly kann Frank nicht ausstehen. Die haben irgendwas miteinander abzumachen. Ich wollte bloß Arly ärgern.«

Jetzt drehte sie sich doch um, und zu meiner Überraschung lächelte sie. »Diesmal werd ich Arly nichts verraten, aber ich werd ihm dasselbe sagen, was ich dir gesagt habe. Wenn ihr zusammen losfahrt, habt ihr auch zusammen zurückzukommen. Und zwar grundsätzlich.«

»Ist gut.« Ich warf die Apfelkitsche in den Müll und nahm die Tischdecke ab, um den Tisch abzuwischen. »Danke, Mama Betts.« Und dann machte ich, daß ich ins Bett kam, bevor Arly zur Tür herein war.

Am Samstagvormittag ließ Mama Betts Gnade walten: Ich durfte Cammie reiten und im Stall arbeiten gehen. Ich hatte keine Ahnung, wer Nadine half, solange Greg aus dem Verkehr gezogen war und ich Hausarrest hatte. Jamey Louise war endgültig weg, das wußte ich. Es gab also mit Sicherheit einen Haufen Arbeit für mich, und außerdem sehnte ich mich so sehr danach, endlich wieder zu reiten. In der Nacht davor hatte ich geträumt, wie ich mit Cammie durch den Wald reite. Wie wir unterm Laubdach der Baumkronen dahinjagen, wie der Wind mir ins Ohr raunt und wie hinter uns der heiße Sand stiebt.

Zuerst ging ich zum Haus, aber es kam niemand an die Tür. Ich überlegte, ob ich einfach hineingehen sollte, nur um mal nach Greg zu schauen, doch irgend etwas hielt mich davon ab. Wenn er da war und nicht auf mein Rufen reagierte, schlief er wohl, und was sollte ich dann dort drin? Aber wo war Nadine? Der Truck stand hinterm Haus. Wenn sie irgendwo hingegangen war, dann offenbar zu Fuß.

Ich machte, daß ich von der Hintertreppe und den Schmeißfliegen weg kam, und lief hinüber zum Stall. Die Tür war zu. Ich riß sie weit auf. Noch ehe ich etwas sehen konnte, hörte ich die Pferde. Eins trat unablässig gegen die Wand. Mir war sofort klar, daß sie kein einziges Mal rausgekommen waren. Seit fast einer Woche waren sie hier im Stall eingesperrt gewesen, ohne Platz zum Laufen, ohne jegliche Bewegung. Ich rechnete mit dem Schlimmsten. Als ich in die erste Box schaute, stellte ich zu meiner Überraschung fest, daß die Streu sauber war. Es stand auch frisches Wasser da, und alles sah so aus, als ob Nadine mit dem Schlauch durchgegangen war. Rechts hinten in der Ecke lag ein ordentlich aufgeschichteter Heuhaufen. Bacchus rumorte in seiner Box. Als er mich sah, schlug er mit dem Vorderhuf aus und legte die Ohren an.

Er war wütend. Ich streckte ihm die Hand entgegen, als Friedensangebot sozusagen, aber er schnappte nach mir, und ich hörte seine Zähne aufeinanderschlagen. Bacchus war noch nie ein Gentleman gewesen, aber jetzt hatte er eine Stinkwut.

Dann hörte ich Cammie leise wiehern und ging zu ihr. Sie tänzelte in ihrer Box hin und her und war ganz wild darauf, sich von mir tätscheln zu lassen, konnte aber einfach nicht stillstehen. Ich war wütend auf Nadine. Okay, sie konnte nicht alle Pferde selbst reiten, aber deshalb hatte sie noch lange nicht das Recht, sie einfach einzusperren. Soviel verstand ja selbst Mama Betts von Pferden.

Die Tür an der Hinterseite des Stalles war ebenfalls zu. Mit jäher

Entschlossenheit ging ich hin und riß sie auf. Das plötzlich einfallende Tageslicht ließ die Pferde noch unruhiger werden.

Mir war, als ob ich oben auf der Tenne etwas gehört hatte, so ein scharrendes Geräusch und dann ein leises, glucksendes Lachen, aber die Pferde machten soviel Lärm, daß ich mir nicht sicher war.

»Nadine?« Wenn sie da oben war, würde sie sich bestimmt melden. »Nadine?« Keine Antwort.

Da wußte ich, was ich zu tun hatte. Mir war klar, daß ich mich damit um Kopf und Kragen bringen konnte, doch das kümmerte mich nicht. Ich schob den Riegel von Cammies Box zurück und machte die Tür ganz weit auf. Mit einem Satz war sie draußen und rannte den Gang hinunter, als ob der Teufel hinter ihr her wäre. Und dann ließ ich sie alle raus, eines nach dem anderen. Der Stall war nur noch eine einzige große Staubwolke, und draußen dröhnte das Stampfen der Hufe.

Es konnte den ganzen Tag dauern, bis ich die Tiere wieder eingefangen hatte, aber das war es mir wert. Ich ging zur Tür und guckte hinaus. Sie sprangen herum und bäumten sich auf, sie schnauften und rannten umher. So etwas Schönes hatte ich in meinem ganzen Leben noch nicht gesehen, und ein wenig hatte ich Angst, sie könnten in ihrer Ausgelassenheit gegen einen Zaun laufen oder stürzen und sich etwas brechen. Aber sie waren einfach herrlich. Ihr Fell glänzte in der Septembersonne, und unter der Haut spielten die Muskeln.

Eine Viertelstunde später war das Schauspiel vorbei. Sie senkten die Köpfe und begannen die mageren Unkrautpflanzen zu inspizieren, die sich auf der Weide breitgemacht hatten. Viel Nährwert hatte das, was sie dort fanden, nicht, aber es machte ihnen dennoch Spaß zu grasen. Mama Betts hatte mir oft genug erklärt, wie wichtig es für Weidetiere ist, auf die Weide zu kommen. »Jedes Geschöpf nach seiner Natur«, hatte Mama Betts mir tausendmal gesagt. »Wenn man sich ein Tier anschafft, übernimmt man auch die Verantwortung dafür und muß es pflegen und füttern, aber man darf ihm nicht seine Natur austreiben. Das ist nicht Gottes Wille.«

Picket rannte über die Weide und trieb ihre Possen. Es war das erste Mal, daß ich sie hinter den Pferden herjagen sah, aber ich merkte sofort, daß sie nur spielte und ihnen nichts zuleide tun wollte. Ich pfiff nach ihr und ging wieder in den Stall. Zum Ausgleich dafür, daß ich die Pferde hinausgelassen hatte, wollte ich Sättel putzen. Das würde Nadines Wut zwar nicht besänftigen, aber vielleicht konnte sie mir dann hinterher leichter verzeihen. Sie haßte diese Arbeit, verlangte aber immer, daß das Zaumzeug blitzblank war. Während ich Putzlappen und Lederfett aus der Kammer holte, dachte ich darüber nach, wie groß doch der Unterschied zwischen ihrem Haus und dem Stall war. Da wohnte sie nun in diesem Dreckloch, aber im Stall mußte immer alles makellos sauber sein. Vielleicht hing das wirklich damit zusammen, daß sie früher immer Personal gehabt hatte. Mir kam in den Sinn, daß ich, wenn die Menschen immer so leben müßten, wie sie aufgewachsen sind, den Rest meiner Tage mit Saubermachen, Bügeln und Hausarbeit verbringen würde. Das war nicht unbedingt die Zukunft, die ich mir erträumte.

Als ich die beiden Pritschensättel fertig hatte und mir gerade den leichten Sportsattel vornehmen wollte, den ich immer zum Springen benutzte, fiel mir plötzlich das Kruzifix ein. Mir taten schon die Finger weh von der ganzen Rubbelei. Ich wollte die Sättel auf Hochglanz bringen. Nadine sollte Augen machen. Aber erst mal beschloß ich, mir eine kleine Verschnaufpause zu gönnen und nach dem Kruzifix zu schauen. Also stand ich von dem Zementblock auf und ging durch den Stall. Das alte Holz arbeitete, der Heuboden knarrte, und mit den unheimlichen Geräuschen, die ich rings um mich her vernahm, stürmte ein Schwall von Erinnerungen auf mich ein. Ich dachte daran, wie ich Greg halb tot dort oben gefunden hatte, an Selenas Kleid mit dem Blutfleck und an den Geist von Sidney Miller. Irgendwie war der Stall ganz anders, wenn die Pferde nicht da waren und friedlich in ihren Boxen schnauften.

Draußen vor der Tür war gleißender Sonnenschein. Ich trat hinaus und versuchte krampfhaft, die Bilder loszuwerden, die meine Phantasie mir vorspiegelte. Ich gab mir Mühe, nicht an Frank Taylor zu denken und an das, was er angeblich gesehen hatte. Vielleicht hatte der mich gar nicht küssen wollen. Vielleicht war er bloß mit mir zum Fluß runtergefahren, weil er Arly ärgern wollte. Nicht, daß mir diese Vorstellung besonders angenehm gewesen wäre, aber ich mußte sie ja zumindest in Erwägung ziehen. Ausgeschlossen war das nicht. Ich war ja auch bereit gewesen, mich neben Frank zu setzen, weil ich Arly eins auswischen wollte; warum sollte Frank mich nicht für den gleichen Zweck benutzt haben? Das gab mir zwar einen kleinen Stich, aber möglich war es immerhin.

Als ich dann ins Gebüsch kroch, das dicht um die Seifenbäume herum wuchs, war meine Laune schon nicht mehr annähernd so gut wie eben, als ich aus dem Stall gekommen war. Ich suchte das Gestrüpp ab, erst flüchtig, dann aber richtig gründlich. Das Kruzifix war weg. Ich weitete meinen Suchradius aus, ging von einem Baum zum anderen. Ich suchte die ganze Reihe ab – vergebens. Kein Kruzifix mehr da.

Greg in seinem Zustand konnte es nicht weggebracht haben. Und wenn ich mich nicht täuschte, war er der einzige, der außer mir noch wußte, wo es versteckt gewesen war. Und außer Nadine. Der hatte er wahrscheinlich davon erzählt. Nadine war für eine Frau außergewöhnlich stark, aber ob sie die Kraft hatte, das Kruzifix wegzuschleppen? So sperrig, wie das Ding war? Vielleicht hatte sie es gezogen. Ich sah mir die Einfahrt genauer an. Es gab keine Schleifspuren, die darauf hinwiesen, daß etwas Schweres durch den Sand gezerrt worden war.

Ich ging ums Haus herum, stellte mich an Nadines Schlafzimmerfenster und klopfte an die Scheibe. Vielleicht war Greg ja wach und meldete sich. Ich klopfte abermals. Das Fenster war fest zu. Es herrschte immer noch eine Bullenhitze. Für die nächste Woche hatte der Wetterbericht ein paar herbstliche Tage vorausgesagt, aber noch war es nicht soweit. Beileibe nicht. Wenn Greg in diesem Zimmer war, dann war er entweder tot oder unheimlich krank.

»Greg?« Ich klopfte wieder ans Fenster. Vielleicht waren die Erlöser mitten in der Nacht hergekommen und hatten Greg und Nadine umgebracht? Vielleicht lagen sie bei dieser Hitze dort drinnen in ihrem Blut.

Im Schatten der Büsche schlich ich mich zur Einfahrt zurück und kletterte auf den höchsten Seifenbaum. Sehr sicher war dieses Versteck nicht, aber wenigstens hatte ich von hier oben einen guten

Überblick. Ich faßte die Straße ins Auge. Nichts. Die Pferde grasten fröhlich auf der Weide, und Picket flitzte gerade durch die Stalltür. Von Nadines Katzen war nichts zu sehen. Die waren einfach verschwunden, eine nach der anderen. Sie hatte mir gesagt, daß sie allesamt ziemlich verwildert waren, lauter streunende Tiere, die sie irgendwo aufgelesen hatte. Wahrscheinlich waren sie im Wald auf Jagd.

Es schien alles wie immer zu sein, außer, daß es im Haus so still war. Alles machte einen absolut normalen Eindruck, außer, daß Greg und Nadine nicht da waren. Die Spooners kamen mit ihrem neuen Auto die Straße runtergefahren, und ich überlegte, ob ich nicht hinlaufen und sie anhalten sollte, damit sie mir helfen konnten. Sie würden mit mir zusammen in Nadines Haus gehen und es absuchen nach den – nein, die Leichen wollte ich mir nicht auch noch vorstellen. Nadine würde einen Heidenärger kriegen, wenn man Greg quietschvergnügt bei ihr im Bett liegen sah. Und dann der ganze Müll und der Dreck dort im Haus. Nicht, daß da irgendwas Unanständiges passierte. Auf keinen Fall. Aber ich kannte unsere Nachbarn gut genug, um zu wissen, was die sich denken würden und daß das Tohuwabohu da drin auf die bestimmt keinen guten Eindruck gemacht hätte. Wenn ich fremde Leute mit in die Sache hineinzog, dann wäre auf einmal alles anders, da war nichts zu machen.

Ich kletterte langsam vom Baum runter. Ich mußte ins Haus. Nachsehen. Gucken, ob alles in Ordnung war oder ob meine blühende Phantasie mir diesmal etwa doch keinen Streich gespielt hatte. Bestimmt war alles in Ordnung. Aber ich brauchte Gewißheit. Am besten, ich sah erst mal nach. Dann konnte ich immer noch überlegen, was zu tun war.

Die Tür war nicht abgeschlossen. Ich schlüpfte in die Küche und kümmerte mich nicht um die Unordnung. Dann schlich ich mich auf Zehenspitzen durch den schmalen Korridor. Die Schlafzimmertür war zu. Ich nahm meinen ganzen Mut zusammen und klopfte ganz, ganz leise an.

»Greg?«

Draußen ächzte das alte Schild an seinen rostigen Ketten. An dieses Geräusch konnte ich mich noch ganz genau erinnern. Damit hatte meine Freundschaft mit Nadine angefangen. Damit hatte alles angefangen – dieser herrliche Sommer mit den Pferden und dem Reiten. Und das mit Cäsar. Und mit Greg.

Ich drehte den Türknauf herum und öffnete die Tür. Im Zimmer war es heiß und stickig wie in einem Backofen. Die Fenster waren fest zu, die Rollos waren unten, die Vorhänge zugezogen. Es war stockdunkel. Nur vom Korridor kam etwas Licht herein. Im Bett lag eine welke Gestalt, ein unförmiges Etwas mit Armen, Beinen und einem Rumpf, das mit einem Bettuch zugedeckt war.

»Greg?« Ich hielt es nicht mehr aus. Das Schweigen sagte mir, daß er tot war.

Ich traute mich nicht hinein. Aber ich traute mich auch nicht, einfach kehrtzumachen und wegzulaufen. Nicht einmal zu atmen oder nachzudenken traute ich mich. Und doch mußte ich Gewißheit haben.

Ich trat ans Fußende des Bettes. Ich griff nach dem Bettuch und zog es weg. Ich sah einen Haufen zerwühlter Kissen und verknautschter Decken. Das Bett war leer.

Ich hätte sonstwas darum gegeben, wenn der Richter jetzt bei mir gewesen wäre. Ich versuchte mir vorzustellen, was er in diesem Moment zu mir sagen würde. Er wäre ganz ruhig und würde sagen: Bekka, du hast dich wieder mal von deiner Phantasie hinreißen lassen. Ein guter Reporter beobachtet erst mal gründlich, bevor er irgendwelche Schlußfolgerungen zieht. Die Phantasie besitzt magische Kräfte, aber sie hat auch ihren Preis. Denk nach, Mädchen. Denk nach. Dir fehlt nichts. Es ist Samstagvormittag, fast schon Mittag. Mama Betts hat dir ein anständiges Frühstück eingepackt, das wartet draußen im Stall auf dich. Du mußt jetzt diesen Sattel zu Ende putzen und die Pferde wieder in die Boxen bringen. Na komm schon, sei kein Angsthase. Es hat doch keinen Sinn, wenn du hier verrückt spielst.

Der Gedanke an seine Stimme beruhigte mich. Ich konnte wieder tief durchatmen. Sicherheitshalber tastete ich das Bett noch einmal ab, denn meinen Augen traute ich längst nicht mehr. Dann stürzte ich aus dem Zimmer und dachte im letzten Moment noch daran, die Tür zuzumachen. Ich ging durchs ganze Haus.

Alles leer. Kein Mensch da, weder tot noch lebendig.

Ich stand in der Küche und betrachtete zerstreut die Dosen und Schachteln und Päckchen, die sich auf dem Tisch stapelten. Unter dem ganzen Müll gab es auch noch eine Tischdecke, aber ich war mir nicht sicher, ob sie ein Blumenmuster hatte oder einfarbig war. Es stand zuviel Zeug drauf. Nadine war nicht gerade der Typ fürs Tischdecken. Daß sie dennoch eine aufgelegt hatte, wunderte mich.

Mir war klar, daß ich eigentlich nichts hier zu suchen hatte. Wieso stand ich also da und starrte Löcher in die Luft? Ich brauchte einfach ein paar Sekunden Zeit zum Durchatmen, zum Nachdenken und um die Angst loszuwerden, die ich mir selbst eingejagt hatte.

Durch die offene Hintertür hörte ich das Schild ächzen. Ich haßte dieses Geräusch. Ich wußte genau, was es war, und doch raste mein Herz wie wild. Das ist nur der Wind, Bekka. Wieder die Stimme des Richters. Bloß der Wind, bestätigte ich tapfer.

Auf einmal kribbelte mir die Kopfhaut, und im selben Moment packte mich eine kräftige Hand im Nacken.

Kapitel 33

Na, was Interessantes gefunden?« fragte Nadine durch meinen schrillen Schrei hindurch. Ihre harten Finger krallten sich in meinen Nacken. Sie schüttelte mich. »He! Bekka!« Sie schüttelte mich noch einmal. »Bekka! Ich bin's!«

Ich zwang mich, sie anzusehen. Ihre bodenlos dunklen Augen funkelten belustigt.

»Paß bloß auf, daß du dir nicht in die Hose machst«, sagte sie und ließ mich los.

Ich langte unwillkürlich hoch, um mir die Stelle zu reiben, wo Nadine mich angefaßt hatte.

»Ich wollte dich doch bloß erschrecken«, sagte sie und zog die Brauen hoch. »Ich hab ja nicht geahnt, daß du gleich einen Herzinfarkt kriegst. Du bist dermaßen zusammengezuckt, daß ich schon gedacht hab, ich hab dir das Genick gebrochen.«

Ich konnte immer noch nichts sagen. Meine Kehle war wie zugeschnürt, wie blockiert von dem zweiten Schrei, der rauswollte, aber nun nicht mehr gebraucht wurde. Ich schluckte mühsam. »Du hast mir einen Mordsschrecken eingejagt«, sagte ich schließlich in einigermaßen vorwurfsvollem Ton.

»Das hab ich gemerkt.« Sie grinste. »Jamey Louise hat immer gesagt, du bist total abergläubisch. Sie hatte sich ein paar ganz gemeine Sachen ausgedacht, wie sie dich reinlegen wollte.«

Es ärgerte mich, wie Nadine sich aufspielte.

»Ich hab schon gedacht, Greg ist tot.«

Ihre Augen blitzten. »Ach nee, was du nicht sagst.«

»Ich hab gedacht, die Erlöser sind gekommen und haben ihn umgebracht und dich auch.«

»Und da hast du die Gelegenheit genutzt und alle Pferde rausgelassen, obwohl ich dir ausdrücklich gesagt habe, sie dürfen nicht nach draußen.«

In ihrem Gesicht war keine Spur von Heiterkeit mehr. In ihren Augen glitzerte nur noch kalte Wut. Sie hatte sich den Spaß gemacht, mich zu erschrecken, und jetzt ging sie zum Angriff über.

»Die haben schon gegen die Boxenwände getreten. Bacchus wollte mich beißen. Das schadet ihnen doch nichts, wenn sie mal draußen sind.«

Nadine kam auf mich zu. Ich sah ihren Gesichtsausdruck und wich zurück.

»Soso, dann bist du wohl jetzt die Pferdeexpertin, was?«

»Die stehn einfach da und grasen, wie sich's gehört. Was soll ihnen das denn schaden?«

»Vielleicht nichts, diesmal jedenfalls nicht.« Sie kniff die Augen zusammen. »Das Problem ist bloß, daß du dich nicht an meine Anweisung gehalten hast. Absichtlich. Ich glaube nicht, daß ich dir die Pferde noch weiter anvertrauen kann.«

»Ich bin doch extra hiergeblieben und hab auf sie aufgepaßt. Ich wollte sie ja wieder in den Stall bringen, bevor ich gehe. Ich hätte sie nie allein draußen gelassen.«

»Und wenn nun eins in den Zaun gerannt wäre, hättest du es rausschneiden können? Wo liegt denn die Drahtschere, was, Bekka? Hättest du die Nerven gehabt, hier reinzukommen und das Gewehr zu holen und ein verwundetes Tier von seinem Leiden zu erlösen?«

»Die Drahtschere liegt im Werkzeugkasten in der Sattelkammer.«

»Und kannst du auch damit umgehn?«

»Ja.« Ich hatte schon mal Draht geschnitten, damals, als wir uns im Wald unsere Festung gebaut hatten, Arly, Alice und ich.

»Und was ist mit dem Gewehr? Würdest du es fertigbringen, einem Pferd den Lauf an die Schläfe zu setzen und abzudrücken?«

Ich mußte an Cäsar denken und sah betreten zu Boden.

»Wohl kaum, oder?« keifte Nadine. »Ehe du mutwillig das Leben eines Tieres aufs Spiel setzt, solltest du dir mal überlegen, was für eine Verantwortung du da auf dich lädst.«

»Nadine, ich hab die Pferde doch bloß auf die Weide gelassen. Die müssen doch mal grasen. Mama Betts sagt auch immer – « Ich hielt inne. Nadine funkelte mich wütend an. Ihre Augen waren jetzt nicht mehr braun, sondern gelb wie Bernstein.

»Aha, deine Großmutter ist wohl Trainerin, was? Die kennt sich natürlich bestens aus mit Turnierpferden und weiß ganz genau, wie man die pflegt. Vielleicht kommt sie nächstens noch her und bringt mir bei, wie ich meinen Stall führen muß.«

»So hab ich das nicht gemeint.«

»Wenn du so eine kluge Großmutter hast, wieso gehst du dann nicht nach Hause und läßt dir von ihr Reitstunden geben?«

»Nadine, ich ...«

»Verschwinde von meinem Land. Nimm deinen Köter und hau ab. Die Pferde sind hin, mit denen kann ich mich nirgends mehr sehen lassen. Jetzt ist das ganze Fell ausgebleicht, und alles bloß wegen dir!«

»Nadine, wenn du mich läßt, dann ...«

»Schluß jetzt, Bekka. Hau ab, eh ich mich vergesse.«

»Und was ist mit Greg?«

»Wer mein Vertrauen so wie du mißbraucht hat, der hat nicht das Recht, mir Fragen zu stellen. Geh mir aus den Augen, du verwöhntes kleines Luder.«

Mir jagten so viele Worte im Kopf herum, aber ich brachte sie einfach nicht heraus. Ich wollte ihr sagen, wie böse und grausam sie war und daß sie wohl Spaß daran hatte, anderen Angst einzujagen. Und daß sie ganz schön brutal sein konnte. Und daß ihr Haus ein richtiger Schweinestall war. Und daß sie durch und durch verdorben war. Doch ich sagte gar nichts, sondern ging schweigend weg und rief im Gehen nach Picket, damit sie mit nach Hause kam. Ich drehte mich nicht noch einmal nach den Pferden auf der Weide um. Der Gedanke, Cammie zu sehen, war mir unerträglich, und ich wußte genau, Nadine würde nicht nachgeben, sie würde mir nicht erlauben, mich von Cammie zu verabschieden.

Erst als ich schon halb zu Hause war, hörte ich auf, gegen die Tränen anzukämpfen, und ließ ihnen freien Lauf. Ich hatte genau gewußt, daß Nadine wegen der Pferde wütend sein würde. Das hatte ich ganz genau gewußt, und trotzdem hatte ich es getan. Weil sie raus mußten. Das hatte ich gesehen. Ich wollte Nadine nicht ärgern, ich wollte nur den Pferden helfen.

Ich hatte keine Lust, nach Hause zu gehen, und Alice mochte ich auch nicht sehen. Ich ging unsere Einfahrt runter und rannte gleich zu meiner alten Schaukel. Als ich eine Viertelstunde dort gesessen hatte, kam Mama Betts mit einem Berg Wäsche aus dem Haus. Der erste Schwung hing schon auf der Leine.

»Bekka?« rief sie erstaunt. Bestimmt wunderte sie sich, daß ich schon wieder da war. Ich wischte mir die Tränen ab, aber ich wußte ja, daß meine Augen geschwollen waren und mein Atem immer noch stoßweise ging.

»Ja?«

Sie stellte den Wäschekorb auf den Boden. »Komm mal rein. Ich muß mit dir reden.«

Ich war wie betäubt. Ohne darüber nachzudenken, was ich jetzt schon wieder falsch gemacht haben sollte, folgte ich ihr in die Küche und setzte mich hin.

»Ist irgendwas passiert im Stall?« fragte sie, aber ihre Stimme klang nicht gerade teilnahmsvoll. Irgendwas war im Busch.

»Ich hab die Pferde auf die Weide gelassen, und Nadine hat gesagt, ich darf nie mehr wiederkommen.«

Mama Betts sah mich forschend an. Sie trommelte mit den Fingern auf die Tischplatte. »Ich war in deinem Zimmer und hab die schmutzigen Sachen rausgeholt. Und als ich die Taschen von deinen Shorts ausgeschüttelt habe, da ist das hier rausgefallen.« Sie griff in ihre Schürzentasche und legte die kleine rote Tablette auf den Tisch. »Was ist das?«

»Keine Ahnung.«

»Wie kommt die in deine Tasche?«

Mama Betts führte sich auf, als ob das Arsen war oder so was. »Die hab ich von Nadine. Mir ist das Röhrchen umgekippt, und als ich die Tabletten wieder eingesammelt habe, da hab ich mir eine in die Tasche gesteckt, für Greg.«

»Greg nimmt diese Tabletten?«

Ich schüttelte den Kopf. »Ich hab gedacht, vielleicht hilft ihm das, aber dann hab ich vergessen, Nadine zu sagen, daß ich eine mitgebracht hatte. Ich wußte doch, daß das Arznei ist. Ich hab gedacht, das hilft ihm vielleicht.«

Mama Betts zitterten die Hände. »Bekka, dieses Mittel kriegt man nur auf Rezept. Es ist sehr stark und sehr gefährlich. Ein Schlafmittel. Mit so was darf man nicht rumspielen. Ich hab in der Apotheke angerufen, und Mr. Hartz hat mir gesagt, was es ist. Wenn jemand diese Tablette falsch einnimmt, kann er sterben, sogar wenn er kerngesund ist.«

Ich nickte. »Aber es hat ja keiner eine genommen.«

»Es geht nicht an, daß du so was in der Hosentasche hast. Mrs. Andrews sollte ihre Arzneimittel wirklich etwas sicherer aufbewahren.«

»Es war doch nicht ihre Schuld. Ich wollte die Taschenlampe holen, und dabei ist mir das Röhrchen umgekippt. Ich hatte Angst wegen Greg. Und da hab ich halt eine mitgenommen, weil ich gedacht hab, das hilft gegen die Schmerzen, und dann hab ich sie in der Hosentasche vergessen.«

Mama Betts nickte. »Ich bin nicht traurig darüber, daß sie dich rausgeschmissen hat.« Jetzt sah ihr Gesicht wieder freundlicher aus. »Mir tun bloß die Pferde leid. Das wird sie noch mal teuer zu stehen kommen, wenn sie den Pferden nicht erlaubt, sich wie Pferde zu benehmen.«

Ich dachte an Cammie und merkte, wie mir schon wieder die Tränen kamen. Nadine würde meine Stute die ganze Zeit im Stall lassen. Es war ja keiner da, der sie reiten konnte, und an allem war bloß ich schuld, weil ich nicht gehorcht hatte.

»Weißt du, Bekka, wenn Walt und Effie wieder da sind, werden wir mal überlegen, ob sie dir die Stute nicht kaufen können. Es ist ja wirklich ein schönes Tier, und du gehst sehr gut mit ihr um.«

»Wann sind die denn endlich wieder da?« Langsam glaubte ich schon gar nicht mehr daran, daß sie jemals wieder nach Hause kamen.

»Hoffentlich bald. Ich bin zu alt. Diese ganze Aufregung mit euch Kindern, das wird mir allmählich zuviel. Als ihr noch klein wart, war alles einfacher, da seid ihr bloß rumgekrabbelt und habt alles kaputtgemacht, was euch zwischen die Finger kam.« Sie langte über den Tisch und griff nach meiner Hand. »Ich hab dich lieb, Bekka. Und Arly hab ich auch lieb. Für eine alte Frau ist das Schwerstarbeit.«

»Mama Betts?«

»Ja?«

»Muß Cammie sterben, wenn sie nicht mehr aus dem Stall rauskommt?«

Mama Betts schüttelte den Kopf. »Nein, so schnell stirbt sich's nicht. Aber so was schlägt einem Pferd natürlich aufs Gemüt. Dann kriegen sie ihre Mucken und werden tückisch. Und dann fangen sie an, ihr Futter liegenzulassen und gewöhnen sich allerhand Unarten an, zum Beispiel, daß sie was fressen, was sie gar nicht fressen dürfen. Und dann kriegen sie Verdauungsstörungen und werden krank, genau wie die Menschen.«

»Kolik.« Nadine hatte mir schreckliche Geschichten erzählt von Pferden mit Darmverschlingung, die eines qualvollen Todes gestorben waren.

»Das kann passieren. Ich begreife einfach nicht, warum diese junge Frau die Tiere so einsperrt. Sie hätte es doch viel leichter, wenn sie sie auf die Weide lassen würde. Weniger Boxen auszumisten, weniger Arbeit, und für die Pferde wär's auch besser.«

»Das ist wegen des Fells. Sie will nicht, daß es ausbleicht.«

»Aber Bekka, jetzt gebrauch doch mal deinen Verstand. Dann könnte sie sie doch wenigstens in der Nacht rauslassen.«

Mama Betts ging wieder in den Garten und hängte ihre Wäsche auf, und ich blieb allein in der Küche zurück und hatte einiges, worüber ich nachdenken konnte.

Aus September wurde Oktober, und ich hatte immer noch keine Klarheit gewonnen. Die Tage vergingen. Mehr als einmal war ich an der Grenze von Nadines Grundstück gewesen, hatte aber die Pferde nie zu Gesicht bekommen. Sie waren im Stall, eingesperrt in ihre Boxen von drei mal drei Metern.

Meine Zensuren wurden schlechter. Ich, die immer die Klassenbeste gewesen war, kriegte auf einmal lauter Dreien und hin und wieder sogar eine Vier. Da halfen auch Mama Betts' wiederholte Ermahnungen nichts. Das einzige, worauf ich mich freuen konnte, waren Frank Taylors kleine Aufmerksamkeiten und meine Unterhaltungen mit Alice.

Das kurze Gastspiel des Herbstes, das uns der Wetterbericht versprochen hatte, war wirklich gekommen und hatte die Kali Oka Road in goldenes Licht getaucht. Die Luft war frisch, und obwohl nach zwei Tagen alles wieder beim alten war, hatten wir doch ein wenig Hoffnung geschöpft, daß die Schwüle und die Hitze irgendwann aufhörten. An den Nachmittagen ging ich Mama Betts zur Hand und gab mir Mühe, nicht an Cammie zu denken und auch nicht daran, was wohl mit Greg passiert sein mochte.

Die Diskussionen, die Mama Betts am Telefon mit Walt und Effie führte, wurden heftiger. Der Präsident wollte Truppen in irgendein Land in Asien schicken, und Mama Betts fand, daß wir da nichts zu suchen hätten. In Meridian begann der Prozeß gegen Ollie Stanford. Eine Ortsgruppe des Ku-Klux-Klan hatte Morddrohungen gegen ihn ausgestoßen. Im Norden gab es Rassenunruhen. Die Stimmung im Land wurde immer unangenehmer. Wenn sie miteinander telefonierten, saß ich für gewöhnlich auf dem Holzfußboden im Windzug des Deckenventilators und hörte zu, was Mama Betts sagte, und wußte haargenau, was Walt und Effie darauf erwiderten.

In zwei Wochen war Daddys Vertrag abgelaufen, dann wollten sie wieder nach Hause kommen. Er hatte unheimlich viel Geld verdient. Und Effie, die sich bisher strikt geweigert hatte, die Kali Oka Road zu verlassen, träumte davon, nach Europa zu fahren.

Ich lag auf den gebohnerten Eichendielen, hatte die Haare wie einen Fächer um mich herum ausgebreitet und konnte kaum glauben, wie sehr sich die Dinge verändert hatten. Der Deckenventilator brummte noch wie eh und je, ansonsten aber war alles anders.

Arly machte sich fertig, um mit Rosie zusammen den Bus mit den Schlachtenbummlern nach Poplarville zu fahren. Frank hatte mich gefragt, ob ich neben ihm sitze, aber ich hatte keine Lust, schon wieder einen Freitagabend im Football-Stadion zu verbringen. Mir war absolut schleierhaft, was jemand, der seine fünf Sinne beisammen hatte, an Football finden konnte. Es widerte mich an, wie die

Spieler sich gegenseitig über den Haufen rannten. Es widerte mich an, wenn sich die ganze Bande auf Dewey Merritt stürzte und ihn unter sich begrub und wenn Jamey Louise hysterische Anfälle kriegte und tränenüberströmt zum Spielfeldrand stürzte, wo die Cheerleaders sie ja eh wieder hinter die Seitenlinie zerrten. Das war doch kein Spiel, das war eine Hetzjagd, aber Jamey war natürlich viel zu doof, um das zu begreifen. Jeden Moment konnte jemand verletzt werden, schwer sogar, und das alles für nichts und wieder nichts, so was Idiotisches.

Ich sagte Frank, daß ich lieber am Samstag Rollschuhlaufen gehen würde oder meinetwegen auch angeln. Das schien ihn ein bißchen damit zu versöhnen, daß ich ihm für das Spiel einen Korb gegeben hatte, aber Alice meinte, ich hätte alles verdorben. Sie meinte, so eine Busfahrt sei sehr wichtig für eine Freundschaft zwischen einem Jungen und einem Mädchen. Die nach Poplarville sei besonders lang und folglich besonders günstig. Auf der Rückfahrt wären die Aufpasserinnen müde, und während der große alte Bus so durch die Nacht rumpelte, könnte man richtig schön knutschen. Das sei total romantisch. Mack Sumrall wollte neben ihr sitzen. Alice war so aufgeregt, daß ihr Haar überhaupt nicht mehr aufhören wollte zu wippen.

Doch beinahe wäre es Essig gewesen mit der romantischen nächtlichen Busfahrt. Der Motor war noch nicht einmal angelassen, da kriegte Alice von ihrer Mutter eine schallende Ohrfeige verpaßt, und dann verlangte Agatha Waltman, daß sie Maebelle V. mitnahm.

Als Mama Betts hörte, daß Alice mit dem Baby in einem alten Schulbus hundert Meilen hin und hundert Meilen zurückfahren und zwischendrin noch mit ihr zum Football-Match gehen sollte, war sie außer sich. Ich schlug vor, daß sie die Kleine bei mir ließ, weil ich doch sowieso nicht mitkam. Alice und Mama Betts waren sich einig, daß das eine gute Idee war.

Während ich darauf wartete, daß Alice mir Maebelle brachte, telefonierte Mama Betts mit Effie. Es war wieder mal so ein Gespräch, bei dem sie beide in sehr ruhigem, aber auch sehr bestimmtem Ton sprachen. Mama Betts erzählte, daß Huey Jones, der Obermacker von der Ortsgruppe des Ku-Klux-Klan, Ollie Stanfords Frau einen Besuch abgestattet hatte. Mrs. Stanford wohnte in einer von diesen Nissenhütten in Oak Grove, einem Viertel am Stadtrand von Jexville. Sie arbeitete als Köchin und Haushälterin bei Camille Dossett, der Witwe von einem der Stadtgründer.

Mama Betts erzählte, wie der alte Huey plötzlich bei Mrs. Stanford auf der Veranda gestanden hatte. Sie hatte ihn aufgefordert, ihr Grundstück zu verlassen, aber Huey hatte bloß gelacht und gesagt, er will nachsehen, ob die Gasleitung dicht ist. Wenn Huey nicht gerade mit Saufen beschäftigt war, arbeitete er nämlich als Gasmann. Mrs. Stanford sollte sich doch bloß mal vorstellen, was los wäre, wenn die Gasleitung ein Loch hätte und irgendwann mal in der Nacht, wenn sie und die Kinder friedlich schliefen, die ganze Nissenhütte in die Luft fliegen würde, hatte er gesagt.

Da hatte Mrs. Stanford angefangen zu weinen, und ihre vielen Kinder, die in der windschiefen Fliegentür standen, hatten auch angefangen zu weinen. Huey hingegen hatte angefangen zu lachen. Und dann war der glänzende schwarze Cadillac von Camille Dossett vorgefahren.

Mrs. Dossett war uralt und so klein, daß sie mit der Nase kaum über das Armaturenbrett des großen alten Wagens heranreichte, aber sie fuhr immer noch in der Stadt herum. Wer seine fünf Sinne beisammen hatte, ging ihr aus dem Weg, weil das Auto der reinste Panzer war und sie es nicht mal gemerkt hätte, wenn sie jemanden umfuhr.

Also, jedenfalls erzählte Mama Betts, wie Mrs. Dossett ihren Regenschirm aus dem Wagen geholt hatte, obwohl es heiß war und die Sonne schien, und wie sie damit auf Huey losgegangen war und ihn in die Flucht geschlagen hatte.

Huey hatte gesagt, er kommt wieder, und Mrs. Dossett hatte gesagt, er soll ihre Haushälterin und Köchin in Ruhe lassen, und wenn er unbedingt seine Bettlakenmode vorführen will, dann kann er das gern bei ihr zu Hause tun.

Was Huey darauf geantwortet hatte, konnte ich nicht mehr hören, weil die Fliegentür zuflog und ich rausgehen mußte, um das Baby in Empfang zu nehmen. Arly wollte Alice zur Schule fahren, wo der Bus mit den Schlachtenbummlern wartete, der nach dem abfahren sollte, in dem die Band saß. Beide zusammen bildeten den Jexville-Konvoi.

»Ich werd aufpassen, daß Frank keine Dummheiten macht«, versprach Alice und gab mir die Kleine. »Diese Krissy Elkins, die hat ein Auge auf ihn geworfen. Vielleicht versucht sie heute nacht im Bus, sich an ihn ranzumachen.«

»Na und? Soll ich etwa bei jedem Match mitfahren und ihn bewachen?« Ich war wütend, und dabei hatte Alice mir gar nichts getan. Sie wollte mir lediglich einen Freundschaftsdienst erweisen.

»Ich sag's dir ja bloß, damit du Bescheid weißt.«

Arly kam in die Küche. Er grüßte Alice mit einem Nicken und rief Mama Betts über die Schulter zu, daß er jetzt losging. Ich sah den beiden mit gemischten Gefühlen nach. Einerseits wollte ich gern mit und mich einfach ein bißchen amüsieren, aber andererseits war ich unruhig. Ich mußte Cammie sehen, und ich mußte mir überlegen, wie ich das am besten anstellte. Auch über Greg machte ich mir immer wieder Gedanken. Über Greg und Cäsar und Magdeline. Und den Priester. Es gab zu viele Fragen in der Kali Oka Road, die noch offen waren.

Ich sah mir mit Mama Betts die neue Folge von »Route 66« an, und dann fragte ich, ob ich die Wiederholung der Serie »Boris Karloffs Thriller« sehen darf. Das war meine Lieblingssendung, aber wenn Arly da war, konnte ich sie nie gucken, weil der mir danach immer angst machte. Dieser Freitagabend kam mir wie ein Geschenk des Himmels vor. Während »Route 66« lief, lag ich auf dem Sofa, hatte den Kopf in Mama Betts' Schoß und schmiedete lauter untaugliche Pläne, wie ich Cammie entführen könnte, wohl wissend, daß nichts von dem, was ich mir da ausdachte, klappen würde.

Maebelle V. lag zusammengekringelt neben mir und schlief. Wie niedlich sie aussah mit ihrer kleinen Schnute, wie eine Babypuppe.

Als der Film vorbei war, kochte Mama Betts mir eine Tasse Kakao, nahm das schlafende Baby und ließ mich meinen Gruselfilm alleine sehen. Sie mochte Thriller nicht. Ich sollte mir nicht einbilden, daß ich, wenn ich nachher Angst hätte, bei ihr im Zimmer schlafen dürfte, sagte sie.

Der Kakao duftete, und ich ließ mich in die Kissen fallen und sah die beiden Jungen, nicht viel älter als Arly, die auf einer einsamen Landstraße eine Reifenpanne hatten. Nun mußten sie in der großen alten verlassenen Villa übernachten, wo die Tauben ihnen vor der Nase herumflatterten, und das war so gruselig, daß ich fast meinen Kakao verschüttet hätte.

Schon an der Art, wie sie liefen und sich umsahen, und an der Musik merkte ich, daß gleich etwas Schreckliches passieren mußte. Mein Herz raste vor Aufregung, und für eine Weile vergaß ich Frank und Greg und Nadine, ja selbst Cammie. Ich vergaß, daß meine Eltern ausgerechnet jetzt, wo ich sie mehr denn je brauchte, über tausend Meilen weit weg waren. Ich vergaß alles um mich herum und hatte nur noch diese beiden Jungen im Sinn, Biff und Timmy, die gewaltig in der Klemme steckten. Die Tauben spielten eine teuflische Rolle. Sie führten die Jungen hinauf in die Bodenverschläge und Türme und auf die Dächer, wo etwas Finsteres und Böses lauerte – und ihrer harrte.

Nicht lange, und sie kamen in einen Raum, in dem lauter Leichen ohne Kopf lagen. Eine ganze Familie. Aber die eine Stelle, wo eigentlich noch eine Leiche hätte liegen müssen, war leer. Und dann hörte man Schritte und eine Axt, die gegen die Wände schlug. Die Tauben flatterten ganz entsetzlich und flogen flügelschlagend und gurrend aufs Dach der alten Villa. Ich wußte genau, daß das Wesen, das da die Treppe hochkam, keinen Kopf haben würde. Es war nur ein Körper, ein Körper ohne Kopf und mit einer Axt.

Mama Betts würde jetzt sicher fragen, wie der Kerl denn Biff und Timmy umbringen will, wo er sie doch ohne Augen gar nicht sehen kann, aber solche logischen Fragen interessierten mich nicht. Ich war ganz im Banne der Teufelstauben.

»Also, daß du an so was Spaß haben kannst!«

Ich schrie auf und fuhr herum. Hinter mir stand Mama Betts in ihrem langen, weiten Nachthemd. Sie hatte die Bibel in der Hand.

»Ich wollte lesen, aber diese Musik. Da grault sich ja selbst der Teufel im Höllenschlund, wenn er das hört.«

Mit Mama Betts im Rücken war mir wohler. Auf einmal war es gar nicht mehr so schlimm, diese baumelnde Axt zu sehen und die schlammverkrusteten Füße, die die Stufen zum Turm hochstiegen, wo Biff und Timmy keine Chance hatten, dem Verhängnis zu entrinnen.

»Wie du nur an so was Spaß haben kannst, Rebekka Rich?«, wiederholte Mama Betts, blieb aber trotzdem stehen, den Finger zwischen den Seiten ihrer goldschnittverzierten Heiligen Schrift, und wartete, was als nächstes passieren würde.

Noch zwei Stufen. Die Kamera kehrte zurück zu Biff und Timmy, die verzweifelt versuchten, Vorhänge und Bettlaken zusammenzuknoten, damit sie aus dem Fenster im zweiten Stock flüchten konnten. Springen ging nicht, da hätten sie sich sämtliche Knochen gebrochen. Und die ganze Zeit behielten sie die Tür der Turmkammer im Auge, in der sie waren. Sie hörten die Schritte und die polternde Axt.

Endlich hatten sie den letzten Knoten geknüpft und das Seil aus Laken und Vorhängen über den Fenstersims geworfen, und nun stieg Timmy aus dem Fenster. Er war jünger und kleiner. Biff trieb ihn zur Eile an.

Nun kamen die Füße und die Axt den Flur entlang und nahmen Kurs auf Biffs Kammer.

Biff wußte genauso gut wie ich, daß die Knoten nicht stark genug waren, um ihn und Timmy gleichzeitig auszuhalten, also mußte er warten, bis Timmy unten angekommen war. Er blickte auf, und in seinem Gesicht spiegelte sich das Entsetzen wider über das, was er sah. Und dann fraß sich die Schneide der Axt tief in das Holz neben seiner Hand.

Mama Betts ging zum Fernseher und schaltete ihn aus. »Das reicht.«

»Aber ...«

»Nichts aber. Kein Wunder, daß du nachts nicht schlafen kannst und dich im Bett herumwälzt und redest.«

»Ich?« Ich wußte zwar, daß ich nicht gut schlief, aber daß ich im Schlaf redete, war mir neu. »Was rede ich denn?« fragte ich besorgt.

»Du erzählst was von Messern und Blut und weißen Kleidern und – « Sie hielt inne. Sie setzte sich auf die Armlehne des Sofas und strich mir die Ponyfransen aus dem Gesicht. »Eh du dich's versiehst, sind Effie und Walt wieder daheim. Du und Arly, ihr wart großartig. Ich weiß, das war gar nicht so einfach für euch.«

Ich schluckte. »Na, so schlimm war's ja nun auch wieder nicht.«

Mama Betts kicherte. »Jedesmal, wenn du auf dem Korridor warst, hast du sehnsüchtig das Telefon angeguckt. Entweder hast du darauf gewartet, daß dieser Junge anruft, oder du hast gedacht, Effie und Walt lassen was von sich hören.«

»Weil ich dem Richter was sagen wollte.«

»Das hab ich mir schon gedacht. Na schön, das Baby liegt bei mir im Bett und schläft. Wenn Alice mit Arly heimkommt, wird sie sich ja sicher bei dir melden. Sag ihr doch, sie soll hier schlafen, und morgen früh kann sie dann mit Maebelle V. nach Hause gehen. Agatha hat sowieso keinen Überblick, wieviel Kinder unter ihrem Dach schlafen. Die weiß wahrscheinlich schon gar nicht mehr, wie viele sie hat.«

»Danke, Mama Betts.« Ich kniete auf dem Sofa und gab ihr einen Kuß auf ihre weiche Wange. Sie war trocken, als ob eine dünne Puderschicht darauf läge, und ich mußte daran denken, daß Mama Betts ja nicht mehr schwitzte. »Ein alter Körper produziert keinen Schweiß und keine Haarfarbe mehr«, sagte sie immer. Darum roch sie auch stets so gut, und ihr Haar war weißer als die Sandstrände am Golf von Mexiko.

»Schlaf gut, Bekka.«

Ich ging ins Bett. Der Thriller war zu Ende, und selbst wenn nicht, Mama Betts hätte mir ja doch nicht erlaubt, den Fernseher noch einmal anzumachen. Mein Körper sehnte sich nach Schlaf, aber mein Geist wollte einfach nicht zur Ruhe kommen. Ich lag, roch den Sonnenduft der Bettwäsche, die Mama Betts heute nachmittag frisch von der Leine genommen hatte, und dachte an Greg. Ob er wohl zurückgekehrt war zu den Erlösern? Und was hatte er mit dem Kruzifix gemacht? Ob sie ihn diesmal noch härter bestraft hatten? Ich mußte an seinen mißhandelten Rücken denken und kniff die Augen zu, aber kaum, daß ich die Lider geschlossen hatte, sah ich Cäsars zermetzelten Kadaver vor mir.

Zwei Wochen. Zwei Wochen mußte ich noch durchhalten, dann war Daddy wieder zu Hause, und dann konnte ich ihm alles erzählen. Ich hatte keine Ahnung, ob noch einmal jemand in Nadines Stall eingedrungen war und andere Pferde verletzt hatte. Vielleicht war sie sogar selbst verletzt, und die Tiere waren im Stall gefangen, und niemand gab ihnen Wasser. Ich wälzte mich im Bett herum. Seit über zwei Wochen hatte ich meine Alpträume verdrängt. Aber heute nacht stürmten all die schlimmen Bilder auf mich ein. Ob das mit den flatternden Taubenflügeln zu tun hatte?

Ich konnte mich hinlegen, wie ich wollte, konnte noch so sehr versuchen, an etwas anderes zu denken, es gelang mir einfach nicht, den Schreckensbildern zu entrinnen, die meine Phantasie mir vorspiegelte. Als ich sicher war, daß Mama Betts schlief, stand ich auf und schlich mich zur Vordertür hinaus in die stille Nacht. Ich ging zur Schaukel. Ich bohrte die nackten Füße in das graslose Oval direkt unter dem Sitz und ließ mich in die Nachtluft tragen. Leise quietschten die Ketten, aber dieses Quietschen hörte sich ganz anders an als das von Nadines altem Schild. Es klang beruhigend, es hatte etwas Einlullendes. Ich schaukelte sachte hin und her und wartete, daß Alice und Arly auf den Hof gefahren kamen. Wenn Alice erst einmal bei mir im Bett lag, würde sie mir von dem Match erzählen wollen und vor allem von der Rückfahrt im Bus. Bestimmt hatte Mack sie geküßt, und nun mußten wir uns darüber einigen, wieviel Zunge für artige Mädchen erlaubt war. Dann wäre ich nicht mehr allein mit der Dunkelheit.

Ich überließ mich der Bewegung der Schaukel und versuchte mir Alice und Mack im Bus vorzustellen. Und Arly und Rosie. Und Jamey Louise und Dewey. Ich sah ein Wirrwarr von ineinanderverschlungenen Gliedmaßen vor mir – eine einzige Katastrophe.

Da hörte ich in den Blaubeersträuchern etwas rascheln und blickte auf. Dort stand jemand, zwischen den beiden größten Sträuchern. Ein ziemlich großer Junge, wie es aussah. Stand da und starrte mich an.

Ich bremste die Schaukel mit dem Fuß und brachte sie zum Stehen. Ich hatte Angst. Als mein Nachthemd zu flattern aufhörte und der Stoff sich an meine Beine schmiegte, war mir, als ob eine Totenhand aus der Erde kam und nach mir griff. Der Junge und ich, wir starrten uns an. Als eine Bö die Zweige der Blaubeersträucher bewegte, verschwand er. Ich fuhr zusammen. Auf einmal war mir eingefallen, daß ich ja im Nachthemd war, barfuß und mit offenen, ungekämmten Haaren.

Bis auf das silbrige Licht des Halbmonds war der Hof stockfinster. Man konnte einfach nichts erkennen. Als ich wieder zu der Stelle guckte, wo ich den Jungen gesehen hatte, war sie leer.

Bestimmt hatte ich mir das alles nur eingebildet. Ich atmete aus. Es hörte sich an wie ein langer, zitternder Seufzer. Ich hatte mir selbst einen Mordsschrecken eingejagt. Jetzt wurde ich also auch noch von Biff und Timmy aus der Boris-Karloff-Sendung heimgesucht. Als ob ich nicht schon genug Grund gehabt hätte, mich zu gruseln. Es war Zeit, daß ich wieder ins Haus ging.

»Bekka?« Es war eine Männerstimme. Eine traurige Männerstimme.

Ich fuhr herum, um festzustellen, wem sie gehörte, doch ich sah niemanden. Der Hof behielt das Geheimnis, wer mich da gerufen hatte, für sich.

Ich stand auf. Ich wollte losrennen und beten, daß keine kalte, klamme Hand nach meinem Nachthemd faßte.

»Entschuldige, Bekka. Ich wollte dich nicht erschrecken.«

Da war er wieder. Aber zu weit weg, und außerdem versperrten mir die Zweige der Blaubeersträucher die Sicht, so daß ich ihn nicht richtig sehen konnte. Aber ich erkannte seine Stimme.

»Greg?« Ich wartete.

»Nadine sagt, du darfst nicht mehr in den Stall.«

Ich wollte, daß er näher kam, damit wir reden konnten, aber ich hatte Angst, wenn ich ihn dazu aufforderte, würde er fortlaufen. »Sie ist wütend. Vielleicht gibt sich das ja wieder«, sagte ich in krampfhaft optimistischem Ton, denn ich konnte nicht glauben, daß Nadine mir das jemals vergessen oder vergeben würde.

»Nadine ist ...« Er sprach den Satz nicht zu Ende.

»Komm doch her«, sagte ich. »Komm her und setz dich zu mir. Ich kann uns was zu essen aus der Küche holen. Mama Betts hat Bienenstich gebacken.«

Er kam auf mich zu. Er war größer, als ich ihn in Erinnerung hatte. Seine Krankheit hatte mich vergessen lassen, wie muskulös er während des Sommers geworden war.

»Du solltest nicht im Nachthemd hier draußen rumlaufen«, sagte er.

Die dünne Baumwolle des Nachthemds klebte mir an den Beinen, und darunter zeichneten sich meine Körperformen ab. Ich merkte, wie ich glühte. Bloß gut, daß es dunkel war. Ich hätte antworten können, daß ich ihn schon mal ganz ohne alles gesehen hatte, aber als ich daran dachte, glühte ich gleich noch mehr.

»Ich wollte mich bloß bei dir bedanken, Bekka. Du warst ein richtig guter Freund. Mein einziger Freund.«

»Das war doch nichts Besonderes.« Er machte mich ganz verlegen. Was ich getan hatte, war das mindeste gewesen. »Ich hol uns was von dem Kuchen, ja? Der schmeckt echt toll.«

Seine Finger schlossen sich um meine Hand, die noch immer die Kette der Schaukel festhielt. »Geh nicht weg. Ich wollte mit dir reden, über Nadine.« Er stützte sich mit der Hand an dem dicken Baumstamm ab. »Sie ist … sie hat heute ein paar Sachen über dich gesagt …«

»Sie war ganz schön wütend.«

»Wütend ist gar kein Ausdruck.« Er seufzte. »Sie hat gesagt, du darfst nie mehr wiederkommen. Eher läßt sie die Pferde verrecken, als daß du sie noch mal zu sehen kriegst.«

»Aber es geht ihnen doch gut, oder?« Ich bohrte mit dem großen Zeh im Sand.

»Ja, es geht ihnen gut. Aber du darfst sie nicht vergessen, Bekka. Vielleicht legt sich ja der Sturm, und du kannst wieder zum Stall kommen. Nadine verliert schnell mal die Beherrschung, und dann tut sie so, als ob … als ob sie einem nie verzeihen kann.«

»Paß mir auf Cammie auf, Greg.«

»Mach ich, jedenfalls so lange, wie ich kann. Weißt du … Bekka, ich kann nicht mehr lange bleiben. Ich –«

Ich hörte einen Wagen und wußte sofort Bescheid, schon als die Scheinwerfer noch gar nicht in die Einfahrt eingeschwenkt waren und ich wie ein verängstigtes Kaninchen in ihrem Lichtkegel stand. Greg war verschwunden.

Kapitel 34

Alice beschloß, am Samstag morgen nicht gleich nach Hause zu laufen, sondern erst noch mit uns zu frühstücken. Mama Betts stand am Herd. Sie hatte Maebelle V. auf der Hüfte sitzen und machte uns Arme Ritter mit Schinken. Nach der schwülen Nacht war der unerwartet frische Morgen schon fast ein Vorgeschmack auf den nahenden Winter.

Arly saß vis-à-vis am Tisch und beobachtete mich mit Argusaugen, während Alice mir einen mitleidigen Blick nach dem anderen zuwarf. Krissy Elkins hatte sich tatsächlich an Frank rangemacht. Alice hatte mir geschworen, daß er sich absolut korrekt verhalten hatte, ein Kavalier vom Scheitel bis zur Sohle, was Krissy allerdings nicht daran gehindert hatte, sich auf der Rückfahrt neben ihn zu setzen und… na ja, Alice hatte die zwei leider nicht die ganze Zeit im Auge behalten können. Mack hatte ihr anscheinend die Sicht versperrt.

Sie dachte, daß ich ihr das übelnahm und daß ich darum so still war. Frank wäre sicher tödlich beleidigt gewesen, wenn er geahnt hätte, daß Krissy Elkins' Annäherungsversuche durch Gregs nächtlichen Besuch in einen ziemlich entlegenen Winkel meines Bewußtseins gerutscht waren. Nicht, daß mir das mit Krissy nicht weh getan hätte, aber ich war einfach so aufgewühlt durch Gregs Erscheinen und alles, was damit zusammenhing, daß ich gar nicht dazu kam, mich mit Frank und Krissy zu befassen. Irgendwann tief in der Nacht, als Alice mir aufgeregt flüsternd erzählte, wie der Abend gewesen war, hatte ich beschlossen, doch noch einmal zum Stall zu gehen. Ich wollte Nadine fragen, was Cammie kosten sollte. Wenn sie wußte, daß ich Cammie kaufen wollte, erlaubte sie mir vielleicht wieder zu reiten, auch wenn sie mich haßte.

»Bekka?« Mama Betts fuchtelte mir mit dem Ahornsirup vor der Nase herum. »Willst du jetzt Arme Ritter essen, oder willst du weiter Löcher in unbekannte Dimensionen starren?«

Für Thriller hatte Mama Betts nichts übrig, sie sah lieber »Twilight Zone«. Wenn der Richter sie aufziehen wollte, sagte er immer, Rod Serling sei der Schwarm ihrer einsamen Nächte.

Ich nahm ihr die Flasche aus der Hand und goß so lange, bis ich den Schinken im Sirup ertränkt hatte. Alice und ich, wir aßen jeder drei Arme Ritter – ein richtiges Festtagsfrühstück. Pfannkuchen oder Arme Ritter gab es bei uns nur in der kalten Jahreszeit und auch dann nicht oft. Um Arly zu beweisen, daß Frank Taylor mir total schnuppe war, tat ich so, als ob es mir unheimlich gut schmeckte.

Mama Betts badete Maebelle V., und Alice und ich nahmen den ersten Schwung Wäsche und hängten sie auf. Es machte mir Spaß, die Sachen in die Sonne zu hängen. Der Tag war glasklar und die Luftfeuchtigkeit spürbar geringer als sonst. Nicht lange, und alles wäre trocken und steif, genau so, wie ich es zum Bügeln am liebsten hatte.

»Alles in Ordnung, Bekka?«

»Klar.«

»So richtig verliebt warst du nicht in Frank, stimmt's?«

»Jedenfalls nicht so sehr, daß ich um ihn weinen würde.« Ich grinste, um meinen Worten die Schärfe zu nehmen. Wie sollte ich Alice erklären, daß mir ganz andere Sachen durch den Kopf gingen als Küssen und Schmusen und ich gar nicht dazu kam, mir von einem Jungen das Herz brechen zu lassen?

»Jamey Louise hat gesagt, dir macht das gar nichts aus. Sie sagt, dir ist dieses Pferd viel wichtiger als die Jungs.«

Interessant. Jamey Louise hatte nicht nur gute Augen, sie hatte auch Haare auf den Zähnen. Aber sie lag gar nicht mal so verkehrt. »Weißt du eigentlich, daß Jamey sich Greg gegenüber ziemlich mies verhalten hat?« Ich schüttelte das letzte Handtuch aus und hängte es auf die Leine. Es war rot-blau-gelb gestreift und sah richtig schön aus in der hellen Oktobersonne. Ich mußte immerzu an Greg denken.

Alice nickte. »Jamey benimmt sich so, als ob es Greg nie gegeben hätte. Neulich habe ich sie gefragt, ob sie ihn noch mal wiedergesehen hat, und da hat sie so getan, als ob sie gar nicht weiß, wovon ich rede. Es ist ihr peinlich, daß sie den ganzen Sommer mit ihm rumgeschmust hat.«

»Weil er ein Erlöser ist. Weil er anders ist als die anderen.«

Alice wollte gerade etwas sagen, doch in dem Moment fuhr draußen ein Wagen vorbei, der sich anders anhörte als die Autos, die wir kannten. Wir gingen nachsehen. Es war Nadines alter grüner Truck, der in einem Mordstempo die Straße runterdonnerte und gewaltige Staubwolken aufwirbelte.

Ich gab Alice den leeren Wäschekorb. »Hör zu, ich weiß nicht, wann ich noch mal die Chance habe, Cammie zu sehen«, sagte ich, ohne die Straße aus den Augen zu lassen. Ich hatte Angst, daß das wieder einer von Nadines kleinen Scherzen war, daß sie im nächsten Moment wenden und zurückkommen würde, weil sie sich ausrechnen konnte, was ich vorhatte.

»Willst du etwa zum Stall? Sie hat's dir doch verboten.« Alice war beunruhigt.

»Woher soll sie denn wissen, daß ich da war? Ich darf mich bloß nicht erwischen lassen.«

»Und wenn sie dich doch erwischt?«

»Was kann sie mir denn schon tun? Sie kann es höchstens Mama Betts erzählen. Und dann gibt's Krach, und ich krieg wieder Hausarrest. Und da ich ja sowieso keinen Freund mehr habe, kann mir das ja egal sein.« Ich hatte einen Entschluß gefaßt, und an die Folgen wollte ich nicht denken. Ich mußte Cammie sehen. Unbedingt. Vielleicht würde ich dann endlich wieder schlafen können, ohne von ihr zu träumen. Und Greg mußte ich auch sehen, falls er bei Nadine war. Er hatte mir etwas sagen wollen. Etwas Wichtiges. Irgend etwas an Greg war anders gewesen als früher, obwohl ich nicht genau sagen konnte, was es war.

»Bekka, du machst einen Fehler.« Alice streckte mir den Wäschekorb entgegen, aber ich nahm ihn nicht.

»Ich bin bald wieder da, Alice. Halt mir den Rücken frei, wenn du kannst. Wenn nicht, ist es auch nicht so schlimm.« Ich drehte mich um und rannte los und war froh, daß Picket neben mir hertrabte.

Die Stalltür war angelehnt. Ich blieb einen Augenblick stehen, hielt mich aber nicht lange mit Nachdenken auf. Nadine war weg. Schwer zu sagen, wann sie wiederkommen würde oder wohin sie gefahren war. Ich schlüpfte in den Stall.

Drinnen schlug mir ein ungewohnter Geruch entgegen, und plötzlich ahnte ich dunkel, was los war. Greg hatte gesagt, ich sollte mich um Cammie kümmern. Die ersten Boxen waren sauber, das Heu war ordentlich aufgeschichtet, das Wasser frisch. Der Gestank kam aus Cammies Box. Ich guckte hinein, und mir blieb fast das Herz stehen vor Wut. Auf dem Boden lag eine dicke Matschschicht. Ich nahm das Halfter von der Wand und zog es Cammie über den Kopf. Sie rollte mit den Augen und schnappte nach mir. Ich redete mit leiser, aber fester Stimme auf sie ein, führte sie auf den Gang und band sie an den Halteseilen fest. Sie hatte in ihrem eigenen Mist gelegen. Ihr Fell war dreckverkrustet und verfilzt. Obwohl das gar nicht eingeplant war, fing ich an, sie zu striegeln, und dabei kamen mir die Tränen. Jedesmal, wenn ich sie mit dem Striegel berührte, zuckte sie zusammen und wich zurück. Ohne recht zu wissen, was ich tat, hatte ich auf einmal den Sattel in der Hand. Aber als ich sie fertig gesattelt hatte, war mir klar, daß ich mit ihr wegreiten mußte und daß ich sie nie wieder hierher zurückbringen würde. Nie wieder. Was mit mir passierte, war mir egal. Ich konnte Cammie nicht im Stich lassen.

Als ich aufsitzen wollte, scheute sie, aber ich hielt mich an ihrer Mähne fest und schaffte es irgendwie, in den Sattel zu kommen, und als ich versuchte, sie durch das enge Gatter zu drängen, das ich extra offengelassen hatte, hätte sie mich um ein Haar abgeworfen. Doch dann waren wir im Freien, und ich ließ sie die Einfahrt hinuntertraben. Sie bockte und tänzelte, aber ich drückte ihr die Beine in die Flanken und brachte sie mehr schlecht als recht dazu, vorwärts zu laufen.

Auf der Kali Oka Road ließ ich die Zügel schießen. »Lauf, Cammie, lauf!« flüsterte ich. »Lauf, so schnell du kannst.« Von Nadine hatte ich gelernt, daß Pferde sich nur durch Flucht verteidigen können. Jetzt waren wir also auf der Flucht. Wir beide. Nur, daß ich diesmal nicht davonlief.

Wir hielten auf die Kirche zu, weil die Straße dort nicht so befahren war und ich nicht genau wußte, ob ich Cammie in der ersten halben Stunde dazu bringen konnte, mir zu gehorchen. Sie war zu nervös, um meinen Anweisungen zu folgen. Sie mußte sich einfach erst mal eine Weile austoben, und ich gab mir Mühe, mich im Sattel zu halten und sie nicht zu stören. Viel lieber hätte ich sie auf die Weide gebracht, doch ich war mir nicht sicher, ob ich sie wieder einfangen konnte, bevor Nadine zurückkam, und mein Entschluß stand fest – ich wollte Cammie mit nach Hause nehmen.

Wenn Nadine mich bestrafen wollte, wieso benutzte sie dazu das Pferd? Ich durfte Cammie nicht bei ihr lassen. An der Brücke am Cry Baby Creek machten wir halt. Ich erschrak, als ich Magdeline am anderen Ufer stehen sah. Sonst war weit und breit kein Erlöser in Sicht.

Wir starrten uns an. Cammie keuchte und zitterte unter mir. Ich war klug genug, sie nicht auf die Brücke zu zwingen, sondern drehte um und ließ sie zum Ufer gehen. Als sie ins Wasser durfte, schien sie sich fast ein bißchen zu freuen. Ich ließ sie einen Schluck trinken und drängte sie dann vorwärts zur anderen Seite. Wir stiegen die Uferböschung hoch. Magdeline stand immer noch da und beobachtete uns.

»Ich kann dir helfen«, sagte ich. Ich keuchte und zitterte genauso wie Cammie.

Magdeline starrte uns nur an. Einen Augenblick lang dachte ich, sie hätten ihr vielleicht die Zunge abgeschnitten.

»Magdeline, ich kann dir helfen.«

»Wo ist Greg?« fragte sie mit ausdruckslosem Gesicht.

»Es geht ihm gut.« Ich wollte ihr Mut machen. Sie sah verwirrt aus.

»Er ist schon wochenlang nicht mehr hier gewesen. Rachel sagt, du und die Frau mit den Pferden, ihr haltet ihn gefangen. Ihr habt ihn vom rechten Weg abgebracht.«

Sie lächelte nicht, nicht mal ein ganz kleines bißchen. Sie war nicht mehr dieselbe wie damals, als sie mit dem Finger auf Reverend Marcus gezeigt und ihn der Unzucht bezichtigt hatte. Magdeline hatte sich auf eine mir völlig unerklärliche Weise verändert. Sie hatte … ihre Persönlichkeit verloren.

»Hast du ihn dort gesehn?« fragte sie, als ob sie meine Worte nicht gehört hätte. »Sag ihm, er muß zurückkommen.« Endlich sprengte die Verzweiflung ihre starre Maske. »Sag's ihm. Bitte!«

»Greg war sehr, sehr krank, aber jetzt ist er wieder gesund. Magdeline, ich kann dir helfen. Ich und meine Familie.«

»Wo ist er hingegangen?« Eine Träne lief ihr übers Gesicht.

»Komm mit, Magdeline. Komm mit zu mir nach Hause. Meine Großmutter wird dir helfen.«

»Greg hat versprochen, daß er mich nicht verläßt. Er hat es geschworen.« Sie drehte sich um und schaute nach hinten zur Kirche. »Lange kann ich es nicht mehr verheimlichen«, sagte sie mehr zu sich selbst als zu mir.

»Suchen seine ... Eltern ihn immer noch?« Ich hatte ja wirklich keine Ahnung, wo er steckte.

Ihre Miene veränderte sich. »Vielleicht wollen die es mir nicht sagen.« Sie schaute hoch zu mir, als ob sie mir die Wahrheit von der Nasenspitze ablesen könnte. »Vielleicht wollen sie's geheimhalten. Damit wir anderen Angst kriegen. Damit sie sagen können, Greg ist weggegangen, er ist ein Abtrünniger. Er wird eine ganz grauenvolle Strafe kriegen, sagen sie.« Sie sprach schneller und sah mich forschend an. »Ich werde ihn schon finden.«

»Weit kann er nicht sein. Ich hab ihn gestern nacht gesehn. Zeitweise ist er bei Nadine, das weiß ich.«

»Ich hab ihn auch gesehn, aber ich kann nicht mit ihm sprechen«, flüsterte sie. Sie kam näher. Sie hatte überhaupt keine Angst vor dem Pferd. »Ich sehe ihn manchmal nachts. Immer weit weg. Er hat ein Mädchen bei sich. Ich hab gedacht, das bist du. Sie hat ein weißes Kleid an. Sie stehen zusammen am Fluß.«

Mir verschlug es fast die Sprache. »Bist du sicher? Ich meine, bist du sicher, daß das Greg ist?«

Sie schüttelte den Kopf, und ihr schönes Haar fiel ihr wie ein schimmernder Umhang über den Rücken. »Sie sind weit weg. Ganz weit. Und« – in ihren Augenwinkeln blinkten zwei Tränen – »sie fassen sich an. Wie ein Liebespaar.«

»Jetzt komm doch mit, Magdeline.« Irgend etwas stimmte nicht mit ihr. Sie redete lauter wirres Zeug. Wenn sie recht hatte und ich mich nicht irrte, dann redete sie von Greg und Selena. Aber Selena war ein Geist. Ich wurde einfach nicht schlau aus Magdelines Worten, ich wußte nur, daß ich sie unbedingt überreden mußte, mit mir zu kommen. Mama Betts würde bestimmt wissen, wie man Licht in dieses Dunkel bringen konnte.

»Wenn du Greg siehst«, sagte sie und legte Cammie die Hand auf die Schulter, »sag ihm, ich bin schwanger. Er hat versprochen, daß er mich nicht verläßt. Wirst du ihm das sagen?« Die Tränen tropften ihr vom Kinn, aber sie schien es nicht zu bemerken.

»Ja, ich sag's ihm«, brachte ich mühsam hervor. »Ich werd's ihm sagen. Und wenn ich ihn extra deswegen suchen müßte.«

Ihre Hand glitt hinab zu meinem Knie. »Greg sagt, du lebst in einer schönen Welt. In einer Märchenwelt, sagt er.«

»Magdeline, ich möchte dir helfen. Hat Greg dir denn nicht gesagt, daß ich dir helfen möchte? Komm, sitz auf, und dann reiten wir zusammen zu mir nach Hause. Meine Großmutter ist klug. Die weiß bestimmt einen Rat.« Ich flehte sie richtig an. Greg konnte gar nicht bei den Erlösern sein, sonst hätte er doch nie und nimmer zugelassen, daß sie sich so quälte. Aber wenn Greg nicht hier war, dann hatte Magdeline niemanden, der sie beschützte. Sie und ihr Baby.

Ich streckte ihr die Hand entgegen und nahm den Fuß aus dem Steigbügel. »Tritt hier auf die Stange, dann zieh ich dich rauf.« Cammie war ganz ruhig. »Komm schon, Magdeline«, flüsterte ich. Sie stand einen guten Meter von mir entfernt und rührte sich nicht.

»Das ist das letzte Mal, daß du uns Ärger machst«, schrie plötzlich jemand. Es war John Singer, er langte nach den Zügeln. Ich ließ Cammie ein paar Schritte rückwärts gehen.

»Ich will mit Reverend Marcus reden«, sagte ich.

John Singer lächelte. »Steig ab, wir bringen dich zu ihm.«

»Ich werde hier warten. Sagen Sie ihm, daß ich ihm etwas mitzuteilen habe.«

Magdeline sah mich an, als ob ich den Verstand verloren hätte. Singer ließ den Blick zwischen uns beiden hin- und herwandern. Er überlegte. »Ich hol den Reverend«, sagte er schließlich. »Warte hier.« Und dann schnellte seine Hand plötzlich nach vorn, er griff nach

Magdelines Arm, sie verlor das Gleichgewicht, und er riß sie an sich. Sie wehrte sich nicht, nicht einmal, als er sie wütend am Arm schüttelte. »Du willst anscheinend nicht begreifen, Mädchen«, sagte er und stieß sie grob vor sich her. »Was hast du ihr erzählt?«

»He! Lassen Sie sie in Ruhe.« Ich ließ Cammie einen Satz nach vorn machen.

Singer schaute sich nach mir um, und dann drehte er Magdeline herum, so daß sie mit dem Gesicht zu mir stand. »Sag ihr, daß du hierbleiben willst.« Er schwieg einen Moment. Dann schüttelte er sie wieder. »Sag ihr das.«

»Ich hab meine Aufgaben in der Gemeinde«, sagte sie und sah an mir vorbei zum anderen Ufer. »Ich kann nicht mehr mit dir sprechen. Ich habe meine Pflichten vernachlässigt.« Sie drehte sich um und ging den Weg hinunter, der zur Kirche führte.

Singer warf mir noch einen triumphierenden Blick zu, dann machte er kehrt und trabte hinter ihr her, und als er sie eingeholt hatte, packte er sie wieder am Arm.

Mir fiel etwas ein. »Maggie!« Ich rief ganz laut ihren Namen. Und obwohl Singer sie festhielt, drehte sie sich um und sah mich an. »Ich hol dich hier raus. Ehrenwort.«

Singer stieß sie vorwärts, und die beiden verschwanden hinter ein paar Kiefern und Holunderbüschen.

Wenig später kam Reverend Marcus über die Lichtung. Seine Pomadewellen glänzten in der Sonne. Er war adrett und teuer gekleidet und trug einen großzügig geschnittenen Anzug, der seine schlanke Taille und die schmalen Hüften so richtig zur Geltung kommen ließ. Im Gegensatz zu den anderen Erlösern hatte er blitzblanke Schuhe an, und zu meiner Überraschung war er allein.

Seine blauen Augen blickten fragend zu mir hoch. Er war ein verdammt guter Schauspieler.

»Nadine Andrews möchte Sie sehen.«

»Die Frau mit den Pferden?« Nichts deutete darauf hin, daß er sie kannte. Seine Stimme klang mäßig neugierig und ein klein wenig verächtlich, und diese leicht verächtliche Neugier spiegelte sich auch in seiner Miene wider.

»Ja, genau die.«

»Dann sag ihr, sie soll herkommen. Ich unterhalte mich gern mit ihr. Ich interessiere mich nämlich für einen jungen Burschen, den sie bei sich … beherbergt.« Bei diesem Wort verzog er den Mund.

»Sie haben Greg fast umgebracht. Wenn Nadine nicht gewesen wäre, hätte er sterben können.«

»Wer seinen Sohn liebt, der züchtigt ihn, das steht unmißverständlich in der Bibel. Der Rücken heilt schon wieder. Mir geht es um die Seele. Und wenn die Seele dieses Knaben nunmehr dazu verdammt sein sollte, zur Hölle zu fahren, dann wäre das die Schuld von dieser Mrs. Andrews.« Er spie Nadines Namen regelrecht aus. »Gut möglich, daß ihr alle drei im Fegefeuer brennen werdet.« Sein Blick fiel auf mein Bein. »Allerdings könnte ich dich erlösen. Du bist noch jung. Du bist der Sünde noch nicht hoffnungslos verfallen. Ich könnte an dir arbeiten –«

»Und welche Strafe kriegen Sie dafür, daß Sie Babys verkaufen?« Ich drückte Cammie unwillkürlich die Beine in die Flanken. Sie bäumte sich auf und versteifte sich unter mir.

Der Reverend kniff die Augen zusammen. »Sag Greg, er soll gefälligst seinen Arsch bewegen und schleunigst wiederkommen. Und was er dir erzählt hat, das wird ihn teuer zu stehen kommen. Und dich wird es teuer zu stehen kommen, daß du dich andauernd bei uns einmischst. Seit wir hier sind, kommst du her und schnüffelst rum und spionierst uns nach. Gott wird dich strafen. Niederschmettern und zermalmen wird er dich. Denn er ist ein gerechter Gott und ein guter Hirte, der seine Herde beschützt.«

Ich drückte Cammie die Hacken in die Flanken. Sie machte einen Satz nach vorn. Der Priester sprang erschrocken zurück und hörte auf mit seiner Tirade. »Um Sie wird sich nicht der liebe Gott kümmern, sondern der Sheriff!« rief ich.

»Wir haben hier gegen kein Gesetz verstoßen. Der erste Bürgerrechtsartikel garantiert uns Religionsfreiheit. Wir haben die Erfahrung gemacht, daß es auf dieser Welt nichts anderes gibt als Blut und Erlösung.« Er breitete die Arme aus, kehrte die Handflächen nach oben und hob den Blick zum Himmel. Friede und Gelassenheit machten sich in seiner Miene breit. »Bei dem Kreuz, an dem Jesus sein Leben ließ, an dem er sein Fleisch und Blut für uns geopfert hat.

Dieses Opfer badet uns alle in seinem Blute und verheißt uns Erlösung in Ewigkeit, wenn wir nur wollen. Ich frage dich, Rebekka, willst du Erlösung in Ewigkeit?« Er richtete den Blick wieder auf mich. »Ja, ich kenne den Namen, den man dir gegeben hat, ein schöner Name übrigens. Rebekka, eine Frau aus der Bibel. Was für eine schöne Dienerin des Herrn könntest du sein, Rebekka. Du bist eine Kriegerin. Wild und mutig. Es gefällt mir, wenn eine junge Frau ein bißchen Mumm in den Knochen hat. Dich würde ich gern in meiner Herde haben. So eine wie dich könnte ich gut gebrauchen. Du würdest einen besonderen Rang einnehmen, den Platz an meiner Seite. Erhöht, geachtet. Ich hatte gehofft, Magdeline könnte sich diesen Rang verdienen, aber sie ist zu schwach.« Er zog die Brauen hoch. »Du aber bist stark, Rebekka. Jeder würde deine besondere Bestimmung anerkennen, und alle würden dich verehren. Verdammnis oder Erlösung? Heute kannst du dich entscheiden. Wie lautet deine Wahl?«

Nadine hatte mich auf die Tricks des Priesters vorbereitet. Das machte mir Mut. Ich hatte keine Angst, jedenfalls nicht um mich. Solange ich auf Cammie saß, kriegte er mich nicht. »Wenn Maggie was passiert, kommen Sie für den Rest Ihres Lebens hinter Gitter.«

»Das ist nicht die rechte Wahl.« Er schüttelte bekümmert den Kopf. »Du wirst leiden, wie alle Sünder leiden. Was liebst du? Welche Dinge sind dir am teuersten? Diese Dinge wird Gott dir nehmen. Eines nach dem anderen. Und am meisten wird dich das Wissen quälen, daß du an allem selbst schuld bist. Alles, was du liebst, wird deinetwegen leiden müssen.«

»Sie werden leiden. Wenn mein Vater wieder da ist ...«

Er lächelte. »Ich habe gelitten, und ich bin erlöst worden. Mein Leiden ist zu Ende.«

»Lassen Sie Maggie mit mir mitkommen.«

»Sie hat nicht den Wunsch, mit dir zu gehen. Hier hat sie Liebe und Geborgenheit. Wir werden dafür sorgen, daß sie beschützt wird.«

»Und ihr Baby? Was wird mit ihrem Kind?« Ich schleuderte ihm mein Wissen entgegen. »Was wird mit dem Kind, das Sie Magdeline gemacht haben?«

Einen Augenblick lang war er wie vor den Kopf geschlagen, hatte sich aber gleich wieder in der Gewalt. »Ein Kind«, murmelte er. »Ich werde dafür sorgen, daß es ein anständiges und liebevolles Zuhause bekommt. So halten wir es hier bei uns. Wir geben Kindern ein Zuhause.«

»Verkaufen tut ihr sie!«

Er sah mich abschätzend an. Von der warmherzigen Gelassenheit, die sein Gesicht vorhin, als er zum Himmel aufblickte, so weich erscheinen lassen hatte, war nichts mehr zu sehen. Seine Augen flackerten, er dachte an böse, brutale Dinge. »Für dich wird Gott sich eine besondere Strafe ausdenken. Eine ganz besondere. Er wird dich zu Boden schmettern und jeden deiner Knochen einzeln unter seinem Absatz zermalmen.«

Ich wendete Cammie, bereit, jeden Moment zu fliehen. Da sah ich, wie sich drüben bei den Kiefern etwas im Unterholz bewegte. Zwei Erlöser-Männer zerrten irgend etwas aus dem Gestrüpp. Und dann hörte ich ein Jaulen, in dem Angst und Schmerz mitschwangen, und da war mir klar: Sie hatten Picket.

Kapitel 35

Cammie bockte erst, und dann scheute sie. Ich verlor den Steigbügel und merkte, wie ich an ihrem Hals abwärts glitt. Meine Finger verkrallten sich in ihrer Mähne, und irgendwie schaffte ich es, auf dem herumwirbelnden Pferd zu bleiben. Ich sah den Priester an. Er grinste. »Hab ich's nicht gesagt? Gott wird dir alles nehmen, was du liebst.«

»Laßt meinen Hund frei.«

»Wir haben das Recht, Tiere einzufangen, die unerlaubt auf unserem Land sind. Der Hund ist bissig. Er muß vernichtet werden.« Er schaute hinüber zu den beiden Erlösern. Picket jaulte abermals. Sie drückten sie zu Boden. Der eine hatte den Fuß auf ihrem Nacken, und der andere schnürte ihr die Beine zusammen.

»Aufhören!« Ich versuchte Cammie dazu zu bringen, daß sie zu Picket ging, aber sie hatte Angst vor dem Krach und der ganzen Aufregung. Sie scheute und wollte schon wieder bocken.

»Picket!« kreischte ich. »Picket!« Ich drückte Cammie die Hacken in die Flanken. Sie schoß nach vorn und war eins, zwei, drei bei den beiden Erlösern. Ich hatte keine Ahnung, was ich tun sollte, doch dann sah ich den einen Erlöser mit einem langen Messer herumfuchteln, und da zerrte ich die Zügel zurück.

Cammie rutschte und kam zum Stehen. Sie zitterte.

Ich starrte wie gebannt auf das Messer. Es war mindestens zwanzig Zentimeter lang und hatte eine Stahlklinge, die in der Sonne blitzte. Ich mußte an Cäsar denken. Über dreißig Stichwunden. Der Erlöser, der das Messer in der Hand hatte, schnappte nach Pickets zugebundener Schnauze und riß ihren Kopf hoch, so daß die Kehle zu sehen war.

»Laßt sie frei«, wimmerte ich.

»Verschwinde von unserem Land.« Reverend Marcus war nähergekommen. »Wenn du dich noch einmal hier blicken läßt, dann holen wir den Sheriff. Der Schaden, den du angerichtet hast, ist nicht wiedergutzumachen. Greg ist fort. Magdeline wird bestraft werden müssen. Wir werden alles tun, was nötig ist, um sie von ihren Sünden reinzuwaschen.«

»Und was ist mit Picket?«

»Haustiere sind bei uns nicht erlaubt. Die arme Magdeline hat diesen Sommer einen streunenden Kater mitgebracht. Er mußte vernichtet werden. Magdeline war sehr unglücklich. Ich sagte ihr, daß Tiere keine Seele haben, aber sie wollte ihn unbedingt begraben. Ein kleines Drama, das Ganze. So, und jetzt verschwinde von unserem Land.«

»Geben Sie mir meinen Hund zurück.« Ich konnte Picket doch nicht hier lassen. Ich mußte wieder an den Tag denken, als Magdeline und Georgie den Kater begraben hatten. Sie hatten beide geweint. Und der Priester würde auch Picket töten. Kaltblütig. Aus purer Gemeinheit. »Laßt Picket los, dann verschwinden wir. Für immer.«

Er nickte den beiden Männern zu. Sie hoben Picket an den Beinen hoch und wirbelten sie herum, und Reverend Marcus lachte. »Geh heim, Rebekka. Vielleicht kommt dein Hund später nach. Vielleicht auch nicht.«

Er ließ mich stehen und folgte den Männern, die Picket hatten, zur Kirche.

»Warten Sie einen Moment!« rief ich ihm nach. »Warten Sie!«

Er ging weiter, lässig, ohne Eile, und mir war klar, daß er gar nicht daran dachte, sich nach mir umzudrehen.

Ich lenkte Cammie zum Ufer. Wir durchquerten den Fluß. Als wir wieder auf der Kali Oka Road waren, ließ ich sie traben. Nach der körperlichen Anstrengung hatte sich ihre Nervosität gelegt, sie war ruhiger und lief jetzt gleichmäßig und ziemlich schnell. Ich ritt auf dem kürzesten Weg zurück zu Nadine. Egal, was zwischen uns passiert war, egal, wie sehr sie mich haßte, sie mußte Picket helfen. Nadine würde hingehen und ein gewaltiges Faß aufmachen. Die

Erlöser hatten Cäsar umgebracht. Dessen war ich mir ganz sicher. Ich hatte schließlich das Messer gesehen, ein Jagdmesser, das solche entsetzlichen Wunden hinterlassen konnte.

Nadines Truck stand in der Einfahrt. Ich brachte Cammie in eine leere Box am hinteren Ende des Stalls und ließ sie gesattelt. Nur das Zaumzeug nahm ich ihr ab, damit sie nicht aus Versehen auf die Zügel trat und sich verletzte. Tränken wollte ich sie, wenn ich Nadine gefunden hatte.

Ich ließ die Stalltür weit offen und lief zum Haus, stürzte ohne anzuklopfen hinein und rannte alles um, was mir in die Quere kam. »Nadine!« rief ich aus Leibeskräften. »Nadine! Hilf mir!«

Nachdem ich sämtliche Zimmer ein zweites Mal durchsucht hatte, sah ich ein, daß sie nicht da war.

Der Stall.

Ich rannte wie eine Wilde. Die Stalltür war immer noch offen. Ich tauchte ein ins Dunkel und stand einen Moment lang zwinkernd da, bis meine Augen sich an den Lichtwechsel gewöhnt hatten. Alles still. Nur das Schnauben der Pferde war zu hören. Keine Spur von Nadine.

Ich sah in der Sattelkammer und in der Futterkammer nach. »Nadine?« rief ich.

Über mir, auf der Tenne, hörte ich ein leises Rascheln und etwas, das wie ein unterdrücktes Lachen klang.

»Nadine?« Ich trat an die Leiter und rief: »Bist du da oben?«

Keine Antwort.

Jedesmal, wenn ich auf die Tenne gestiegen war, hatte ich dort Dinge gesehen, die ich lieber nicht gesehen hätte. Ich griff nach einer Sprosse und hievte mich langsam hoch.

Als ich den Kopf durch die Öffnung steckte, war ich im ersten Moment geblendet von dem Licht, daß durch die Heuluke fiel, die immer geschlossen sein mußte, außer wenn eine Ladung Heu geliefert wurde. Und dann sah ich Nadine oder, besser gesagt, ihre Silhouette.

Das Haar fiel ihr über die Schultern, und das grelle Gegenlicht ließ die nackten Brüste deutlich hervortreten. Sie saß auf etwas und bewegte sich langsam vor und zurück. Der scharfe Schattenriß ihres aufrechten Rumpfes war leicht zurückgeneigt, fast so, als ob sie inbrünstig beten würde. Sie verschränkte die Hände hinterm Kopf, griff sich ins Haar, hob es hoch und ließ es wieder fallen. Auf ihrem Gesicht, den Brüsten und dem Oberkörper glänzte Schweiß. Sie tanzte einen langsamen, aufreizenden Tanz zu einer Musik, die ich nicht hören konnte.

Erst nach einigen Augenblicken sah ich auch die bleichen, nackten Beine des Mannes, auf dem sie saß.

»Psst!« flüsterte sie kichernd. »Die kommt nicht hier rauf. Die hat Angst vor der Tenne. Sei still, dann geht sie wieder.«

»Nadine –« Er wollte protestieren, aber sie brachte ihn zum Schweigen, indem sie sich über ihn beugte und ihm ihr Haar übers Gesicht fallen ließ. Dann fuhr sie jäh zurück, und er stöhnte.

»Vergiß sie«, flüsterte Nadine. »Sag es, Greg.« Sie bewegte sich immer schneller. »Sag es!«

»Ich liebe dich«, wimmerte Greg. Er hob die Hände, griff ihr ins Haar, das in der Sonne aussah wie gesponnenes Gold, und ließ es durch seine Finger gleiten.

Ich mußte an Charlie und Ernest denken und daran, wie ich zugeguckt hatte, als sie Nadine aus dem Mund fraßen. Ich wollte nicht hinsehen, aber ich konnte auch nicht wegschauen.

Nadine beugte sich über Greg und steckte ihm eine Brust in den Mund. Ein goldener Sonnenstrahl wanderte ihr über die Wirbelsäule bis zu der Stelle unterhalb der Taille, wo sich ihr Rücken in zwei weiche weiße Hügel zu spalten schien.

Ich tastete mit den Zehenspitzen nach der nächstunteren Leitersprosse. Ich kletterte hinunter, aber mein Blick blieb so lange dort oben an den beiden haften, bis ich mit dem Kopf unterhalb der Öffnung war. Als ich wieder Boden unter den Füßen hatte, hob ich Cammies Zaumzeug auf. Der Schweiß war getrocknet, und an manchen Stellen kringelten sich ihre verklebten Haare. Sie biß bereitwillig auf die Trense, und ich führte sie auf den Hof und saß auf. Als ich durch das Gatter war und die Einfahrt hinunterritt, schaute ich mich um. Nadines Körper wippte im Sonnenlicht vor und zurück, viel schneller als vorhin, und ihr Haar, das die Farbe von Löwenzahnblüten hatte, wogte im Rhythmus ihrer Hüftbewegungen.

Ich lenkte Cammie nach Hause und ließ sie laufen.

Unter der großen Zeder sah ich Arly. Er war gerade dabei, den Wagen zu polieren. Als er den Hufschlag hörte, blickte er auf und musterte mich mit kaum verhohlener Bewunderung. Zu jedem anderen Zeitpunkt hätte mich das gefreut. Ich brachte Cammie neben dem Wagen zum Stehen und sprang aus dem Sattel. »Hol die Schlüssel. Die Erlöser haben Picket, die bringen sie um!«

Arly hörte auf, die Motorhaube zu wienern. Er sah mich an, als ob ich zwei Köpfe hätte.

»Die haben Picket?« Er konnte es nicht fassen.

»Ja doch, Arly, die haben sie eingefangen und gefesselt. Und sie haben gesagt, sie töten sie. Wir müssen sofort hin und sie holen.«

»Mama Betts!« Er warf das Putztuch auf den Wagen und drehte sich zum Haus um. »Großmutter! Komm doch mal bitte!«

Im nächsten Moment erschien Mama Betts in der Fliegentür, und dann stand sie auch schon auf dem Hof.

»Bekka sagt, die Erlöser haben Picket. Sie sagt, sie wollen sie umbringen.«

»Das ist wirklich wahr!« Ich packte Mama Betts am Arm. »Die haben sie gefesselt. Sie hat furchtbar gejault. Ich konnte überhaupt nichts machen. Und jetzt weiß ich auch, daß die Cäsar umgebracht haben, den einen Hengst von Nadine. Der hat über dreißig Messerstiche gehabt.«

In Mama Betts' Blick lag Ratlosigkeit. Ein paar Sekunden lang war sie ganz still. »Damals, als Mr. Tom getötet worden war, da hab ich gewußt, es ist ein Unheil über die Kali Oka Road gekommen.« Sie trocknete sich die Hände an der Schürze ab und ging zum Haus. »Hol die Schlüssel, Arly, ich möchte, daß du uns zum Sheriff fährst. Wir könnten natürlich auch anrufen, aber dann läßt er uns warten. Wenn wir hinfahren, kann ich ihn dazu bringen, daß er sofort etwas tut.«

»Wir haben keine Zeit!« Ich rannte ihr nach und zerrte Cammie hinter mir her. »Die töten Picket. Joe Wickham tut eh nichts. Doch nicht wegen einem Hund. Der denkt sich bloß wieder alle möglichen Ausreden aus.«

»Wir können nicht einfach zu diesen Leuten hingehen und Picket rausholen, Bekka«, sagte Mama Betts, ohne sich nach mir umzudrehen. »Wir müssen Joe Wickham holen. Der darf das Gemeindegrundstück betreten, der hat das Recht dazu. Vielleicht brauchen wir sogar einen Durchsuchungsbefehl, aber den kriegen wir schon, und dann holen wir uns den Hund.«

»Die bringen Picket um!« Ich griff nach ihrem Schürzenband. »Wir müssen da sofort hin!«

»Was macht das Pferd eigentlich hier?« Sie drehte sich immer noch nicht um.

»Ich hab Cammie mitgenommen. Und ich bring sie auch nicht wieder zurück.«

»Arly! Jetzt wisch die Politur ab, und dann los. Ich hol nur noch meine Geldbörse. Und du sattelst die Stute ab, Bekka, und bringst sie in Pickets alten Zwinger. Da kann sie bleiben, bis wir uns was ausgedacht haben.« Mama Betts überlegte einen Moment. »Oder noch besser, du gehst mit ihr rüber zu den Welfords und stellst sie dort im Stall unter und gibst ihr was zu trinken. Die ist ja völlig ausgedörrt. Ab durch die Mitte! Aber nicht reiten! Du mußt sie schön langsam führen. Wir holen dich bei den Welfords ab.«

Bis Großmutter diesem Joe Wickham klargemacht hätte, worum es ging, bis der seinen Durchsuchungsbefehl beantragt und seinen Hilfssheriff gefunden hätte und so weiter, wäre Picket längst tot. Ich mußte mir etwas einfallen lassen.

Ich faßte Cammie an die Brust. »Sie ist ziemlich heiß«, sagte ich. »Wartet lieber nicht auf mich.«

Mama Betts kam und legte die Hand erst auf Cammies Hals und dann auf ihre Brust. »Du mußt sie bewegen. Spritz sie mit dem Schlauch ab, und zwischendurch mußt du sie bewegen. Los jetzt, Arly.« Arly hielt ihr die Wagentür auf, aber sie machte keine Anstalten einzusteigen. »Du und das Pferd, ihr bleibt hier auf dem Hof, Bekka. Und komm ja nicht auf dumme Gedanken. Du gehst mir nicht runter zu den Erlösern. Du wartest, bis wir wieder da sind.«

»Und wenn sie Picket nun töten?«

»Wenn die einen Hund töten, dann können sie dir auch was antun. Du gehst da nicht hin. Versprichst du mir das?«

»Mama Betts, ich –« Sie sah mich so eindringlich an, daß ich nicht mehr die Kraft hatte, sie zu belügen. »Ich kümmere mich um Cammie, das versprech ich dir. Ich hab ja niemanden, mit dem ich zusammen hingehn kann, und alleine traue ich mich nicht.«

Mama Betts nickte. »Kümmere dich um das Pferd. Ich weiß nicht, wie lange es dauern wird. Joe ist manchmal schwierig, aber du bleibst hier auf dem Hof.«

Sie stieg ins Auto und schlug die Tür zu, und Arly fuhr los. Er liebte Picket genausosehr wie ich, obwohl er das nie zugegeben hätte.

Ich spritzte Cammie die Beine mit kaltem Wasser ab und brachte sie dann zu den Welfords. Ich mußte mir etwas ausdenken. Etwas, das schneller ging und wirksamer war als die Sache mit Joe Wickham.

Jamey wollte nicht wissen, wieso ich Cammie hatte. Ich bat sie, das Pferd noch eine Viertelstunde zu bewegen und es dann vielleicht eine Stunde im Stall unterzustellen. Sie holte einen Wassereimer und versprach mir, sich um Cammie zu kümmern.

»Wie geht's Greg?« fragte sie schließlich, in der einen Hand Cammies Zügel, in der anderen den Eimer.

»Es ist soviel passiert, Jamey. Die Erlöser haben Picket.« Sie sagte nicht, daß Picket doch bloß ein Hund ist, und das war immerhin schon etwas. Sie konnte zwar nicht begreifen, warum ich so außer mir war, aber wenigstens akzeptierte sie es. Ich dankte ihr für ihre Bereitschaft, sich um Cammie zu kümmern, und rannte wieder heim, um mir zu überlegen, was ich machen konnte. Und dann hatte ich eine Idee. Es war eine reine Verzweiflungstat, aber mir fiel nichts Besseres ein.

Ich hatte das Haus noch nie so still erlebt wie jetzt, als ich auf den Korridor ging und den Hörer abnahm. Im Handumdrehen hatte ich mir durch die Auskunft die Nummer von Cathis Zeitung in Mobile besorgt. Daß Cathi dort arbeitete, wußte ich, weil ich schon des öfteren Artikel gesehen hatte, über denen ihr Name stand. Mama Betts hatte nicht mit abfälligen Bemerkungen über diese Artikel gespart.

Während die Vermittlung mich mit der Redaktion verband, klammerte ich mich an den schwarzen Telefonhörer wie ein Ertrinkender an einen Rettungsring.

»Hallo?«

Ich erkannte Cathis schleppenden, durch das Leben in anderen Regionen abgeschwächten Dialekt.

»Cathi, hier ist Bekka.« Ich holte tief Luft. »Ich hätte dich nicht angerufen, aber ich weiß nicht, an wen ich mich sonst wenden soll. Unten bei uns an der Straße sind Leute, die haben Picket, die wollen meinen Hund töten. Die haben schreckliche Dinge getan. Kannst du mir helfen?« sprudelte ich hervor.

»Wie soll ich dir denn da helfen?«

Ich war mir nicht sicher, ob sie mir böse war oder ob sie mich das im Ernst fragte. »Fahr mit mir hin. Sag ihnen, sie sollen mir Picket wiedergeben. Du kannst das. Du hast keine Angst vor denen.«

»Wie soll ich denn das machen, Bekka?«

Sie hörte sich müde an, wie jemand, der seit Tagen nicht mehr geschlafen hatte, so wie Effie sich immer anhörte, wenn sie mit einem Buch in den letzten Zügen lag, wenn sie nicht aufhören konnte zu schreiben und Tag und Nacht durcharbeitete.

»Die verkaufen da unten kleine Babys. Die verprügeln Kinder mit dem Kleiderbügel, den einen Jungen, den haben sie fast totgeschlagen.«

»Ist das wahr?« Auf einmal klang ihre Stimme überhaupt nicht mehr träge. Sie war hellwach.

»Ich hab seinen Rücken gesehn. Und ich hab die Listen gesehn, wo drinsteht, wieviel sie für die Babies gekriegt haben. Nadine hat alles genau abgeschrieben.«

»Moment mal. Wer ist denn Nadine?«

»Die Frau mit den Pferden, weißt du nicht mehr?«

»Ach ja. Und die hat das schriftlich. Und der Junge ist geschlagen worden. Wo ist er?«

»Der wohnt sozusagen bei Nadine.«

»Und wieso hat Walt sich da nicht drum gekümmert?«

Ich hatte genau gewußt, daß sie das fragen würde. »Der Richter ist mit Effie in Hollywood. Die sind schon eine ganze Weile weg, und am Telefon wollte ich ihnen das nicht erzählen. Aus der Entfernung können sie ja eh nichts machen.«

»In Hollywood?« Ich hörte an ihrem Tonfall, daß das ein Schock für sie war. »Was zum Teufel will Walt denn in Hollywood?«

»Cathi, wenn du nicht kommst, dann töten die Picket. Bitte! Du kannst von Mobile aus viel schneller hier sein, als Mama Betts den Sheriff holen kann.« Ich wischte mir die Tränen ab.

»Ich bin in einer halben Stunde bei dir, Bekka. Versprechen kann ich dir nichts wegen dem Hund, aber ich werd's versuchen.«

Eine halbe Stunde. Von Mobile war es doch nicht so viel weiter bis zur Kali Oka Road als von Jexville. Eine halbe Stunde. Ob Picket dann noch leben würde?

Ich beschloß, niemandem zu erzählen, was mit Nadine und Greg war. Ich hätte sonstwas darum gegeben, nicht mehr an dieses Erlebnis denken zu müssen. Mir war zumute, als hätte ich ein fauliges Brett hochgehoben und darunter wimmelnde Würmer und weißschimmernde Maden gesehen, die besser nie das Licht der Sonne erblickt hätten.

Mir schwante, daß Nadine und Greg etwas Verbotenes taten. Das hing irgendwie mit dem Alter zusammen. Effie und der Richter hatten sich einmal darüber unterhalten. Alte Männer sollten so was nicht mit Mädchen unter sechzehn Jahren tun. Und wenn sie es doch taten, dann kamen die alten Männer ins Gefängnis. Ich meinte, daß dieses Gesetz auch für ältere Frauen gelten müßte, die es mit jüngeren Jungs taten, aber ich war mir nicht hundertprozentig sicher.

Bei mir hatte diese Sache Gefühle ausgelöst, die ich nicht verstand und über die ich nicht nachdenken wollte. Nadines in der Sonne glänzender Körper hatte erschreckend schön ausgesehen. Als ich mir in Erinnerung rief, was sie mit Greg gemacht hatte, mußte ich schneller laufen.

Nun dachte ich doch daran, wie ich die beiden im Stall beobachtet hatte, und das war alles andere als angenehm, aber immer noch besser, als an Picket zu denken.

Ich hörte einen Wagen auf der Kali Oka Road und wußte, noch ehe ich den spiegelblanken roten Pontiac gesehen hatte, daß das Cathi war. Sie hielt an, ich rannte zur Beifahrertür und stieg ein.

»Unten am Ende der Straße«, stieß ich hervor.

Sie ließ den Motor aufheulen, hinter uns wirbelte der rote Sand hoch. Sie fuhr zu schnell auf der zerfurchten Straße, aber ich hielt sie nicht davon ab, und ich war froh, daß sie mir keine Fragen stellte.

Wir kamen zum Fluß. Unmittelbar vor der Brücke hielt Cathi an.

»Bleib im Wagen«, sagte sie.

»Nein.« Ich war schon halb ausgestiegen.

»Laß mich mit diesen Leuten reden, Bekka. Vielleicht geben sie mir ja den Hund. Wenn du dabei bist, verlieren sie das Gesicht. Du bist ein Kind, das macht es für diese Leute doppelt schwer.«

Ich warf mich gegen das Auto. »Und wenn sie Picket nun was getan haben?«

»Jetzt reg dich doch nicht im voraus auf«, erwiderte Cathi. »Setz dich in den Wagen und verriegel die Türen. Ich lasse den Schlüssel stecken. Wenn irgendwas ist, fährst du heim. Warte nicht auf mich. Wenn ich in einer halben Stunde nicht wieder hier bin, fahr zu dir nach Hause. Ich kann notfalls zu Fuß gehen.«

Sie redete, als ob sie damit rechnete, daß die Erlöser ihr etwas antun könnten.

»Denk dran, mein Chefredakteur weiß, wo ich bin. Das kannst du auch deiner Großmutter sagen.«

Ich verstand zwar nicht recht, was sie damit meinte, nickte aber trotzdem.

»Wir sind uns ziemlich ähnlich, Bekka.« Sie wandte sich ab und ging über die Brücke. Ich stieg ins Auto, wie sie mir gesagt hatte, und verriegelte die Türen.

Sie war etwa fünfzig Meter weit auf dem Kirchengrundstück, als einer von den Männern auf sie zukam. Sie holte etwas aus ihrer Handtasche und zeigte es ihm, und er ging weg. Kurz darauf kam er mit Reverend Marcus zurück.

Ich konnte nicht hören, was sie sagten, aber der Priester lief wild gestikulierend hin und her. Cathi wischte sich das Gesicht ab, und ich fragte mich, ob er sie angespuckt hatte. Sie nahm ein Notizbuch aus der Tasche und fing an zu schreiben.

Der Priester schnappte nach dem Notizbuch, aber sie wand es ihm aus der Hand. Ich sah, daß sie ihn anschrie. Einen Moment lang dachte ich, sie würde ihm eine schallende Ohrfeige geben, aber sie riß sich zusammen und ließ es bleiben.

Als ich es nicht mehr aushielt, stieg ich aus und schlich mich vorsichtig runter zum Fluß, so daß ich etwas hören konnte.

»Wenn Sie nicht sofort den Hund rausgeben, sorge ich dafür, daß die Staatsanwaltschaft noch vor Sonnenuntergang ein paar Leute vorbeischickt, die sich hier mal gründlich umsehen«, hörte ich Cathi sagen. Sie hatte eine Stinkwut und sprach mit schriller Stimme. »Mein Vater ist nämlich rein zufällig ein sehr guter Freund des Oberstaatsanwalts.«

»Hier ist kein Hund«, entgegnete Reverend Marcus. Seine Stimme klang angespannt, aber beherrscht.

»Ich gebe Ihnen zwei Minuten. Das, was ich gegen Sie in der Hand habe, reicht aus, damit sich in den nächsten fünf Jahren ein ganzes Team von Staatsanwälten mit Ihnen beschäftigt.«

»Bei uns gibt's keine Hunde. Haustiere sind hier nicht erlaubt. Das ist in der Erlösergemeinde eine Regel. Wir sind eine gottesfürchtige Religions-Gemeinschaft. Sie können uns nichts tun. Nichts. Und jetzt verschwinden Sie gefälligst von unserem Land! Oder soll ich Sie anzeigen?«

»Den Hund her, oder ich sorge dafür, daß Sie Ihres Lebens nicht mehr froh werden. Sie haben anderthalb Minuten.«

»Hier gibt es keine Hunde. Die junge Frau, die Ihnen das gesagt hat, lügt wie gedruckt. Sie will nichts als Unruhe stiften. Sie hat sich das alles bloß ausgedacht, weil sie uns Schwierigkeiten machen will.«

Ich rannte über die Brücke und stellte mich neben Cathi. »Sie lügen. Ihr habt Picket die Beine zusammengebunden, und dann habt ihr sie weggeschleppt.« Ich sah einen der Männer, die Picket gefesselt hatten, und zeigte mit dem Finger auf ihn. »Der da war's. Frag ihn doch mal nach den verkauften Babies, Cathi. Frag ihn nach dem Pferd, das er getötet hat.«

Cathi trat ganz nah an mich heran, so nah, daß ich ihr Parfum riechen konnte. »Geh zum Wagen, Bekka«, sagte sie ruhig. »Der Reverend wird jetzt auf der Stelle Picket holen und sie mir bringen, nicht wahr, Reverend? Bekka kann die Männer identifizieren, die ihr ihre Hündin weggenommen haben. Ihnen mag es ja egal sein, ob sie ein paar Monate im Gefängnis sitzen, bis die Ermittlungen gegen Sie abgeschlossen sind, aber ob Ihre Helfer das auch so sehen?«

Der Mann, auf den ich gezeigt hatte, trat vor. Reverend Marcus tat so, als ob er ihn nicht bemerkte, doch der andere kam immer näher. »Das ist doch die Sache nicht wert«, sagte er mit schleppender Stimme. »Sie haben gesagt, diesmal ist es anders. Sie haben gesagt, hier kommen wir endlich zur Ruhe und können unser Leben leben. Sie haben gesagt ...«

»Wir haben nichts Unrechtes getan«, sagte Reverend Marcus zu dem Mann, sah dabei aber Cathi an. »Dieses Mädchen da ist bei uns eingedrungen. Genau wie Sie. Wenn hier jemand ein Recht hat, die Polizei zu holen, dann wir.«

»Holen Sie sie doch.« Cathi legte mir die Hand auf die Schulter. »Holen Sie doch die Polizei, wenn Sie sich trauen. Wir warten so lange hier.«

»Und ob ich mich traue«, sagte der Priester mit haßverzerrtem Gesicht. Und dann zeigte er auf den Mann, der Picket gefesselt hatte. »Jetzt geh schon und bring diesen gottverdammten Hund her.« Er beugte sich vor. »Sie wissen gar nichts über mich, und ich rate Ihnen, halten Sie den Mund.« Er sah Cathi herausfordernd an. »Ich rate Ihnen, lassen Sie es gut sein, sonst verklage ich Ihre Zeitung, daß Ihnen Hören und Sehen vergeht.«

»Sie haben ganz recht, wir lassen es gut sein. Ich rate Ihnen, lassen Sie dieses Mädchen in Ruhe und ihren Hund und alles, was ihr sonst noch am Herzen liegt. Sie hat mir nämlich erzählt, womit Sie ihr gedroht haben. Sie mögen es ja reizvoll finden, Kinder einzuschüchtern, Mr. Marcus. Ich finde das bloß krank und ekelhaft. Sie sollten es wirklich gut sein lassen.«

Zwischen den Bäumen kam Picket angerannt wie ein rotgoldener Blitz. Ich trat ein Stück beiseite und rief sie zu mir. Sie riß mich beinahe um. Ich faßte sie beim Halsband und hielt sie fest, und dann küßte ich sie und tastete ihren ganzen Körper ab.

»Macht, daß ihr wegkommt!« keifte der Priester.

Cathi nahm mich bei der Schulter und schob mich zum Fluß.

»In der Hölle wirst du schmoren, du Aas!« kreischte Reverend Marcus. »Ihr alle. Ich seh euch schon brutzeln in den Flammen. Und dann lach ich mir eins.«

»Jetzt nimm den Hund und steig ins Auto«, sagte Cathi mit gepreßter Stimme. Sie renkte mir fast die Schulter aus, während sie mich zur Brücke stieß. »Bleib vor mir.«

Ich war schon beinahe mit Picket an der Brücke, da sah ich Magdeline. Links von mir, ein Stück weiter weg. Sie versteckte sich im Wald. Wenn sie sich nicht bewegt hätte, wäre sie mir gar nicht aufgefallen. Ich blieb auf der Brücke stehen. Cathi gab mir einen Stoß in den Rücken. Sie drehte sich kurz um und schaute nach dem Priester und den anderen Erlöser-Männern. Von den Frauen war weit und breit nichts zu sehen.

»Vorwärts!« herrschte Cathi mich an.

»Da vorn ist Magdeline«, flüsterte ich. Ich machte ihr ein Zeichen, mit uns zu kommen, doch da verschwand sie im Wald. Ich ging zum Wagen, denn ich hatte Angst, daß die Erlöser sie sahen und Jagd auf sie machten, wenn ich noch länger zögerte. Wenigstens wußte ich jetzt, daß sie noch lebte.

Kapitel 36

Cathi wollte nicht mit ins Haus kommen. Sie setzte sich draußen auf der Veranda in die Hollywoodschaukel und trank das Glas Eistee mit Zitrone, das ich ihr gebracht hatte. Sie wußte, daß es Effie nicht recht gewesen wäre, wenn sie ihr Haus betreten hätte, und es gab keinen Grund, daraus eine große Sache zu machen. Als sie ihren Tee ausgetrunken hatte, holte sie ihr Notizbuch hervor und fing an, mir Fragen zu stellen.

Als erstes fragte sie nach den verkauften Babys, dann nach der Prügel, die Greg bekommen hatte, dann nach Cäsar und schließlich nach Nadine und wie ich darauf kam, daß sie vielleicht die Exfrau von Reverend Marcus war. Sie wollte, daß ich mit ihr zusammen zu Nadine ging, aber ich mußte mir noch überlegen, wie ich es anstellen konnte, daß ich Cammie behalten durfte, und darum wollte ich warten, bis Mama Betts mit Joe Wickham wiederkam.

Ich wußte, daß ich ganz gewaltig in der Tinte saß, doch als ich neben Picket im Gras lag, war mir das egal. Ihre Beine waren ganz wund, und jedesmal, wenn ich sie dort anfaßte und streichelte, heulte sie auf, aber wenigstens blutete sie nicht. Der Draht oder das Zeug, mit dem sie ihr das Maul zugebunden hatten, hatte tiefe Einschnitte in ihrer Haut hinterlassen, aber trotzdem machte sie sich gierig über das Stück Roastbeef her, das ich im Kühlschrank gefunden hatte.

»Bekka?«

»Was?« Ich stützte mich auf dem Ellbogen auf, so daß ich Cathi sehen konnte. Sie machte ein besorgtes Gesicht.

»Kannst du mir Walts Nummer in Kalifornien geben? Ich möchte ihn gern anrufen. Er muß doch wissen, was hier los ist. Ein paar von den Sachen, die du mir da erzählt hast, sind … äußerst ernst.«

Ich kraulte Picket den Hals. »Das geht nicht. Effie wäre schrecklich gekränkt, wenn du dort anrufen würdest. Das allein wäre schon schlimm genug, aber wenn sie dann auch noch erfährt, daß du die Nummer von mir hast, dann würde sie mir überhaupt keine Chance geben, ihr irgendwas zu erklären.« Cathi versuchte sich ihre Enttäuschung nicht anmerken zu lassen, aber ich merkte trotzdem, wie viel es ihr ausmachte. »Weißt du was, ich rufe den Richter selbst an und sage ihm, wie sehr du mir geholfen hast.«

»Du solltest ihm alles erzählen, was du mir erzählt hast. Wie ist das denn bloß möglich? Hier passieren die unglaublichsten Dinge, und niemand außer einem dreizehnjährigen Mädchen weiß etwas davon!«

»Nadine weiß es auch.«

»Ja, und das ist das nächste Problem. Wir müssen zu ihr.«

Ich erklärte Cathi, daß ich das Pferd gestohlen hatte, aber das fand sie anscheinend nicht so schlimm. Vielleicht, weil sie nicht wußte, was ich auf der Tenne gesehen hatte.

»Und wenn wir das Pferd einfach wieder zurückbringen?« schlug Cathi vor.

Ich schüttelte den Kopf. »Auf gar keinen Fall. Nadine kümmert sich nicht richtig um Cammie.«

»Du hast doch gesagt, Nadine weiß alles über Pferde. Wenn ich mich recht entsinne, war sie doch überhaupt die Größte.«

»Sie vernachlässigt Cammie, um mich zu bestrafen. Sie war wütend wegen etwas, was ich gemacht habe, und da hat sie mich rausgeschmissen.«

»Und ich hab den ganzen Sommer lang geglaubt, das Aufregendste, was an dieser langen roten Sandstraße namens Kali Oka Road passieren kann, ist, daß zwei Autos Probleme beim Aneinandervorbeifahren haben. Und nun erfahre ich, daß du innerhalb weniger Wochen gleich zweimal rausgeflogen bist. Und daß es bei euch wüste Sekten gibt, die Babys verkaufen und Kinder windelweich schlagen, da werden Pferde gestohlen und Tiere gequält und umgebracht. Fehlen bloß noch ein paar sexuelle Perversionen hier und da, dann ist der Faulkner-Roman komplett.«

Sie starrte mich an, aber ich traute mich nicht, ihr in die Augen zu gucken. »Gibt es etwa noch irgendwas, Bekka?«

»Ich kann Cammie nicht wieder zurückbringen. Mama Betts wird sich was überlegen, wie wir sie unterbringen.«

Das war mehr oder minder reines Wunschdenken von mir. Es konnte durchaus passieren, daß auch Mama Betts mir erklärte, ich müsse Cammie zurückbringen. Ich hörte den Wagen – nicht mehr lange, dann würde ich es wissen.

Mama Betts sah Cathi – und Picket. Sie stieg aus, rief die Hündin zu sich und untersuchte sie sorgfältig. »Keine bleibenden Schäden, aber besonders pfleglich haben die sie ja nicht gerade behandelt.« Sie sah erst mich und dann Cathi an.

»Ich hab sie angerufen, und da ist sie hergekommen. Sie ist zur Kirche gefahren und hat dafür gesorgt, daß die Picket freilassen«, sagte ich, während ich aufstand und zu Cathi hinüberging.

Arly kam um den Wagen herumgelaufen, streichelte Picket und nahm sie in den Arm. Und dabei guckte er ständig verstohlen zu Cathi rüber.

»Der Sheriff sagt, der Hund und du, ihr wart auf dem Grundstück der Erlöser, und wir hätten kein Recht, den Hund zurückzuverlangen.« Mama Betts stand ganz still. »Mrs. Cummings, ich möchte mich bei Ihnen bedanken, weil Sie Picket gerettet haben. Dieser Hund spielt in unserer Familie eine sehr wichtige Rolle, besonders für Bekka.«

»Mrs. McVane, hier an der Straße spielen sich Dinge ab, die Ihnen nicht länger verborgen bleiben dürfen.« Cathi sah mich an, und ich wußte, daß Sie alles auspacken würde. »Ich glaube, es wäre nicht verkehrt, wenn Sie das alles dem Sheriff mitteilen würden. Ich habe vor, den Fall für meine Zeitung zu recherchieren. Wenn das, was Bekka mir erzählt hat, stimmt, dann sind die Leute, die da unten am Ende der Straße wohnen, ausgesprochen gefährlich.«

Und dann gingen Cathi und Mama Betts die ganze Geschichte in allen Einzelheiten durch, und ich mußte Fragen beantworten, und Arly saß dabei und paßte auf, daß ihm ja nichts entging. Nach den ersten fünf Minuten schlug Mama Betts vor, daß wir uns doch auf die hintere Veranda setzen könnten, und Cathi war einverstanden. Als ich erzählte, wie ich mit Nadine heimlich in der Kirche gewesen war, ging Arly hoch wie eine Rakete.

»Herrgott noch mal«, rief er, »da bist du ja bei Frank Taylor besser aufgehoben. Sich auf der Kali Oka Road dermaßen reinzureiten, das bringst auch nur du fertig.«

»Du hältst den Mund, Arlington Rich«, ermahnte ihn Mama Betts. »Am besten, du gehst mit deiner großen Klappe raus auf den Hof und polierst den Wagen zu Ende. Du fährst ja so viel damit rum, daß der Wind schon die ganze Farbe weggeweht hat.«

Als ich endlich alles noch einmal erzählt hatte, sah ich Mama Betts an. »Und was wird nun mit Cammie?«

»Hat Mrs. Andrews das Pferd denn noch gar nicht vermißt?« Mama Betts guckte die Straße runter, als ob sie damit rechnete, daß Nadine jeden Moment bei uns in der Einfahrt auftauchte, die Flinte im Anschlag und in der anderen Hand einen Strick, um mich als Pferdediebin zu lynchen.

»Sie weiß, daß Cammie bei mir ist«, platzte ich heraus.

»Hast du mit ihr gesprochen?«

»Nein, aber sie muß doch gesehn haben, daß mein Sattel weg ist.« Wieder einmal ertappte ich mich dabei, daß ich, um andere zu schützen, die Wahrheit zurechtbog, und dabei hatte ich mir doch geschworen, genau das niemals mehr zu tun.

»Du wirst jetzt mit Mrs. Cummings zu ihr gehn. Du sagst Mrs. Andrews, daß du Cammie hast und daß du sie gern kaufen möchtest. Ich rufe die Welfords an und frage, ob wir Cammie eine Zeitlang bei ihnen im Stall unterbringen können.«

»Und Effie hat nichts dagegen, daß ich sie behalte?« Ich war fassungslos.

»Wenn die hört, was du dir eingebrockt hast, ich glaube, dann würde sie dich am liebsten überhaupt nicht mehr aus dem Haus lassen.«

Ich grinste. »Dieser Sommer war die reinste Hölle, aber wenn ich dafür Cammie kriege, dann hat sich alles andere gelohnt. Und dieser gemeine Priester, der hat gesagt, mir wird alles genommen, was ich liebe.«

»Der Mann ist krank«, sagte Cathi leise. »Wer Tiere so grausam behandelt und einem Kind solche Angst macht, der muß sehr krank sein.«

»Und wer Menschen schlägt und sagt, es ist Gottes Wille.« Mama

Betts strich sich über ihre blütenweiße Schürze. »So, und nun geht, ihr zwei, und bringt es hinter euch. Aber wenn Mrs. Andrews sich auf die Hinterbeine stellt, dann wird kurzer Prozeß gemacht, Bekka. Wenn sie nicht verkaufen will, mußt du ihr das Pferd wiedergeben.«

Cathi fuhr mich mit ihrem Wagen zu Nadine. Sie sah die ganze Zeit zu mir rüber, aber ich sagte kein Wort. Je näher wir unserem Ziel kamen, desto nervöser wurde ich. Als wir in die Einfahrt einbogen, sah ich Nadines Truck dort stehen, aber mein Blick ging unwillkürlich hinauf zur Tenne. Ich fürchtete mich davor, was ich dort sehen könnte.

Die Heuluke war zu.

»Bekka?«

»Nadine kann ziemlich eklig sein.«

Cathi tätschelte mir die Hand. »Ich auch.«

Sobald wir aus dem Wagen gestiegen waren, bemerkte sie den Müll. »O Gott, eklig ist das rechte Wort. Das ist ja der reinste Alptraum.«

»Nadine war früher mal reich. Sie ist es nicht gewohnt, sich alleine um den Haushalt und solche Sachen zu kümmern. Aber im Stall ist alles tipptopp.« Ich mußte an Cammies Box denken. »Na ja, außer wenn sie wütend ist.«

»Wenn deine Großmutter das sähe, der würden die Haare zu Berge stehen.«

Ich rannte die Treppe hoch und klopfte und betete insgeheim, Nadine sollte herauskommen. Aus mehreren Gründen wollte ich nicht, daß Cathi ins Haus gehen mußte. Erstens war dort drin alles genauso verkommen wie hier draußen, und zweitens hatte ich keine Ahnung, wo Greg war.

»Komm ruhig rein, Bekka, und bring deine Freundin mit«, rief Nadine aus einem der hinteren Räume.

»Scheiße!« murmelte ich. Zum Zögern war keine Zeit. Cathi öffnete die Fliegentür und trat vor mir ins Haus.

»Das Gesundheitsamt würde hier alles plattwalzen lassen«, flüsterte sie mir zu.

»Ich geh fast nie rein«, erwiderte ich.

Nadine saß in ihrer Lieblingspose auf dem alten Queen-Anne-

Sofa. Mit dem einen Fuß klopfte sie leicht auf den Boden, das andere Bein hing über der Rückenlehne.

»Wo ist mein Pferd?« fragte sie, ohne sich anständig hinzusetzen.

»Bei Jamey.«

»Ich schlage vor, du bringst es wieder her.«

»Nadine, Mama Betts hat gesagt, ich soll dich fragen, ob du mir Cammie nicht verkaufen willst.«

Nun setzte Nadine sich doch richtig hin. Ihr Gesicht war im Schatten.

»Könnten wir vielleicht Licht anmachen?« fragte Cathi.

Ich machte die beiden Frauen miteinander bekannt. Cathi sei eine Freundin unserer Familie; sie komme aus Missouri, lebe aber jetzt in Mobile, erklärte ich Nadine. »Die Erlöser hatten Picket, und da ist Cathi gekommen und hat dafür gesorgt, daß ich den Hund wiederkriege. Sie will …«

»Bekka übertreibt. Ich bin schließlich kein Kind. Mich können die nicht erschrecken mit ihren Drohungen. Wissen Sie vielleicht etwas über diese Leute?«

»Wenig, und das wenige ist mir schon zuviel«, sagte Nadine, indem sie rüberlangte und die Lampe neben dem Sofa anknipste. Nun war nur noch eines ihrer Augen im Schatten, das andere aber funkelte mich bernsteingelb an.

»Aber du hast doch gesagt, der Priester …«

»Und du willst Cammie also kaufen?«

Nadine hatte mir den Hahn abgedreht. Sie wollte offenbar nicht darüber reden, daß der Priester möglicherweise ihr Exmann war. Zumindest nicht im Beisein einer Fremden.

»Bekka möchte das Pferd unbedingt haben. Sie hängt sehr an Cammie, aber das ist Ihnen natürlich bekannt«, sagte Cathi mit ruhiger Stimme.

»Ich wollte sie schon immer haben, vom ersten Tag an. Effie hat im August gesagt, daß das vielleicht geht. Wenn wir genug Geld haben.«

»Was meinst du denn, was sie wert ist?« Nadine beobachtete mich mit gespielter Gleichgültigkeit.

Ich sah Cathi hilfesuchend an.

»Na ja, sie ist schon ein schönes Tier«, sagte Cathi, obwohl sie Cammie noch nie gesehen hatte, »aber die Richs sind keine reichen Leute. Sie werden Ihnen einen fairen Preis zahlen.«

»Ich hab noch nie ein Pferd gekauft«, sagte ich, als ob Nadine das nicht wußte. »Wieviel willst du denn für sie haben?«

»Tausend Dollar.« Nadine grinste.

»Oh …« So einen Haufen Geld. Das konnten wir uns bestimmt nicht leisten.

»Bekkas Eltern kommen bald heim. Seit das mit dem Hund und den Erlösern passiert ist, möchte die Großmutter das Mädchen am liebsten gar nicht mehr aus dem Haus lassen. Hätten Sie etwas dagegen, wenn sie das Pferd ein paar Tage bei sich behält? Nur bis die Eltern zurück sind? Entweder kaufen sie dann das Pferd, oder Bekka bringt es wieder her.«

»Und wenn nun in der Zwischenzeit irgendwas passiert?« fragte Nadine, und ich merkte, daß sie in Wirklichkeit gar nicht glaubte, es könnte etwas passieren. Die beiden spielten bloß so eine Art Pingpong miteinander.

Cathi holte ein Scheckbuch aus ihrer Handtasche und schrieb einen Scheck aus. »Nadine Andrews, richtig?»

»Stimmt«, sagte Nadine.

»Hier ist ein Scheck über zweihundert Dollar. Als Pfand. Oder als Anzahlung, falls Bekkas Eltern das Pferd kaufen. Wenn nicht, zerreißen Sie den Scheck. Und sollte sich das Pferd verletzen, können Sie davon den Tierarzt bezahlen.«

Nadine nahm den Scheck. »So, Bekka, nun bist du für Cammie verantwortlich.«

»Bekka sagt, Sie kommen aus dem Delta?« fragte Cathi und machte es sich auf ihrem Stuhl bequem, als ob sie vorhatte, noch auf ein Plauderstündchen zu bleiben.

Es war alles so schnell gegangen. Zwischen den beiden Frauen knisterte es. Sie taxierten einander. Ich wußte, daß Cathi Nadine nicht leiden konnte. Aber Nadine war viel vernünftiger gewesen, als ich erwartet hatte. Ich kam mir vor, als ob ich schwebte. Krampfhaft versuchte ich, wieder festen Boden unter die Füße zu bekommen, aber das gelang mir nicht.

»Cleveland«, sagte Nadine gelangweilt. »Schon mal gehört?«

»Aber ja doch«, erwiderte Cathi. »Da bin ich aufgewachsen. Im Twilight Café hab ich meine schönsten Abende verbracht. Die hatten die tollste Swing Band von ganz Louisiana.«

»Das Twilight Café war lustig«, sagte Nadine, ohne Cathi auch nur eine Sekunde aus den Augen zu lassen. »Obwohl ich ja die meiste Zeit in Memphis gewesen bin. Ich hätte alles getan, um aus Cleveland wegzukommen. Weit und breit nichts als Baumwolle und Sand.«

»Und das Gefängnis.«

»Und das Gefängnis«, bestätigte Nadine. Sie lächelte. »Das ist schon komisch, wenn man aus einem County kommt, das seinen Ruhm einem Gefängnis verdankt.«

»Tja, wer ans Delta denkt, der denkt an Parchman, nicht wahr?«

»Und Sie leben jetzt also in Mobile, Alabama? Und finden Sie es dort besser?«

»In Alabama gibt's nicht so viele komische Vögel, über die man schreiben kann.«

Nadine lachte laut auf. »Der war gut.« Sie nahm den Scheck vom Tisch und las. »Cathi Cummings. Nie gehört, den Namen.«

»Mein Mädchenname ist Newman. Cummings heiße ich nach meinem Mann.«

Nadine nickte. »Die Newmans kenne ich.« Sie musterte Cathi noch eindringlicher. »Eine sehr große Familie. Unheimlich weit verzweigt.«

Cathi stand auf. »Bekkas Großmutter macht sich bestimmt schon Sorgen, wo wir bleiben. Ich glaube, wir fahren jetzt lieber wieder nach Hause. Hat mich gefreut, Sie kennenzulernen. Bekkas Eltern werden sich bestimmt in den nächsten drei, vier Tagen bei Ihnen melden. Bekka hat mir erzählt, was Sie ihr alles beigebracht haben. Also keine Sorge, sie wird das Pferd garantiert gut behandeln.«

Nadine stand ebenfalls auf. »Und den Sattel kannst du erst mal behalten, da einigen wir uns dann schon irgendwie. Im Grunde brauche ich ihn ja nicht mehr.«

»Danke.« Ich konnte es gar nicht fassen.

»Wenn du willst, kannst du dir gleich noch Cammies Decke und den Putzkorb aus dem Stall holen.«

Ich guckte Nadine an. Ich sah es an ihren Augen. Sie spielte mit mir Katz und Maus. Sie wußte, daß ich sie und Greg im Stall gesehen hatte, und das rieb sie mir jetzt unter die Nase – in Cathis Beisein.

»Bekka?« sagte Cathi. »Wieso gehst du nicht in den Stall und holst die Sachen? Wir können sie doch gleich mitnehmen, wo ich gerade den Wagen da habe.«

Ich stand da wie vom Donner gerührt und starrte Nadine an. Sie lachte sich halb tot, aber das Lachen war nur in ihren Augen. »Ist gut.« Ich wandte den Blick von Nadine ab und lief durch die Hintertür nach draußen.

Der Stall war zu. Ich guckte noch einmal in sämtliche Boxen. Überall war Wasser und Heu, und auch die Streu war frisch. Selbst die leere Box von Cammie war unterdessen gründlich saubergemacht worden. Ich hätte gern gewußt, ob von Greg oder von Nadine.

Bei dem Gedanken an Greg wanderte mein Blick unwillkürlich hoch zur Tenne. Ich wollte ihn nicht sehen. Nie mehr im Leben. Meinetwegen konnten er und Nadine machen, was sie wollten. Ich hatte Cammie und Picket, und um die Erlöser würde sich Cathi schon kümmern. Für mich war der Fall ein für allemal erledigt.

Ich beeilte mich, Cammies Sachen zusammenzusuchen, und rannte aus dem Stall. Cathi wartete am Wagen auf mich. Wir fuhren los. Nadine war nirgends zu sehen.

»Die Frau ist sehr interessant«, sagte Cathi. »Das paßt überhaupt nicht zu ihr, wie die hier lebt. Entweder ist es ihr egal, oder da steckt eine Absicht dahinter.«

»Was denn für eine Absicht?«

»Das ist ja gerade das Interessante. Ich hab sie übrigens nach diesem Erlöser-Burschen gefragt, diesem Greg. Er war seit der Geschichte mit der Prügel nicht mehr bei ihr, sagt sie. Glaubst du, er ist wirklich wieder zurückgegangen zu denen?«

»Nein, dort ist er nicht. Als ich heute da unten war, hat Magdeline, dieses Mädchen, von der ich dir erzählt habe, mich gefragt, wo er ist. Die Erlöser denken alle, er ist bei Nadine.«

Inzwischen waren wir bei mir zu Hause. »Nimm deine Sachen und steig aus. Ich muß ins Büro zurück, sonst flieg ich raus.«

»Danke, Cathi. Ich rufe heute abend Daddy an.«

»Es wäre mir lieb, wenn du ihm nichts von mir sagen würdest. Ich hab dich nämlich nicht meinetwegen nach seiner Telefonnummer gefragt, Bekka. Ich wollte bloß, daß er weiß, was hier los ist. Er muß schleunigst nach Hause kommen. Er und deine Mutter, beide.«

»Ich werd's ihm sagen. Und Mama Betts auch, da kannst du Gift drauf nehmen.«

Cathi beugte sich zu mir rüber und umarmte mich linkisch. »Freunde?«

»Klar.« Ich umarmte sie auch. »Danke, Cathi.« Und dann stieg ich aus und raffte meine Sachen zusammen. Und Cathi wendete und fuhr davon.

Als ich in die Küche kam, hatte Mama Betts ein paar Rohkostsalate und Maisbrot fertig. »Eigentlich wollte ich ja Brathähnchen machen, aber mir ist was dazwischengekommen – ein kleiner Ausflug zum Sheriff.«

»Salat ist doch prima.« Ich hatte gar keinen Hunger, aber nach allem, was ich mir geleistet hatte, wollte ich nicht auch noch riskieren, daß es wegen des Abendbrots Ärger gab.

»Gus sagt, das Pferd kann erst mal bei ihnen bleiben, aber du sollst rüberkommen und ihm helfen, einen Wasserbottich und einen Futtertrog anzubringen. Und für heute abend muß Cammie sich mit Heu begnügen. Frischfutter hatte er keins mehr da.«

Am liebsten hätte ich gar nicht von dem Preis angefangen, aber das ging natürlich nicht. »Nadine will tausend Dollar haben.«

»Ist das nicht ein bißchen teuer? Die Stute ist ja ganz hübsch, aber sie ist schließlich kein –« Mama Betts sprach den Satz nicht zu Ende. »Wir werden sehen.«

»Cathi hat ihr einen Scheck über zweihundert gegeben, als Anzahlung.«

»Wenn wir das Pferd nehmen, wird Walt ihr das Geld zurücküberweisen.«

»Mama Betts, wir können doch nicht so viel Geld für ein Pferd ausgeben.« Es kostete mich eine wahnsinnige Überwindung, das zu sagen, aber es ging nicht anders, weil dieser Punkt sonst zwischen uns im Raum gestanden hätte.

Mama Betts seufzte. »Dein Vater hat in Kalifornien sehr viel Geld verdient, Bekka. Ich glaube, er kann dir das Pferd kaufen.« Sie seufzte abermals. »Das mit dem Pferd ist ja noch das geringste Problem. Die anderen Dinge, die machen mir viel mehr Kummer. Ich frage mich, was mit diesem Jungen ist, diesem Greg. Um den mache ich mir Sorgen. Und um die andere Kleine, diese Magdeline. Was soll denn bloß aus den beiden werden? Und was du alles gesehen und mitbekommen hast, in was du da reingeraten bist, das macht mir auch Sorgen.«

»Wirst du den Sheriff rufen?«

»Erst mal rede ich mit Walt. Und dann sehn wir weiter. Dieser Joe Wickham«, sie seufzte ein drittes Mal, was für sie, die sonst fast nie seufzte, ein bißchen viel war, »dieser Joe Wickham, das ist ja ein anständiger Mann, aber der will keinen Ärger mit den Religionsgemeinschaften haben. Das sagt er natürlich nicht so, aber ich weiß schon, was der sich denkt. Wenn er sich die Erlöser vornimmt, könnte es sein, daß die anderen Gemeinden unruhig werden, meint er.«

»Das ist doch Unsinn. Was haben denn die anderen Gemeinden damit zu tun?«

»In punkto Bürgerrechte sind diese Leute eigen. Verstehst du, wenn Joe Wickham erst mal anfängt, sich mit einer Gemeinde zu beschäftigen, dann könnte er doch auf die Idee kommen, den anderen auch auf den Zahn zu fühlen. Hier im County gibt es zig kleine Gemeinden, die ungefähr genauso hinterm Mondschein sind wie die Erlöser. Die sind doch alle gleich, die denken, jeder, der nicht bei ihnen mitmacht, ist gegen sie und will ihnen was am Zeug flicken.«

»Aber das tut Joe doch gar nicht.«

»Joe weiß ganz genau, wenn die nächsten Wahlen kommen und er hat die Religionsgemeinschaften gegen sich, dann ist er seinen Posten los. Und wir wissen doch beide, wieviel Einfluß die Kirchen haben, wenn es darum geht, wer in Chickasaw County wen wählt.«

Ich konnte nicht mehr an mich halten. »Du, Mama Betts, wenn eine ältere Frau ...« Wie sollte ich es nur sagen?

»Ja, sprich nur weiter.« Sie hörte auf, den Herd zu putzen, und wartete. »Wenn eine ältere Frau was?«

»Sich mit einem Jungen einläßt, der viel jünger ist als sie, ist das verboten?«

»Wie jung?«

»Äh, ich weiß nicht. Fünfzehn, sechzehn.«

Mama Betts sah mich über den Brillenrand an. »Es gibt in Mississippi kein Gesetz zum Schutz von minderjährigen Knaben, aber die Öffentlichkeit dürfte sich wohl weitgehend einig sein, daß so etwas unterbunden werden muß. Gibt es denn einen bestimmten Grund, weshalb du das fragst?«

Sie ahnte etwas. Wie sie dastand und die Hände ganz still hielt, daran sah ich, daß sie zwei und zwei zusammenzählen konnte, und das, was dabei herauskam, machte die Sache weiß Gott nicht besser.

»Du meinst, dein Freund Greg wird von einer von den Erlöser-Frauen mißbraucht?« fragte sie sehr besorgt. »Hat er denn mal so was durchblicken lassen?«

»Nicht direkt.«

»Bekka, körperliche Mißhandlung ist das eine, aber sexueller Mißbrauch, das ist ein anderes Paar Stiefel. Das kann diese Leute gewaltig in die Bredouille bringen.«

»Er hat nie was davon gesagt. Ich hab mich bloß gewundert. Wo die doch Babys verkaufen und alles. Und dann hab ich an Magdeline gedacht, ob die wirklich schwanger ist und wenn ja, von wem?«

»Für eine Dreizehnjährige denkst du ziemlich viel über Sachen nach, die eigentlich nur die Erwachsenen etwas angehen.«

»Ich bin doch kein Baby mehr, Mama Betts.«

»Nein, Kind, das bist du nicht. Und das macht mich sehr traurig. Diesen Sommer bist du erwachsen geworden und hast erlebt, wie häßlich Menschen sein können. Das ist das Schlimmste am Erwachsenwerden.«

»Greg hat gesagt, ich lebe in einer Märchenwelt.«

Mama Betts räumte meinen leeren Teller ab. »Und sein Leben ist die Hölle auf Erden. Ich hoffe, wir können daran etwas ändern.« Sie stellte den Teller ins Spülbecken und drehte sich zu mir um. »Wie würdest du es eigentlich finden, wenn wir Greg bei uns aufnehmen würden?«

Die Frage kam so unerwartet, daß ich vor lauter Schreck ein total entsetztes und ablehnendes Gesicht gemacht haben muß. Nach dem, was zwischen ihm und Nadine vorgefallen war, wollte ich Greg nie mehr wiedersehen. Ich konnte mir nicht vorstellen, daß ich in der Lage war, ihm noch einmal gegenüberzutreten. Aber andererseits, wo sollte er denn hin?

»Keine gute Idee, was?«

»Ich weiß nicht. Ich meine, na ja, ein bißchen aus heiterem Himmel war das schon, was du da eben gesagt hast.« Ich mußte aufpassen, weil ich mir selbst nicht über meine Gefühle im klaren war. »Was würde Arly denn dazu sagen?«

»Aber bitte nicht in meinem Zimmer, das würde ich dazu sagen«, erklärte Arly, der gerade in die Küche gekommen war. »Kann ich zu Rosie fahren? Wir wollen zusammen Mathe machen. Sie hat gesagt, sie hilft mir. In Mathe ist sie die Nummer eins in der Klasse.«

»In zwei Stunden bist du wieder hier.«

»Ich bin doch nicht Bekka. Auf die muß man ja wirklich aufpassen, aber ich? Ich hab in meinem ganzen Leben noch nicht halb soviel Mist gebaut wie die in den letzten paar Wochen.«

Es juckte mir in den Fingern, ihm meine Maisbrotschnitte in seine frischgewaschenen Haare zu schmieren, doch das ließ ich lieber bleiben, weil Mama Betts mir sonst garantiert die Hammelbeine langgezogen hätte.

»Nicht mehr lange, Arly, dann sind eure Eltern wieder hier. Sieh bloß zu, daß du bis dahin von deiner Vier in Mathe runterkommst, sonst könnt ihr beide den Rest des Jahres in euren Zimmern verbringen, du genauso wie Bekka.«

Als das Motorengeräusch verstummt war, wischte Mama Betts den Tisch ein zweites Mal ab. »Ich wollte warten, bis Arly weg ist«, sagte sie. »Wir müssen nämlich mal langsam deinen Vater anrufen, und ich dachte, ohne Arly fällt's dir leichter.«

Kapitel 37

Erst sprach Mama Betts kurz mit Effie, dann gab sie mir den Hörer, holte sich ein Buch aus Daddys Arbeitszimmer und machte die Tür hinter sich zu.

»Was ist los, Bekka?« fragte Effie. Das Knistern in der Leitung machte mir einmal mehr bewußt, wie groß die Entfernung zwischen mir und meinen Eltern war. Ich wollte es ihnen nicht sagen. Noch nicht. Sie würden sich so hilflos vorkommen, und Effie würde ein schlechtes Gewissen haben, als ob das alles nicht passiert wäre, wenn sie nicht weggefahren wäre. Aber es hatte ja schon vor ihrer Abreise angefangen, und wenn ihr das klar wurde, konnte sie eigentlich bloß noch wütend werden.

»Kann ich nicht lieber mit Daddy sprechen?« sagte ich. »Ich hab da ein paar Fragen… wo er mir vielleicht…« Der Richter würde nicht gleich an die Decke gehen, aber das konnte ich Effie ja schlecht sagen, weil sie dann sofort mit dem Schlimmsten gerechnet hätte.

Kurzes Schweigen. »Ich hole Walt.« Sie legte den Hörer hin, und ich konnte im Hintergrund undeutliche Gesprächsfetzen hören. Obwohl ich Rita Sheffield seit Jahren nicht mehr gesehen hatte, erkannte ich ihr glucksendes Lachen. Sie war klein, fast wie eine Puppe, und egal, wie alt sie war, ihr Lachen klang immer jung.

»Bekka, mein Schatz, was ist denn los?« In der Stimme des Richters waren Wärme und Besorgnis, aber auch ein ganz klein wenig Heiterkeit, als ob er sagen wollte, daß ja alles gar nicht so schlimm sein konnte, höchstens, daß hier und da ein Tropfen Öl nötig war oder eine Schraube nachgezogen werden mußte.

»In der Kali Oka Road gibt es Probleme, Daddy. Ziemlich ernste Probleme.«

»Könntest Du vielleicht etwas ins Detail gehen?« Die Heiterkeit war aus seiner Stimme verschwunden.

Mir kamen die Tränen, aber trotzdem mußte ich lächeln. Die Probleme konnten noch so schlimm sein, der Richter fragte immer als erstes nach den Details. Mama Betts hatte ganz recht, er war wirklich unser Detailfanatiker.

Ich fing mit dem Anfang an, mit dem Tag, an dem die Erlöser bei uns an der Straße ihre Zelte aufgeschlagen und Picket und mich weggejagt hatten. Dann erzählte ich von Greg und der Arbeit im Stall und davon, wie sie ihn das erste Mal verprügelt hatten, weil ich ihm sein Hemd weggenommen hatte, und wie er das zweite Mal Prügel bekommen hatte, diesmal mit einem Kleiderbügel, wegen des Kruzifixes, das jemand schwarz angesprüht hatte und das jetzt verschwunden war. Als ich ihm das mit Cäsar erzählte, stand mir dieses grauenvolle Erlebnis so deutlich vor Augen, daß ich einen Moment lang nicht weiterreden konnte. Da sprach der Richter. Was er sagte, war nicht wichtig, nur, daß er mit sanfter Stimme sprach und mir sagte, daß er mich liebhat. Ich stotterte ziemlich viel herum, aber zu guter Letzt war alles heraus. Bis auf das mit Greg und Nadine. Diese Geschichte hatte ich weggelassen, weil ich nicht einsah, was das mit den anderen Dingen zu tun haben sollte.

»Bekka, ich möchte, daß du mir dein Ehrenwort gibst, daß du nie mehr zu diesen Erlösern gehst«, sagte der Richter mit ruhiger, aber schneidend scharfer Stimme. »Effie wird morgen einen Flug nach Hause buchen. Wenn wir hier alles geregelt haben, rufen wir dich wieder an und sagen dir, um wieviel Uhr sie ankommt. Ich muß meine Arbeit noch zu Ende bringen. Ich denke, in ein paar Tagen kann ich fertig sein. Dann verkaufe ich den Wagen und komme auch mit dem Flugzeug nach Hause. Mit dem Auto würde ich viel zuviel Zeit verlieren.«

»Daddy, ich mußte Cathi Cummings anrufen.«

»So.« Er überlegte kurz. »Wenn du sie angerufen hast, dann hattest du sicher einen triftigen Grund dafür.«

Er fragte mich, welcher Grund das war, und da erzählte ich ihm, daß die Erlöser mir Picket weggenommen hatten und daß der Priester gesagt hatte, alles, was ich liebe, würde mir genommen werden, und ich würde bis in alle Ewigkeit leiden müssen. »Cathi ist jetzt in Mobile bei der Zeitung; sie ist hergekommen und hat dafür gesorgt, daß sie mir Picket wiedergeben mußten«, sagte ich schließlich. »Sie will nachforschen, was das für Leute sind.«

»Sie ist eine gute Journalistin.« Seine Stimme verriet nicht, was er empfand.

»Worum geht's denn, Walt?«

Ich hörte Effie im Hintergrund, und der Richter tat mir leid. Jetzt mußte er sich etwas einfallen lassen, wie er ihr das alles erzählte und sie dazu brachte, allein mit dem Flugzeug vorauszufliegen.

»Laß mich mit Effie reden«, bat ich.

»Bekka, gib mir dein Ehrenwort, daß du zu Hause bleibst. Du hast das Pferd bei Jamey stehen. Bleib bei Arly und deiner Großmutter.«

»Ist gut.«

»Ich geb dir noch mal deine Mutter.«

Ich hörte ein heftiges Atmen. »Bekka, geht's dir gut? Walt sieht kreidebleich aus. Was ist denn bloß los. Ist was mit Arly? Oder ist deine Großmutter krank? Ist irgendwas passiert? Wenn ich doch bloß nicht weggefahren wäre. Ich hab's ja immer gewußt, wenn ich nicht auf euch aufpasse, geschieht etwas Schreckliches.«

»Mama!«

Die eisige Ruhe in meiner Stimme schockte sie so sehr, daß sie schwieg.

»Es geht mir ausgezeichnet. Mama Betts und Arly geht es auch gut. Sogar Picket ist inzwischen wieder fit, aber wir hatten ein paar Schwierigkeiten. Ich hab Daddy alles erzählt, er wird es dir sagen.«

»Bekka, was ist los?«

»Daddy wird dir alles erzählen. Es ist eine ziemlich lange Geschichte, und ich hab ein paar Entscheidungen gefällt, die nicht besonders gut waren. Ich weiß das, aber es ist nichts Schlimmes passiert. Bis jetzt.«

»Wir kommen sofort nach Hause, Schätzchen. Wir können heute nacht noch losfahren, Walt muß bloß ...«

»Ich weiß, Daddy ist noch nicht fertig mit seiner Arbeit. Ihr müßt auch nicht auf der Stelle herkommen. Ich möchte nur, daß du eins weißt.« Ich machte eine Pause.

»Was?«

»Hier ist alles in bester Ordnung. Vergiß das bitte nicht. Es müssen ein paar Dinge geklärt werden, und dazu brauchen wir deine Hilfe, deine und Daddys, aber bis jetzt...« Das mit Cäsar war grauenhaft gewesen. Er hatte furchtbar gelitten, aber daran war nichts mehr zu ändern. Und das mit Greg. Und das mit Magdeline, falls sie wirklich schwanger war. »Ich kann es gar nicht erwarten, daß ihr wieder zu Hause seid«, schloß ich.

»Walt sagt gerade, er bucht einen Flug.« Effie war völlig außer sich. Ich hatte ja gleich gewußt, daß sie wieder mal denken würde, sie allein sei an allem schuld. Der Flug nach Mobile würde der reinste Alptraum werden. Für Effie war die Kali Oka Road gleichbedeutend mit Sicherheit und Geborgenheit. Ihr ganzes Leben lang hatte sie daran geglaubt, daß sie ihre kleine Welt beschützen könnte, solange sie in der Kali Oka Road blieb. Ihre Kinder. Die Menschen und Dinge, die sie liebte. Und dann hatte sie sich doch weglocken lassen. Sie war nach Kalifornien gegangen und hatte den Zauberbann gebrochen. Verführt von neuen Anblicken und Geräuschen, hatte sie sogar schon angefangen, von noch weiteren Reisen zu träumen. Und insgeheim hatte sie die ganze Zeit nur darauf gewartet, daß sie dafür bestraft werden würde.

»Mama, das hat alles schon angefangen, als du noch da warst. Ich hätte es dir erzählen müssen, aber zuerst hab ich gedacht, es ist nicht so schlimm. Das geht schon seit Juni, als die Erlöser kamen und die Pferde. Mit dir hat das alles überhaupt nichts zu tun. Das wäre so oder so passiert, auch wenn du hier gewesen wärst.«

»Ich komme so schnell wie möglich nach Hause. Wir erkundigen uns gleich nach der günstigsten Verbindung.«

Sie war schon in der Luft, sie eilte zu mir. Kalifornien und alles, was sie erlebt und geliebt hatte, war nur noch Asche. Das hörte ich daran, wie sie sprach.

»Bekka, du und Arly, ihr bleibt bei eurer Großmutter. Ist das klar?«

»Ja doch.«

»Hol Mama Betts an den Apparat.«

Ich legte den Hörer hin und klopfte an Mama Betts' Tür. Sie

hatte damit gerechnet, daß ich sie rufen würde, sonst hätte sie die Hausschuhe nicht mehr angehabt.

»Ich hab ihr alles verdorben«, sagte ich leise. »Jetzt macht sie sich Vorwürfe, das hab ich ja gleich gewußt.«

»Effie muß lernen, nicht immer zu denken, daß sie an allem schuld ist. Kein Mensch kann alles unter Kontrolle haben, Bekka. Das ist eine Illusion. Vergiß das nie. Und du mußt auch wissen, daß es niemanden gibt, der immer alles richtig macht, nicht einmal dann, wenn man einen anderen Menschen mehr liebt als sein Leben.«

»Effie, Liebes«, sie nahm den Hörer in die Hand. »Uns geht's prima. Ja, ich denke auch, es ist das beste, wenn ihr langsam heimkommt, aber reg dich doch bitte nicht so auf...«

Ich ging in mein Zimmer und machte die Tür zu. Der Sommer war zu Ende. Wirklich zu Ende. Das konnte ich schmecken, ganz hinten im Hals.

Kapitel 38

Am Montag bekam Arly schulfrei. Er durfte Mama Betts nach Mobile kutschieren, wo sie Effie vom Flughafen abholen wollten. Ich mußte in die Schule gehen. Mama Betts hatte nach einer längeren Debatte beschlossen, daß dies die beste Lösung sei. Da Arly mit dem, was passiert war, im Grunde nichts zu tun hatte, sollte er den Chauffeur spielen, damit Mama Betts die Sache schon einmal mit Effie bekakeln konnte, bevor ich ins Spiel kam. Obwohl ich einsah, daß Mama Betts recht hatte, empfand ich die Stunden in der Schule als reine Zeitverschwendung. Ich saß ja doch bloß da und starrte Löcher in die Luft. Ich gab mir wirklich Mühe, mich auf den Unterricht zu konzentrieren, aber es ging nicht. Ich konnte an nichts anderes denken als daran, daß Effie nach Hause kam.

Nach der vierten Stunde, ich stand gerade an meinem Schließfach, kam Krissy Elkins an und machte irgendeine dreckige Bemerkung. Geistesabwesend, wie ich war, kriegte ich das gar nicht richtig mit. Alice hingegen schon. Es kam zu einer Keilerei, bei der dermaßen die Fetzen flogen, daß der stellvertretende Direktor eingreifen mußte. Zum Schluß wurde Krissy von Mrs. Ethel Shepard und Mrs. Lila Simpson, den beiden schwergewichtigen Lehrerinnen für Hauswirtschaft weggeschleppt. Sie saß ganz schön in der Scheiße.

Alice hatte von Krissy einen Schwinger auf die Nase gekriegt und sich dabei auf die Lippe gebissen. Sie mußte sich im Lehrerzimmer hinlegen. Ich begleitete sie dorthin, und als die Lehrerinnen nach der Pause wieder in die Klassen gingen, blieb ich bei ihr sitzen.

»Was hat Krissy eigentlich gesagt?« fragte ich Alice, sobald der

Direktor und die Lehrerinnen weg waren. Was für ein katastrophaler Vormittag! Alice hatte immer noch Nasenbluten, und ich konnte nicht mal Mama Betts anrufen, damit sie uns abholen kam. Die Waltmans hatten zwar einen Pickup, aber mit dem fuhr Mr. Waltman meistens in der Gegend rum. Alices Vater kam nämlich nur nach Hause, wenn ihm das Geld für Schnaps oder Benzin oder beides ausgegangen war, und Agatha Waltman konnte meines Wissens gar nicht Auto fahren.

»Sie hat gesagt, du hast es mit Frank Taylor am Cry Baby Creek getrieben.« Alice sprach wegen ihrer Nase ein bißchen undeutlich, aber ich hatte sie durchaus verstanden.

»Getrieben? Ich?« Doch, doch, verstanden hatte ich sie schon, ich konnte es bloß nicht glauben. »Wie kommt die denn auf so was?«

Alice nahm das Taschentuch von der Nase und sah mich an, als ob ich nicht alle Tassen im Schrank hätte. »Na, weil Frank ihr das gesagt hat, du Dummchen. Wer weiß denn sonst noch, daß ihr unten am Fluß wart?«

Ich war wie vor den Kopf geschlagen. Frank hatte mich ja noch nicht einmal geküßt. Nicht mal versucht hatte er's. Und jetzt erzählte er Krissy Elkins, dieser blöden alten Klatschbase, ich hätte es mit ihm getrieben. Auf der blanken Erde. Bei uns unten an der Straße. Beim ersten Treffen.

»Reg dich nicht auf, Alice«, sagte ich. »Ich hol uns eine Cola.« Die Wahrheit war, daß ich schon den ganzen Tag das Bedürfnis gehabt hatte, auf jemanden oder etwas einzuschlagen. Ich wollte in den Hauswirtschaftsraum gehen und Krissy Elkins mit dem Kopf in den Mehlbottich stecken.

»Tu's nicht, Bekka.«

Alice hatte das Taschentuch wieder auf der Nase und die Augen geschlossen.

»Ich hol uns bloß 'ne Cola.«

»Laß das Arly machen«, sagte sie mit schleppender Stimme. »Er hat dich gewarnt. Dich und mich. Er hat dir doch gesagt, was für einen Ruf dieser Frank Taylor hat.«

»Sicher, aber der wird seinem Ruf ja nicht mal gerecht. Große Klappe und nichts dahinter. Wahrscheinlich hat der überhaupt noch nie ein Mädchen gehabt. Der gibt ja bloß an und erzählt Lügenmärchen.« Ich mußte daran denken, wie es war, als ich geglaubt hatte, er würde mich küssen. Ich hatte es auch gewollt. Und er … »Ein ganz feiger Hund ist das. Der hat sich ja nicht mal getraut, mich zu küssen, und dann hat er gesagt, er hat im Wald 'ne nackte Frau gesehn, die hat 'n Messer gehabt.«

»Der ist gut.« Alice lachte gedämpft hinter ihrem Taschentuch.

»So ein Hasenfuß.« Ich kochte vor Wut, und gleichzeitig überlegte ich, was eigentlich dahintersteckte, wenn ein Junge das Blaue vom Himmel runterlog, bloß, damit er mich nicht küssen muß.

»Wenn der wirklich so 'n heißer Hirsch wäre, dann hätt er sich ja wohl die nackte Frau geschnappt und hätt's ihr besorgt. Von dem bißchen Schmusen mit einer Dreizehnjährigen kann er doch nicht so k. o. gewesen sein.«

»Wenn meine Mama das erfährt, die dreht durch.« Klar wäre es schön gewesen, wenn Arly die Sache bereinigt hätte, aber konnte ich mir das leisten? Wenn der einen Rappel kriegte und Effie erzählte, daß ich mit einem Jungen am Cry Baby Creek war, dann konnte ich aber was erleben, und wenn er dichthielt, würde er mich noch auf Jahre damit erpressen. Mit Mama Betts war alles viel einfacher als mit Effie.

»Vergiß es, Bekka. Ich rede mit Frank.« Alice richtete sich auf. »Weißt du, was ich dem wünsche? Daß er 'n Furunkel kriegt an seinem Dingsda!«

Wir mußten beide lachen. Und genau in dem Moment kam Margie Fay Pierce, die Sozialkundelehrerin, rein, um nach uns zu sehen. Da Alices Nasenbluten aufgehört hatte, durften wir wieder in die Klasse gehen. Eine Viertelstunde später nahm Alice sich Frank im Flur vor.

»Ich hab gehört, du erzählst Sachen rum über Bekka«, sagte sie eher beiläufig, aber mit einer Stimme, die sich wegen der Nase immer noch irgendwie komisch anhörte.

»Da hast du was Falsches gehört«, erwiderte Frank. Er sah zu mir rüber. »Ich dachte, du rufst mich mal an. Wir wollten doch am Samstag angeln gehn. Ich hab bis um drei gewartet.«

»Ich hatte Ärger zu Hause.«

Er machte ein erstauntes Gesicht und wandte sich wieder Alice zu. »Was ist los?«

»Krissy Elkins sagt, du erzählst in der Schule rum, daß du Bekka am Cry Baby Creek gevögelt hast.«

Frank hielt dem Blick Alices ziemlich lange stand und sah dann mich an. »Das ist eine ganz gemeine Lüge.«

»Wir wissen beide, daß das eine Lüge ist. Wir fragen uns bloß, wieso du das zu Krissy gesagt hast? Ausgerechnet zu diesem Flittchen.«

Frank seufzte. »Ich hab das nicht zu Krissy gesagt. Ich hab ihr nur gesagt, daß Bekka mir die Legende vom Cry Baby Creek erzählt hat.« Sein Blick ging zwischen Alice und mir hin und her.

»Krissy sagt aber was anderes«, sagte ich langsam.

»Dann werde ich dafür sorgen, daß sie das bleiben läßt.« Er nahm seine Bücher in den anderen Arm und kam zu mir. »Ich ruf dich nach der Schule an. Wir müssen uns mal unterhalten.«

»Falls ich keine Zeit haben sollte, ruf doch Krissy an«, sagte ich und ließ ihn stehen.

»Wenn du mir meine Bitte nicht abgeschlagen hättest, sondern mitgekommen wärst zum Match, hätte Krissy Elkins gar nicht erst die Chance gehabt, irgendwas zu probieren.«

»Erzähl Alice doch mal, wie das mit der nackten Frau mit dem Messer war«, sagte ich patzig, und mein Ton ließ keinen Zweifel daran, daß ich schwer gekränkt war.

Frank knallte sein Schließfach zu. »Weißt du was, Bekka? Wenn du mit mir reden willst, kannst du mich ja anrufen. Und bis dahin geh ich dir aus dem Weg.« Und damit stakste er den Flur hinunter. Im selben Augenblick klingelte es zur nächsten Stunde.

»Sag mal, Bekka, und daß diese Erlöser nackt im Wald rumrennen, das hältst du nicht für möglich?« fragte Alice und sah Frank mit besorgter Miene nach.

»Ich weiß nicht, was ich glauben soll, Alice.« Ich hatte weder meine Bücher für die nächste Stunde noch sonst irgendwas, aber das war mir total egal. Ich wollte nur nach Hause.

»Wirst du es Arly erzählen?«

»Nie im Leben.« Ich zog Alice zur Mädchentoilette, die so eklig war, daß wir uns normalerweise nie dort aufhielten. Lieber verkniffen wir es uns den ganzen Tag und warteten, bis wir wieder daheim waren.

»Ich muß hier raus«, sagte ich zu Alice. »Ich muß nach Hause.«

»Wenn du abhaust, machst du es bloß noch schlimmer.«

»Doch nicht wegen Frank oder Krissy«, sagte ich. »Effie kommt heute. Sie landet in Mobile.«

Alice war platt. »Und wo ist dein Daddy?«

»Der kommt später nach.«

»Ist Effie krank?«

Alice hatte ja wirklich keine Ahnung. Ich hatte ihr doch nichts gesagt. »Nein, sie kommt meinetwegen. Ich hab dem Richter das mit den Erlösern erzählt. Mit Greg und Magdeline und das andere alles. Und jetzt hat er Effie nach Hause geschickt, und er kommt nach, wenn er fertig ist mit seiner Arbeit an diesem Film.«

»Dein Daddy arbeitet mit bei einem Film, und das hast du mir noch nicht erzählt?« platzte Alice heraus. »Glaubst du, er kennt Richard Chamberlain persönlich? Oder Tab Hunter? Ich wär ja schon mit einem Autogramm von Jerry Lewis zufrieden.«

Alices Fragerei brachte mich total aus dem Konzept. An so was hatte ich überhaupt noch nicht gedacht. Der Richter arbeitete ständig bei irgendwas mit. Dauernd traf er sich mit Leuten, redete, schrieb, hielt Vorträge. Mir war nie der Gedanke gekommen, daß er jemanden kennen könnte, den ich schon mal im Fernsehen oder im Kino gesehen hatte. Und nun mußte er alles stehen- und liegenlassen und nach Hause kommen, bloß weil ich einen solchen Bockmist gebaut hatte.

»Geht's dir nicht gut?« fragte Alice.

»Ich muß heim.« Mir war auf einmal speiübel.

»Komm raus hier.« Alice packte mich am Arm und zog mich auf den Flur. Sie hatte recht. Wenn einem sowieso schon schlecht war, konnte einem dieses Mädchenklo den Rest geben.

»Geh in die Klasse«, sagte ich zu ihr. »Du handelst dir bloß Ärger ein, wenn du mitkommst.«

Sie zuckte die Achseln. »Ich hab doch eh schon welchen wegen der Prügelei mit Krissy.«

»Rebekka Rich, bitte im Sekretariat melden.«

Die Stimme aus der Haussprechanlage hallte über den Flur und war in allen Klassenzimmern zu hören. Alice sah mich fragend an.

»Keine Ahnung«, sagte ich achselzuckend. Wir gingen zusammen bis zum Ende des Flurs, wo sich das Reich von Charlie Upwell befand. Das war der Mann mit dem langen Stock. Nicht gerade ein brillanter Redner, aber mit Sicherheit einer der besten Football-Trainer des amerikanischen Südens. Überdies hatte er eine feste Hand, mit deren Hilfe er für die Einhaltung der Schulordnung sorgte. Als ich jetzt mit Alice im Schlepptau bei ihm eintrat, funkelte er mich böse an.

»Ich hab gar nicht gewußt, daß ihr siamesische Zwillinge seid«, sagte er mit einem Blick auf Alice.

»Mir war schlecht«, erwiderte ich.

»Du hast Besuch.« Er nickte rüber zu seinem Arbeitszimmer, in dem er den Jungs immer den Hintern zu versohlen pflegte. »Und du«, sagte er mit einer Kopfbewegung zu Alice, »du gehst wieder in deine Klasse.«

Alice machte, daß sie wegkam. Ich öffnete die Tür und sah einen unbequemen Holzstuhl, und auf demselben saß Cathi Cummings.

»Ich habe inzwischen sorgfältig recherchiert«, sagte sie und bedeutete mir mit einer Handbewegung, daß ich die Tür zumachen sollte. »Und dabei habe ich ein paar sehr interessante Dinge über diese Blut-des-Erlösers-Gemeinde rausgekriegt.«

»Nämlich?« Ich freute mich, daß Cathi hier war. Nach allem, was heute passiert war, hatte ich das Gefühl, daß sie die einzige war, die wirklich hinter mir stand.

»Erzähl mir doch erst mal was über deine Freundin Nadine. Über die konnte ich nämlich so gut wie gar nichts ermitteln. Ich hab ein bißchen in Cleveland herumtelefoniert, aber eine Familie Andrews kennt dort niemand, und von einer Frau, deren Eltern bei einem Autounfall ums Leben gekommen sind und die dreimal verheiratet war, weiß auch keiner was.«

»Wieso stellst du denn Nachforschungen über Nadine an?«

Cathi nahm ihr Notizbuch zur Hand. »Erstens, weil ein guter Journalist jeder Spur nachgehen muß. Das hat dir dein Daddy doch sicher gesagt. Und zweitens, weil sie, wenn sie wirklich mit diesem Erlöser-Priester verheiratet war, über Informationen verfügt, die ich dringend brauche. Neulich hatte sie offenbar keine große Lust, sich mit mir zu unterhalten, aber wenn sie weiß, was ich wissen muß, kann ich sie vielleicht umstimmen.«

»Du meinst bestechen?«

»Den Scheck, den ich ihr für Cammie angeboten habe, hat sie jedenfalls nicht abgelehnt. Falls sie tatsächlich irgendwann mal Geld gehabt haben sollte, ist es inzwischen alle.«

»Ihr Telefon ist abgeschaltet worden.«

Cathi nickte. »Versuch dich genau an alles zu erinnern, was sie dir erzählt hat«, bat sie. »Selbst die kleinste Kleinigkeit kann wichtig sein.«

Ich setzte mich auf den anderen harten Stuhl und dachte nach. »Sie sagt, ihr Mann hat sie schlecht behandelt. Sie hat ihn im Country Club beim Tanzen kennengelernt, sagt sie, nachdem ihre Eltern mit dem Auto verunglückt waren.« Ich zuckte die Achseln. »Sie sagt, sie hat nur die Pferde, die Hunde und die Katzen mitgenommen, nichts weiter, weil sie bloß noch weg wollte von ihm.«

»Dann hat sie ihm also ihr Elternhaus überlassen?« Cathi stand auf und lief im Zimmer umher. »Der muß ein ganz schöner Schweinehund gewesen sein. Und dann ist sie hier runter gekommen, und jetzt ist ihr das Geld ausgegangen. Ich frage mich, wieso sie sich keins besorgen kann.«

»Sie sagt, ihre Treuhänder sollten ihr welches schicken, aber die haben nicht gezahlt. Darum hat sie kein Geld.«

»Ich fahre ein paar Tage ins Delta.« Cathi musterte mich. »Willst du mich nicht begleiten?«

Ich schüttelte den Kopf. »Effie kommt heute nach Hause.«

Sie nickte. »Und Walt?«

»Der kommt ein paar Tage später. Er muß noch eine Arbeit fertigmachen.«

»Ich wäre froh, wenn er jetzt da wäre. Der würde besser wissen, was man da machen kann, als ich. Ich muß schon sagen, in der Redaktion sind sie gar nicht begeistert, daß ich so im trüben fische. Wenn ich denen sage, ich will ins Delta fahren, dann gehen die an die Decke. Ich würde ja meinen Resturlaub dafür nehmen, aber ich hab keinen mehr.«

»Wär's nicht einfacher, wenn man Nadine dazu bringen könnte, mal einen Blick auf Reverend Marcus zu werfen? Ich meine, wenn er wirklich ihr Exmann ist, müßte sie ihn doch erkennen, oder?«

Cathi langte nach dem Telefon, aber dann überlegte sie es sich anders. »Stimmt schon. Aber überleg mal. Falls der Kerl tatsächlich ihr Exmann ist, du glaubst doch nicht etwa, daß sie dann rein zufällig an derselben Sandstraße wie er ihre Zelte aufgeschlagen hat? Hier in Mississippi, wo es eine Sandstraße neben der andern gibt?«

»Du meinst, sie ist ihm gefolgt?« Darauf war ich noch gar nicht gekommen. »Aber sie sind schon den ganzen Sommer da. Wieso ist sie nicht hingegangen und hat sich mit ihm getroffen? Ich meine, wenn sie's weiß, dann hätte sie doch damit rechnen müssen, daß er den Pferden was tut.«

»Eben.«

»Und Greg? Den hat sie dann wohl bloß eingestellt, damit sie an den Priester rankommt?«

»Durchaus möglich. Kann ja sein, die beiden haben noch was miteinander abzumachen. Irgendeine offene Rechnung. Oder sie hat was gegen ihn in der Hand, womit sie ihn fertigmachen kann, und das wird sie mir bestimmt nicht auf die Nase binden. Vielleicht wartet sie bloß auf eine Gelegenheit, mit ihm abzurechnen. Wenn so eine Verbindung tatsächlich existiert, dann werde ich sie in Cleveland finden.«

»Du, Cathi, ob du dann auch gleich mal nach einem vermißten Jungen suchen könntest?« Ich war mir nicht sicher, ob ich Greg überhaupt helfen wollte, aber ich dachte mir, Fragen kostet ja nichts.

»Du meinst Greg?«

Cathi war verdammt schnell im Kopf. »Er sagt, er glaubt, daß er in Wirklichkeit Calendar oder so ähnlich heißt. Er war drei oder vier Jahre alt, als die Erlöser ihn genommen haben.«

»Genommen?«

»Er war Waise. Sonst wollte ihn keiner haben.«

Cathi nahm ihre Handtasche. »Ich fahre von hier aus direkt ins

Delta. Wenn du nach Hause kommst, ruf doch bitte in der Redaktion an und sag, ich mußte dringend weg. Ein Notfall.«

»Die schmeißen dich raus«, sagte ich.

»Das wär vielleicht gar nicht mal das Schlechteste«, sagte sie. »Ich bin mir eh nicht sicher, ob ich in Mobile bleiben möchte. In dieser Kleinstadt …« Sie sprach den Satz nicht zu Ende. Was sie eigentlich sagen wollte, war, daß sie ihre Absicht, in Daddys Nähe zu leben, endgültig aufgegeben hatte.

»Wenn ich in einer Stadt leben müßte, würde ich nach New Orleans gehen. Da gibt es einen Vergnügungspark und eine Reitbahn direkt am Fluß.«

Sie nahm mich in den Arm. »Da gibt es einfach alles, was?«

»Fast.«

Sie machte die Tür auf. »Kann ich noch irgendwas für dich tun, bevor ich gehe?«

»Bring mich nach Hause«, flüsterte ich. »Ich halte das hier nicht mehr aus.«

Sie klärte die Angelegenheit mit dem Direktor, und ein paar Minuten später saßen wir im Auto und fuhren durch den klaren Oktobertag.

Die Pekanbäume verloren schon die Blätter. Ein paar Wochen noch, dann würden in unserem schönen grünen Obstgarten kahle Äste in den Himmel ragen, wie ausgebreitete Fächer, von denen nur noch die Rippen übrig sind. Ich liebte den Herbst und den Winter. Die anderen haßten die Kälte, aber ich liebte sie. Ich konnte es kaum erwarten, mit Cammie auf der von Rauhreif überzuckerten Straße zu reiten. Egal, was ich mir eingebrockt hatte, mir blieben immer noch Picket und Cammie. Egal, wie wütend Effie und der Richter auf mich waren, sie würden eine Lösung finden für Greg und Magdeline. Ich war sehr froh, daß Cathi den Stein schon ins Rollen gebracht hatte.

Sie fuhr auf unseren Hof, und ich stieg aus. »Sei vorsichtig«, sagte ich und meinte damit die lange Fahrt. An manchen Stellen war die Straße sehr schlecht, und es war eine einsame Gegend. Erst letzten Sommer hatte der Richter mit uns eine Exkursion ins Delta gemacht. Das war, als ob wir ganz langsam durch die Hölle fuhren.

»Sei du lieber vorsichtig«, sagte Cathi. »Und halte dich fern von den Erlösern. Und von Nadine.«

»Ich darf sowieso nicht aus dem Haus«, sagte ich, »außer um Cammie zu besuchen.«

»Gut.« Sie winkte noch einmal und fuhr los. Ich ging in die Küche und plünderte den Kühlschrank, und dann wartete ich auf Effie.

Arly war überglücklich, daß er Mama Betts gleich noch einmal in die Stadt fahren durfte. Sie wollte Stoff für neue Küchenvorhänge aussuchen. Während sie beim Einkaufen sei, könne er ja zur letzten Unterrichtsstunde gehen, hatte sie gesagt. Das hieß, er konnte mit dem Wagen an der Schule vorfahren. Vor lauter Freude kriegte er gar nicht mit, daß Mama Betts ihn bloß aus dem Weg haben wollte, damit Effie und ich erst mal ein bißchen unter uns sein konnten. Mir war das sofort klar, zumal Mama Betts sich überhaupt nicht aufgeregt hatte, als sie sah, daß ich schon zu Hause war.

Ich hatte zwar keine Ahnung, was sie Effie im Auto erzählt hatte, aber es schien die Wogen fürs erste geglättet zu haben. Jedenfalls nahm mich Mama zur Begrüßung in die Arme und drückte mich so fest an sich, als ob sie mir sämtliche Knochen brechen wollte. Sie weinte ein bißchen und hatte unverkennbar Schuldgefühle. Interessant, daß Mama Betts es wieder mal geschafft hatte, bei Effie genau das gleiche zu erzeugen wie Effie bei mir – ein schlechtes Gewissen.

Als wir allein waren, fragte Effie mich, ob wir uns nicht draußen auf der Veranda unterhalten wollen. Ich setzte mich neben sie und wartete, daß sie anfing, mir Fragen zu stellen.

»Dein Vater und ich, wir haben einen Beschluß gefaßt«, sagte sie. »Es tut mir schrecklich leid, daß wir so weit weg waren, als das alles passiert ist und als du uns gebraucht hast. Aber auf dieser Reise sind wir dazu gekommen, ein paar Entscheidungen zu treffen, die nicht nur Walt und mich betreffen, sondern auch euch Kinder.«

Wahrscheinlich wollten sie mich die nächsten zwanzig Jahre nicht mehr aus dem Haus lassen. Ich sah auf meine Hände.

»Bis zum Ende dieses Schuljahrs bleiben wir in der Kali Oka Road, und nächsten Sommer verreisen wir. Vielleicht fahren wir noch mal nach Hollywood, alle zusammen, meine ich, oder wir gehn nach Europa und verbringen den Sommer in Spanien.«

Ich dachte, ich hätte mich verhört. »Mama Betts auch?«

»Die möchte lieber hierbleiben. Und das finde ich auch ganz richtig. Sie möchte, daß wir eine richtige Familie sind. Ich und du und Arly und Walt. Sie meint auch, daß wir vier mal eine Weile zusammensein sollten, ohne daß sie dabei ist, wenigstens ein paar Monate.« Sie schluckte, und ich ahnte, daß das, was sie gerade gesagt hatte, wohl nicht ganz allein ihre eigene Idee war.

»Und Picket?«

»Picket bleibt bei deiner Großmutter. Hier hat sie's gut.« Effie nahm meine Hand. »Bekka, ich wollte nie weg von der Kali Oka Road, aus mehreren Gründen. Im einzelnen waren diese Gründe alle nicht besonders schwerwiegend, aber in der Summe hatten sie auf einmal eine viel zu große Bedeutung. Das wird alles nicht leicht für mich werden, und darum brauche ich deine Hilfe.«

Ich war völlig durcheinander. »Wieso denn? Wieso müssen wir denn so weit weg fahren?«

»Dein Vater ist ein Mensch, der immer neue Anregungen braucht.« Sie sah mich an und lächelte. »Du hättest ihn mal erleben sollen in Los Angeles. Er hat alles in sich aufgesaugt. Die Filmleute, die waren ihm zwar nicht besonders sympathisch, aber er hat sich angeguckt, wie die arbeiten. Und dann hat er ein paar Ideen gehabt und Rita davon erzählt. Sehr gute Ideen.« Sie küßte mich auf den Scheitel. »Jedenfalls ist mir, als ich ihn so erlebt habe, klargeworden, wie egoistisch ich war. Meine Gedanken kommen alle aus mir selbst, aus meinen Träumen und aus dem, was ich sehe, wenn das Licht durch die Bäume fällt an der kleinen Quelle drüben im Wald. Ich brauche nur hier in dieser alten Hollywoodschaukel zu sitzen und meiner Phantasie freien Lauf zu lassen. Mama Betts hat mir so viel erzählt, so viele Geschichten und Legenden. Die sind alle hier, die liegen hier sozusagen auf der Straße und warten nur darauf, daß ich sie aufhebe und etwas daraus mache. Ich hab's dir ja immer gesagt, für mich ist die Kali Oka Road ein richtiges Wunderland.« Sie seufzte. »Aber es gibt nicht nur ein Wunderland auf der Welt. Und wir beide, du und ich, müssen lernen, auch die anderen zu sehen.«

»Warum?« fragte ich trotzig, denn alles in mir sträubte sich dagegen, daß ich mich von Picket und Cammie und von Mama Betts trennen sollte, und sei es auch nur für einen Sommer, der noch dazu in sehr, sehr weiter Ferne lag.

»Du redest genauso wie ich«, sagte Effie, »und damit ist deine Frage eigentlich schon beantwortet. Du bist zu jung, um zuzulassen, daß diese Straße hier dein Leben wird. Und ich bin zu alt. Das wollte ich dir sagen.«

»Ist alles in Ordnung? Zwischen dir und Daddy?«

Sie senkte einen Moment den Blick und sah auf ihre Hand. »Ja. So gut wie jetzt war es schon lange nicht mehr. Wir lieben uns sehr, weißt du. Manchmal denke ich, ich habe das ein bißchen zu selbstverständlich genommen. Eine Familie braucht gemeinsame Erlebnisse.«

Ich konnte das alles nicht begreifen. »Und was ist mit den Erlösern?«

Ihr Gesicht verlor die Weichheit. »Das werden wir sehen. Ich überlege, ob ich allein zu ihnen gehe oder ob ich lieber den Sheriff mitnehme.«

»Joe Wickham kommt eh nicht mit. Mama Betts war schon bei ihm.«

»Ich hab weiß Gott keine Angst, da runterzugehn und die Sache allein auszufechten. Wenn ich daran denke, daß der Mann ein Kind geschlagen und Picket entführt hat…«

Auf einmal war sie richtig blaß vor Wut. »Hat er dieser Frau wirklich den Kopf geschoren?«

»Er hat ihr die Haare mit einer Schere abgeschnitten, aber ganz kurz.«

»Weil sie sie gefärbt hatte? Als ob das eine Sünde wäre.«

»Wenigstens hat er sie nicht geschlagen«, sagte ich.

»Frauen und Kinder bestrafen ist leicht, nicht wahr, Bekka?« Effie stand auf. »Ich glaube, ich gehe zu diesen Leuten. Höchste Zeit, daß die mal eine Frau kennenlernen, die sich nicht mißhandeln oder einschüchtern läßt.«

»Nein!« Ich griff nach ihrer Hand. »Nein, Mama!«

»Bekka!« Effie drehte sich zu mir um und sah mich verwundert an. »Du hast ja Angst vor denen.« Sie sprach langsam, mehr zu sich selbst als zu mir.

»Du weißt ja nicht, wie böse die sind, Mama.«

»Was hältst du davon, wenn wir mal rübergehen und uns dieses Pferd angucken, das du so gern kaufen möchtest? Emily sagt, es ist ein schönes Tier.«

Ich merkte, daß Effie das Thema wechseln wollte, und das fiel mir gar nicht so leicht, aber ich wollte mir Mühe geben und es versuchen.

»Geht denn das?« Ich hatte nicht zu hoffen gewagt, daß Effie im Ernst daran denken könnte, mir Cammie zu kaufen.

»Aber sicher geht das. Wir schreiben Mama Betts einfach einen Zettel, wo wir sind.«

»Du, Effie, wieso bestrafst du mich eigentlich nicht, weil ich zu den Erlösern gegangen bin und so weiter?«

Sie war schon unterwegs ins Haus, um den Zettel zu schreiben. »Ich habe nicht gesagt, daß wir dich nicht bestrafen. Das ist noch nicht entschieden, Bekka. Das überlegen wir uns, wenn Walt wieder da ist und wir genau wissen, wie die Dinge liegen. So was läßt sich nicht übers Knie brechen.« Sie sah mich an und zog die Brauen hoch. »Du hast ja schließlich auch einen ganzen Sommer Zeit gehabt, um dich reinzureiten.«

Ich mußte lächeln, und es kam mir so vor, als ob ich das schon seit einer Million Jahren nicht mehr getan hatte.

»Ihr habt mir so sehr gefehlt, du und der Richter. Am liebsten hätte ich euch jeden Tag angerufen und gebettelt, ihr sollt nach Hause kommen.«

»Und warum hast du nicht?« fragte Effie. »Das hab ich mich die ganze Zeit gefragt. Ich hab schon gedacht, vielleicht hast du nicht genug Vertrauen zu uns.«

Ich schüttelte den Kopf. »Nein, das war's nicht. Ich hab gedacht, ich schaff das allein. Irgendwann kommt ihr ja eh wieder heim, hab ich gedacht, und solange wird schon nichts passieren. Und jedesmal, wenn ich mit euch telefoniert habe, war bei euch gerade wieder irgendwas ganz Tolles los. Das hat sich alles so phantastisch angehört, und da hab ich mir gedacht, ich darf euch das nicht sagen, weil, ich hab doch gewußt, daß ihr dann gleich angerannt kommt.«

Effie kam zurück und küßte mich zärtlich auf den Scheitel. »Du hast den perfekten Beweis dafür geliefert, daß eine Familie nun einmal zusammengehört. Daran solltest du denken, wenn du dir vorstellst, wie schön der nächste Sommer für uns alle werden wird. Und denk auch daran, wie wichtig das für deinen Vater ist.«

Kapitel 39

Bevor ich Cammie aus dem dunklen Stall ins Freie brachte, redete ich ihr ernsthaft ins Gewissen, daß sie sich ja anständig benehmen sollte. Sie begrüßte Effie mit einem leisen Wiehern. Sie hatte jeden Tag bei den Welfords im Pekannußgarten gegrast, und nun funkelte ihr glänzendes, mahagonibraunes Fell richtig in der Sonne – ein prächtiges Fell, viel schöner als früher. Auch das Augenrollen und das nervöse Herumtänzeln hatten sich fast völlig gegeben. Am liebsten wäre ich mit ihr zu Nadine geritten, aber ich wußte nicht so recht. Erstens war ich noch nicht sicher, ob ich das Geld bekam, um Cammie zu kaufen, und zweitens hatte ich keine Lust, Greg zu begegnen. Ich hätte ihm nicht in die Augen sehen können, ohne an die Tenne, die Sonne und Nadines Haar zu denken, das ausgesehen hatte wie gesponnenes Gold.

»Reite doch mal«, schlug Effie vor. Das ließ ich mir nicht zweimal sagen. Cammie war wunderbar. Sie ging im Schritt, trabte und kanterte wie ein altes, zuverlässiges Reitpferd. Sie war einfach vollkommen. Als ich neben Effie stehenblieb, ließ die Stute sich den Kopf von ihr streicheln. Zu guter Letzt konnte Effie nicht mehr widerstehen und wollte selbst aufsitzen. Sie zitterte dermaßen, daß ich ihr in den Sattel helfen mußte, aber sie schaffte es und ritt eine Runde durch den Garten. Ich wußte genau, wie sehr sie sich zusammenreißen mußte, um sich ihre Angst nicht anmerken zu lassen, und ich sah, wie sie sich die Lippen wund biß. Doch ich tat so, als ob ich es nicht bemerkt hätte. Effie stieg wieder ab, umarmte Cammie und sagte, sobald Walt zurück sei, würde er Nadine das Geld bringen und auch einen Scheck an Cathi Cummings schicken.

»Ich muß mich bei Mrs. Cummings bedanken«, sagte Effie und

lächelte ganz sonderbar. »Ich habe ihr einiges zu verdanken.« Dann lachte sie und ging nach Hause, und ich durfte noch ein bißchen weiterreiten.

Ich sah meine schlanke Mama fortgehen und spürte, daß mein Leben wieder in die gewohnten Bahnen zurückkehrte. Manches würde anders werden. Entweder war die Kali Oka Road kleiner geworden, oder mein Horizont hatte sich erweitert. Aber das war egal. Ich hatte bereits angefangen, darüber nachzudenken, wie ich Effie und Walt überreden konnte, Alice mit in unsere Urlaubspläne einzubeziehen. Sollte Agatha Waltman sich doch ein anderes Kindermädchen suchen. Von Spanien aus war es nur ein Katzensprung bis Paris, und dorthin wollte ich mit Alice – bevor sie Mack Sumrall heiratete und selbst ein Mondgesicht nach dem anderen in die Welt setzte.

Alice kam mit Maebelle V. zu uns zum Abendbrot, um Effie zu begrüßen, und während wir lachten und kicherten, schmiedete ich Pläne. Alice warf mir hin und wieder argwöhnische Blicke zu, weil ich nach meinem Katzenjammer von heute vormittag schon wieder ganz schön Oberwasser hatte. Ich aber grinste genüßlich und stellte mir vor, was Alice für Augen machen würde, wenn sie erst in dieser verregneten Pariser Straße stand, wo die Frau mit dem roten Kostüm und dem Hut ihren Hund spazierenführte.

Das Telefon klingelte. Es war Frank Taylor. Er und Mack Sumrall wollten mich und Alice für Samstag zu einem Picknick einladen. Ich fragte Effie und wartete atemlos, was sie sagen würde. Ich wollte gern mit Frank reden, aber das ging viel besser, wenn Alice dabei war. Mack war mir schnuppe, aber Alice freute sich, wenn er mitkam, und darum nahm ich ihn in Kauf.

»Ein Rendezvous in deinem Alter? Ein bißchen früh, findest du nicht?« sagte Effie, während sie die herrlichen Süßkartoffelkuchen zerteilte, die Mama Betts uns gemacht hatte.

»Das ist doch kein Rendezvous. Kein richtiges jedenfalls. Das ist ein Picknick, unten am Bernard's Lake. Da sind jede Menge Leute.«

»Na schön«, meinte Effie, ohne aufzublicken, aber ich sah trotzdem, daß sie grinsen mußte.

Es lief alles wie am Schnürchen. Der Richter hatte für Samstag einen Flug gebucht. Er hatte seinen Wagen verkauft, und Effie sollte ihn in Mobile vom Flughafen abholen. Bevor sie heimkamen, wollten sie noch ein neues Auto für ihn besorgen.

Die ganze Woche über war herrlicher Sonnenschein, ich ging zur Schule, kümmerte mich um Cammie und kicherte dauernd mit Alice rum. Es war kein Sommer mehr, und es war anders als in den vergangenen Jahren und ganz, ganz anders als der Sommer, den ich gerade überstanden hatte, aber das Wetter war immer noch herrlich. Manchmal dachte ich an die anderen Pferde bei Nadine im Stall und machte mir Sorgen um sie. Nachdem die Katzen alle weggelaufen und die Hunde tot waren, brauchte Nadine sich nur noch um die Pferde zu kümmern – und um Greg. Schon der bloße Gedanke daran, daß die beiden zusammenwaren, bereitete mir körperliches Unbehagen. Daß sie es miteinander trieben, war mir egal. Das Problem war bloß, daß Greg gerade mal zwei Jahre älter war als ich, und Nadine war eine erwachsene Frau. Sie war dreimal verheiratet gewesen. Irgendwie hatte ich das Gefühl, daß sich das nicht gehörte. Außerdem war es das einzige, was ich Effie nicht gebeichtet hatte. Auf eine verzwickte Weise war ich damit zu Nadines Komplizin geworden, und das beunruhigte mich.

Am Freitag nachmittag ging ich zeitiger als sonst reiten. Ich hatte Gus versprochen, ihm beim Stallausmisten zu helfen. Als ich zu den Welfords kam, wartete Jamey Louise bereits auf mich. Sie hatte sogar schon mit der Arbeit angefangen.

Sie brachte das alte Heu mit einer Mistgabel vor die Stalltür und scharrte es dort zu einem Haufen zusammen, damit Gus es abtransportieren konnte, und ich schichtete die Ballen um, so daß die guten vorn lagen. Gus brauchte Platz für das Winterheu, das demnächst kommen sollte. Ich machte genau die gleiche Arbeit, die Greg Tag für Tag bei Nadine verrichtet hatte. Gedacht haben wir wohl beide an ihn, aber Jamey war es, die anfing zu reden.

»Hast du ihn in letzter Zeit mal gesehen?« fragte sie.

Mir war sofort klar, wen sie meinte. Im ersten Moment war ich versucht, ihr zu erzählen, was ich gesehen hatte, damit sie ebenso wütend war wie ich. Doch dann besann ich mich eines Besseren. Sicher, Jameys Zorn wäre mir eine Genugtuung gewesen, aber ich wußte auch, daß sie den Mund nicht halten konnte. Im Nu würde die ganze Schule Bescheid wissen. Auch Arly. Und dann kriegte ich noch mehr Ärger, als ich so schon hatte.

»Sein Rücken ist besser geworden.«

»Und ist er wieder bei den Erlösern?«

»Keine Ahnung«, sagte ich schroff, und das war die reine Wahrheit – eine Wahrheit, die mir Sorgen machte. Es gab schließlich nicht so viele Möglichkeiten, wo er sein konnte. Er war entweder bei den Erlösern oder bei Nadine. Bei den Erlösern wurde er körperlich mißhandelt und bei Nadine? Der Priester hatte gesagt, Nadine hätte ihm seine Seele geraubt.

»Du, Bekka?«

»Ja?« sagte ich, ohne meine Arbeit zu unterbrechen.

»Kommst du mit zu Nadine, nachsehn, ob Greg da ist?« Sie legte ihre Mistgabel hin. »Bitte. Ich möchte ihm etwas sagen. Das hätte ich längst tun sollen.«

»Ich glaube nicht, daß Greg scharf darauf ist, mit dir zu reden«, erwiderte ich. Das hätte gerade noch gefehlt, daß Jamey Louise da hinrannte und womöglich noch irgendwas mitkriegte.

»Wie ich mit ihm Schluß gemacht habe, die feine Art war das nicht.«

»Das ist aus und vorbei, Jamey. Vergiß es.«

»Das würde ich ja gerne, aber in letzter Zeit muß ich dauernd denken, wie mir wohl zumute wäre, wenn mich einer so behandelt hätte.«

»Du kriegst doch nicht etwa so was wie ein Gewissen?« neckte ich sie freundlich. Ich wußte ja selbst, wie schlimm es ist, jemandem weh zu tun, egal, ob gewollt oder ungewollt. »Es ist wirklich klüger, du läßt die Sache auf sich beruhen. Ehrlich. Greg hat's überlebt. Er war eine Zeitlang gekränkt, aber inzwischen ist er drüber weg. Du machst es nicht besser, wenn du das alles noch mal aufrührst.«

Jamey machte sich wieder an die Arbeit. Sie sagte nichts mehr, aber mir war klar, daß sie den Gedanken, mit Greg zu reden, noch längst nicht aufgegeben hatte. Ob ich einfach zu Nadine gehen und sie bitten sollte, ihm auszurichten, er möge sich bei Jamey melden? Ich mußte ja am Samstag sowieso hin, um Nadine das Geld für

Cammie zu bringen. Und wenn sie den Scheck in der Hand hatte, dann gehörte Cammie mir. Für immer.

Als ich mit der Arbeit im Stall fertig war, ritt ich ein paar Runden und machte mich dann mit Picket auf den Heimweg. Effie hatte gekocht. Es gab Schmorkohl mit gegrillten Rippchen und Maisbrot. Ich hatte einen Bärenhunger.

Wir wollten gerade anfangen zu essen, da klingelte das Telefon. Arly rannte sofort hin. Er hatte Krach mit Rosie, so schlimm, daß sie gedroht hatte, diesen Freitag nicht mit ihm zum Football-Match zu gehen. Ich wollte auch diesmal wieder zu Hause bleiben. Und damit ich nicht so allein war, würde Alice mir Maebelle V. bringen. Es war zwar bloß ein Heimspiel, aber Alice wollte kreischen, hüpfen, hurra schreien und übers Spielfeld rennen und Mack Sumrall ordentlich einheizen, und mit einem sabbernden Baby auf dem Arm ging das nicht so gut.

Frank gegenüber hatte ich behauptet, Effies Rückkehr sei der Grund, weshalb ich nicht mit zum Match kam, und zum Teil stimmte das auch. Es war der letzte Abend, bevor der Richter wieder da war, und den wollte ich zu Hause verbringen, ganz allein mit Effie und Mama Betts. Die vergangene Woche war schon fast zu schön gewesen. Effie hatte die Kali Oka Road wieder in ein Wunderland verzaubert, und ich dachte mit Wehmut daran, daß sich das alles ändern würde, sobald Daddy heimkam. Ich hatte riesige Sehnsucht nach dem Richter, aber mit seiner Ankunft würde sich bei uns zu Hause der Schwerpunkt verlagern. Dies war der letzte Abend, an dem Effie, Mama Betts und ich allein sein konnten. In der Woche, die hinter mir lag, war ich mir fast wieder wie das kleine Mädchen vorgekommen, das ich einmal gewesen war. Heute abend wollten wir Popcorn machen und uns »Thriller« ansehen, und Maebelle V. würde uns dabei Gesellschaft leisten.

»Für dich, Bekka.«

Ich erwachte aus meinem Tagtraum und ging ans Telefon. Arly warf mir einen vielsagenden Blick zu. »Hört sich an wie Mrs. Pierce, die Sozialkundelehrerin. Bekka ist nämlich ganz schön abgesackt«, sagte er zu Effie. »Muß was Ernstes sein, wenn die Freitag abend hier anruft.«

Wenn Blicke töten könnten, wäre Arly auf der Stelle tot umgefallen. Ich drückte den Hörer ans Ohr.

»Hallo.«

»Hallo, Bekka, hier ist Cathi Cummings.«

Ich sah rüber zu Effie. Sie tat so, als ob sie aß, doch in Wirklichkeit beobachtete sie mich.

»Wir sind gerade beim Abendbrot. Meine Mutter ist aus Kalifornien zurück.«

»Ich weiß. Entschuldige bitte, aber es ist wichtig. Ich bin diesen Erlösern auf die Spur gekommen. Sie waren tatsächlich im Delta, wie Nadine gesagt hat, aber das war vor vier Jahren. Da hatten sie sich auf einem alten Campingplatz am Lake Beulah niedergelassen, nicht weit weg von der Stadt Beulah. Sie waren noch kein halbes Jahr dort, da war die Hölle los. Eine Frau hat behauptet, sie hätten ihr ihr Baby weggenommen. Ihre Eltern hätten das Kind entführt, hat sie gesagt, und es zu den Erlösern gebracht, damit die es großziehen. Sie wollte es wiederhaben. Und als sich herausgestellt hat, daß das Baby nicht bei den Erlösern war, hat sie behauptet, sie hätten es verkauft. Illegaler Babyhandel, verstehst du?«

Cathi sprach so schnell, daß ich Mühe hatte, ihr zu folgen. Effie ließ mich nicht aus den Augen. Zweimal hatte sie sogar Anstalten gemacht, aufzustehen und auf den Korridor zu kommen, aber Mama Betts hatte sie davon abgehalten.

»Hörst du mir zu, Bekka? Das ist sehr wichtig.«

»Und weiter?«

»Die Sache wurde immer unerfreulicher. Mehrere Leute in Beulah erhoben gegen die Erlöser Vorwürfe. Die Frau, eine gewisse Dianne Salter, hat die ganze Stadt gegen sie aufgebracht. Sie stammt selbst aus Beulah oder hat zumindest dort gewohnt, als das alles passiert ist. Eine ziemlich chaotische Person, wie's scheint, sie ist dann nämlich dort weggegangen, und keiner weiß, wohin sie gegangen ist und wo sie genau her war. Als die Erlöser die Stadt verlassen hatten, ist sie auch nicht mehr lange dort geblieben. Gewohnt hatte sie in einer Wagenburg, und dieses Baby, das hat sie ganz allein gekriegt. Kein Mensch weiß, wer der Vater ist. Also wenn du mich fragst, ist das alles etwas merkwürdig. Sie hatte langes braunes Haar, eine sehr beherzte junge Frau. Ich muß rauskriegen, wo sie hingegangen ist, Bekka. Die Leute hier in der Gegend sagen, sie hat ihr Kind nie wiederbekommen, aber beim Sheriff existiert keine Akte. Erst bringt sie diese Lawine ins Rollen, und dann tut sie nichts. Irgendwie ergibt das alles keinen Sinn, und nach vier Jahren kann sich natürlich niemand mehr an Einzelheiten erinnern. Ich hab das Gefühl, ich drehe mich im Kreis. Ich bin der Sache auf der Spur, aber ich kriege sie nicht richtig zu fassen.«

»Aha, ich verstehe.« Effie horchte auf jedes Wort, das ich sagte. Ich wechselte das Standbein. Den Rücken konnte ich Effie nicht zuwenden. Das hätte sie noch mißtrauischer gemacht. Am liebsten hätte ich sie ans Telefon gerufen und ihr gesagt, daß Cathi Cummings dran war und daß sie versuchte, den Erlösern auf die Schliche zu kommen, aber Effie war so glücklich. Sie hatte alles wieder ins Lot gebracht, und morgen kam Daddy nach Hause. Da konnte ich doch nicht riskieren, daß Cathi schon wieder dazwischenfunkte, zumal sie dem Richter ja gar nichts bedeutete. Das wußte ich ganz genau.

»Stimmt irgendwas nicht, Bekka?« Effie stand auf und kam auf mich zu.

»Nein, nein.« Ich lächelte sie an und zeigte auf das Telefon. »Mrs. Pierce. Es geht um einen Aufsatz, den ich geschrieben habe, sie möchte, daß ich ihr helfe, unseren Stand fürs Herbstfest auszugestalten.«

Effie zog die Brauen hoch und schaute zum Tisch. Das hieß, ich sollte sagen, daß ich nach dem Abendbrot zurückrufe. Ich legte die Hand auf die Sprechmuschel. »Sie muß gleich nach Mobile. Ich soll morgen was holen, was aus dem Wald.«

»Na gut«, sagte Effie, und dann setzte sie sich wieder hin und aß weiter. Arly fing davon an, daß er unbedingt ein eigenes Auto brauchte. Effie und Mama Betts ließen sich auf eine Diskussion mit ihm ein, und darüber vergaßen sie mich.

»Entschuldige«, sagte Cathi, »aber die Zeit drängt. Sonst hätte ich dich nie in so eine Situation gebracht, Bekka. Ich muß dringend wissen, wie Nadine mit Mädchennamen heißt. Ich finde einfach nichts über eine Nadine Andrews, im ganzen County nicht.

In Cleveland kennt sie kein Mensch. Sie muß den Namen eines ihrer Ehemänner benutzen.«

»Und wozu ist das nötig?«

»Nadine ist das letzte Glied in der Kette, die zu dem Priester führt. Die Leute in Cleveland wissen nichts über die Erlöser, oder sie wollen es nicht sagen. Diese kleinen Gemeinden schirmen sich gegenseitig gegen Außenstehende ab. Beulah ist nur an die zwanzig Meilen weg von Cleveland. Wenn Nadine wirklich mit dem Mann verheiratet war, der jetzt dieser Priester ist, dann kann ich seine Spur anhand der Eheschließungsregister verfolgen, falls ich da was finde.«

»Ich weiß den Namen nicht. Versuch's doch mal bei den Pferdehaltern in der Gegend. Sie hat einen großen Stall gehabt, und sie ist in Madison Square Gardens aufgetreten.«

»Das hab ich schon probiert. Hier erinnert sich niemand an sie. Es gibt etliche große Güter mit Reitställen, aber die machen hauptsächlich Fuchsjagd.«

Ich wußte nicht, was ich sagen sollte. Wer Nadine einmal gesehen hatte, konnte sie unmöglich vergessen. Mir fiel das Röhrchen mit den kleinen roten Tabletten ein. Auf dem Etikett hatte Nadine Sellers gestanden. Das sagte ich Cathi und buchstabierte den Nachnamen.

»Ich werde das überprüfen«, sagte Cathi. »Vielleicht kannst du in der Zwischenzeit mal zu ihr gehen und sie ganz einfach fragen?«

»Sicher.« Ich erinnerte mich daran, was Cathi vor ein paar Tagen gesagt hatte. »Ich dachte, es wäre unvorsichtig, so direkt vorzugehen.«

»Ja, besonders geschickt ist das sicher nicht, aber ich hänge einfach in der Luft. Ich muß was haben, wo ich einhaken kann, sonst brauche ich gar nicht weiterzumachen. Bis jetzt habe ich nichts als Klatsch gehört, ein paar saftige Gerüchte, aber keinen einzigen Beweis. Es gibt ja nicht einmal Unterlagen darüber, daß die Erlöser diesen alten Campingplatz gemietet haben. Die sind anscheinend einfach gekommen und haben das Ding besetzt, ohne Wissen und ohne Erlaubnis der Stadtverwaltung. Es würde mich nicht wundern, wenn sie es an der Kali Oka Road genauso gemacht haben. Wenn ich hier fertig bin, nehme ich mir mal die Akten in Jexville unter die Lupe.«

»Gut, Mrs. Pierce, und um das andere kümmere ich mich. Morgen nachmittag um fünf, ist Ihnen das recht?«

»Ich ruf dich dann wieder an«, sagte Cathi rasch. »Bekka, halt dich ja fern von diesen Kirchenleuten. Wenn die wirklich Babys stehlen, dann sind sie zu allem fähig. Und wenn die Angst haben, du könntest sie hochgehen lassen, dann werden sie versuchen, dich aus dem Verkehr zu ziehen.«

»Geht in Ordnung. Morgen vormittag machen wir ein Picknick.«

»Wir sprechen uns um fünf.«

Cathi legte auf, und ich sagte noch ein paar Dinge, die mit der Schule zu tun hatten, und hängte dann ebenfalls ein. Mir war der Appetit vergangen.

»Hast du Ärger in der Schule«, fragte Effie behutsam.

»Nein, Arly ist wieder mal auf dem Holzweg. In der Schule läuft es prima. Meine Lehrerinnen sind durchweg entzückt von mir.« Ich streckte Arly die Zunge raus. Ich überlegte gerade, wie ich es vermeiden konnte, daß sie mich nach dem Telefongespräch ausfragten, aber in dem Moment knallte die Fliegentür, also brauchte ich mir darüber nicht mehr den Kopf zu zerbrechen. Alice trat in die Küche. Auf dem Arm hatte sie Maebelle V., die fröhlich quietschte.

»Wetten, daß es der hier viel besser gefällt als bei uns zu Hause?« sagte Alice mit einem schmachtenden Blick auf Mama Betts' Persimonenpudding.

»Greif ruhig zu«, ermunterte Mama Betts sie und streckte beide Arme aus, um das Baby in Empfang zu nehmen.

»Ich find's hier auch schöner«, sagte Alice, nahm sich ein Schüsselchen aus dem Schrank und verdrückte eine Portion Pudding.

»Hör endlich auf zu quatschen und iß«, zischte Arly wütend. Die schlechte Laune hatte ihn wieder.

»Rosie hat Arly sitzengelassen«, erklärte ich Alice nicht ohne eine gewisse Schadenfreude. »Sei bloß vorsichtig, du, der wird gleich zur rasenden Wildsau.«

»Du Armer«, sagte Alice zu Arly. »Das kommt bestimmt wieder ins Lot.«

»Zankt ihr euch etwa schon wieder?« wollte Effie wissen.

»Nö«, sagte Arly und wandte sich seinem Pudding zu.

»Rosie ist sauer auf Arly, weil er diese blöde Beth Burgess mit ihrer Hyänenvisage am Mittwoch nach der Schule im Auto mitgenommen hat.« Stolz auf mein Geheimwissen, griente ich Arly an. Mir hatte er nämlich gesagt, ich soll mit dem Bus fahren, weil er angeblich noch auf eine Stunde zu Butch Schultz wollte, Hausaufgaben machen.

»Treue ist sehr wichtig in einer Beziehung«, sagte Effie.

»Treue!« Arly schob sein Dessertschälchen weg und stand auf. Alice, die darin ein Zeichen zum Aufbruch sah, beeilte sich, daß sie mit ihrem Pudding fertig wurde. »Ich hab Beth nach Hause gefahren, und dann bin ich los zu Butch. Raymond Rollins war auch dabei.«

»Ja, aber du mußtest sie ja unbedingt vorn sitzen lassen«, platzte ich heraus.

Alice trat mir unterm Tisch auf den Fuß.

»Und jetzt mußt du solo zum Match gehen?« fragte sie. Sie traf sich wie üblich mit Mack im Stadion, ließ sich aber von Arly hin- und wieder zurückfahren.

»Ja doch!« Arly nahm sein Jackett von der Stuhllehne. Die Nächte waren schon recht kühl, und das war das einzige, was mich gereizt hatte, mir zu überlegen, ob ich nicht doch mitfahren sollte. Ich liebte es, nachts draußen zu sein, wenn mir der Atem vorm Mund gefror.

»Du kannst ja bei uns sitzen«, sagte Alice. »Mack hat bestimmt nichts dagegen.«

»Es ist doch immer wieder schön, das fünfte Rad am Wagen zu sein, was, Arly?« zog ich ihn auf, aber als ich seinen gekränkten Blick sah, tat es mir leid. »Bring Alice doch einfach hin und komm wieder nach Hause. Wir machen Popcorn und sehen fern. Das wird bestimmt schön.« Nicht, daß ich scharf darauf war, ihn hier zu haben, aber er sah so unglücklich aus.

Arly schlüpfte in sein Jackett. »Rosie wird schon kommen. Vielleicht kann ich ihr im Stadion alles erklären.« In seinen Augen war wenig Hoffnung.

Er tat mir leid. Ich war so daran gewöhnt, ihn aufzuziehen und von ihm aufgezogen zu werden, daß ich gar nicht mitbekommen hatte, wie sensibel er war.

»Viel Spaß«, riefen Effie und Mama Betts den beiden im Chor hinterher, als sie türenknallend abzogen.

Mama Betts wirbelte Maebelle durch die Luft. »Mach dem Baby sein Fläschchen, Bekka, und dann kannst du schon mal den Fernseher warmlaufen lassen. Ich glaube, ich warte mit dem Geschirrspülen, bis die Kleine schläft.«

»Du setzt dich vor die Röhre, und ich spüle das Geschirr«, sagte Effie.

»Nein, ich spüle.« Ich stand auf und räumte den Tisch ab, damit der Streit ein Ende hatte. Je eher wir die Küche fertig hatten, desto eher konnten wir es uns zusammen auf dem Sofa gemütlich machen und uns bei »Thriller« gruseln, daß die Schwarte krachte. Sogar Mama Betts hatte versprochen, bis zum Ende durchzuhalten. Es war Freitag abend auf der Kali Oka Road.

Als Alice am nächsten Morgen endlich aufwachte, stand ich schon in der Küche, summte vor mich hin und packte die Fressalien ein, die Mama Betts uns für unser Picknick gemacht hatte. Alice war so glücklich gewesen, als sie gestern nacht nach Hause kam. Sie und Mack hätten unheimlich viel Spaß gehabt, sagte sie. Frank Taylor, der allein gekommen war und Krissy Elkins gemieden hatte wie der Teufel das Weihwasser, hatte eine Weile neben ihnen gesessen, genau wie Arly. Alice war sich ganz sicher, daß wir beide, Arly und ich, unseren Liebeskummer überwinden würden.

Mama Betts war draußen im Garten, und neben mir auf dem Fußboden saß Maebelle V. Sie ließ hölzerne Garnspulen über die Dielen kullern und amüsierte sich prächtig dabei.

Alice hob die Kleine hoch. Sie nahm sie auf den Schoß und küßte sie so lange auf die Ohren, aufs Gesicht und den Hals, bis Maebelle vor Vergnügen jauchzte. Sie war ein richtiges Schmusebaby.

Aber daß wir sie bei dem Picknick auch schon wieder dabei haben sollten, das fand ich total bescheuert.

»Können wir nicht einfach ohne sie verduften?« fragte ich.

»Ich hab Sukey gefragt, ob die mal auf sie aufpaßt, aber die will nicht«, sagte Alice. »Was soll ich denn machen?«

»Kann deine Mutter sie nicht wenigstens diesen einen Samstag zu Hause behalten? Ich meine, so ein Picknick, das ist doch nicht alle Tage und ...« Alice konnte ja nichts dafür, aber es war einfach gemein. Immer mußten wir Maebelle mitschleppen. Nicht, daß wir sie nicht gern gehabt hätten, aber es gab nun mal Dinge, bei denen so eine kleine Krabbe von einem Jahr eher störend war.

»Ich frag sie«, sagte Alice und packte die Babysachen zusammen. »Sie sagt sowieso nein, aber fragen kostet ja nichts. Ich bring Maebelle V. jetzt rüber, und wenn Mama sie nicht nimmt, muß ich halt ein paar saubere Windeln holen und ein Fläschchen und so weiter. Ich bin bald wieder da.«

»Ist gut. Wir haben Geflügelsalat, Schinken und Käse, Roastbeef mit Meerrettich, Kartoffelsalat, Gewürzgurken, Käsecracker, Schokoladenkuchen und Tee.«

Alice kullerte entzückt mit den Augen. »Ich bin sofort zurück«, sagte sie, schnappte sich Maebelle und die Babysachen und ging aus der Tür, während ich die Servietten und das rotkarierte Tischtuch oben auf den Korb legte. Ich freute mich auf das Picknick – mehr, als ich mir selbst eingestehen mochte.

Um elf sollten Frank und Mack uns abholen kommen, und um zwei wollten wir wieder zu Hause sein. Zum Essen und Reden und für einen Spaziergang um den alten See würde die Zeit dicke reichen, hatte Effie gemeint. Und zum Baden war es eh zu kalt.

Als Alice eine halbe Stunde später zurück war, hatte ich alles fertig. Sie kam mit auffallend leeren Händen.

»Und Maebelle?« Ich traute mich kaum zu fragen. Bestimmt wollte Alice mir nur einen Streich spielen und hatte die Kleine draußen vor der Tür gelassen.

»Mama hat sich wahnsinnig aufgeregt, und dann hat sie gesagt, um Maebelle V. soll sich eins von den anderen Kindern kümmern, und ich soll ihr ja nicht wieder unter die Augen kommen.«

»Sie war sauer, was?«

»Sagen wir mal, sie hatte eine Stinklaune, aber das ist ja nichts Neues. Sie wird jeden Tag ein bißchen dicker und ein bißchen griesgrämiger. Die sollte sich lieber mal was einfallen lassen, damit sie nicht alle naselang schwanger ist. Ich meine, bei deiner Mutter ist das doch auch nicht so.«

Effie und schwanger – eine entsetzliche Vorstellung. Klar, ausgeschlossen war das nicht. Sie war ja noch jünger als Alices Mutter. Das war keineswegs ausgeschlossen. Ich schob den Gedanken beiseite und beschäftigte mich wieder mit Alice und ihrem Problem. »Glaubst du, du kriegst Ärger, wenn du nach Hause kommst?«

Alice zuckte die Achseln. »Wenn schon, das ist mir die Sache wert. Betty und Rhonda müssen nie auf die Kleinen aufpassen, die eine rennt dauernd zur Chorprobe, und die andere hat ständig irgendwelche Veranstaltungen in der Jungen Gemeinde. Die müssen nie eins von den kleineren Kindern mitnehmen. Ein Wunder, daß ich Maebelle V. nicht auch noch mit in die Schule schleppen muß. Wenn das nicht verboten wäre, würde Mama mich bestimmt dazu zwingen. Der ist es doch egal, ob ich was lerne oder nicht. Meine Zensuren sind ihr schnuppe, hat sie gesagt. Wenn's nach der geht, soll ich mir einen Freund suchen und heiraten, je eher, desto besser. Und wenn wir dann unsere Hochzeitsreise machen, sagt sie bestimmt, Maebelle V. soll mitfahren!«

Ich mußte laut lachen, obwohl Alice mir wirklich leid tat. Maebelle V. war ja fast schon genauso ein Teil meines Lebens geworden, wie sie zu ihrem gehörte. Die Uhr in der Küche zeigte 10 Uhr 55. Wir nahmen unseren Picknickkorb und gingen auf die Veranda, um dort zu warten.

Es war ein herrlicher Tag. Warm genug für Shorts, aber wir hatten beschlossen, unsere nagelneuen Stretchjeans Marke Lady Lee Rider anzuziehen, die Effie uns aus Kalifornien mitgebracht hatte. Meine waren himmelblau, die von Alice eher khaki. Alice fand, daß wir damit unheimlich toll aussahen. Sogar Arly hatten sie gefallen. Er hatte Mama gefragt, ob sie Rita nicht bitten könnte, ihm noch ein Paar für Rosie zu schicken, als Weihnachtsgeschenk. Die beiden hatten sich im Stadion wieder vertragen, und Arly hatte versprochen, nie mehr ein anderes Mädchen in seinem Auto mitzunehmen.

Um Punkt elf bog Frank in unseren Hof ein. Er hupte, aber dann besann er sich eines Besseren, sprang aus dem Truck und kam mit Mack im Schlepptau zum Haus.

Wie ein Wunder stand auf einmal Effie in der Tür.

»Viel Spaß, Kinder«, sagte sie. Sie lächelte Frank an, aber in

Wirklichkeit wollte sie ihn unter die Lupe nehmen. Sein kurzärmeliges buntkariertes Hemd war gebügelt, an den Jeans gab es auch nichts zu beanstanden, die Socken waren sauber und die Schuhe frisch gewienert. Er fand Gnade vor ihren Augen. Dann musterte sie Mack Sumrall, stockte aber bereits bei seinem rasierten Schädel mit den drei Stirnlöckchen.

»Mack hat Läuse gehabt, und da mußte er sich die Haare abrasieren lassen«, sagte ich mit Unschuldsmiene. Effie hörte sofort auf, seinen Kopf anzuglotzen. Aber der Blick, den er mir zuwarf, entging ihr trotzdem nicht.

»Bekka!« sagte sie vorwurfsvoll, als sie merkte, daß sie auf meinen Witz reingefallen war.

Ich lachte. »Na, das versteht man doch wenigstens, aber daß er sie sich extra so hat schneiden lassen – « Da Alice mit Mack zusammen war, hatte auch ich mich mit ihm angefreundet. Mack hatte sich längst daran gewöhnt, daß ich ihn ständig wegen seiner Frisur aufzog.

»Ist schön kühl so«, erläuterte Mack. »Aber zum Winter lass' ich sie mir vielleicht wieder 'n Stück wachsen.« Er grinste Alice an.

»Um zwei seid ihr zurück«, sagte Effie. Sie küßte mich auf den Scheitel. »Und daß Sie mir ja gut auf mein kleines Mädchen aufpassen, Frank«, sagte sie noch, wobei die Betonung auf »kleines Mädchen« lag.

Wir quetschten uns in den Pickup, und Frank machte das Radio an. Die ersten zwei, drei Songs sangen wir mit. Für vier Leute war der Truck schon verflucht eng, aber dadurch hatten wir eine höchst willkommene Ausrede, um möglichst nah zusammenzurücken.

»Wo ist denn Maebelle?« fragte Frank, dem erst jetzt auffiel, daß wir das Baby nicht mithatten.

»Die haben wir zu Hause gelassen«, sagte Alice und grinste von einem Ohr zum anderen.

»Schade«, meinte Mack. »Und ich hab gedacht, wir können sie als Köder benutzen, wenn wir Alligatoren fangen wollen.«

Wir lachten die ganze Zeit, bis wir am Ziel waren.

Das Blau des Oktoberhimmels spiegelte sich in der schimmernden Fläche des Sees, die sich nur hier und da einmal kräuselte, wenn ein Steinchen ins Wasser fiel oder ein Fisch sprang. Dann gerieten auch die auf dem Kopf stehenden Bäume in Bewegung, zerflossen gleichsam, um wenig später wieder ihre alte Gestalt anzunehmen. Wir fuhren ganz um den See herum, guckten uns die anderen Leute an und suchten nach einem geeigneten Platz. Schließlich entschieden wir uns für eine Wassereiche, deren gigantischer Schatten für unser Picknick genau das richtige war, und Frank half mir, die Tischdecke auszubreiten.

Frank und Mack waren ganz hin von dem Essen, das Mama Betts uns eingepackt hatte, sie versuchten in einem fort zu naschen. Aber eigentlich hatten wir gar keinen Hunger, und darum machten wir einen Spaziergang um den See. Frank ergriff die Gelegenheit beim Schopf und ging mit mir ein Stück weg von Alice und Mack. Etwas versteckt im Wald fanden wir einen umgestürzten Baumstamm und setzten uns drauf. Mich erinnerte das alles sehr an die Nacht, als wir zusammen am Cry Baby Creek gewesen waren.

»Du denkst an die Nacht am Fluß«, sagte Frank. »Ich hab Krissy nichts davon erzählt, jedenfalls hab ich nicht behauptet, daß wir da irgendwas angestellt haben. Das hat sie sich ausgedacht. Aber eins kann ich dir garantieren, das war das erste und letzte Mal, daß die so was gemacht hat.«

»Als ich noch mal in Ruhe darüber nachgedacht habe, da hab ich auch nicht mehr geglaubt, daß du das gesagt hast. Und das mit der nackten Frau, du, entschuldige, daß ich so getan habe, als ob ich dir das nicht glaube.« Ich wußte noch, was für eine Angst er mir damals eingejagt hatte. Und er selbst hatte sich auch gefürchtet.

Frank runzelte die Stirn. »Wir hätten sie verfolgen sollen. Ich komme mir vor wie ein … Feigling.«

»Was hättest du denn gemacht, wenn wir sie geschnappt hätten?« fragte ich. Ich stellte mir vor, wie wir zwei mit einer nackten Frau Ringkampf machten, und hatte Mühe, mir das Lachen zu verkneifen.

»Gute Frage«, sagte er und mußte selbst lachen. »Aber das ist ja jetzt auch egal. Hauptsache, du weißt Bescheid.«

Als er sich dann runterbeugte, um mich zu küssen, war ich vorbereitet. Unsere Zähne stießen irgendwie zusammen. Das tat weh, aber gleichzeitig war mir dabei zum Kichern zumute. Er hielt meinen Kopf mit beiden Händen fest, und dann endlich berührten sich unsere Lippen. Es war anders, als ich erwartet hatte. Viel schöner. Und als wir erst einmal richtig zielen gelernt hatten, stellte ich fest, daß ich auf dem Gebiet ein echtes Talent war.

»Wie viele Jungs hast du denn schon geküßt?« fragte Frank, als wir eine kleine Verschnaufpause machten.

»Du bist der erste«, gab ich zu, und da lächelte er mich ganz merkwürdig an.

»Ich glaube, wir müssen mal nachsehen, wo Alice und Mack abgeblieben sind«, sagte ich. Die Küsserei hatte wirklich Spaß gemacht, aber als wir damit aufgehört hatten, hatte ich das Gefühl, daß ich jetzt erst mal in Ruhe nachdenken mußte. Ich war doch erst dreizehn. Sicher, es gab eine ganze Menge Mädchen in meinem Alter, die sich mit Küssen allein noch lange nicht zufriedengaben, aber die hatten ja auch das Ziel, so schnell wie möglich unter die Haube zu kommen. Ich dagegen freute mich inzwischen schon beinahe darauf, den nächsten Sommer in Spanien oder in Hollywood zu verbringen. Es würde mir schon schwer genug fallen, mich von der Kali Oka Road loszureißen, und wenn ich nicht aufpaßte, wurde ich noch süchtig nach Frank Taylors Küssen, und das würde die Sache bestimmt nicht leichter machen.

»Du bist ganz anders als die anderen Mädchen, Bekka«, sagte Frank, und dann stand er auf und zog mich an sich. »Manchmal denke ich, du kommst direkt aus einem der Bücher, die deine Mutter schreibt.«

»Hast du denn eins gelesen?« fragte ich ungläubig.

»Ja, eins. Das mit dem Waldmädchen, das den anderen Kindern immer zuschaut, aber nie mit ihnen spielt.«

»Starla Fern.« So hieß die Hauptfigur.

»Genau. An die erinnerst du mich ein bißchen. Du bist da, aber du bist nicht richtig hier.«

So was Idiotisches, ich war drauf und dran loszuheulen. Frank hatte das als Kompliment gemeint, aber mich machte es traurig, und ich merkte, daß er selbst auch traurig war.

»Los, komm, wir suchen die anderen, und dann essen wir was. Wenn der Korb nicht leer ist, wenn wir nach Hause kommen, ist

Mama Betts nämlich beleidigt. Und besonders von euch beiden Jungs erwartet sie, daß ihr ordentlich zulangt.«

Ich ging los, und Frank folgte mir, und dann irrten wir so lange im Wald herum, bis wir Alice und Mack gefunden hatten. Die zwei hatten inzwischen reichlich Gelegenheit gehabt, sich anständig hinzusetzen. Als wir kamen, saßen sie da und hielten Händchen.

Den Rest der Zeit verbrachten wir zu viert am See. Wir futterten wie die Scheunendrescher, und dann legten wir uns alle nebeneinander in die warme Sonne wie vier dicke, fette Ölsardinen.

Als es Zeit zum Heimfahren war, sammelten wir lachend unsere Abfälle ein. Frank und ich waren immer noch ein ganz klein wenig traurig. Warum konnte ich nicht ein bißchen mehr so wie Alice sein, irgendwie mehr mit den Beinen auf der Erde? Bei der passierte immer alles sofort, genau im selben Moment, in dem es auch in der Wirklichkeit passierte. Ich dagegen mußte immer erst ewig überlegen.

Darüber dachte ich auf der Heimfahrt nach, und vor lauter Nachdenken war ich sehr still.

Frank und Mack tranken mit Mama Betts ein Glas Eistee und bedankten sich für das Essen. Zum Schluß beugte Frank sich rüber zu Alice und zog sie an den Haaren. »Und daß du mir nächstes Mal nicht wieder die Schönste von eurem Trio vergißt. Ich hab richtig Sehnsucht gehabt nach Maebelle.« Und dann stiegen Mack und er in den Truck und fuhren los.

»Nette Jungs«, sagte Mama Betts, verriet aber nicht, wer von den beiden ihr besser gefallen hatte. »Mrs. Mapleson hat aus der Töpferei angerufen. Sie sagt, du kannst dir fünf Dollar verdienen, wenn du ihr blauen Ton aus der Kreideschlucht holst. Sie will morgen früh ein paar Schalen machen.«

Alice zupfte sich den Pony zurecht. »Ich muß mich jetzt erst mal um das Baby kümmern«, sagte sie. »Mama ist bestimmt stinksauer auf mich. Wenn sie nicht allzu wütend ist und mich noch mal raus läßt, dann komm ich vielleicht auch noch runter in die Schlucht.«

»Klar, Maebelle manscht doch so gerne mit dem Ton«, erwiderte ich und spürte einen Anflug von schlechtem Gewissen, weil wir die Kleine nicht mitgenommen hatten.

»Manchmal geht es mir wirklich total auf die Nerven, daß ich dauernd auf sie aufpassen muß, aber irgendwie hatte ich heute auch Sehnsucht nach ihr«, sagte Alice.

»Nach dem Kind muß man ja einfach Sehnsucht haben«, mischte Mama Betts sich ein. Sie streichelte Alices Arm. »Nicht wahr, du denkst noch nicht an Nachwuchs, Alice Waltman? Das hat noch viel Zeit. Aber wenn es soweit ist, wirst du bestimmt eine sehr gute Mutter sein.«

Ich holte mein Fahrrad aus der Garage. Ich war ewig nicht mehr damit gefahren. Als ich es ansah, mußte ich unwillkürlich an Greg denken und daran, wie er es damals in Einzelteile zerlegt hatte.

»Also, bis gleich hoffentlich«, sagte Alice, griff nach ihrer Handtasche und rannte nach Hause.

Die Tongrube war nicht weit weg von uns, aber von den Waltmans aus war sie noch näher. Sie lag auf unserem Land, doch solange ich denken konnte, hatten auch die Waltman-Kinder dort gespielt. Früher hatte Arly immer den Ton für Mrs. Mapleson geholt, aber seit er zu groß für so was war, hatte ich diesen lukrativen Job übernommen. Und wenn es sich einrichten ließ, teilte ich ihn mir mit Alice.

Für fünf Dollar wollte Mrs. Mapleson einen ordentlichen Klumpen Ton haben. An die sieben Kilo würden wohl in meinen Fahrradkorb passen. Das Zeug war zäh und schwer. Alice und ich hatten am Ende der Schlucht eine dicke Ader von reinem türkisblauem Ton entdeckt. Es gab auch roten und gelben, aber die Töpfer nahmen am liebsten den blauen. Mama Betts meinte, daß das an der Konsistenz lag, denn in der Regel machten sie am Ende doch irgendwelche bunten Farbglasuren drauf.

Ich hatte nicht viel Zeit zum Buddeln. Um fünf sollte ich Cathi anrufen, und vorher mußte ich noch zu Nadine. Wenn alles nach Plan ging, wollte ich den Ton holen, nach Hause fahren und Mama Betts irgendwie ablenken, so daß ich eben mal heimlich zum Stall rüberradeln konnte.

In der Kreideschlucht war es an diesem milden Tag richtig heiß, denn der glatte, feste Ton strahlte die Wärme der Nachmittagssonne zurück. Hier und da aber gab es kühle Spalten und Kuhlen. Der Sommer war vorübergegangen, ohne daß Alice und ich es auch nur ein einziges Mal geschafft hatten, wilde Pflaumen oder Beeren pflücken zu gehen – ein Vergnügen, auf das wir in den vergangenen Jahren nie und nimmer verzichtet hätten.

Ich stellte mein Fahrrad unter einer Weide ab. Picket hielt hechelnd Ausschau nach Kaninchen, die sich in der mit Brombeergestrüpp und Kudzuranken überwucherten Schlucht hervorragend verstecken konnten. Die lila Blüten des Kudzu verströmten ihren süßen Geruch, der die Luft nach Brausepulver schmecken ließ.

Es gab einen kleinen Tümpel, in dem sich das Regenwasser gesammelt hatte. Dort wimmelte es von Fröschen und Fischen. Alice und mir war es ein Rätsel, wie die Fische in dieses alte Tonloch hineingekommen waren, aber Arly meinte, das sei das Werk der Vögel, die Fischeier ins Wasser fallen ließen. Ich glaubte ihm natürlich kein Wort, doch daß sich die Fische aus dem Modder am Grund entwickelt hatten, war auch nicht sehr wahrscheinlich.

An den Rändern war die Erde rissig, das Wasser war größtenteils schon verdampft, und wenn es nicht bald regnete, wäre das kein Tümpel mehr, sondern nur noch ein Schlammloch, und dann würden die Fische an Sauerstoffmangel eingehen. Der Richter hatte mir erklärt, wie so was in einem stehenden Gewässer ablief.

Die Tonader, zu der ich wollte, befand sich am anderen Ende der Schlucht in einer kleinen, etwas höher gelegenen Spalte, deren obere Öffnung von den Kronen einiger wilder Pflaumenbäume überschattet war. Und weil dies ein idealer Schlupfwinkel für die letzten Giftschlangen dieses Jahres war, suchte ich den Boden gründlich ab, bevor ich anfing zu graben.

Die Arbeit war anstrengend, aber sie war auch befriedigend. Den ganzen Sommer über hatte ich gespart und gespart, und nun war ich fast am Ziel. Wenn Alice mir helfen kam, würde ich zwei Dollar fünfzig kriegen, wenn nicht, sogar die ganzen fünf, und dann würde mein Geld schon beinahe reichen für die Stiefel und die Jacke, die ich haben wollte. Ohne Nadines Trailer konnte ich natürlich nicht zu den Turnieren fahren. Mir war klar, daß Effie und der Richter nicht bereit wären, mich und mein Pferd quer durch Amerika zu kutschieren. Aber vielleicht schaffte ich es ja, wieder mit Nadine ins reine zu kommen. Und wenn Cammie erst einmal mir gehörte, konnten wir vielleicht sogar zusammen reiten.

Aber egal, ob ich zu den Turnieren fahren konnte oder nicht, die Reiterausrüstung wollte ich auf jeden Fall haben. Und außerdem mußte ich Nadine ja auch noch den Sattel und das Zaumzeug abkaufen. Nachdem meine Eltern schon das Pferd bezahlten, mochte ich sie nicht auch noch wegen des Zubehörs bitten. Tausend Dollar. So viel Geld.

Ich mußte eine ganze Menge roten Ton und Sand mit meinem Pflanzengräber beiseite schaufeln, bevor ich auf die etwa anderthalb Meter breite Ader stieß, die dunkelblaugrünlich im Sonnenlicht glänzte und von der Sohle der Schlucht an die zweieinhalb Meter nach oben reichte. Im Nu hatte ich den ersten Korb voll. Nachdem ich eine Weile gegraben hatte, machte ich eine Pause und horchte, ob ich Alice kommen hörte. Sie hätte längst hier sein müssen. Sicher, sie würde Maebelle dabei haben, aber das war kein Problem. Die Kleine liebte den Ton. Allmählich fing ich an, mir Sorgen zu machen. Ob Mrs. Waltman so wütend gewesen war, daß sie Alice wieder eine runtergehauen hatte? Eine niederschmetternde Vorstellung.

Über mir scharrte Picket im Dornengestrüpp. Plötzlich hörte ich sie aufjaulen und mehrmals hintereinander kurz winseln. Offenbar war sie einem Langohr auf der Spur. Ich mußte lächeln. Während ich mich weiter vorarbeitete, wünschte ich mir einerseits, daß Alice so schnell wie möglich kam, aber andererseits hätte ich auch gern das ganze Geld für mich alleine behalten.

Nach weiteren zehn Minuten hielt ich abermals inne. Wenn Alice nicht bald auftauchte, wäre ich fertig. Mir war klar, daß sie nie und nimmer Geld annehmen würde, ohne etwas dafür getan zu haben. Und dabei brauchte sie es genauso nötig wie ich, weil sie in Jexville ein paar Schuhe gesehen hatte, die sie unbedingt haben wollte.

Ich buddelte weiter, und dabei horchte ich die ganze Zeit, ob ich nicht vielleicht Alices quietschendes Fahrrad oder Maebelles Lachen hören konnte.

Plötzlich wurde die Luft von einem schrillen Schrei zerfetzt, der mich mitten in der Bewegung erstarren ließ. Ich hatte gerade die scharfe Spitze des Pflanzengräbers in den Ton stoßen wollen, doch nun wartete ich. Das konnte doch kein Kaninchen gewesen sein. Ich zwängte mich aus der Spalte und kletterte die Tonwand hinauf zum Dornengestrüpp.

Ein zweiter Schrei wehte durch die goldene Luft heran. Es war ein menschlicher Schrei, der Schrei einer erwachsenen Frau, und er kam aus der Kali Oka Road, von den Waltmans.

Und dann folgte noch ein dritter Schrei, klagend, verzweifelt und voller Wut, und ... da wußte ich, warum Alice nicht in die Schlucht gekommen war. Es ging um Maebelle V. Jäh und instinktiv kam die Erkenntnis und so überwältigend wie der süße Geruch des Kudzu: Maebelle V. war etwas zugestoßen.

Ich ließ den Ton Ton sein und rannte zu meinem Fahrrad. Der Weg war kaum befahrbar, doch ich kümmerte mich weder um die Zweige, die mir ins Gesicht peitschten, noch um das Dornengestrüpp, das seine Krallen nach meinen Jeans ausstreckte.

In den süßen Kudzuduft mischte sich der Geschmack der Angst. Mein Herz krampfte sich zusammen. Maebelle VanCamp. Hätten wir sie doch bloß mitgenommen. Sie hätte uns doch nicht gestört bei unserem Picknick am See. Sogar die Jungs hatten das gesagt. Ich war schuld, daß wir sie zu Hause gelassen hatten.

Mama Betts stand an der Fliegentür und wartete auf mich.

»Die kleine Waltman ist entführt worden«, sagte sie, unfähig, Maebelles Namen auszusprechen.

»Maebelle?« Ich sah sie vor mir mit ihrem wuscheligen roten Lockenschopf und ihrem schiefen, sabbernden Lächeln, wie sie noch heute früh auf dem Fußboden gesessen und die Garnrollen herumgerollt hatte. Dieses zarte kleine Baby, das eigentlich ein bißchen klein war für seinen hochtrabenden Namen.

Mama Betts sagte irgendwas von Effie und Alice, aber ich hörte gar nicht hin. Ich dachte an Maebelle. Bestimmt saß sie in irgendeiner Ecke bei den Waltmans im Haus. Wahrscheinlich hatten sie sie einfach verlegt. Wer sollte denn hier ein Baby entführen?

»Fast auf den Tag genau zehn Jahre ist es her, daß Evie Baxter entführt worden ist. Die ganze Straße weiß das noch, aber keiner will sich daran erinnern. Sogar den Namen von der armen Kleinen haben sie vergessen.«

Ich sah Mama Betts an.

»Wie die Leute von dieser Kirche hier an der Kali Oka Road ihre Zelte aufgeschlagen haben, da hab ich gleich gewußt, das gibt Ärger«, sagte sie. »Ich hab's gewußt.«

Als ich bei den Waltmans ankam und mein Rad im Hof hinwarf, war dort alles in heller Aufregung. Die kleineren Kinder durchstöberten die Sträucher, krochen am Haus herum und riefen in einem fort Maebelles Namen.

Alice stand in der Mitte des Hofes und rührte sich nicht. Offensichtlich hatte sie vor kurzem eine schallende Ohrfeige bekommen. Auf ihrer linken Wange waren noch der Abdruck einer Hand zu sehen.

»Weit kann sie doch nicht sein«, sagte ich.

Wieder kam ein ohrenbetäubender Schrei aus dem Haus. Am liebsten wäre ich hineingerannt und hätte Agatha Waltman mit voller Wucht eins aufs Maul gehauen. Schön, daß sie auch schon angefangen hatte, sich Sorgen zu machen, wo ihr Baby steckte. Und das, nachdem Maebelle V. seit vollen vier Stunden nicht mehr gesehen worden war – seit Alice und ich an den See gefahren waren.

»Wo hast du sie denn zuletzt gesehen?« fragte ich Alice. Die anderen zu fragen hatte eh keinen Sinn.

»Ich hab sie Betty gegeben und ihr gesagt, daß ich wieder zu dir gehe. Sie haben vorn auf der Veranda gesessen.«

»Betty!« rief ich. Betty war ein Jahr jünger als Alice. Ein wortkarges Mädchen mit dunklen Haaren und hellblauen Augen und der Liebling aller Lehrerinnen. »Betty, wo hast du Maebelle zuletzt gesehen?«

»Ich war mit ihr unten am Briefkasten. Ich hab die Post rausgenommen, und dann haben wir im Sand gespielt. Maebelle hatte einen Stein gefunden«, sagte Betty und sah sich unruhig im Garten um. »Dann ist Sukey gekommen und hat sich mit mir unterhalten. Irgendwer sollte sie zur Kirche abholen, sie wollten die Lieder für diese Hochzeit da üben.«

»Und Maebelle?« fragte Alice.

»Ich hab eine Weile mit Sukey geredet, und dann bin ich wieder ins Haus gegangen.«

»Und Maebelle?« fragte ich.

»Ich weiß nicht«, sagte Betty zögernd. »Die ...«

»Hast du sie am Briefkasten gelassen?«

»Ich hab gedacht, Sukey hat sich's überlegt und sie mit in die Kirche genommen.«

Plötzlich rannte Alice auf die Straße, Betty lief neben ihr her, und ich pfiff nach Picket und rannte ebenfalls los.

»Wie weit kann sie denn gekommen sein?« fragte ich. Maebelle V. konnte zwar schon krabbeln, aber sicher noch keine großen Entfernungen zurücklegen.

Alice suchte auf der einen Seite den Straßengraben ab, und die schweigsame Betty nahm sich die andere Seite vor. Ich blieb neben Alice.

»Sie ist bestimmt irgendwo hier«, versuchte ich sie zu beruhigen. »Weit kann sie ja nicht gekommen sein, und wenn sie einer auf der Straße gesehen hätte, hätten die Leute doch angehalten und sie nach Hause gebracht.«

Zu den Vorzügen der Kali Oka Road gehörte es, daß hier jeder jeden kannte. Alle wußten, daß der kleine Rotschopf mit den Locken und dem glucksenden Lachen Agatha Waltmans Jüngste war. Und wenn wirklich einer nicht gewußt hätte, daß das Agathas Baby war, dann hätte er gedacht, es gehört Alice. Irgendwie wäre das Kind schon wieder nach Hause gebracht worden.

»Die liegt bestimmt irgendwo im Gebüsch und schläft«, sagte ich zu Alice. Aber die Sorgenfalten auf ihrer Stirn gingen nicht weg, und als wir die Straßengräben in beiden Richtungen je eine halbe Meile weit durchkämmt hatten, fing sie an zu weinen.

»Ich muß nach Hause«, sagte ich behutsam. Die Waltmans hatten kein Telefon, und es war höchste Zeit, den Sheriff anzurufen. Inzwischen glaubte ich nämlich auch nicht mehr daran, daß Maebelle im Gebüsch lag und schlief.

»Laß mich nicht allein«, flüsterte Alice. Sie sah mich an. Die Tränen liefen ihr übers Gesicht. »Sie ist weg, Bekka. Sie ist wirklich weg, und im Innersten weiß ich, daß sie nie mehr wiederkommt. Das fühle ich.«

Kapitel 40

Die Kali Oka Road grummelte, als ob eine Gewitterwolke über uns hing. Personenautos und Trucks knirschten durch den schweren Sand, ohne ihr Tempo zu drosseln, und wenn sie über die Stellen fuhren, wo nur harter, roter Lehmboden war, spritzte der Kies noch meterweit hinter ihnen hoch. Es waren fremde Personenautos und Trucks, in denen immer nur ein Mann saß, und alle diese Männer trugen Schirmmützen und Drillichanzüge. Die Nationalgarde war im Einsatz, um Maebelle V. zu suchen.

In der Ferne hörte man die Spürhunde bellen. Sechs der besten Hunde aus dem Zentralgefängnis waren extra nach Jexville eingeflogen worden, um die Fährte des Babys aufzunehmen. Maebelle V. wurde seit vierundzwanzig Stunden vermißt. Spurlos verschwunden.

Die Spürhunde witterten ihren Geruch am Briefkasten der Waltmans, doch dann liefen sie im Kreis und heulten und rannten sich gegenseitig über den Haufen. Es war ein einziges Chaos. Mama Betts sagte, es sei gerade so, als ob die Engel Maebelle geholt hätten und mit ihr in die Lüfte entschwunden wären.

Daddy war mit seinem neuen Volvo in die Stadt gefahren, um mit Oberstaatsanwalt Ransom zu reden. Rex T. Ransom war extra aus Pascagoula herübergekommen, um die Suchaktion persönlich zu überwachen. Effie war von seinem plötzlichen Auftauchen ebenso angewidert wie von der häßlichen Atmosphäre, die über der ganzen Straße lag. Leute, die sich nie um die Erlöser geschert hatten, fingen auf einmal an, sich nach ihnen zu erkundigen. Die Kali Oka Road sei eine einzige Gerüchteküche geworden, meinte Effie, bis nach Pascagoula sei der süße Duft des Grauens geweht und Oberstaatsanwalt Ransom in die Nase gestiegen.

»Der wittert eine Chance, Publicity zu bekommen«, sagte sie. »Der will doch bloß in die Schlagzeilen. Das Baby interessiert den einen Dreck. Wetten, daß Ransom es irgendwie schafft, am Donnerstag, wenn in Meridian der Prozeß gegen Ollie Stanford beginnt, zur Stelle zu sein, obwohl er normalerweise seinen Assistenten hingeschickt hätte? Aasgeier, verfluchter!«

Trotzdem war der Richter in die Stadt gefahren und hatte Ransom alles erzählt, was ich beobachtet hatte. Nicht etwa, daß der Richter große Stücke auf Rex Ransom gehalten hätte, aber da der nun mal der gewählte Amtsinhaber war, fand er, daß man ihn einschalten mußte. Daddy strich erst Effie und dann mir über die Schulter und erklärte, es werde alles menschenmögliche getan, um Maebelle zu finden.

Arly hockte in seinem Zimmer und lernte für die Geschichtsarbeit. Er hatte eine Stinkwut, weil Effie ihm verboten hatte, mit Rosie zu telefonieren, weil die Leitung sonst stundenlang blockiert gewesen wäre, und weggehen ließ sie ihn auch nicht.

Mama Betts und ich saßen in der Hollywoodschaukel auf der Veranda und hörten Radio. Es war eine Sondersendung über den neusten Stand der Suche nach Maebelle V.

Seit Daddy in die Stadt gefahren war, ging Effie im Haus auf und ab, immer von der Küche zur Fliegentür und wieder zurück.

»Willst du nicht rübergehn zu Alice und sie fragen, ob sie ein bißchen zu uns kommen möchte?« fragte Mama Betts.

»Die kommt nicht. Die steht am Briefkasten und starrt Löcher in die Luft, als ob sie denkt, Maebelle fällt plötzlich vom Himmel und sitzt auf dem Boden und spielt mit einem Stein.« Ich sprach mit Mama Betts, aber innerlich war ich weit, weit weg von der Kali Oka Road. Ich wollte einfach nicht an Alice denken, an ihren Gesichtsausdruck. Sie war sich ganz sicher, daß Maebelle tot war und keine noch so gründliche Suche sie wieder wohlbehalten nach Hause bringen konnte. Und weil ich diesen Gedanken nicht ertragen konnte, verließ ich einfach meinen Körper, ließ ihn auf der Veranda sitzen und träumte mich zu Cammie. Ich flog auf ihrem Rücken dahin, spürte, wie ihre Muskeln sich unter meinen Beinen anspannten, und galoppierte mit ihr einen Sandweg entlang. Die Kiefernnadeln stachelten. Die Luft war klar, und ich war frei. Ich ritt und vergaß alles um mich herum. Wenn ich auch nur einen Augenblick anhielt, ja, wenn ich mich nur ein einziges Mal umsah, würde etwas Schreckliches passieren. Also konzentrierte ich mich auf das Stampfen der Hufe, auf ihren schnellen Vierertakt. Ich und Cammie flohen vor dem Gewitter.

»Wie kann man bloß ein Baby verlieren? Und wer hat das Kind?« fragte Effie und blieb in der Tür stehen. Ihre Frage holte mich zurück auf die Veranda und in die markerschütternde Wirklichkeit. Sie wollte es nicht aussprechen, aber ihr Blick sagte mir, daß sie glaubte, die Erlöser hätten Maebelle V. entführt. Deswegen hatte Daddy es so eilig gehabt, nach Jexville zu fahren. Er wollte, daß Rex Ransom sofort etwas unternahm, daß er Durchsuchungsbefehle unterschrieb und seine Männer dort runterschickte, bevor jemand dem Baby ein Haar krümmen konnte. In der Nacht, als alles still war, hatte ich gehört, wie Mama und Daddy sich flüsternd darüber unterhalten hatten.

Da war es wieder gewesen, dieses Tuscheln, das ich den Sommer über vermißt hatte, dieses grollende Tuscheln, wenn meine Eltern Geheimnisse miteinander hatten. Doch seit sie aus Kalifornien zurück waren, fehlte diesen hitzigen Debatten das wütende Zischen. Flüstern taten sie immer noch, aber diese vulkanartige Wut war nicht mehr da. Nein, das, was ich letzte Nacht gehört hatte, war viel schlimmer gewesen. Jetzt dämpften sie ihre Stimmen vor Angst um ein kleines Kind, dem vielleicht etwas Entsetzliches zugestoßen war.

Ein Kind, das heute noch gesund und munter sein könnte, wenn ich nicht gewollt hätte, daß es nicht mit uns zum Picknick kommt.

»Bekka.« Mama Betts legte mir die Hand aufs Bein. »Ich weiß, wie schwer das für dich ist, Liebling. Und besonders für Alice. Aber es war nicht unrecht von euch, daß ihr auch einmal ein paar Stunden allein sein wolltet. Maebelle V. hat eine Mutter und einen Haufen Geschwister, und die hätten genauso auf sie aufpassen können wie du und Alice. Es ist nicht eure Schuld.«

»Ich weiß.« Sie gab sich Mühe, aber es half nichts. Ich war schuld. Ich mehr als Alice. Die hatte die Kleine ja bloß darum nicht mitgenommen, weil ich gemeckert hatte.

»Willst du nicht mal rübergehn und nach deinem Pferd sehn?« schlug Mama Betts vor.

»Cammie«, sagte ich, ohne mich von der Stelle zu rühren.

»Du könntest sie ja ein bißchen striegeln. Vielleicht geht es dir danach besser.«

Ich stand auf und verließ die Veranda. Warum sollte ich nicht zu Cammie gehen? Was hätte ich denn sonst machen können? Und ehe ich recht merkte, was ich tat, war ich schon unterwegs zu den Welfords.

Als Jamey Louise mich in der Einfahrt sah, kam sie mit einem Glas Limonade aus dem Haus. »Das tut mir alles so leid«, sagte sie. »Für dich war dieses Baby ja wohl fast so was wie eine Schwester.«

»Ja.« Ich sah Jamey an, ich sah ihren neuen roten Pulli und den dazu passenden Rock, aber ich war schon gar nicht mehr richtig da. Ich ritt wieder durch den Wald. Herrlicher Kieferduft. Kein Hauch Kudzu mehr in der Luft. Ich ritt durch eine Gegend, in der überhaupt kein Kudzu wuchs.

»Mama sagt, wenn sie euch irgendwie helfen kann … Sie macht gerade einen Braten, den will sie den Waltmans bringen.«

»Das ist aber lieb. Da werden sie sich sicher freuen.«

»Wie viele Geschwister hat Alice eigentlich?«

»Neun – mit Maebelle«, antwortete ich. Ich trank mein Glas leer und gab es ihr zurück. Hinten im Rachen spürte ich die Säure der Zitrone, ansonsten aber hatte diese Limonade für mich nach gar nichts geschmeckt.

»Willst du reiten?«

»Bloß ein paar Runden durch den Pekangarten.«

»Willst du, daß ich mitkomme, Bekka?«

Ich lächelte. »Nein, ich glaube, ich möchte lieber allein sein.« Ich ging in den Stall, um Sattel und Zaumzeug und ein Reitkissen zu holen. Ich wollte Cammie im Garten einfangen und sie dort satteln.

»Bist du sicher? Geht's dir wirklich gut?«

»Ich brauche einfach ein bißchen Zeit zum Nachdenken«, sagte ich und ging los, ohne mich noch einmal umzusehen, denn ich wollte Jamey nicht ermuntern, mir trotzdem nachzukommen.

Als Cammie mich sah, kam sie sofort angetrabt. Keine zwei

Minuten später saß ich im Sattel, und wir näherten uns dem Gatter an der Seite des Gartens, das auf die Kali Oka Road hinausführte. Ich dachte überhaupt nicht nach, sondern ritt einfach drauflos. Eigentlich hatte ich ja im Pekangarten bleiben wollen, doch plötzlich war ich unterwegs zum Cry Baby Creek.

Vor der Kirche standen die sechs alten zerbeulten Busse. Erlöser-Frauen schleppten Bündel herbei, während die Männer die Matratzen und die größeren Sachen in den ersten Bus luden. Die wollten abhauen. Genau wie ich es erwartet hatte.

Sie hatten Maebelle, und jetzt wollten sie verduften.

Ich sah Magdeline. Sie stand hinten am dritten Bus. Jetzt machte sie einer älteren Frau Platz, die einen Stapel Laken oder so etwas Ähnliches trug. Sie drehte sich schweigend um und ließ den Blick über das Kirchengelände schweifen. Sie nahm Abschied, einen Abschied ohne Bedauern. Sie prägte sich nur noch einmal die Orte ein, an denen bestimmte Dinge geschehen waren.

Als sie mich und Cammie am gegenüberliegenden Ufer bemerkte, erschrak sie. Sie starrte mich mit völlig ausdruckslosem Gesicht an. Ihre Haut sah ganz hell aus, beinahe durchsichtig. Einen Moment lang hoffte ich, sie würde zum Fluß kommen und mit mir reden. Sie würde wenigstens nahe genug herankommen, daß ich sie nach dem Baby fragen konnte. Doch statt dessen drehte sie mir den Rücken zu und ging mit einer Gruppe von Frauen davon. Die Frauen schauten hoch und wandten sich wieder ihrer Arbeit zu. Sie hatten keine Eile, aber sie hielten sich auch nicht auf.

»Wo ist das Baby?« schrie ich.

Fremd hallte meine Stimme vom anderen Ufer wider. Picket stand angespannt vor mir. Ihre Nackenhaare sträubten sich.

Die Frauen würdigten mich keines Blickes.

»Wo ist die Kleine? Gebt sie zurück, dann wird euch nichts passieren.«

Sie guckten nicht einmal rüber.

»Mein Daddy redet gerade mit dem Oberstaatsanwalt. Ihr kommt alle ins Zuchthaus.«

Einer der Männer machte Anstalten, auf die Brücke zu kommen, doch der Priester packte ihn am Arm und zerrte ihn grob zum Bus zurück. Sie luden Töpfe und Pfannen ein und große bottichartige Kessel.

»Magdeline?« rief ich. »Komm hier rüber, ich bring dich in Sicherheit. Geh nicht mit denen mit.«

Magdeline trat hinter dem Bus hervor. Die Gruppe der Erlöser-Frauen erstarrte. Die Männer hörten auf zu arbeiten. Sogar der Priester, der gerade irgendwelche Anweisungen erteilen wollte, war auf einmal still. Magdeline ging auf ihn zu. Er legte ihr die Hand auf die Schulter, und sie küßte ihn auf die Wange, und dann stieg sie in den Bus.

»Ihr braucht gar nicht wegzulaufen, ihr kommt sowieso nicht weit«, versuchte ich es ein letztes Mal. Dann machte ich kehrt und ritt nach Hause. Es hatte keinen Sinn, hier rumzustehen und die Erlöser anzuschreien. Ich mußte Bescheid sagen, daß sie abhauen wollten. Gesehen hatte ich Maebelle V. nicht, aber sie war garantiert bei ihnen. Es sei denn, sie hatten sie schon verkauft.

Als ich auf unseren Hof geritten kam, war der Richter schon aus Jexville zurück, und außerdem war Cathi Cummings da. Ich hatte total vergessen, daß ich sie anrufen wollte. Wahrscheinlich hatte Mama Betts mit ihr gesprochen und ihr das mit Maebelle V. erzählt. Cathi saß mit Effie und dem Richter auf der hinteren Veranda. Sie tranken Eistee und unterhielten sich. Der Ton war der gleiche wie in der Nacht, als meine Eltern miteinander getuschelt hatten.

»Ransom wird erst dann etwas unternehmen, wenn man ihn dazu zwingt«, sagte der Richter.

»Die Erlöser packen ihre Sachen, die wollen weg!« schrie ich und sprang vor lauter Aufregung fast freihändig vom Pferd.

»Was, jetzt?« Daddy stand auf. Er runzelte die Stirn. »Jetzt, in diesem Augenblick?«

»Die wollen keine Nacht mehr bleiben. Sie tragen schon das ganze Bettzeug und alles in die Busse. Bei denen geht's zu wie in einem Ameisenhaufen. Die haben eine Kette gemacht, alle helfen mit.«

Daddy ließ mich einfach stehen. Er rannte zum Telefon und wählte die Nummer des Sheriffs. Joe Wickham war bereits in der Kali Oka Road. Er leitete den freiwilligen Such- und Rettungstrupp.

»Ein Haufen Trunkenbolde«, sagte Daddy, und als er vom Telefon wiederkam, waren seine Sorgenfalten noch tiefer.

»Das geht nicht gut«, sagte er. »Die wollen Joe über Funk benachrichtigen, daß er mit seinen Freiwilligen zu den Erlösern geht und sie so lange am Wegfahren hindert, bis das Baby gefunden ist.«

Auch Effie stand auf. »Das nimmt bestimmt ein böses Ende«, sagte sie.

»Kann ich irgendwas tun?« frage Cathi.

»Wenn du doch bloß etwas Konkretes über diese Leute herausgekriegt hättest«, sagte Daddy. »Es spricht verdammt viel dafür, daß sie es waren.« Er ging auf der Veranda auf und ab. »Aber es fällt mir nun mal wahnsinnig schwer, jemanden nach dem bloßen Augenschein zu verurteilen.«

»Wer soll Maebelle denn sonst haben?« rief ich. »Nadine sagt, die verkaufen Babys. Und wenn Maebelle nicht mehr bei ihnen ist, dann haben sie sie eben schon an irgendwen verkauft.« Meine Stimme überschlug sich fast.

»Apropos Nadine«, sagte der Richter. »Hast du etwas über ihren Exmann in Erfahrung bringen können?« Er blieb einen Moment stehen und wartete auf meine Antwort.

Die drei hatten also über alles gesprochen. Und Effie war ziemlich ruhig. Oder besser gesagt, ihre Unruhe hatte weniger mit Cathis Auftauchen zu tun als damit, daß Maebelle verschwunden war.

»Das hab ich ganz vergessen«, sagte ich. »Ich gehe sofort los.«

»Ich finde, du solltest lieber hierbleiben«, meinte Effie. »Solange diese Kerle die Straße unsicher machen ... Wenn die was getrunken haben ... nicht, daß ihr noch angefahren werdet, du und das Pferd.«

»Ich muß rauskriegen, ob Greg noch dort ist. Der weiß vielleicht, wo die Erlöser hinwollen.«

»Gute Idee«, sagte Cathi und stand auf. »Ich werde ihn fragen. Du kannst hier warten.«

»Der spricht aber mit niemandem außer mit mir«, sagte ich, teils, weil ich ihn selbst fragen wollte, vor allem aber, weil ich genau wußte, daß er niemals mit Cathi reden würde. Wenn er im Stall war, würde ich ihn damit erpressen, was ich gesehen hatte, denn das war die einzige Chance, etwas aus ihm herauszubekommen. Und dabei wollte ich keine Zeugen haben. Ich konnte ihn nur zum Reden bringen, wenn ich mit ihm allein war.

»Na schön«, sagte Daddy. »Aber sei vorsichtig, Bekka. Reite durch den Wald und halt dich von der Straße fern.«

»Mama?« Ich drehte mich zu Effie um. »Gehst du bitte mal nachsehen, was mit Alice ist?«

»Mama Betts hat Kuchen gebacken, den wollte ich den Waltmans nachher rüberbringen. Dann sehe ich Alice sowieso.«

»Am besten, du bringst sie gleich mit her«, bat ich.

»Ich werd's versuchen.«

»Ich komme mit, wenn Sie nichts dagegen haben«, sagte Cathi.

Effie und sie wechselten einen Blick, den ich mir absolut nicht erklären konnte.

»Es sind vier Kuchen. Da könnte ich Ihre Hilfe schon gebrauchen«, erwiderte Effie.

Ich wartete nicht ab, was zwischen den beiden weiter passierte. Es war mir unbegreiflich, daß sie auf einmal so zivilisiert miteinander redeten und sich gegenseitig halfen. Effie hatte Cathi sogar gefragt, ob sie sich nicht um den Prozeß gegen Ollie Stanford kümmern könnte. Wenn eine gute Journalistin vor Ort wäre, hatte sie erklärt, hätte er mehr Chancen, gerecht behandelt zu werden. Ich konnte mir keinen Reim auf das alles machen, und ich hatte keine Zeit, lange darüber nachzudenken. Cammie und ich trabten durch den Wald zu Nadines Anwesen.

Das alte Schild ächzte an seinen rostigen Ketten, und dabei regte sich kein Lüftchen. Seit ich Cammie hier rausgeholt hatte, war ihre Nervosität wie weggeblasen, doch als wir jetzt auf der Einfahrt waren und uns dem Stall näherten, bockte sie ein bißchen, als ob sie sich durch die dichten Zweige der Seifenbäume in die Enge getrieben fühlte.

Ich sah schon von weitem, daß die Stalltür zu war.

Trotz des spürbar kühleren Wetters war der Müllgestank noch schlimmer als früher. Und dabei war der ekelhafte Abfallhaufen an der Treppe gar nicht sehr viel höher geworden; er stank nur mehr. Nadines Truck und der Trailer standen auf dem Hof, doch ansonsten rührte sich nichts. Wo die Katzen wohl geblieben sein mochten?

Merkwürdig, daß sie alle weggelaufen waren, wo doch normalerweise selbst streunende Katzen in Pferdeställen bleiben, wenn sie dort was zu fressen kriegen.

»Nadine!« rief ich, so laut ich konnte. Ich wollte nicht absitzen, und in den Stall wollte ich auch nicht, aber falls sie und Greg gerade irgendwas miteinander machten, sollten sie Bescheid wissen, daß ich da war.

»Nadine!«

Keine Antwort.

»Ruhig, Mädchen.« Cammie tänzelte unter mir. Sie hatte die Ohren gespitzt, und als die Stalltür einen Spaltbreit aufging, blähte sie die Nüstern. Aber es kam niemand heraus, und niemand sagte etwas.

Mir lief ein Schauer über den Rücken. Nun stieg ich doch ab und band Cammie gegen alle Regeln am Zaun fest. Ich wollte sie nicht mit in den Stall nehmen, und weil ich kein Halfter bei mir hatte, mußte ich sie mit dem Zügel anbinden und konnte nur hoffen, daß sie sich nicht loszumachen versuchte und dabei das Leder zerriß.

Das Gatter quietschte, als ich es öffnete. Es hing an einem Scharnier, und ich ließ es offen, damit mein Fluchtweg gesichert war.

»Nadine?« Ich ging über den Hof.

Nirgendwo ein Laut. Nichts. Vor der Stalltür blieb ich stehen. Innen herrschte Finsternis, doch hier hörte ich wenigstens das Schnaufen der Pferde. Ich seufzte.

»Greg?«

Sein Name hallte durch den großen alten Stall.

»Greg? Bist du hier drin?«

»Verschwinde.«

Das war Gregs Stimme, aber der Klang dieser Stimme jagte mir einen furchtbaren Schrecken ein. Sie hörte sich an wie die Stimme eines körperlosen Gespensts. Im Grunde hatte ich nicht damit gerechnet, daß er hier war und auf meinen Ruf reagierte. Ich hatte angenommen, er wäre unten bei den Erlösern und würde mithelfen, die Busse zu beladen.

»Greg, jemand hat Maebelle V. entführt.«

»Mach endlich, daß du wegkommst, Bekka. Du hast hier nichts zu suchen. Nimm dein Pferd, und reite wieder nach Hause.«

Ich konnte ihn nicht sehen. Im Stall war kaum Licht, und außerdem versteckte er sich vor mir.

»Greg, die Erlöser haben Maebelle V. entführt. Man muß schnellstens etwas tun, sonst passiert was Schreckliches. In der Stadt ist jeder zweite Mann in der Nationalgarde, und die sind jetzt alle da draußen in den Wäldern und suchen das Baby. Und wenn sie rauskriegen, daß die Erlöser die Kleine haben, dann ist die Hölle los.«

»Die Erlöser haben kein Baby.«

Wie überzeugt er das sagte. Wußte er etwa, wo Maebelle war?

»Wo ist sie denn dann?«

Er zögerte. »Das weiß ich auch nicht genau. Ich weiß bloß, daß sie nicht bei den Erlösern ist. Die entführen keine Babys. Mich haben sie auch nicht entführt. Manchmal bringen ihnen die Leute welche, zum Beispiel von ledigen Müttern oder von Familien, die keine Kinder wollen. Wir nehmen sie bei uns auf und geben sie Ehepaaren aus der Gemeinde, die sich ein Kind wünschen.«

»Aber Nadine hat doch Beweise gefunden. Sie hat Listen gefunden von Babys, die Reverend Marcus verkauft hat.«

Greg stieß einen kaum hörbaren Fluch aus. »Nadine hat genau das gefunden, was sie finden wollte. Begreifst du das nicht?«

Ich verstand nicht, wie er das meinte, und außerdem ärgerte es mich, daß ich ihn nicht sehen konnte. Ich vermutete ihn oben auf der Tenne. »Worauf willst du hinaus?« Ich ging weiter in den Stall hinein und versuchte mit meinen Augen die Dunkelheit zu durchdringen.

»Nimm doch nur mal dich selbst. Nadine hat in dir jemanden gesehen, der ihr eins von den Pferden abkauft. Sie hat von Anfang an vorgehabt, dir Cammie zu verkaufen. Die hat sie übrigens von einem Mann gekriegt, bei dem sie Ställe ausgemistet hat, nicht weit weg von Jackson, damals, nachdem sie ...«

»Was sagst du da?«

»Cammie ist gar kein Turnierpferd. Sie ist ein ganz gewöhnliches Pferd. Nadine hat mir erzählt, wie sie diesen Mann kennengelernt und eine Zeitlang seine Pferde zugeritten hat.« Greg lachte bitter. »Wahrscheinlich hat sie erst mal ihn zugeritten und ihm dann die Pferde abgeschwatzt.«

»Wo ist sie?«

»Ich weiß nicht. Ich bin zurückgekommen, weil ich auf sie warten wollte. Jetzt muß ich mir bloß noch überlegen, was ich mit den Pferden hier mache, und dann verschwinde ich auch. Ich wollte nicht einfach weggehen, ohne das geregelt zu haben.«

Ich hatte immer noch nicht richtig verdaut, was er mir über die Pferde gesagt hatte und was sich daraus ergab. Ich glaubte ihm nicht. Kein Wort glaubte ich ihm. Warum sollte Nadine sich diese ganze Geschichte ausgedacht haben? Und daß sie Greg das erzählt hatte, hieß noch lange nicht, daß es auch stimmte. Nadine schwindelte ja öfter mal, besonders wenn sie meinte, sie könnte die Leute damit schockieren.

»Die Pferde sind mir ganz egal. Wo die herkommen, interessiert mich überhaupt nicht. Greg, wir müssen das Baby finden! Maebelle ist seit über vierundzwanzig Stunden verschwunden.«

»Nadine hat die Pferde seit Montag nicht mehr gefüttert. Das ist der einzige Grund, weshalb ich noch hier bin. Sie hat die Viecher satt, hat sie gesagt. Charlie und Ernest sind tot. Am Dienstag hab ich sie gefunden. Vergiftet. Wie die Hunde, mit denen hat sie's ja genauso gemacht. Und mit den Katzen wahrscheinlich auch.«

»Greg, komm runter und rede mit mir. Wieso sagst du mir das alles? Ich hab dich gesehn mit Nadine. Ich hab euch auf der Tenne gesehn. Ich weiß, was ihr da oben macht«, platzte ich heraus. »Und wenn du mir nicht hilfst, das Baby zu finden, dann erzähl ich es allen Leuten.«

»Mach doch. Darauf kommt's jetzt auch nicht mehr an.«

Ich sah ihn schemenhaft hinten im Stall die Leiter runterklettern, und dann stand er mitten auf dem Gang.

»Lieber geh ich ins Gefängnis, als daß ich zu den Erlösern zurückgehe oder bei der hier bleibe. John Singer, dieser verrückte alte Drecksack, der weiß gar nicht, wie recht er hatte, als er gesagt hat, sie hat mir meine Seele geraubt und mich dazu verdammt, zur Hölle zu fahren. Ich war die ganze Woche da oben, hab sie beobachtet und mich gefragt, was sie wohl als nächstes macht. Und ich hab gewußt, ich kann es nicht verhindern.« Er kam auf mich zu, langsam, wie eine Katze. »Sie hat sogar durchblicken lassen, daß sie es war, die Cäsar umgebracht hat. Er hatte wohl was am Fuß, und es hat ihr zu lange gedauert, bis es abgeheilt war. Sie hatte keine Lust mehr, sich um ihn zu kümmern. Sie sagt, der war ein Sommerpferd, der hat nur für eine Saison getaugt.«

Greg keuchte. Sein Atem ging rasselnd. Er kam immer näher. Noch nie im Leben hatte ich solche Angst vor jemandem gehabt. Durch eines der Stallfenster fiel ein Sonnenstrahl direkt auf sein Gesicht und ließ seine Augen glitzern wie zwei kleine, schmale und sehr harte Steine.

»Du bist einfach abgehauen, Bekka. Du hast mich hier meinem Schicksal überlassen – und ihr. Ich bin fast krepiert.« Langsam drehte er sich im Sonnenlicht um. Er hatte kein Hemd an. Ich sah, daß sein Rücken noch immer von lauter häßlichen dunklen, kreuz und quer laufenden Narben gezeichnet war. Und ringsherum war die Haut rot und dick, und die Schwellungen hatten weiße Ränder.

»Nadine hat mir das Leben gerettet«, fuhr er fort, indem er mir wieder das Gesicht zuwandte. »Dafür war ich ihr ja wohl was schuldig, nicht wahr? Sie hat gesagt, sie will ein Baby haben. Ich soll ihr eins machen, hat sie gesagt. Ein kleines Erlöser-Baby als Wiedergutmachung für alles, was sie verloren hat.«

Er stand ganz still, und trotzdem keuchte er wie nach einem Dauerlauf.

»Greg, keiner will dir was tun. Sag uns einfach, wo das Baby ist, damit wir sie schnappen können. Und danach sehen wir zu, daß wir dich irgendwo unterbringen können, wo du in Sicherheit bist. Mama Betts wollte dich fragen, ob du bei uns wohnen möchtest. Arly hat sogar gesagt, du kannst mit in seinem Zimmer schlafen.«

Salzige, juckende Tränen liefen mir übers Gesicht und am Hals hinab über die Brust bis runter in den Büstenhalter. Wo zum Teufel war Nadine? Weit konnte sie nicht sein. Ihr Truck stand doch draußen auf dem Hof.

»Du ahnst ja nicht, was hier los war«, sagte er. »Du hast ja keinen blassen Schimmer«, fügte er flüsternd hinzu.

»Jamey Louise wollte herkommen und mit dir reden, aber ich hab ihr gesagt, sie soll es sein lassen. Vielleicht war das falsch von mir. Sie wollte dir etwas sagen ...«

»Jamey ist für mich gestorben.« Er ließ die Hand wie ein Messer durch die Luft sausen. »Dieser ganze Sommer war eine Lüge, Bekka. Von Anfang bis Ende. Wie der Faden, den die Spinne spinnt. Du kannst das Netz nicht sehn. Du rennst einfach hinein, und dann sitzt du darin fest.«

»Zu Hause warten sie auf mich. Ich wollte Nadine was fragen, aber das hat Zeit. Willst du nicht mit zu uns kommen?« Ich hielt es einfach nicht mehr aus im Stall.

»Auf dem Pferd da?« Er lachte. »Den ganzen Sommer war ich hier, und kein Mensch ist auf die Idee gekommen, mir das Reiten beizubringen.«

»Dann gehn wir halt zu Fuß und führen Cammie. Wir müssen ja nicht reiten, Greg.« Ich wich zurück zur Tür. Greg kam immer näher. Er war inzwischen aus dem Lichtkegel getreten, so daß ich ihn nur noch undeutlich sehen konnte.

»Weinst du etwa?« fragte er plötzlich.

»Ich mache mir Sorgen um das Baby. Maebelle V. ist doch fast so was wie meine Schwester. Ich muß immer daran denken, daß sie vielleicht Hunger hat oder Angst. Bestimmt schreit sie nach Alice.«

»Du willst wohl abhauen, was?«

»Greg, meine Eltern warten auf mich.« Er machte mir angst. Es fehlte nicht viel, und ich hätte ihn angefleht, er soll mich laufenlassen, aber ich wußte, daß das genau das Falsche gewesen wäre. Solange ich nicht zugab, daß er mich in seiner Gewalt hatte, war es auch nicht so. »Ich muß jetzt los. Wenn du willst, komm mit. Ich muß jetzt jedenfalls gehn.«

Mit einem Schritt war ich an der Tür. Ich hatte die Hand schon auf der Klinke, da stürzte er sich plötzlich auf mich. Ich fiel um und schlug mit dem Kopf gegen die Türkante, während Greg die Tür mit einem halberstickten Schrei aufriß.

Sonnenlicht fiel auf den Gang. Greg rannte nach hinten zur anderen Seite und machte auch dort die Tür auf, so daß der Stall mit einemmal taghell war. Ich rappelte mich hoch und saß da wie benommen, aber mir fehlte nichts weiter. Greg entfaltete eine geradezu fieberhafte Geschäftigkeit. Wie ein Wirbelwind rannte er von einer Box zur anderen, schob die Riegel zurück und riß die Türen auf.

»Lauft!« rief er. »Lauft weg. Bleibt ja nicht hier, sonst müßt ihr sterben!«

Bacchus kam aus seiner Box geschossen und nach ihm all die anderen Pferde. Sie jagten davon, und unter ihren donnernden Hufen spritzte der Dreck hoch. Ich sah ihre verfilzten, schmutzverkrusteten Felle.

»So, jetzt kann ich gehn«, sagte er. »Aber irgendwann müssen wir noch mal herkommen. Wir können die Pferde ja nicht einfach hierlassen. Die haben doch keine Schuld.«

Er kam auf mich zu. Sein magerer Körper bebte. Ich hatte einige Mühe, mich wieder aufzurappeln, aber das lag nicht daran, daß ich die Tür an den Kopf gekriegt hatte. Viel schlimmer war, daß mir vor Angst die Knie schlotterten. Ich drehte mich nach Greg um, doch dann wanderte mein Blick weiter, tiefer hinein in den alten Stall.

Im ersten Moment traute ich meinen Augen nicht. Das bildest du dir ein, dachte ich. Als Greg meinen Blick bemerkte, sah er sich rasch um, als ob er erwartete, dort ein Gespenst zu erblicken.

»Großer Gott«, murmelte er und war nahe daran, auf die Knie zu fallen.

»Greg.« Ich flüsterte seinen Namen, weil ich nicht wußte, was ich sonst sagen sollte.

Über Cammies alter Box hing das Kruzifix mit dem schwarz angesprühten Jesus. Die Sonne, die durch die offenen Türen schien, fiel voll auf sein Gesicht, das aussah wie eine Teufelsfratze, aus der völlig ausdruckslos die geschwärzten, himmelwärts gewandten Augen blickten.

An dem Kreuz baumelte etwas, ein Stück Stoff. Ich ging hin, um es mir anzuschauen, doch noch ehe ich es richtig gesehen hatte, wußte ich, was es war.

»O nein«, flüsterte ich. »Nein.«

Während ich zu dem Kruzifix rannte, stand Greg immer noch wie vom Donner gerührt in der Tür. Ich mußte erst nach hinten laufen und die Leiter holen, aber dann kletterte ich hoch.

Ich kannte das Lätzchen. Es war das Lätzchen, das schon etliche Waltman-Kinder getragen hatten. Es war das Lätzchen von Maebelle V.

Kapitel 41

Man fand sie unten am Fluß, ungefähr zwei Meilen von der Kirche entfernt. Der Rock des alten Taufkleids hatte sich ganz und gar in den Zweigen einer Weide verfangen. Sie war schon tot, als sie ins Wasser geworfen wurde, hat der Coroner gesagt, und Mama Betts hat gemeint, das war ein Segen.

Ich sollte das alles gar nicht hören, darum hatten sie mir eine Schlaftablette und warme Milch gegeben, aber ich hab trotzdem gelauscht. Sie haben gedacht, ich schlafe süß und selig in meinem frischbezogenen Bett, aber das war ein Irrtum. Ich saß auf dem Fußboden und hielt das Ohr an die Ritze unten an der Tür.

Sie haben gesagt, daß Maebelles Genick gebrochen war. Ein schneller Tod. Sie haben geredet, als ob sie sich über eine Fernsehsendung unterhalten, und ich wußte, daß das so war, weil sie selbst nicht glauben konnten, daß das wirklich passiert war. Nicht hier, nicht auf der Kali Oka Road.

Greg und ich waren vielleicht die einzigen, die es glaubten, denn wir hätten es voraussehen können. Wir hatten den ganzen Sommer lang Zeit gehabt, es vorauszusehen. Irgendwie hatten wir es geschafft, die Augen davor zu verschließen.

Effie hatte mir erzählt, daß sie Nadine geschnappt hatten. Joe Wickham war mit seinem Trupp die Straße lang gegangen, sie waren unterwegs zur Kirche, um die Erlöser aufzuhalten, und genau in dem Moment kam Nadine aus dem Wald gerannt. Vier ausgewachsene Männer waren nötig gewesen, um sie zu überwältigen, und die waren dann nicht gerade schonend mit ihr umgegangen. Nadine hatte ein Kleid mit einem Blutfleck angehabt und ein langes Jagdmesser in der Hand gehalten. Es war ein altes weißes Kleid, und der Blutfleck war auch schon alt. Ich denke, es war dasselbe Kleid, in dem sie Alice und mich als Selenas Geist erschreckt hatte. Am Waldrand hatte man eine billige Perücke mit langen dunklen Haaren gefunden. Ob sie den Entschluß, Maebelle V. zu entführen, wohl schon damals gefaßt hatte, als ich ihr die Legende vom Cry Baby Creek erzählt hatte?

Nadine hatte mich schon sehr, sehr lange beobachtet. Den ganzen Sommer über. Sie wußte von der Quelle hinterm Haus, von der geheimen Festung, die ich mir mit Alice gebaut hatte, sie wußte einfach alles. Ich war felsenfest davon überzeugt, daß sie gesehen hatte, wie ich Mr. Tom streichelte, und daraufhin beschlossen hatte, ihn umzubringen. Sie hatte mein ganzes Leben beschmutzt. Und dieser Schmutz würde sich nie wieder ganz wegwaschen lassen.

Cathi hatte mich beiseite genommen und mir erzählt, daß sie im Delta dann doch noch auf Nadines Spur gestoßen war. Nur daß sie nicht Nadine hieß, sondern Dianne Salter. Nadine – Dianne. Genau dieselben Buchstaben. »Sehr gerissen, diese Frau«, hatte Cathi gesagt.

Die Polizei in Beulah war dabei, den Wald hinter der Wagenburg, in der Dianne Salter gelebt hatte, nach einem toten Baby abzusuchen. Aus den Krankenhausakten ging hervor, daß Dianne Salter am 22. Oktober 1959 ein gesundes Mädchen zur Welt gebracht hatte. Ein, zwei Wochen nach der Geburt hatte niemand mehr das Kind gesehen, und sie hatte die Erlöser beschuldigt, es entführt zu haben. Dianne Salter hatte eine Reihe erdrückender Anschuldigungen erhoben, um die herum sie ein schier unglaubliches Lügengespinst gesponnen hatte. Und Nadine Andrews hatte all diese Lügen zu uns in die Kali Oka Road gebracht.

Es gab keine Eltern, die bei einem Autounfall ums Leben gekommen waren. Es gab keine drei Ehen. Es gab keine Villa in Cleveland mit Personal und antiken Möbeln. Es gab keine Nadine.

Die Frau, mit der ich den ganzen Sommer lang fast jeden Tag geredet hatte, diese Frau gab es nicht.

Cathi hatte dagesessen und Picket das Fell gekrault und gesagt, ich müsse das alles hinter mir lassen, ich sollte versuchen, nicht mehr daran zu denken. Die Zeit heilt alle Wunden, hatte sie gesagt.

Mama Betts hatte mir ein Bad eingelassen und mir einen sauberen Schlafanzug zurechtgelegt, und dann hatte sie mir eine Tasse Kakao gebracht. Sie hatte mich auf den Scheitel geküßt, und ich hatte gespürt, wie ihre Tränen in mein Haar sickerten. Wir hatten beide geschwiegen. In Gedanken waren wir viel zu sehr bei Maebelle, als daß sie etwas hätte sagen können. Mama Betts hatte die Kleine mit ihrem roten Lockenschopf von ganzem Herzen geliebt, und nun betrauerte sie ihren Tod in bitterem Schweigen.

Als ich aus dem Bad kam, hatte Effie mir die Medizin gegeben und mich ins Bett gebracht. Und während draußen die Grillen zirpten und der Ruf des Ziegenmelkers die Stille der Oktobernacht zerriß, hielt Effie mich ganz, ganz lange fest und ließ mich weinen, bis meine Tränen von selbst versiegten. Dann war der Richter hereingekommen, und als ich etwas sagen wollte, hatte er den Finger auf die Lippen gelegt und gesagt, daß das alles seine Zeit bräuchte und daß das Schlimmste jetzt vorüber sei und ich am besten erst mal schlafen und die ganze Sache vergessen sollte. Er hatte ein altes Märchenbuch aus dem Regal genommen, das ich als kleines Mädchen besonders geliebt hatte, und mir daraus vorgelesen, bis ich die Augen zugemacht und mit Absicht ganz langsam und regelmäßig geatmet hatte.

Als ich dann auf dem Fußboden lag und das Ohr an die Türritze drückte, wußte ich, daß ich niemals vergessen würde, was geschehen war. Nie im Leben. Niemand in der Kali Oka Road würde das je vergessen. Und es war auch noch nicht vorbei. Immer noch hörte ich die Stimmen draußen auf der Veranda.

»Ich hab mal bei den paar Salters in der Gegend um Hushpuckena nachgebohrt, und die wußten was von einer Frau, die Salter hieß und von einem reichen Mann schwanger geworden war. Sie hat bei ihm im Pferdestall gearbeitet, aber eines Tages war sie aus Hushpuckena verschwunden. Angeblich hat er sie rausgeschmissen«, sagte Cathi. »Natürlich wird keiner von denen zugeben, daß er mit ihr verwandt ist. In Beulah suchen sie immer noch nach dem Baby.«

Ich stellte mir vor, wie die Männer in Beulah mit ihren Spaten im Wald nach einem toten Baby gruben. Wo Nadine es wohl verbuddelt hatte?

»Das sind alles Fragen, auf die wir wahrscheinlich nie eine Antwort bekommen werden«, sagte Mama Betts. »Ich bete bloß, daß dieses unschuldige Kind nicht hat leiden müssen.«

»Wie lange werden sie Dianne Salter wohl in Jexville im Gefängnis behalten?« fragte Effie. »Bis Rex Ransom eine Chance sieht, sich vor Gericht gehörig in Szene zu setzen? Oder bis er es geschafft hat, daß der Mob auf die Straße geht und er sich als großer Held auf die Stufen vorm Gerichtsgebäude stellen und den brodelnden Volkszorn besänftigen kann?«

»Beruhig dich doch, Effie«, sagte der Richter, und ich hörte, wie sein Stuhl scharrte und er aufstand und zu Mama ging. Ich wußte, daß er ihr jetzt die Hände auf die Schultern legte und sie sanft massierte. Das tat er immer, wenn sie anfing sich aufzuregen.

Also saß Nadine noch hier bei uns im Gefängnis. Aber sie kam sicher bald nach Parchman. Und dort gab es Psychiater, die sich mit ihr beschäftigen würden.

»Und was ist mit Greg? Kann er im Krankenhaus bleiben?« fragte Cathi.

»Er hatte einen Schock, und außerdem ist er völlig unterernährt.« Effie lachte, aber es war kein fröhliches Lachen. »Der macht sich vor allem Sorgen um die Pferde. Gus und Walt haben sie eingefangen, und Gus füttert sie auch. Sie mußten es Greg versprechen. In der Beziehung hat er Ähnlichkeit mit Bekka.«

»Apropos Bekka, was ist eigentlich mit ihrem Pferd?« fragte Cathi.

»Cammie bleibt bei uns«, antwortete Mama Betts. »Nach allem, was das Kind in diesem Sommer verloren hat, kann man ihr das Pferd doch jetzt nicht wegnehmen, das kommt überhaupt nicht in Frage.«

»Natürlich nicht«, sagte der Richter ein ganz klein wenig gereizt.

Schon wieder schossen mir die Tränen in die Augen. Seit ich mit Greg nach Hause gerannt war, in der Hand Maebelles Lätzchen, hatte ich überhaupt nicht mehr richtig aufhören können zu weinen.

»Und die Erlöser haben es geschafft, aus der Stadt zu verschwinden, bevor jemand ihnen etwas tun konnte?« fragte Mama Betts.

»Es sind ein paar Steine geflogen, aber verletzt worden ist niemand. Reverend Marcus hat gesagt, sie wollen es woanders versuchen. Ich hab ihm zugeredet, daß sie sich ins gesellschaftliche Leben eingliedern müssen, ganz egal, wo sie jetzt hingehen.« Daddy seufzte. »Aber mein Rat hat ihn ziemlich kaltgelassen. Er hat gesagt, er wird sich melden. Er will hören, wann Greg soweit ist, daß er sich ihnen wieder anschließen kann. Als ob der Junge sonst niemanden hätte, der sich um ihn kümmert.«

»Hat er ja auch nicht«, sagte Effie.

»Darüber reden wir morgen, nach der Beerdigung«, erwiderte Daddy.

Sie wollten ihn sicher fragen, ob er bei uns bleiben möchte. Sollten sie doch. Ich wußte nicht, ob ich das gut oder schlecht fand. Ich wußte nicht mal, ob ich je wieder etwas empfinden würde. Ich fühlte mich ganz leer in diesem Moment.

»Und was ist mit Bekka?« fragte Effie.

Einen Augenblick lang herrschte Schweigen, und dann sprach Mama Betts in einem Ton, der genauso weich war wie ihre Haut. Doch was sie sagte, konnte ich nicht mehr verstehen, denn ich schlief ein, das Ohr am Türspalt, eingelullt von den leisen Stimmen da draußen.

Die ganze Kali Oka Road kam zur Beerdigung. Sogar Mr. Waltman war da mit seinem langgezogenen, eingefallenen Gesicht, und mir fiel zum erstenmal auf, was er für eine große Nase hatte. Ich sah ihn mir genau an, konnte aber keine Spur von Ähnlichkeit mit Alice erkennen. Oder gar mit Maebelle. Vor dem Begräbnis war ich Alice abholen gegangen, weil sie mit uns mitfahren sollte, und da hatte Mr. Waltman in seinem guten Anzug barfuß auf der Veranda gesessen und sich die Zehennägel geschnitten. Solche dicken, verhornten Nägel hatte ich mein Lebtag noch nicht gesehen. Sie spritzten unter der Nagelzange weg und flogen nach allen Seiten – wie tödliche Geschosse.

Als ich Alice drängte, mit zu uns zu kommen, wehrte sie sich nicht, und Mrs. Waltman ließ sie gehen. Agatha Waltman war gerade damit beschäftigt gewesen, ihren dicken Bauch in ein Kleid zu zwängen, das ihr jemand geborgt hatte. Alice war sich genauso wie ich darüber im klaren, daß ihre Mutter seit Maebelles Tod jegliches Interesse an ihr verloren hatte.

Der Gottesdienst war eine einzige Qual. Alice und ich saßen auf unserer Familienbank, Effie und Mama Betts waren direkt hinter uns. Der Richter gehörte zu den Sargträgern. Cathi Cummings war nach Mobile zurückgefahren. Ihre Artikel über die Erlöser und Dianne Salter hatten ziemliche Wellen geschlagen.

Von überall aus dem Staat Mississippi gelangten weitere Einzelheiten nach Mobile. Cathi hatte Diannes ehemalige Mitschüler interviewt, die ihr erzählt hatten, daß Dianne schon als kleines Mädchen Puppen und Bänder gesammelt hatte. Sie konnte nie genug kriegen, aber irgendwann hatte sie dann alles satt, und dann hatte sie alles kaputtgemacht.

Schließlich wurden auch ihre Verwandten ausfindig gemacht, die in Memphis wohnten und sagten, sie hätten schon seit Jahren keinen Kontakt mehr zu ihr gehabt. Seit sie schwanger war und weglief. Jetzt wollten sie nichts mehr mit ihr zu tun haben und weigerten sich auch, sie im Gefängnis zu besuchen, obwohl die Zeitung ihnen angeboten hatte, die Reisekosten zu übernehmen. »Nein danke«, hatten sie gesagt, »nein danke, kein Bedarf.«

Um die Erlöser kümmerte sich das FBI. Es gab mehrere Gruppierungen, die in loser Verbindung zueinander standen. Und in Texas und Hattiesburg gab es Heime, in denen unverheiratete Mädchen ihre Babys bekommen konnten. Durch Cathis Artikel war herausgekommen, daß die Sekte ein weitverzweigtes Netz aufgebaut hatte. Trotzdem war bis jetzt nichts gegen sie unternommen worden. Soweit bekannt war, lebte Magdeline nach wie vor bei den Erlösern. Joe Wickham hatte die Busse angehalten und jedem Gelegenheit zum Aussteigen gegeben, doch niemand hatte davon Gebrauch gemacht. Und weil es für Joe keinen Grund gab, die Leute festzuhalten, hatte er sie ziehen lassen. Ein letztes Mal hatten sie den roten Staub der Kali Oka Road aufgewirbelt, und dann waren sie auf der Asphaltstraße verschwunden, und es war, als wären sie nie da gewesen.

Ich überstand den Gottesdienst, indem ich an Cammie dachte und mir vorstellte, wie ich mit ihr durch die sauberen Kiefernwälder ritt. So schwebte ich gleichsam über dem Gesang und dem Weinen und über Alice, die wie versteinert neben mir saß und unfähig war, irgend etwas zu tun.

Als ich Mack Sumrall am Grab stehen sah, war ich froh. Er nahm Alices Arm, und ich hatte einen Augenblick Zeit.

Es war ein goldener Oktobertag. Ein Dienstag. Fast die ganze Schule war auf dem Friedhof erschienen, denn in jeder Klasse gab es ein Waltman-Kind. Mack erzählte mir, daß zwei Unterrichtsstunden ausgefallen waren, damit jeder, der wollte, bei der Beerdigung dabeisein konnte.

Maebelle V. wurde neben ihrem Bruder beigesetzt, der tot zur Welt gekommen war und nie einen Namen bekommen hatte. Auf dem kleinen Grabstein stand lediglich »Baby Waltman, 3. November 1957«. Maebelles Inschrift besagte, daß sie nur ein einziges Jahr gelebt hatte. Bloß ihr Name und die Daten.

Ich ging zu der Zedernreihe am Friedhofszaun. Es waren so viele Menschen da. Wie ein dichter Krähenschwarm umstanden sie die rote Öffnung des Grabes. Ich stellte mich in den würzig duftenden Schatten der Zedern und beobachtete die Szene.

»Wie geht's dir denn?«

Ich drehte mich nicht um. Frank Taylor stand hinter mir. Schön, daß er gekommen war.

»Ganz gut.« Das war die größte Lüge meines Lebens. Aber was hätte ich denn sonst sagen sollen? Etwa: Ich möchte am liebsten sterben? Oder vielleicht: Das ist alles bloß meine Schuld?

»Und Alice?«

»Ich weiß nicht. Schwer zu sagen im Augenblick.«

»Kann ich irgendwas tun?« Er streichelte meine Schulter, und da hätte ich beinahe losgeheult. Aber dann fiel mir etwas ein, das nur Frank für mich tun würde.

»Bring mich zum Gefängnis.«

»Wieso?« Er kam noch näher. So nah, daß ich, obwohl ich das Gesicht von ihm abgewandt hatte, sein Aftershave riechen konnte.

»Ich will zu Nadine.«

Er legte mir beide Hände auf die Schultern und versuchte mich zu sich herumzudrehen, aber ich machte mich steif.

»Wozu soll denn das gut sein?«

»Ich muß mit ihr reden«, sagte ich.

»Na schön. Wenn deine Eltern einverstanden sind.« Er wollte sich nicht mit mir streiten und den einfachsten Weg gehen.

»Du weißt genau, daß die das niemals erlauben würden. Ich muß Nadine etwas fragen, Frank. Ich muß es wissen. Du bist der einzige Mensch, den ich darum bitten kann. Wenn du es nicht tust, bringen sie sie weg, und dann erfahre ich es nie.«

»Und du meinst, wenn du sie fragst, sagt sie dir die Wahrheit? Bekka, die Frau ist eine Lügnerin! Begreifst du das denn nicht? Denk doch mal dran, was sie getan hat! Sieh doch endlich ein, daß sie dir nie und nimmer die Wahrheit sagen wird!«

»In dem Punkt schon.« Ich riß mich vom Anblick all der schwarzen Kleider und Anzüge los. Irgendwie hatte ich das Gefühl, daß die Leute dort am Grab den Erlösern zum Verwechseln ähnlich sahen – ein Gefühl, bei dem es mir eiskalt den Rücken runterlief.

»Bekka?«

Ich sah zu ihm hoch und merkte, daß mir wirklich jeden Augenblick die Tränen kommen konnten. »Ich will nur zehn Minuten mit ihr sprechen. Nichts weiter. Ich weiß, wie man unbemerkt ins Gefängnis reinkommt. Du kannst ja im Wagen auf mich warten. Du brauchst mich bloß hinzufahren.«

»Na gut«, sagte er achselzuckend.

Im Schatten der Zedern schlichen wir uns bis zum Ende des Zaunes und gingen zu Franks Pickup. Bis Jexville waren es nur wenige Minuten, die wir wortlos zurücklegten.

Ich bat Frank, im Wagen zu bleiben, nur für den Fall, daß ich doch geschnappt wurde. Wozu sollte ich ihn mit in diese Sache hineinziehen? Das Büro des Sheriffs war leer, genau wie ich erwartet hatte. Sie waren ja alle bei der Beerdigung. Der Gefängnisschlüssel hing an dem Nagel neben der Hintertür. Es dauerte nur ein paar Sekunden, bis ich ihn hatte. Ich rannte über den frischgeharkten Gefängnishof, schloß die Tür auf und war drin.

Nadine war die einzige Gefangene, und das war ein Glück, denn auf Frauen war man im Gefängnis von Jexville nicht eingerichtet. Sie saß im Erdgeschoß, letzte Zelle rechts, auf ihrer Pritsche und schien mich zu erwarten. Das Licht, das durch das vergitterte Fenster kam, fiel schräg über ihr Gesicht, so daß nur die wachen, goldbraunen Augen zu sehen waren.

»Ich hab mich schon gewundert, wo du bleibst«, sagte sie.

»Den Pferden geht's gut. Gus kümmert sich um sie, bis wir neue Besitzer für sie finden.«

Sie machte eine wegwerfende Handbewegung. »Von denen hab ich die Schnauze voll. Die scheißen mir zuviel.«

Ich legte meine Finger um die Gitterstäbe und spürte die Kälte des Stahls. Nadine hatte ein altes T-Shirt an, das an der rechten Schulter zerrissen war, dazu Reithosen, Kniestrümpfe und Turnschuhe. Ihr Haar war wirr und ungekämmt. Sie hatte eine Dreckschliere auf der rechten Wange und einen Kratzer auf der Stirn. Ihre Handgelenke waren ganz wund von den Handschellen. Das sei, weil sie sich bei der Gefangennahme gewehrt hatte, erzählte sie mir.

»Warum, Nadine?« Ich umklammerte die Gitterstäbe noch fester.

»Warum was?« Sie lächelte mich geheimnisvoll an, als ob sie etwas Hochinteressantes wüßte, etwas, wovon ich keine Ahnung hatte.

»Oder ist es dir lieber, wenn ich Dianne zu dir sage? Dianne Salter?« Ich hatte ihr weh tun wollen, aber sie grinste nur noch breiter.

»Sag doch, was du willst.«

»Warum bist du in die Kali Oka Road gekommen?«

»Die Erlöser haben mir mein Baby weggenommen. Seitdem bin ich hinter ihnen her, seit vier Jahren. Sie mußten ihre Strafe kriegen. Das verstehst du doch, Bekka, daß böse Leute bestraft werden müssen.«

»Du lügst, du weißt ganz genau, daß das nicht wahr ist. Der Teufel soll dich holen! Sie werden das kleine tote Baby ausbuddeln in Beulah. Sie werden es finden, da, wo du es verscharrt hast. Du hast dein eigenes Kind umgebracht und hast es in dieser Wagenburg verscharrt.«

Wenn das Gitter nicht zwischen uns gewesen wäre, ich glaube, ich hätte sie getötet. »Willst du gar nicht wissen, was mit Greg ist?« Ich wollte sie damit weichklopfen, daß ich ihr erzählte, Greg würde fortan herrlich und in Freuden leben, während sie im Gefängnis verfaulte. Ich wollte ihr sagen, daß wir eines Tages alle wieder glücklich sein würden, daß wir darüber hinwegkommen würden, über das, was sie getan hatte. Aber daran glaubte ich ja selbst nicht, und deshalb schwieg ich. Über Maebelles Tod konnte niemand hinwegkommen.

»Was aus Greg wird, ist mir schnuppe. Der interessiert mich nicht. Aber wenn du ihn siehst, kannst du ihm sagen, es hat geklappt.«

»Was hat geklappt?« Doch wohl nicht der Mord an Maebelle. Wollte sie etwa andeuten, daß sie und Greg das Verbrechen gemeinsam geplant hatten?

»Ich bin schwanger.« Sie lächelte. »Eine Schwangere wird keiner hinrichten, und daß der Staat Mississippi eine junge Mutter in die Gaskammer schickt, das glaubst du ja wohl selbst nicht. Jedenfalls nicht so bald.«

»Denkst du etwa, du darfst das Baby behalten? Im Gefängnis?« Ich trat ein paar Schritte zurück.

»Ich könnte ja beantragen, daß deine Familie es adoptiert.« Nadine hatte wieder ihr Fuchslächeln. Sie wollte mich quälen. War sie wirklich schwanger? Oder war das auch wieder eine Lüge?

»Wenn es eine Hölle gibt, und ich wünsche mir, daß es eine gibt, dann sollst du darin schmoren bis in alle Ewigkeit.« Ich meinte es ernst. Jedes Wort. Es war dumm von mir gewesen, daß ich hergekommen war. Frank hatte recht. Nie im Leben würde diese Frau mir meine Frage beantworten.

»Du willst wissen, warum ich sie getötet habe, stimmt's?«

Ich zuckte zusammen. Ich wich noch weiter zurück, so daß ich mit dem Rücken das Gitter der gegenüberliegenden Zelle berührte. »Warum hast du es getan?« Genau das war die Frage, die ich ihr hatte stellen wollen, die Frage, deretwegen ich hier war. Nadine hatte schon immer alle meine Fragen im voraus gewußt.

»Weil sie nicht aufgehört hat zu schreien.«

»Maebelle hat nie geschrien. Jedenfalls nicht richtig.«

»Vielleicht hat sie Hunger gehabt.« Nadine zuckte die Achseln. »Ich hab immer gedacht, ich will sie wirklich haben, aber als ich sie dann hatte, da ist sie mir auf die Nerven gegangen. Sie wollte einfach nicht die Klappe halten.«

Nadine sah mich herausfordernd an. Und sie lachte über das Entsetzen, das mir ins Gesicht geschrieben stand.

»Maebelle hat mich im Grunde gar nicht interessiert, obwohl ich mir, seit ich sie zum erstenmal gesehen hatte, überlegt habe, wie ich sie kriegen kann. Eigentlich wollte ich nur dich haben, Bekka. Dich und Greg und Jamey Louise. Und sogar die vorsichtige kleine Alice, die so verzweifelt versucht hat, mir aus dem Weg zu gehn. Und ich hab euch alle gekriegt. Fast einen ganzen Sommer lang habt ihr mir gehört.« Sie hob das Kinn, so daß das Sonnenlicht ihr voll aufs Gesicht fiel. »Und dich, Bekka, dich hab ich immer noch. O ja, ich habe mir von jedem von euch das Beste genommen.«

Ich drehte mich auf dem Absatz um und rannte davon, so schnell ich konnte. Den Gefängnisschlüssel warf ich weg. Es war mir egal, ob sie die Tür jemals wieder aufkriegten. Meinetwegen konnte Nadine da drin verhungern.

Sobald ich die Wagentür zugeschlagen hatte, drehte Frank den Zündschlüssel herum. »Wohin?« fragte er und sah mich aus dem Augenwinkel an, ohne etwas zu sagen.

»Nach Hause«, flüsterte ich. »In die Kali Oka Road.«

Aber Frank fuhr nicht an, und da blickte ich auf und sah den Richter. Er stand am Wagenfenster. Ich hätte mir ja denken können, daß er gesehen hatte, wie ich mich vom Grab fortschlich. Und nun stand er an der Bordsteinkante und wartete auf mich.

»Ich glaube, ich fahre lieber mit Daddy heim«, sagte ich und strich Frank über den Arm. »Danke.« Und dann machte ich die Tür auf und stieg aus, ohne ihm Gelegenheit zu geben, den Kavalier zu spielen.

»Effie macht sich Sorgen um dich«, sagte der Richter und nickte zu dem schwarzen Volvo hin, der an der Südseite des Platzes vor dem Gerichtsgebäude parkte. »Höchste Zeit, daß wir nach Hause kommen. Alice wird ein paar Tage bei uns wohnen.«

Ich nahm auf dem Beifahrersitz Platz. »Haßt sie mich jetzt?« fragte ich ihn.

»Wer? Alice?« Er schüttelte den Kopf. »Nein, Bekka, bestimmt nicht. Sie haßt ja nicht einmal sich selbst. Niemand hat dieses Kind so sehr geliebt wie Alice.«

Er ließ mir Zeit zum Nachdenken. Schweigend sausten wir den Highway entlang. Ich hörte die Reifen surren; der Richter fuhr schnell. Ich dachte an Nadine, die mit zerrissenem T-Shirt und schmutzigem Gesicht in ihrer Zelle saß und trotzdem triumphierte. Maebelle V. hatte Hunger bekommen. Darum mußte sie sterben – und Nadine lebte und erwartete ein Kind.

»Sie sagt, sie hat sich von jedem von uns das Beste genommen«, sagte ich gegen meinen Willen. »Sie sagt, sie hat uns alle gekriegt, mich und Jamey und Greg und sogar Alice.« Und plötzlich kochte ich vor Wut. »Ich hasse sie.«

Der Richter fuhr schweigend weiter. Als ich zu ihm rüberguckte, sah ich den traurigen Zug um seinen Mund und den Knick, den er in der Nase hatte. Er hatte sich einmal bei einer Schlägerei das Nasenbein gebrochen, damals, in New York, lange bevor ich auf der Welt war.

»Das stimmt, Rebekka«, sagte er nach einer Weile, »diese Frau hat dir etwas genommen. Das ist nicht zu leugnen. Sie hat dir deine Unschuld genommen, dein Vertrauen. Das hat sie euch allen vieren genommen.« Er hielt mir seine Hand hin. Als ich die meine hineinlegte, lächelte er und konzentrierte sich wieder auf die Straße. »Jetzt kannst du zeigen, was in dir steckt, Rebekka. Jetzt werden wir sehen, ob du in der Lage bist, aus den Fehlern der Vergangenheit zu lernen, und ob du es schaffst, dabei du selbst zu bleiben. Denk immer daran, ab jetzt kann sie dir nur noch das wegnehmen, was du ihr freiwillig überläßt.«

Wir waren schon an der Ausfahrt zur Kali Oka Road. Daddy nahm den Fuß vom Gas, bog ein in die rote Sandstraße und wechselte auf die rechte Spur. Als der Wagen zum Stehen kam, zeigte er die Straße hinunter. »Das da ist deine Vergangenheit, Bekka, und ein nicht geringer Teil deiner Zukunft. Nadine ist weg, aber deine Mutter und deine Großmutter, dein Bruder und ich und Alice, wir alle sind für dich da. Es wird nie wieder so sein, wie es war, aber auch der Schmerz wird mit der Zeit an Heftigkeit verlieren.«

»Und was ist mit Greg?«

Erst als er wieder angefahren war, ließ der Richter meine Hand los. »Ich habe mit dem Jugendamt gesprochen. Cathi will seinem Familiennamen nachgehen. Calendar. Reverend Marcus hat gesagt, er ist in Tupelo zu ihnen gebracht worden. Das ist immerhin ein Anfang.«

»Und wenn er keine Verwandten mehr hat?« Greg war aus dem Krankenhaus weggelaufen, ohne jemandem zu sagen, wo er hin wollte. Aber der Richter hatte ihn gefunden.

»Effie und ich haben beschlossen, ihn zu fragen, ob er bei uns bleiben möchte, aber er hat nein gesagt.«

»Er hat nein gesagt?« Aber er hatte mir doch immer wieder erzählt, wie sehr er sich eine Familie wünschte.

»Richtig bei uns wohnen möchte er nicht, sagt er, aber bis zum Ende dieses Schuljahres wird er wohl bei uns bleiben.«

Ich war völlig verwirrt. »Greg geht mit uns zur Schule?«

Der Richter schüttelte den Kopf. »Nein, dazu fehlen ihm die Voraussetzungen. Effie wird ihm von jetzt an jeden Tag ein paar Stunden Unterricht geben, und wenn wir dann nächsten Sommer in Europa sind, bleibt Greg bei Mama Betts und hilft ihr. Es muß sich ja schließlich jemand um dein Pferd kümmern.«

»Und Greg hat gesagt, das würde er tun?«

»Ich glaube, das war der entscheidende Faktor. Er hat das Pferd nämlich genauso gern wie du. In einem Jahr wird er sechzehn. Dann kann er seinen Führerschein machen. Und mit Effies Hilfe könnte er sogar den Hauptschulabschluß schaffen. Und dann liegt es bei ihm, was er aus sich macht. Er ist noch verdammt jung, fast ein bißchen zu jung, um sich alleine durchzuschlagen, aber irgendwie hat er sich ja wohl immer alleine durchschlagen müssen.«

»Und Arly läßt ihn mit bei sich im Zimmer schlafen?« Wahrscheinlich hatten sie ihn damit bestochen, daß er nun doch ein eigenes Auto bekommen sollte.

»Es sind noch jede Menge Details zu klären.«

Daddy, unser Detailfanatiker, war wieder da. Daddy, der immer das Kleingedruckte las und dem nicht die nicht die kleineste Kleinigkeit entging.

Vor uns tauchte die Silhouette der mächtigen Zeder auf, die den Hof seitlich von unserem Haus überschattete. Wie oft waren Arly und ich schon auf diesen Baum geklettert. Von dort oben hatte ich früher die ganze Welt überblicken können - meine Welt. Mein

Zuhause. Das Haus von Alice. Unsere geheime Festung. Die Quelle. Alles das war noch da. Ich mußte nur richtig hinsehen.

»Fahr schneller, Daddy«, sagte ich leise. »Laß die Reifen singen. Ich muß nach Hause.«